novum pro

AF165664

EIKE STERN

Aus dem Zeitalter Atlantis – Teil 1

Schwertfischer

novum pro

www.novumverlag.com

Bibliografische Information
der Deutschen Nationalbibliothek:

Die Deutsche Nationalbibliothek
verzeichnet diese Publikation in
der Deutschen Nationalbibliografie.
Detaillierte bibliografische Daten
sind im Internet über
http://www.d-nb.de abrufbar.

Alle Rechte der Verbreitung,
auch durch Film, Funk und Fernsehen,
fotomechanische Wiedergabe,
Tonträger, elektronische Datenträger
und auszugsweisen Nachdruck,
sind vorbehalten.

Gedruckt in der Europäischen Union
auf umweltfreundlichem, chlor- und
säurefrei gebleichtem Papier.

© 2023 novum Verlag

ISBN 978-3-99131-983-2
Lektorat: Thomas Schwentenwein
Umschlagabbildungen: C. Schreiber
Coverdesign: designenlassen.de
Layout & Satz: novum Verlag
Innenabbildung:
Christos Georghiou | Dreamstime.com

www.novumverlag.com

*Wenn es Historiker für möglich halten,
dass Phönizier in der frühen Bronzezeit
schon bis zu den Säulen des Herakles vorstießen,
ist auch ein Atlantis im Sinne Platons denkbar.*

Eike Stern

Aus dem Zeitalter Atlantis

Erster Teil: Schwertfischer
Zweiter Teil: Die Königin der Westsee
Dritter Teil: Der Heldenkönig

Inhaltsverzeichnis

1. ... 9
2. ... 19
3. ... 31
4. ... 42
5. ... 55
6. ... 71
7. ... 82
8. ... 93
9. ... 103
10. ... 119
11. ... 139
12. ... 149
13. ... 163
14. ... 180
15. ... 189
16. ... 199
17. ... 211
18. ... 224
19. ... 238
20. ... 254
21. ... 270
22. ... 282
23. ... 296
24. ... 304
25. ... 315
26. ... 327
27. ... 337
28. ... 346
29. ... 360

1.

„In der Deutlichkeit spricht man so etwas nicht aus", versuchte Abi seinen Frust auszudrücken, als er an diesem heißen Nachmittag das Stadttor hinter sich ließ. Eine heftige Auseinandersetzung mit dem Familienoberhaupt hallte noch in seinem Hinterkopf nach und ein wenig geknickt steuerte er die von flitterndem Laub umgrünten Teiche vor der gelblichen Mauer an, weil eine überfällige Karawane nahte und er deren Anführer dort abzufangen pflegte.

Gegen ihn wirkte sein Freund mit der Lammfellweste äußerst gewöhnlich. „Trotzdem", widersprach dieser energisch, „so kannst du nicht mit dem Alten reden. Er ist dein Vater."

In Abis Gesicht machte sich Anspannung breit. Seine brennenden Augen verrieten, wie ihm ums Herz war. „Na du bist gut. Ich bin ihm ein Gräuel, und er ließ ohne Umschweife durchblicken, dass er sich damals nur für mich entschied, weil meine Mutter in meine Bernsteinaugen vernarrt war, die sie an ihren Vater erinnerten. Wäre ich schon in der Rolle des Patriarchen, ich hätte mir eher die Zunge abgebissen, bevor ich das beim Brotbrechen meinem letzten Hoffnungsträger unter die Nase reibe."

„Ihr seid nun einmal keine Hebräer oder Ägypter", beruhigte ihn sein Freund Lukas. „Bei Zwillingen beide Säuglinge zu behalten, wäre einfach unvernünftig gewesen. Wer kann sich das leisten?"

„Du hast ja keine Ahnung", schnaufte Abi, „wie es sich anfühlt, mit einem Bruder konkurrieren zu müssen, der keine Fehler macht, weil ihm gar nicht vergönnt war zu leben."

Sein Freund war über Abis Dilemma mit seinem Vater im Bilde und räusperte sich. „Das sind die Grundlagen unserer Kultur", rief er ihm ins Gedächtnis. „Die Wurzeln reichen auf die Gründung Aschkelons zurück. Alle halten es so. Daran zu rütteln ist sinnlos. Unabänderlich wie der Wechsel der Jahreszeiten und die sich mit dem Herbst erhebenden Sandstürme."

„Obendrein schmerzte der Tonfall, den er danach anschlug", fügte Abi wütend bei. „Als ob mich irgendeine Schuld trifft, wenn Jawan uns frech warten lässt bis die Milch sauer wird und es nicht für nötig erachtet, einen Boten oder eine Nachricht zu schicken. Was kann ich dafür?"

Vermutlich konnte er sich diesen Gang schenken. Jawan war schon immer ein in sich selbst verliebter Dickkopf. Ihm wäre zuzutrauen, dass er eigene Wege ging und die Verbindung mit ihrem Haus längst abgeschrieben hatte.

Bunte Dachgärten, Dattelpalmen und der traditionelle Karawanen-Rastplatz außerhalb des Stadttors verliehen dem alten Aschkelon das Gepräge des Vorderen Orients. Wieder einmal kroch eine neue Karawane wie eine dünne Staubfahne aus den goldbraunen Bergen hervor. Abi fühlte sich immer wie in der letzten Bastion am Rande der Welt, wenn die von Akazien und Mimosen beschatteten Teiche vor der Mauer dann von fremdem Volk überflutet wurden und sich ein reges Treiben entfaltete.

Die Vorhut brachte eine Ladung Gestrüpp, neben Schaf- und Kameldung in den holzarmen Ländern das wichtigste Brennmaterial. Dumpf aufprallend fielen die aufgetürmten Lasten von den hohen Rücken der Dromedare. Die befreiten Lasttiere vollführten lustige Sprünge, grunzten zufrieden und beschnupperten und liebkosten einander, um sich anschließend geduldig zur Tränke führen zu lassen. Mit triefenden Lefzen mahlend wälzten sie sich hinterher mit peitschendem Wedel im glitzernden Sand oder verharrten hängenden Kopfes, mit gespreizten Beinen und träumender Seele im Farbenchaos der sinkenden Sonne.

Abi bot eine hochgewachsene Erscheinung in seinem luftigen Chiton. Zerknirscht strich er sich die störenden brünetten Locken hinter die Ohren und musterte die verwitterten Gesichter der zum Teich taumelnden Lastenträger.

Leidenschaftliche Lippen hatte er. Seine Sandalen verrieten, hier kam kein Hungerleider. Ihm war in die Wiege gelegt, dem größten Mann seiner Zeit Paroli zu bieten, doch er würde sich kreuzweh lachen, hätte man ihm das zu diesem Zeitpunkt prophezeit. Er war ein Luftikus, gehörte zu denen, die endlos über alles reden können. Widersprüche pflegte er mit leichter Hand hinweg zu fächeln. Was ihn nicht vergnügte, lehnte er ab, schaltete dann stur auf gleichgültig gegenüber allem, was zwischen zwei Mahlzeiten liegt und entwickelte eine erstaunliche Fertigkeit, sich vor jeglicher Verantwortung zu drücken. Mit anderen Worten, er war das Nesthäkchen im Haus seiner Väter, weigerte sich, erwachsen zu werden und hielt das für Stärke. Mechanisch vergewisserte er sich mit einem Griff in die Umhängetasche, ob der handzahme Hamster, den er ständig bei sich trug, noch an seinem Platz war.

Sein schlaksiger Freund machte ihn lausbübisch grinsend auf eine Gruppe vornehmer Reisender aufmerksam, alle in wallenden weißen Gewändern, reich bestickt, Goldreife an den Unterarmen. Auf dem Schlitten in ihrer Mitte stapelten sich wachsbeschichtete Silbertafeln. Man ging offenbar gerade die jüngsten Verluste an Lasttieren durch.

Der Älteste im Führungsstab der Karawane hantierte gekonnt mit einem Stahlgriffel. Ein reger Wind bauschte seinen Leinenmantel, während er den verlesenen Namen mit einem Haken versah. Aber der Freund deutete mit dem kleinen Finger diskret auf jenen, der sich aufmerksam dazu am Kinnbart fummelte, es erhaben abnickte und eigentlich nur mit bewegungsloser Miene lauschte. „Schau dir mal seine Ringe an."

Freudig registrierte Abi einen klotzigen Smaragd an dessen knochiger Hand und war schon mit drei Schritten hin. „Verzeiht, edler Herr, wenn ich störe", unterbrach er sie forsch. „Seid Ihr der Karwan-Baschi?"

Der Angesprochene leitete immerhin ein Konsortium, das sich aus 87 Händlern und Krämern und 873 Lasttieren zusammensetzte und fühlte sich nicht auf Augenhöhe mit ihm. Ärgerlich hob er das spitze Kinn.

Abi ahnte, es waren die üblichen Vorbehalte gegen die Jugend und steckte es mit verkniffenen Lippen weg. Aber er war kein Kameltreiber, machte sich nie mit niedriger Arbeit die Hände schmutzig. Ihn regte auf, wie eine lästige Schmeißfliege mit einer ungnädigen Handgeste abgeschüttelt zu werden.

„Es geht mir um eine überfällige Sendung Gewürze aus Babylon", fügte er hastig bei. „Verantwortlich ist ein gewisser Jawan. Führt ihr den oder einen Unterhändler namens Aguschi in den Listen? Er ist ein Sohn des Egibi, ansässig am Tuchbazar Babylons. Wenn ja, wo finde ich den?"

Der Älteste der Anführer des Zuges kratzte sich gelangweilt die hagere Wange und überflog flüchtig die letzte Tafel. „Du redest wirr daher. Bei uns hat sich weder ein Jawan noch ein Aguschi eingeschrieben. Beide Namen befremden mich."

Der Karwan-Baschi lächelte milde. „Oh. Unter Umständen schrieb er sich bei der Karawane ein, die zwei Tage vor uns Medina passierte."

Er trat dichter an Abi heran und senkte die Stimme. „In dem Fall habe ich üble Neuigkeiten. Bei Omars Oase gab es ein Massaker. Sämtliche Geier, Schakale und Hyänen von hier bis Damaskus haben sich eingefunden."

Bestürzt starrte Abi auf das lebensfeindliche öde Sandmeer hinaus und verzog den Mund, als hätte er eine schlechte Auster gegessen. Die heimliche Befürchtung, räuberische Beduinen könnten das Ausbleiben der überfälligen Gewürze verschulden, hatte sich erschütternd bewahrheitet. Der Verlust einer kompletten Sendung dürfte die Geschäftsbeziehung mit ihrem Mann in Babylon erheblich trüben. Weil nämlich sein Vater mit dem, was Kardamom und Pfeffer aus Babylon einbrachte, das Olivenöl bezahlte, das er seinerseits per Karawane in den Fernen Osten sandte.

Abi war alt genug, es nicht auf die leichte Schulter zu nehmen und zu jung, die wahre Tragweite für die eigene Person gleich zu erfassen. Für gewöhnlich oblag ihm, den Händler für Gewürze abzufangen und ins Haus der Väter zu schleusen. Nun fiel ihm zu, die folgenschwere Nachricht dem Vater zu überbringen, und sein Freund merkte, wie einsilbig er wurde und verabschiedete sich.

Langsam breitete sich schon das Zwielicht in den verwinkelten Gassen aus, die hinter dem Stadttor auf die Hauptstraße mündeten. Wie gewohnt zu dieser Stunde spielten nackte Kinder vor dem vertrauten Hauseingang mit ihren Murmeln.

Sein greiser Vater, der die Fäden im Haus Nowa spann und das Siegel hütete, verbrachte die Stunde des Dämmerns gewöhnlich im Garten des Innenhofs, unter offenem Himmelszelt. Der Geruch reifender Früchte lag in der Herbstluft, und der verfliese Säulengang versank allmählich im Schatten der Nacht. Er saß vorgebeugt auf der Steinbank, die Hände im Nacken gefaltet, die Augen düster gesenkt auf das vergilbte Laub zwischen dem Immergrün.

Abi fasste sich ein Herz, berichtete und schloss mit dem Gedanken: „Demnach dürfen wir davon ausgehen, unser Olivenöl erreichte unbeschadet Egibis Lagerhaus. Uns trifft kein Verschulden, da wir unseren Teil des Geschäfts erfüllt haben. Du solltest froh sein, Vater."

Ohne mit einer Wimper zu zucken hörte der Alte ihn an und musterte Abi mit einem ganz und gar ungläubigen Ausdruck um den Mund, wie im zarten Knabenalter, als er allen Ernstes gefragt hatte, ob andere Städte auch einen so großen Mond hätten. „Froh?", wiederholte er tonlos. „Das wäre zu viel. Wenigstens haben wir Klarheit."

Dann hob er die Stirn und zog die Brauen hoch, um seinen Groll zu verdeutlichen.

„Wenn ich dich so reden höre, steigt mir wieder zu Kopf, dass du uns seit deiner Geburt Schwierigkeiten bereitet hast. Was war ich für ein Riesenkamel, mich von deiner Mutter belatschern zu lassen. Ich wusste genau, dein Bruder wäre die bessere Wahl gewesen, aber deine Mutter ist so nachtragend, die hätte mir einen bitteren Lebensabend beschert, wenn ich dich ausgesetzt hätte."

Unter Kopfschütteln maß er Abi. „Es ruiniert uns nicht, mein Sohn", räumte er ein, „wenn wir Anstand zeigen und uns den Schaden mit Egibi teilen. Nur leider schwindet mein Augenlicht. Eine Reise in den Fernen Osten ist für einen gebrechlichen Mann wie mich zu beschwerlich. Du wirst das richten. Geh also zum Haus der Astarte-Priesterin, denn die geweihten

Tage, an denen Astartes Stern heller blinkt, stehen vor der Tür und der Schirmherrin der Seefahrer und Händler gebührt ein Opfer. Nimm unser bestes Lamm, dann wird sie ein Auge auf dich werfen. Und ist das getan, schreibe dich bei der nächsten Karawane ein. Wie soll Egibi sonst erfahren, was unseren Handel hinfällig macht? Mal sehen, ob nicht ein Quäntchen vom Kaufmannsblut der Nowa in deinen Adern fließt und du vielleicht doch zu etwas taugst."

Betreten schluckte Abi, besaß er doch Freunde, mit denen er abends loszog, und der Vater maßte sich an, sein Leben auf den Kopf zu stellen. Bei dem Gedanken, die unheimlichen Wüstenkrieger – die alte Geißel des Handels – könnten sich in der Bergwildnis eingenistet haben, zog es ihm beklommen das Herz zusammen. Denn jede von hier gen Osten aufbrechende Karawane musste auf Gedeih oder Verderb an der Oase von Omar vorbeiziehen.

„Das kann mich den Hals kosten", entfuhr ihm. „Wozu? Es heißt, die Ägypter haben einen vergessenen Kanal wieder schiffbar gemacht, der das südliche Meer erschließt. Du verfügst doch über einen seetauglichen Kahn und einen Fahrensmann wie Laban. Schick ihn nach Babylon."

„Ach Laban", schnitt ihm sein Vater gereizt das Wort ab. „Du redest hohl daher. Es ist deine Angelegenheit, nicht Labans. Zeig, wozu du fähig bist. Jetzt bist du an der Reihe, Abi. Du hast das Alter, muss ich sagen."

Wie ein Urteilsspruch klang es und traf ihn mit Wucht, obwohl sich Abi bemühte zu lächeln. „Die Sache bei Egibi zu klären, traue ich mir zu", wandte er hüstelnd ein. „Aber ich ertrage einfach keinen Seegang. Mir wird übel, sobald ich ein Schiff besteige. Der Magen, weißt du …"

Sein Vater wollte das nicht hören. „Musst du mir auch noch bestätigen, dass du eine einzige Enttäuschung bist? Ist das dein einziger Verdruss, dass du kotzen musst? Fütter die Fische und steh' gefälligst deinen Mann. Und sei es nur deiner Mutter zuliebe."

Abi fühlte sich beengt im Brustkorb. Es raubte ihm die Ausrede. „Haben wir keine Rücklagen?" Vorsichtshalber langte er in die Hüfttasche, um nicht beim Hinsetzen versehentlich seinen Hamsterfreund zu zerquetschen.

Sein Vater wies mit dem Kinn auf die Elefantenzähne, die der Sitzecke am Immergrünbeet einen würdevollen Rahmen verliehen und sich fabelhaft als Rückenlehnen eigneten. Abi lächelte erleichtert. „Das reißt uns doch schon raus."

Mit strengen Augen hielt ihn Tarik Nowa fest. „Es ist die Mitgift deiner Mutter. Solltest du scheitern, könnten deine Mutter und ich im Alter darauf angewiesen sein."

Dessen war sich Abi bewusst, doch ganz sachlich betrachtet drohte der Ruin, und er überlegte: „Woher stammen die weißen Figuren, die sie im Hafen feilbieten?"

Sein Vater zog abschätzend die Hände auseinander. „Bei der Strandtreppe sitzt ein gewiefter Junge in einer Lumpenkutte, der bietet immerzu so große gewölbte Elfenbeinbrücken an, mit einer Reihe darüber wandernder Elefanten oder auch Pyramiden aus winzigen Affen, ganz haarfein gearbeitet. Wer das zu schnitzen vermag, dürfte einen Batzen Handelsmetall für so einen Stoßzahn geben."

Sein Vater rieb sich andächtig das Kinn, ehe er sich erhob und seinen Sohn an sich drückte. „Womit wir die nächste Lieferung Kardamom anzahlen können."

Er legte ihm vertrauensvoll die Hand auf die Schulter. „Unten, in irgendeinem Winkel der kalten Gruft lagern noch mehr. Es müssten acht Stoßzähne zusammenkommen. Meinen Segen hast du, nur packe es an. Und packe es bald an, mein Sohn. Wir müssen uns bei Egibi melden. Seine Gewürze sind die Quelle unseres Wohlstands."

Abi fasste sich an den Kopf, erwog, ihm die Füße zu küssen und sich aufs Betteln zu verlegen, aber sein Vater wusste ihn bei der Würde zu nehmen. „Heute Abend, mein Sohn, da wird gefeiert. Du wirst im Mittelpunkt stehen. Ich denke, Ruth wird dich danach mit anderen Augen sehen."

Bei diesem Namen schlug sein Herz höher, und ihm schoss das Blut in die Wangen. Nur bemühten sich leider auch sein Vetter Mazad und Lukas um diese Ruth. Gewöhnlich nannte er sie neckisch Ruthchen, und sie schien zu wissen, was sie wert war. Es gefiel ihr, für alle drei der Sonnenschein zu sein. Allerdings machte sie nie einen Hehl daraus, eben nur einem Freundin sein zu können. Sie wusste genau, warum sie sich nicht festlegte. Jedenfalls würde er die Gelegenheit, ihr zu imponieren, beim Schopf packen.

Für die Hühner des Anwesens wurde es ein schrecklicher Tag. Weil dreizehn Flügel für das Abschiedsmahl benötigt wurden und die Küchensklaven ermahnt wurden, dass mindestens drei Tiere weiterhin Eier legen sollten, rupfte man einem Huhn kurzerhand über die Tischkante einen Flügel aus, um es wieder in den Hühnerstall zu werfen.

Abi litt mit dem Tier und dachte bei der Abschiedsfeier darüber nach, zu was Sklaven fähig waren, wenn man sie derart überforderte. Unwillkürlich schweifte seine Aufmerksamkeit hinüber zur Angebeteten.

Ein eigenartig milder Zug um Ruths Mund und ihre dunklen Augen zogen ihn magisch an, dazu das geschmeidige rabenschwarze Haar, bis auf ein paar Locken im Nacken gebunden, was ihre geistreiche Stirn hervorhob. Wie die meisten Weiber trug sie einen schlichten mausgrauen Leinenkittel, aber wo sie sich aufhielt duftete es dezent nach Ambra. Unbestritten war sie die Königin des Abends, während der Feuerschein von drei Ölschalen das Schnitzwerk in den Ecken des Saals in unruhig flatterndes Licht tauchte und es bald nach Fisch, Fleischresten und Wein roch. Ruths Anwesenheit genügte dem tonangebenden Vetter, mit dem er manchmal durchs Tavernenviertel bummelte, sich gehörig aufzublasen. Als Lukas in seiner ärmlichen Lammfellkluft aufkreuzte, verscheuchte er ihn mit einer wegwerfenden Handgeste. „Bringt euren Sklaven mal bei, bei Festlichkeiten in den Hintergrund zu verschwinden."

Abi lächelte matt. „Er ist so frei wie du."

„Seit wann?", krähte der Vetter empört.

„Früher beherbergten wir auch dann und wann Händler, die ihre Karawane abpassen wollten", erinnerte ihn Abi und stockte, weil jeder im Haus die Vergangenheit lieber ruhen ließ. „Willst du jetzt ernsthaft darauf herumreiten, dass wir mit dem Kadi zu tun hatten?"

Er wusste genau, dass Mazad schwerlich entgangen sein konnte, wenn sein Vater derzeit einige Nächte im Fangturm verbrachte, weil Geschmeide im Haus abhandenkam. Es war ihm ein Bedürfnis, Lukas freundschaftlich über die Schulter zu streichen und bei der Gelegenheit aufzuräumen mit den Verleumdungen, die auf ihnen lasteten. „Wir alle hier können uns bei ihm bedanken, da er die verdammte Smaragdkette im Stroh der Kamele ja dann fand. Mein sonst wohl eher zum Knausern neigender Vater war so nobel, ihm dafür mit dem Segen des Stadtamtes die Freiheit zu schenken."

Ohne den geringsten Anflug eines Lächelns sah ihn der Vetter lange an und scheute sich nicht, ihn vertraulich zu fragen: „Mal ehrlich, wie hast du deinen Vater dahin gebracht, dich auf Fahrt zu schicken?"

Abi hasste diese Spitzen und Mazards Gehabe, wenn der sich aufspielte. Aber er bezähmte sich, weil man bei ihm eben damit rechnen musste und er ahnte wohin das führen würde.

Natürlich sah sein überheblicher Vetter, dass es hinter Abis Stirn brodelte und fügte abfällig hinzu: „Und deine kleine Ratte nimmst natürlich mit."

„Das ist ein Hamster", verbesserte ihn Abi.

Er durchkämmte mit einem raschen Griff die Hüfttasche und setzte seinen possierlichen, goldbraunen Freund auf die eichene Tischplatte. Als er ihm einen Sonnenblumenkern in die kleinen Pfoten drückte, platzte Mazad ein grölendes Gelächter heraus. Mit versteinertem Gesicht bemerkte Abi ein an Ruth gerichtetes Zwinkern und lief rot an vor Wut, auch wenn sie betreten die Lider senkte.

Der Vetter grinste und zog belustigt eine Furche durch den lehmigen Estrich, um Abi vorzuführen und vor Ruth seine Fertigkeit mit dem Enterbeil zu demonstrieren. Sein Wurf traf nur den Rand der gewöhnlich zum Bogenschuss dienenden Zielscheibe, biss sich jedoch in den Kork, dass beim Herausziehen des Beils ein beträchtliches Stück des Außenrings zerbröckelte. Abi schreckte davor zurück, sich mit ihm zu messen, denn es bedurfte mehr als breite Schultern, einen wuchtigen Wurf abzuliefern. Fraglich, ob er aus Bogenschussdistanz nicht die Scheibe verfehlte. Um sich nicht gründlich zu blamieren schmetterte er sein Schnitzmesser nach dem behelmten Holzkopf, der sich plastisch von der feurig überflackerten Vertäfelung abhob.

Zu seiner eigenen Verwunderung erwischte er genau eines der aufgemalten Augen. Sogar Laban, der als Steuermann in den Diensten der Nowa mürrisch dem Wettkampf beiwohnte, honorierte es mit einem beifälligen Pfiff.

Sein großmäuliger Vetter zeigte insofern Größe, ihm beim Lebewohlsagen ein Schwert aufzudrängen. Zum Griff hin verjüngte sich die Schneide erheblich und mutete zerbrechlich an gegen das Breitschwert, das ihm sein Vater für die Fahrt vermacht hatte. Er reichte es unbemerkt weiter an Lukas, in der Hoffnung, dass der ihn dafür begleiten würde.

Eigentlich nahm er dem Freund damit die Möglichkeit, es ehrenhaft abzulehnen, das entsprach seinem Wesen. Ebenso wie er eine gewisse Perfektion darin entwickelte, wenn eine Sache über seinen Kopf hinweg beschlossen wurde, sich einfach auf die Annehmlichkeiten zu besinnen, die das mit sich brachte. Da die Reise unabänderlich war, freundete er sich eben mit der Vorstellung an, morgen in See zu stechen und endlich mal mehr zu erleben als den Hafen und den Rummel am Karawanenrastplatz. Er würde Ruthchen zeigen, zu was er fähig war und obendrein auch seinem Vater und dem geltungssüchtigen Vetter.

2.

Bis zum Morgen wälzte sich Abi unruhig hin und her. Der Schlaf, den er fand, war oberflächlich und wenig erholsam, doch niemanden interessierte das. Schweren Herzens ließ er seinen Hamster daheim und brach in aller Frühe auf zu den Anlegern.

Das tiefbraune Brackwasser im Hafenbecken stank nach frischem Fisch, fauligem Tank, Schweiß von tausend Männern und teerigen Tauen. Ein Hauch von Farbe auf trockenem Holz mischte sich darunter und der scharfe Dunst rostiger nasser Eisenteile – er sog alles in sich auf, auch das süßliche Aroma aus einem Lagerschuppen, in dem eine Kiste Obst vergammelte. Er schmollte mit sich und dem ihm aufgebürdeten Schicksal und verschwendete keinen Gedanken daran, wie es seinem treuen Begleiter schmeckte. Sein Vater hatte Lukas freigelassen, und er hatte sich dem Gesetz getreu täglich bei seinem Patron zu melden und blieb auch danach sein Freund. Und Abi behandelte ihn, als würde er nach wie vor ihm gehören. Wie ein Geschenk der Götter genoss er es, zu einer kleinen Oberschicht zu zählen, die auf ihre Sklaven baute und keinen Handschlag selber verrichtete. Schon ein Handwerk auszuüben, hieß der arbeitenden Schicht anzugehören, und der beste Meister wurde nur geringschätzig geduldet in seinen Kreisen. Reichtum galt als höchste Tugend.

Ein betrunkener Hafenarbeiter rülpste Wein aus, und angeekelt wandte Abi sich ab. Am Südende der Marktstraße rasselte hörbar die zweiteilige Brücke herunter. Karren rollten über die Hafeneinfahrt. Drüben begann die Welt der Werften, Werkstätten, Lagerhallen und Schuppen. Im kühlen Schatten der Säulen am Kai saßen Kaufherren und rechneten, und ihre Schreiber prüften die Schiffslisten, schrieben Briefe und Wechsel und statteten von hier die Schiffe aus. Gewöhnlich mied er die Stelle am Kai, wo ihr Kahn vor sich hin dümpelte. Braungebrannte Arbeiter im roten Schurz turnten auf dem Deck herum und verstauten schon die Elefantenzähne im Laderaum. Eigentlich war ihm der alte Kahn größer in Erinnerung geblieben. Selbst eine ägyptische Feluke maß zwei Schritt mehr vom Kiel bis zur Heckflosse.

Die Aufsicht führte Laban, gekleidet in einen rubinroten Leibrock im Hammerschlagmuster. Ein schmieriges Lächeln umspielte seine dünnen Lippen.

„Wir müssen darüber reden, wohin überhaupt", ging ihn Abi großspurig an.

„Müssen wir nicht", belehrte ihn Laban. „Es geht nach Pi-Ramesse, zum Markt der Handwerker. Ich weiß um einen Elfenbeinschnitzer, und den treiben wir auf."

Abi ballte die Fäuste, da sein Gegenüber offensichtlich besser über alles im Bild war als er. Der bärenstarke Mann mit dem Walrossbart bediente nicht nur seit über elf Jahren die Ruderpinne, sondern gehörte schon halb zur Familie. Aus skeptisch zusammengekniffenen Augen musterte er Abi. „Damit eines klar ist. Du und dein Lakai, ihr seid Decksleute wie alle und werdet euch krumm machen wie alle!"

Als Abi die Augen schloss und im Geiste bis fünf zählte, richtete sich Laban schnaubend zu voller Größe auf und ließ kopfschüttelnd seinen Unmut heraus. „Ach Junge, ich habe deinen Vater schon über dein störrisches Verhalten weinen gesehen. Erzähle mir nichts! Du willst mit? Na gut. Wir laufen gleich aus."

Dieser Mann verachtete ihn, das wusste jeder. Abi konnte das verkraften, aber es einfach auszublenden gelang ihm nicht. Der Vorsatz, sich über die Abwechslung zu freuen, die diese Reise in sein Leben brachte, zerstob in bedrückender Ernüchterung. Ärgerlich winkte er den Freund zum Brettsteg, um sich schleunigst unter Deck zu verdrücken.

Niemand folgte, und die beiden richteten sich die für sie reservierte Kabine her und saßen anschließend beisammen im spärlichen Licht einer Tranfunzel. Abi sah seinem Freund an, dass ihm einiges unter den Nägeln brannte, und ihm widerstrebte, darüber zu reden. Mit dem Daumen rieb er zärtlich einen walnussgroßen Jadestein und hing geistesabwesend trüben Gedanken nach.

„Von wem?", fragte Abi.

Es folgte eine weitere Ernüchterung. „Ruthchen sagt, er hat ihr Glück gebracht", entgegnete der Freund treuherzig.

Einzusehen, dass Ruthchen einen Freigelassenen seines Vaters ihm vorzog, war niederschmetternd, aber er wusste seine Enttäuschung zu überspielen. „Glück?", wiederholte er und schlug sich belustigt auf den Schenkel. „Wir brauchen kein Glück, sondern opfern Zeit, für die ich bessere Verwendung hätte. Das stört mich, sonst nichts."

Wie in sein Schneckenhaus zurückgejagt, kräuselte Lukas die Lippen und ließ resignierend die Schultern sacken. Meist merkte Abi das gar nicht, diesmal durchaus.

„Du hast Angst?", fragte er leise. „Na und? Nur Prahler und Dummköpfe kennen keine Angst. Glaub mir, Laban bleibt auf seinen Fahrten stets in Küstennähe. Das gab mir mein Vater auf den Weg."

„Mir ist elend", hielt sein Freund kleinlaut dagegen. „Ich möchte nicht wissen, wie es sich anfühlt, wenn es windig wird und wir richtig auf See sind."

„Solange man noch einen Strich vom Festland sieht, kann man den Schutz der Küste suchen", beruhigte ihn Abi.

Lukas blickte bedeutungsvoll auf das schmucke Specksteinstück, das Abi vom Hals baumelte. „Du trägst ja selber einen Talisman."

„Das ist der Siegelzylinder meines Vaters", belehrte ihn Abi und erhob sich. „Komm, dem Seegang nach sind wir schon weit draußen auf dem Meer. Überzeugen wir uns doch, ob man die Küste noch im Auge hat."

Als er sich daraufhin genauer an Bord umsah, schaukelte der Boden unter seinen Sandalen, aber er fing sich und lernte, sich an Bord fortzubewegen, während ihm eine feuchte Briese um die Ohren wehte, die in den Augen brannte wie Salz.

So begann für Abi das Abenteuer seines Lebens – und alles verlief gänzlich anders als sein Vater oder er es sich ausmalten. Gegen Nachmittag passierten sie einige, dem Festland vorgelagerte Felsinseln und ein dunkles Segel rückte dahinter in Sicht. Der starke Mann an der Ruderpinne erblasste, als hätte ihn die Seekrankheit befallen. „Die segeln ohne Flagge", hauchte er tonlos.

Abi wunderte sich, wie gut er mit dem schwankenden Boden klar kam, wenn er sich am Mast aufhielt. „Und das bedeutet?"

„Dass es Schwertfischer sind."

Abi schluckte. „Seeräuber? Haben wir eine Chance, ihnen davon zu segeln?"

Finster schüttelte Laban den Kopf.

„Dann müssen wir uns verteidigen. Gib Waffen aus!"

„Wenn du welche hast, immer her damit", erwiderte der Glatzkopf trocken. „Ich wünschte, ich hätte wenigstens selbst ein Enterbeil."

Langsam wurde der Takthammer der Bireme hörbar, und sie zog in scharfem Rudergang mit ihnen gleich. Wilde Gesellen sammelten sich um den Kielbogen, mit Messern im Mund und der Enteraxt in der Faust, und in Abis Magen rumorte die Angst. Jeder wusste, sie legten wenig Wert auf Gefangene. Jeder suchte hitzig nach irgendetwas, das sich eignete, damit zuzuschlagen. Abi hatte das bronzene Kurzschwert seines Vaters zur Hand, sein Freund Lukas ein weniger schlagkräftiges. Andere waren auf ein Messer angewiesen, von denen Laban noch rasch ein Dutzend verteilte. Schon schwangen sich die ersten Enterer aufs Schiff, ein drahtiger Seemann drang mit einem Sichelschwert auf sie ein. Abi fing den Hieb auf, dass es klirrte und er erbebte. Aber sein Gegner drehte ihm routiniert den Arm nach hinten, bis er die Klinge fallen ließ. Als er aufschaute, wälzte sich sein Freund mit aufgeschlitzter Kehle am Boden und spie zuckend Blut. Für diese rauen Gesellen fand sich außer Laban kein einziger ernsthafter Gegner. Obwohl ein Großteil kapitulierte, machte man die meisten mit exakt platzierten Stößen oder Streichen einfach nieder. Auch Laban zwangen sie schließlich die Hände auf den Rücken. Nur Abi und ihn ließ man am Leben, wohl weil sie auffällig kräftig gebaut waren.

Den Grund für die einkehrende Totenstille lieferte ein blondbärtiger Hüne in einem vom Wind geblähten, weißen Mantel und blanker Phrygermütze, bei dessen Erscheinen alle anderen die Waffen senkten. „Ich bin Suteman", bölkte er. „Ihr habt die Wahl. Schließt euch uns an oder geht mir aus den Augen."

Es bedeutete den Sprung ins Meer, und Abi konnte froh sein, dass man ihn für einen gewöhnlichen Decksmann hielt. Er rang um Atem. Ihm bibberten die Knie in seiner Todesangst, und er wählte den Weg der Schande. „Ich will leben", bekannte er.

Laban fügte sich zerknirscht in das Unausweichliche und nickte zustimmend. „Ich auch."

Ein eigentümlich entspanntes Lächeln umspielte den Mund des Piratenhäuptlings und verlieh ihm einen grausamen Zug. Prüfend blickte er Abi in die Augen und fuhr ihn kehlig an: „Du willst es bei uns versuchen? Na dann, beim Zerberus, zeigt mal, was in euch steckt!"

Er schaute vielsagend am Mastbaum empor. „Holt das Segel herunter! Mal sehen, wie ihr euch anstellt."

So kam es, dass Abi hinter Laban die Strickleiter am Mastbaum erklomm, ohne wirklich zu wissen, was man von ihm erwartete. „Und nun?", rang er sich durch zu fragen. Es war peinlich, sich vor Laban diese Blöße zu geben, aber er beschwor ihn, „im Namen meines Vaters, bitte hilf mir."

Laban brachte sein halbes Leben auf Schiffen zu und wies ihm die Riemen, die das Segel an der Rahe hielten. „Einfach den Knoten lösen, und wenn du ihn durchbeißt."

Es rettete Abi das Leben. Das Tuch fiel flatternd aufs Deck, und er konnte mit klopfendem Herzen hinabturnen. Da, wo sein Freund verblutet war, blieb eine glitschige Lache vor der Reling. Man schmiss Lukas wie die anderen einfach ins Meer. Es kostete Überwindung, dem ehemaligen Schiffsführer „danke" zuzuflüstern, und er kam sich charakterlos vor und schämte sich seiner Schwäche. Aber danach war alles anders. Die um den Mast verstreuten Seeleute nickten ihnen anerkennend zu und gaben ihm das Gefühl, erleichtert durchatmen zu können. Inzwischen gingen einige Leute dazu über, die erbeuteten Stoßzähne aus dem Laderaum zu ziehen. Andere reichten sie denen zu, die auf der Galeere verblieben, und auch das Segel nahm diesen Weg.

Abi sah ohnmächtig zu, da klopfte ihm ein Bursche mit auffällig starker Nase und jugendlichen Zügen freudig die Schulter. „Ich bin Joas, bis eben der Jüngste in der Mannschaft." Er hatte die unergründlichen Augen eines Ammuriters. „Du hast mich aus meiner Rolle erlöst", fügte er hinzu und griente diebisch.

Abi fühlte sich schwindelig. Alle Hoffnungen, die sein Vater in ihn setzte, platzten wie eine Seifenblase, sein Leben hatte jeden Sinn verloren. Er fühlte sich hilflos wie ein verwöhnter Junge, den das Schicksal ins kalte Wasser beförderte, und so war es ja auch. Keiner musste ihm sagen, dass er für das Leben auf einem Segler ohne Flagge nicht taugt. Betrachtete er sein bisheriges, unbeschwertes Dasein, überkam ihn Wehmut, denn nun gehörte ihm bloß noch, was er am Leib trug. So schlug er in die gereichte Hand ein. Als das brennende Schiff seines Vaters in der Dämmerung entschwand, saß Abi mit Joas am Mastbaum eines anderen Schiffes, wo haufenweise aufgerollte Seile lagen.

„Vor knapp einem Vierteljahr", erinnerte sich Joas, „trat ich eine Seereise an. Ich wollte nach Sardes, in der vorderen Westsee. Vor dem Mündungsdelta des Nils kreuzten wir den Weg dieses Schiffes. Mal im Vertrauen, ich reckte gleich die Hände hoch, zum Zeichen der Aufgabe. Dafür schäme ich mich nicht, wäre schließlich tot sonst. Fiel mir schwer, in dieses Leben hineinzufinden, aber man lernt zu kämpfen und setzt alles daran, irgendwie zu überleben. Keiner zwingt dich, die härtesten Gegner anzugreifen. Du musst dir beim Entern einen ausgucken, der schwächer ist. Dafür kriegst du einen Blick, wirst schon sehen."

Er zwinkerte wie mit allen Schlichen vertraut, und Abi verstand. „Eigentlich ist das feige, aber nicht unklug."

„Du musst, bricht der Spektakel los, den Überblick bewahren", riet ihm Joas.

Abi überdachte den Rat und fand ihn vernünftig. Aber ehe der nächste Tag anbrach, sollte er eines Besseren belehrt werden. Der Vollmond badete alles auf Deck in Silber, für Mitternacht war es seltsam hell. Abi lag zusammengekrümmt am Mast und versuchte vergeblich, innerlich zur Ruhe zu kommen – ohne sich bewusst zu sein, dass er unter allen, die an Deck schlafen mussten, den besten Platz belegte. Am Mastbaum spürte man den Seegang kaum, und er wäre bald eingenickt, da stellte sich ein nackter Fuß an die Seile. Er schaute an Joas behaarten Beinen hoch. Hasdrubal aus Tyros leistete ihm Gesellschaft; einer von denen, die seit Jahren zur Mannschaft zählten. Sein Kinnbart duftete stark nach frischer Salbe. Von der Kleidung her hätte Abi ihn für einen vornehmen Menschen gehalten, was leider trügte.

Auch ein junger Armenier, den er der Nase nach als Hebräer eingestuft hätte und der aus Karkemisch stammte, gesellte sich mit einem angenehmen Lächeln hinzu, sowie ein Greis mit Tränensäcken unter den Augen, dem die Verschlagenheit ins Gesicht geschrieben stand. Es war kein Zufall, wenn sie hier am Mast zusammenfanden. Für diese vier gab es in der Nacht nach einer Kaperfahrt ein traditionelles Spiel. Hasdrubal zog geschwind einen Kreidestrich aufs Deck und sie versuchten von einem bestimmten Punkt einen Gegenstand, der ihnen teuer war, über die Linie zu werfen. Wer am dichtesten an der Linie blieb, konnte die Dinge, die weiter entfernt landeten, gelassen einsäckeln.

Mit wertlosem Plunder aufzuwarten hätte niemand auch nur zu denken gewagt, und Hasdrubal versuchte es mit einem polierten Stück Bernstein. „Hier", bemerkte er lachend, „ein Andenken an Sardes."

Betretenes Stöhnen und Raunen ging um, und des Armeniers kleine Gemme aus Obsidian rutschte noch um einiges näher an das Ziel heran. Keine Fingerkuppe trennte sie vom Strich. Abi überlegte, was er entbehren könnte, da kullerte ein walnussgroßes Jadestück zur Linie. Er starrte Joas offenen Mundes an. Sein Freund hing an diesem Stein, und Abi musste an eine gemeinsame Freundin mit rabenschwarzem Haar denken, um die er den Freund heimlich beneidete. Leise fragte er: „Hast du den, dem das Jadestück gehörte, selber getötet?"

„Sonst hätte es ein anderer getan", schnarrte Joas über die Zähne.

Abi musste sich zusammenreißen, ihm nicht vor die Füße zu spucken. Es hingegen wortlos zu schlucken, hätte ihn den letzten Rest Selbstachtung gekostet. „Jetzt begreife ich, was du vorhin meintest", fuhr er ihn an. „Du wusstest genau, du hast leichtes Spiel bei ihm und warst Lukas überlegen wie ein Schakal dem Hasen. Mann, er ist mein Freund gewesen, und dich kann man nur einen erbärmlichen Feigling nennen!"

Der Beschuldigte lächelte böse und erklärte den Umstehenden kaltschnäuzig: „Man sollte ihm den Mund zunähen!"

Abi musste erkennen, wie beliebt Joas an Bord war. Die unbefangene Sympathie, die jedem Neuen anfangs zuflog, wurde bei diesem Wortwechsel zu Asche. Die heimliche Zuversicht, früher oder später würde er sich eingewöhnen, gefror auf seinen Lippen. Er stahl sich aus ihren Augen, kauerte sich in eine Nische, vollgestopft mit Segeltuch, den Kopf in die Hände vergraben, sehnte sich nach seiner Mutter und drei liebenswerten Schwestern und dachte an die geborgene Behaglichkeit, die allein bei Lampenlicht im Kreis der Familie aufkommt. Sein putziger Hamster fiel ihm ein und Ruthchen. Kaum jedoch umfing ihn gnädiges Vergessen, flackerte der Augenblick wieder im Geiste auf, als ihm sein Vater mit sehr verletzenden Worten zu verstehen gab, wie sehr den gereute, nicht besser den Zwillingsbruder großgezogen zu haben. Das wiederum weckte die vergessenen Bilder einer schlimmen Nacht in den Tagen seiner Kindheit. Er erinnerte sich lebhaft an fanatisch johlende Scharen, die mit Knüppel und Sichel die Gärten durchkämmten und über die zahllosen Katzen von Aschkelon herfielen. In versteckten Schlupfwinkeln der Hafenschuppen und Hinterhöfe vermehrten sich die streunenden Tiere über Jahre ungestört, um in einem barbarischen Befreiungsschlag auf ein erträgliches Minimum reduziert zu werden. Ein scheußliches Bild spukte Abi da im Kopf herum, und seine älteste Schwester enthüllte ihm damals etwas, das ihn für länger erschütterte als der Katzenjammer. Sie vertraute ihm an, die Eltern belauscht zu haben und weihte ihn ein, was aus all den namenlos gebliebenen Geschwistern wurde, die es ausbaden mussten, zu spät geboren zu sein, und die von daher das Los traf, als Säugling im Rinnstein zu landen. Sollten sie nicht erfroren sein oder verhungert, könnte sich ein barmherziger Nachbar ihrer angenommen haben ... Es blieb ein sorgsam gewahrtes Geheimnis zwischen ihm und seiner ältesten Schwester Marissa, und er betrachtete seinen Vater nach dieser Neuigkeit für ein halbes Jahr mit heimlichem Argwohn. Später sah er ein, alle handhabten das so, um die Vermögen zusammenzuhalten oder aus Armut. Aber irgendwann würde sein Vater in Erwägung ziehen, ihm könnte etwas zugestoßen sein. Dann dürfte ihn gereuen, nicht einen mehr aufgezogen zu haben. Irgendwie fühlte sich Abi bei der Vorstellung um seine Zukunft betrogen, und die Aussichten auf Erfolg bei einer Flucht stufte er verschwindend gering ein. Obendrein fehlte jede Gelegenheit, so lange keine Möwe Festland ankündigte. Malte er sich aus, dass er jämmerlich dabei ertrinken könnte, wurde ihm eisig ums Herz und verstörende Angst schnürte ihm beengend die Brust zu. Wenn es aber wirklich Götter gab, was er heimlich bezweifelte, blieb schleierhaft, weshalb sie ihn bestraften und auf dieses verruchte Schiff verbannten.

Zur Mannschaft gehörten vierundzwanzig Leute, und er hielt sie alle für Schlächter. So blieb er einsam und für sich, obwohl er nicht allein an Bord war. Es schien niemanden zu geben, dem daran lag, sich mit ihm zu unterhalten. Falls er nichts unternahm, konnte er nachts, wenn alle an Deck schliefen, kein Auge mehr zutun. Die Gefahr, klammheimlich dem Meer übergeben zu werden, würde ihm künftig den Schlaf rauben. „Mann über Bord" würde jemand rufen, doch niemand würde ihn retten wollen. War er mit seinen Gedanken allein, sagte er sich, gegen die wüsten Gesellen, die sonst die Mannschaft ausmachten, war Joas noch harmlos und im Grunde ein armer Tropf wie er. Doch er hatte eiskalt Lukas umgebracht! Schon am zweiten Abend war Abi dem Verzweifeln nahe. Als die Sterne am Nachthimmel funkelten und er allein auf seinem Polster aus Segeltuch hockte, wuchs die Erkenntnis, es gab in dieser Mannschaft niemanden, der dazu im Stande war, sich in seine Lage zu versetzen, geschweige denn befähigt wäre, Mitleid zu empfinden. Doch tat er einem Mann auf diesem Schiff bitter unrecht. Plötzlich baute sich einer der älteren Decksleute bei ihm am Mast auf. „Wer ein so hochmütiges Gesicht zieht", hielt er Abi vor, „den sollte es nicht wundern, wenn keiner mit ihm reden will."

Abi fuhr hoch und wunderte sich, jemanden, den er für einen unverbesserlichen Seeräuber hielt, so freundlich schmunzeln zu sehen. Seine Augen waren klar und offen, wie die eines Menschen mit einem eisernen Willen. „Wie heißt du?", fragte Abi aus trockener Kehle.

„Pollux", entgegnete jener. „Du meinst, es gibt unter den Flaggenlosen nur Mordbuben? Du irrst dich. Fast alle hier wünschten, sie könnten im nächsten Hafen an Land und die Zeit bei den Schwertfischern hätte es nie gegeben. Das kannst du mir glauben oder nicht."

Abi schürzte bockig die Unterlippe. Doch ohne seine Antwort abzuwarten ließ sich der Mann mit dem zerzausten Vollbart bei ihm am Mast nieder „Du bist ein ganz verhätscheltes Früchtchen, ist dir das eigentlich klar?"

Als Abi missmutig den Kopf hob, sah er ihm scharf in die Augen. „Ich sehe dir an der Nasenspitze an, du bist der Nachzögling in eurem Wurf und Mutters später Liebling. Ich schätze du bist der, dem das Schiff gehörte. Und was immer du zu sein glaubst, du bist ohne den Wohlstand, dem du entsprossen bist, nur ein Weichei und der Letzte in der Hackordnung."

Er zog die Unterlippe hoch, als erübrige es sich, noch genauer zu werden. „Es liegt an dir, ob das so bleibt", raunte er versöhnlich. „Ich biete dir meine Freundschaft, Junge. Aber ich sage dir in aller Güte, du musst jetzt an dir arbeiten, oder du wirst dich wundern, wie schnell man charakterlich verwahrlosen kann. Kommt einiges auf dich zu und wäre schade um dich. Du musst ausloten wie weit du dein Tun mit deinem Herzen absegnen kannst und dir selber Einhalt gebieten, wenn du aus dem Bauch heraus spürst, du übertrittst eine Grenze und wirst schwerlich damit leben können. Also, richte keinen hin, nur um Suteman gefällig zu sein oder damit die Gunst der Mannschaft zu gewinnen. Das lohnt sich nicht."

Abi schnappte verblüfft nach Luft, aber Pollux erleichterte es ihm mit einer hochherzigen Geste, die sein Vater nie fertigbrachte. Von Mann zu Mann schob er ihm den Arm über die Schulter und rückte auf Tuchfühlung an ihn heran, um sich der Umstände zu besinnen, unter denen er selbst ein allererstes Mal zur See fuhr, nämlich als blinder Passagier. Ausgerechnet hinter ihm, den Abi anfangs als unnahbar und gefährlich einstufte, verbarg sich ein durch und durch gutmütiger Kerl, von dem man einiges lernen konnte. Er brachte Abi bei, wuchtig ein Enterbeil zu schmettern und zeigte ihm manchen Knoten. Und er genoss Ansehen unter den Schwertfischern, durch ihn wuchs Abi allmählich in die Horde der Freibeuter hinein.

Die meisten dieser Bruderschaft waren so wie Joas, bis auf die Kittelschürze und ein paar Ketten oder eine Seidenschärpe nackt, aber Pollux wies ihm auch jene, die zum Urgestein der Bruderschaft zählten und ein eitler Wahn ritt. Suteman zum Beispiel. Sein bis auf die Knöchel reichender Mantel aus schneeweißem Leinen glich dem eines Karwan-Baschis, war über und über bestickt mit Goldschnörkeln und anrüchigen Symbolen. Würde er einem in einem Hafen über den Weg laufen, man hielte ihn für einen Stadtfürsten. Oder Jeris der Hebräer, der genau genommen Jeremias hieß und einem mit der Peitsche einen Strohhalm aus der Hand zupfen konnte. Der trug ein faltig fallendes, hellblaues Batikgewand, hauchdünn und reich bestückt mit zierlichen Silberschellen, wodurch ihn ein leises Klirren auf Schritt und Tritt begleitete.

Bedun, eine Ausgeburt des Kaukasus, stach durch ein Bärenfell und seinen struppigen Vollbart hervor. Abi mied ihn, weil er häufig andere anpöbelte und den geringsten Anlass für eine Schlägerei leidenschaftlich nutzte. Insbesondere warnte ihn Pollux vor einem verschlagenen Syrer. Hiram trug einen nadeldünnen Ohrring mit dem Ausmaß eines Armreifs. Seine ausgemergelten Wangen und der versteckte Husten, mit dem er dann und wann herausplatzte, sorgte für das Gerücht, er müsse lungenkrank sein. Er mochte vierzig sein, wirkte allerdings weit älter und war Sutemans rechte Hand. Meistens zeigte er sich in einer nachtblauen Samtjacke, doch er war eitel wie ein Paradiesvogel und putzte sich vielseitig heraus. Auch in dieser Hinsicht hob sich Pollux von den anderen ab. Seine Kleidung verriet den Pragmatiker, bestand aus einem rotgefärbten Antilopenlederschurz und einem schlichten Schultergurt, an dem eine Doppelaxt baumelte sowie ein kurzes Bronzeschwert.

Die besinnlichen Momente, in denen sich Abi seiner Schwestern erinnerte oder sich vorstellte, was er zu seinem Vater sagen würde, wenn er ihm eines Tages wieder unter die Augen treten musste, stellten sich immer seltener ein. Abi fing an, sich an den Alltag auf einem Schiff zu gewöhnen, fügte sich in das ihm abverlangte und orientierte sich an Pollux. Kräftig gebaut war er schon als Kind, aber die Einsätze auf der Ruderbank bewirkten, dass er auf einmal die Muskeln in seinen Oberarmen spürte. Mitunter geriet er aus dem Takt und böse Stimmen erhoben sich, dann konnte er nicht beleidigt von der Bank hochspringen. Dann galt es, die Zähne zusammen zu beißen und in den Rhythmus der rudernden Mannschaft zurückzufinden. Nach einem rüden Schlag in den Nacken sah er das ein und gab sich Mühe. Und das zählte bei den Leuten. Was unerträglich wuchs, war die heimliche Angst vor der Stunde, in der er beim Entern dabei sein würde.

3.

Das Gefühl, jeder in der Mannschaft lehne ihn heimlich ab, nagte an Abis Selbstwertgefühl. Ihn störte der Unterton, wenn man mit ihm sprach, und die verächtlichen Blicke, die Joas ihm dann und wann zuwarf, vertieften es. Sie hinterließen ihn sprachlos, denn sie konfrontierten ihn mit der Angst, für die Leute ein Tölpel zu sein. Instinktiv hielt er sich an Pollux und vertraute dem an, was ihm zu schaffen machte. „Ich hasse diesen Hundesohn von Ammuriter und wünschte, ich hätte mich nie mit ihm abgegeben. Zu Brei möchte ich ihn schlagen."

„Lässt du dich zu einer Rauferei hinreißen, verlierst du jegliches Ansehen", überlegte Pollux.

Abi rieb sich die Stirn. „Ja, ja, ich weiß", murmelte er und hörte hinter sich ein Räuspern. Am Mast lehnte mit verschränkten Armen der junge Armenier, den er inzwischen schätzen gelernt hatte, weil er gute Laune an Deck verbreitete. Seine Mutter gehörte dem Stamm der Hebräer an, der von den Ägyptern zum Bau der Pyramiden eingespannt wurde. In jungen Jahren floh sie auf abenteuerliche Weise nach Karkemisch. Und er ähnelte eher ihr als seinem armenischen Vater. „Suteman und Hiram haben Kurs auf Kreta befohlen", informierte er Pollux.

Der sah Abi aufmerkend an. „Wir haben genügend Elfenbein im Laderaum, einen Thronsaal auszustaffieren. Hasdrubal wird das schon organisieren. Ein Palast, wie der jüngst in Knossos in aller Pracht neuerstandene, schreit förmlich danach. Über drei Stadien zieht sich die Anlage hin, alles himmelblau verfliest ... Durch ihre Olivenhaine und Weinberge im Hinterland sind die Minoer von Natur aus reich, aber der Ausbruch des Santurin beschert ihnen heute Ernteerträge, dass die Speicher bersten und die Kellereien überlaufen. Außerdem könnte man sich bei der Gelegenheit im Hafen umhören, welche Schiffe demnächst auslaufen."

Betroffen senkte Abi die Lider, es ging um die Stoßzähne, die seinem Vater gehörten.

Der Armenier dachte nach und schüttelte den Kopf über seinen Kapitän. „Für das Schiff hätten wir eine Handvoll Silber bekommen."

„Ja, manchmal ist Suteman zu eifrig."

„Dazu solltest du mal Hiram hören. Der hat ihm gestern ins Gesicht gesagt, dass es klüger gewesen wäre, den alten Kahn mitsamt Elfenbein in Sidon zu verscherbeln. Die Sidonier geben massig Kupfer für Elfenbein, und Hasdrubal verfügt dort über ausgezeichnete Verbindungen zu den maßgeblichen Leuten im Hafen."

„Unrecht hat er ja nicht", befand Pollux. „Lange dauert das nicht mehr, dann gehen sie aufeinander los."

„Die Sache hat einen Bart wie die Geschichte, die Jeris so gern mit leuchtenden Augen zum Besten gibt, vom Stammvater Abraham und Ismael und wem noch … aber sie spitzt sich auch zu wie Abrahams langer Bart." Verstohlen schmunzelte der Armenier. „In dem Fall wäre Sutemans Zeit um, schätze ich. Und Hiram dürfte alles umkrempeln. Davon mal abgesehen, dass er krank ist und sein Atem die Fliegen von den Wänden holt, stört mich seine selbstgerechte Art. Heiliger Vater Abraham, was steht uns da bevor?"

„Wer weiß?", raunte Pollux und schürzte ungläubig die Unterlippe. „Suteman handhabt die zweischneidige Axt mit einer Leichtigkeit als wäre es ein Enterbeil."

Abi hob hellhörig geworden den Kopf. „Bedeutet das, wir gehen in Knossos an Land?"

Pollux ahnte, warum es so hoffnungsvoll klang. „Ich fürchte, Hasdrubal und Hiram suchen allein die Hafenmeisterei auf. Die anderen bleiben hier – vor allem du. Suteman lässt einen Neuen frühestens nach einem Jahr von Bord."

Es kam, wie es Pollux vorhersah. Drei Tage später, die Sonne erklomm eben den Zenit und ihnen perlte zur Mittagshitze der Schweiß von der Stirn, da tauchten in Gischtnebel gehüllt, die umschäumten Felsklippen auf, hinter denen Suteman gerne auf die Kreta ansteuernden Schiffe lauerte. Nach einer Stunde lief die Bireme in den Hafen von Knossos ein.

Von weitem erhaschte Abi lediglich ein ungefähres Bild von den himmelblau funkelnden Terrassen dieser prachtvollen Palastanlage hoch über der Hafenstadt, die man wegen ihrer Weitläufigkeit heimlich ein Labyrinth schimpfte. Beeindruckend war, die Anlage verfügte über den Komfort beheizter Baderäume und fließendes Wasser, und hinter den rostroten Säulen mit gelb bemalten Kapitelen, reihten sich undeutlich bunte Fresken und Wandgemälde, ähnlich denen in Ägypten, in knalligen Farben: Tiefblaues Wasser und das grelle Gelb von Stränden. Die sich darauf tummelnden Nereïden und Delfine schilderte ihm Pollux – endlose Bilderketten aus dem minoischen Sagenkreis leuchteten in der Vormittagssonne.

Hinter der Hafenkulisse versteckte sich eine verträumte Altstadt, doch Abi sah wenig mehr als den Markt am Kai mit seinen Lagerhallen und Werkstätten. Dattelpalmen beschatteten die Reihen fliegender Händler, der Einfluss des Pharaonenreiches war spürbar. Wohlhabende Frauen malten sich mit Ocker modisch die Lippen an und trugen Perücken wie in Memphis üblich. Ballenweise häuften sich vor Tandläden gefärbte Stoffe, eine üppige Auswahl an tönernen Amphoren, Krügen und gestapelten Tellern. Stimmengewirr, Möwengeschrei und das Blöken eines störrischen Stieres tönte klagend herüber. Es stank nach Hafen, Teer und altem Fisch. Abi hielt sich bei Pollux und Archaz auf, dem bartlosen Armenier mit den glänzenden braunen Augen und den ungewöhnlichen, fast schon weiblichen Wimpern. Aus dem Schatten der Heckflosse verfolgten sie mit gerümpfter Nase, was sich abseits des Getümmels auf einer Gerüstbühne zutrug.

„Der Sklavenmarkt", raunte Pollux angewidert.

Wohl hundert Leute umschwärmten das Holzgerüst, während einem vorgeführten Mädchen das Kleid von den Schultern gezerrt wurde. Abi hörte schon auf dem Markt von Aschkelon die Elite vom minoischen Sklavenmarkt schwärmen, aber heute sah er ihn und fühlte mit dem Mädchen. Nackt warf es sich seinem früheren Herren vor die Füße, und der wandte sich hartherzig ab. Sie wurde mitgerissen und zur Holzstiege geschubst – weitergereicht in andere Hände.

Pollux beobachtete, dass Abi die Lippen verpresste, und zupfte sich grüblerisch den Bart. „Du hast ein zu großes Herz", warf er ihm vor. „Das wird dich früher oder später den Hals kosten. Ich frage mich, ob du dir das leisten kannst, mein Junge?"

„Soll ich mich dafür schämen?"

„Manchmal", erklärte der Ältere, „bringt Suteman ein paar junge Dinger für uns mit. Hüte deine Zunge, bei dem, was du dann erlebst. Sie sind wie Wölfe und haben lange jeden Weiberrock entbehrt."

„Du zählst dich nicht dazu?"

„Ich zählte nie zu denen, die sich anpassen."

Pollux schnitt nicht auf, aber Suteman dachte sich heute etwas anderes für seine Wölfe aus. Hasdrubal und Hiram brachten zwei kunstvoll geschmiedete Bronzeschwerter und eine minoische Doppelaxt vom Markt mit. Die Bruderschaft wurde zusammengerufen und flugs ein Hahn geköpft. Hasdrubal wickelte andächtig einen blutgetränkten Leinenfetzen um einen Stecken und zog einen breiten Strich auf das hintere Deck. Die Mannschaft nahm begeistert daran Aufstellung. Neu war das Spiel um den besten Wurf nach dem Blutstrich für Abi nicht mehr. Pollux übte es mit ihm noch und noch und riet ihm: „Nun steh' bloß nicht abseits. Morgen oder übermorgen droht dir eine Enterfahrt. Willst du überleben, benötigst du ein Schwert."

Der Siegelzylinder seines Vaters war alles, was Abi einsetzen konnte. Eine innere Stimme begehrte auf dagegen, denn womit sonst sollte er zu gegebener Zeit untermauern, einem reichen Haus anzugehören? In der Hackordnung war er letzter, daher musste er zunächst beiseite treten, und das Herz hüpfte ihm vor Unsicherheit schier aus dem Hals. Doch er bewies eine glückliche Hand. Der Siegelzylinder berührte fast die Linie, und er nahm von Suteman stolz ein Schwert entgegen, um das ihn mancher beneidete. Als er es freudig Pollux zeigte, zog ihn der in den Schatten der Kielflosse.

„Gut getan", raunte Pollux. „Jetzt hast du eine Waffe, und du hast an Ansehen gewonnen. Das kannst du glauben oder nicht."

Einer aus der Mannschaft setzte offenbar einen Lederbeutel ein, und Abi verwandte ihn, um die Kleinode vor und hinter dem Blutstrich hitzig darin zu verstauen. Mit strahlender Miene las er einen grünen Jadestein auf. „Der gehörte meinem Freund, ein Glücksbringer!"

Der Seewind sang und jubilierte durch die Rahen, und die sich blähende Leinwand knallte und knatterte in Freudensalven. „Glück wirst du jetzt brauchen können", flüsterte Pollux ihm verhalten zu. „Ich weiß von Archi, morgen um diese Zeit wird's ernst."

Als sich das Segel richtig spannte, klang das wie ein Paukenschlag, und Abi langte schwankend nach des Freundes Schulter.

„Wir segeln zu den Klippen", bemerkte Pollux. „Ich habe sie dir gezeigt. Die Wasserstraße nach Argos führt daran vorbei. Morgen, gegen Nachmittag, wird ein Sidonischer Kaufmann auf diesem Weg kommen."

Abi wusste Bescheid und machte dicke Backen. „Im Töten bin ich so unbeholfen wie ein Kleinkind. Als Junge sollte ich beim Schachten helfen und konnte den Hammel nicht bändigen, vielleicht, weil ich bei uns das Vieh versorgte und einem so ein Wesen ans Herz wachsen kann. Eine scheußliche Angelegenheit! Hinterher musste ich zur Strafe das Blut von den Fliesen schrubben."

„Bleib bei mir beim Entern – immer gemach", empfahl ihm Pollux. „Halte mir den Rücken frei. Es ist nur ein kurzer Moment, in dem die Messer sprechen. Sei wachsam, das genügt. Jedenfalls, wenn man auf der Seite des Stärkeren kämpft."

An diese Worte dachte er, als sie am nächsten Tag im Schatten einer Felswand dem Handelsfahrer auflauerten. Abi wurde immer stiller und verschlossener, während die Augen auf dem glitzernden Wasser ruhten und ihm nach einer schlaflosen Nacht beständig die Lider zufallen wollten. Wo die Gischt an einer einsamen schwarzen Klippe mit jedem Brandungsschlag hochstob und andauernd Nebel herrschte, tauchte ein gelbliches Segel auf. Der von Norden wehende Wind blähte es, und von da ab kam es zusehends näher – bis man die Wegelagerer gewahr wurde. Dann drehten sie bei.

„Das hilft ihnen wenig", raunte Pollux.

Sie befanden sich unterhalb der Heckflosse, und er suchte Halt an der zum Mast führenden Stage, als auch sie ein Windstoß erfasste. Im nächsten Augenblick saßen sie auf einer Ruderbank und zogen zum Takthammer ihr Ruder. Abi geriet in Schweiß und gab, was an Kraft in ihm steckte. Die Verfolgung dehnte sich unerträglich hin, aber weil Pollux ihm aufmunternd zuzwinkerte, hielt er eisern durch.

Suteman und Hiram begaben sich schon nach vorn in den Bug und ein Enterhaken wirbelte hinüber. Alle, die eben auf der Bank schwitzten, sprangen hoch und ergriffen ihre Waffen.

Es war nicht schwer, mit Pollux hinten zu verharren, denn andere drängelten sich vor. Abi blieb keine Zeit, großartig Angst zu bekommen. In der Eile sprang er wie die anderen auf eine phönizische Galeere und merkte, da neben ihm die Leute mit Säbel und Axt um sich hauten, dieser Kampf wurde erbitterter als der um sein Schiff. Der Kaufmann hatte zur Absicherung seiner Ladung in Knossos nämlich einige Hopliten angeheuert. Nur weil Suteman selbst wie ein Wirbelwind unter sie fuhr und im Handumdrehen drei niederstreckte, ging es glimpflich aus. Und weil Hiram der Ehrgeiz beflügelte, noch mehr auszurichten, aber sechs der Mannschaft büßten den Überfall mit ihrem Leben.

Pollux erledigte pflichtgemäß einen der Söldner, aber er hielt sich zurück. Dafür hatte Abi hinterher als Einziger kein Blut am Schwert. Weil alle ihre Klingen am Zeug der Gefallenen abwischten, fiel es nicht auf, aber ihm war zumute wie an dem Tag, als ihm beim Schächten der störrische Hammel entglitt. Die Hände zitterten, obwohl längst alles hinter ihm lag, so aufgewühlt war sein Innerstes. Wohlweißlich blieb er bei Pollux, während Suteman über die Toten hinweg stelzte und sich breitbeinig an die Klappe zum Laderaum begab. Anuhlada, der hochgewachsene Schwarze in der Mannschaft, hob die Klappe, und Hasdrubal reichte ihm eine Fackel. Suteman und Hiram verschwanden die Stiege hinab und kehrten mit zwei jungen Sklavinnen an Deck zurück.

„Das", grölte Suteman, als bestünde die Ladung somit aus Gold. „Und einige Barren grobes Eisenerz! Hat sich gelohnt, Leute! Ansonsten lagern im Laderaum Unmengen fertig gezogener Kerzen. Damit sollten wir uns nicht belasten, die schenken wir Poseidon."

„Wozu das?", widersprach Hiram und bleckte die Zähne. „Gib jedem zwanzig Kerzen, und ich für mein Teil habe die auf dem nächsten Markt an einem Vormittag verhökert. Die Übrigen eignen sich, uns für Jahre Licht zu spenden."

In dem Fall gab Suteman nach. Kistenweise schafften sie Kerzen in den Bauch der ‚Zerberus' hinüber und ließen wieder einmal ein brennendes Schiff an den Klippen zurück.

Für die, auf deren Kerbholz es gegangen war, warf es die wesentliche Frage auf, was das Gemetzel einbrachte. Von Wert waren vor allem die Barren aus Eisenerz, auf die Suteman gleich den Fuß stellte, dazu eine mit Silber beschlagene Holztruhe mit einem zusammengefalteten Umhang aus dunkelroter Seide und einer blauen Schärpe daran. Auch einen Sack voll Goldstaub stöberten sie auf, Pantherfelle, Fächer und Straußeneier, die bei Vornehmen sehr beliebt waren – sowie das beim Fleddern der Toten zum Vorschein Kommende.

Man verband einander reihum die Wunden und ein unterdrücktes Tuscheln hub an. Aller Augen richteten sich auf die Frauen, die in Ketten hinter dem Kapitän warteten. Abi ahnte, was in ihnen vorging. Vermutlich stammten sie vom Sklavenmarkt und wähnten sich am Ende ihres Leidensweges. Tatsächlich sanken sie sich im ersten Moment vor Freude in die Arme, weil die Freiheit so nahe schien. Doch die wilden Gesellen, die sich um sie scharten, waren größtenteils halb nackt und sorgten für sofortige Ernüchterung: Narbengesichter mit abgrundtief bösen Augen, vor denen die Mädchen geknickt auf ihre Füße starrten.

Suteman hing finsteren Gedanken nach. „Ich frage mich", herrschte er Hiram und Hasdrubal an, „wie ihr in der Hafenmeisterei aufgetreten seid."

„Du meinst die Hopliten?" Hasdrubal winkte ab. „So viele sind es auch wieder nicht gewesen."

Hiram verschränkte die Arme. „Du meinst, ob die Wind gekriegt haben, als wir uns nach auslaufenden Schiffen erkundigten? Wenn ja, hätten sich nicht zwölf Bewaffnete, sondern drei Dutzend im Laderaum versteckt gehalten."

Andächtig nickte Suteman, und der Schwarze rief ihm zu: „Was ist mit den Frauen, willst du beide für dich?"

„Ihr wollt, dass ich einen Hahn köpfe? Bedauere, ich habe keinen", erklärte Suteman schnippisch.

Der Schwarze grinste hämisch. „Der Strich von gestern ist noch deutlich sichtbar, einmal geht der noch."

Die beiden Frauen waren genau genommen Mädchen. Eines war blond und zierlich, das andere wirkte befremdend. Es war die wie Bronze getönte Haut und die mandelförmigen, schrägen Augen. Beide nestelten vor Angst an ihren Leinenkleidern. Ihr Los bei der Verteilung der Beute war unschwer zu erraten.

Aber Pollux trat selbstbewusst aus den Versammelten vor, weil er bei der Situation nicht tatenlos zusehen wollte. „Sie waren Sklaven und sollten ab heute frei sein. Wer anders redet, ist schlimmer als der Kaufmann, der sie in Knossos erstanden hat!"

Berstendes Gelächter brach los und gab ihm Bescheid, wie andere darüber dachten.

Der Mann aus dem Kaukasus rief: „Was faselt der da? Man sollte ihm den Mund zunähen!"

„Was seid ihr bloß für Tiere?", erwiderte Pollux kopfschüttelnd. „Hattet ihr keine Mutter? Hat euch keiner gesagt, dass es primitiv ist, einem Tier gleich seine viehischen Triebe auszutoben? In meiner Heimat jedenfalls nimmt sich kein halbwegs gebildeter Mann gewaltsam, was nur als Geschenk wirklich gut tut."

Er beschämte die Leute und das war seine Absicht. Abi hätte es nicht für möglich gehalten, wie gekonnt sein älterer Freund mit Worten umzugehen vermochte. „Ihr solltet den Mädchen nicht weiter Angst machen!", warf er der Meute zu. „Zeigt ihnen, dass auch Schwertfischer so etwas wie Ehre und Anstand kennen."

Suteman blickte Pollux streng an. „Du bist nicht der Kapitän."

„Sicher, du entscheidest über das Schicksal der Weiber."

„So denn", schnauzte der Kapitän. „Wir segeln von hier in Richtung Nil-Delta. Bis wir in Memphis anlegen, wird keiner ihnen Gewalt antun. Wenn doch, wird der Mann kielgeholt!"

Er war ein Draufgänger, stark und oft garstig, aber er war nicht dumm. Durch das, was ihm von Pollux in den Mund gelegt wurde, hatte das alte Spiel um die Gunst des anderen Geschlechts an Bord begonnen, und ein väterliches Lächeln signalisierte, wie sehr er sich in seiner Rolle sonnte. „Seht ihr den Holzblock, den bei uns der Takthammer schlägt?", wandte er sich an die Frauen. „Ihr braucht nur den Mut, euch davor zu knien. Kaleb, unser Koch und Schmied, hat schon anderen den Armreif geknackt."

Das blonde Mädchen mit dem hochgesteckten Haar und der spitzen Nase, das zuerst von seinen Ketten befreit wurde, sprach Phönizisch, wie die meisten auf dem Schiff. Es verfolgte den Wortwechsel mit und suchte instinktiv bei Pollux und Abi Schutz. „Ich bin Semiris", stellte sie sich vor.

Abi fiel so rasch nichts ein, was er sagen könnte, aber das Kleid aus Leinen hing von ihren schmalen Schultern wie ein Sack, und er gab ihr das Stück Kordel, das von dem Sonnendeck am Heck des Handelsfahrers stammte. Sie band es sich um und lachte ihn dankbar an. „Du kannst wohl Gedanken lesen. Dabei vergesse ich ja, dass ich eine Sklavin bin."

„Na hoffentlich", rutschte Abi heraus, und es machte ihn verlegen, bei ihr Anklang zu finden.

Nun gesellte sich auch das andere Mädchen hinzu. Nie zuvor traf Abi eine Frau wie diese. Nie würde er diese brennenden Augen vergessen können. Sie war nicht größer als in Aschkelon die Kinder, und die Heiterkeit, mit der Semiris das Kleid um sich gerade zupfte, ermutigte sie, Vertrauen zu Pollux zu schöpfen. Schnell merkte sie, der verstand wenig aus ihrem Sprachschatz, aber ihre Schicksalsgefährtin vermittelte und erklärte: „Kirsa stammt aus Batawe, einer Stadt am Gestade südlich des Pharaonenreiches. Kirsa wurde, wie alle vierzehnjährigen Kinder der Stadt, nach Llanka geschickt, wo sich ein Hexenmeister des Thrones bemächtigte und man sie auf dem Sklavenmarkt zu Llanka versilberte. Sie ging in den Besitz eines Assyrers über und kam mit einer Karawane nach Sidon ... vor rund sechs Jahren. Wir lernten uns kennen auf dem Sklavenmarkt zu Delos, an dem Tag, als meine Mutter starb. Kirsa ist vor vier Tagen siebzehn geworden."

„Du sprichst zwei Sprachen?", staunte Abi.

„Nur das Griechische richtig", erklärte Semiris, „Mein Phönizisch lässt zu wünschen übrig, ist mehr ein Kauderwelsch aus Sidonisch, Aramäisch und Hebräisch. Aber sie und ich sind aus dem gleichen Stall. Durch sie verstehe ich auch ein paar Brocken Singhalesisch und kenne ihre Geschichte."

Pollux schaute sich beunruhigt um. Die Tatsache, dass die Ziele der allgemeinen Begierde sich mit keinem außer Abi und ihm abgaben, trug den beiden Freunden Hader mit der übrigen Mannschaft ein.

„Das hat Folgen", raunte Pollux.

„Was meinst du?", fragte Semiris betroffen.

Pollux lächelte entschuldigend. „Nichts. Es genügt bloß nicht, die Leute bei ihrem Ehrgefühl zu packen. Denen etwas von Anstand zu erzählen, hätte ich mir schenken können."

Semiris zuckte hilflos die Achseln. „Was soll ich denn tun? Du machst mir Angst."

Auch Abi vergewisserte sich über die Schulter, wie die Stimmung bei Sutemans Leuten war. Er merkte nicht, dass Semiris ihn mit Herzklopfen entzückt betrachtete. Pollux mochte ein nettes, wenn auch ernstes Gesicht haben, sein schulterlanges Haar war schon schütter, an den Schläfen ergraut. Dem Alter nach hätte er ihr Vater sein können. Abi hingegen war jung und unverdorben, und was er bei den Schwertfischern erlebte, gab seinem Gesicht den nötigen Ernst, der ihm früher fehlte. Der breiten Stirn und seinen Augen aus Bernstein wohnte eine natürliche Heiterkeit inne, die ihr guttat. Er klang so unbefangen, ohne sich in den Vordergrund zu stellen. Sie überlegte ernsthaft, ob sie ihn von früher kennen könnte und verwarf das, aber sie mochte dieses schüchterne Lächeln um seine Mundwinkel. Ihre Mutter, besann sie sich, verriet ihr über Männer mit so ausgeprägten Lippen, die seien leidenschaftlich und willensstark. Für sie war er ein ganz besonderer Mensch, und er hatte etwas gut bei ihr.

Am Blutstrich wartete unruhig die ganze Bruderschaft, weil auch eine Truhe und vier Amphoren Wein zur Beute zählten. Abi ließ es sich nicht nehmen, ebenfalls sein Glück zu versuchen. Am Tag vorher, als er das kretische Bronzeschwert einstrich, hielten die meisten es für Zufall. Heute bewies er sich und allen, er hatte tatsächlich ein goldenes Händchen für das Spiel um den geköpften Hahn. Pollux half ihm, die mit Seide gefüllte Truhe zur Heckflosse zu schleppen. Als Suteman die Amphoren zum nächsten Preis erklärte, flüsterte Pollux ihm zu: „Das ist ägyptischer Wein, mein Freund, gewürzt mit Anis und Koriander, berühmt für seine süßen Träume. Das gäbe ein Fest! Komm, tritt noch einmal an."

Abi winkte gemach ab. „Mir ist lieber, sie halten es für Anfängerglück."

4.

Um von den Kykladen nach Ägypten zu gelangen, mussten sie südwärts segeln und das Mittelländische Meer überqueren. Vom Mond verblieb nur eine dünne Sichel, als sich die Bireme in einer lauen Nacht der Küste des Pharaonenreiches näherte. Zu seiner Mündung hin erreichte der Nil eine ungeheuere Breite. Beide Ufer erstreckten sich in nebelhafter Ferne, hielt man sich in der Mitte des Stromes.

Semiris verbrachte die dritte Nacht bei Pollux und Abi unter der Kielflosse. Weil sie nach einem bösen Traum nicht wieder einschlafen konnte, schlug sie die Decke zurück und stand auf. Sie konnte leise das Schnalzen der Dünung wahrnehmen und dazu das vielschichtige, leise Schnarchen der verstreut Schlafenden. So geisterte sie ziellos über das Deck. Plötzlich wurde sie unter dem Mastbaum drei Gestalten gewahr, die Schatten gleich im Flüsterton miteinander stritten. Da sie keine Notiz von ihr nahmen, drückte sich Semiris in eine Nische, hockte sich auf ein verknülltes Segeltuch und spitzte neugierig die Ohren. Ein hochgewachsener Mann in knielangem Schuppenhemd sprach in einem assyrischen Akzent.

„Der Alte sagte, wer sich an den Frauen vergreift, wird kielgeholt", entfuhr dem Mann, und da er sich umdrehte, um ein Auge aufs ferne Gestade zu werfen, wo bald die Pyramiden auftauchen mussten, fiel Semiris auf: Er trug die langen Haare zusammengebunden im Nacken.

„Eben, ich lebe zu gern und bin nicht von Sinnen", unkte ärgerlich ein hagerer Kerl, den sie, der dunklen Haut nach, zuerst für den Nubier hielt. „Also lassen wir das."

„Du verstehst nicht, Habiru", beschwichtigte ihn der Assyrer.

Auch Semiris wusste, dass Habiru ein übles Schimpfwort für die Ägypter war, und auch, wen alle so nannten.

„Pass auf", erklärte ihm der Assyrer. „Die kleine Frau mit den Schlitzaugen und der platten Nase versteht kein Wort, egal ob wir Sidonisch oder Hebräisch quatschen. Was immer wir ihr antun, sie kann sich nicht mitteilen. Sobald einmal ihre Freundin nicht bei ihr ist, werde ich nach Pollux rufen. Und kommt er, greifst du der Kleinen unter das Kleid. Wirst staunen, was die für ein Geschrei anstimmt."

„Oh nein, nein, nicht ich!" Habiru wehrte händefuchtelnd ab. „Hast du Suteman vergessen, Sanherib? Sie werden mich kielholen!"

Sanherib hieb die Faust an den Mast und sah mit geballter Rechter himmelwärts, stöhnte auf. „Großer Baal, warum hast du diesen Mann nicht als Huhn auf die Welt geschickt? Wenn er schon mit dem Gehirn eines Huhnes ausgestattet wurde."

Er rieb sich nervös über das Kinn. „Dann leite ich es ein und du holst Suteman. Aber so muss es ablaufen."

Habiru starrte ihn ungläubig an. „Dann werden sie dich kielholen. Suteman hat gesagt, wer den Frauen Gewalt antut, der wird ..."

Die Hand des Assyrers fasste auf seine Schulter und schüttelte ihn leicht. „Nein", unterbrach er den Kleineren. „Ich werde nicht kielgeholt. Du hättest ja zuvor Pollux gerufen. Ich werde, wenn Suteman hinzukommt, den beschuldigen."

„Der Alte wird die Kleine ausführlich befragen", mischte sich der Schwarze ein.

„Na soll er doch", versetzte der Assyrer und lachte leise. „Ich werde ihr die Worte im Mund umdrehen, und ihr werdet bezeugen, was ich sage. Nicht ich, sondern Pollux wird kielgeholt."

„Ohne Pollux wird der Neue beim nächsten Kaperzug draufgehen", folgerte der Ägypter.

„Genau das wird geschehen, Habiru. Und dann wird ein Wurf nach dem roten Strich entscheiden, wer eine der Frauen abkriegt."

„Nicht übel der Plan, Sanherib", gab der Schwarze heiser zu. „Aber was ist, sollte Pollux das Kielholen überleben? Der ist zäh."

„Das liegt ganz bei uns", gab ihm der Assyrer zu verstehen. „Beim Kielholen bestimmt die Mannschaft, wie es ausgeht. Wenn er unter dem Schiff ist, lassen wir das Seil los. Er wird ersaufen, ehe er wieder an die Luft geholt werden kann."

Habiru räusperte sich. „Wenn das so ist, mache ich das, so wie du gesagt hast. Und du rufst Suteman."

„Na also, ich wusste doch, du bist brauchbar."

Semiris wurde speiübel über das Mitgehörte, und sie bekam einen trockenen Hals, so ging es ihr unter die Haut. Sie legte sich hinter dem am Heck aufgeschlagenen Baldachin auf die Planken, bemühte sich, nicht mit den Lidern zu zucken, um den Anschein friedlichen Schlummerns vorzutäuschen, bis die drei Männer wieder ihre Schlafplätze aufsuchten. Dann schlich sie zum Heck zurück und rüttelte Abi hoch. „Sie wollen Pollux umbringen", berichtete sie aufgeregt.

Abi war sofort hellwach, und sie weckten Pollux.

„Ihren Plan zu kennen", stellte der fest, „ist jetzt unser Vorteil. Jedoch nur, so lange sie von einer Zeugin nichts wissen."

Zunächst berichteten sie es Kirsa und vereinbarten, sobald sie schrie, würde Pollux die Nähe von Suteman suchen und mit ihm gemeinsam zu Hilfe kommen. Gegen Nachmittag geschah es. Kirsa hielt sich allein am Mast auf, und Sanherib wähnte den Moment günstig und rief nach Pollux.

Aber Pollux dachte nicht daran, gleich hin zu eilen. Habiru näherte sich ihr, ohne die Falle zu ahnen. Er baute sich mit einem frechen Grinsen vor Kirsa auf und langte ihr ungehobelt zwischen die Beine. Kirsa strafte ihn mit einer schallenden Ohrfeige. Wie ihr Pollux eingeschärft hatte, rief sie nach Suteman. Der feurige Handabdruck auf der Wange des Ägypters sprach für sich, und Pollux packte Habiru am Oberarm, worauf dieser es mit der Angst bekam.

„Was ist denn hier passiert", bellte Suteman und nickte, als sei ihm das durchaus klar. Sein Blick wurde streng. „Ich habe euch gewarnt", fuhr er Habiru an. „Du wirst dich erinnern. Und du weißt, ich bin kein Freund leerer Drohungen."

Dadurch drohte das Kielholen nicht Pollux, sondern Habiru wurden die Hände gebunden und die Füße zusammengeschnürt. Er wünschte sich, er hätte auf den eigenen Verstand gehört, doch gab es kein Erbarmen bei den Schwertfischern. Früh am Morgen legte man ein Seil vom Bug bis zum Heck und ließ es, mit Bleiklümpchen beschwert, von der Bordwand ins Meer sacken, bis es unter den Kiel griff. Er wurde daran gebunden und mit den Füßen voran unter den Bug gezerrt. Der Mannschaft fiel die Aufgabe zu, ihn mit vereinter Kraft unter das Schiff hindurch zu ziehen. Eile war geboten – alle gaben auf Deck ihr Bestes, ebenso Abi und Pollux. Doch es war zu viel für den schwächlichen Mann vom Nil. Seepocken und Muscheln können schneiden wie Messer, und die triefende Leiche, die sie am Heck aus dem Meer bargen, war blutig, als hätte man sie den Tatzen eines Löwen entrissen. Nichts konnten sie mehr für den Armen tun und übergaben ihn dem Strom, der in seiner Heimat Welt und Unterwelt schied.

„Das habe ich nicht gewollt", schluchzte Semiris.

„Ich auch nicht", erklärte ihr Pollux. „Der Falsche musste es büßen. Es war Sanheribs Plan und der von Anuhlada. Das kannst du mir glauben oder nicht. Habiru war bloß der Esel, den sie benutzten, es in die Tat umzusetzen."

„Glaubst du, die geben jetzt Ruhe?", fragte Abi leise.

Pollux runzelte die Stirn. „Glaubst du das?"

„Nein", gestand er.

Beunruhigt streiften Pollux' Augen hinüber in das angespannte Gesicht von Semiris. „Sanherib wird auf Rache sinnen. Kirsa soll den Laderaum meiden. Mach ihr das klar. Sonst wird sie bald wieder belästigt."

Erschrocken blickte Kirsa nieder. Sicher verstand sie das Wenigste von dem, was die Männer so aufgeregt besprachen, aber dass man sie meinte, wurde ihr bewusst. Pollux sah sie bedeutungsvoll an. „Ich wäre gezwungen, einzugreifen. Wie könnte ich dir denn in dem Moment sonst helfen? Und dann ginge Sanheribs Plan doch noch auf."

Kirsa holte tief Luft. Ob sie ihn verstanden hatte?

Abi dachte nach, und ihm fiel ein, sie würden in zwei Tagen den Hafen von Memphis erreichen. Dort sollten die beiden Mädchen an Land gelassen werden, denn Weiberbekanntschaften wie die, die sich ihm und Pollux erschlossen, waren an der Tagesordnung bei den Schwertfischern. Es war ungeschriebenes Gesetz, diese währten höchstens bis zum nächsten Hafen. „Ob Hasdrubal uns für zwei Tage sein Kämmerchen im Laderaum überlässt?", überlegte Abi bei diesen Aussichten. „Ich hätte da vier Kupferstücke im Wert von einem ägyptischen Deben anzubieten oder drei Ringe im Beutel. Oder ein fingerlanges Silberstück."

„Mitunter", sagte Pollux, „hast du gute Ideen. Das Silberstück sollte allerdings ausreichen für den Zweck, wenn du so gut schachern kannst wie nach dem Blutstrich werfen."

Semiris fiel ihm dafür um den Hals. „Ich hätte kein Auge zugetan bis Memphis", hauchte sie, und Abi ging forsch zum Steuermann.

Zum Abend stiegen sie mit ihrer wuchtigen Truhe beladen in den Schiffsrumpf hinab. Der Verhau von Kabine enthielt eine Pritsche und einen alten Korbsessel. Dicke Luft schlug ihnen entgegen, vom Dunst einer Tranlampe, von wohlriechenden Salben und von verschüttetem Wein. Auf einer kleinen Kiste erhob sich ein spitzer Berg zerflossenes Wachs mit einer aufgetropften Kerze, von denen unzählige im Laderaum lagerten. Pollux' Blick schweifte zur Tür, und Abi legte den Riegel vor und kramte aus der erbeuteten Kiste ein Bärenfell hervor, während die Mädchen die Pritsche mit einer Brokatdecke bezogen, um sich anschließend gemeinsam auf dem Lager niederzulassen. Pollux sah, wie eng es wurde und verweilte an der Tür. „Ich werde erstmal Archi fragen, wie es um die Stimmung an Bord steht, nach dieser Seebestattung."

Als er die Tür hinter sich zudrückte und Abi den Riegel vorlegte, ergriff Semiris das Wort. „Ich möchte am liebsten nie wieder auf Deck", vertraute sie ihm an und verkrampfte die auf dem Schoß liegende Hand in das Bärenfell, mit dem sie sich zudeckten.

Kirsa flüsterte ihr etwas ans Ohr und wechselte umgehend zum Korbsessel hinüber. Es erweckte den Anschein, sie fühle sich geborgen, wollte nichts mehr als schlafen und das genießen. Die eintretende Stille spürte nicht nur Abi, aber der schnaufte, als wäre ihm eine Laus über die Leber gekrochen. Genau einmal hatte er versucht, sich einem Mädchen zu nähern, und es blieb in seinem Gedächtnis haften, da ihm Ruthchen erklärt hatte, wie leicht man mit Zärtlichkeiten eine Freundschaft zerstören kann. Im Grunde hatte sie ihn für sein Werben abgekanzelt wie einen Stümper. Und er fürchtete, er könnte mit den falschen Worten das gewonnene Vertrauen zerstören, das lähmte ihm die Zunge. Was er auch sagen würde, es könnte nach Abschied schmecken, denn ihre Wege würden sich trennen.

„Ich wuchs am Rande einer Wüste auf", erinnerte er sich. „Und manchmal ist es als würde die brütende Hitze aus den Dünen auf die Stadt übergreifen. Jede Kreatur meidet an einem solchen Morgen die Sonne. Ich floh gewöhnlich in den Fischerhafen, und dann kamen mir die Stunden wesentlich länger vor als um die Jahreswende, wenn keine Karawanen mehr gehen und bitterkalte Nächte anbrechen."

„Na ja", druckste sie, „wie es einem eben vorkommt."

„Nein, es kam mir öfter als einmal so vor. Und ich habe öfter als einmal auf Ebbe und Flut geachtet, saß ich an meiner gewohnten Stelle bei den Steinen am Fischersteg."

Semiris fing an, ernsthaft darüber nachzudenken und lernte ihn heute um einiges besser kennen. Er entdeckte einen kleinen Stapel Kerzen in der Ecke der Kabine, brach die gebrauchte Kerze vom Wachsberg, um sie gegen eine neue auszutauschen, und gab das Flämmchen daran weiter. „Es wird gerade dunkel. Wir wollen mal sehen, wie viele Kerzen herunterbrennen, bis der nächste Morgen anbricht."

„Warum?", wollte sie wissen.

„Um bei Tagesanbruch eine neue Kerze aufzupflanzen. So können wir nach einem Tag sehen, ob Tag und Nacht stets gleich lang dauern, oder ..."

Verwundert betrachtete sie ihn. „Wo ich geboren bin, preisen sie das Helioskind, das mit seinem Sonnenwagen die Welt erleuchtet, aber es verdrängt immer bloß für einen Tag die Finsternis, denn über die Nacht gebietet Selene, seine Schwester. Ihr Name verbindet sich bei uns mit Erde, Grab und Totenwelt, und sie treffen sich nie."

Abi hielt irritiert die Luft an. „Na, auf jeden Fall haben wir genug Kerzen, uns diesen Spaß erlauben zu können." Er blickte befangen auf ihre nackten Füße. Sie lehnte an der Holzwand und hielt ihre Knie umschlungen, und er fragte sich, ob er sich jetzt etwas einbildete, denn Kirsa schnarchte. Zwar leise wie eine Katze, aber sie schnarchte. Endlich waren sie unter sich.

Wie man sich fühlt, wird man aus dem geregelten Wohlleben heraus ins Elend gestürzt, hatte Abi am eigenen Leib erfahren müssen und auch, dass Dinge und Ereignisse, für die wir zuvor kein Auge hatten, dadurch einen neuen Wert erhalten können. Semiris Lächeln genügte, um einzusehen, die Sklaverei stellte eine unsagbare Ungerechtigkeit dar und kein schicksalhaftes Unglück. „Bist du als Sklavin geboren?", fragte er verstohlen.

Ein wehmütiges Lächeln huschte ihr über Augen und Mund. „Ja, und ich kann mich glücklich schätzen, noch zu leben. Bei uns wurden im Schlafhaus der Sklaven geborene Säuglinge, noch blutig von der Geburt, im Fluss ertränkt wie Katzen."

„Eine grässliche Maßnahme, doch üblich", bekannte er und schüttelte sich, so unbehaglich wurde ihm zumute, besann er sich auf mysteriöse Geschwister, die man der Gosse preisgab. Das zu akzeptieren bedeutete den Einstieg in die Welt der Erwachsenen, und seine Eltern waren bei fünf aufgezogenen Kindern noch großzügig verfahren. Aber das anzuschneiden verbiss er sich. „Wir halten auch Sklaven, und mein Vater lässt, wenn es sich bietet, Eheleute beisammen. Das fördert den Familienzusammenhang unter den Unfreien und jeder Sprössling mehrt schließlich sein Vermögen."

Semiris erschrak, wie unbekümmert er das zum Besten gab. Auch ihr einstiger Herr redete in diesem Ton, und es störte sie nie, doch das Gefühl, mit Abi auf Augenhöhe zu sein, wurde schlagartig weggewischt unter der Erkenntnis, für ihn immer eine Kreatur gleich dem Vieh zu bleiben. „Der Mensch ist in jungen Jahren noch unfähig, gewaltige Schicksalsschläge in ihrer Tragweite zu erkennen," bemerkte sie, die Stimme belegt, als wolle sie gleich brechen. „Und das ist ein gnädiges Geschenk der Natur, sonst würde jeder unfrei Geborene Hand an sich legen, ehe er das Alter von zwanzig Jahren erreicht."

Sein Leben lang hatte Abi die Vorzüge der Sklaverei niemals infrage gestellt. Als ob das Leben nicht ohnedies kompliziert genug wäre, überlegte er, doch es rüttelte erheblich an seinem Weltbild, und Semiris nahm gleich wieder den Faden auf. „Prodikus, dem meine Mutter gehörte, ließ mich zunächst bei ihr. Sie war damals schon auf den Tod krank und starb, ehe ich zehn war. Sie war schwindsüchtig, und noch heute sehe ich oft im Traum ihre großen, schwarzen Augen, von Schatten umflort, die der Tod schon gezeichnet hatte. Ich durfte ihr helfen, schwärmten wir zur Lese auf den Weinberg aus, und wenn die Kiepe voll wurde, dann durch mich. Oft musste ich sie stützen, und die schlechte Behandlung auf dem Feld beschleunigte den Verlauf ihrer Krankheit, ehe unser damaliger Herr endlich ein Einsehen mit ihr hatte und sie zur Betreuung seiner greisen Mutter ins Haus abrief."

Abi griff verlegen nach seiner Nase, und Semiris zog ernst die Brauen hoch, um nicht von ihm unterbrochen zu werden. „Nie jammerte sie über Beschwerden und hatte doch einen Leistenbruch, der sie fast am Gehen hinderte, da ihr ganzer Unterleib mit Bandagen gewickelt war. Sie machte kein Geheimnis daraus, wie sehr sie den Tag herbeisehnte, an dem sie zu den Schatten ihrer Lieben hinabsteigen würde. Sie war fest überzeugt von einem weiteren Leben nach diesem irdischen. Ich sehe mich noch auf ihrem Schoß sitzen, unter lauter fremden, stummen Menschen an Bord eines Seglers. Ich sehe, wie wir im Licht einer feurigen Sonne am unirdisch leuchtenden Tempel von Lindos vorbeidrifteten, bevor in der Nähe Anker ausgeworfen werden. Und schon damals ging mir durch den Kopf, welch seltsam widersprüchliche Früchte das Trachten der Menschen doch hervorbringt: Da fahren Schiffe, mit allem Elend des Erdkreises beladen, an weißen Tempeln auf hochragenden Felsen vorbei, und wenn in den Schiffsleibern die Elenden verrecken, opfern da oben weiß gekleidete Priester vor vergoldeten Götterbildern. Damals schienen mir all die hehren Tempel zum Verderben der Armen und Elenden errichtet …"

„Und dann starb sie?"

„Auf dem Sklavenmarkt von Delos. Auf dem drehbaren Podest am Eingang hatten sie einige wohlgestaltete Nubier aufgebaut und bestrichen ihnen zum Zeichen, erst kürzlich aus Übersee eingetroffen, einen Fuß mit Gips. Hinterher sollten wir wie Ramschware weggehen, doch sackte sie mir dort wie vom Blitz getroffen in die Arme, ich konnte sie nicht halten. Man zog mich von ihr fort, und ich habe keine Ahnung, wo ihre Gebeine liegen."

Abi ahnte, wie sie damals litt und sah sie mit herabgefallenem Kiefer an. „Warum wurdet ihr verkauft?"

„Eine Haussklavin kriegt es mit, wenn den Herrschaften die Felle wegschwimmen. Prodikos' Wohlstand muss wohl den Neid eines Gottes erregt haben. Irgendwann breitete sich Mehltau über die Weinberge aus. Wir mühten uns, die kranken Rebstöcke auszumerzen, doch vergebens. Die Weinlese brachte dermaßen klägliche Ergebnisse, dass Prodikos den Weinberg hätte neu bepflanzen müssen, und dafür fehlten die Mittel. So wälzte er das Verhängnis auf seine Sklaven ab und stieg auf Schafzucht um. Alle Sklaven, bis auf zwei, kamen unter den Hammer."

Als Abi erschüttert nickte, sprach Semiris aus, was sie in dem Augenblick dachte. „Schade, wir werden uns wohl aus den Augen verlieren."

Mochte sie ihn? Bedauerte sie es wirklich?, fragte sich Abi.

„Du sagst doch, du gehörst so wenig zu dieser Bruderschaft wie ich", erinnerte sie ihn. Ihr Blick forderte ihn heraus. „Magst du mich, Abi?"

Er schluckte. Die Augen streiften zur Holzdecke hinauf. Dann sah er sie freudig an. „Ja, ich mag dich, Semiris. Du hast das schönste Kinn, das eine Frau haben kann, so gerade wie ich mir das Antlitz der hellenischen Artemis vorstelle. Deine Art zu reden erinnert mich an meine große Schwester, aber mit der habe ich mich zuletzt manchmal gestritten wie ein altes Paar. Ich glaube, mit dir geht das gar nicht."

Die hohe Stirn gesenkt, ließ sie auf sich einwirken, was er sagte. Es machte sie verlegen und regte ihr Herz an, schneller zu schlagen. „Weißt du, warum ich dich mag? Weil ich mich in deiner Nähe stärker fühle." Sie strich sich eine Strähne aus den

Augen. „Ich spüre, dass du mich gegen jeden verteidigen würdest. Und du hast so einen Zug um die Mundwinkel, der gefällt mir ... ebenso deine Augen."

Es tat Abi gut und machte ihm Mut. „Schmeichelhaft", seufzte er. „Und schön, wenn man über die gleichen Dinge lachen muss."

Aber sie hatte ihm noch mehr mitzuteilen. „Ja, das finde ich auch. Gut, dann komme mit mir, wenn ich in Memphis an Land geschickt werde", forderte sie. „Warum springst du in Memphis nicht einfach von Bord und verschwindest im Hafen? Wir könnten uns überlegen, wo wir uns wiedertreffen. Bei einem Tempel vielleicht."

Abi überschlug im Geiste sein Verhältnis zu Leuten wie Archaz oder Laban, der ihn immerhin aus Distanz grüßte, und dann seine Beziehung zu Hasdrubal und sagte leise: „Hasdrubal ist mir gewogen, für die beiden Ringe, die es ihm einbringt, falls wir für die nächsten Tage hier wohnen. Aber Hiram hat ein wachsames Auge auf mich. Ich glaube, er würde mir nachspringen."

Sie lauschte seiner Stimme und fasste, als wären sie längst Mann und Frau, enthusiastisch nach seinem Handgelenk. „Bitte lass mich nicht allein, sind wir in Memphis."

In dieser Sekunde begriff er, wie ernst es Semiris mit ihrem Vorsatz sein musste. Sie schob ihm die Entscheidung zu, wie wichtig es ihm war, sie nicht wieder aus den Augen zu verlieren.

Bisher fühlte er für sie eine Zuneigung, ähnlich dem, was er früher für Ruth empfunden hatte, die ihn so oft vertröstet hatte, oder für seine Schwestern, die jetzt vielleicht in Aschkelon im Garten auf der Steinbank den Abend erlebten und über ihn redeten. Mehr nicht, weil er mehr nicht zu hoffen wagte. Auf einmal wurde ihm klar, ihre Nähe gab ihm eine Wärme, die keine andere Frau ihm geben konnte. Er sah sie nie als Sklavin, eher als Frau mit einem warmherzigen Lächeln, viel zu schön für ihn. In seinem Herzen wühlte die Befürchtung, für sie lediglich der Schützling von Pollux zu sein, und seine Schüchternheit beschwor ein Problem herauf. Beides hatte sie ihm mit ihrer plötzlichen Offenheit genommen, und es war an ihm, zu entscheiden, was er in dieser Stunde daraus machte.

„Ja", sagte er leise, „ich komme mit. Aber du musst Geduld aufbringen."

Von dem Moment an hätte Semiris ihm keine Bitte mehr abgeschlagen. Zufrieden streckte sie sich auf dem Bett aus. So dringlich war es mit der Flucht jetzt gar nicht mehr, dass man nicht das Pläne schmieden auf einen späteren Zeitpunkt verschieben könnte.

Mit einem gelösten Schmunzeln merkte sie, wie er die Hand auf ihr Knie verlagerte und das Leinenkleid nach oben schob, sodass es sich über ihrem Bauchnabel bauschte. Das Haar an ihrem Schoß war so dunkel wie das unter ihren Achseln. Semiris empfand keinerlei Scham, doch das Herz klopfte ihr wie an dem Tag, an dem sie ihre Unschuld verloren hatte, und sie erinnerte sich der Zeit, die sie bei Nikia in Agia Photia zugebracht hatte, im Haushalt eines alten Gutsherren auf Kreta. Dessen Berührungen hatten sie nie zu erregen vermocht. Während von Abis Hand ein Reiz ausging, unter dem sie erschauerte. Sie strich um ihre Schenkel und suchte die Lenden, und plötzlich lagen sie übereinander, küssten sich und fühlten, wie sehr sie zusammengehörten. Niemand hörte sie seufzen in dieser Stunde, aber Semiris fühlte sich geliebt – eine ganz neue Erfahrung für sie. Lieber wäre sie gestorben, als Abi danach wieder aufzugeben.

Es geschah, während Kirsa leise aber vernehmlich im Hintergrund schnarchte, fast wie ein zur Kabine gehörendes, kleines Kätzchen. Die erste Kerze war heruntergebrannt, es war Mitternacht, und sie lagen danach nebeneinander und starrten zur Holzdecke empor, auf der Schritte umherwanderten, weil jemand übers Deck schlich. Sehr genau ließ sich sagen, oben hatten sich einige aus der Mannschaft am Mastbaum getroffen und warfen Gegenstände wie Ringe und Steinchen nach einem fast verblichenen Blutstrich. In ungleichen Abständen kullerte immer wieder etwas klackernd über die Decke der Kabine.

„Um was sie wohl werfen?", rätselte Abi und tropfte die nächste Kerze fest.

Da klopfte es. Er nahm den Riegel ab, und Pollux trat ein. „Diesmal geht Suteman anders vor. Sie haben sich geeinigt, das nächste Schiff, das diesen Arm des Deltas nimmt, zu kapern. Sie wollen kein Getreide, sondern Schmuck. Schmuck ist nun einmal das beste Zahlungsmittel."

Abi holte betreten Atem, denn es war viel, was Pollux da an Neuem brachte. Beim letzten Entern hatte er seine Angst zu vergessen vermocht, sagte er sich, aber das half ihm wenig, wenn es darum ging, gefasst der nächsten Kaperfahrt entgegenzusehen. Beruhigend wirkte allein der Gedanke an den Bund mit Pollux. Pollux war perfekt mit seiner minoischen Doppelaxt und bei seiner Geschicklichkeit so gut wie unverwundbar. Durch ihn würde er auch den nächsten Kampf überstehen. Er wünschte, es läge schon hinter ihm.

Pollux' Blick fiel auf die brennende Kerze. „Das weckt Erinnerungen", bemerkte er, „an die Kaperzüge, von denen keiner aus der Bruderschaft gerne erzählt."

„Du vergisst das Erz, das sich zu den Kerzen noch anfand. Das sind mindestens zwanzig Deben."

„Stimmt. Eisenerz ist wertvoller als Gold", gab ihm Pollux recht. „Aber ich habe schon erlebt, dass wir ein Schiff enterten und nur einen Laderaum voll Weinfässer gewannen. Die Leute stolperten nachher mit roter Nase an Deck umher, bis Suteman anordnete, den Laderaum zu bewachen. Den Rest haben wir in Anhebar verhökert – gegen zwanzig Schekel in Silber."

Abi und Semiris hielten sich die Bäuche vor Lachen, und Kirsa, die nicht recht wusste, ob dies angebracht war, kicherte leise mit. Pollux fügte hinzu: „Ich weiß auch noch, als wir einmal eine Handvoll Eunuchen im Laderaum fanden. Aber Hasdrubal hat in Ugarit immerhin fünfzehn Schekel Silber für sie herausgeschlagen."

Abi nickte nur, denn ihm fiel wieder ein, was Suteman als Nächstes plante. „Mir ist flau bei dem Gedanken an morgen", erklärte er.

Pollux betrachtete ihn einen Augenblick wie ein Vater, der sich fragt, ob sein Sohn schon selbstständig ist, und sagte: „Ich habe auch ein ungutes Gefühl. Ich glaube, morgen sterbe ich."

Abi stand auf einmal aufrecht vor ihm in der Kammer. „Werde nicht sentimental Pollux. Visionen sind den Priestern vorbehalten. Du denkst, es könnte so sein, aber du denkst das nur. Du hast dich da böse in etwas hineingesteigert."

Es kränkte ihn nicht, Pollux lachte ihn an. „Du kannst es mir glauben – oder nicht. Was in mir vorgeht, bilde ich mir nicht ein. Es ist ein Gefühl, wie es eine Blume haben könnte, die sich schließen will."

„Du sprichst manchmal eine seltsame Sprache", entgegnete Abi. Durch das tägliche Zusammensein mit Pollux war er in den letzten Tagen aufgeblüht zu einem freieren Menschen. Durch ihn verstand er es mittlerweile meisterhaft, nach dem Blutstrich zu werfen. Machte er mit, gewann er meistens. Ja, sein Ansehen stieg – nur die Beliebtheit litt. Als er zurückrechnete zu dem Tag, an dem das Schiff seines Vaters hatte brennen müssen, lag das 22 Tage zurück. Eine Stimme in seinem Hinterkopf riet ihm, nicht länger als bis Memphis dabeizubleiben. Der einzige Freund, auf den er neben Pollux zählen konnte, war Archaz der Armenier. Doch was konnte er von dem erwarten? Und Laban? Der lächelte zwar wohlwollend, sahen sie sich manchmal von Ruderbank zu Ruderbank an, zeigte ihm jedoch oben an Deck eher die kalte Schulter. Abi wurde unwohl bei der Vorstellung, Pollux könnte wirklich etwas zustoßen.

5.

Der Felsen, in dessen Schatten die Bireme vor Anker lag, leuchtete in der Vormittagssonne wie Kreide, und an den Kräutern, die hier und da an der Steilwand blühten, summten wilde Bienen. Abi hatte das langatmige Warten schon einmal durchgemacht und musste an die Kerze denken, die unterdessen in der Kammer weiterbrannte.

Die Mädchen beobachteten verträumt die Wasserspiele einer Schar wandernder Delfine, deren elegante Spindelkörper sich spielend auf und nieder schwangen, und Pollux erklärte ihnen: „Das sind im Delta ungern gesehene Gäste. Die wollen sich in den reichen Fischgründen des Nils die Bäuche vollschlagen."

Abi strich über das blanke Leder, das ihn umgab. Nach dem letzten Entern hatte er sich auf Pollux Drängen durchgerungen, sich künftig vor jedem Kaperzug in den Harnisch eines Hopliten zu zwängen. Zufällig schaute er zur Flusskurve, als eben ein hoher Steven zum Vorschein kam. Er stieß Pollux an, da rief Archaz schon aus der Mastkorbtonne: „Eine Feluke – kommt vom unteren Nil!"

Zwei Leute holten in Windeseile den Anker ein, das Segel entrollte sich, und Abi stürzte wie die anderen zu den Ruderbänken. Jetzt hieß es kräftig die Riemen durchziehen. Kaleb nahm schon seinen Platz vor dem Eichenblock ein und schlug den Takt. Wer wo saß, gab die Hackordnung vor; die Besten besetzten die vorderen Bänke, um schneller beim Handgemenge mitwirken zu können. Da waren zunächst Chaqu, der Mann in flammendem Rot aus Kardesch und Tamuraz, den sie den Berber nannten. Dazu Ed Jussuf und Karsim, beide aus Sidon, sowie Anuhlada, dessen schweißnasse Schulter schimmerte wie Pech. Sie und der Assyrer gehörten mit Hiram am längsten dazu und hatten sich einst auf hoher See des ursprünglichen Eigners des Schiffes entledigt.

Die Verfolgung dauerte nicht lange. Suteman fuhr noch einmal flüchtig mit dem Daumen über die Klinge seiner Axt und lauerte mit Hiram auf eine Gelegenheit zum Überspringen. Schon krallte sich knirschend der Enterhaken in die fremde Bordwandung, das Seil spannte sich. Hasdrubal lachte wölfisch auf. Kaum prallten die Schiffe aneinander, schwang er sich an einer gelösten Stage hinüber.

Man hätte keinen Apfel essen können, bis die wenigen Decksleute überwältigt waren. Nur ein Gegner in Leder und einem blauen Lendenrock verblieb. Er hatte hellblondes lockiges Haar wie die Menschen des Seevolks aus dem Westen. Suteman selbst knöpfte sich ihn vor. Doch jener duckte sich flink vor dem anschwirrenden Enterbeil und war mit einem Satz bei ihm.

Es kostete Suteman die rechte Hand. Erstaunen stand in seinen Augen. Er hob fassungslos den Arm, doch statt einer Hand ragte ein glänzender Stumpf in die Höhe. Hellrotes Blut sprudelte heraus wie aus einer frischen Quelle, und er mahlte mit den Zähnen, während Kaleb sein Hemd in Streifen riss und damit provisorisch den Stumpf umwickelte. Schnaubend vor Schmerz schickte er Ed Jussuf, Karsim und Tamuraz gegen den Jüngling im blauen Hüftrock. Der sprang in ihre Mitte und wirbelte das Schwert schneller als Abi die Bilder registrierte. Zwei fielen mit dem Kopf voran auf die Planken. Tamuraz verlor beim Schlagabtausch sein Bronzeschwert und zog sich schleunigst zurück.

Alle Kraft zusammennehmend drückte Suteman den Stoff gegen die offenen Adern, um nicht zu verbluten. Sein Gesicht war kalkweiß, und Pollux kümmerte sich um ihn.

„Komm, wir müssen zur ‚Zerberus', empfahl er Suteman. „Hast du Nähfaden in deinem Baldachin, um die Armbeuge sauber abzubinden?"

Damit fiel es Hiram zu, den Fremden, dem Suteman sein Schicksal verdankte, irgendwie unschädlich zu machen. Auf einmal verfügte der über zwei Schwerter, und Chaqu drang auf ihn ein. Jeris der Hebräer agierte unter dem Schellen winziger Glöckchen mit seiner acht Fuß langen Peitsche, und Chaqu hieb immer verbissener zu. Auch sie versagten. Plötzlich taumelte

Chaqu zurück, hielt sich den Bauch und wandte sich auf Deck, dass Abi es nicht mitansehen mochte. Im nächsten Augenblick traf es auch Jeris. Tamurazs Kurzschwert haftete in seiner Hüfte, und er brach lautlos zusammen und regte sich nicht mehr.

Der Gegner war einfach zu wendig. Mit dem Ellbogen wischte er eine lange Locke aus seiner hohen Stirn, hielt schon wieder in jeder Hand eine Klinge und erwartete breitbeinig den nächsten Angreifer. In seinen stahlblauen Augen blitzte ein gefährlich wacher Geist.

„Was ist denn das für einer?", fragte Hiram entgeistert die um ihn Versammelten.

Der Mann, der ihnen solche Schwierigkeiten bereitete, hatte ein unbehaartes Gesicht, wie man es eher von Mädchen oder Kindern kennt. Dazu goldenes Haar, kurz geschnitten, abgesehen von einer kühnen Stirnlocke. Das ließ seine Züge seltsam kantig und nackt wirken.

„Ein Phryger vielleicht oder einer von dem Seevolk aus dem Westen", raunte Sanherib. „Aber bartlos könnte auch jeder von uns so aussehen."

Abi wünschte, er hätte sich mit Pollux zum Baldachin verdrückt. Nur hätte das bei allen den Eindruck geweckt, er würde an Pollux Rockzipfel kleben. Er rieb sich fahrig die Stirn, denn Suteman war ihr stärkster Mann und im Handumdrehen kampfunfähig gemacht worden. Wie dieser Mann im tiefblauen Hüftrock mit zwei Schwertern hantierte, grenzte an Zauberei.

Die anderen wechselten unschlüssig Blicke. Dann sprang ihm Anuhlada mit seiner drei Ellen langen Keule entgegen. Wieder wich er aus, als wäre er nicht aus Fleisch und Blut. Sein Gegenstoß erfolgte so geschwind, man nahm ihn kaum wahr. Abi sah noch den Nubier vor ihm auf die Knie stürzen und sodann lang auf das Deck schlagen. Danach blieb dem blonden Jüngling nur noch ein Schwert. Das andere steckte in Anuhlada.

Laban, der Glatzkopf mit dem Walrossbart, der so lange dabei war wie Abi, fand endlich einen Weg, den Berber oder Phryger, oder was auch immer er für ein Landsmann sein mochte, unschädlich zu machen. Während sich dann Sanherib mit ihm maß, kehrte er mit einem Fischernetz zurück, das im Laderaum schon Staub ansetzte, weil keiner etwas damit anzufangen wusste.

Sanherib ließ kraftvoll seine zweischneidige Axt kreisen, um die Aufmerksamkeit auf sich zu ziehen, da warf jemand vom leicht erhöhten Heck das Netz. Der Assyrer sprang geschwind aus dessen Reichweite und senkte, mit sich zufrieden, die Waffe. Nun war es vorbei mit dem Widerstand des Unbesiegbaren. Seine Streiche führten nur dazu, dass er sich völlig im Netz verheddert, und schließlich auf die Planken fiel. Hiram kniete an seinem Kopf und hielt ihm ein Kurzschwert an den Hals. „Du stirbst, wenn du es darauf anlegst", drohte er. „Wie heißt du?"

Der Mann im Netz spuckte Hiram ins Gesicht. Die Zähne bleckend wischte der sich die Wange ab und schluckte die Demütigung herunter. „Hast du jemanden, der für dich Gold gibt?"

Er erhielt keine Antwort. Hiram erhob sich und trat zornig auf den Liegenden ein. „Willst du wohl antworten, du Hund", schrie er ihn an. „Unsere Leute würden dir am liebsten die Haut über die Ohren ziehen. Aber ich schenke dir das Leben, falls du bei uns mitmachst."

Der Gefangene presste stur die Lippen aufeinander.

Die meisten wohnten neugierig diesem Schauspiel am Heck des geenterten Schiffes bei, während Hasdrubal und Tjalf, der Beutelschneider, in den Laderaum hinabstiegen. Ein fürchterliches Fauchen hub an, als hätte man einem Löwen am Schwanz gezogen. Hasdrubal kehrte mit blutigem Arm an Deck zurück und warf hastig die Klappe zum Laderaum hinter sich zu. „Dort unten tobt eine gestreifte Bestie herum, groß wie ein Löwe und flink wie ein Leopard."

„Ein Tiger", bemerkte Hiram. „Mann, Hasdrubal, wo ist Tjalf? Der war doch mit runter."

„Die Bestie nimmt ihn gerade auseinander."

„Na wenigstens hast du überlebt", tröstete ihn Hiram.

„Das schon", stieß Hasdrubal über die Zähne hervor und blickte angestrengt atmend auf seinen Unterarm. Der war grausig zerfleischt, und der Verband, den ihm Kaleb anlegte, im Nu durchgeblutet.

Auch Suteman fiel für Stunden aus, doch Hiram bewahrte den Überblick. „Ist Gold oder anderes Erz im Laderaum? Etwa Zink, Kupfer oder Bronze?", fragte er mit vor Aufregung bebender Stimme.

Hasdrubal schüttelte den Kopf. „Nein, weder Waffen noch wertvolle Stoffe, nichts außer einer gereizten Raubkatze."

Darauf lud sich Kaleb den Eingewickelten über die Schulter als wäre er ein Leichtgewicht und sie verließen ohne Beute die zum Heck hin mit Gefallenen gepflasterte Feluke. Im Laderaum blieb ein Tiger zurück, und bevor sie sich von der Bordwandung lösten, flog ein Brand hinüber.

Unsagbar erleichtert stimmte es Abi, denn Pollux blieb unversehrt. Sein Lendenschurz war mit Blut verschmiert, aber es war nicht sein eigenes. „Siehst du", begrüßte er den Freund, „manchmal täuscht uns unser Gefühl auch."

„Der Tag hat erst begonnen", raunte Pollux.

Das erinnerte Abi an die Kerze. Er war davon ausgegangen, die Sonne würde noch geraume Zeit brauchen, ehe sie den Zenit erreichte, doch der Wachsberg war zerronnen, das Holz darunter rußig angekokelt. Hätte der Kampf ein wenig länger gedauert, wäre ihr Schiff abgebrannt, denn die beiden Frauen sahen vom Bug aus zu und erschienen erst nach ihnen in der Kammer. „Semiris", sagte er bestürzt, „ich dachte, du behältst die Kerze im Auge."

„Ich... hatte Angst... um dich", erwiderte sie stockend, und er zog sie in seine Arme. „Jetzt bleiben uns höchstens noch ein paar Stunden, fürchte ich. Ehe die Sonne untergeht laufen wir in Memphis ein, der Hauptstadt des alten Reiches."

In dem Moment klopfte es. Als Abi öffnete war es Hiram. „Räumt die Kammer", befahl er.

Es half nichts, sich auf die Abmachung mit Hasdrubal zu berufen. „Wir haben einen Gefangenen und brauchen die Kabine für ihn", erklärte Hiram und gab ihnen so lange, wie es bedurfte, die Decken und Felle zusammen zu raffen und eiligst ihre Habseligkeiten in der Truhe zu verstauen.

Abi und die Mädchen drückten sich auf dem Flur an die Wand mit ihren Sachen, weil ihnen bereits Archaz und Kaleb mit dem eingenetzten Fremden entgegen torkelten, gefolgt von Pollux, weil er von Suteman zur ersten Wache eingeteilt worden war.

Sie beschlossen, ihm Gesellschaft zu leisten, holten den Korbsessel auf den Flur und warfen Decken und Felle zu einem Lager auf dem Bretterboden aus. Wo Pollux war, fühlte sich Kirsa sicher und vergaß ihre Scheu. Auch ohne ihre leicht quakige Sprache zu verstehen, bemerkte Abi an ihrem Lächeln, wenn sie Luft holte, dass sie auftaute. Ihn schmerzte, dass er selbst darum nicht mehr zum Zug kam bei Semiris, und er fürchtete sich wahrscheinlich mehr als die Mädchen vor ihrer Ankunft in Memphis. Nur dieser Nachmittag verblieb, mit ihr zu reden, und er sah Kirsa auf den Mund, bis die endlich verstummte.

Als Semiris ihn wehmütig musterte, fehlten ihm die Worte, und er knüpfte an den Versuch mit den Kerzen an. „Es scheint, die Tagstunden sind zur Herbstzeit kürzer", stellte er fest, „und die Nachtstunden länger."

Keinen Deut interessierte es Semiris, trotzdem nickte sie verständig. Da erhob sich eine Stimme mit einem scharfen Akzent aus der Kammer, in der sie die letzten Tage verbrachten. „Kindergeplapper! Gäbe es kurze oder lange Stunden, bräuchte der Mensch sich nicht den Tag in Stunden einzuteilen."

Pollux zog die Stirn kraus und war mit zwei Schritten an der Tür. „Na das überrascht mich, unser Gefangener kann reden wie wir."

„Der Tag hat 24 Stunden", erklärte der Fremde. „Um diese Jahreszeit gehören der Sonne höchstens 8 Stunden und der Nacht 15 oder 16. Nach der Sonnenwende werden die Nächte dann täglich kürzer."

Abi nickte bei sich, weil es einleuchtete, und die klare Stimme jenseits der Tür stellte fest, „du bist kein Dummkopf. Welcher Dämon hat dir eingeflüstert, dich diesem Abschaum anzuschließen?"

„Ich gehöre zwar zu denen, die dein Schiff überfielen", erwiderte Abi befangen. „Aber ich fühle mich der Bruderschaft so wenig verbunden wie einem Rudel Schakale. Es war bei mir wie bei dir. Mache mit oder stirb, hieß es, und ich wollte leben."

Der Fremde begriff rasch, Abi konnte kein schlechter Kerl sein. „Ich muss fliehen", flüsterte es hinter der Tür. „Helft ihr mir?"

„Wenn wir dir helfen, droht uns selbst der Tod", gab Pollux ihm unverhohlen zu bedenken. „Die Regeln der Bruderschaft sind nicht auf meinem Mist gewachsen. Ich werde mich hüten, daran zu rütteln."

„Helft mir zu fliehen, und ich verspreche euch, ihr geht straffrei aus."

„Bist du so mächtig?"

„Das will ich meinen. Mächtiger als du ahnst", entgegnete der Fremde harsch. „Ihr habt schon von dem Sperrturm gehört, der die Meerenge bewacht?"

„Ja", schaltete sich wieder Pollux ein, da Abi die Achseln zuckte.

„Ich gehöre dem Seevolk an, das ihn erbaute."

Pollux stutzte. „Du bist ein Atlanter?"

„Ja, und einer, von dem du noch hören wirst."

„Unglaubhaft", knurrte Pollux.

„Ist aber so."

„Dann fragt sich, was hat ein Alanter auf einer ägyptischen Feluke verloren", entgegnete Pollux und flüsterte zwinkernd Abi zu: „Na, auf die Erklärung bin ich jetzt aber gespannt."

Der Atlanter hatte sein auf Ablehnung beruhendes Schweigen überwunden und schöpfte offenbar Hoffnung. „Ganz einfach, weil der höchste unter den Herrschern des Westens demnächst siebzig wird und ich ihm ein ganz besonderes Geschenk machen wollte. Dafür streunte ich ein halbes Jahr in der Welt umher, und mein letzter Hafen vor Memphis war Ophir an der Küste des Landstrichs, den die Ägypter Saba nennen und die Afrikaner Punt. Dort ist es mir gelungen, für eine Handvoll Perlen einen lebendigen Tiger einzutauschen und für vier Rubine die Feluke mit acht ägyptischen Seeleuten, die dann von euch aufgebracht wurde."

„Und wie seid ihr auf den Nil gelangt?", wollte Pollux wissen.

„Ich weiß nicht", klang es etwas gelangweilt aus der Kammer, „was du von der Welt weißt. Ein Pharao, der lange vor uns lebte, verfiel einst auf die Idee, einen Kanal auszuheben, über den man vom Delta des Nils in die Sudische See segeln kann. Der Weg war über drei Menschenalter versandet und geriet in Vergessenheit, aber Ramses der II. hat das Kanalbett wieder schiffbar gemacht und sogar verbreitert."

Pollux hatte vor Jahren ein Gerücht aufgeschnappt, das ähnlich geklungen hatte, und fing an, dem Gefangenen zu glauben. „Du meinst", folgerte er, „die Bestie im Laderaum ist für den Herrscher des Westens bestimmt gewesen?"

In dem Moment kam Sanherib die Stiege hinunter. „Suteman braucht dich oben", sagte er kalt. „Ich übernehme die Wache."

„Wir reden nachher weiter", flüsterte Pollux an die Tür und erwiderte Sanheribs schroffe Miene mit einem entnervten Blick, da die beiden einander seit Langem Spinnefeind waren. Nach ihm betrat auch Abi ernst das hintere Deck, wo sich die Mannschaft zusammengerottet hatte.

Suteman schien auf ihn gewartet zu haben. „Wie ihr wisst, fällt Hasdrubal für den nächsten Mondlauf aus", erklärte er und fasste Pollux in die Augen. „Deshalb übernimmst du die Ruderpinne."

Ohne mehr dazu hören zu müssen begab sich Pollux auf den Kasten, unter dem sich die Ruderbänke reihten. Das war der Platz des Steuermannes, und Abi, gefolgt von Semiris und Kirsa, leistete ihm Gesellschaft, während er das Ruder übernahm und sie dann unablässig stromauf segelten.

„Memphis ist das Herz des Niltals", schwärmte Pollux. „Man spürt die Jahrtausende, die das alles schon so währt."

Abi stutzte. „Manchmal sagst du Dinge, die ich einfach nicht verstehen kann."

Je länger er bei seinem Freund verweilte, desto mehr konnte er nachempfinden, was dieser meinte. Er meinte nicht die goldbraunen, mit silbergrauer Patina überzogenen Berge. Eher die sich davor unter flimmernder Hitze erstreckenden Getreidefelder, die sich abwechselten mit Palmenhainen und Zitronenbäumchen. Es waren die regelmäßig vom Nil abzweigenden Kanäle oder besser, das professionelle Bewässerungsnetz und die alljährlichen Überschwemmungen, die das Pharaonenreich zur

Kornkammer der Welt machten. Sattgrüne Arkazien beschatteten Alleen und trennten die breitflächigen Äcker, auf denen mit Getreide bepackte Esel zu den Dreschplätzen trotteten.

Auf einmal fing Kirsa an zu singen. Ihre samtige Stimme mit dem quakigen Unterton verbreitete eine wohltuende Ruhe und war Balsam für die Seele. Einige hoben verdutzt den Kopf, andere gingen in sich, wo sie eben saßen. Keiner außer Semiris wusste, dass sie von einer Ziegenhirtin und ihrem Herren sang, der sie Mal um Mal gefügig machte für die Liebe, indem er ihr ein Leben in Freiheit versprach. Eine traurige Weise, und Semiris übersetzte es Abi leise.

Weil sich bei Pollux die beiden einzigen an Bord befindlichen Frauen aufhielten, sorgte der Wechsel am Ruder für Unruhe in der Mannschaft. Pollux beobachtete argwöhnisch, dass Hiram die Leute für sich einnahm und drohende Blicke zum Baldachin sandte, oder auf sie, da sie sich ja aus deren Sicht dahinter aufhielten. „Die syrische Natter hetzt schon wieder", entfuhr ihm.

„Auf uns?", fragte Semiris betreten.

Um Pollux Mundwinkel zuckte Unbehagen. „Der will die Macht an Bord. Das gilt Suteman", rief er Abi ins Gedächtnis. „Und ich möchte nicht in dessen Haut stecken."

Kirsa war in ihrem Gesang verstummt. Semiris schaute schwermütig zum Ostufer, wo sich binsengedeckte Lehmhütten am Schilfstrich drängten und sich an der von Dattelpalmen überschatteten Umgatterung der örtlichen Speicherschlöte eine Menschentraube staute. „Wann kommt endlich Memphis", seufzte sie und nippte an ihrer Oberlippe. Wie um sich zu vergewissern, ob sie auch Grund hätte, sich darauf zu freuen, betrachtete sie Abi, und der tastete, wie meist, wenn er verlegen wurde, nach seiner Nase. Augenblicklich wandelten sich Haltung und Gesicht und gaukelten ihr Entschlossenheit vor. Aber ihm wurde bewusst, er riskierte seinen Hals bei diesem Vorhaben.

„Wenn ... ich mit dir abhaue", forderte er, „musst du mir auch nach Aschkelon folgen."

Verdattert rieb sich Semiris die Stirn. „Wir kennen uns ja kaum."

Er nahm es als Aufforderung, von den Umständen zu berichten, die ihn veranlassten, sich auf Planken zu begeben, ebenso von seinem verschollenen älteren Bruder, dem in die Wiege gelegt schien, in die Führung des Unternehmens hineinzuwachsen, doch sein Schiff war kurz vor dem Pessach-Fest mit Mann und Maus abgesoffen. Das lag zwei Jahre zurück, und der Gram darüber war seinem Vater oft anzumerken gewesen.

„Mein Großvater", erinnerte er sich, „zählte zu denen, die sich noch Dromedare aus der Wüste lockten, um sie zu zähmen. Und er hatte den richtigen Riecher, denn das Kamel als Lasttier revolutionierte die Logistik und ermöglichte Karawanen einer ganz anderen Größenordnung. Jedenfalls baute mein Vater mit dem dadurch erworbenen Vermögen seinen Gewürzhandel auf. Mir oblag es", fügte er hinzu, um sich nicht völlig unter den Scheffel zu stellen, „beim Karawanen-Rastplatz ein Auge auf die eintreffenden Händler zu werfen und sie zuhause anzubringen."

Er verstand es immer, auch lästigen Dingen am Ende eine positive Wendung zu geben und fing an, laut zu denken. „Ich war der Jüngste im Kreis der Familie, bemuttert von drei Schwestern. Wahrscheinlich ist das der Grund, warum ich diese schrecklichen Wochen der inneren Verlorenheit, die ja in absehbarer Zeit enden, überstand, ohne großen Schaden im Gemüt davongetragen zu haben. Seeraub ist ein dreckiges, anrüchiges Geschäft. Wer sich dem verschreibt, verändert sich. Aber man sagt ja, bloß der Schlechte wird durch schlechte Erfahrungen schlechter."

Er wies unauffällig mit dem Kinn auf Hiram, der von einer Kiste am Bug die Stimmung aufheizte. „Er mag mit allen Wassern gewaschen sein, aber sein Innerstes ist so schäbig, dass unter seinem Atem die Blumen verwelken."

Semiris rümpfte angewidert die Nase, aller Frohsinn wich aus ihren Zügen, weil sie ein trauriger Gedanke bewegte. „Sein Auswurf ist schlierig blutig wie der meiner Mutter zum Schluss. Sieh dir seine brennenden Augen an oder sein ausgehärmtes Gesicht. Das sind die Spuren der Schwindsucht."

„Das heißt?"

„Er siecht langsam dahin und ist so ziemlich am Ende seines Weges angelangt."

„Bis vor Kurzem gab es noch jemand in der Mannschaft", fiel Pollux ein. „Der stammte aus dem gleichen Stall wie er, und jeder an Bord weiß von daher, dass er lange Aufseher eines Landguts nahe Tyros war und sich wie ein Schuft aufführte. Es war Brauch, einen Freigelassenen mit dem Regiment über die Feldarbeit zu betrauen, und so einer ist Hiram. Auf den zahlreichen ländlichen Festen suchte und fand er Händel, verstand es aber immer, die Zusammenstöße so darzustellen, dass er am Ende der Beleidigte, der Herausgeforderte war. Da er obendrein als Menschenschinder galt und die Leute unter ihm spurten, wie man so sagt, ließ man ihn gewähren, solange die Arbeitsergebnisse befriedigend ausfielen, obwohl er dafür keine sittlichen Qualitäten mitbrachte. Hiram ist jener Typ, der aufgrund seiner versteckten Aggressivität, verbunden mit Bauernschläue und Triebhaftigkeit, bei naiven Menschen Respekt genießt und sich in dieser Macht sonnt."

„Eben ein Feigling", ergänzte Abi.

Aber Pollux korrigierte ihn. „Das bestimmt nicht. Eher eine gerissene syrische Natter."

In der Tat wiegelte Hiram die Leute auf, und hinter dem Mastbaum braute sich einiges zusammen gegen Suteman. Es machte den Eindruck, sie wären uneins, und nach einem kurzen Handgemenge entschied sich Laban, die Seiten zu wechseln. Pollux kam er wie gerufen, Abi holte angespannt Luft.

„Seid ihr für Suteman?", fragte er, als er mit wiegenden Schultern vor Pollux erschien, und Pollux belächelte ihn. „Sagen wir, ich will, dass alles bleibt, wie es ist."

Dann nahm das Schicksal seinen Lauf. Hiram kam Laban aufgebracht nachgestürzt, und das Geschehen verlagerte sich zum Mastbaum und dem kupferfarbenen Baldachin des Piratenhäuptlings. „Du hast uns angeführt bis zum heutigen Tag", ereiferte sich Hiram und ballte Suteman vom Mast her eine Faust. „Aber wir brauchen einen, der vorangeht beim Entern. Tritt ab oder ich fordere dich."

„Das Recht hat er", rief Hasdrubal
Der losbrechende Beifall unterstützte Hiram, und Suteman stand plötzlich allein. „Kaleb wird mir eine Klinge an das Handgelenk schmieden."

„Das sei ihm freigestellt. Doch uns zu führen, braucht es einen ganzen Kerl, dafür taugst du nicht länger!"

Suteman biss sich vor Wut auf die Lippe. „Dich mache ich auch mit einer Hand noch fertig!"

„Dann zeig' es mir", verlangte Hiram und lockerte die Arme, um mit ihm zu ringen.

Ein Waffengang schien Suteman aussichtsreicher, doch das kam einer Hinrichtung gleich. Zwar verfügte er über eine beachtliche Fertigkeit mit der minoischen Doppelaxt, aber er musste sie notgedrungen mit der Linken führen und wirkte dadurch ungewohnt schwerfällig. Hiram nahm seinerseits von Hasdrubal dessen Bronzeschwert entgegen, ehe er das seine zückte. In einem denkbar kurzen Kampf drosch er ihm die Waffe aus der Hand.

Als Suteman hochmütig das Kinn hob, anstatt aufzugeben, erschlug er ihn im Kreis seiner Leute wie einen räudigen Hund. Dumpfes Ausatmen ging um. Doch kaum rief er sich zum neuen Anführer aus, jubelten alle und ließen ihn hochleben.

Pollux tuschelte Abi zu: „Und jetzt wird alles anders, wart's ab."

Wieder behielt er recht. „Wir sind noch zwölf Mann", verkündete der neue Kapitän der ‚Zerberus' und warf sich mächtig in die Brust. Wie eine stumme Frage flog sein Blick von einem zum anderen. „Zu wenig, noch ein Schiff zu kapern! Gebt ihr mir recht?!"

Jeder bestätigte es mürrisch nickend, in dem Fall auch Pollux und Abi.

„Das mag so sein", seufzte Archaz einsichtig.

„Darum werden wir nicht den Hafen von Memphis anlaufen, um Wasser und neue Vorräte an Bord zu nehmen!", brüllte Hiram in die Runde. „Wir segeln stromauf bis zum zweiten Katarakt. Bedun sagt, einen halben Tag südlich von Abu Simbel gibt es einen toten Flussarm, an dessen Strand liegt eine Siedlung, die wohl zum Reich des Pharao zählt. Doch leben in der

Region überwiegend Nubier, denn dort beginnt bereits Nubien. Ich weiß aus zuverlässiger Quelle: dieses Dorf hat den Ruf einer Piratenstadt. Dort gibt es Weiber und Wein und genug Leute, die sich darum raufen, mit uns zu segeln!"

Der Beifall, den die Rede auslöste, schien nicht enden zu wollen, und Semiris atmete schwer durch und sorgte sich um Kirsa, weil die bestenfalls ein paar Fetzen aus dem Wortwechsel verstanden hatte und unmöglich die Situation erfassen konnte. Die blöde gaffenden Gesichter machten ihr vermutlich Angst. Aber in den blauen Augen ihrer Schicksalsgefährtin zu lesen hatte sie gelernt.

„Aus der Traum", flüsterte Semiris erschüttert, und Kirsa schlug die Hände über dem Kopf zusammen.

Ehe der Beifall verebbte, ergriff Hiram erneut das Wort.

„Noch eines, Leute", hieß es. „Die beiden Sklavinnen, die Suteman in seiner Güte für frei erklärte, sollen sich ihre Freiheit gefälligst verdienen. Ab heute werden wir alle fünf Tage um sie nach dem Strich werfen!"

„Jetzt ist es genug!", rief Pollux dazwischen und trat ihm mit erzürnt funkelnden Augen entgegen. „Was bedeutet schon Anstand, wenn Männer sich einig sind, wolltest du sicher noch beifügen. Oder nicht?"

„Halte dich zurück. Was ich sage ist ab heute Gesetz an Bord."

„Da lache ich drüber. Was ein Kapitän angeordnet hat, kann sein Nachfolger nicht widerrufen!"

„Oh doch!", brüllte Hiram gegen ihn an und wetzte die beiden Bronzeschwerter, als sei er einem weiteren Waffengang wenig abgeneigt.

„Nun gut", sagte Pollux, „du hast Suteman gefordert, um zu sehen, wer der bessere Anführer ist, und ich fordere dich, Hiram!"

Abi traute Augen und Ohren nicht, als es auf einmal kritisch wurde und die beiden im Kreis der Schwertfischer energisch die Klingen kreuzten, sich beäugten und umkreisten und dann immer schneller miteinander fochten, beide mit zwei Waffen. Hiram empfing eine Beinwunde, Pollux kurz darauf eine am Oberarm. Dann klirrte es hart wie in einer Schmiede, bis Pollux zurücktaumelte und sich die Hüfte hielt.

Und damit war es entschieden. Man sah die Wunde nicht gleich. Kaum jedoch nahm er die Hände von der Hüfte, rann eine Blutspur über sein erzitterndes Bein. Er schwankte und sackte auf die Knie, blickte aus brechenden Augen Abi an und hauchte sein Leben aus.

Abi schluckte. „Und nun?"

Nur Archaz hörte es. „Frag nicht mich."

Mit versteinerter Miene starrte Abi Semiris an. Nie fühlte er sich so überfordert. Denn der Mensch, an dem er sich nach dem missglückten Einstand an Bord wieder aufgerichtet hatte und der Semiris das Tor zur Freiheit aufgestoßen hatte, würde ihnen nicht weiter helfen können. Es gab ihn nicht mehr.

Die Leute gierten nach einem Weiberrock, und Hiram hielt sie nicht lange hin. Er befahl, mit dem Blut des alten Anführers den Strich auf dem hinteren Deck nachzuziehen. „Ihr wisst, worum es geht?", fragte er in die erwartungsvolle Runde, und ein böses Schmunzeln flog über seine dünnen Lippen, an Abi gerichtet. „Um die blonde Schönheit bei unserem Neuen."

Abi hatte Pollux' Scheitern tief getroffen. Das Feuer in seinen Augen war für immer erloschen, aber es war doch, als würde der Freund ihn noch einmal ermahnen. „Und du zögerst?", schien es zu flüstern in seinem Hinterkopf. So stellte sich Abi bei den anderen auf, die ihrem Wurf zum Strich entgegenfieberten.

Kirsa und Semiris wagten beinahe nicht zu atmen, denn ein Siegelring mit zwei gekreuzten Dreiecken lag kaum zwei Finger breit entfernt von der roten Linie, und es war der von Sanherib. Niemand kam näher heran, bis die Reihe an Abi war. Der besaß zwar noch mehr als den einen Ring zum Einsatz, aber es gab stets bloß einen Versuch, und er warf mit dem Jadestein, an den sich Erinnerungen an Lukas und Ruth verknüpften. Er wollte in dem Moment einfach wissen, ob er jemals als Glücksbringer taugte. Und er gewann.

Niemand protestierte, doch es genügte nicht, dass Semiris ihm erlöst in die Arme fiel. Die genarrte Mannschaft akzeptierte es lediglich, weil jeder für sich danach auf Kirsa hoffte, die ja auch nicht hässlich war.

Kirsa fühlte sich selten unwohler und nestelte ahnungsvoll am Brustausschnitt ihres Kittels. Klar, dass sie für Abi eine Freundin geworden war und er spürte, es wäre angebracht, sich schützend vor sie zu stellen. Pollux jedenfalls hätte so gehandelt, und Abi glaubte das Richtige zu tun, als er frech sein Glück erneut versuchte.

„Der will beide", raunte jemand, und Bajuna der Sarde nickte hastig und bemerkte: „So ein unverschämtes Bürschchen."

„Du kannst doch sowieso nur einmal abdrücken", höhnte Sanherib.

Sofort mischte sich Hiram ein. „Wirf! Das steht dir frei", gab er Abi zu verstehen. „Aber so wie ich beschlossen habe, dass Laban ab heute an der Ruderpinne steht, soll Abi ab heute nicht mehr der Letzte unter uns sein. Joas ist wieder der Letzte."

Nun wusste Abi nicht mehr, ob er lachen oder weinen sollte. Er konnte nicht begreifen, warum Hiram dem jungen Sidonier etwas zutuschelte.

Er durchschaute die List erst, als das Spiel eigentlich gewonnen schien und doch alles wieder auf der Kippe stand. Besessen von der Hoffnung, der Jadestein könnte ihm noch einmal zum Sieg verhelfen, kullerte der auch auf Haaresbreite an die Linie heran. Doch diesmal war nach ihm noch Joas an der Reihe. Der warf einen recht schweren Bronzeteller und drehte den um. Damit schoss er Lukass Glücksbringer von seinem Platz, und wenn er dadurch aus dem Spiel war, so lag nun ein Silberring mit einem Löwenkopf am dichtesten am Strich – einer der beiden Ringe, die gewöhnlich Sanheribs Hand schmückten.

Was hätte Abi einwenden sollen? Er schwieg verbissen, hielt Semiris im Arm und senkte befangen die Stirn, während der Assyrer Kirsa am Handgelenk packte und von ihrem Platz zerrte.

Entsetzt begehrte Semiris auf. „Du kannst nicht stur weggucken."

Abi schaute sie aus leeren Augen lange traurig an. „Oh doch, das kann ich. Bei meinen bescheidenen Fähigkeiten mit dem Schwert muss ich mich zurückhalten. So wie ich auch nicht von einem Turm hopsen würde, der zu hoch ist, um es zu überleben.

Glaube mir, Pollux würde an meiner Stelle ebenso handeln und sich die Wut verkneifen."

„Aber das ist unmenschlich." Semiris zog das Kinn an und schloss die Augen, weil sie es anders nicht ertragen hätte, aber Abi sah deprimiert zu bei dem Schauspiel, das der Assyrer veranstaltete. „Wenn ich auch sterbe", murmelte er betreten, „blüht dir dasselbe wie Kirsa."

6.

Seit drei Tagen verrichtete Laban wieder das, was er ehedem für das Haus Nowa tat. Er war der neue Steuermann und durch seine Idee mit dem Fischernetz zu Ansehen in der Bruderschaft gelangt. Die Landschaft des Nils wandelte sich ständig und doch nicht wirklich. Immer wieder heranreifende Felder und Kanäle, immer wieder Siedlungen aus Lehmbauten – dann zahllose Fischerhütten und Pfahlstege und bei den Sandbänken nahe am Schilfdickicht ein halbes Dutzend Krokodile, die sich, von Fliegen umschwirrt, wie morsches Holz in der braunen Suppe ausnahmen.

Abis Truhe blieb vorläufig unter der Kielflosse des Heckteils, wo auch die Standarte mit dem Wolfskopf ihren Platz hatte, die zur ‚Zerberus' gehörte wie der Mastbaum und die Tonne an deren Spitze. Joas kletterte in den Ausguck, im Bordjagon das Möwennest. Wenn er damit Archaz ablöste, bedeutete es nicht, dass der sich nun zu Abi und Semiris gesellte. „Was hat Archi so verdreht", fragte Semiris leise.

Abi zuckte mit den Schultern. „Er schneidet mich wie einen Leprakranken. Ich überlege, ob ich ihn gekränkt habe."

Er merkte Semiris an, sie war bedrückt, ihr Atem klang gestresst. „Da ist etwas im Busch", stellte sie fest und seufzte gedehnt.

„Ja, beunruhigend die Stimmung. Ob es ist, weil ich mich zweimal beim Wurf auf den Strich beteiligt habe? Sie könnten es falsch verstanden haben."

„Das sind alles geile Böcke", hielt sie ihm vor Augen. „Mit tumben Holzköpfen, ohne jedes Schuldbewusstsein."

Abi musste daran denken, dass ihm in der ersten Woche auf diesem Schiff die gleiche Verachtung entgegenschlug. „Sich zu schämen" erwiderte er, „bedarf es Anstand und einer gewissen Reife."

Ihre Augen suchten Ablenkung auf einem Dreschplatz am Nilufer. Schemenhaft hoben sich in golden flitternden Schleiern etliche Feldarbeiter ab, die durchgedroschenes Korn hochwarfen. „Was treiben die?"

Um eine Auskunft war Abi nicht verlegen. „Der Wind trennt Spreu und Weizen."

Zögernd nickte sie. Vor dem fernen, hellblau verklärten Bergkamm trat der Urwald ans Ufer und bildete eine lebhaft umstrudelte Halbinsel im Strom.

Als sie die ins Wasser hängenden Büsche streiften, stob eine Wolke blau-schwarzer Schmetterlinge hervor. Dahinter bahnte sich eine Lichtung an. Zahllose spindeldürre Holzarbeiter in ärmlichen Kilts hackten das Geäst von einem jüngst gefallenen Urwaldriesen oder waren darin vertieft, mit Bronzeklingen die Rinde abzuschälen.

„Es wurmt mich", stellte Semiris ernst fest, „andauernd weiter stromauf zu segeln. Ja wohin denn? Wollen die denn zur Quelle des Nils?"

Abi schmunzelte breit. Noch bewahrte sie sich offenbar einen Rest Humor. Doch je näher der Abend rückte, desto deutlicher merkte er ihr an, sie fürchtete sich davor, dann wieder von Hiram als Ruhekissen für die Nacht angepriesen zu werden wie Sauerteig. Die Blicke, die alle ihr nachwarfen, waren lüstern. Man spürte, welchen Hoffnungen sich der Sarde hingab, wenn er ihr dann und wann auf das Gesäß glotzte. Abi konnte nachvollziehen, wie ihr bei dem Gedanken an Kirsa das Herz schlug. Immerhin war sie vor der anwesenden Mannschaft vergewaltigt worden. Volle vier Tage waren verstrichen, seit Sanherib sie übers Deck geschliffen hatte. Seitdem hielt sie der Assyrer in der Kapitänskabine gefangen, die ihm Hiram vermutlich für einen Ring zur Verfügung stellte.

„Könnte ich doch mit dem Schwert umgehen wie Pollux ... oder wenigstens halb so gut", seufzte er. Da kam einer von der Mannschaft zu ihnen, als gäbe es etwas, dass auch er wissen müsste.

Der Berber verlor kein Wort zuviel. „Du bist dran mit Wache schieben."

Abi atmete dumpf aus. „Kommst du mit?", fragte er tonlos, und sie nickte. „Meinst du, ich bleibe allein oben?

So bezogen die beiden wieder ihre Stellung auf dem Schiffsflur. Er überließ Semiris den Korbsessel und hockte sich neben die Tür. „Ich bin wieder da", begrüßte er den Gefangenen.

„Oh", sagte die vertraute Stimme überrascht, „mein junger Freund?"

„Ja", hauchte Abi und sprach ohne Umschweife aus, wie es ihnen inzwischen erging. „Wir waren zu viert. Jetzt sind wir nur noch zwei. Und du könntest uns helfen."

„Ich dachte, du wolltest mir helfen", erinnerte ihn der Atlanter.

„Ja, wenn es sich ergibt, kannst du auf mich zählen. Dabei wäre alles leichter, wenn du so tust, als wärest du bereit, bei der Bruderschaft mitzumachen."

„Mein Freund, glaubst du, mir wäre das nicht ebenso in den Sinn gekommen? Das ist eine Sache des Ehrgefühls und eine Charakterprobe. Mache ich mit, bin ich selbst nicht besser. Man könnte es mir später vorwerfen. Deshalb nicht."

„Keiner würde davon erfahren. Warum also?"

„Es geht um Wahrhaftigkeit. Ich weigere mich, einfach alle Grundsätze über Bord zu werfen, bloß weil das bequemer wäre. Wer anders denkt, ist ein bigotter Heuchler und wertlos wie ein Blatt im Wind."

Abi konnte es nicht nachvollziehen. Für Momente hing er wieder seinem Problem mit den anderen an Bord nach und schwieg, dann fing er sich und fragte leise, „wie heißt du?"

„*Decgalôr*", entgegnete der Atlanter. „Die Leute hier an Bord würden *Desgalor* sagen, aber das ‚S' wird nur ganz kurz und scharf berührt. Im Gegensatz zum alten Phönizischen verfügt das Poseïdische nämlich über einen Buchstaben mehr, wie du hörst, wenn du meinen Namen richtig aussprichst."

„Und du bist ein Prinz?"

„Das will ich meinen. Ein Enkel des Phöbos. Meine rechte Hand möge mir verdorren, sollte ich lügen. Aber da dich mein Wohl zu interessieren scheint, könntest du mir eine Kleinigkeit zu essen besorgen? Sie lassen mich fasten, damit ich einer von ihnen werde."

„Jetzt?"

„Ich habe Hunger", drängte *Decgalôr* – und Abi beeilte sich.

Kaleb war nicht allein der Schmied und der, der Zähne ziehen konnte, er war zudem der Koch. Unwille zuckte um seinen Mundwinkel, als sei es ihm peinlich, mit Abi zu reden. „Du hast deine Schüssel mit Saubohnen bekommen", fuhr der alte Vollbart ihn barsch an, gab ihm aber dennoch ein kleines Fladenbrot.

Als Abi die Tür spaltbreit öffnete, schob sie der Atlanter weiter auf, und Abi ließ ihn gewähren. „Keine Angst, mein Freund, ich verschwinde gleich wieder in meinem Huck. Ich möchte dich nur einen Moment als Menschen vor mir sehen."

Decgalôr musterte ihn und sagte: „Du siehst nicht schwach aus, und du hast ein großes Herz. Ich werde mich einmal an dich erinnern."

Dann biss er in den Fladen, kaute in Ruhe aus und nickte ihm warmherzig zu. „Ich habe drei gute Freunde in meiner Heimat, und du sollst auch dazugehören."

„Wer sind deine Freunde?"

„*Fyfatrus* ist einer mit einem Auge für das Wesentliche, ein wenig schwermütig manchmal, aber scharfsinnig. Er pflegt seinen Kinnbart wie Frauen ihr Haar, alle drei Tage stutzt er ihn. Mit ihm und *Feïgistos* habe ich oft im Garten des Poseidon Äpfel vom heiligen Baum gestohlen."

Langsam fing der Fremde an, Abi sympathisch zu werden, denn er war so offen, und es schien ihm ernst zu sein, mit seinem Streben nach Wahrhaftigkeit.

„Dann wäre da noch *Fimago*, ein entfernter Verwandter und der Künstler in unserem Quartett. Gib ihm den Meißel und einen Block Porphyr, und er treibt ein Gesicht heraus, lebensecht, als wäre jemand versteinert."

„Und zu welcher Rasse würdest du dich und deine Freunde zählen?"

„Wir stammen letztlich von Siedlern aus Byblos ab. Byblische Seefahrer gründeten Tartessos an der Küste der Westsee, und Atlantis war ursprünglich eine Tochterstadt von Tartessos, ehe es selbst zu einer Metropole wurde."

„Byblos liegt unter der Hethiterküste", fiel Abi ein. Und sie unterhielten sich über Stunden, während Semiris im Korbsessel ihren Schlaf nachholte.

Als der Sarde eintraf, die Wache zu übernehmen, kündigten gerade einige Erschütterungen von der Decke her an, eben gingen die ersten am Mast vor dem Strich in Wurfstellung. Semiris schlief schon, und er weckte sie nur ungern, doch andernfalls hätte man sie gleich geholt, und an seiner Hand traute sie sich dann an Deck.

Nach den Blicken des Assyrers war Abi nicht gern gesehen, sie aber willkommen. Abi spürte, sie war der Inhalt des Gesprächs, das alle verband. Eigentlich wollte er sie fragen, ob sie seine Frau werden wollte und sie vielleicht in Abu Simbel fliehen könnten, doch das lag in weiter Ferne. Alles stand zum Abend wieder auf Messers Schneide. Der gesunde Menschenverstand wisperte ihm, er würde nicht jedes Mal besser abschneiden als alle anderen beim Wurf nach der Linie.

Sie verzogen sich zunächst zu Laban, an den gewohnten schattigen Fleck unter der Heckflosse, da Sanherib noch auf sich warten ließ. Archaz wich seinem Blick aus, dachte Abi, und fand es schwer, mannhaft aufzutreten. Wenigstens hatte in ihrer Abwesenheit niemand Hand an die Truhe gelegt, wie er sich sogleich vergewisserte. Die Seidentücher lagen noch unberührt und gefaltet unter dem Bärenfell, ebenso die Kette, die er Semiris schenken wollte, wenn sie irgendwann einmal allein wären. Plötzlich ertönte wehmütiger Gesang aus dem Bauch der Bireme, und es war unverkennbar Kirsas eigenartige Stimme.

Semiris rang um Atem. Es bedeutete das langersehnte Lebenszeichen, auf das sie heimlich lauerte. „Das ist sie", hauchte sie und stieß Abi triumphierend den Finger an die Brust. „Ich sags doch, sie lebt."

Die Augen geschlossen lauschte Abi bewegt, da erstickte Kirsas Stimme. Ein klägliches Aufheulen wurde laut und verebbte wimmernd. Beengt stöhnte Abi auf, und ihm zitterten die Hände, als er sich leicht verspätet wie alle am Blutstrich einfand. Semiris schmiegte sich vor der gaffenden Menge Schutz suchend an ihn, aber diesmal verließ ihn sein Glück. Diesmal gewann Sanherib Semiris für die nächsten fünf Tage und Nächte und erschien umgehend unter der Heckflosse, um seinen Gewinn abzuholen.

Abi zog durch die Zähne tief Atem ein, denn er wusste: Er und kein anderer musste einschreiten. „Sanherib", sprach er den Assyrer beherzt an. „Ich biete dir die Truhe samt Inhalt, falls du sie mir lässt, bis wir wieder hier zusammenkommen."

Es war ihm spontan über die Zunge gerutscht, doch der grimmige Mann im Schuppenhemd kratzte sich die Adlernase und willigte ein. „Viel Spaß, aber danach macht sie für mich die Beine breit."

Abi hätte ihn anspucken mögen, doch so dumm war er nicht mehr. „Fünf Tage haben wir gewonnen", erlöste er Semiris und berichtete ihr von seinem kleinen Handel mit Sanherib.

An den abweisen Gesichtern und der Art, wie er bei allem, was er sagte, kurz abgefertigt wurde und vor allem an Archaz' Verhalten erkannte er, es musste zu einer Absprache unter der Mannschaft gekommen sein, da man ihn geschlossen wie einen Unwerten behandelte. Es erschwerte das Leben, unter diesen Umständen, sich selber treu zu bleiben. Obendrein fragte er sich ernsthaft, wo Kirsa blieb, selbst wenn Sanherib sie verprügelt haben mochte, und schaute beunruhigt in den Sonnenuntergang.

Semiris nickte ihm zu. Auch ihre Gedanken drehten sich einzig um die Freundin. „Warum", fragte sie fordernd, „springen wir nicht einfach ins Wasser und schwimmen zum Fischerdorf?"

Abi blies schnaufend die Schweißperlen von dem Bart, den er sich neuerdings auf der Oberlippe wachsen ließ. „Möglich, dass Kirsa das auch erwog."

Er wies ihr an einer übersonnten Sandkerbe im Schilfstrich zahlreiche knorrige Erhöhungen im Wasser, und zwischen jeder einzelnen funkelten kleine, wachsame Augen. „Die Krokodile würden sich freuen", sagte er tonlos.

„Nein, sie lebt noch", warf sie ihm gereizt zu.

Sein Mund zuckte und verzog sich erbittert, und er überwand sich ehrlich zu sein. „Warum hat keiner nach ihr gefragt, vorhin am Blutstrich?", entgegnete er vorsichtig.

Sie schien sich zu weigern, das in den Bereich des Möglichen zu ziehen. Aber nicht lange, da fragte sie erneut: „Und wenn wir jetzt springen? Du weißt, du hast mir etwas versprochen. In wenigen Tagen wären wir zurück zu der Siedlung von eben. Von dort könnten wir uns leicht zur Küste durchschlagen. Es gibt Lastkähne und Ochsengespanne. Zur Not gehe ich zu Fuß."

„Das ist Sumpfland hier, das Revier der Krokodile und Nilpferde, aber wir werden auch wieder in bewohnte Gebiete kommen. Ich habe Bedun von Abydos reden hören. Gegen Nachmittag sind wir da, meinte er zum Sarden."

„Verstehe mich nicht falsch", eröffnete ihm Semiris. „Ich sage dir, ich springe dort ins Hafenbecken und versuche abzuhauen."

In ihren dunklen Augen war wieder ein Hoffnungsschimmer. „Und? Kommst du mit?"

Nur eines ließ ihn zögern: Auch *Decgalôr* hatte er etwas versprochen. Er hatte sich vorgenommen, ihm zu helfen, und er erwog dieses Ehrenwort in Abydos zu halten.

Semiris weckte ihn aus seinen Überlegungen. „Weißt du, ich war mein Leben lang eine Sklavin. Als kleines Mädchen fand ich das nicht besonders schlimm. Erst als ich mich körperlich zur Frau entwickelte, begriff ich, worin das Leid der Sklavinnen wirklich besteht. Dabei konnte ich mich bei einem Tattergreis wie Nikia noch glücklich preisen. Ich musste ihm zu Willen sein – sicherlich, aber er achtete mich doch. Und was sich kürzlich auf diesem Schiff abgespielt hat, flößt mir Angst ein. Dieser verlotterten Meute ist alles zuzutrauen und ich möchte nicht durchmachen, was Kirsa mit Sanherib widerfuhr. Eher sterbe ich. Wo ist Kirsa? Ich weiß, sie lässt mich nicht alleine fliehen."

Es vermittelte Abi das unbestimmte Gefühl, sie könnte es auf Biegen und Brechen auch ohne ihn durchziehen. „Wir müssen mit allem rechnen", versuchte er sie auf das Schlimmstmögliche einzustimmen.

„Was meinst du?" Semiris Gesichtsfarbe wurde fahl.

„Ganz einfach, ich frage mich, warum Sanherib zwar wieder bei den anderen mitmischt, aber kein Sterbenswörtchen über sie oder ihren Verbleib verliert? Hiram findet es nicht der Rede wert und schweigt sich mir gegenüber aus. Außerdem kränkt es mich, von dir zu hören, du würdest auch ohne mich die Flucht wagen."

Es ärgerte Abi sogar mehr, als er zugab, und Semiris sah es ihm an.

„Woher sprichst du ihre Sprache?", fragte er zerknirscht.

„Sie gelangte über eine der Karawanenstraßen in unsere Welt und wir wohnten sechs Jahre unter dem selben Dach", lautete ihre plausible Antwort. „Nikia ersteigerte sie am gleichen Tag wie mich und zwar als Gespielin für seine halbwüchsige Tochter. Diese verzogene Göre fand schnell heraus, dass Kirsa ihr ausschließliches Eigentum war. Es machte ihr Spaß, konnte sie ihrem Eigentum am Haar ziehen oder mit ihren scharfen Nägeln ins Bein kneifen. Den größten Spaß bereitete es ihr, sich rittlings auf ihrem Nacken tragen zu lassen. Sie ist ein dickliches Kind, und Kirsa musste dann auf den Wegen rund um die Blumenbeete herumwandern, immer wieder rundherum. Blieb sie stehen, brüllte ihre Herrin das ganze Haus zusammen. Es war für keinen im Schlafhaus ein Geheimnis, dass sie in einem unserer stattlichsten Sklaven, der aber eher ein wenig beschränkt war, einen Verehrer fand. Und der fuhr dazwischen, als die böse Blage sie wieder quälte. Man kreuzigte ihn dafür, ein Kind angefallen zu haben, und Kirsa hielt seitdem unsere Latrine sauber."

Gegen Nachmittag erschien wider Erwarten Archaz am Heck, aber er enttäuschte sie. „Bedun, du und ich", weihte er Abi ein, „sollen uns mit der Wache für den Gefangenen ablösen."

„Du bist jetzt dran?", fragte Abi. „Dann lass uns tauschen."

So kehrte er nach sechs Stunden zurück zu der von früher vertrauten Kammer. Als er dem Atlanter ihre Fluchtpläne verriet, wurde er hellhörig.

„Ich habe nachgedacht über deinen Rat. Ich denke, ich werde mich einsichtig zeigen und für eine Weile der Bruderschaft beitreten. Aber jetzt noch nicht. Erst will ich diesen Unterschlupf für Räuber und Beutelschneider gesehen haben. Wo ich war, dahin finde ich zurück. Mein Strafgericht wird über diesen Ort kommen, so wahr ich die Macht dazu habe. Die Hand soll mir verdorren, sollte mir von den Leuten dieses Schiffes einer entwischen."

„Weshalb willst du dich so lange mit Wasser und Brot begnügen?", fragte Abi erstaunt. „Du könntest leben wie ein König, wenn du ihnen sagst, du willst ein Schwertfischer werden."

„Ich will mehr sehen, dessen ich sie anklagen kann", gab ihm der Atlanter im Flüsterton zu verstehen. „Und keiner wird mir hinterher nachsagen, ich hätte selber mit Leib und Seele bei ihren Kaperfahrten mitgewirkt."

Entgegen dem Gerücht legten sie nicht in Abydos an, und in Theben auch nicht. Beim nächsten Mannschaftstreffen am Mast gewann der Sarde. Abi opferte den Siegelring des Hebräers und sein gesamtes Silber, damit der bittere Kelch noch mal an Semiris vorüber wanderte.

In Ombos warfen sie zwar den Anker aus, doch zogen Hiram und Hasdrubal allein los. Sie nahmen den für umfangreiche Besorgungen vorgesehenen Handwagen mit und trieben zu den beiden Säcken voll Gerste, die als Nahrungsgrundlage dienten, einen Korb voll Feigen auf, Fladenbrot und Dörrfisch. Die ganze Zeit über hoffte Abi, Kirsa wiederzusehen, aber sie tauchte nicht auf. Semiris zog den Schluss: „Wenn der Assyrer Kirsa umgebracht hat, können wir lange auf ein Lebenszeichen warten."

Da Abi nichts erwiderte, stieß sie ihn an und wollte zum Anleger schwimmen, doch Abi fasste nach ihrem Arm und drehte sie zu sich um. „Und wenn sie doch noch lebt", fragte er leise, obwohl er in dieser Hinsicht so wenig Hoffnung hegte wie sie.

Später, als der Tag zur Neige ging, hielt er wieder Wache vor Hasdrubal's Kammer und die Gelegenheit war vorüber. Semiris, die gleich schlapp in den Korbsessel sank, atmete bald gleichmäßig wie ein Säugling in der Wiege. Die letzte Nacht unter offenem Himmel war sie über ein kurzes Einnicken nicht hinausgekommen. Jetzt schlief sie endlich. Abi betrachtete ihr friedliches Gesicht mit der neckischen Spitznase. Je länger er sie um sich hatte, desto mehr fühlte er für sie. Zu wissen: sie würde die Flucht auch mit Kirsa versuchen, zehrte an seiner Eitelkeit. An Mut hätte es ihm nicht gemangelt, aber das Dasein unter dem Stern der Besitzlosen formte ihn und verwandelte ihn in einen Mann mit Prinzipien.

Der Atlanter nahm es leicht, als er erfuhr, sie hätten nun auch Ombos hinter sich gelassen. „Ombos?", wiederholte er fragend. „Da liegt doch irgendwo die Kurkur-Oase. Mein Freund, wärest du dort geflohen, hättest du den Steinbauch vor dir gehabt – eine Wüste, die keiner lebend durchquert, der nicht dort geboren ist. Du musst Geduld haben. Auf seine Rache sollte man sich freuen, dann kommt auch der Tag dafür."

Abi dachte sich seinen Teil und gab nicht auf, erzählte ihm, warum sie Kirsa seit Tagen nicht mehr zu Gesicht bekamen. „Der Assyrer hat sie vor allen Leuten mit Gewalt genommen, und ich bin machtlos gewesen. Wie soll ich ihr jemals wieder in die Augen schauen?" Er räusperte sich, weil seine Stimme so heiser klang. „Meiner armen Semiris steht dasselbe bevor", beklagte er. „Sanherib und der Sarde sind die Besten im Wurf nach dem Strich. Keiner von beiden lässt sich noch einmal vertrösten, so viel ist gewiss. Die Mannschaft hat die Schacherei mitbekommen und wird nicht zulassen, dass ich einen weiteren Aufschub herausschinde. Dann geht es Semiris schlecht. Nehmen die sie mir weg, kann ich ihr so wenig helfen wie Kirsa."

Er holte tief Luft, ehe er hinzufügte: „Und du sagst, du bist mein Freund. Du könntest es verhindern! Was ist denn daran falsch, wenn du diesem Mörderpack etwas vorspielst? Das ist lediglich eine Sache des Ehrgefühls. Andere Menschen verschwenden keine Gedanken an so etwas. Eine Frau, der man Gewalt antut, leidet ganz anders, und Semiris sagt, sie möchte lieber sterben, wenn es sich wirklich nicht abwenden lässt."

All das sprudelte aus ihm heraus, und es wurde still hinter der Tür. Dann sagte *Decgalôr*: „Ruf mir euren Anführer und melde ihm, ich will mit ihm reden."

Abi begab sich mit Semiris an Deck und übermittelte die Neuigkeit, dann stellten sie sich zu Archaz, der mit verschränkten

Armen unter der Heckflosse stand. Ohne sie eines Blickes zu würdigen, ließ sie der Freund aus früheren Tagen allein. Doch Abi hatte nichts anderes erwartet. Die Abendsonne glich heute einem Feuerball und war dabei, hinter den indigoblauen Konturen des Gebirges zu versinken. Sie badete die Dünenketten der davor liegenden Wüste in unheimliches Rotlicht, bei dem Abergläubige eine Nacht der Dämonen witterten und man nahendes Unheil ahnte.

7.

Ihm war zuwider, was ihn erwartete, doch *Decgalôr* sagte sich, der Zweck heiligt die Mittel. Sich zu verstellen war eben eine List, und wer die gerechte Sache vertritt, wird von der Nachwelt selten für schlecht befunden. Es gab auch Menschen, die pflegten so etwas Diplomatie zu nennen.

Ein kurzes Klopfen an der Tür ließ ihn augenblicklich hochfahren.

„Du willst mit mir reden?", fragte eine kalte Stimme, und *Decgalôr* wusste, wen es zu ihm trieb. Vermutlich kam Hiram nicht allein.

„Ich habe Hunger", bemerkte *Decgalôr*.

„Du bekommst sauber geschmorte Tauben in Nuss-Tunke, die keiner besser zubereitet als unser Kaleb", gab ihm Hiram hocherfreut zu verstehen, hustete trocken und legte ihm nahe: „Brauchst bloß bei den Göttern von Babylon und Ägypten zu schwören, du willst ab heute einer von uns sein."

Der kluge Atlanter ließ sie ein paar Sekunden auf seine Antwort warten, um nicht zu sehr bereit zu wirken und dadurch Misstrauen zu wecken. „So könnte es sein", sagte er endlich, „doch habe ich noch eine Bedingung."

„Nein!", rief hinter der Tür Hiram. „Du bist unser Gefangener. Du stellst mir keine Forderungen."

Das kategorische Nein ermahnte den Atlanter, seine Vorbehalte hintenan zu stellen und sie auf den verlangten Schwur nicht länger warten zu lassen. „Ich habe Hunger", sagte er anschließend, als sei alles geklärt.

Energisch bremste ihn Hiram. „Seit wir dich hier ohne Futter halten, habe ich mir den Kopf zerbrochen, ob es klüger wäre, sich neuen Jagdgründen zuzuwenden. Sag, kennst du dich aus in den Gewässern hinter dem Sperrturm?"

„Das will ich meinen."

„Dann ist es gut", beschloss Hiram. Also hoben sie ohne Hast den Riegel und ließen den Gefangenen, der ab jetzt kein Gefangener mehr war, heraus. Kaum erschienen sie gemeinschaftlich an Deck, erwies sich sein Einlenken als segensreich. Am Vorsteven wurde Semiris von einem Knäuel lüsterner Seeleute bedrängt und wehrte sich verzweifelt ihrer Haut. Sanherib fasste sie grob von hinten um und drückte ihr alle Luft aus dem Bauch. Ihre um Hilfe flehenden Augen duldeten keinen Aufschub mehr. Flink wie ein Beutelschneider rupfte *Decgalôr* dem Assyrer das Kurzschwert aus dem Gürtel und drückte ihm dessen Spitze an die bebende Kehle.

„Nimm die Finger von ihr", fauchte ihn der Atlanter an. „Bei uns achten wir Frauen und schreiten ein, wird ein Mann ausfallend in der Wahl seiner Mittel. Wollt ihr mich zum Bruder, dann führt euch nicht in meinem Dabeisein auf wie eine Horde geiler Paviane."

Er schleuderte den Assyrer von sich, worauf dieser mit dem Genick hart gegen den Balken der Rahe stieß und sich verdattert über den Hinterkopf fuhr.

„Soll ich dir zeigen, wer hier bestimmt?", knurrte Hiram zornig, aber ihre Bruderschaft hatte vor Tagen durch ihn fünf seiner besten Leute verloren und keiner verspürte Lust, sich an dem Atlanter zu messen.

„Das ist lächerlich", empörte sich Hasdrubal.

Decgalôr strafte ihn mit einem verächtlichen Lächeln. „Denkt nicht, ihr könnt mich noch einmal mittels Netz überwältigen. Wer die Waffe zieht, büßt dafür mit seinem Leben."

Das genügte wahrhaftig, sich durchzusetzen. Hiram lag einfach zu viel daran, diesen Mann im Gefolge zu haben, und mit versteinerter Miene tat er ihm den Gefallen. „Ich halte mich an das, was Suteman angeordnet hat. Keiner rührt die Kleine an."

„Da hast du uns aber einen untergejubelt", schnaubte Hasdrubal ärgerlich, aber seine Entscheidung galt.

Die Frage, ob er sich westlich des Sperrturmes auskannte, machte den Atlanter hellhörig, denn es bestätigte seine Zweifel daran, ob das östliche Mittelmeer wirklich perfekt abgeriegelt war. Sicher, seit Menschengedenken patrouillierten zwei Dutzend Schiffe zwischen der Nordspitze Libyens und der Küste Siziliens. Jeden Handelsfahrer, der nicht aus freien Stücken den Sperrturm anlief, verwies man auf die Zollstation. Bei wiederholtem Auffallen drohte eine Beschlagnahme des Schiffs. Viel Zeit rieselte durch die Sanduhr der Ewigkeit, seit man zuletzt einen nicht legitimen Besucher der Westsee aufgabelte, und die Menschheit fing an, den Nimbus zu akzeptieren, von der Höhe des Sperrturmes würde jeder Passant gesichtet werden. Zweifellos mieden die Schwertfischer die offizielle Passage am Zollturm, doch gab es Berichte, nach denen populäre Seeräuberbanden, die im östlichen Mittelmeerraum und im Nebelmeer ihrem verruchten Gewerbe frönten, ebenso westlich dem freien Handel bedeutenden Schaden zufügten. Ein Atlanter glaubt nicht an Zauberei, und die Antwort blieb immer die gleiche, wenn er nach einer Erklärung dafür suchte: Vielleicht gab es eine Lücke im Zeitplan der Turmwache ...

Um nicht den Verdacht alter Vertrautheit zu erregen, ließ er Abi und Semiris vorläufig links liegen. Allmählich stießen sie in die Provinzen des Pharaonenreiches vor. Auf einem Steg flickten halb nackte Fischer ihr Netz und winkten ihnen zu. In einer Baumkrone, die das letzte Sonnenlicht in Rotschimmer hüllte, turnten zwei Äffchen umher, und auf einer Sandbank trompetete ein Elefant und spritzte ihnen Wasser nach.

Die Gegend war wenig von Menschenhand geprägt, als sie sich mit geblähtem Segel dem ersten Katarakt näherten. Der Fluss zwängte sich hier durch eine Felspforte, und Stromschnellen bahnten sich an. Das Schiff fing an zu stampfen, der Bug bäumte sich bedrohlich auf, da der Nil dahinter abknickte. Der Berber hätte fast den Einsatz auf der Ruderbank verschwitzt und wollte eben die Stiege zum Laderaum nehmen, da fand er sich am Boden des kleinen Flurs wieder und rieb sich den dröhnenden Schädel. Sonst war nichts geschehen, dass man als besonderes Pech bezeichnen könnte, abgesehen davon, dass sie nach der Erschütterung ins Schlingern gerieten. Hiram befahl alle Mann auf die Ruderbänke, und Strudeln und stäubender Gischt zum Trotz erlitten sie keinen Schiffbruch, da Laban an der Ruderpinne der richtige Mann war, und natürlich, weil alle vereint ruderten.

Diesmal stellten sie getreu Hasdrubals Anweisungen in der Flusskurve das Segel um, und während der Berber an Deck seine Beule herumzeigte, gesellte sich der braun gebrannte Atlanter endlich zu seinem heimlichen Freund Abi. „Ab heute", begrüßte ihn *Decgalôr*, „steht es Semiris frei, bei wem sie schläft. Das habe ich zur Bedingung gemacht."

Offenen Mundes nahm Semiris es auf. In den klaren Augen des Atlanters lachte eine Erheiterung, die ihr gefiel. „Der Rest wird sich finden, denke ich."

„Du meinst, die Kröte hat Hiram geschluckt?", fragte Abi ungläubig.

„Das will ich meinen. Ich habe gesagt, ich kämpfe für euch und mit euch, aber wo ich herkomme, verehrt man Frauen und stellt ihnen nicht nach wie die Paviane."

Es genügte, ihm dankbar zu sein, aber nach der ersten Freude schluckte Semiris. „Was mag aus Kirsa geworden sein?"

„Auch für sie forderte ich die Freiheit", erwiderte *Decgalôr* leise. „Hiram weigert sich, damit herauszurücken, was sich zwischen Kirsa und Sanherib ereignete. Er sagte, sie sei zu zerbrechlich gewesen ... und das klang wie ein Nachruf."

Sie stöhnte auf und schlug die Augen nieder, denn sie hatte es nicht wahrhaben wollen.

Noch mehr traf es Abi, der sich nach Pollux Niederlage nicht getraute einzuschreiten, und *Decgalôr* bemerkte mitfühlend: „Manche Dinge sollen wohl geschehen."

Den achtzehnten Tag segelte die ‚Zerberus' schon stromauf, aber mit dem Atlanter an der Seite wendete sich ihre Situation zum Guten. Selbst der Berber oder Sanherib legten es nicht darauf an, es sich mit diesem Mann zu verderben.

„Es dauert keinen vollen Tag mehr bis Abu Simbel", bemerkte *Decgalôr*.

„Wir segeln daran vorbei", klärte ihn Abi auf. „Da, wo die Ägypter große Figuren von Pharaonen aus dem Granitmassiv geschlagen haben, beginnt ein versteckter Seitenarm, der fast versandet sein soll. In der Bucht, in welcher der endet, liegt der Ort, zu dem Hiram uns bringen will."

Als Freund des Atlanters galt er wieder etwas unter den Schwertfischern. Das war bei Pollux so gewesen, und unter dem herrischen Blick von *Decgalôr* nahm er erst recht eine Sonderstellung ein, das musste ihm keiner flüstern. Hinter der Dschungelwand des Nilufers eröffnete sich eine urweltliche Landschaft mit glasgrünen Seen, und alle Augen hefteten sich auf die in Sicht gerückten Kunstwerke, die von früheren Pharaonen erzählten.

Archaz blinzelte ihm schelmisch zu. „Und für wen haben da nun Steinmetze über Jahre geschuftet? Sollen sich die Affen dran freuen?"

Innerhalb von zwei Wimpernschlägen wischten die aus dem Granit des Berghanges gehauenen Denkmäler wieder aus dem Sichtfeld. Da die zentrale Skulptur Osiris verkörperte, hätte der Eindruck eigentlich zu Abydos gepasst – einstmals die Hauptstadt, lang vor Pi-Ramesse, der türkisblauen Stadt an der Deltaküste, und auch vor Theben oder der Blüte von Memphis.

Beipflichtend schmunzelte Abi und empfand erneut Sympathie für den nie um einen Kommentar verlegenen, charmanten Armenier. Auf eine andere Art als *Decgalôr* wirkte er wie ein geborener Prinz. Es glich einer Feuerprobe, unbefangen seinen Blick zu erwidern, aber dadurch besserte sich für ihn das Klima an Bord. Kaleb erteilte ihm zwar eine Abfuhr, bei dem Versuch, einen Brotlaib nachzufordern, aber lachenden Mundes. „Versuchen kann man's ja", tat er es ab und grinste.

Es war das kleine Lächeln im Umgang mit den Leuten, was plötzlich wieder auflebte, und Abi fühlte sich von Grund auf erleichtert. Am Abend erreichten sie den unter Akazien und Sykomoren versteckten Seitenarm. Kurz vor Einbruch der Dunkelheit warf der Sarde an einem Pfahlanleger Leinen über, und sie drifteten mit der Bordschale an den Steg.

Die Strömung des Nils brachte unsichtbare Schätze aus den Bergen Nubiens mit, die sie an dieser halb verlandeten Mündung ablagerte. Es führte dazu, dass hier eine Siedlung für Goldwäscher aus dem Boden schoss. Die lehmbeworfenen Flachdächer aus Binsen verrieten es und vor allem die vielen Leute, die sich im Wasser tummelten und mit Sieben die Goldkiesel aus dem Fluss wuschen. Sie lachten und scherzten bei der Arbeit, doch ihre Sprache prallte unverstanden an Abi ab. Als er Schulter an Schulter mit *Decgalôr* hinter Hiram und Hasdrubal her zog, und sie durch die Gassen aus staubigem Lehm streunten, bot die Siedlung ein anderes Gesicht.

Unter einem Sonnendach wurde um eine Feuerstelle wild gestikulierend miteinander geschachert, nebenan Wein ausgeschenkt, es roch nach Anis und Koriander. Jemand bot kleine Elefanten aus Jade feil, Fruchtbarkeitsketten, Silberschlangen, Schlangenhäute und Leopardenfelle sowie Antilopenleder, aufgespannt an einem Gerbgeländer. Aber die hier auf sie einwirkenden Gesichter bestätigten das Gerücht, hier verkehrte nur Abschaum. Menê war ein Schlupfwinkel für geflohene Verräter, Wegelagerer und Beutelschneider. Es hatte einen ägyptischen Namen und gehörte zum Reich am Nil, aber hier walteten eigene Gesetze, und der Pharao wusste, warum er diese Enklave des Bösen unbehelligt ließ. Besser die bösen Elemente alle an einem Ort, als übers Land verstreut.

Aus einer dämmerigen ehemaligen Lagerhalle drang Lachen und lautstarkes Prahlen, und solcher Art Lärm zog Hiram an wie eine Schmeißfliege. „Aha", raunte der Atlanter, als sie sich in einer Welt des Schattens wiederfanden und in vielen dunklen Nischen Tropfkerzen flackerten. Die plattnasigen Gesichter vieler Nubier glänzten blauschwarz im Kerzenschimmer, und Abi saß dann neben *Decgalôr* an einer langen Tafel. Wein wurde über den Tisch geschoben, gleich ein Dutzend Karaffen.

Hiram neckte ein kleines Äffchen, das er vom Nachbartisch herübergelockt hatte. Da er die Dattel nicht hergeben wollte, biss es ihn, und er jagte das an einer feinen Kette hängende Tier mit wegwerfender Hand vom Tisch und schielte boshaft auf die

Dattel. Dann verkündete er hüstelnd, „auf unseren Neuen", und schob die ersten der irdenen Schalen, die bei ihnen abgestellt wurden, zu Abi und dem Atlanter hinüber.

„Sardes soll sehr reich sein", bemerkte er mit einem verstohlenen Augenaufschlag. „Kennst du den Ätna und die Sikulerküste? Wäre hilfreich, wenn du eine von Klippen geschützte Bucht wüsstest, wo man mit einem Schiff wie der ‚Zerberus' unsichtbar bleiben kann, bis Beute kommt?"

Decgalôr nickte. „Das will ich meinen. Doch wir müssten dafür zum Sperrturm, und der heißt nicht grundlos so. Man sieht uns von dort, ehe der Turm vor uns aus dem Horizont steigt."

Hiram bleckte wölfisch die Zähne. „Wer sagt das denn überhaupt? Na und? Sobald der Turm sichtbar ist, segeln wir nördlich die Küste hoch und dann irgendwo durch die Klippen. Es heißt, auf einmal ist man drüben."

„Ach ... ja?", erwiderte *Decgalôr* und nickte beifällig. „Ganz einfach vorbei, abseits vom Turmbau, meinst du?"

„Na was?" Hirams Augen leuchteten begeistert. „Das ist doch altes Gewäsch. Aber einen Atlanter mag es wohl wundern, da dein Volk doch meint, die alten Völker im Griff zu haben."

Decgalôr hob gänzlich unbekümmert die Schultern. „Es ist mir lieber, als am Turm unbequeme Fragen beantworten zu müssen. Meine dunkelblaue Tunika verrät jedem, ich habe mich der Flotte verschrieben, und es zieht mich nicht zurück, zum Drill."

„Du kannst ein Schiff führen?", fragte Hiram neugierig. Nach wie vor fiel Hasdrubal als Steuermann aus, und er war umso mehr auf Laban angewiesen, für den er wenig Sympathie hegte.

„Bist du ein Hauptmann gewesen?"

„Ein einfacher Mann, aber einer, auf dessen Rat du etwas geben kannst", wischte *Decgalôr* seine weiteren Fragen dazu vom Tisch. „Ihr habt mir mein Schwert noch nicht zurückgegeben", bemerkte er bei der Gelegenheit. „Ohne Schwert bin ich keine gute Leibwache. Du solltest es mir nicht länger vorenthalten."

„Ich trage es selbst", gab er unumwunden zu. *Decgalôr* hatte das schon lange vorher bemerkt. Da jener ihn offenbar hofierte, wollte er sehen, wie weit Hiram ihm wirklich vertraute.

Der würgte angegriffen und spie übel riechenden Schleim unter den Tisch, reichte ihm aber tatsächlich sein Schwert. „Auch einem Fuchs unterlaufen Fehler. Es ist in Ordnung, *Decgalôr*, dass du mich daran erinnert hast. Das steht dir zu. Ich denke, du bist ein Kämpfer wie Sanherib und unser Berber."

Semiris wurde fast zerdrückt zwischen Abi und dem Berber und nippte befangen an ihrer Schale. Dieser Ort war ihr nicht geheuer. Die bulligen, rabenschwarzen Gesichter mit den leuchtenden weißen Augen waren ihr unheimlich, und Erinnerungen an das, was Kirsa mitunter aus ihrer Heimat erzählte, stiegen auf. Eine Geschichte um einen Hexenmeister beschäftigte sie, der mit seinen Dämonen über eine Stadt namens Llanka herrschte. Von den Schwarzen dort sagte man, sie glichen den Dämonen der Nacht.

Fünf Nubier gesellten sich zu ihrer Runde und wurden mit einem Gelage in die Bruderschaft eingeführt. Einer war größer als der andere. Nampamos überragte selbst den Berber noch um einen Kopf und trug ein quer über die Brust gezogenes Leopardenfell mit dazu passendem Köcher um den massigen Leib. Er besaß einen Bogen, so gewaltig wie er selbst und ein vier Ellen langes Schwert, bezeichnete sich als Schwertjünger der Rakshana und sprach drei Sprachen, das Altbabylonische, das Phönizische und die Buschsprache. Es bereicherte die Bruderschaft um einen Jünger, mit dem sich auch *Decgalôr* ungern anlegen würde. Außer den Nubiern traten noch Tubal und Seneb bei, einer in einer staubigen Kutte, der andere ein Ägypter und ausgemergelt wie ein Bettler. Hiram nahm jeden. Die meisten Ruderbänke füllten sich wieder, und was sie nach Menê trieb, war erledigt. Um in der Gunst seiner Mannschaft zu steigen, zeigte sich Hiram von seiner besten Seite. „Suteman hat offenbar seit Jahren alle Perlen, die in unsere Hände fielen, in einer Amphore gesammelt", verkündete er. „Joas hat sie gestern entdeckt."

Das bedeutete für Abi und seinen Freund 13 Perlen, und sie beschlossen, sich mit Semiris und zwei Karaffen Wein an den Rand des Palmenhains am Wasser zu setzen und ganz für sich zu feiern. Bald saß der Atlanter alleine dort und wohnte aus der

Ferne dem nächtlichen Treiben im Schein der Lagerfeuer bei. Abi hätte kaum zu hoffen gewagt, sobald mit Semiris unter vier Augen zu sein und wollte sie verführen. Doch ihr war mehr nach Reden zumute. Zwar streckte sie angenehm berührt das Bein aus, während er ihr den nackten Fuß massierte, fragte aber leise: „An was glaubst du?"

„Wie meinst du das?"

„Ich meine: Wie stellst du dir die Götter vor?"

Abi blickte sie an, als hätte er Spaß daran, ihr diese Frage zu beantworten. „Ich habe meinen Vater des Öfteren begleitet beim Opfergang zum Baal. Als ich ihn fragte, ob ihn das Lamm nicht dauerte, erwiderte er: Es gibt Götter oder nicht, und es ist darum nicht unklug, wenn man ihnen vorsorglich opfert. Aber das hat mich nicht überzeugen können."

„Ich denke, irgendwo gibt es sie doch", widersprach Semiris. „Weißt du, es gibt Leute wie Pollux – oder den Atlanter, und von denen geht etwas aus, das sich schwer in Worte fassen lässt. Hinterher meint mancher wohl, wenn er mit einem besonders tatkräftigen und starken Menschen zu tun hatte, das war sicherlich Apollon oder Hermes, der Götterbote. Die Ägypter glauben ja sogar steif und fest, die Pharaonen seien lebende Götter, egal dass sie aus Fleisch und Blut sind. Und das Reich am Nil währt seit Jahrtausenden – welches Reich ist älter?"

„Gut, wenn du so willst", pflichtete Abi bei, „kann sich durchaus der eine oder andere hellenische Gott auf diese Welt verirrt haben."

Er betrachtete sie verliebt. „Mir gefällt, was der Atlanter dazu sagt. Es geht darum, mit ganzem Herzen um eine Sache zu kämpfen, dann braucht man keine Götter. Aber was soll ich tun, damit du wieder so lieb zu mir bist wie das eine Mal in Hirams Kabine?"

Sie lachte vergnügt. „Warum so gehemmt? Du versuchst es ja nicht einmal", flüsterte sie ihm.

Abi versuchte es und begriff: Semiris genoss es, begehrt zu werden. In den Pfützen des nie wirklich stillen Urwalds quakten die Frösche, während sie sich gegenseitig von den Kleidern befreiten und in die Arme fielen. Hinterher unterhielten sie sich wieder. Anfangs über einen kecken Bettler, der einmal in der kühlen Felsgruft überwinterte, die dem Haus Nowa als Keller diente, dann regte sie die Frage an, ob sie einmal Kinder haben wollten. Sie plauderten, bis der Mond verblich und zur Morgendämmerung die Frühnebel über der versandeten Bucht wallten. Gegen morgen fanden sich alle wieder am Anleger ein und Hiram berichtete seinen Leuten von einem vielversprechenden Gespräch der letzten Nacht: „Es gibt in Menê einen Händler, der bietet für guten Schmuck Schwerter mit Stahlklingen an, wie sie nur das Seevolk herzustellen vermag."

Da dieser Händler bei Tage nicht erreichbar war, mussten sie sich einen weiteren Tag lang in Menê die Zeit vertreiben, ehe sie nach der Beschreibung seines Zuträgers ein abbruchreifes Haus aus Akazienholz aufsuchten, das sich an einen hohen Uferfelsen lehnte. Sanherib, der mit Hasdrubal und Hiram die Spitze ihrer Gruppe bildete, klopfte an eine verwitterte Holztür. Niemand antwortete, da trat er ein und führte sie eine kleine Treppe hinab, in ein von einer Fackel erhelltes Gewölbe unterhalb des Wohnraums. Im Schatten einer Ecke stand ein Schwarzer mit leuchtenden Augen und fragte dumpf: „Wer schickt euch?"

„Motta", antwortete Hiram mit seiner meistens heiseren Stimme, und Semiris schlug das Herz bis an den Hals, ohne zu wissen, wovor sie sich eigentlich fürchtete. Da schwang im undurchschaubaren Dunkel des Raumes eine Tür auf und ein Dutzend Schwarze mit langen Schwertern brachen herein.

Decgalôr war mit einem Satz bei der Treppe und streckte den schwarzen Krieger, der sie versperrte, mit einem schnellen Streich nieder. Hastig nach Semiris Hand angelnd, hetzte Abi ihm nach.

Seine Geistesgegenwart vereitelte den Anschlag auf ihr Leben. Der Sarde nutzte nämlich die Schreckenssekunde aus, spuckte sich in die Hand und griff nach der Fackel. Leise zischend wurde es stockduster. Abi erreichte mit *Decgalôr* und Semiris das Freie und fand sich atemlos unter einem klaren Sternenteppich wieder. Aber außer einem erreichten sie allesamt die frische Luft.

Hiram musste husten und hatte Mühe, sich wieder zu fangen, während Nampamos jeden seiner Landsleute, der ihnen folgen wollte, niedermachte und beweisen konnte, was er Wert war.

„Ein verdammter Hinterhalt war das", fluchte Hasdrubal.

Decgalôr setzte einem verletzten Wegelagerer das Schwert an den Kehlkopf.

„Wer trachtet uns nach dem Leben?", fuhr Hiram den Mann an und trat nach ihm.

„Sprich, sonst bist du gleich tot", forderte der Atlanter und drückte die Klinge gegen den Hals, bis ein Blutstropfen hervorsickerte.

„Einer, der sich Marach nennt", raunte der Schwarze.

Decgalôr ließ ihn aufstehen und verabreichte ihm einen Tritt, woraufhin der Nubier sein Heil in der Flucht suchte.

„Das ist ein alter Busenfreund von Suteman", besann sich Hasdrubal.

„Weshalb musstest du auch lauthals herausposaunen, ich hätte Suteman das Lebenslicht ausgeblasen?", brüllte ihn Hiram an. Dann knirschte er mit den Zähnen. Sein zorniger Blick streifte den Atlanter im Kreis. „Und du lässt ihn laufen. Weshalb?"

„Ihm werden wir andernorts kaum wieder begegnen", beschwichtigte der ihn.

„Na denn", beschloss Hiram in seiner Ohnmacht. „Ich glaube, wir haben hier keine Freunde. Fehlt eigentlich nur, gleich kommt ein Köter und pinkelt mir ans Bein. Mögen die Heuschrecken über dieses heimtückische Nest kommen! Mich zieht es zum Schiff, Leute."

8.

Mehrere Tage verstrichen. Sie trieben auf der Strömung des Nils stromab, allmählich näherte sich Abydos. Die meisten schliefen unter einer Decke oder einem Fell an Deck. Abi war noch wach und hielt sich an Laban, der ohne Schlaf blieb, weil Hasdrubal noch länger am Ruder ausfiel. Hiram eilte es, den Hafen von Abydos zu erreichen.

Der Atlanter war müde wie alle, aber ihn plagte dieselbe Unruhe, die seit Menê Hiram erfüllte. Er rechnete damit, ähnliches wie in Menê könnte in Abydos drohen. Ihm behagte nicht, über Gefahren im Unklaren gelassen zu werden. „Kennst du diesen Marach näher?", erkundigte er sich bei Hiram.

„Er ist unser Steuermann gewesen, bis wir irgendwann einen reichen Phönizier kaperten. Der obere Bug war blutrot und mit einem Goldornament verziert, der Rammsporn mit Bronze beschlagen. Das Schiff schien ihm zu schade, es anzustecken. Er hat sich dann damit verabschiedet und acht Hitzköpfe mit ihm. In den letzten fünf Jahren zog er uns zweimal einen saftigen Braten vom Tisch. Zuerst in Nawbis und ungefähr vor zwei Jahren in Menê. Er weilt öfter dort, um ausgiebig zu feiern. Darum hat er zahllose Freunde in diesem Elsternnest."

„Das allein macht einen Mann wie dich doch nicht so fahrig", sagte ihm der Atlanter ins Gesicht.

Hiram befremdete es, dass jemand so wenig Respekt vor ihm zeigte. Er hüstelte sich eine Schliere in die Hand und wischte sich angewidert über den Rock, aber es war eine willkommene Gelegenheit, über das zu reden, was ihm heimlich zu schaffen machte. „Zwar sah ich an Menês Anlegern keine Bireme mit einem Rammsporn wie Marachs Schiff", erwiderte er ernst, „dafür andere, die keine Feluken waren. Denke ich so darüber nach, könnte er uns sogar selber die Meute auf den Hals gehetzt haben. Und das ist noch nicht alles. Wir haben den Numidier in

Menê verloren, damit bleiben sechs Ruderbänke frei! Wenn ich selber mit Hand anlege, wären es zwar nur fünf, aber die Flanken müssen gleich stark sein."

„Dann müssten wir auf jeden Fall bis in die Nacht in Abydos bleiben. Vorher erwachen die Spelunken im Hafenviertel kaum zum Leben."

„Es muss sein", beschloss Hiram. „Ein paar verwahrloste Hungerhaken für die Ruderbank finden sich in Abydos in jeder Taverne. Ich hoffe bloß, keiner von uns plaudert im Hafenviertel aus, was Suteman zugestoßen ist."

Das leuchtete ein, und der Atlanter, der eher ungern mit Hiram verkehrte, legte Abi den Arm um die Schulter und führte den Freund zum Heck, wo Semiris schlief, in ihre Brokatdecke gehüllt. Er betrachtete das hübsche Gesicht der Schlafenden und nickte bei sich. „Du hast einen vorzüglichen Geschmack, was die Frauen angeht. Welchem Volk entstammt sie?"

„Sie wurde auf einem Weingut bei Lindos geboren. Als man ihrem Herrn alles pfändete, verschiffte man sie mit ihrer kränklichen Mutter zum Sklavenmarkt von Delos. Ab dem elften Lebensjahr trug sie einem verknöcherten Greis die Philosophen vor und musste dem, als sie älter wurde, auch körperlich zu Diensten sein. Sie beteuert ja, sie hätte es gutgehabt, aber das glaube ich nicht. Jedenfalls schob er sie ab wie einen erlahmten Esel. Der Händler, in dessen Kabine wir sie aufstöberten, wird sie zu Knossos eingehökert haben. Ich weiß noch, es war mein erstes Entern."

„Ein trauriger Lebenslauf", bestätigte der Atlanter und flüsterte ihm ans Ohr: „Ich habe beobachtet, wie liebevoll sie dich manchmal ansieht. Und wenn ich du wäre, würde ich sie, solange noch die Möglichkeit besteht, zu meinem Weib machen."

„Das ist sie längst", lachte ihn Abi an. „Und du weißt das."

Der Atlanter neigte sich erneut an sein Ohr. „Sicher, aber ich meine, so richtig mit Ishtars Segen ... oder wen verehrt ihr?"

„In Aschkelon glauben wir an Baal und die Astarte."

Scheinbar hatte sich Semiris nur schlafend gestellt. „Mit Astartes Segen?", murmelte sie, ohne die Lider zu heben, und Abi fühlte sich in die Enge getrieben.

„Warum nicht mit dem Segen der Isis?" Der Atlanter blickte ihn herausfordernd an.

So beschlossen es Abi und Semiris, und Abi hoffte, wie so manches sonst könnte Hiram es mit der Regelung, keiner dürfe von Bord, der nicht ein Jahr dazugehörte, weniger genau nehmen als Suteman das handgehabt hätte.

Doch es stand ihm und Semiris dann einen Tag lang frei, durch die Gassen der Altstadt von Abydos zu bummeln. Lediglich der Atlanter begleitete sie über die Uferstraße, wo sich weiß getünchte Bauten mit grünen Dachgärten reihten, klotzig und mit kleinen, niedrigen Fenstern und Binsenmatten vor den Türen, auf denen die Alten des Hauses ihren Abendschwatz hielten.

„Schade", bemerkte der Atlanter, „ich habe Seneb gefragt, ob er uns zum Tempel der Isis bringt, denn er hat hier einige Jahre gewohnt. Doch er war schon mit Archaz und dem Sarden verabredet. Somit werden wir suchen müssen."

Er sagte es, während sie schon in die erste Gassenmündung einbogen und Abi fand es schwierig, Schritt zu halten. Bei einem Stand mit irdenem Geschirr, Binsenkörben und Fetischen nach Art des Landes blieb er mit Semiris zurück. Da nebenan ofenfrisches Backwerk und Mostrich feilgeboten wurden, schwirrte die Luft hier wie dort von lästigen Fliegen, und keinen schien es zu stören.

„Willst du Tand einschachern?", fragte der Atlanter, als sei er in Eile.

Abi lächelte entschuldigend. „Es gibt an Bord nun einmal dieses Spiel, nach dem Blutstrich zu werfen. Und so bald jemand eine Perle einsetzt, erhebt sich Geschrei. Warum nicht für eine Perle ein Amulett eintauschen?"

Ein Amulett mit einem roten Halbedelstein stach Semiris ins Auge, an dem ein kleiner, matt schimmernder Teil von einer Pfauenfeder hing. War es auch nur das Gelbe und das Grüne vom Pfauenauge, wirkte es doch äußerst geschmackvoll. Der Mann mit Hühnerbrust, der mit gekreuzten Beinen seine Ware bewachte, erklärte eifrig, „Tet-Amulett. Das Blut der Isis."

Mit dem zweiten Hinsehen stieß Abi auf einen Korb, in dem sich kleine Nilpferde aus Speckstein häuften, und er zahlte für beide Teile eine Perle.

Wenig später landeten sie auf einem Säulengang. Der Atlanter betrachtete anerkennend eine Reihe in den Stein gemeißelter Pharaonen aus der I. Dynastie. Was dazu in Hieroglyphen an die Wand geschrieben war, glich einer Widmung an die Ewigkeit und sollte die, die es meinte, unvergesslich machen. Die Halle, in die sich vom Säulengang Einblick bot, brachte angenehme Frische gegen die brütende Hitze draußen.

Den Mittelpunkt bildete der Sarkophag des hier verehrten Gottes. Sie brachen die heilige Stille des großen Osiris-Tempels von Abydos, dem Kultzentrum der Welt am Nil, und Abi nahm ehrfürchtig den letzten Schritt zurück. Die Baumeister, Steinmetze, Bildhauer, Maler und Zeichner, die es geschaffen hatten, beherrschten ihre Kunst. Der Atlanter wanderte schmunzelnd an einem Relief entlang und bemerkte: „Wenn ich das hier Geschriebene richtig interpretiere, hat Ramses die Schlacht von Kadesch gewonnen. Seltsam, entsinne ich mich doch bestens, dass der Pharao bei Kadesch in eine Falle der Hatti hinein stolperte und mit knapper Not dem Tod entrann ... seinerzeit."

Abi lachte schallend auf. „Sie wollen, scheint es, für die, die nach uns leben, die Geschichte verbiegen. Wozu, *Decgalôr*?"

Der Atlanter zuckte mit den Achseln. „Auf jeden Fall sind wir hier falsch."

Als sie wieder die Sykomoren an der Uferstraße sehen konnten, fühlte Abi sich von brennenden dunklen Augen beobachtet und musterte einen kleinen Straßenjungen, tiefbraun wie ein Nubier, doch der Nase nach eher ein Ägypter. Weil der ihn dauerte, schenkte ihm Abi aus seinem Säckchen mit dem Handelsmetall eine der Perlen aus Sutemans Nachlass.

Der Junge ballte freudestrahlend eine Faust darum. „Oneh dankt", sagte er, den Finger auf die schmale Brust tippend.

Die Ecke, an der *Decgalôr* lässig lehnte, gehörte zum Palast des Pharaos, erfuhren sie von Oneh, obgleich der nur wenige

Brocken Sidonisch sprach. „Isis-Tempel" verstand er durchaus und eilte beflissen vorweg.

Hinter zwei spitzen Obelisken mit goldenen Kanten eröffnete sich ein gepflasterter Platz von Größe. Daran grenzte die etwa acht Fuß hohe Ziegelmauer, die einen Palast umschloss, deren Krone mit scharfkantigen Glas- und Flaschensplittern gespickt war. Daran angelehnt zeichneten sich die verschieden hohen Nebengelasse und Bauwerke der Tempelanlagen in der Abendsonne ab. Breite Stufen aus rötlichem Sandstein führten hinauf zum eigentlichen Heiligtum, einer Säulenhalle mit gelb und rostrot bemalten Säulen, die nicht jedem zugänglich war. Ihr vorwitziger jugendlicher Führer geleitete sie zu einer hohen Pforte mit Sandsteinstufen. Vor deren Portal hockten zwei geflügelte Sphingen mit Löwenklauen, das oben eingemeißelte Schlüsselkreuz symbolisierte die unvergängliche Lebenskraft und war das Zeichen der Isis.

Abi nickte Semiris zufrieden zu, da tippte ihm der Atlanter auf die Schulter. Eine Schar Straßenkinder hatte sich an ihre Fersen geheftet, die alle Zeuge bei Abis großzügiger Geste gewesen waren.

„Ist Tempel von Isis", meldete sich hinter ihm ein kleines Mädchen und sah ihn an, als stünde ihm auch eine Belohnung zu.

Der Atlanter räusperte sich. „Das will ich meinen. Aber es war eine Sache zwischen Oneh und mir", sagte er einfach und betätigte mit dem Handballen den bronzenen Klopfring am Tor. Eine greise Frau in Weiß lud sie ein, ihr in den Garten des Heiligtums zu folgen. Sie diente dem Tempel, trug gemäß uralter Gelübde zur Unterhaltung der Verstorbenen mit Speisen, Blumen und Kräutern bei und hielt hier alles in Ordnung.

Der Garten wirkte morbid verwildert, von Efeu überwuchert, und entsprach dem sakralen Charakter des Ortes. Jahrhunderte alte Ölbäume beherrschten stumm die einsame Szene. Vor dem Volksaltar in der Kapelle stapelten sich aller Art Speisen auf dem mit Silber belegten Fußboden aus Zedernholz sowie zahlreiche Gefäße mit Duftölen und Lotosblüten. Darüber wachte die segnende Hand der Isis, der Tochter und Gemahlin des Osiris. Sie hatte den von Seth getöteten Vater der Pharaonen neu geboren, spendete das Leben und verschenkte die Liebe.

Es war sehr feierlich, bei brennendem Räucherwerk und dem Duft von Sandelholz zu Füßen einer weißen Priesterin zu knien und vor Isis, der Mutter allen Lebens, miteinander den Bund der Ehe zu besiegeln. Ein Leinenschal, mit Goldfäden durchwirkt, wurde über ihre gekreuzten Hände gedeckt, und die Priesterin sagte: „Sprecht mir nach: Wie Isis an ihrem Gemahl gehandelt hat, will ich über den Tod hinaus an unserem Bund festhalten. Auf Gedeih und Verderb. Seite an Seite werde ich mit dir vor dem Totenrichter stehen. Deine Taten werden meine Taten sein – in alle Ewigkeit."

Semiris sprach es nach und Abi auch, und als das Tuch von ihren Händen gezogen wurde, fühlte sich Abi um Jahre gereift. Der Atlanter schloss sie nacheinander in die Arme und schien Gedanken lesen zu können. „Fliehen werden wir, Abi", sagte er. „Nicht hier und heute, aber wir werden im richtigen Moment zur Küste schwimmen."

„Ja", bekräftigte Abi, und Semiris nickte hastig, da weihte sie der Atlanter in seine heimlichen Pläne ein. „Wir müssen warten, bis wir in den Gewässern westlich des Sperrturmes sind. Ich will die Durchfahrt sehen, die auf unseren Seekarten fehlt. Verstehst du?"

„Warum?"

„Weil ich mit den Umtrieben der Schwertfischer Schluss machen werde. Ich will aufräumen im Mittelmeer! Verstehst du? Gegen die Leute auf unserem Schiff habe ich eigentlich wenig, und sie haben dennoch ein zweites Gesicht. Und warum sollen welche wie dieser Marach davonkommen? Nur weil ich sie nicht selbst kennengelernt habe? Oh nein, der Handel hat lange genug unter dieser Geißel gelitten. Ihre Morde schreien zum Himmel. Die Brut muss ausgelöscht werden. Und dafür müssen mir Hiram und Hasdrubal die geheime Durchfahrt zeigen."

„Dann kann das mit der Flucht aber noch lange dauern. Bis zum Meer brauchen wir acht oder neun Tage. Wie lange noch bis zum Sperrturm?"

„Zwei oder drei Wochen, das hängt ab vom Wind", schätzte *Decgalôr*. „Und drüben wird sich schnell eine Gelegenheit bieten, verlass dich auf mich, Abi. Sind wir erst in der Westsee, liegt in meiner Hand, wohin wir segeln."

Dann fragte er in ernst werdendem Tonfall Semiris: „Bist du klug?"

Sie zog die Stirn kraus. „Na, ich weiß mir zu helfen."

„Du bist jetzt Abis Frau. Gefällt dir das?"

Zögernd nickte sie, und *Decgalôr* holte angespannt Atem. „Vertraue mir, wenn ich dir sage, das wird dir ab heute die Kraft geben, auf Abi zu warten."

„Aber ... ich komme doch mit", wandte sie ein.

Der Atlanter schüttelte den Kopf. „Bist du klug, bleibst du hier. Abi und mir vereinfacht das die Flucht."

Semiris öffnete den Mund, um zu protestieren. Dann sah sie ein, wie weitsichtig das war.

„Das tut mir so weh wie dir", gab Abi ihr zu verstehen. „Aber denke einmal über unsere Situation auf der ‚Zerberus' nach. Wir können mehr riskieren, wenn du in Sicherheit bist. Ich weiß, wo ich dich finden werde."

Der Atlanter drückte ihr einen Rubin in die Hand, groß wie ein Taubenei. „Gib ihn Halifer, und du hast für ein Jahr eine Unterkunft im Tempel."

Den Kopf leicht schiefgelegt, sah sie ihn an, als versuche sie, in seinem Blick zu forschen. Ein flüchtiges Lächeln huschte über ihr Gesicht, und der Atlanter schärfte ihr ein: „In gut einem halben Jahr zeigt sich der Stern am Himmel, den die Ägypter Sothis nennen, der kündigt die jährliche Überschwemmung des Nils an und eine neue Jahreszeit. Halte dich irgendwie so lange über Wasser und sei dann jeden Morgen am Altar, egal wie lange es dauern mag."

Semiris keuchte erschrocken und schlug die Hand vor den Mund. „Das ist aber lange hin."

Der Atlanter hob begütigend die Hände. „Tut mir leid, ich bin ein kleines Licht für die Machthaber im Sperrturm", gab er unumwunden zu. „Ich muss davon ausgehen, gleich wieder in den Dienstplan integriert zu werden und möchte nicht unter Zeitdruck geraten. Darum."

Semiris versprach, Geduld walten zu lassen, bot der Priesterin den Rubin jedoch nicht an, sondern behielt ihn für sich, während sie zum Tor gebracht wurden. Wie sich herausstellte, lungerten vor dem Portal mittlerweile über ein Dutzend Straßenkinder am Kantstein der Gosse, die auf leichte Almosen hofften, und Halifer zeigte ihnen darum die kleine Hintertür des Tempels.

Semiris ging das alles zu schnell, sie sah Abi unglücklich von dort nach, doch der drehte sich nicht einmal um. Sie wollte ihm vertrauen, aber es zog ihr das Herz zusammen, so verloren fühlte sie sich.

Vereinbart war, sich etwa zwei Stunden nach Einbruch der Dunkelheit an der Anlegerstelle einzufinden. Hasdrubal und Kaleb waren wieder mit dem Handwagen unterwegs, brachten einen Sack Feigen, einen Korb Fladenbrote sowie ägyptische Bohnen zum Schiff, das waren die grünen Fruchtkörner des Lotus, die getrocknet ein schmackhaftes Gemüse abgaben. Einen Festschmaus versprach sich Kaleb von dem zwei Ellen langen Nilhecht, den er ihnen am Kai präsentierte. Der Sarde hatte sich um die Wachmannschaft im Hafenturm gekümmert. Im Dunkeln auszulaufen, könnte andernfalls einen Alarm und viel Spektakel auslösen. Jeder Mann hatte seinen Preis, auch in Abydos. Es bedeutete, die Schmucktruhe in der Kapitänskabine bis auf den Grund zu leeren. „Beim nächsten Entern ist die wieder voll", erklärte Hiram. „Genau dafür schonten wir den Plunder doch auf! Besser eine kurze Ebbe in der Truhe als ein Wiedersehen mit den Leuten von Marach."

Alle, die Marach kannten, gaben ihm mit nachdenklich werdender Miene recht. Einige aus der Mannschaft erinnerten sich rege an dessen Jähzorn. In einem Wutausbruch hatte er nämlich zwei Gesellen erschlagen, und Suteman hatte ihm das Kielholen erspart, weil er seine rechte Hand gewesen war. Wer Marach richtig kannte, ahnte seine Racheschwüre, sollte etwas von der Meuterei an seine Ohren gedrungen sein.

Ungeduldig fragte Hiram: „Wo habt ihr die Kleine gelassen?"

„Wir saßen in einer Taverne, tranken Wein, und sie gab vor, kurz vor die Tür zu wollen", entgegnete Abi. „Doch sie kam nie zurück."

„Tja, auch ein Fuchs macht Fehler. So kann es einem ergehen mit den Weibern", befand Hiram mitfühlend.

Abi hätte erröten müssen, doch er genoss es, nicht durchschaut zu werden und fing an, das gleiche Spiel zu spielen wie sein Freund der Atlanter.

„Immerhin", teilte ihnen Hiram sogleich mit, „haben wir fünf Habirus anheuern können. Damit sind alle Ruderbänke bemannt."

Später saß Abi mit dem Atlanter und Archaz zusammen unter der Kielflosse, wo Pollux immer seine Sachen aufbewahrte. Damit Laban seinen Schlaf bekam, führte neuerdings der Atlanter das Ruder. Bei ihnen, an der Bordschale, hockte der Straßenjunge von vorhin. Oneh wollte es einmal mit der Seefahrt versuchen.

„Ägypten ist nicht mehr reich", klagte er und erzählte in einem Kauderwelsch, das sich aus sidonischem, tyrischem und byblischem Phönizisch zusammensetzte, von Räuberbanden, die hemmungslos die alten Gräber von Memphis plünderten. Dafür wähnte er sich zu gut, und Abi dachte still für sich: Besser als andere Menschen für Schmuck zu erschlagen, denn das war die Alternative der Armen.

Wenig später zog gemächlich die alte Hauptstadt Memphis mit ihren Bauten aus Basalt und Sandstein am Nilufer vorüber und Abi sah zum ersten Mal im Leben die sagenhaften Weltwunder, die ihm sein Vater bisweilen mit Glanz in den Augen geschildert hatte.

Die riesige Sphinx saß vor goldgelben Feldern im Abendrot und dahinter erhoben sich die monumentalen Pyramiden. Einmal verschlief er diesen Blickfang, und jetzt rundete sich bald zum zweiten Mal danach der Mond. Ihn berührte seltsam, dass gemäß *Decgalôr* weit über tausend Jahre verflossen waren, seit der erste Pharao sich ein solches Denkmal geschaffen hatte. Er wusste es und versuchte, sich den ungeheuren Zeitraum vorzustellen. Der Versuch mit den Kerzen fiel ihm ein, und die Ahnung wuchs, sein hartes Schicksal hatte ihm zu einem neueren, fundierten Selbstwertgefühl verholfen, also insofern reifer und stärker gemacht. Sicher, was uns quält, entfällt dem Gedächtnis bald, und das, was alles abenteuerlich machte, hallt lange nach. Aber gegen die Zeit als Handlanger seines Vaters war es, als hätte sich in seinem Leben ein Knoten gelöst. Sollte der Vater ihm, wie er heimlich hoffte, die Führung des Unternehmens übertragen, dann höchstens, weil der ältere Bruder mit ihrem besten Schiff gescheitert war, doch das störte ihn nicht mehr. Nur bei dem Gedanken an Semiris schloss sich ein Mantel kalter Angst um sein Herz.

Ihm dämmerte langsam, auf was für ein ungeheures Unterfangen er sich eingelassen hatte. Schwimmen zu können, das war eins, aber wie weit, das würde unter Umständen der Atlanter entscheiden. Dennoch spürte er, das Wiedersehen mit ihr würde kommen wie der nächste Morgen. Und dann? Was hatte der Atlanter vor – danach? Wenn er von Rache sprach, klang es wie ein heiliger Schwur, und Abi fühlte sich angesteckt von diesem Verlangen. Lukas fiel ihm ein, sein Vater und die Familie ...

Er wusste, es verstand sich für *Decgalôr* von allein, dass er und Semiris ihn anschließend über die Westsee begleiten würden, und er ahnte, er würde noch einiges mit diesem Mann erleben dürfen. Der Atlanter war aufrecht wie Pollux und verfügte über den trockenen Humor seines alten Freundes Lukas. Obendrein verdankte Abi ihm, eine Frau zu haben, die auf ihn wartete, und er litt an etwas, das in der Seele schmerzt wie Heimweh.

9.

In der Morgendämmerung glänzte der Nil wie fließendes Erz. Pi-Ramesse, die blaue Stadt des Ramses zeichnete sich blass am Ufer ab und entfernte sich wieder. Ehe sie vollends im Horizont versank, rückte hinter ihnen ein dunkles Segel auf den Strom. Hasdrubal, der eintraf, den Steuermann abzulösen, zeigte es ihnen. „Das ist Marach", sagte er. Seine Augen suchten entsetzt Hiram.

Der entdeckte das Segel ebenso und raufte sich schon die Haare. „Das ist er!"

Hasdrubal schlug prompt einen anderen Kurs ein, und das ihnen folgende Schiff kürzte offensichtlich den Bogen ab, um ihnen die Fahrt zu schneiden. „Die haben es tatsächlich auf uns abgesehen", bestätigte der Atlanter.

„Dachtest du, ich träume?", schnaufte Hiram ärgerlich, und Hasdrubal nickte ihm zu. „Wir sollten uns langsam zum Kampf rüsten."

Für den Atlanter war das unverständlich. „Waren wir nicht in Abydos, um die Ruderbänke zu füllen?"

Begeistert nickte Hiram und besann sich anders. „An die Ruder", befahl er und nahm selber auf einer Bank Platz. „Unwahrscheinlich", warf er Hasdrubal zu, „dass Marachs Ruderdeck so vollständig bemannt ist wie unseres."

Nach einem schweißtreibenden scharfen Rudergang schwand Marachs Segel aus der Sicht und der Weg ihres Schiffes verlor sich in der offenen See. Abi klebte die Tunika an Rücken und Brust, als Hasdrubal das Steuerruder auf Westkurs schwenkte und er sich endlich zurücklehnen durfte, um stöhnend die schmerzenden Arme auszustrecken. Auch in seinem Rücken erhob sich das Geklapper der sich spreizenden Ruder, und es schien überstanden. Da krähte hinter ihm die vertraute Stimme Joas los: „Ja haben denen die Götter denn das Hirn verrückt?"

Abi blickte sich fahrig um, weil der Halbwüchsige ein wieherndes Auflachen abwürgte und seinem Nebenmann bräsig zutuschelte, „Kaleb, der alte Saufsack, hat in Abydos herausgetönt, wie wir Suteman abserviert haben, und auch, dass es in der Westsee reichere Jagdgründe für einen klugen Schwertfischer gäbe. Der ganze Laden hat's gehört. Die Schwalben zwitschern jetzt in Abydos von den Dächern, wie Suteman endete. Verdammt, darüber können sie doch nicht einfach hinwegsehen und sturheil das Segel auf Kurs Sperrturm stellen."

Es war lange und heftig gerudert worden und Hiram lobte vollmundig seine Mannschaft. Er sei zufrieden mit jedem Einzelnen und es ginge nun in den Westen. Für jeden bedeutete das einen vielversprechenden Aufbruch in bessere Jagdgründe. Drüben würden sich jedenfalls keine Hopliten in den Laderäumen verbergen.

Inzwischen war Abi Manns genug, Joas Bemerkung Nachdruck zu verleihen und trat vor, als wäre er Pollux: „Ob wir es nun Kaleb verdanken, ist doch völlig gleichgültig. Es wäre immerhin eine plausible Erklärung, warum man uns verfolgt hat", zog er in Betracht und unterstrich es mit einem festen Zug um den Mund.

Der Kapitän bot ihm eine düstere Miene. Entnervt streiften seine Augen Hasdrubal und hefteten sich tadelnd auf den Koch und Taktvorgeber, so dass Kaleb schuldbewusst die Stirn senkte. Aber Hiram genügte das. „Und wenn schon", tat er es ab, um die Stimmung zu entschärfen. „Meines Erachtens hat Marach nicht den Schimmer einer Ahnung von einer geheimen Durchfahrt. Auf keiner Seekarte ist so weit abseits des Sperrturms eine Verbindung zwischen den Meeren verzeichnet. Ich weiß noch, als wir uns einmal auf Sichtweite an die Pelasgischen Inseln herantasteten, verdrehte Marach die Augen und drohte, Hasdrubal von Bord zu schubsen. Der Turm sei gut bemannt und seine Wächter wachsam. Nein, Marach wird versuchen, sich durch die Schiffskontrollen zu mogeln und dabei scheitern."

Hiram klang überzeugend und ging noch einen Schritt weiter. „Ab heute gilt es nicht mehr, bei der Verteilung der Beute nach dem Strich zu werfen" kündigte er an. „Mir schwebt eine andere Art vor, die Beute zu teilen. Die Kerzen im Laderaum kommen unter Verschluss, werden ab sofort in meiner Kabine verwahrt. Beim Entern entscheidet sich, wie viel Kerzen dem Einzelnen zufallen, ganz nach Einsatz. Das ist gerechter. Die Beute wird oben am Takthammer versteigert. Geboten wird in Kerzen. Das übernimmt künftig Kaleb."

„Warum nicht alles lassen wie gewohnt?", wandte dieser ein.

„Nein, du machst das. Das System ist heute bei den meisten Bruderschaften üblich. Drückeberger gehen generell leer aus."

Er meinte Joas, überlegte Abi, froh, sich beizeiten von ihm distanziert zu haben. Aber leider hatte er recht. Das Dumme war, auf dem Schiff von Marach wurde wahrscheinlich länger gerudert als auf ihrem, und Hiram blinzelte verunsichert. „Falls sie die Verfolgung nicht abgeblasen haben, werden wir sie früher oder später wieder in unserem Kielwasser haben. Na, zum Glück dämmert es schon."

„Und was ist, wenn wir die Symplegaden erreichen und es ist Ebbe?", fragte Sanherib stutzend.

Hiram mahlte mit den Zähnen. „Dann wäre es klüger, sich Marach und seinen Männern zu stellen."

Der Assyrer verbiss sich den Kommentar, aber keiner war erpicht auf ein Wiedersehen mit Sutemans bestem Freund.

Wie sie sich aneinander rieben, kaum wurde es kritisch, belustigte den Atlanter. Für ihn gab es keine unüberwindlichen Widrigkeiten. Probleme waren dazu da, sie zu lösen, und es mangelte eindeutig an Vertrauen in ihre Fähigkeiten an der Pinne. Aber sollte das Schiff kentern und zerschellen, verband sich das mit einer trefflichen Chance zu türmen, also weidete er sich an Hirams Not. „Bei uns", bemerkte er zu Abi, „haben alle Schiffe zwei Steuer-Ruder. Das macht den Kahn doch erst wendig."

„Na ja, wenn die sich einig sind", schränkte es Laban ein. „Aber eigentlich logisch."

„Ja, und erfolgreich. Die Flottenverbände am Turm sind nicht so stark, weil sie über besonders viele Schiffe verfügen. Durch ein Doppelruder kann man auch komplizierte Manöver meistern und besser am Wind kreuzen. Da kann man von Segelkunst sprechen."

„Ihr großen Götter", stöhnte Laban. „Du warst in der Tat bei der Flotte."

„Das will ich meinen. Was denkst du wohl, warum ich besser mit einem Schwert umzugehen vermag als irgendeiner von euch."

„Ist das so?"

„Ich bin ausgebildet, meine Beine und die Reichweite meines Arms zu nutzen. Andere schlagen einfach drauflos, das unterscheidet einen atlantischen Kämpfer der Centaurengarde von einem gewöhnlichen Halsabschneider."

„Meine Güte, das trieft ja vor Arroganz", brummte Laban kopfschüttelnd. „Man sollte dir den Mund zunähen."

Der Atlanter schnaubte verächtlich. Und Abi gab sich einen Ruck, nicht in die Kerbe zu hauen, denn dem Freund ging es schlicht darum, recht zu behalten. „Damit machst du dir unnötig Feinde", bemerkte er leise, aber loyal.

„Dann muss das so sein", sagte *Decgalôr*.

Abi hatte nicht den Eindruck, er würde etwas bedauern. Der Freund zog scharfsinnig die Brauen hoch, blickte ihn ernst an und sagte, „ich frage mich, was die Symplegaden sind."

Keine Stunde später war es Nacht auf dem Meer und voraus kündete ein Leuchtfeuer den Sperrturm an. Der günstige Wind, der sie bislang flott vorantrug, hörte zu wehen auf, als hätte ein Gott einen Bann auf ihr Unternehmen geschleudert. Das bedeutete für Abi, die Nacht über mit dem Atlanter die Ruderbank zu drücken und sich nach Kräften in die Riemen zu legen. Mehrmals hieß es, Ruder aus dem Wasser. Er war schweißgebadet, während sich das Schiff in eine trichterförmige Kluft schob. Hiram polterte die Stiege zum Heck auf und ab. Mal auf Laban einredend, mal hinter Kaleb auftauchend, die Faust geballt und völlig außer sich. Wie zum Hohn kam nun das Lüftchen auf, das auf den Ruderbänken alle herbeisehnten. Fast gleichzeitig erschien allerdings ebenso das dunkelbraune Segel ihrer Verfolger im Kielwasser.

Ihr Vorhaben artete erneut in eine Wettfahrt aus. Jeder schoss hoch, es bedurfte keines Kommandos. Schon wickelte das Segeltuch von der Rahe. Die Stagen spannten sich, als der Wind einschlug. In der Ferne deutete Wasserstaub an, sie näherten sich der Charybdis: ein täglich dreimal unter einem Felsen hervorquellender und wieder zurückwallender Strudel, der schon so manchen Schiffer mit Mann und Maus schlürfend in die Tiefe zog. Das und die Geschichte um das schwimmende Felsentor der Symplegaden geisterte durch Abis Fantasie, aber Hasdrubal erklärte dem Atlanter, alles sei gut, da momentan Flut herrsche.

Ob es wirklich so gefahrlos war, wagte Abi zu bezweifeln.

Sie umsteuerten verzahnte Klippen, an denen die Brandung schäumte und zwei Meere aufeinanderprallten. Es ging durch Nebel und salzige Gischt, die Augen brannten, bevor sich der Vorhang unter einem Regenbogen verflüchtigte und sie den tiefblauen Horizont der vorderen Westsee anpeilten. Bis zuletzt hoffte der Atlanter auf eine Gelegenheit, über Bord springen zu können, aber die Brandung war entweder zu halsbrecherisch oder zu fern, hinzuschwimmen. Er war stolz auf sein gutes Urteilsvermögen und riskierte nichts. Dafür würde er womöglich gezwungen sein, selber bei einer Kaperfahrt mitzuwirken. Er würde für eine Sache töten, die mit Fug und Recht durch den Tod am Kreuz geahndet wurde. „Hoffentlich", murmelte er im Selbstgespräch, „wirft mir das nicht irgendwann einer, den ich gestellt habe, vor."

Als Abi ihn fragend ansah, lächelte er matt. „Unsere Gelegenheit kommt", flüsterte er ihm zu und streckte zuversichtlich das Kinn heraus.

***

In Abydos, wo Semiris den Abend verbrachte, überwogten rosarote und lila getönte Blüten die Straßenränder am Nil. Ganze Völker von Kuhreihern saßen in den graugrünen Sykomoren, ihren Schlafbäumen, als hingen die Zweige voller blasser Trompetenblüten. Während Semiris am Anleger die Beine von der Steinkante baumeln ließ und auf dem Mast einer ankernden Feluke zwei Möwen um den besten Ausblick stritten, fragte sie sich, ob Abi schon geflohen sein könnte. Halifer, die Isis-Geweihte, schanzte ihr jeden Morgen eine Schale mit Fenchelsuppe, ein Kümmelbrot und ein paar Feigen zu, und bis zum Morgen trieb sich Semiris gewöhnlich auf dem Kajenmarkt herum, wo sich die fliegenden Händler reihten. Danach lag sie oft eine Stunde in der milden Nachmittagssonne, beobachtete stumm und demütig Bienen, Hummeln und späte Schmetterlinge bei ihrem emsigen Geschäft, wenn sie aus Astern, Dahlien und letztlich Rosen den Nektar sammelten. Auf der Basarstraße stauten sich der Länge nach Scharen vor Blumenverkäufern. Alles Volk, hoch und niedrig, trug gern Kränze und Blumenschmuck, und man streckte ihr Sträuße unter die Nase. Andere wanden sich an einem Schranktisch Kränze um die Häupter. Wieder andere trugen lang herabhängende Blumengewinde und Girlanden um den Hals, und die lange Straße mutete an wie eine einzige große Blumenterrasse. Schwüler Blütenduft erfüllte die Luft.

Semiris lernte als ehemalige Sklavin, sich in Genügsamkeit zu üben, stahl nicht, aber redete mit allen und war bald ein gern gesehener Gast auf dem Blumenmarkt und an den Anlegern des Hafenbeckens, wo Möwen kreischend ihre Nistplätze verteidigten. Die meisten Händler kannten und mochten Semiris, in gewisser Hinsicht sorgten die Götter prächtig für sie. Mancher steckte ihr hin und wieder ein paar Datteln oder ein Fladenbrot zu. Doch dann kreuzte Kaptah ihren Lebensweg.

„Na du einsames Kätzchen, du bist doch nicht von hier?", wurde sie nett gefragt und fuhr aus ihren Träumereien hoch, da sah sie in ein verbrauchtes Männergesicht mit Halbglatze und einer heftig vorspringenden Nase, in dessen Augen es listig funkelte. „Du kannst bei mir schlafen", bot er ihr an.

„Danke", sagte sie. „Ich wohne im Tempel der Isis."

„Und bist doch keine Priesterin, will mir scheinen?", folgerte der Alte.

Semiris befiel das ungute Gefühl, man wollte ihr einen Fallstrick legen. Sie schüttelte stumm den Kopf.

„Und auch keine Geweihte oder so?"

Erneut schüttelte sie abwehrend den Kopf. „Nein. Ich schlafe ja auch im Vorhof."

„Ach ja." Verständig nickend drückte ihr Kaptah eine Feige in die Hand. „Hier, damit du wieder lachen kannst."

In der Nacht hatte sie diese Unterhaltung längst vergessen und Schatten schlichen um den Tempelbau. Auf ihrem dürftigen Deckenlager in der Abgeschiedenheit der Gartenlaube fiel Semiris das nicht auf, doch wie aus dem Boden geschossen neigten sich dann zwei langbeinige Gestalten in Lederschürzen über sie und zogen sie unsanft auf die Beine. Eine Hand packte ihr Handgelenk und schob den Ärmel hoch. „Es stimmt, die Haut ist noch blass, wo die Schellen saßen."

Ehe sie ihm die Hand entziehen konnte, schloss der andere eine neue Bronzeschelle um das Handgelenk und raunzte hämisch: „Du bist wertvoll. Und du weißt das, Kleine."

Man hielt ihr den Mund zu, sonst hätte sie geschrien. Die beiden gehörten zu den Hungerleidern und sagten sich, eine Entführung aus dem Kapellgarten erforderte wenig Mut für einen Ring aus Gold. Draußen, auf dem gepflasterten Platz am Residenz-Palast wartete Kaptah und empfing die beiden mit einem durchtriebenen Grinsen.

Jener, der eisern Semiris am Handgelenk festhielt, erinnerte ihn leise: „Ein Ring vorab, Kaptah ... den anderen hinterher."

Kaptah, bewandert in allen Schlichen, hing dem Gewerbe eines Sklavenjägers an und hoffte auf guten Erlös, wenn er das Mädchen unbemerkt aus dem Hafen schleuste. Semiris wandte sich und kam doch nicht frei. Beiläufig entdeckte sie einen assyrisch gearbeiteten Löwenring in der kurz geöffneten Hand von Kaptah. Er drückte ihn zwinkernd einem der beiden Landsmänner in die Hand, und Semiris wurde unsanft mitgezerrt und stemmte sich vergebens dagegen in die Hacken, trottete schließlich brav mit in den Hafen. Ohne eine Ahnung, wohin das Schiff fuhr, auf das sie geriet, hockte sie unter Leidensgenossen, alle männlich, im Bauch einer fremden Barke. Sprachbegabt wie sie war, erfuhr sie schnell, sie befanden sich in den Händen nubischer Räuber. Segelnd oder rudernd zogen sie den

Nil stromaufwärts, zur Wüste des Südens. Nach tagelanger, qualvoller Fahrt, auf der sie sich in ihren Sklavenketten nur eingeschränkt bewegen konnten und weder Wasser noch Nahrung erhielten, setzte man sie in einem kleinen Dorf am Fluss ab. Dort wurden eben die Karawanentransporte zu den Goldminen eines nubischen Fürsten zusammengestellt, von allen Muddak der Schwarze genannt.

In diesem Dorf gab man ihnen zum ersten Mal Essen und Trinken, damit sie wieder zu Kräften kamen, dann kettete man alle aneinander. Semirs war wieder eine unter schwerer Last keuchende Sklavin. In einem langen, stummen Gänsemarsch zogen sie langsam wie eine Prozession durch die Wüste. Jeder Mann und auch sie trug rücklings einen prallen Wasserschlauch aus Ziegenleder.

Die Karawane bestand rein aus Menschen. Es war schlicht unmöglich, für den Transport vom Ufer des Nils quer durch die Wüste zu den Goldminen von Ponte Purka Esel einzusetzen, die wären dem Nahrungsmangel und der glühenden Hitze kaum gewachsen, Kamele dagegen teurer als Sklaven. Angesichts der Leidensgenossen und um sich vor den erbarmungslosen Sonnenstrahlen zu schützen, riet einer den anderen: „Wickelt euch eure armseligen, verdreckten Lumpen um den Kopf."

Alle außer Semiris folgten dem Rat und keiner gab sich verschämt, während sie sich nackt, aber mit geschütztem Kopf unter der bleiernen Sonne dahinschleppten. Diese unmenschliche Wanderung dauerte neun Tage. Als die Goldmine vor dem Hintergrund einer schroffen Felsenkette in Sicht rückte, stieß sie wie jeder einen tiefen Seufzer der Erleichterung aus. Doch was sie im Laufe eines kurzen Gesprächs mit einem Soldaten der Eskorte zu hören bekam, zerstörte jeden Hoffnungsschimmer. Ohne auszuruhen, würden sie schon morgen in umgekehrter Richtung wieder aufbrechen, diesmal mit Golderz beladen. Das Leben, das Semiris erwartete, sollte nur noch aus diesem endlosen Hin und Her bestehen. So lange, bis sie endlich der Tod, das unausweichliche bittere Ende der Entbehrungen und Leiden, von dieser furchtbaren Knechtschaft befreien würde. Der Anführer der Karawane setzte sich in den Schatten des Wasserreservoirs und befahl ihnen, ohne Gedränge die Schläuche zu leeren.

Nachdem Semiris sich atemlos von der schweren Last befreit hatte, überkam sie ein Gefühl von Entspannung und Wohlbefinden. Ein junger Mann, der sie schon länger beobachtete, bemerkte wie sie unauffällig den Hals reckte und sich umsah, als wäre sie frisch eingetroffen und hätte ihre erste Mattheit überwunden. Von seiner vornehmen azurblauen Tunika zeugte nach einer Auspeitschung wegen Aufmüpfigkeit noch ein blutgetränkter, erbärmlicher Fetzen um Schulter und Lenden, und er erkannte seinerseits an Semiris fein geschnittenem Gesicht mit dem hochgesteckten Haar im Kupferglanz, er hatte eine Griechin vor sich. „Ich bin Charikles", sprach er sie mit einem pfiffigen Lächeln an, „aus Theben – dem siebentorigen Theben, von dem nur ein Trümmerfeld blieb."

Verwundert hob Semiris das Kinn. „Meine Mutter stammt aus Thessalien."

„Also Sklavin von eh her", folgerte er, denn sonst hätte sie sich anders ausgedrückt. Dann musterte er ihre gepflegten Fingernägel. „Du hast keine Schwielen an den Händen. Unmöglich kannst du eine Feldsklavin sein. Ich glaube, du hast eine sehr feine Seele."

Semiris war nicht danach zumute, umworben zu werden. Platte Direktheit verabscheute sie, aber sie fühlte, sie brauchte einen Beschützer und rang sich zu einem gequälten Lächeln durch. „In unserem Hause zu Lindos fanden wöchentlich heitere oder ernste Musikabende mit szenischen Spielen statt, bevorzugt wurde Orpheus, und ich bin ausgebildet im Vorlesen. Obwohl das auf einmal Ewigkeiten her zu sein scheint, hänge ich bis heute dem Geist der Musen nach und sehne mich zuweilen nach den verflossenen Abenden im Atrium zurück, wenn sich mein Herr im Freundeskreis den großen Gedanken der Philosophen Griechenlands zuwandte, Palamedes, Diokles von Karystos und Nestor von Messene. Ich fand es immer tröstlich, dass Aristemos als guter Hausgeist gepflegt und verehrt wurde. Im Atrium stand seine Büste."

Charikles zog achtungsvoll die Brauen hoch und schmunzelte bewegt. „Du bist ein Schöngeist", gestand er ihr zu und ließ sich neben ihr am Geröllhang nieder. „Die thebanische Landschaft hat etwas ungemein Beruhigendes", besann er sich „Erdige Hügel wechseln mit Fruchtgärten, überall tummeln sich munter sprudelnde Bächlein, und wir waren stolz auf die vielen alten Ölbäume unseres Landguts."

„Du liebst deine Heimat?", folgerte sie. Und er nickte mit schwermütig werdenden Augen, um offen zu bekennen, „den kühnen Betrachtungen eines Palamedes, es sei eine Unsitte, Reichtum zur Tugend zu erheben, begegnete man in meinem Elternhaus eher mit vermäntelter Zurückhaltung. Mein Vater bezeichnete den Athener als Heuchler, da er selber Sklaven hielte."

„Ich weiß von Theben nur, dass es das Herz von Hellas war", gestand Semiris. Fragend fügte sie hinzu: „Und nun ist es gefallen?"

„Mein Vater zählte zu den wenigen, die über den Rand des Tellers blickten", besann sich Charikles wehmütig. „Als sich Eteokles und Polyneïkes vor Thebens Tor den Tod gaben, lobte er Antigone und nannte sie die Beste unter den Sprösslingen des Ödipus."

„Obwohl sie gegen das Gesetz verstieß?", fiel Semiris ihm ins Wort.

Charikles hob begütigend die Hände. Die Bitterkeit in seiner Stimme war unüberhörbar. „Gleichgültig, ob Polyneïkes uns mit Krieg überzog oder was Kreons Wille war", räumte er freimütig ein. „Sie gehorchte einem höheren Gesetz, wenn sie dem unbestattet gebliebenen Bruder mit einer Handvoll Staub postum die letzte Ehre erwies. Dabei beurteilte mein Vater unsere Siedlungspolitik in Ahhijawa eher kritisch. Er fürchtete von Anfang an die Eifersucht von Argos und Mykene und lehnte Polyneïkes Umtriebe an der Hethiterküste kategorisch ab. Aber er konnte sich mit seinen Meinungen zurückhalten, ebenso, wie er seine Geschäfte tätigte, ohne viele Worte. Doch wehe dem, der mit großem Palaver getanes Unrecht unter den Tisch kehrte."

Für Semiris hatte es einen seltsamen Reiz mit ihm zu debattieren. Es schien, er wolle sie auf eine geistige Ebene locken, die ihr zusprach. „Ungewöhnlich für einen Böotier", fiel ihr auf. Als er sie mit einem angegriffenen Ausdruck im Gesicht ansah, wandte sie verdutzt ein: „Palamedes von Athen sagt, jenes Volk schmückt sich eher mit Körperkraft als mit Geistesgaben."

Überlegen lächelnd belehrte sie Charikles: „Seine Art zu denken und zu handeln, strafte die gängige Meinung Lügen, dass Leute aus der Provinz die Wissenschaften und Künste geringachten und sich allein um kriegerische Tüchtigkeit bemühen. Aber was soll es, all das wieder hochzukochen? Wir beide haben ja wohl ganz andere Probleme."

„Na, du sprichst es gelassen aus", pflichtete sie bei und rieb sich ihr von der Schelle aufgescheuertes Handgelenk. „Hast du schon versucht, zu fliehen?"

„Ich wüsste wie ..." sagte er und wies ihr den gähnenden Schlund der Mine, am Abhang eines Geröllhügels. „Von einer vor dem Hauptschacht angebrachten Plattform aus dringen zahlreiche Stollen tief in den Berg ein. In diesen Stollen stemmen Sklaven beim flackernden Licht stinkender Tranfunzeln mit Kupfermeißeln die Quarzstücke heraus, die andere in Körbe füllen und eher schlecht denn recht an den Tag befördern. Alle gehen barfuß."

Die Wache in hohem Spitzhelm und bronzenem Schuppenhemd schien Charikles zu erkennen, kicherte aber gönnerhaft, da er eine auffällig hübsche Begleiterin herumführte. Charikles deutete auf Blutspuren, die über den Boden der Stollen verliefen. Die unglücklichen Menschen rissen sich an den spitzigen Felsen die Füße auf. Über die Talsohle verstreut erhoben sich vor der Mine eng aneinandergedrängt rund vierzig elende Hütten, in denen auch Frauen lebten, denen es oblag, den gewonnenen Quarz zu verarbeiten. Die einen erhitzten die Steinbrocken auf kleinen Holzfeuern, damit sie sich leichter spalten ließen, andere zerschmetterten sie in kleine Stücke. Wieder andere drehten schwere Mahlsteine aus Granit, um den goldhaltigen Quarz zu Staub zu zerkleinern. Sie alle waren entsetzlich abgemagert und krank und husteten unentwegt.

Während er ihr auf diesem ersten Rundgang durchs Lager alles zeigte, erklärte ihr Charikles beiläufig: „Die Erze werden auf langen, schräg abfallenden Sandsteintischen ausgewaschen. Darum diese Menschenkarawanen ... um ununterbrochen das kostbare Wasser des Nils zu diesem Ort hinauf zu schaffen."

Erst als sie wieder nahe der Zisterne im spröden Gras am Wegende saßen, redete Charikles nicht länger um den heißen Brei. „Wer weiß, ob wir in die gleiche Karawane kommen, aber ich erwäge, mir am Flussufer einen Schilfhalm zu schneiden, damit tauche ich weiter, als Muddaks Gorillas sich das träumen lassen."

Semiris fing das Herz an zu wummern, bei der Vorstellung es mit ihm zu wagen. „Ich habe die Freiheit gekostet", wich sie ihm aus. „Aber was heißt denn schon frei? Selbst eine Sklavin hat die Freiheit, zu schmollen und sich auf ihre Weise zu wehren. Meine Gedanken kann niemand beaufsichtigen. Bin ich beflissen oder meide ich wen, liegt das in meinem Ermessen."

„Du siehst das, wie ein Mensch, der nie die Freiheit, die ich meine, erlebt hat. Ich war bis vor Kurzem ein angesehner Mann. Nur weil meine Stadt gebrandschatzt wurde, landete ich auf dem Sklavenmarkt", gab ihr Charikles in mühsam gedämpftem Ton zu verstehen, denn der wusste durchaus, wonach er sich sehnte.

„Man kann nicht schlechthin frei sein, man ist von einer bestimmten Bedrückung frei", widersprach sie beharrlich. „Hat sie sehr lange gewährt oder war sie besonders hassenswert, so meint man im Jubel des Augenblicks mit der einen Bedrückung auch alle anderen abgeschüttelt zu haben. Doch folgt gewöhnlich die Ernüchterung. Bloß eine ganz spezifische Art des Frei-Seins hat man gewonnen, die politische, die persönliche, die religiöse oder irgendeine andere."

„Und du hast die Freiheit, dich in mich zu verlieben", entfuhr ihm.

Semiris schüttelte widerstrebend den Kopf. „Gut", sagte sie kess, „du weißt, was ich meine. Oft kann man von einer Bedrückung auch nur loskommen, indem man eine andere Unfreiheit akzeptiert. Es gibt Freiheitszustände, die sich gegenseitig ausschließen, sei es zeitweilig, sei es für immer. Wenn sich Nikias in Knossos nach frischen Arbeitskräften umsah, hatte ich nie das Gefühl, selbst käuflich erworben zu sein – und folgte im Übrigen mit großer Neugierde der Feilbietung von Sklaven, dabei völlig vergessend, selber unfrei zu sein."

„Du willst sagen, es hat dich früher wenig gestört, unfrei zu sein – in dem Sinne?"

„Ich nahm ganz unbefangen zur Kenntnis, wie der neugierige Straßenpöbel die Schwarzen auf dem drehbaren Podest wie Weltwunder begaffte. Oder dass sie ihre Muskeln prüften, sie in Arme und Beine kniffen und erstaunt feststellten, es handelte sich hier offenbar um Angehörige des menschlichen Geschlechts und nicht um Chimären der Unterwelt. Und so ähnlich wirken wir auf diese Schwarzen vermutlich auch."

Sie verstand sich fabelhaft mit Charikles, und sie wären wohl beide für die nächste Karawane eingeteilt worden, wenn sich nicht zu später Stunde Muddak persönlich ins Lager begeben hätte. Über seiner scharlachroten Tunika, wie sie der allmächtige Zeus nicht schöner tragen könnte, leuchtete eine Toga mit tyrrhenischen Stickereien. Mit anmaßenden Gebärden, einen vergoldeten Stab mit kugeligem Knauf durch die Luft wirbelnd, räumte ein Nubier den sandigen Weg frei für seinen Herren, der lässig in einer Sänfte lehnte. Semiris erlaubte sich, ihn anzublicken und bemerkte die geröteten Ränder seiner Augen. Die wulstigen Lippen und das verschlagene Schmunzeln, das sie andeuteten, stieß sie ab. Verächtlich überflog er die am Geröllhang verschnaufenden Sklaven und verweilte mit leicht geneigtem Gesicht, da er ein Juwel wie Semiris unter den Geschundenen entdeckt hatte. Muddak verfügte über ein Gespür, wo sich ein vielversprechendes Geschäft anbahnen könnte, und Semiris war mit dem Aussehen einer Waldgöttin gesegnet. Er war augenblicklich von ihrer spitzen Nase eingenommen. Auf dem Sklavenmarkt zu Delos dürfte sie für Höchstgebote sorgen. „Ah welch ein Tag!", begann er mit orientalischem Überschwang und hob beide Arme.

„Was für ein Weib", schwärmte er und lächelte dem Hauptmann d er Karawane gnädig zu. „Die ist ausgesondert", raunte er, gab seine Anweisungen und Semiris hatte der Sänfte zu folgen.

***

Zum selben Zeitpunkt, als Semiris Muddaks Mine erreichte, ankerte eine Bireme mit dem Namen ‚Zerberus' im Schutz einiger kleiner Inselchen vor Sardes. Abi saß mit einem unguten Gefühl bei den anderen an einem Strand um ein Lagerfeuer, es knisterte und knackte beständig. Das vertrieb die aufgekommene Frische und vielleicht auch die Geister der Nacht. Seit drei Monden war es der erste Landgang. Abi kamen seine Knie aufgeweicht und machtlos vor, weil der Strand so fest war und die Balance des Körpers durcheinandergeraten war. Er kniete sich bei Archaz in den noch glutheißen Sand, während der Atlanter unter einer Zypresse zufrieden schlief.

„Irgendwie ist mir weiterhin mulmig im Bauch", vertraute ihm Archaz an. „Das dumpfe Gefühl einer bösen Vorahnung steckt mir seit Abydos in den Knochen. Wehe uns, sollte diesen Marach in der Durchfahrt doch nicht der Strudel geholt haben."

„Dann werden sie uns weiterhin nachsegeln und vermutlich hier aufstöbern", erwiderte Abi. Es klang halbherzig, weil sich seine Gedanken um Semiris drehten. Auf jeden Fall war ihm das, was in der anbrechenden Nacht geschah, lieber als das Morden auf einem Handelsfahrer. Abi stieß den Atlanter an, weil plötzlich schattenhafte Gestalten aus dem Weg im Zypressenwald traten.

„Marach", begriff Hiram, denn der stand plötzlich hinter den Flammen des Feuers. Mit ihm rund zwanzig Seeleute in bunten Trachten. Hasdrubal fasste die kretische Doppelaxt fester, angesichts eines nubischen Riesen, der jeden am Feuer um eines Hauptes Länge überragte. Früher war Ranga so etwas wie ihr Brecheisen, wenn alle Stränge reißen, und auf seinem stahlblauen Schuppenhemd schimmerte der Mond. Ein anderer, bartlos und mit einem feindseligen Zucken um den Mundwinkel wies ebenso gefährliche Züge auf. Buschige Brauen, dazu ein ganz und gar böser Blick, das war Marach. Zwei kreuzweise geschnürte Ledergurte verdeckten die behaarte Brust, die weiß war wie der struwwelige Haarkranz um seine Schläfen. Er führte eine Stahlklinge, selten und gefährlich.

Trotz der vielen Kämpfer, die Marach ins Feld führte, dauerte die Schlacht am Strand nicht lang. Ranga fiel von Nampamos Hand, und Marach unterlag nach einem kurzen Schlagabtausch dem Atlanter. *Decgalôr* schlug ihm die rechte Hand ab, und Abi staunte, über welche Eiseskälte sein neuer Freund verfügte. Er versenkte das Schwert in den entblößten Nacken, wie es ein Seeoffizier der Flotte gehandhabt hätte. Die anderen gaben prompt auf, als die Besten ausfielen, und sie gehörten seit dem Tag ebenso dazu wie die alte Mannschaft. So machte der Hinterhalt in der nächtlichen Strandbucht die Bruderschaft stärker denn je. „Jetzt sind wir vierunddreißig Mann", rief Hiram. „Wir gehen auf Kaperfahrt!"

Jubel brandete auf, alle nickten einander zu, weil es sie zu Waffenbrüdern machte. Wen es bekümmerte, waren Abi und sein Freund. Der Atlanter wurde sehr still, fühlte sich übermüdet und nahm kaum Anteil, während sie mit den anderen zusammen die letzten Weinvorräte in sich hineinschütteten und die Vereinigung feierten. Einer aus Marachs Haufen entlockte einer Schalmei nasale Flötenklänge. Ein anderer, mit hageren Wangen und wirrem, schlohweißen Haar, rasselte mit einem Sistrum, und der Sarde zupfte eifrig eine Brettzither mit trapezförmigem Korpus. Während Kieferscheite mit hellen Zungen brannten und sich in der Glut krümmten, während das Feuer prasselte, gebärdete sich Nampamos mehr und mehr wie ein berauschter Medizinmann und verwandelte sich in einen ekstatisch zuckenden Tempeltänzer. Die vom Wein betörten Seeleute klatschen mit und hüpften bald dazu in einem wilden Reigen um die Flammen, ohne sich um den Rhythmus zu scheren, sondern stampften einfach von einem Bein aufs andere. Allmählich stieg die Stimmung, wurde überschwänglich, und Abi versank in düstere Gedanken. Völlig unnötig hatten sie das Wiedersehen mit Semiris auf die lange Bank geschoben. Hoffentlich wurde ihr nicht die Zeit lang, überlegte er, und alles schien vage. Da schob sich ihr Bild vor seine Augen, mit dem Lächeln, das ihn immer so anzog, und er fühlte, ihr gemeinsamer Weg war noch nicht zu Ende, der begann erst. Bei der Vorstellung, der Atlanter könnte mit seiner Zuversicht auch falschliegen, legte sich ein kalter Mantel um sein Herz. Warum, überlegte er, flohen sie nicht einfach und schlichen ins Dunkel der Zypressen? Er begriff jedoch, damit wären sie dann auf diese namenlose karge Insel verschlagen, und Hiram könnte sie leicht aufspüren. Der Atlanter wusste genau, es gab zu viele gute Kämpfer in der Bande, um sie alle zu besiegen. Darum nutzte er die Nacht, frische Kraft zu schöpfen. Sonst hätte er es darauf ankommen lassen. Abi musste still für sich zugeben, sein Freund wusste immer, was er wollte, und er sah ein, er musste seine Ungeduld zügeln.

Bald schon waren die Umstände wirklich so, wie der Atlanter es sich wünschte. Fast alle an Bold waren noch halb trunken von der Feier, und ihr Schiff fuhr im Morgengrauen in respektvollem Abstand an einem zerrissenen Felsgestade mit Walddach vorbei. Plötzlich hechtete sich *Decgalôr* über Bord und strebte kraftvoll einem von Küstennebeln verschleierten Kiefernwald zu, der bis an die Brandung reichte. Abi zögerte nicht, es ihm nachzumachen und bemühte sich, mit wuchtigen Schwimmstößen den Freund einzuholen.

Sanherib und Kaleb der Koch blickten einander verblüfft an, da keiner an so etwas einen Gedanken verschwendet hätte. Und der Atlanter, der sie offenbar an der Nase herumgeführt hatte, erklomm bereits den von nadeligem Buschwerk verhangenen Hang über der Meeresbrandung.

10.

Abi schlug sich mit dem Atlanter durch die Wildnis, bis sie einen Sandhang hinabrutschten und aus dem Schatten einer stattlichen südländischen Kiefer Sassari sehen konnten. Der Atlanter wusste die Vögel am Gesang zu unterscheiden und zeigte ihm unter dem Wurzelwerk der Kiefer einen Fuchsbau, vor dem sich ein Möwenflügel fand und im Gras verstreut, ein Haufen schwarzweiße Federn.

Vor dem Wald fielen gelbe Felder in einer seichten Bodenwelle zum Meer hin ab, und die Landstraße, auf die sie stießen, teilte das goldgelbe Ährenmeer. Sie führte in einem Bogen zu der grauen Seestadt, von der Abi bloß den Namen wusste.

Ihn schmerzten die Füße. „Irgendwie ist es hart, sich wieder auf den festen Boden einzustellen", bemerkte er. „Jedenfalls, wenn man so lange auf einem Schiff geschaukelt wurde."

Da der Atlanter über solche Beschwerden kein Wort zu verlieren pflegte, verfiel Abi ins Träumen und malte sich aus, wie schön es wäre, Semiris bei sich zu haben. Augenblicklich erwachten Zweifel, ob wirklich bald alles so leicht sein würde, wie sein Freund unerschütterlich beteuerte.

Der Atlanter schien seine Gedanken zu hören. „Mit Semiris dabei", sagte er leise, „hätten wir das Wagnis nicht eingehen dürfen. Ist dir das klar?"

Es ärgerte Abi mehr, als er zugab, denn die Hoffnung auf ein Wiedersehen im fernen Abydos schien ihm ein Tempel auf tönernen Füßen. „Glaube mir", widersprach er, „sie hätte die Brandung so gut erreicht wie wir. Ich kenne Semiris besser."

Dass er nicht wie andere blind mittrottete, gefiel dem Atlanter. Ebenso seine ungewöhnlichen Ansichten mitunter und seine unbefangene Art, Wege zu erfragen, schätzte er. Abi nannte ihn nach diesem langen gemeinsamen Weg oft Paddelfuß, weil er bei seinem strebsamen Schritt jedes Mal die Beine mit einem ganz bestimmten Schlenker wieder nach hinten warf. *Decgalôr* erwiderte schlagfertig: „Und du, mein Freund, stapfst einher, als müsstest du über einem Graben laufen." Den amüsierten Ausdruck, der sich dabei dann über seine Mundwinkel stahl, wussten wenige außer Abi zu deuten, und er lernte immer neue Seiten von ihm kennen.

„Sassari hat eine Atlantische Garnison", erklärte er Abi, als hinter dem Stadttor der Markt von Sassari über sie hereinbrach und sie sich an Obstständen vorbeidrückten und durch ein Menschenknäuel wühlen mussten. Ein mächtiger zweigeschossiger Sandsteinbau mit Portal war ihr Ziel, und Abi wunderte sich, wie die Wachen im Leder der Marine vor seinem neuen Freund strammstanden. Niemand fragte nach einem Kennwort. Dann durchschritten sie einen kühlen Flur. Das Mauerwerk beidseitig war grob und führte zu einer Tür aus massiver Bronze. „Diese Festung hat nicht mein Volk gebaut. Die blakenden Fackeln auf diesem Steinflur sind mir früher schon ein Gräuel gewesen. Weißt du, so etwas stört meinen Sinn für Schönheit."

Abi fehlten für einen Augenblick die Worte. „Du warst schon hier?"

„Zu meiner Ausbildungszeit", erklärte ihm *Decgalôr*, während sie einen Flur durchquerten. „Darum gab ich Hiram das Stichwort Sassari."

Nach einem kurzen Anklopfen betraten sie einen hellblau verfliesten Raum mit einem Schreibpult in der Mitte. Der Mann, der sich gemach vor ihnen erhob, wirkte sauber rasiert und setzte einen ernsten Blick auf.

„Ein Schiff brauchst du also", wiederholte er. „Nun eines könnte auslaufen. Von den dreißig Bordschützen ist keiner im Lazarett, und die dazu gehörenden Rudermannschaften werden ausgerufen."

„Gut", kürzte *Decgalôr* seine Rede ab und zog einen festen Mund. Der Hauptmann der Garnison nickte wohlwollend. „*Häphater* führt das Kommando. Du findest ihn im Saal der Kaserne. Er wird nicht begeistert sein, weil er beim Weinausschank kräftig zulangte. Du weißt ja, er feiert gerne. Aber sobald er mir meldet, er sei bereit dich zum Turm zu bringen, ist er dein Mann und damit hier abgemeldet."

Fünf Tage später näherte sich dieses Schiff dem Sperrturm, und Abi warf den Kopf in den Nacken. Der Koloss von einem Turmbau mutete immer machtvoller an, mit seinen vielen Schiffsanliegern am Sockel, wo die Sperrkette die Meerenge abriegelte. Auch der runde Pavillon, der draußen aus dem Wasser ragte wie ein halb überschwemmter Tempel, stach Abi ins Auge. Da die Meerenge ab Melite und den Pelasgischen Inseln vermint war mit stacheligen Bündeln aus angespitzten Pfählen und die patrouillierenden Schiffswachen die Unbelehrbaren abgriffen, war der im Pavillon verankerten Sperrkette eigentlich eher symbolischer Charakter beizumessen. Dieses Bollwerk übertraf an Baumasse jede Pyramide, auf seinen Säulengängen nisteten die Möwen. Schaute man an der Windenstation an ihm hoch, wirkte der Turm, als würde er das Blau des Äthers berühren und die vorbeitreibenden Wölkchen müssten ihn streifen.

Auch hier war sein Freund unter den Atlantern bekannt. Eine Strickleiter rollte von oben herab, Abi erklomm die Stufe im Säulenring und sah sich neugierig die mächtige Winde an. Oben war es sehr frisch. Eine halbkreisförmige Halle tat sich vor ihm auf, reichlich ausgestattet mit Sitzgelegenheiten und Trophäen längs der vertäfelten Innenwand. In einer Ecke wurde Wasser und Wein ausgeschenkt, in der anderen sammelten sich über hundert Weinamphoren an, dicht zusammengeschoben. Baumwollballen türmten sich. Säcke und beschlagnahmte Kisten flankierten den Säulengang, über den sich zur anderen Turmhälfte gelangen ließ.

Nahe der windigen Säulen bot sich ein erhabener Ausblick auf die Meerenge und das entfernte Kettenhäuschen. Darum positionierte man hier ein wichtiges Pult mit einem Basthocker dahinter, und Abi hatte die Ehre, *Dëialis*, den Herren aller Flotten, kennen zu lernen. Der ergraute Mann mit dem Bürstenschnitt, der grüblerisch an diesem Pult hockte, war in Jahrzehnten förmlich mit dem Platz verwachsen, trug zum Hüftrock der Marine einen Lederpanzer und darüber einen um die Schultern geknüpften Seidenmantel im selben Königsblau. Bei *Decgalôrs* Erscheinen flog ein erheitertes Lächeln über seine dünnen Lippen „Du lebst ja doch noch, ich habe es gewusst."

Für den so Begrüßten war es an der Zeit, von seinen Tagen bei den Schwertfischern zu berichten und von dem, was er an Neuem in Erfahrung bringen konnte, aber die Begeisterung, die er zu wecken glaubte, hielt sich in Grenzen.

„Darüber reden wir später", tat es der Herr aller Flotten ab, um mit todernster Miene das Thema zu wechseln. „Du solltest schleunigst wieder zu dem Schiff gehen, das man dir in Sassari zur Verfügung stellte, und auf Kurs Westsee gehen. Dein Vater sorgt sich, und deine Mutter grämt sich, weil dich alle für tot halten. Und du willst Schwertfischer jagen?"

„Ja", sagte *Decgalôr* nur kaltschnäuzig erneut.

Sein Oheim zog scharf über die Zähne Atem ein. „Wie sieht das aus für deinen Großvater?", fragte er mit Nachdruck. „Willst du als Einziger an seinem Jahrestag fehlen?"

„Es ist wichtig, er wird es mir verzeihen", sagte *Decgalôr*. „Ich muss in dieser Sache schnell handeln. Bitte hilf mir, *Dëialis*."

Für seinen Oheim war er stets der Lieblingsneffe, weil sich seine draufgängerische Ader schwerlich verbergen ließ und er gut reden konnte. Früher oder später würde er ihm einen der drei Flottenverbände unterstellen, denn gemäß einer alten Tradition befehligte der jüngste Sohn des Phöbos gewöhnlich die Flotten. Er spürte, dass *Decgalôrs* Stunde nahe war, aber der Vorsatz, mit den Schwertfischern aufzuräumen, klang überheblich. Der Herr aller Flotten traute seinem Lieblingsneffen nicht zu, für ein solches Kommando schon reif zu sein. Da auch die Centaurengarde im Sperrturm zu Hause war, bot er ihm etwas anderes an. „Ein Schiff reicht aus für dein Vorhaben", erklärte *Dëialis*. „Aber frage doch mal im großen Saal, ob jemand Lust hat, mit euch zu segeln."

Das bot durchaus eine Alternative. Im großen Saal, wo beschlagnahmte Amphoren standen und man dem Wein zusprach, saß der halbe Clan des *Epias,* darunter die maßgeblichen Häupter der Garde. Der Älteste im weiten gelben Seidenmantel, alle anderen in roten oder bläulich funkelnden Schuppenhemden, vornean *Pirtipis*, der ewig grantig aufgelegte Waffenmeister und *Ipiris*, sein vertrautester Bruder und zugleich erster Konkurrent in der Rangliste der Garde. Dazu der Clanführer *Efítos* und dessen andere Brüder *Mefízes*, *Pilaster* und *Taifistis*. Alle mischten im oberen Drittel der Rangfolge mit. Durch den Umstand, dass *Decgalôr* mit den Leuten aus dem Haus *Epias* bunte Erinnerungen aus den Jahren der Ausbildung verbanden, war es ihm ein Leichtes, die halbe Garde für seine Sache zu motivieren. Als Abi mit ihm unter der Heckflosse des ihm zugeteilten Schiffes erschien, begab sich sein blondbärtiger Freund *Feïgistos* an die eine Ruderpinne und *Fyfatrus* übernahm den anderen Ruderkasten.

Mit nur einem Schiff bedeutete es eher ein abenteuerliches Unterfangen als ein Strafgericht, war das Fazit, das Abi beim Auslaufen zog, aber *Decgalôr* legte seinem neuen Freund vertrauensvoll den Arm um und belächelte seinen Kleinmut. „Immerhin stehen jetzt dreißig Bordschützen hinter uns und sechzehn der Leute, die ich für die besten Einzelkämpfer unserer Zeit halte."

Abi deutete mit eiserner Skepsis auf seine Füße. „Und die Mannschaften auf den drei Ruderdecks?"

„Die auch", lachte *Decgalôr*. „Aber aus Kämpfen müssen die herausgehalten werden. Das fordern sie, ja verlangen sie. Die Rudermannschaft besteht ja nicht aus Sklaven."

„Sechzehn Nahkämpfer?", wiederholte Abi enttäuscht, „das sind nicht viele. Hiram hat ohne uns noch zweiunddreißig Mann, von denen die meisten recht stark sind, und das weißt du."

„Unsere wirkliche Waffe sind die Bordschützen", erklärte *Decgalôr* und reichte ihm eine Armbrust. „Das ist unser Stachel. Eine Gastrepe oder Armbrust wird mit einer Kurbel gespannt. Das bringt eine ganz andere Durchschlagskraft: Kein Vergleich mit einem Bogen. Warte es ab, mein Freund. Du wirst diese Kampftriere im Einsatz erleben."

Er vermochte Abi nicht zu überzeugen und erinnerte ihn ärgerlich: „Du hast mir einmal gesagt, ich wäre ein um Klassen besserer Kämpe als die Guten aus Hirams Mannschaft."

Da Abi nur nickte, nickte auch *Decgalôr* und sagte, „siehst du, und jeder von denen dort, die am Mast versammelt sind, ist so gut wie ich oder besser. Ich habe hier die Männer, die es braucht, um diese übermütigen Schwertfischer zur Raison zu bringen."

Dabei wies er ihm *Feïgistos* mit der grünen Samtkappe und den Goldblitzen über der Stirn. „Merke dir dieses Grün, mein Freund, wenn wir im Getümmel sind. Wo *Feïgistos* steht, geschieht dir nichts. Der kämpft für drei."

Der Mann am anderen Ruder kniff ihm ein Auge zu, und Abi besann sich, dass der Mann mit dem auffallend gepflegten, tiefschwarzen Bart und den meerblauen Augen *Fyfatrus* hieß, des Prinzen vertrautester Freund. Sein Gewand, lilafarbene Seide, schmückten Goldbordüren, und drei lange Ketten mit Holzperlen und verschiedensten Vogelfedern reichten ihm bis auf den Ledergürtel, der ihn so schlank machte. Seinen Stirnschutz beschattete ein Wunder der Filigranarbeit – ein Pferdegespann mit drei fliegenden Rössern in Gold. Darüber die dreifache gelbe Rosshaarbürste, die viele Atlanter trugen, weil das gerade eine Mode wurde. Ansonsten waren sie nämlich alle sehr unterschiedlich gekleidet. Da wäre vorweg *Nefnose*, ein halb nackter Ausnahmekrieger mit einem fliegenden Fisch auf dem Eisenhut. Er hat Oberarme, dachte Abi still für sich, wie ein Schmied. *Decgalôr* behauptete, er könne mit dem Dreizack wirbeln wie keiner vor ihm, so wie *Häphater* sich auf einen Drachenzahn spezialisierte, ein mannshohes Zweihandschwert aus Stahl, wie es der riesenhafte Nubier im Leopardenfell meisterlich führte. Als des Prinzen neuer Freund drückte auch Abi jeden für sich zur Begrüßung an sich.

Mittlerweile lag der Turmkoloss über hundert Stadien hinter ihnen und sie mussten das Segel richten für den Nordkurs, an der Küste Siziliens entlang, die zwei Meere voneinander schied. Bis die heimliche zweite Meerenge kam, die auf den Seekarten noch fehlte. In einer schattigen Schlucht spritzte die Gischt bis zu den Kräutern an der Felskante hoch, wo die Brandungen der beiden Meere aufeinandertrafen. „Hier legen wir den Anker aus", ordnete *Decgalôr* an, und eine gespannte Ruhe trat zur

Dämmerstunde ein. „Hiram wird irgendwann darauf kommen, dass der geheime Schmuggelweg eines Tages gesperrt sein könnte. Und dann wird er sich beeilen. Auch ein Fuchs macht Fehler. Ich glaube, wir brauchen nicht lange zu warten."

***

Semiris wurde auf einer nubischen Barke verschifft zum Sklavenmarkt von Knossos. Ein drittes Mal erlebte sie aus einer Schicksalslaune heraus das Treiben um das drehbare Podest als feilgebotene Ware mit und dachte darüber nach, wie anders sie sich an Nikias Seite fühlte, ergänzte der hier die Reihen seiner Feldsklaven. Angenehm war immerhin der zuvor anstehende Besuch im Badehaus, und sie tauchte bis ans Kinn unter in dem knallblau verfliesten Bassin. Das kalte Wasser strafte sie mit einer Gänsehaut, doch als sie sich plätschernd aufrichtete und das Wasser von ihrer Haut perlte, trocknete eine zierliche schwarze Sklavin sie gefällig lächelnd ab.

Als stünde sie neben sich selbst, ließ sie sich pudern und hielt brav das Kinn still, beim Nachziehen des Lidstrichs. Ein Tupfer Musk hinter die Ohren rundete den Liebreiz und ihre Ausstrahlung ab, und sie fühlte sich frisch, was die Belange der Körperpflege betrifft, aber elend wie eine Ziege, die geopfert werden soll. Die vollmundigen Reden vor Charikles, wie frei sie sich stets in ihrer Sklavenrolle wähnte, entsprachen nur halb der Wahrheit, denn hier den Besitzer zu wechseln, das war eine scheußliche Angelegenheit.

Die Hände auf einem Elfenbeinstab mit Silberkugel gefaltet, genoss es Muddak von einer Tribüne aus, der Auktion zu folgen. Statuen gleich verharrten einige Schwarze auf ihrem Platz am Pferch, die Jungen trotzig, die Alten in ihr Schicksal ergeben. Unerwartet brach Unruhe aus. Gemurmel erhob sich, und ein vor Aufregung puterroter Grieche mit fast eckigem Gesicht beschwerte sich beim Auktionator. Er schob eine weibliche Gestalt in einem Sackkleid vor sich her. Sie hielt den Blick gesenkt und ging mit kleinen, vorsichtigen Schritten, eher tastend als auftretend, wie es die Art schwangerer Frauen ist. Die beiden begannen lauter aufeinander einzureden.

„Und ich sage dir", schrie der leitende Mann, „ich pfeife darauf, ob du zum Palast des Minos gehst! Noch nie hatte ein Kunde Grund zur Klage. Mein letztes Wort, ich nehme die Sklavin nicht zurück!"

Der Kläger griff sich hochfahrend in die Haare. „Zum Kuckuck, ihr habt mir eine Trächtige angedreht," fluchte er und warf den Schaulustigen erbost zu: „Muss man sich das gefallen lassen von diesen Hunden? Nicht mit mir!"

Da er kein Gehör fand, drohte er zornig mit der Faust und stapfte übel gelaunt in Richtung Stadtterrassen davon. Im nächsten Moment musste Semiris auf dem Podest erscheinen.

Der Auktionator, der sie sanft mit dem Arm geleitete, pries die reizenden Hüften ihres makellosen Körpers und sprach von den hübschen Geschöpfen, die Thessalien hervorbringt, ehe er jäh den Vorhang hob, das heißt, er entzog ihr das Gewand, um sie erhaben lächelnd vor der gaffenden Menschenmenge zu entblößen.

Das Rohrstöckchen in seiner knöcherigen Hand flößte ihr keine Angst ein. Sie kannte die Gesetze der Auktion, ihre Haut war kostbar. Aber sie senkte hastig die Stirn, da schnurstracks der erste nahte, sie zu begutachten. Die Zähne fletschen musste sie und sich in den Hals schauen lassen. Und sie hielt auch brav still, als ihr eine schweißnasse Hand wie selbstverständlich in die Gablung der Beine tastete, um sich zu vergewissern, ob sie frei von Geschlechtskrankheiten wäre. Doch als sich ungeschickte Finger in die schmale Öffnung ihres Leibes drängten und einen brennenden Pfad in ihren Körper brannten, hätte sie schreien mögen über die Erniedrigung, heiße Tränen schossen ihr in die Augen. Mit jäh verbissenen Lippen ertrug sie es und bewahrte trotz zitterndem Knie Haltung.

Nachdem sie noch zwei weiteren eventuell Kaufwilligen ihre guten Zähne hingehalten hatte und eine freche Hand in den Speck ihres Gesäßes grapschte, was ein Rohstöckchen mit einem unmissverständlichen Hieb auf die Finger unterband, galt die Versteigerung für eröffnet. „Geboten wird in Gewicht und Silber", rief der Auktionator den ungeduldig auf der Tribüne lauernden Vornehmen zu. „Zwanzig Schekel Silber ist das Mindestgebot."

Es gab mehr als einen Interessenten, und sie schaukelten sich hoch auf 60 Schekel Silber, zu bezahlen in fingerlangen Barren. So gelangte Semiris in die Hände von Tiresias, einem alten Mann, aber dafür ein wahrer Hellene im Geist.

Im Grunde hätte es Semiris schlechter treffen können. Tiresias leicht vorquellende Augen muteten eher drollig als hässlich an, und er war vermögend. Hinsichtlich des neuen Trends, den die frühe Blüte Athens mit sich brachte, verkaufte er Ländereien an den Tempel von Delphi, um die eigenen vier Wände, insbesondere deren Front, neu zu gestalten, da die den Status symbolisierte. Er setzte geschmackvoll korinthische Halbsäulen vor die Wand und ließ über den rechteckig abgegrenzten Gemüsebeeten bukolisches Rankenwerk mit Vögeln und Fabelwesen ins Relief meißeln. Es musste natürlich Marmor sein, dieses tote Erkennungszeichen der Wohlsituierten.

Der große Wohn- und Empfangsraum, von dem sich alle Nebengelässe flurlos abteilten, wie von ihrem früheren Herren zu Agia Photia ähnlich gewohnt, war bis auf eine Wand bunt verfliest und die füllte ein schmuckes, farbenprächtiges Wandbild. Tiresias zeigte ihr das ganze noble Haus und kehrte dann mit ihr ins Atrium ein. Der Blickfang, ein viereckiger Teich mit Springquell, war von Anemonen und Lilien eingerahmt. Durch das feuchte Moos, das die Lilienblätter bedeckte, und durch die Blätterbüschel schimmerten Bronzestatuen hervor, welche Kinder und Wasservögel darstellten. Semiris wunderte sich, warum ihr neuer Herr sich so fürsorglich mit ihr befasste, aber er schien es darauf anzulegen, sie als Menschen kennenzulernen.

„Mir scheint", bemerkte sie mit belegter Stimme, „jemand im Hause hegt eine Vorliebe für Lilien."

In der Tat enthielt der Garten ganze Büsche von Lilien, weiße und glutrote, und auch blaue Iris, deren zarte Blütenblätter unter dem zerstäubenden Wasser wie versilbert wirkten. „Meine

Frau", bestätigte er dumpf, und ein Anflug von Trauer straffte seine ernsten Züge. Er wies ihr mit dem Kinn einige fast mannshoch gedeihende, weiß blühende Zitronenbäumchen. „Die hat sie auch gepflanzt, und ich vermisse sie, so oft ich hier bei einem lauen Lüftchen den Abend genießen will."

Er meinte gleichermaßen den gemütlichen Bastsessel mit Fußschemel vor den Zitronenbäumchen und schien sich zu freuen, als sie sich hineinfläzte.

„Glaube mir", erklärte ihr der Alte, „gewöhnlich richte ich kein persönliches Wort an eine Sklavin. Ich ernähre drei Dutzend und bin der ich bin, durch meine Weinberge. Auch an Hausklaven leide ich keinen Mangel. Mir fehlt seit geraumer Zeit eine vertraute Seele, die mich aufmuntert wie früher meine Frau, wenn mir die Dinge zu sehr auf die Galle drücken. Du kannst lesen, verkündete der Auktionator vollmundig, und du wirst mir künftig die Philosophen vortragen. Ich stelle dir in Aussicht, in meinem Testament deine Freilassung zu verankern."

Dieser Kunstgriff, eine prüde Sklavin in eine heißblütige Geliebte zu verwandeln, war Semiris so geläufig wie ihrem Herren. Tief in ihrem Herzen bewahrte sie, was ihre todkranke Mutter zuweilen zum Besten gab, wenn sie auf dem knisternden Stroh im Pferch allein waren, von einer riesigen Metropole im hinteren Orient. Geradezu ehrfürchtig pflegte sie Babylon auszusprechen. Seit Menschengedenken wäre dort Brauch, dass ein junges Mädchen, ehe es einem Mann versprochen werden darf, ihren Körper vor der himmelhohen Marduk-Treppe für Lohn einem Freier anbieten muss, sei es für einen Becher Wein oder einen Ballen Stroh. Warum, das sah sie ein, doch fiel ihr schwer, sich über die natürliche Barriere zwischen alt und jung hinwegzusetzen, und sie wehrte sich innerlich gegen das Unvermeidliche, hoffte stattdessen innig auf Abi. Soweit kannte sie ihn, dass er nicht aufgeben würde, nach ihr zu suchen.

„Zier dich also nicht", holte sie Tiresias aus ihren Gedanken. „Ich gab zwanzig Stifte Silber für dich und deine Gesellschaft."

„Ich ... ich lese euch gern vor", stotterte sie und lächelte verlegen, als er sich über sie neigte und ihr einen Kuss auf den Hals drückte. Säuerlicher Altmänneratem schlug ihr entgegen, sie verkniff die Nase. „Bitte", flüsterte sie ihm zu, „gebt mir Zeit mein Herr, mich an Euch und die für mich völlig neue Umgebung zu gewöhnen. So wird das nichts."

„Ist das dein Dank?", fuhr er sie an, tiefe Enttäuschung röhrte aus seiner Brust.

„Einen anderen Dank habe ich nicht, Herr", brachte sie kleinlaut vor.

Doch Tiresias griff enthusiastisch nach ihren Händen. „Oh doch, du hast. Ich freue mich auf fruchtbare Gespräche mit dir, und ich stelle dir frei, mich dann und wann abzuweisen, plagt dich die Migräne, doch heute brauche ich eine Frau, und ich sehne mich nach deiner warmen Hand. Du bist nicht dumm und weißt, du teilst heut Nacht das Lager mit mir. Dann wollen wir sehen, wie dankbar du dich erweist."

Er langte nach einer am Gartengeländer hängenden Handglocke und bimmelte. Zwei Haussklavinnen, die vom Alter her eher zu Tiresias passten, stürzten herein und verbeugten sich ehrerbietig. „Badet sie in duftenden Wässern und salbt sie mit Nardensalbe, wie es meine Frau liebte. Dann hüllt sie mir in Byssus, denn sie soll die Erste unter euch in diesem Haus werden."

Die Verantwortliche, eine sehr beleibte Person, sank schwerfällig vor ihm nieder, küsste seine Füße und verneigte sich auch vor Semiris. „Folge mir Herrin, und erlaube, dass ich vorangehe."

Mit großen Augen hörte Semiris alles an, ohne gleich zu verstehen. Und als sie verstand, fiel sie wie vom Blitz gefällt vor ihm nieder. „Gnade mein Herr. Wenn Ihr mich, ich meine mein Wesen wirklich kennenlernen wollt, dann lasst Euch eines sagen. Es tut weh bei mir, wenn Ihr mich nehmt, ohne das mein Herz dabei ist."

Er wagte nicht, Semiris zu unterbrechen, und Semiris Augen funkelten auf einmal aus einer ganz persönlichen Freiheit heraus. „Möglicherweise sehnt Ihr Euch tatsächlich nach einem vertrauten Wesen, aber begrabt dann bitte Eure Hoffnungen, was mich angeht."

„Liebe", hauchte sie ihm in das verblüffte Gesicht, „muss langsam wachsen ... oder Ihr habt ein Brett im Bett."

„Du bist meine Sklavin", erinnerte er sie beharrlich.

„Damit ich Euch vorlese?", wandte sie fragend ein, um ihn dreist beim gegebenen Wort zu nehmen, und er atmete tief durch und entließ sie mit scheuchender Hand zum Bad. Ihr Problem war: Tiresias mochte ja nett sein, aber seine lauteren Absichten klangen inzwischen fadenscheinig, auch wenn er sie eher wie eine angesehene Hetäre denn eine schnöde Haussklavin umbuhlte. Unter den Haussklavinnen herrschte eine strenge Hierarchie, vor allem eine scharfe Trennung der handwerklich tätigen und der Feldsklaven, einerseits von denen, die allmorgendlich zu den Weinbergen hinaufstiegen, andererseits von denen, die zum innersten Kreis des Hauses zählten. Die Älteste im Schlafhaus, die das Kommando im Haus führte, lachte sie in der Badekammer aus für ihre Prüderie. „Ist er erst mal drin", gab sie derb zu verstehen, „fühlt er sich eigentlich ganz gut an."

Die meisten hätten sich für den feigen Weg entschieden, und es gehörte nicht unbedingt Schwäche dazu, den alten Mann kühn immer länger hinzuhalten, aber Semiris nahm sich vor, es zum Nimmerleinstag aufzuschieben. Die Älteste im Gesinde durchschaute das und übertrug die Aufgabe, sie für das Abendbrot herzurichten, genau der Sklavin, die bislang als Teresias' Favoritin betrachtet wurde. Es handelte sich um ein hübsches Geschöpf mit schwarz glänzendem Haar, das sie an Kirsa erinnerte, trotz des grünen Lidschattens. Alle überschlugen sich im Haus mit Vorbehalten gegen die kostspielige Neuanschaffung, doch sie kränkte die eigene Herabsetzung bis aufs Blut. Widerwillig, aber folgsam führte sie Semiris in ihr künftiges Gemach, um sie zu salben, zu schminken und neu anzukleiden. Als Semiris noch ihr Haar löste, trat Pila, so hieß sie, näher und half ihr, die Haarnadeln zu entfernen. „Du trittst dein Glück mit Füßen. Nimm ihn flott ran, den alten Bock", riet sie ihr unter vier Augen, denn sie wusste, um die Manneskraft des alten Tiresias war es eher mau bestellt. „Und bedenke, vor dir hat er mich auf Händen getragen, so wie dich jetzt ... kannst dir vorstellen, wie es mir aufstößt?"

„Meinst du, mir ist wohl dabei?", seufzte Semiris.

„Schönes Haar hast du", schmeichelte Pila ihr versöhnlich. „Goldpuder streue ich dir nicht darauf, denn du bist eine kupferne Blonde ... nur ein klein wenig, nur ganz leicht will ich dem Glanz nachhelfen ... Wunderbar muss Thessalien sein, wo solche Mädchen geboren werden."

„Ich habe meine Heimat nie gesehen", gab Semiris zu. „Bloß das kranke Gesicht meiner Mutter spukt mir noch aus meiner Kindheit im Kopf herum, wie sie mich drängend anschaut mit der nicht voll werdenden Kiepe auf dem Rücken und vor dem grell übersonnten Weinberg dann ihren Auswurf hervorwürgt."

Hinterher salbte Pila sie mit duftendem Öl aus Punt und bekleidete sie mit einer weichen, goldfarbenen Tunika ohne Ärmel, über welche ein tanggrünes Peplon aus Byssus kommen sollte.

Da zuerst Semiris Haare geordnet werden mussten, warf sie ihr ein weites Gewand um und bedeutete ihr, sich in einen Armstuhl zu setzen, um an ihrem Kopf zu modellieren, bis selbst die Stirnlocke richtig fiel. Nach einem üppigen Essen, das sich aus zarten Tauben und aller Art Backwerk zusammensetzte, konnte Semiris allerdings kaum umhin, Tiresias in das Schlafgelass zu folgen.

Vor seiner nackten Gestalt und seinen Glupschaugen schauderte ihr, und sie verharrte unschlüssig im Eingangsbogen, machte keine Anstalten, vor ihm abzulegen wie es sich gebührte. Unwillig hob er den Kopf, eine tiefe Falte zog sich über seiner Raubvogelnase zusammen. „Wer ist hier der Herr im Hause?", fragte er streng. „Du Närrin, bist du toll, spielst dich hier auf wie eine übermütige Hetäre? Willst du, dass ich dich zwinge? Ich läute die Hausdiener, sie sollen dich mit Ruten streichen, und bist du dann noch nicht gefügig, überlasse ich dich ihnen."

Seine Faust packte sie am Handgelenk und riss sie aufs Lager. Sie prellte sich im Fall die Schulter und ahnte, es würde einen blauen Fleck hinterlassen. „Bitte läutet, tut das", fauchte sie gereizt, „und ich werde Euch verachten bis Sonne und Mond vergehen."

Der Alte stutzte, sein Groll verglomm, doch böse sprühten seine Augen. „Ich kann durchaus anders mit dir verfahren, du störriches Ding. Stellst du dich weiter so an, lasse ich dich ausgestreckt auf das Bett binden, und glaube mir, dann nehme ich dich gegen deinen Willen, und es wird mir ein Vergnügen sein."

Schon war er im Besitz der verhängnisvollen Handglocke, um zu bimmeln, da hielt sie verzweifelt seine Hand auf. „Ihr wollt mich brechen? So wisset, mein Herr, einen Mann, wie Ihr den jetzt herauskehrt, kann ich niemals lieben. Bändigt Ihr mich wie eine Sklavin, hasse ich Euch zeitlebens, das schwöre ich Euch bei allen Göttern, mein Herr."

„Wir werden sehen", war sein letztes Wort, und er schob ihr mit angespannter Miene den Byssus vom Bauch. Semiris warf ernüchtert den Hinterkopf in die Kissen zurück und öffnete ihm zögerlich die Beine, doch schien sie das Zusammensein nicht zu genießen, sondern drehte das Haupt gleichgültig zur Seite, kaum wurde er leidenschaftlich. Dabei gähnte sie im Verborgenen, und die Lust, die er sich ersehnte, verpuffte wie seine Manneskraft. Tiresias fühlte sich darüber leer wie ein ausgeblasenes Ei, und sie merkte ihn kaum noch, ehe es ihn gründlich anödete. Jeder drehte sich zu einer Seite, er bestürzt und aus Scham über das Versagen, sie mit der Gewissheit, er würde für den Tag zwangsläufig Ruhe geben. Obwohl sie sich früh vom Nachtlager verdrückte, wäre sie im Garten des Atriums um ein Haar über seine Füße gestolpert. Tiresias hatte sich, die Beine hochgeschlagen, in seinem Bastsessel ausgestreckt und beobachtete in Gedanken versunken einen unter den Lilien lauernden Laubfrosch, für ihn ein gern gesehener Gast.

„Bin ich denn ein so widriger Zeitgenosse?", fragte er verstohlen.

Ein verlegenes Lächeln huschte über ihre Lippen, da war er sofort auf den Beinen und hielt Semiris Arm, drehte sie mit sanfter Gewalt zu sich her, sodass er in ihre Augen sehen konnte, und er sagte halblaut: „Mich befällt der Drang, ein Versäumnis gutzumachen."

Sie lächelte schräg. „Welches?"

„Meine Liebe, du wirst lernen mich zu mögen. Du verkennst mich. Mein Herz schlägt für Palamedes aus Athen, den gern geschmähten, der heiter die These vertritt, Sklaven sind letztlich Menschen und haben ebenso Muttermilch getrunken wie wir, auch wenn sie nicht soviel Glück hatten. Und so wahr ich lebe, du sollst eines Tages die Luft der Freiheit atmen."

Sie fuhr mit der Rechten in den Ausschnitt seines Kiton, legte ihm die flache Hand auf die Brust und drückte ihn sich vom Leibe. Seine Brust straffte sich unter ihrer Hand. „Du schuldest mir mehr, als du mir gegeben hast", warf er ihr vor, „und du wirst Gelegenheit haben, das wieder gut zu machen. In meinem Alter ist eine gewisse Schamlosigkeit vonseiten des Weibes vonnöten, in den Zustand körperlicher Erregung zu geraten. Bei Mitternacht fällt blau das Licht des Mondes in den Garten, und Pila scheute sich nie, im Atrium für mich das Kleid abzustreifen. Als Mann an der Schwelle zum Greisenalter fordere ich ein solches Maß Freizügigkeit von meiner Lieblingssklavin. Weigerst du dich, wirst du den Tag deiner Geburt noch verfluchen."

Semiris betrachtete ihn nachdenklich, denn irgendwo dauerte sie der alte Mann in seiner verbiesterten Einsamkeit, und sie fand treffliche Worte. „Alles, wonach Euch verlangt, könnt Ihr tun mit meinem armen Körper, ich bin Euer Eigentum. Aber seid ehrlich, war es wirklich labend, mit Gewalt mein Fleisch zu nehmen? Ist das nicht, als hätte man eine Quelle vor Augen und trinkt aus einer Pfütze? Mein Herr, Ihr mögt Palamedes gelesen haben und Euch seiner Worte bedienen, aber ihr schmückt Euch mit dem Gedankengut eines Besseren. Spürt ihr nicht selbst, wie armselig das ist?"

Betreten holte Tiresias Luft. „Ich meine es doch gut mit dir."

Natürlich bezähmte sie sich, ihn damit zu konfrontieren, wie abstoßend, ja ekelhaft sie es empfand, wenn seine welken Finger schüchtern ihr Handgelenk streichelten. Sie schüttelte ihn hitzig ab und maß ihn aus entrüsteten Augen. „Tu das nie wieder", hauchte sie, ehe sie ihr Bedauern bekundete und sich entschuldigte, als ob sie dafür an den Pranger gehörte. Vielleicht nutzte sie den alten Mann aus, doch sie empfand einfach nicht mehr wie eine Sklavin und konnte sich partout nicht mit der Situation anfreunden. Er bekam durch sie Probleme mit seiner Manneskraft, und doch beteuerte er umso vehementer, er würde ihre Liebe begehren, nicht den Liebesdienst. Schließlich bat sie ihn inbrünstig, ihr einmal sein Vertrauen zu beweisen, äußerte er doch, ihm wäre nach einer frischen Banane. So umgarnte sie ihn, sie allein zum Markt zu schicken für eine Staude Bananen und fügte kess bei: „Ich kann nur jemanden lieben, der mir glaubt, was ich sage."

Er war zu gut, es ihr nicht zu gewähren, schenkte ihr das Vertrauen, und sie zauderte keinen Tag länger als nötig. Tiresias sah sie nie wieder.

An einem der ersten schönen Sommertage brach Semiris sehr früh auf und fand sich bei Thoas dem Schmied ein, dem sie kürzlich auf dem Obstmarkt ihr Herz ausgeschüttet hatte. Der zerschlug ihre Armfessel, denn er hatte ihr den Hinweis gegeben, zu ihm zu kommen. Es wurde ein herrlicher Morgen und Helios brach sich gewaltig Bahn durch die violett behauchten, grauweißen Wolkenfelder im Osten und schoss seine Strahlenbündel unvermittelt über die noch dämmerige Landschaft von Phokis, nahe dem berühmten Tempel von Delphi – einer Gegend mit Pinienhainen am Fuße der Weinberge und tausend ansehnlichen Ölbäumen. Fuhr der Westwind darüber hinweg, schüttelte er die kühle Nässe eines nächtlichen Regens aus Laub, Gezweig und Gräsern, und Semiris überholte fleißiges Landvolk, bäuerliche Ochsenkarren und kleinere Viehtriebe, von stämmigen Burschen mit Stock und Peitsche dirigiert, weil es Höker und Hirten zur Ortschaft Kirrha zog, um den Markt mit den Gaben und Früchten des Sommers zu füllen. Beständig geriet man zu dieser Frühe in Schafherden, und rein zufällig begegnete ihr nach einer solchen am ersten Meilenstein Timotei. Semiris schätzte ihn auf vierzehn und keineswegs einfältig. „Unangenehm, wenn man so braun ist", warf er ihr zu und stellte sein Bündel ab.

Er wies ihr die Blessen an ihren Handgelenken und äugte nach ihrem Schläfenhaar. „Soll ich nachgucken?", fragte er und grinste überheblich. Semiris wurde sich schlagartig ihres deformierten Ohrläppchens bewusst. Denn jedem Sklaven wurde ausnahmslos beim ersten Verkauf mit einer Ahle das Ohr perforiert, und das würde nie ganz verwachsen. Darauf spielte er an und es machte ihm Spaß, sie zu verunsichern.

„Du bist keine Freigelassene! Mir winken fünf Schekel in Silber, wenn ich im Gemeindehaus ausplaudere, ich habe mich mit einer Entlaufenen unterhalten."

Semiris starrte ihn aus großen Augen ertappt an. „Worauf willst du hinaus?"

„Ich habe bloß gesagt, was ich denke", beteuerte der Knabe. „Ich bin dein Freund. Keine Angst, Mädchen."

Dann druckste er bröckchenweise heraus, er verlor, ehe er zwölf wurde, den Vater. Keiner ihrer Verwandten und Bekannten verstand, warum seine Mutter nach einjähriger Witwenschaft auf das Werben eines viel zu alten Nachbarn hereinfiel, denn er war verschrien als ewig unzufriedener Besserwisser. Der Brennofen und die verwaiste Töpferwerkstatt forderte es, und Timotei war dann der Leidtragende. Seit er denken konnte, empfand er einen unbestimmten Ekel vor diesem Zeitgenossen. Und kaum stellte sich Nachwuchs ein, bedeutete das für ihn, im eigenen Elternhaus zum ungern gelittenen Gast zu werden. So griff er ohne wirkliche Not nach dem Wanderstecken. Das behauptete er jedenfalls.

Semiris begnügte sich mit der Geschichte. Und da das Leben einem allein langweilig erscheinen kann, tat sie sich eine Weile mit ihm zusammen. Wie durch ein Wunder besaß sie noch den Rubin, den ihr der Prinz zum Abschied zusteckte. Vom Wert her entsprach er einem kleinen Haus der Mittelschicht, und sie zeigte ihn nie Timotei. Nicht, dass sie ihn hinterlistig einschätzte, er hielt ja mit seiner traurigen Kindheit nicht hinter dem Berg. Aber er kehrte schon am nächsten Morgen ein verstimmtes Gemüt heraus, und so oft sie ihn aufmunternd anlächelte, verbarg er seine üble Laune hinter großspurigen Sprüchen. Semiris lernte, ihn aus seiner Schwermut zu ziehen, ging geradezu rührend auf ihn ein und fiel aus allen Wolken, als er anfing, zärtlich ihre Wade zu streicheln.

Hastig entzog sie ihm das Bein. „Bruder und Schwester", erinnerte sie ihn. Doch nachts rückten sie notgedrungen wieder zusammen, weil beide nichts besaßen, außer einer Brokatdecke, die sich Semiris damals zum Glück wie eine Stola überwarf, als man sie in Abydos wieder zu einer Sklavin machte. Geborgen unter dieser dürftigen Zudecke begriff sie, ein naher Körper wärmt besser als jedes Feuer, und sie verschloss sich wirklich lediglich seinen Zärtlichkeiten. Sie kuschelten sich in Eintracht aneinander, egal ob Timotei sich unzugänglich und mundfaul gab. So genommen entspann sich eine unschuldige Freundschaft zwischen den beiden, und wenn sie vor dem Einschlafen mit ihrem Schicksal haderte, schweiften ihre Gedanken in die schöne Zeit mit Abi bei den Schwertfischern zurück. Dann entspannte sie sich und ihr Geist fand Ruhe. Ihr war es, als hätte sie ein Leben mit Abi verbracht, und sie wünschte sich, die Entfernung überbrücken zu können, die sie trennte, sehnte sich danach, ihn in die Arme zu nehmen. Sie sah seine Bernsteinaugen und die heitere Stirn lebhaft vor sich, dachte an ihn, bis ihr die Augen feucht wurden, weil ihr schwerfiel, noch an ein zeitiges Eintreffen in Abydos zu glauben. Fast vergaß sie, es waren gar nicht seine Atemzüge, denen sie beruhigt im Halbschlaf lauschte. Weiter geht's, sagte sie sich, sobald sie wieder durch die Natur streiften und um sie die Vögel zwitscherten, und sie weigerte sich, die letzte Hoffnung, an die sie sich wie an einen Strohhalm klammerte, zu begraben.

Mit dem Ausklang des vierten Tages ihrer Wanderschaft rückte ein ferner Streifen vom Meer in Sicht, und sie überblickten von einer Anhöhe den sich tief unten um die Hügel schlängelnden Pilgerpfad nach Delphi. Semiris lief sich Blasen an die Füße und schlief erschöpft unter einem steilen Felsen ein. Als sie am Morgen die Sonne weckte, saß Timotei noch immer am Lagerfeuer. Durch den Schein der Flammen beobachtete sie sein verkniffenes Gesicht.

Irritiert blinzelnd nahm er sie wahr und sah sie aus glänzenden Augen wie ein weidwundes Tier an. „Ich bin ein Schuft, einfach das Weite zu suchen", brachte er stockend hervor.

Augenblicklich merkte Semeris, seine Offenheit anfangs glich einer Scharade. Was ihm wirklich auf der Seele brannte, verbarg er sorgsam vor ihr, aber es ärgerte sie nicht, es bewegte sie. „Du denkst an deine Mutter?"

„Und an meinen Stiefvater. Er ist ein lausiger Keramikus", schnaubte er abfällig. „Für die Töpferscheibe fehlt es ihm an innerer Ruhe und der nötigen Fingerfertigkeit. Seine Arbeiten taugen nicht für den Markt, unmöglich, sie an den Mann zu bringen. Aber das wollte er nie wahrhaben, bekam einen Tobsuchtsanfall, kehrte ich wie ein geschlagener Hund vom Markt zurück, weil wir auf unserem Angebot regelmäßig sitzen blieben. Ich war immer sein Prügelknabe, und wenn ihn der Jähzorn ritt, schlug er mich windelweich. Zuletzt war der Eselsstall gut genug für mich ..."

Semiris hob stutzend das Kinn. „Und deine Mutter getraute sich nicht, einzuschreiten?"

Er schnappte nach Luft und sah sie an, als hätte sie eine Wunde berührt. „Die beschäftigen ganz andere Sorgen. Mein halbjähriges Schwesterchen fängt an zu kriechen, und mein kleiner Bruder ist ein echter Quälgeist, kriegt gerade Zähne. Aber trotzdem, es tut weh, wie sie die Augen verschließt vor dem, was ich auszuhalten habe. Ich verachte sie beide, den alten Wüterich für seine Brutalität, sie für ihr Stillhalten. Und es ist nun einmal geschehen, ich habe die Tür für immer hinter mir zugeworfen. Hätte ich mich bloß mit meiner Schütte Stroh im Stall begnügt! Wenn ich schlafe, träume ich, und mir erscheint Nacht für Nacht meine Mutter im Traum. Sie bekniet mich heimzukehren. Aber täte ich das, es wäre wieder das alte Jammertal ... kein Leben für mich. Im Grunde genommen zuckel ich nur mit dir mit, ohne zu wissen, ob ich das will, ohne zu wissen, wohin genau."

„Ohne zu wissen wohin?", wiederholte Semiris schmunzelnd, denn in Sichtweite lockte das blaue Meer und dahin erstreckte sich stoppeliges Grün, einige orange gesprenkelte Schmetterlinge und Hummeln und Felsen, zwischen denen Eidechsen umherhuschten. Er spuckte den Grashalm aus, an dem er bis eben nippte. „Ich habe Heimweh und Mühe, das abzuschütteln, und frage mich, was uns in Kirrha erwartet."

Kopfschüttelnd betrachtete sie ihn. „Du bist noch nie in einem Hafen gewesen?"

„Nein, und war dem Meer auch nie so nahe wie heute."

„Na also, alles Weitere findet sich", beruhigte sie ihn, und da er seinerseits nie nach ihrem wahren Ziel fragte, sagte sie ganz offen. „Ich bin es überdrüssig, mich von Sonnenblumenkernen und Sauerampfer zu ernähren. Jeder Hafen wäre mir recht, weil ich dringlich nach Abydos muss. Dort erwartet mich mein Mann, ist der nächste Mond vergangen. Und nach Abydos ist es so weit. Dann, hat er gesagt, soll ich jeden Morgen am Altar der Isis erscheinen. So sind wir verblieben."

„Ich war zwar noch nicht in Kirrha und habe noch kein einziges Schiff gesehen, aber ich weiß, dass ist ein Fischhafen, nicht mehr, ein Kaff von Hafen. Auf einen Verrückten zu hoffen, der für dich über das Meer segelt, ist doch ein hohles Ei."

„Wie man es sieht. Manchen zieht es nach Delphi", belehrte sie ihn und ballte bei dem Gedanken zuversichtlich eine Faust. „Im Übrigen vertraue ich auf meinen guten Stern, wie man so sagt."

„Kindergeplapper", fuhr ihr der Junge über den Mund.

Unwillkürlich schob sie die Hand in eine Falte ihres dreifachen Kaskadenrocks und ertastete beruhigt das harte Kleinod, hütete sich jedoch, ihr Geheimnis schon zu lüften. Aber im Hafen von Kirrha wusste sie es einzusetzen. Der erste, den sie fragte, war ein kretischer Händler, der Pilger an Land ließ. Und für den reimte es sich. Angesichts des Rubins befahl er eilig, das Schiff fertigzumachen zum Auslaufen. Dann ging es mit seinem Kahn über das glitzernde Mittelmeer und weißbehelmte Wogen und drüben den Nil stromauf wie schon einmal. Der Minoer kreuzte ausgezeichnet gegen den Wind, und sie kamen schneller voran als seinerzeit auf der ‚Zerberus'.

11.

Decgalôr befahl, das Schiff bis auf Weiteres zu einem Lagerdeck umzugestalten. Er richtete sich darauf ein, für länger warten zu müssen, felsenfest überzeugt, es könnte sich lohnen. Schwärme von Möwen lockten sie an, die sich jedes Mal aufgescheucht kreischend um die ins Meer gekippten Küchenabfälle rauften. Zwei Centauren, die in ihren schuppigen Kostümen an Echsenmenschen erinnerten, bezogen Stellung auf einer steinigen Anhöhe, um jedes Segel rechtzeitig zu sichten.

An Deck brachte Abi die nach Abwechslung dürstende Gesellschaft der Centauren zum Lachen, indem er von Fischzügen der Schwertfischer plauderte, deren Ausbeute unnütz war, wie zum Beispiel all die handgezogenen Kerzen. Er ließ einen Kreidestrich auf dem Deck ziehen und erklärte der Garde, man würde bei der Bruderschaft um die Wette mit Silberstücken, Gemmen, Ringen oder Ohrringen danach werfen. Abi zeigte es ihnen und war selbst stets der mit dem knappsten Wurf. So gewann er täglich an Ansehen in der bunten Schar, die *Decgalôr* mobilisierte.

Am 4. Tag im Hinterhalt der Brandungsschlucht verlor Abi ein erstes Mal beim Wurf gegen den Strich. *Pilaster*, der Luftikus, Scherzbold und Spieler im Clan des *Epias*, strich den Gewinn ein. Wie elegant Abi verlieren konnte, fand Anklang, denn der gratulierte unbetrübt. Das erleichterte seinen Einstieg in diese Gesellschaft. Er redete, aß und lachte mit der Mannschaft und wurde zu einem Teil von ihr. Und als wirklich ein Bug mit hohem Steven anrückte, nahte das Schiff aus dem Osten, wo mächtige Klippen die Reste einer Landverbindung andeuteten und die Meere miteinander kämpften. Es nahte mit dem Schwung der eben wieder auflaufenden Flut. Offenbar passte diese Bande die Gelegenheit zur Durchfahrt exakt ab. *Feïgistos* machte sie auf den vollbärtigen Mann im Bärenfell aufmerksam, der sich im Bugkonus aufhielt. „Schätze, das ist der Obmann. Er oder der neben ihm."

Der Nebenmann trug einen schwarzen Lederpanzer, mit Silberstücken beschlagen. Der Wind blies einen Hauch von verrottendem Tang an ihre Nasen und verschluckte, was genau sie hitzig über die Ruderbänke brüllten. Vermutlich sollten auf einer Seite die Ruder aus dem Wasser gehoben werden, um schleunigst die Kurve zu kratzen. Abi konnte sich die anbrechende Panik lebhaft vorstellen und musste lachen.

„Die können ja doch arbeiten", höhnte *Feïgistos*.

„Sinnloses Treiben", bemerkte *Decgalôr* trocken.

Der Anker war im Nu gelichtet und *Decgalôr* gab dem Hortator am Schlagblock das Signal, mit dem Takt einzusetzen.

„Wie viele rudern jetzt auf deren Schiff", fragte *Decgalôr* unwillkürlich.

„Höchstens 24."

„Wir haben 96, und alle gut bei Kräften. Das Rennen können sie nicht gewinnen!"

Um wie viel die Kampftriere schneller war, wurde ihnen während der Jagd durch die Meerenge klar, und man versuchte, den Spieß umzudrehen. Schmunzelnd nahm es *Decgalôr* auf und ließ ihnen Zeit, sich zum Kampf zu rüsten.

Fyfatrus und *Feïgistos* funktionierten wie ein Mittelruder. Der mit Bronze beschlagene Rammsporn, der unter dem Wasserspiegel auf sie zu pflügte, schoss wirkungslos am Bug vorbei und schrammte knirschend die Wandung, womit sie in Tuchfühlung an der Bireme vorbeiglitten. *Decgalôr* wies Abi die hohe Bordschale, hinter der in langer Reihe die Schützen Aufstellung nahmen.

Ein Wink vom Kommandanten genügte und eine Kette rasselte. Die hochgezogene Bordwandung entpuppte sich als Klappe. Als sie fiel, knallte es wie eine zuschlagende Tür und das Geräusch dreißig abzischender Armbrustbolzen schloss sich an. Es klang, als würden irgendwo Schwalben zwitschern. Die tonangebenden Leute der Bruderschaft drängten sich in Enterpose an der Reling und verschwanden im freien Fall im Laderaum ihres Schiffes.

„Fünfzehn Mann über den Daumen", meldete *Feïgistos*. „Aber mindestens."

Beeindruckt zog Abi Atem ein. Von solch einer Durchschlagskraft war er nie ausgegangen. Während sie keinerlei Verluste erlitten, wurden die Gegner glatt zahlenmäßig halbiert.

„Noch einmal? Oder wollen wir zum Handgemenge übergehen?", fragte von irgendwo her *Decgalôr*.

Da Abi zu antworten vergaß, griffen sie den angeschlagenen Eindeckruderer gleich noch mal an. Wieder raschelte und kratzte es an der Bordschale und die Schirmwand klappte vor und präsentierte den Schützensteg. Ihre Gegner lernten nichts dazu, wieder wurde ihre Anzahl halbiert.

Beim dritten Waffengang schwangen sich *Decgalôr* und seine Leute nach drüben, und Abi schlug sich diesmal wie ein alter Haudegen. Ein paar Übungen mit *Feïgistos* hatten ihn im Schwertkampf drei Schritte weiter gebracht. Weit genug, seinem Freund nicht von der Seite zu weichen, auch nicht, als der im Gemenge unterzugehen drohte und sich zwangsläufig mit zwei Gegnern gleichzeitig maß. Ein stiernackiger Berber in einem Bärenfell wollte aus dem Hinterhalt sein Enterbeil nach *Decgalôr* schleudern, aber Abi sah die Gefahr. Er machte dem Anführer der Seeräuber einen Strich durch die Rechnung, indem er ihm überraschend die rechte Hand vom Arm schlug.

Decgalôr bewies Killerinstinkt und führte es mit einem schnellen Streich zu Ende. Atemlos setzte er den Fuß auf die Schulter mit dem Bärenfell und zeigte Abi etliche Trommeln, groß wie Holzbottiche, die halb unter einem zusammengelegten Seil am Mastbaum standen. „Danach zu urteilen könnte es Dag der Häuter gewesen sein."

„Oder der in Plattenschurz und Lederpanzer war das", überlegte *Feïgistos*. „Auf alle Fälle war Dag dafür berühmt, narbenfrei gebliebenen Gefallenen die Haut abzuziehen. Ergibt wunderbare Trommeln. Sollen sich einzigartig anhören und gelangten für gut acht oder neun Jahre regelmäßig auf den Markt von Sidon."

„Man sollte ihn selber häuten, diese Sau von Mensch", gab *Fyfatrus* ihm das passende Nachwort.

Abi war es von den Schwertfischern gewohnt, einen besiegten Gegner auf Handelsmetall zu fleddern. Er kniete sich ungeniert hin und wälzte Dag den Häuter aus dem Bärenfell. In einem Beutelchen fand er ein Mittel zum Blutstillen. Auch andere Seltenheiten wie Bleioxyd und Kupferspäne hätten das Herz eines Heilkundigen höher schlagen lassen, dazu roter Ocker, Heilerde, Leinenbinden, Honig und kleine Ophalen mit flüssigem Schmerzstiller und Pulver. Er band das Beutelchen an das Säcklein mit Handelsmetall, das jetzt schon gewichtig an seinem Gürtel zerrte. Ob bei den Schwertfischern oder im Kreis der Centauren, die Menschen sind nun einmal eitel, sagte er sich und zeigte sich vergnügt in dem Mantel mit Bärentatzen als Kragen dem Freund.

„Das gibt dir die richtige Breite in den Schultern", versicherte der.

„Ich werde noch einen Centauren aus dir machen", lobte der Freund seinen Mut, und die um sie versammelten Leute in bunten Trachten spendeten laut Beifall, trampelten wild auf dem Deck oder scharrten mit den Füßen, um Abis Beförderung zu unterstützen. Allein dem Prinzen war bewusst, dass er diese Macht gar nicht besaß. Er hätte es ihm nur gerne ermöglicht und hoffte heimlich auf einen Ratschlag von seinen Waffenbrüdern.

Der Erfolg bestätigte *Decgalôr*. Der Ankerplatz erwies sich als ideal. Immer wieder tappten Bruderschaften in die Falle. Nur Abi plagte das Gefühl, sie würden auf der Stelle treten. Der ausstehende Abstecher nach Abydos schien zwar nicht in Vergessenheit geraten zu sein, doch zwei Monde vergingen über diese Wegelagerei. Sobald er deshalb *Decgalôr* in den Ohren lag, vertröstete ihn der: „Eines nach dem anderen, mein Freund."

Abi fühlte sich machtlos und irgendwie wie ein Schuft, wenn er daran dachte, was er Semiris beim Abschied beteuert hatte. Dann kam der Aussichtsposten vom Kliff in die am Kreidestrich beschäftigte Runde geplatzt und kündete ein Schiff an, das dem bräunlichen Segel und der auffälligen Wolfsstandarte nach auf das herbeigewünschte schließen ließ. Ihnen blieb kaum Zeit, die um den Kreidestrich verstreuten Sachen aufzuklauben, aber Abi rutschte nicht unbedingt eine Last vom Herzen, im Gegenteil.

„Sie kommen", meldete ein Offizier und verfiel in einen atemlosen Husten.

„Du solltest nicht ewig diesen Salbei aus Memphis qualmen", empfahl *Decgalôr,* und sie lachten ihrem Prinzen zu.

Wenn Abis neuer Freund eines perfekt konnte, so Menschen zu führen, dass es denen Spaß macht. Die Garde liebte ihn dafür, und mehr noch für die Abwechslung, die er in den zu Gelagen ausufernden Alltag im Turm brachte, da endlich wieder gekämpft werden durfte.

Zum ersten Mal erteilte er seinem Freund Abi einen Befehl. „Du hältst dich diesmal heraus. Ich will nicht, dass mich jemand im entscheidenden Moment bekniet, Milde zu zeigen."

„Meinst du?", fragte Abi, anstatt gleich zu protestieren, denn er sah diesem Treffen mit Bangen entgegen. Sicher hätte sich ihn Joas ausgeguckt, und dann hätte er ihn töten müssen, und das vermochte er nicht. Noch grässlicher war es, an das einnehmende, milde Lächeln von Archi zu denken, den er von Herzen mochte. Er schrie auf und starrte den Freund fassungslos an. „Das sind doch nicht alles Unmenschen!"

Des Prinzen Augen blitzten herrisch bei seinem ungestümen Aufbäumen, denn er würde sich kaum jetzt noch von ihm das Heft aus der Hand nehmen lassen. „Das ist ein Befehl", fügte er unerbittlich bei.

„Ein Wort von dir genügt", versuchte Abi den Freund umzustimmen. Aber der Atlanter setzte seinen ernsten Blick auf. „Deine Reaktion bestätigt meine Maßnahme", hielt er ihm vor. „Du hast einfach eine zu feine Seele, entwickelst leider Skrupel angesichts bekannter Gesichter."

Sie erwarteten den Waffengang mit der Bireme der Schwertfischer voll Ungeduld und es galt, Ruhe zu bewahren. Wieder erledigten die Armbrustschützen ein gutes Drittel der Gegner vorab. Hasdrubal und der Berber, und auch einer der starken Nubier wurden von einem Schuss in den Kopf, in die Brust oder durch den Hals von der Reling in den Laderaum gefegt, und *Häphater*, der Graubart in der bunten Schar, schwang sich schon im Gefolge der verschütteten Salve auf die ‚Zerberus'. Ebenso *Decgalôr* und *Pirtipis*, der Waffenmeister in seinem stahlblauen Schuppenmantel. Sein hoher Helmdorn ähnelte einer Pfeilspitze und wurde noch überragt von einem Paar brauner Habichtflügel. Allein der Nubier in Riesengestalt erwies sich als ein schlimmer Gegner, markant durch das Leopardenfell, in das er sich kleidete. Sein Drachenzahn erschlug in atemberaubender Schnelle zwei der Echsenmänner aus dem Haus des *Täpher*, doch dann sah er sich *Decgalôr* gegenüber, in jeder Hand ein Stahlschwert. Wie eine Schere gebrauchte er sie und brachte den schwarzen Riesen in Verlegenheit. Eine Klinge genügte, das lange Schwert abzufangen, und ein schneller Stich von der Seite holte den Stärksten der Schwertfischer von den Beinen. *Decgalôr* senkte die Schwerter und gab ihm die Zeit um zu sterben.

„Halt!", ordnete er an. Seine Centauren ließen augenblicklich vom Gegner ab und sammelten sich um ihn. Er kannte die jetzt noch von der Bruderschaft verbleibenden mit Namen, und sie fanden es schlimm, ausgerechnet von ihm geentert worden zu sein. Hiram lebte noch und zog ein trotziges Gesicht. „Ach sieh an, mein Freund, der Atlanter", sagte er furchtlos. „Der so hohe Grundsätze pflegt und sich mein Bruder nannte. Und ich Hornochse hatte dich im Netz. Ich hätte dir die Kehle aufschlitzen können."

Abi wusste, es entsprach der Situation, die sein Freund kommen sah, aber *Decgalôr* nahm es leicht. „Suteman hat sich in dir ja wohl auch getäuscht", erwiderte er ausdruckslos.

Sanherib begrub mit verdrießlich geschürzter Unterlippe alle Zukunftspläne und faltete mürrisch die Hände auf dem Schaft der Doppelaxt. Mit dabei war Laban, der Steuermann mit dem Walrossbart; es gab Schlechtere, und er biss die Zähne aufeinander, weil es nach einem bösen Ende aussah. All die anderen erwischte entweder ein Bolzen oder sie fanden bei dem Kampf auf den Decks ihren Meister. Von den Centauren bezahlten zwei den Einsatz mit ihrem Leben. Abgesehen von den beiden, die sich beim Mastbaum an Hiram hielten, lagen alle, die dieser Bruderschaft angehörten, in ihrem Blut. „Hofft nicht auf Gnade", eröffnete der Prinz den Gefangenen. „Was ihr Unschuldigen angetan habt, fordert seinen Preis."

Seine Augen hefteten sich auf Abi, der den letzten Kämpfen beiwohnte. „Ihr kennt ihn noch? Er ist der Einzige, dem ich die Ethik eines brauchbaren Kerls zugestehe. Warum konntet ihr es der kleinen Kirsa nicht gönnen, sich selber ihren Mann fürs Lager auszusuchen? Aber ihr seid hartherzig wie ein Rudel Wölfe ... tolle Hunde in meinen Augen! Mein Stahl brennt darauf, euch euren Gefährten nachzusenden."

Er kannte wirklich keine Gnade. Es war nicht vorgesehen, aber Abi wurde Zeuge der Hinrichtung und fehlte nicht bei diesem finalen Schauspiel am Heck des Schiffes, wo er so oft mit Pollux gestanden hatte. *Decgalôr* kämpfte mit Sanherib und demonstriere erneut seine Geschicklichkeit. Er ließ den Assyrer Luftlöcher mit der Axt schlagen und konterte genau einmal, um zu töten. Der Assyrer packte nach seiner Brust und schlug, wie von einem Blitz gefällt, aufs Deck.

Abi eilte ohne zu fragen hin, wälzte den noch atmenden auf die Seite und fummelte aus seinem Kettenhemd einen Jadestein hervor. Als er den in der Gürteltasche verschwinden lassen wollte, deutete *Decgalôrs* Schwert bedrohlich auf Laban und Hiram, somit die Letzten der Mannschaft. Abi geriet in einen fürchterlichen Konflikt mit seinem Gefühl für Anstand und schnappte nach Luft. „Bitte!", unterbrach er forsch den Ablauf. „Lass Laban leben! Er war der treueste Mann meines Vaters. In einer Situation, da ich in die Rahe hinauf musste, um ein Segel herunterzuholen, benötigte ich seinen Rat und stünde heute nicht hier ohne ihn."

Weshalb er ihm wirklich half, wusste Abi hinterher selbst nicht mehr. Doch seinem Einwand wurde entsprochen: Laban betrat als Gast ihr Schiff. Obwohl nie große Sympathie zwischen ihm und Abi aufgekommen war, legte ihm der alte Seemann heute beide Hände auf die Schulter wie einem, der sich als Freund erwies. „Junge, das werde ich deinem Vater bezeugen, bei Baal und allem, was mir heilig ist."

Die Letzten, die miteinander die Klingen kreuzten, waren *Decgalôr* und Hiram. Hiram führte seit dem letzten Kampf eine Waffe aus Stahl und in der anderen das altgewohnte Bronzeschwert, aber er konnte vor dem Atlanter nicht glänzen wie sonst. Er war zwar schnell, doch der Atlanter wendiger. Bei einem Stich, der andere Gegner ausschalten konnte, drehte *Decgalôr* lässig die Hüfte weg und ging zum Gegenangriff über. Wieder einmal war seine gefährliche Hinterhand ausschlaggebend, und es schien, er hätte ihn an Schnelligkeit überrundet. Die Klinge durchfuhr Hirams ungepanzerte Brust, und Abi wurde ganz elend darüber, welche Strenge der Prinz an den Tag legte. Der Gefällte lebte noch, und der Prinz richtete ihn nach den Regeln der Flotte, durch einen Stoß in den gebeugten Nacken. Hinterher zog er dem stattlichen Nubier, der ebenfalls von seiner Hand gefallen war, das Leopardenfell vom Körper und nahm es an sich – als Andenken an dieses Gefecht in der Nähe des Sperrturmes.

Fyfatrus hatte aus einer Laune heraus gelernt, was einen passablen Schneider ausmacht, und nähte es *Decgalôr* an den Hüftrock. Mit diesem Schmuckfell und dem Panzer aus schwarz glänzendem Leder, den er einem Nubier auszog, bot *Decgalôr* ab diesem Tag äußerlich einen eher etwas exotischen Eindruck gegen die, welche sich pedantisch an die Tracht der Marine hielten.

So erschien der Prinz am Spätnachmittag dieses Tages erneut im Säulenkreis des Sperrturmes vor dem Herrn aller Flotten, und *Decgalôr* wies ihm stolz seine neue Tracht. „Das Fell gehörte dem stärksten Mann, den ich bislang bezwang, und an denen, die mich im Nildelta überfielen, wurde Rache geübt. Der Plan, von dem ich sprach, ging auf. Wegelagerei ist eine langweilige Angelegenheit, aber vier Banden haben wir gerichtet! In ein paar Tagen oder einer Woche dürfte das nächste Schiff mit Schwertfischern sein Glück bei den Symplegaden versuchen. Wir könnten Weitere abgreifen."

„Daher weht der Wind", bemerkte der grauhaarige Machthaber des Turms, dem die hier präsenten Flottenverbände unterstanden. „Nun gut, du hast wahr gemacht, was du im Sinn hattest. Dafür unterstelle ich dir eine Schiffsstaffel. Wir wollen sehen, wie viel du mit neun Kampftrieren erreichst."

Als sie wieder auf ihrem Schiff waren, nahm der Prinz seinen neuen Freund beiseite und rieb sich die Hände. „Das ist es, was ich wollte. Damit geht es jetzt auf Kurs Pharaonenküste und den Nil hoch. Wir werden uns Menê vorknöpfen."

„Ich habe es geahnt", sagte Abi in freundschaftlichem Ton. „Du warst unerbittlich, dass ich es schrecklich fand, zugegen zu sein, und das ist deine Sache. Aber höre jetzt einmal auf mich. Du wolltest deinem Großvater einen Tiger mitbringen. Eine verrückte Idee, und ich schließe daraus, dir liegt an seinem Wohlwollen. Darum lass ihn nicht länger warten, als die Vernunft das erfordert, dann siehst du gut aus vor ihm. Du hast zwei Banden Schwertfischer ausgelöscht. Das ist ein besseres Geschenk als ein Tiger."

Decgalôr holte tief Luft, als er begann, doch ließ er ihn mit verkniffenen Lippen ausreden und nickte einsichtig zum Schluss.

„Vor allem", fuhr Abi fort, „dürfen wir Semiris nicht vergessen."

„Das will ich meinen. Abydos liegt auf dem Weg, wenn wir uns Menê vornehmen."

„Ach ja, Menê", seufzte Abi, denn er fand es nicht leicht, den Freund vom Thema abzubringen.

„Zunächst schicke ich zwei Kampftrieren unter dem Befehl von *Feïgistos* und *Fyfatrus* zu der verbotenen Durchfahrt. Interessant, hinterher zu erfahren, wie viele Schiffe aus dem Westen kamen. Haben wir über ein halbes Jahr alles abgefangen, können wir es danach auf Stichproben beschränken. Die Symplegaden und der mörderische Strudel hätten wieder Opfer gefordert, wird man sich erzählen. Das wird die Tapfersten abschrecken!"

Decgalôr lachte mit sich zufrieden und war froh, einen Freund wie Abi zu haben. „Du hast recht, der Phöbos dürfte mich dafür segnen. Aber jetzt hat die Fahrt den Nil hoch Vorrang. Ich muss noch etwas in Pi-Ramesse regeln, und dann geht's nach Ober-Nubien. Deine Frau soll bei uns sein, wenn die Pflicht getan ist und das Segel auf West-Kurs gestellt wird."

Er fuhr sich andächtig mit dem Handrücken über das Kinn. „Und?", fragte er mit spöttisch werdendem Mund. „Denkst du immer noch, ich habe dein Wiedersehen mit Semiris unnötig auf die lange Bank geschoben? Knapp sechs Wochen verbleiben, bis unser Stern am Nachthimmel erscheint."

12.

Des Atlanters Rubin genügte, per Schiff bequem den Nil stromauf getragen zu werden bis Abydos. Zutiefst erleichtert überflogen Semiris Augen dort die trostlos trocken liegenden Papyrusfelder am äußeren Hafenbecken. In der ersten Euphorie zog sie den Schluss, pünktlich gewesen zu sein, und sie hätte ihre Freude darüber aus sich herausschreien mögen. Offensichtlich ließ die segenbringende Überschwemmung, die für gewöhnlich die Jahreszeit Achet einleitete, noch auf sich warten, und erst dann müsste sie sich regelmäßig beim Tempel der Isis melden. Sie fand nur keinen Reim darauf, weshalb der Stern Sothis seit über einer Woche über dem Horizont blinkte, kündete der doch die Jahreswende an, und der Anschein, den die verdorrten Papyrusfelder boten, trügte. Verunsichert schnappte sie nach Timoteis Hand und zog ihn unverzüglich mit sich zum Tempelbezirk der Isis. Die immer leicht quietschende Pforte aufschlagend, eröffnete sich der verwilderte Garten mit seinen uralten Ölbäumen und der Kapelle in ihrem Mantel aus Blauregen. Hintergründig leuchtete weiß die mit Glassplittern bestückte Kalkmauer vom Palast des Wesirs. Verwundert bemerkte sie all die festlich gekleideten Leute im Tempelhof. Vor dem Opferstuhl der von blauen Rispen umschleierten Kapelle staute sich eine lange Schlange Menschen, geduldig mit Blumengesteck und Speisen in der Sonne verharrend. Sogar in der hochheiligen Säulenhalle, die zu betreten dem Volk untersagt blieb, herrschte lebhafte Geschäftigkeit.

Halifer betreute das gemeine Volk und sortierte eifrig die Blumen, Kräuter und Speisen vor dem Silberschoß der Isis. Semiris gewahr werdend, strich sie sich verwundert über Stirn und Brauen. Augenblicklich fertigte sie das letzte Paar ab und umarmte Semiris liebevoll wie eine verlorene Tochter. „Niemand hat nach dir gefragt", versicherte sie. „Es bestürzt mich, was du erzählst. Ich hatte keine Ahnung, wohin du verschwunden warst – in der Nacht, als es so laut wurde."

„Ich wehrte mich, doch waren sie zu zweit."

„Gehört hat man es im ganzen Viertel", klärte die Alte sie auf. „Aber allen ist die eigene Haut zu teuer, um tatkräftig einzuschreiten."

Auch ohne es der weisen Priesterin entgelten zu können, spendierte die den beiden eine Schale Schrotmehl mit Linsen und sparte nicht mit einer detaillierten Auskunft. „In Ägypten kennen wir drei Jahreszeiten: Achet, Peret und Schemu. Achet ist die Zeit der Nilschwemme. Doch schreiben wir heute schon den vierten Tag im Achet, und der Wasserspiegel ist kaum einen Fingerbreit angestiegen. Ein Phänomen, und gemäß den Schreibern und Chronisten des Lebenshauses fiel die Überschwemmung, die das Niltal zum Erblühen bringt, vergangenes Jahr schon niedrig aus. Dank der strengen Rationierung von Weizen und Gerste musste bislang niemand Hunger leiden, doch die Vorräte schmelzen."

Obwohl Semiris die Hände über das Gesicht schlug, berührte es sie wenig. Schwerer wog, umsonst gekommen zu sein. Sie überwältigte die Einsicht, sich die Sache mit Abi allzu sehr zu Herzen genommen zu haben, und die eben keimende Hoffnung, pünktlich zu sein, verlor sich in bodenloser Ernüchterung. Stellte sie sich vor, Abi könnte derweil mit dem Atlanter in der Weltgeschichte umher schippern und wollte vergessen sein, wurde ihr klamm in der Brust. Eher verstört denn wissbegierig lächelte Semiris, nämlich aus reiner Höflichkeit.

„Man muss den Tatsachen langsam ins Auge sehen", wurde sie von Halifer belehrt. „Die Speicher sind nahezu leer, und der Nil weigert sich, über die Ufer zu treten. Bald dürfte es an Brot mangeln. Das Gerücht geht um, Apis zürne dem Pharao."

„Na, hoffen wir, der Wasserspiegel steigt noch."

Die Alte zog schwer seufzend die Brauen hoch. „Auf den Feldern rammten die Bauern gestern markierte Pflöcke in den Boden, um das Ansteigen des Wassers zu verfolgen. Männer und Frauen, jung und alt, Arm und Reich, richten bang ihre ganze Aufmerksamkeit auf das geheime Leben des großen Flusses."

„Darum", bemerkte Timotei, „die Menschenscharen im Tempelhof?"

Semiris rieb sich über die nassen Augen und vermerkte kopfschüttelnd: „So ist der Mensch, grämt sich der Magen und eine Hungersnot droht, verdoppelt sich flugs die Frömmigkeit."

Halifer fühlte sich an ihre Pflicht erinnert, fasste Semiris Hand und streichelte sie aus tiefem Bedauern, die Augen mitfühlend auf ihr Gesicht gerichtet. „Du bist stets willkommen, doch es herrscht Andrang, die Kapelle ruft."

Danach wusste Semirs nicht weiter, und hinter der Pforte des Tempelbezirks tat sich wieder der große Platz mit den prächtigen Obelisken auf, da sinnierte Timotei leise: „Na gut, wir kamen wohl ungelegen, aber erleichtert es dich denn nicht, dass du rechtzeitig hier warst? Wenigstens knurrt mein Magen nicht mehr. Und du kannst ab heute jeden Morgen den Altar aufsuchen, wie du und dein Mann das vereinbart habt."

Sie lächelte dankbar und spürte, wo seine Stärke lag. „Es ist so schlimm, wie man es sieht, willst du sagen?"

„So ungefähr", versetzte Timotei.

Die Knie umarmt hockte sie im Morgengrauen am krausen Stamm einer Sykomore. Die Promenade wirkte noch wie leer gefegt, aber die Vögel sangen bereits. Bärenklau blühte, wo das Sonnenlicht durchs Blätterdach flutete und zum Rande eines aufdringlich duftenden Jasminfeldes geschäftig Bienen die weißen Blüten umsummten. Timoteis Augen wanderten über die schier endlose Allee der Sykomoren Richtung des Hafens, und er knuffte Semiris sanft mit dem Ellbogen. „Sind das alles Schwalben?"

Dann erfasste auch Semiris, dass die vom Meer her nahende Wolke aus Rauchschwalben bestand. Über dem Hafen stockte der Zug der Heimkehrer, wirbelte hoch und verteilte sich auf die Arkaden und Dachgärten, woraufhin wie Schimpf ein tausendfaches Schwatzen anhub. „Sie kommen zu früh, genau wie ich. Sie werden sich für das Ausbessern der Nester mit den Pfützen am Strand begnügen müssen. Der Lehm der Straße ist jedenfalls hart wie Leder."

„Haben dir die Götter das Hirn verrückt? Was gehen uns die Sorgen der Vögel an? Als ob wir keine eigenen hätten", entgegnete Timotei mit einer wegwerfenden Handbewegung und hielt sich die Ohren zu.

Semiris überlegte unbeirrt weiter. Plötzlich zerrte sie ihn auf die Beine, zu einem spontanen Bummel über den Basar, beflügelt von der wahnwitzigen Hoffnung, Abi könnte schon auf dem Weg zum Tempel sein.

Die Eingänge an der Promenade waren von Oberlichtfenstern erleuchtet, und die Schirmsegel einiger Läden sorgten für einen gewissen Sonnenschutz und kühle Winkel. Wie unter Panik überflog Semiris die unzähligen fremden Gesichter, die ihr begegneten und auf sie einwirkten. In den Keramikläden stapelten sich gläserne Gefäße jeglicher Art, in anderen speicherten sich Hunderte von Fußteppichen, aber Semirs gönnte sich kein Auge dafür und musste unbedingt noch einmal zum Isis-Tempel, ehe sie sich mit den Gegebenheiten abfinden konnte und sie in den Hafen zurückkehrten.

Was sich dann ereignete, kam einem Wunder gleich, hätte jedoch nie stattgefunden, ohne Semiris quengelnde Art, Rast und Schlaf abzukürzen, meist gegen Timoteis Protest. Sie kauerte enttäuscht am Stamm einer Sykomore, die Hände um die Knie geschlungen, da kamen auf der belebten Uferstraße hinter einer Gruppe verschleierter Frauen Abi Nowa und der Atlanter in Sicht.

Abi erstarrte, weil er sie ebenso erkannte. „Das kann nicht sein", sagte er und schlug sich basserstaunt die Hände an die Schläfen.

„Warum hast du noch immer so weiße Handgelenke?", bemerkte *Decgalôr* sofort.

„Der Rubin hat mich gerettet", erwiderte Semiris und strahlte den Atlanter mit dankbaren Augen an. Dann sprudelte ihr von der Zunge, wie übel ihr mitgespielt worden war, und sie sorgte für betretene Mienen bei den Männern.

„Nun sind wir ja hier", erklärte Abi, „und wir haben ein Schiff ... wie versprochen."

Er drückte sie an sich und schaute ihr in die freudig glänzenden Augen. „Jetzt beginnt unser Leben", versprach er. „Wir werden zwar noch einige Zeit auf einem Schiff verbringen, aber anschließend geht es in den Westen ... zu der Stadt, die man die Königin der Westsee nennt."

Ein verhaltenes Räuspern des Freundes holte Abi aus seiner Schwärmerei und ließ ihn verstummen. „Kannst du dich besinnen, wie die Leute ausgesehen haben, die dich entführten?", fragte er Semiris. „Wurde vielleicht ein Name laut?"

Sie strich sich nachdenklich über das Nasenbein und hob die Brauen. „Na sicher, so, als wäre es gestern gewesen. Den Mann, der mich im Tempelgarten aufsuchte, nannten sie Karta, Kappa oder Kaptah ..."

Dieser Anhaltspunkt genügte dem Atlanter, dass sie gleich noch einmal loszogen, ins Hafenviertel von Abydos. Dort gab es zwei Tavernen und eine üble Spelunke, genannt „Roter Sand", wo aus einem Kellergewölbe Männergesang und Lärm erscholl.

In diesem anrüchigen Keller hatte der Atlanter Erfolg. Unter vorgehaltener Hand fragte er nach einem Kaptah, und da der Wirt nickte, richtete er Grüße für diesen Mann aus – ein leicht verdienter Ring würde winken. Kaptah fiel darauf herein. Keine Stunde später sprach er den Atlanter an. *Decgalôr* drehte ihm den Arm auf den Rücken und bugsierte den Mann mit Abi zu ihrem Schiff, wo gleich eine Besenkammer für ihn geräumt wurde.

„Er ist zwar nicht westlich des Sperrturms geboren", kommentierte es *Decgalôr*. „Aber auf den Inseln, zu denen wir unsere Diebe, Hehler und Betrüger bringen, wird das sicherlich niemanden stören."

Semiris erinnerte sich gerne an den Tag ihres Wiedersehens, während sie den Nil stromauf ruderten. Dachte sie jedoch an Timotei, streifte sie Wehmut über das abschiedslose Auseinanderlaufen. Während des dringenden Abstechers in die Spelunke fühlte er sich vermutlich überflüssig. Wahrscheinlich machte er seinen Vorsatz wahr, bei einem Fahrensmann anzuheuern und nutzte eine Gelegenheit, die keinerlei Aufschub duldete, tröstete sich Semiris oder beruhigte ihr Gewissen, wie man es sehen mag. Sie war sich bewusst, es sich eigentlich schön zu reden. Eingedenk der gemütlichen Abende am Feuer und der Zeit, gemeinsam durch dick und dünn, die ja wie alles Erlebte unendlich verbindet, enttäuschte sie sein ungeduldiges Verschwinden, aber sie wünschte ihm alles Glück der Erde.

Die Kabine unter den Ruderdecks, die der Atlanter ihr freihielt, war für das schlichte Mädchen, das immer eine Sklavin gewesen ist, ein Traum von Wohnkultur, die Wände mit Eiche vertäfelt, der Boden blank polierte Planken. Sie besaß ein Bett, einen kleinen Tabernakel und sogar einen Tisch mit einem Kamm aus Elfenbein, dazu eine Schale Wasser, um sich nach Bedarf zu erfrischen. Zunächst blieb Abi bei ihr und sie hatten sich viel zu erzählen, dann überwogen die langen Stunden, die Abi seinem Freund *Decgalôr* Gesellschaft leistete.

Ihr Schiff kam selbst gegen die Strömung zügig voran, und Semiris war längst im Bilde, dass den Atlanter diesmal ein Auftrag den Nil stromauf schickte und es keine Vergnügungsfahrt werden sollte. Darum folgten ihnen sechs Kampftrieren im Kielwasser, und sie sorgten für Aufsehen in den Siedlungen am Nil. Natürlich wusste sie, es würde Menê morgen wohl nicht mehr geben und kam Abi wieder und wieder mit dem gleichen Anliegen: „Muss das wirklich sein?"

„Ja", sagte Abi ebenso hartnäckig. „Es ist ein Elsternnest. Sie leben auf Kosten der Ehrlichen und wissen das."

„Es ist, weil *Decgalôr* sich das zur Aufgabe gestellt hat", widersprach sie.

Sie hatte leider recht. Abi griff verlegen nach seiner Nase und nickte betroffen, aber dann straffte sich sein Wams. „Ich entstamme geordneten bürgerlichen Verhältnissen, das mag mir geholfen haben, in andere, noch strengere Formen des Zusammenlebens hinüberzuwechseln, ohne mich selbst zu verlieren. Und ich sage dir, nichts ist schädlicher für einen intelligenten Menschen als Zuchtlosigkeit in jungen Jahren und falsche Vorbilder. Es gibt da eine Barriere, die mir den Arm lähmt, gilt es, zu töten. Wer diese Grenze einmal überschreitet, hat beim nächsten Mal wenig Bedenken, ein weiteres Leben zu nehmen, hieß es bei uns und zwar in belehrendem Ton. Das war bei den Schwertfischern so und gilt auch in Menê. Die Menschen dort sind von Grund auf verdorben, nicht mehr zu gebrauchen."

„Und dein Freund, der Atlanter?", rief sie ihm ins Gedächtnis, wie skrupellos der die Klinge in Hirams entblößte Schulter gestoßen hatte.

„Er kann mit dieser Macht umgehen, hat das, was man Charakter nennt. Und die, die es zu richten gilt, sind Abschaum, glaube mir."

Er musterte sie wie aus Belustigung. „Du warst doch mit mir auf dem Schiff. Hast du ihre Gesichter vergessen, als ihr unsere Beute wart, du und Kirsa? Hast du sie nicht geifern sehen, diese tumben Narbengesichter? Pollux verdankst du es, dass sie nicht einer nach dem anderen über dich hinweggestiegen sind."

„Ja, und dir", gab sie zu. „Aber sie tun mir dennoch leid."

Ihm ging es eigentlich ähnlich, aber dann fiel ihm ein: „Weißt, was mir in Menê so gar nicht behagte? Nirgends sah ich Kinder spielen."

Das überzeugte sie. „Die Schwarzen in dieser verrufenen Halle der Geselligkeit", erinnerte sie sich, „sahen aus wie Dämonen, und da waren wirklich nur Diebe und Halsabschneider, denen ich ungern allein im Dunkeln begegnen möchte."

Sie kamen dann hoch und fanden *Decgalôr* hinten auf dem Kommandosteven, unter der hohen Kielflosse. Ihr Schiff fuhr unter einen Blättervorhang hindurch und erreichte soeben die versandete Bucht der Goldwäscher. *Decgalôr* sah die beiden kommen und wurde gleich gesprächig. „Ich war in Pi-Ramesse bei keinem Geringeren als Ramses. Auf den Karten des Wesirs ist keine Goldader eingezeichnet. Bis heute haben die Goldwäscher nichts an den Pharao abgeführt. Und Ägypten schützt niemand, der nicht seine Steuern entrichtet, gleich ob Nubier, Numidier oder Ägypter."

Semiris suchte Halt an der Reling, als es losging. Die acht Schiffe zogen vor und bildeten ein Pulk. Dann hagelte es Bolzen über der Bucht. War die von Lebenden gesäubert, ging der Hagel auf dem Markt nieder und über den Tavernen. Anschließend zückten die Bordschützen die Schwerter und folgten *Decgalôr*. Die Schar der Centauren schwärmte bereits über den Strand, um nacheinander die Häuser aufzubrechen und die Leute zu richten. Eine gute Stunde hielt niemand auf ihrem Schiff Wache außer Abi und Semiris, und der Lärm verebbte. Dann kehrten alle ohne Verluste zurück, und Menê mutierte zur Geisterstadt. Niemand würde die Toten in den Unterständen aus lehmverschmierten Binsendächern und die am Strand jemals bestatten. Zum Abschluss war Salz über die Gemüsebeete gestreut worden, weil an diesem Ort niemals wieder etwas gedeihen sollte.

Vom fruchtbaren Tal des Nils segelten die sieben Schiffe unter dem Kommando *Decgalôrs* Richtung Turm, und die Passage des Sperrturms beeindruckte Semiris noch mehr als das reiche Land der Pyramiden. Der Kolossos war er für die Atlanter und trug den Namen nicht grundlos. Semiris verrenkte sich schier den Hals, da lautstark Möwen die Säulenringe umschwärmten und es überall an den weiß bekleckerten Brüstungen Nistplätze zu entdecken gab. Die Sperrkette blieb in ihrem Fall unten, weil die blaue Flagge mit dem silbernen Pegasus an ihrem Mast flatterte. Zu Füßen dieses monumentalen Bollwerks, das die Welten trennte, begannen westwärts die Anleger des weitläufigen Turmsockels. Drei Verbände warteten hier meist auf ihren Einsatz. Semiris zählte aber nur zwei Mastenwälder.

Danach begann die vordere Westsee, und wie die anderen richtete sie die Augen in Richtung Abendrot. „Wie weit ist es vom Turm zu den Ländern der Westsee?", fragte sie *Decgalôr* und rieb sich den verspannten Nacken.

„55 Tage oder ein paar mehr, kommt darauf an, ob der Wind mitspielt. Aber viel länger nicht, wenn wir die Meeresströmung nutzen. In elf Tagen könnten wir Tartessos anlaufen. Tartessos ist das Sprungbrett für die Passage über die Westsee. Dort werden wir Frischwasser an Bord nehmen und Säcke voll Gerste. 43 Tage werden wir kein Land sehen."

Abi nickte, als wäre er sich dessen bewusst „Ich war schon länger auf dem Wasser, ohne einmal den Fuß auf festen Boden zu setzen."

„Den Nil aufwärts oder das Mittelmeer, das ist nicht zu vergleichen. Ich meine das Gefühl, wenn der Horizont zu fliehen scheint, weil das Blau kein Ende nimmt, 43 Tage lang. Es gibt eine Legende um eine kleine Insel abseits der Meeresströmung. Ein ägyptischer Pharao wollte mit zehntausend Kriegern in den Westen segeln, doch auf einigen Schiffen meuterten die Leute nach einem Drittel der Strecke und wollten an dieser Insel an Land. Der Obmann der Ägypter zog einen grausamen Schlussstrich unter die Meuterei. Jedem Abtrünnigen wurde der Kopf abgeschlagen. Auf der kleinen, sonst unbedeutenden Insel lastet seitdem der Hauch des Todes. Wer später dort Rettung suchte, weil die Überfahrt zu lang erschien, starb an Atemnot, heißt es in dem Bericht eines Seefahrers."

Semiris hörte kaum noch hin, dachte an den alten Griechen, dessen Eigentum sie vor Kurzem noch war – nach dem Gesetz zweifellos berechtigt: Geistlos war er nicht. Sie hatte Abi ausführlich ihren Aufenthalt in der Quarzmine geschildert und ihr Abenteuer mit dem greisen Lustmolch Tiresias nicht unterschlagen, doch erwähnte sie Palamedes von Athen oder Nestor von Menesse, hakte Abi nie nach. „Ihr, oder besser, dein Vater hält sich doch auch Sklaven", kramte sie vor. „Wie handhabt er das, esst ihr zusammen?"

„Wir haben bloß fünf, und die nehmen anteil am Familienleben, durchaus. Der Freund, mit dem ich vor rund einem halben Jahr aufbrach, war ein Freigelassener. Bis ins hohe Alter betreute sein Vater unsere Kamele und ist mit seinen krummen Beinen, dem schneeweißen Vollbart und seiner wortkargen Art von allen respektiert und geachtet worden, fast wie meine Schwestern. Er starb, wer hätte es anders erwartet, zwischen seinen geliebten Tieren. Man fand ihn morgens tot auf dem Stroh."

Sie drängte es, zum Kern der Sache vorzustoßen. „Weshalb lässt einer wie dein Vater einen Sklaven frei, was meinst du? Nicht weil er die Sklaverei verachtet, sondern um vor seinesgleichen den Gönnerhaften herauszukehren, das beruhigt das Gewissen."

„Warum so garstig?", unterbrach Abi sie verärgert, weil sie sich derart in die Brust warf und gegen das Immerwährende auflehnte.

„Weißt du wie eine fühlt, als Sklave geboren ... nebenbei mit hochgepäppelt? Ein kleines Kind erkennt die Tragweite noch nicht, das ist ein gnädiges Geschenk der Natur! Dabei ist eines eigenartig, ein Kind in Not wird von allen Mitgliedern der Gesellschaft als Herausforderung zum Guten, zur Mithilfe, zur Beseitigung widriger Lebensumstände empfunden, und mancher, auf die Gosse geworfen, wächst als Sklavenkind des eigenen Vaters in dessen Schatten dann doch heran, während man Erwachsene meist ihrem Schicksal überlässt. Aber Rührseligkeit war ja schon ewig die Ausrede der Herzlosen!"

„Ich weiß", pflichtete Abi bei, „ich könnte drei oder vier Geschwister mehr haben, das ist eine Frage der Vernunft."

Semiris widerstand nicht, ein unverdaut in ihr arbeitendes Thema anzuschneiden. „Es gibt Denker in Griechenland, wie Palamedes von Athen", eröffnete sie ihm. „Der Mann hat das Ideal einer wohleingerichteten Gesellschaft beschrieben und sagt, in jener müssten sich die Bürger von der Feldarbeit ihrer Sklaven ernähren und die Ausübung von Berufen den kleinen Leuten überlassen. Das tugendhafte Leben, das Leben eines Menschen von Rang, sollte dem Müßiggang gewidmet sein. Sklaven, Bauern und Krämer kennen kein glückliches Leben, dazu sind allein die befähigt, welche nach Belieben andere einspannen können, die für sie die Arbeit verrichten. Solche sollten sich einem hohen Ziel verschreiben."

„Ernsthaft?", entfuhr Abi bestürzt. „Das ist ja purer Hochmut."

„Doch derselbe", redete sie auf ihn ein, „sagte ebenso aus echtem Bedauern öffentlich auf der Agora, ihn widere an, wenn Armut wie eine Untugend, wie ein Gebrechen behandelt wird. Und die über die Muße zum Denken verfügen, brüsten sich, die Welt drehe sich allein um sie. Aber nur Götter vermögen ohne Sklaven auszukommen."

„Das gefällt mir", mischte sich *Decgalôr* ein. „Und wer handwerklich pfiffig ist."

„Ach, eher nicht. Palmamedes von Athen würde dir erwidern: Auch Handwerk lenkt ab vom Denken an sich. Wer sich mit dem Drumherum abgibt, versklavt seinen Geist, heißt es."

„Ja die Griechen", murmelte *Decgalôr* und grinste. „Wir verdanken ihnen immerhin die Erfindung der Tugenden, und das zeigt Wege auf, an sich zu arbeiten. Die Idee, sittliche Maßstäbe zu setzen, hat den Menschen zweifellos verfeinert, was die Lebensart anbelangt. Aber Sklaven zu halten bedeutet, sich auf anderer Schultern einen schönen Tag zu machen. Ich möchte das ein für allemal abschaffen."

Bei guten Winden passierten sie knapp zehn Tage später die Säulen des Herakles. Während sie die Westküste Gadairas hochsegelten und Weinberge vorbeizogen, fanden sich wieder einmal Semiris und Abi bei *Decgalôr* ein. Dem hatte man einen vergoldeten Sitzplatz in einem Muschelmuster unter der Kielflosse mit azurblauen Kissen ausstaffiert. Wie meistens hielt er sich hingegen aufrecht, mit der Hand das Auge abgeschirmt, gegen die blendende Sonne.

Eine zu Klippen zerrissene Küste war in Sicht gerückt und gewährte einen allerersten Blick auf den dahinter versteckten Meerbusen und die Mündung des Guadalquivir.

Längs der hügeligen Halbinsel, welche die Sicht blockierte, schälten sich allmählich die Konturen von Palästen, Hausfassaden und Gassen heraus. Dazu zahllose Türme und ein kastenförmiger Seitentrakt, von dem massig Mauern abzweigten und die sich andeutende Stadt zur Westsee hin schützten.

„Das ist das reiche Tartessos", erklärte der Atlanter. „Von hier kamen die Schiffe, die als erste die Westsee überquerten und Atlantis gründeten, die Stadt, die auf dem Reißbrett entworfen wurde."

„Was man auch von Pi-Ramesse, der türkisblauen Metropole des Pharaonenreiches behauptet."

„Manchmal schließt das eine das andere nicht aus", stieß sein Freund ärgerlich hervor, beruhigte sich aber, als Abi bereinigend nickte.

„Tartessos", sagte der Atlanter dumpf, „versuchte einst, sich aus den Fängen Byblos zu befreien. Weißt du, das alte Byblos war ewig so etwas wie die Spinne im Netz, die zur Not auch ihre Kinder frisst, und Tartessos wurde einst von einer Streitmacht, die Byblos, Beïruta und Tyros ausschickten, bis auf die Grundmauern zerstört. Es erstand nur wieder neu unter der Schirmherrschaft der Atlanter. Aber erst heute spricht man vom reichen Tartessos und seinen zahllosen Silberminen – während seiner zweiten Blüte."

Der Hafen im Schoß der Festungsanlage bot Anlegeplätze für über hundert Schiffe, doch der dichte Mastenwald verriet, so viele beherbergte der Hafen auch. Sie entschieden sich, nahe dem Fischerhafen zu ankern. Dort stank es nach altem Fisch und älterem Fisch, Seetang und Algen, aber es waren die einzigen freien Anleger.

Während sie mit *Decgalôr* durchs Hafenviertel streiften, fiel dem ein: „Übrigens war ich zugegen, beim Inspizieren vom Laderaum der ‚Zerberus'. Wir sind auf einen kleinen Schatz an Erzbarren gestoßen, auf haufenweise Kerzen und fünf Elefantenzähne. Nach meinem Bericht gehört alles dir."

Für Abi kam es total überraschend, aber dann lachte er, weil er begriff. „Na, das ist ein warmer Regen."

Auch der getreue Laban hatte sich ihnen angeschlossen und blickte Abi verdutzt an. „Abi", raunte er, langte ihm um die Schulter und zog ihn beiseite. „Ich muss oft an deinen Vater denken, du nicht? Diese Stoßzähne waren seine allerletzte Rücklage. Kehrst du nicht schleunigst heim, endet er und mit ihm deine Familie am Bettelstab."

Abi starrte ihn an wie nach einer Ohrfeige. Dann nickte er beschämt. „Hilfst du mir, das zu richten?"

Begeistert lächelte Laban, und Abi tippte sich an die Stirn. „Du könntest mir einen Bärendienst erweisen, Laban, indem du dich in der Hafenmeisterei nach dem nächsten Schiff Richtung Aschkelon erkundigst. Du genießt mein volles Vertrauen. Weihe meinen Vater und die Familie ein, ich lebe noch. Tu mir den Gefallen."

Seine Augen streiften erwartungsvoll zu dem Atlanter hinüber. „Und zuvor gilt es, das Elfenbein zu versilbern", überlegte er. „Mir ist diese Stadt fremd. Könntest du nicht ein wenig deine Fühler ausstrecken?"

„Das will ich meinen. Mir fällt der Name Aderbal ein. Der Mann ist langmähnig und ein wenig schmierig, weil er es mit dem Ölen der Haare übertreibt, aber korrekt. Er bestimmt, wer seinen Stand am Hafen aufschlägt und wer an der Kaimauer. Und er kennt von jedem Schiff den Ankunfts- und den Abfahrtstag."

Im Handumdrehen vermittelte ihnen Aderbal einen Interessenten. Der Atlanter führte ihn und Semiris dann durch eine Gasse, die man den Schweinepfad nannte, direkt zu einer Parallelstraße mit Kaufmannshäusern. Bei einem Wohnungsportal mit Blattgold an den Säulen klopfte der Atlanter.

Weil Abi ein Freund begleitete, der Eindruck hinterließ, gefiel ihr Besuch dem sonst wenig zugänglichen Herren in Brokatrobe, der in Tartessos den Daumen auf allem hatte, was sich um den Hafen drehte. Er lud sie in sein Atrium und nahm die fünf Stoßzähne, um sie stilvoll als Lampenträger in seinem Garten aufzubauen.

Bei der Vorstellung, Abis Vater demnächst gegenüber zu treten, spürte Semiris Herzklopfen. Doch ersehnte sie sich allmählich einen Hausstand und eine Heimstelle. Wie es aussah, würden sie dann mit leeren Händen dastehen. „Bist du vertrauensselig", stöhnte sie. „Laban war mir nie recht geheuer, und du bestehst darauf, ihm den ganzen Goldstaub in den Seesack zu stopfen. Meine Güte, der komplette Erlös aus dem Elfenbein! Wie konntest du nur?"

Sie fühlte sich schon immer zum Außergewöhnlichen hingezogen, zum Feingesponnenen, zu durchdacht Gestaltetem, und seine Vertrauensseligkeit regte sie auf.

Abi seufzte betrübt, weil er ihr eine Erklärung schuldete. „Ich schiebe etwas schrecklich Unangenehmes vor mir her ... muss irgendwie, irgendwann nach Babylon, sonst weiß ich nicht, ob ich jemals meinem Vater wieder in die Augen schauen kann. Außerdem möchte ich mit *Decgalôr* über die Westsee, wenigstens einmal die Stadt der Lagunen und Brücken sehen, bevor ich sterbe, und es bietet sich förmlich an, wie vom Schicksal so bestimmt für uns. Laban hat meinen Segen, und ich verspreche mir davon, dass er meinen Vater vorsichtig darauf einstimmt, demnächst von seinem verschollenen Sohn mitsamt jüngst angetrautem Weib besucht zu werden."

Zufrieden, das geregelt zu haben, machte es sich Abi mit seiner jungen Frau auf dem Vorschiff bequem. Mit Purpur und Violett behauchte Riesenquallen schimmerten unter der Wasseroberfläche und Wale, die sich in respektvoller Entfernung hielten, sprühten hier und da ihre Fontänen in die Luft, während sie bei acht bis neun Knoten gute Fahrt entlang der iberischen Küste machten. In den Tagen bei den Schwertfischern hatte Abi beeindruckende Städte gesehen und viel dazugelernt. Die Schule des Lebens hatte ihn geformt, und das wurde ihm bewusst. Die Pyramiden geisterten ihm durch den Kopf, der Eindruck unter dem Kolossos in der Meerenge hallte nach und schürte die Neugierde auf *Decgalôrs* Heimat und Tempelhochterrassen an einem tropischen Urwaldgestade, gegen die jene in Knossos ein Witz wären, wie sein Freund sich ausdrückte. Abi freute sich schon auf bunt schillernde Kolibris und grüne Papageien, die zur Landplage ausarten konnten, fielen sie in Schwärmen über die Pflanzungen her, und auf rätselhafte Meerschweinchen, dem Haustier der rothäutigen Ureinwohner dort ...

Fernweh erfüllte ihn. Betrachtete er Semiris gelöstes Lächeln, fühlte er sich geliebt und kam sich vor wie auf seiner Hochzeitsreise.

13.

Volle drei Tage begleitete sie das Gestade der Elfenbeinküste, dann kündigte ein Vulkankegel die Inseln der Glückseligen an, und sie segelten strikt gen Westen, mit dem Nahziel, die Zugkraft der Äquatorialströmung zu nutzen. Ab da flog keine Möwe mehr den Mastbaum an, und Semiris bot die Reise Gelegenheit, über die wiedergewonnene Freiheit und ihr neues Leben nachzudenken. Sie liebte Abi so wie er war, fing aber an, ihn heimlich zu beobachten. Nicht, weil sie an ihren Gefühlen zweifelte, nein, sie wollte der Wahrheit ins Auge sehen, wollte sein Wesen ergründen. Und sie entdeckte Schwächen in seinem Charakter, seine Trägheit regte sie bisweilen auf, oder die Unentschiedenheit, die ihn mitunter zu schrulligem Verhalten verführte, an dem der Verstand nicht beteiligt war. Doch diese Schwächen waren, ohne dass Abi selbst das ahnte, für sie das Typische seines Temperaments, sie vermochten ihr Herz zu rühren. Semiris zuckte sichtlich zusammen, als sich der verkappte Bildhauer der Garde bei ihnen vorstellte. Sauber rasiert wie der Prinz reckte *Fimago* zwanglos seinen bronzefarbenen athletischen Oberkörper und wies auf die Wasserscheide, wo blau wie Vergissmeinnichtblüten der warme Golfstrom vom Tintenblau der Westsee abstach. „Hier beginnt die eigentliche Passage in den Westen."

Abi gehörte zu den Menschen, die Gefühle auskosten, wenn sie sich im Aufwind wähnen. Er trug ein Lächeln zur Schau, als sei er mit sich und seinen weiteren Vorsätzen zufrieden. „Die Strömung beschreibt einen Bogen", fiel ihm auf. „Warum fahren wir nicht darüber hinweg und kürzen den Weg ab?"

„Besser nicht. Das könnte zur verfluchten Insel führen. Folgen wir der hellblauen Bahn, dauert das nicht so lange wie durch die Unwetter über einem wilden, heimtückischen Meer", erklärte *Fimago* belustigt. „Kein Vogel im Schwalbenflug nach Ägypten, kein Aal, den es zu den Laichgründen zieht, kann sich der

Richtigkeit seines Weges sicherer sein als wir. Selbst wer nie gelernt hat, sich an den Sternen zu orientieren, findet von hier zu den Hesperiden."

Wo die Elfenbeinküste und die indigoblauen Berge Mauretaniens der Sicht entschwanden, gab es nichts mehr außer dem zum Äquator ziehenden Passatwind und wogender See, genau wie vor ihnen. Wie aus Tradition schlossen sich die acht Schiffe zu einem Stern zusammen, das Einfädeln in die Strömung zu feiern. Im Kreis der Heckflossen durfte gebadet werden. Semiris und Abi planschten gut eine halbe Stunde nackt mit einigen der Garde im kristallklaren Wasser des Stromes, und Semiris war überrascht, wie wohlig warm sich das brodelnde Wasser anfühlte.

Dann fuhren sie wieder in Formation, vor ihnen glänzte die See wie aus einem untergründigen Feuer. Anfangs zogen noch Delfine mit und sorgten für Abwechslung; dann umfing sie eine an den Nerven zerrende, öde Eintönigkeit und stellte Abis Geduld auf keine geringe Probe. Es war anders, als wenn man das Mittelmeer überquerte und irgendwann die Hälfte der Strecke bewältigt wusste ... Als Ziel den Horizont zu haben, glich der Jagd nach einer Fata Morgana. Es war wie eine fliehende Oase in der Wüste, die man nie erreicht, die Westsee wollte kein Ende nehmen.

Weil von der großartig angekündigten Todesinsel lediglich ein ferner Strich am Horizont flimmerte, nörgelte Abi. „Ich habe es satt", schnaubte er, die Hände vor Unrast um die Bugreling schlagend. „Das ist, als hätte jeder längst alles Erzählenswerte zum Besten gegeben, und zu schweigen zermürbt auf Dauer erst recht."

Er sagte es so dahin, aber Semiris schnappte es begierig auf. „Orpheus beschreibt eine solche Szene. Es ist, als wäre unser Lebensfaden schon gekappt und wir wissen das noch nicht. Stellt euch vor, außer dem Schiff gibt es nichts mehr als die Menschen und Dinge, auf die man sich ganz genau besinnen kann."

Decgalôr zog erschauernd den Nacken ein. „Woher nimmt der Grieche so bedrückende Gedankengänge?"

Ein leises Beben seiner Mundwinkel verriet, dass Abi diese gediegenen Ansichten über den Tod eher erheiterten. Wir leben weiter in unseren Kindern, pflegte sein Vater solche Hirngespinste mittels des gesunden Menschenverstandes zu entkernen. Abi empfand es wie Liebäugelei mit dem Jenseits und somit lächerlich und überflüssig. Wenn ihm Semiris Gesicht durch die Blume andeutete, sie stufe ihn in der Hinsicht oberflächlich ein, bot ihm das noch keinen Anlass, sich die nächste Nacht schlaflos darüber im Bett zu wälzen.

Decgalôr spürte seine unterdrückten Vorbehalte und lud die beiden schlichtend ein, ihm zur Kielflosse zu folgen. Dort ließ er sich gegen seine Art wie ein nasser Sack auf seinen Muschelplatz sinken, deutete schmunzelnd auf die Silberschale voll Apfelsinen in Reichweite und streckte die nackten Füße in Richtung Baldachin, um den Faden wie ein Geschichtenerzähler wieder aufzunehmen: „Wie muss das für *Attalas* gewesen sein, zum ersten Mal die Westsee zu überqueren? Und wie muss es die Menschen bewegt haben, von einer neuen Welt zu hören? Es heißt, er leitete die Epoche der Seefahrer ein."

Unglaublich, dachte Semiris, wie er in solchen Dingen schwelgen konnte, und pellte konzentriert eine Apfelsine ab. Sie hielt dem Atlanter ein saftiges Stück unter die Nase und war drauf und dran, ihn an das verlassene Thema zu erinnern, hütete sich aber, seinen Monolog abzuwürgen, denn das hätte ihn verstimmt. Seine Wangen glühten und verrieten, Satz für Satz mochte wohl angelesen sein, hatte ihn aber selbst einmal sehr berührt.

„Wenn wir heute als maßgeblich in der Seefahrt gelten", enthüllte er ihnen, „verdanken wir das in erster Linie zwei ruhelosen Geistern. Byblos hieß damals noch Gubla, war aber schon im ganzen Mittelmeerraum berühmt als Zedernholzlieferant und mauserte sich gerade zur Stadt, da fand ein schmalbrüstiger Werftarbeiter ein neues Konzept für den Schiffbau. Beflügelt von visionären Träumen sprengte *Euamon* alle Maßstäbe und reformierte mit einem frühen Vorläufer des Dreideckruderers die Seefahrt, denn das erschloss die Fahrt aufs offene Meer. Um der Fuchtel der Pharaonen zu entrinnen, wagte er sich mit einer Handvoll verwegener Männer vor bis an die Westsee. Das waren die Gründungsväter von Tartessos. Später überrundete es seine Mutterstadt und strebte nach Unabhängigkeit. Und ein anderer großer Mann, nämlich *Attalas* der Seefahrer, führte den Bruch mit der Mutterstadt herbei, weil die Schatzkammer von Byblos mit dem abtrünnigen Ableger eine wichtige Steuerquelle verlor. Im Gegenzug antworteten Byblos, Beïruta und Tyros mit einem Flottenaufgebot. Bei den Säulen des Herakles entlud sich der Hader in einer Seeschlacht. *Attalas* bescherte es eine vernichtende Niederlage. Was blieb ihm, als sein Volk auf die letzten verbliebenen Schiffe zu verstauen und über die Westsee zu fliehen?"

Er schnitt die Geschichte früher schon mal an, aber diesmal wurde er ausführlich. „Leider habe ich keine Seekarte zur Hand", bedauerte er. „Sonst könnte ich euch zeigen, dass man einen schnurgeraden Strich über die Westsee ziehen kann, von Tartessos bis zu den Hesperiden. Darum liegt Atlantis vor der Flussmündung des dahinter beginnenden Festlandes. Ein Plan wurde zuvor entworfen und auf einer Lagunenbucht in die Tat umgesetzt, mit der Idee, den Hafen zum logistischen Zentrum der Stadt zu erheben. Drei neunzig Schritt breite Kanäle umgürten die Wohnbezirke, einer enger als der andere. Im Außenkreis reihen sich rundum die Bootshäuser und Werften sowie Arsenale und Lagerhallen, bestückt mit Lastkränen, weil dort der Überseehandel abgefertigt wird, aber es gibt drei solcher Kanäle. Die Königin der Westsee ist strukturiert wie ein Spinnennetz – im Zentrum der von einer bunten Ringmauer umschürzte Garten des Poseidon, mit dem Tempelkomplex, unserem Allerheiligsten."

Keine Stunde danach tauchte in den Nebeln der Ferne eine bergige Insel aus dem Blau auf. Sie umsegelten die Hesperiden, und der zweiundvierzigste Tag auf See klang allmählich aus, da nahte die Festlandküste. Im Hintergrund reckte sich der Gipfel des Atlas in die Wolken. Über den Regenwaldrücken seiner Vorberge verstreut stapelten sich kalkweiße Terrassen und Rampen um die Himmelstreppe, wo Priesterinnen das Heilige Feuer hüteten. Die eigentliche Stadt erstreckte sich brütend unter einer Dunsthaube im Kreis ihrer Seemauer über die halbe Meeresbucht. Unmengen korallenroter Dächer und Firste, mit Golddräten überspannt, blitzten dahinter vor, und eine der Neustadt entspringende Palmenallee führte als langer Damm über drei Brücken zum Tempel des Poseidon.

„In Atlantis", bemerkte *Fimago* spitzfindig, „kann man sich nicht verlaufen. Dabei dürfte es von der Fläche her an Babylon heranreichen."

Um in den Schoß des öffentlich zugängigen, inneren Hafenkreises vorzudringen, mussten die Segel gestrichen und die Masten gekippt werden, dann passierten sie das große Wassertor mit der Sperrkette und sahen wenig von der Zone, die dem Überseehandel vorbehalten blieb, weil sie gleich wieder Schatten umfing und sie unter eine elegante Brücke mit Steingeländer hindurchruderten. Endlich rasselte die Ankerkette, über ein ausgelegtes Brett wechselten sie hinüber auf die breite Steintreppe, die hinter den Säulenring führte.

In der Kühle des Säulenganges reihten sich die mobilen Händler, jeder lud ein zum Verweilen. Verschiedene Figuren aus Gold, farbenfrohe Trachten und raffiniert aus Papageienfedern zusammengeklebte Paradiesvogelschwänze funkelten in sattem Kaffeebraun und zartem Gelb. Prächtige rubinrote Federfächer wurden animierend vor ihnen entfaltet, und die Reihe der Stände setzte sich fort, aber *Decgalôr* schob vor, sie wollten ja die Stadt besichtigen und nicht deren Basar.

Semiris halbes Leben spielte sich nahe Knossos ab, sie kannte immerhin den Palast des Phaistros, doch Atlantis fand sie überwältigend. Nie zuvor sah sie dermaßen wuchtige Quadern wie die des Sonnentempels, die sich nahtlos aneinanderfügten zu einer Pyramide, steiler als in Ägypten üblich, welche alle Bauten im zweiten Wohnkreis überragte. Bunte Säulen flankierten die von Leben erfüllten Straßen, in deren Schatten tummelten sich auf Fresken Tiere wie Vogel, Schlange und Jaguar.

„Schön", sagte Semiris ernst. „Aber wir waren furchtbar lange auf See, mir schwanken die Beine, als wären wir in ein Erdbeben geraten. Ich möchte mich endlich ausstrecken und mir wenigstens kurz nach Herzenslust die Füße reiben."

Ihre Offenheit war entwaffnend, aber der Atlanter wusste, was er wollte. „Meine Cousine hat sich in den Kopf gesetzt, eine Geweihte des Tempels zu werden. Gewöhnlich verbringt sie den Nachmittag auf der Terrasse der Novizinnen, und ich muss vor dem Phöbos zu ihr, unbedingt."

Natürlich behielt er bis zuletzt für sich, sie würden dafür ein Drittel der Himmelstreppe bewältigen müssen, immerhin zweihundert Stufen. Semiris, von Abi mit einem flehenden Blick bedacht, fügte sich mit versteinerter Miene, während er sie auf die zur Neustadt verlaufende Palmenallee lotste. Anstelle des ersehnten Nachtlagers wies er ihnen stolz die Landschaft um die Neustadt, ein Gemälde von Götterhand. Zur Rechten ragte die Sierra mit ihren Eisfeldern und schneeigen Gipfeln vor tiefblauem Himmel empor; zur Linken fielen mit hartem Gras und Büschen bestandene Hügel, blühende Gärten und Obstpflanzungen sanft zur Stadt hin ab. Eine feierliche Treppe, angelegt wie ein halb entfalteter Fächer, führte dazwischen steil bergauf bis in die dünne, Schwindel erregende Luft der Gipfelregion.

Semiris war froh, die erste Terrasse dann geschafft zu haben. Viel fehlte nicht und ihr wären die Knie eingeknickt. Sie fühlte einen stechenden Schmerz in der Seite, hatte eine trockene Kehle und einen trockenen Mund und schöpfte mit rasselnder Lunge Atem. Neben der Plattform plätscherte unter Orchideenbüschen glitzernd helles Wasser von Becken zu Becken. Sie erhaschte keuchend einen Ausblick auf die Strohdächer der am Stadtrand lebenden Ureinwohner, die sich zu ockerfarbenen Mauern und steinernen Tempeln am Wiesenfuß des Berges erhoben, wo träge Lamas und Alpakas weideten.

Ein Palast aus rosa Granit beherrschte den Platz. „Das Schwesternhaus", bemerkte der Atlanter, und rechter Hand zeigten mehrere aus dem Abgrund aufsteigende Dampfsäulen die heißen Quellen der Leto an, aber auch die riesige Weite des Landes, zuerst grün, weiter weg bläulich und im Hintergrund, wo es mit dem Himmel verschmolz, grau.

Der Atlanter deutete nach links, und Semiris folgte Abi in die erste Halle, die mit großen Steinplatten ausgelegt war. Durch in den Felsen gehauene Fenster strömten Fluten von Sonnenlicht in den Raum, und es verschlug ihr den Atem. Die Wand gegenüber schien aus reinem Gold, ein Künstler hatte Lamas, Hirsche und Vögel hinein modelliert, und etliche Mädchen in blütenweißen Trachten, eben noch munter miteinander plappernd, hoben ernüchtert die Köpfe.

„Tamen", entfuhr es dem Atlanter freudig, und eine durch ambrafarbene Haut und glänzend schwarzes Haar unter den weißhäutigen Schwestern auffällige Frau sah sie an. Feingliedrig wirkte sie mit ihren kleinen Händen, die wie Taubenflügel flatterten. Ein wenig schüchtern hob sie den Kopf, doch so, als müssten sie sich gut kennen. „Du suchst *Aqphis*?"

Sie winkte ihnen zu folgen und schritt mit anmutig gewiegten Hüften voran auf der hohen Terrasse, als wäre die ganz in der Nähe, doch hielt sie an der bemooste Mauerbrüstung an, weil sie einfach einen zu forschen Schritt an den Tag legte. Bewegt von der Aussicht dort schweiften Semiris' Augen über das Land. Schwerer Duft beengte ihre Brust, ein unwahrscheinlich großer, tiefroter Schmetterling umflatterte einige Male ihren Kopf und taumelte in den Urwaldschatten, zu einer Astgabel, in der etliche Orchideen wuchsen, blau und gelb, mit züngelnden Blütenblättern und einem scharlachfarbenen Kelch.

Tamen führte sie zu einem Gehege, wo winzige Affen kreischten. Überall waren Vögel, kleine grüne Papageien, bunte Aras, Turteltauben und Kolibris, doch *Decgalôrs* Cousine trafen sie nicht an. Hier gab es auch Stechapfel, Papageienblumen und riesige Sträucher von Kantuta. Die Kantuta sind kleine violette Glöckchen, die in Büschen zu dritt oder viert an einem Stiel sitzen, und er erklärte ihnen, „das ist die heilige Blume der Eingeborenen."

Tief atmete Abi die Luft der nahen Gipfel ein, und während Semiris sich erschöpft auf eine Bank sinken ließ und um Atem rang, während sie sich die schmerzenden Füße rieb und knetete und die Eindrücke noch verdaute, fragte sie sich plötzlich, ob man die fast rothäutigen Eingeborenen dieses Landes gleichrangig wie die Weißen behandelte. „Warum bist du die einzige Einheimische unter den Schwestern?"

Zu dieser Stunde hüllte ein letzter, durch die Kimme der Berggipfel fallender Lichtkegel die spitz das Urwalddach durchstoßenden Strohdächer in feurige Abendglut, und Tamen nahm plötzlich kein Blatt mehr vor den Mund, weil sie unter einem dieser Strohdächer aufwuchs. „Mich akzeptierte man, weil ich ein Halbblut bin, aber ich muss damit leben, kein Weißer darf uns die poseïdische Schrift lehren."

Sie deutete mit dem Kinn auf *Decgalôr*. „Und er findet das auch noch richtig."

Decgalôr sog scharf über die Zähne Atem ein, und sie lächelte gleich wieder Semiris zu. „Du musst zugeben, ich spreche das Poseïdische ohne Akzent, genau wie ein Weißer. Dennoch wuchs ich in einer Hütte aus Lehm, Steinen, Grasbüscheln und Stroh auf. Wie alle Kinder half ich bei der Ernte, schälte Maiskolben aus ihren Blätterhüllen, palte die Körner aus und verlas sie. Danach kamen Kartoffeln, Quinoa, Erbsen und Bohnen, und ich sammelte die Blumen, mit denen wir die Wolle färben. Dass mein Erzeuger ein Weißer gewesen sein muss, konnte ich aufgrund meiner Züge schwerlich leugen, aber man sah darüber hinweg. Mein Volk ist da weniger tolerant. Kein Fremder darf im Dorf einen Hausstand gründen. Nicht der Weiße, nein, der rote Mann sagt, wir sind alle Haare von einem Kopf, Blutsverwandte kraft unserer Wurzeln, und wehe dem oder der, die anders ist! Bei der Schwesternschaft des Inloh-Tempels sind andere Dinge wichtig, und ich weiß, weshalb ich beschloss, mich in die götterlose Religion des Tempels zu vertiefen. Nur leider bin ich dank meiner Herkunft, die unabänderlich ist wie schiefe Füße, auf die Khipu angewiesen, jene Schnüre mit Knoten, in verschiedenen Längen und Farben, die uns als Gedächtnishilfe dienen. Es wurmt mich, nicht schreiben zu können. Man enthält uns ein unschätzbares Ausdrucksmittel des Denkens vor."

„Wer Einheimische in der Schrift unterrichtet, dem winkt ein früher Lebensabend auf den Inseln der Verdammten", rechtfertigte sich *Decgalôr*. „Das ist seit der Gründung von Atlantis so. Keiner vermag daran zu rütteln."

„Ich beklage mich ja gar nicht", warf sie ihm aus scheuen Augen zu, um sich gleich wieder Semiris zuzuwenden. „Früher bestand dieses Land nur aus Wäldern und Buschwerk. Die Eingeborenen, die es bevölkerten, gingen nackt oder mit Tierhäuten bedeckt und wohnten in Höhlen, ohne Götter oder eine sittliche Ordnung. Sie lebten in Angst und Schrecken vor den olmekischen Kriegern, denn die sind so blutrünstig und kampflustig, dass keiner unseres Volkes sich je über den großen Fluss hinaus gewagt hätte, bis die Atlanter kamen. Und was sie brachten, war kein Joch, sondern ein besseres Leben. Es ist eben nur das ..."

Abi fiel die Rankenverkleidung der abschüssigen Bergwand ins Auge sowie Büschel von dürren feuerroten Schoten. Es raschelte, als er sich ein Büschel von den Ranken rupfte, dann eine Schote auspulte. Und der Atlanter beobachtete ihn.

Abi sah ihn fragend an. „Was ist das?"

„Uchu", sagte der Atlanter, das klang nach Essbarem. Abi biss ab, da prickelte es köstlich auf dem Gaumen, doch dermaßen scharf, dass er eine Grimasse zog und der Atlanter schmunzelte.

„Das ist Pfeffer", stammelte Abi atemlos, denn es brannte im Mund wie Feuer.

„Morgen bringe ich dich zum Markt der Eingeborenen", versprach der Atlanter eingedenk der unaufhaltsam fortschreitenden Dämmerung.

Die Stufen waren niedrig, sodass der Abstieg von der Himmelstreppe ungewollt etwas Majestätisches bekam. Aus den kleinen grünen Tälern ringsum perlten Vogellaute. Das rosige Himmelslicht schimmerte auf den schneeigen Gipfeln, und Semiris konnte sich kaum lösen von der göttlichen Aussicht auf die kreisrunde Metropolis der Westsee und die blau marmorierte Lagunenbucht. Im Gras am Fuß der Treppe entdeckte sie eine rote Wolltroddel, wie man sie den Lamas um die Stirn band zum Schutz vor bösen Geistern, und steckte sie wie ein Geschenk ein. Es dämmerte schon, als ihr klar wurde, er hatte sie zum Palast des Phöbos geführt. Steinsphingen bewachten das Portal.

„Du willst uns doch nicht etwa bis in den Thronsaal mitnehmen?", folgerte Abi und stand auf der Stelle still. „Nein, sage ich. Später meinetwegen. Semiris soll sich endlich hinlegen können. Und wie sehen wir aus? Dein Vater muss mich ja für einen Bärentöter halten. So trete ich doch nicht vor den Mann, der die Fäden der Weltgeschichte in den Händen hält."

Decgalôr schmetterte den Einwand ab wie eine Ausflucht. „Du kennst den Phöbos ja noch gar nicht."

Ohne anzuklopfen verweilte seine nach dem Klopfring gestreckte Hand, während über das von Palmen beschattete Pflaster Schritte nahten. Eine junge Frau mit zartbesaiteten Zügen und einem sinnlichen Mund schlenderte des Weges. Sie gehörte zu den Beneidenswerten, bei denen sich Schminke erübrigte und wirkte in ihrer einseitig geschulterten, blütenweißen Priestertracht wie eine Götterbotin.

Der Prinz schien erleichtert. „Werte *Aqphis*, das nenne ich Schicksal", entfuhr ihm begeistert. „Komm, erzähl mal, ist die Stimmung für oder gegen mich?"

„Bei *Algasànder* ... oder wem?"

„Beim Phöbos", kürzte er das Hin und Her ab. „Ich hätte vor einem halben Jahr zur Stelle sein müssen. Aber wie das Leben so spielt."

So wurden sie zunächst von *Decgalôrs* Cousine in deren Kammer gebeten. Diese Kammer wies vertäfelte Wände auf, eine Holzbank, ein Paar Korbstühle und einen Tabernakel. Über dem Kopfende eines Bambusbettes baumelte ein Traumfänger voller schillernder Kolibrifedern. Von einem filigrangeschnitzten Elfenbeintischchen her hing die Aura eines Duftholzes in der auch hier noch heißen Luft, oder es war auf die knospenreiche Orchideenranke zurückzuführen, die eine lilienförmige blaue Glasvase schmückte. Alles zusammen vermittelte eine mädchenhafte Wohnlichkeit, und neben dem Fenstervorhang aus blauen Glasperlen lud eine Silberschale mit Wasser ein, sich zu erfrischen.

Decgalôr bemerkte leise: „Ich dachte, du lebst schon seit einem halben Jahr im heiligen Bezirk."

„Nicht, bevor ich vor der Heiligen Mutter mein Gelübde abgelegt habe."

Erst jetzt musterte sie ihren Cousin eingehender. „Die Reise in die Sudische See hat dein Äußeres schneidig verändert. Du siehst aus wie einer der syrischen Seeleute, die man mitunter im Hafenkreis antrifft."

Gleichgültig zuckte *Decgalôr* die Achseln. „Wann legst du dein Gelübde ab?"

„In genau sechs Tagen beginnt der Mond des Fastens. Dann wird mich für dreißig Tage niemand mehr hier zu sehen bekommen."

„Verstehe."

Sie nickte bekräftigend. „Ist das vollbracht bin ich eine Hohepriesterin. Der Phöbos und die Heilige Mutter erwägen, mich nach Sardes zu schicken, und ich freue mich darauf. Wie die Heilige Mutter werde ich sein. Stadtfürsten werden meinen Rat suchen. Ich werde das Gute verkörpern und die Streitigkeiten der Großen schlichten."

„Nach Sardes? Um Streit zu schlichten? Zwischen welchen Städten? Dort herrscht doch seit einem Menschenalter Frieden ohne einen einzigen Zwischenfall."

Decgalôr schüttelte den Kopf darüber, was man einer fähigen Geweihten anbieten wollte und berichtete ihr, was ihm alles widerfahren war.

„Einen Tiger wolltest du ihm mitbringen?", wiederholte die hübsche Frau mit dem offenen goldblonden Haar. „Nicht unbedingt passend für den Greis, der er nun einmal ist."

Decgalôr erzählte ihr von seiner Zeit bei den Schwertfischern und was er bereits auf die Beine gestellt hatte. Er schloss mit den Worten: „Daher ist es an der Zeit, die Macht des Sperrturms zum Schutz der Seefahrt einzusetzen und zwar in der Ägäis. Mir schwebt ein Inloh-Tempel auf Thera vor. Ich wüsste einen schönen Fleck, an einem Hang mit Pinien. Damit wäre im Osten auch eine Schiedsstelle zu besetzen. Wenn das, was ich zu erreichen hoffe, weiterhin unter einem guten Stern steht, könnte ich deinen Urteilen vom Turm aus Nachdruck verleihen."

Seine Cousine stutzte für einen Wimpernschlag, bevor sie Worte fand. „Du hast dich nicht verändert. Immer neue Visionen treiben dich. So bist du, seit wir laufen können."

„Das will ich meinen", sagte er und blickte sie doch eher verletzt an, während er sich erhob, um nun dem Phöbos zu begegnen. „Bislang ist mir eine Staffel unterstellt, aber wenn ich den Besuch bei *Algasànder* hinter mir habe, wird *Dëialis* mit mir zufrieden sein. Wer weiß, ob er mir nicht das Kommando über einen der drei Verbände vom Turm überträgt."

„Eines versprich mir", sagte sie leise, „bevor du noch mehr bewegst, gehe nach Delphi, befrage das Orakel der Pythia."

Abi störte wenig, wenn alle ihn und Semiris stumm zur Kenntnis nahmen, ohne ein Wort an sie zu verlieren, und ihr erging es ähnlich. Zu reden zählte zu *Decgalôrs* Stärken, und der brauchte bislang niemanden, der ihn mit Argumenten unterstützte. Er fühlte sich zu Hause und schleuste sie durch den zentralen Marmorflur des Palastes, in dem brennende Ölschalen flackerten. Zu einer schweren, blank polierten Eichentür, die jedem ungebetenen Besucher Respekt einflößte. Davor wachten ein Jaguar und ein Puma mit smaragdbesetzten, goldenen Halsbändern. Sie knurrten beim Nahen der ihnen fremden Personen. Der Atlanter stieß eine Art Pfeifen aus, und sie verstummten. In dem sich öffnenden Saal, ebenfalls aus blauem Marmor, fanden zur Regenzeit Festlichkeiten und Tänze statt. Zwölf bauchige Säulen im Blattgoldmantel trugen eine feingeschnitzte Decke aus Elfenbein. Der Phöbos, ein Greis mit schlohweißen Locken, thronte auf einer goldenen Muschel, bartlos wie die meisten seines Volkes. Seine Augen funkelten vergnügt, da der vermisste Enkel in einem Leopoardenfell aufwartete. Die Vorstellung, beinahe mit einem Tiger überrascht worden zu sein, amüsierte ihn, und die Initiative, welche sein Enkel vom Turm aus entwickelt hatte, imponierte ihm. „Weißt du, ich kam mir immer vor wie ein machtloser Bäcker, dem keiner Mehl gibt", bemerkte er andächtig, „so oft mir etwas von kapernden Schwertfischern zu Ohren kam."

„Ja", sagte *Decgalôr* und hätte ihn unterbrechen wollen, doch der alte Mann machte eine wegwischende Geste und fügte mit generöser Stimmlage bei: „Fürchtest du, ich könnte deinen Zwillingsbruder *Scegalos* in Erwägung ziehen anstatt dich? Den Heißsporn können wir wohl besser für die Handgemenge gebrauchen. Oder deinen Vater? Was denkst du wohl, warum ich ihm nicht längst den Thron überließ? Er treibt sich momentan im Hethiterland herum, hörte ich … natürlich allein, ohne jeden Begleiter."

„Warum?"

„Er will den Mitanni helfen, in ihrem Freiheitskampf gegen die Hethiter, und ich wollte ihm keine Truppen bewilligen. Schließlich sind wir neutral, und das muss so bleiben. Schade, er taugt nicht für den Thron. Aber zum Glück sind jetzt meine Enkel so weit. *Agenor* ist ungewöhnlich sprachbegabt, aber manchmal hochfahrend, unbeherrscht. Nur *Ekarus* hätte das Zeug, irgendwann meine Stelle einzunehmen und Phöbos zu werden. Und du wirst *Dëialis* folgen und einmal die Flotten befehlen, würde ich sagen."

Der Phöbos sprach es aus wie ein Urteil und nickte bekräftigend. „Und wenn der Handel wieder sicher ist, was wäre dein nächstes Ziel?"

„Wenn der Überseehandel wieder sicher ist?", wiederholte der Prinz und zauderte, es auszusprechen, um sich nicht noch alles zu verderben. „Dann werde ich beim nächsten Treffen der Könige dafür plädieren, einen Inloh-Tempel auf Thera zu gründen. Das liegt auf Kreta und wäre ideal für ein Atlantisches Kulturzentrum im östlichen Mittelmeerraum. Vielleicht erinnerst du dich bei der Gelegenheit an deine Nichte *Aqphis*."

„Sie … als Hohepriesterin? Um die Schiedsstelle zu besetzen?"

„Das will ich meinen. Sie hat Ideen, so wie ich. Sie ist meine Seelenverwandte in unserer Familie. Wir könnten uns prächtig ergänzen."

„Belehre mich, was für Kriege gab es im letzten Menschenalter im östlichen Mittelmeerraum", forderte ihn der Greis auf, und *Decgalôr* überlegte nicht lange.

„In die meisten Querelen waren die Hatti verwickelt. Es gab drei heftige Kriege zwischen Ägypten und Hatti. Ich muss dabei an die Schlacht von Kadesch denken. Kürzlich besuchte ich den neuen Osiris-Tempel zu Abydos. Das Großartigste an Architektur, was ich seit Langem sah! Doch die vielen Wandmalereien mit den Szenen aus der Schlacht um Kadesch präsentieren Ramses in Siegerpose, Leichen von Hatti vor sich her wälzend, ganz so, als hätte das Pharaonenreich das Treffen gewonnen."

Der Phöbos war beeindruckt. „Gut, also die Ägypter und die Hatti?"

„So einfach ist das nicht. Da sind noch die Kupferbergwerke auf der Sinaihalbinsel: ein ewiger Zankapfel. Um die geht es."

„Was weißt du über den Unruheherd Mitanni-Reich? Dein Vater treibt sich seit einem Jahr dort herum, als wäre er noch keine Vierzig und bräuchte niemals vernünftig zu werden."

„Das Mitanni-Reich klingt gut", belehrte ihn sein Enkel. „Für die Hatti ist es der Aufstand einer Volksgruppe, die sich schlecht behandelt fühlt, mehr eher nicht. Den Hatti müsste beizeiten auf die Finger geklopft werden. Sie lieben den Krieg wie die Assyrer und haben in früherer Zeit Babylon überfallen. Und sie rühmen sich, Schmelzöfen zu bauen, die groß genug wären, Eisenerz zu verarbeiten. Das ist gefährlich. Es würde unseren Schwertern den Nimbus der Einzigartigkeit nehmen, und das ist notwendig für die Autorität. Wenn wir uns künftig in die Weltpolitik am Mittelmeer einmischen, sollten wir von Anfang an überlegen und selbstbewusst auftreten. Das spart unnötiges Blutvergießen."

„Du suchst nach Weisheit", bemerkte sein Großvater anerkennend. „Denn das nenne ich weise. Es gefällt mir, so einen wachen Kopf zum Enkel zu haben. Und weißt du noch mehr zu dem, was momentan die Welt bewegt?"

Sein Enkel lachte, weil er es leicht fand, mit dem Alten zu reden. Auch sie waren seelenverwandt, genauso wie etwas ihn mit seiner Cousine *Aqphis* verband, um das bloß sie beide wussten. „Es brennt manchmal zwischen Ägypten und den Nubiern von Kusch", sagte er. „Ich vermute mal, Ophir ist der Kriegstreiber und unterstützt die Nubier. Und da ist die Stadt, die man die Perle im Dschungel nennt: Beli, mit seinen kriegerischen Rakshana. Punktum, wenn Schwarzhäutige angreifen, fällt keine Truppe in der Masse auf, einer sieht wie der andere aus. Aber ich weiß eines gewiss: Ophir will die Vereinigung mit Nubien, und es ist das reichste Land der Welt, so wie wir für uns den Ruf beanspruchen, das Land der Wissenschaft genannt zu werden."

Plötzlich hob der alte Mann das Kinn, als sei noch etwas zu regeln. „Ist schon gut, mein Junge, was du willst, gefällt mir. Darum lasst mich nun allein. Es drängt mich, meinem Sohn im Turm eine Nachricht zu schreiben, auf dass er weiß, in welchen Händen ich die Zukunft wissen möchte."

Es war viel mehr, als *Decgalôr* zu hoffen gewagt hätte. Seine Augen waren feucht, als er dem Jaguar vor der Saaltür wie einem alten Freund den Nacken tätschelte und aus dessen Brust ein behagliches Schnurren antwortete. „Jetzt hat meine Stunde geschlagen", sagte er leise.

Abi spürte, sein Freund war zufrieden mit sich, zumal er eigenhändig den Papyrus mit den Worten des Phöbos dem Herrn aller Flotten überbringen würde.

Das Quartier, das sie hier bezogen, schmückte ein kunterbunter Wandteppich, und abgesehen von einer Goldvase entbehrte es jegliches Mobiliar, auch wenn es nicht an Schlafdecken aus feiner Wolle fehlte oder an einem Bronzespiegel. Beeindruckender waren die Bilder auf den breiten Straßen. Vornean die stolzen hellbraunen Lasttiere, deren Mäuler ständig kauten, und auch die unbeschwerten Menschen faszinierten Semiris, die allesamt eine fröhliche Miene auszeichnete, ganz so, als hätten diese Leute kaum Sorgen. Als sich erneut die Himmelstreppe anbahnte, saß zum Beispiel auf deren unterster Stufe ein schmächtiger Hirte in einem bunten Poncho, zur Kopfbedeckung eine spitze Kappe mit Ohrenklappen. Er spielte auf seiner Quena, der volltönenden Flöte der Lamahirten eine einfache, traurige Melodie, die seine Lamas kannten, denn sie trotteten zu ihm hin und sahen ihn aus kluger Zuneigung an. Seinem Lieblingstier, dessen Kopf ein Hut wie ein umgestürzter, mit Blumen und Zweigen verzierter Korb deckte, legte er seinen Arm um den Hals, als sei es ein Freund.

Da Abi *Decgalôr* wegen der Pfefferschoten in den Ohren lag, hieß es, ein weiteres Mal die Himmelstreppe in Angriff zu nehmen, die geradewegs in die Region der Gipfel und Wolken zu führen schien. Von der Schwesternterrasse mit dem erhebenden Ausblick auf Stadt und Meer wand sich ein dünnes Band von Pfad um die linker Hand beginnenden Steilwände des Atlas. Der Pfad führte über eine schmale Brücke, deren Planken glitschig von dem Wasser war, das sich hier von hoch oben in ein silbernes Flussband ergoss. Hinter einem Holzrahmen öffnete sich eine versteckte Grotte, in der hallend Tropfen von der Decke kleoksten.

Diese Grotte nahmen unzählige einheimische Händler in Beschlag. Die an der Armutsgrenze lebende Masse des Volkes holte sich zur Haushaltsgründung das erste Paar Meerschweinchen aus dieser Tropfsteinhöhle, und in für sie angelegten Gruben wimmelte es von denen. Oder man deckte sich hier ungeachtet des Hafenmarktes mit Gemüse, Bohnen, Salz und Maismehl ein, alles in Kürbisschalen, die dem gemeinen Mann als Geschirr dienten. Zudem bot sich in einer sonnigen Nische ein Korb, randvoll mit Pfefferschoten gefüllt, und eine Schar Kinder half dann zuvorkommend, körbeweise roten Pfeffer zum Hafen zu befördern, insofern lohnte sich für Abi die weite Reise.

Semiris war enttäuscht, da *Decgalôr* schon nach einer knappen Woche Unrast plagte. Ganz bewusst gestaltete er den Besuch in der Heimat so, dass er mit Abi und Semiris erst zum Schluss seinen vierten und schwierigsten Freund aufsuchte, als ob er schon so eine Ahnung hatte, wie leicht der ihm seine kühnen Pläne vermiesen könnte. Dessen Reich war der Kasernenblock, und Abi spürte auf den ersten Blick, dieser Mann köchelte sein eigenes Süpplein. *Qado* leitete die Sicherheitskräfte, im Volksmund bekannt unter dem Namen: Schwarze Miliz. Es wunderte Abi daher nicht, dass er einen schwarzen Talar trug. Ein mit eisernen Katzenohren verzierter Helm wirkte wie ein Fremdkörper neben dem kleinen Fässchen, in dem die angespitzte Gänsefeder steckte; dem Schreibpult wohnte etwas Verstörtes, unaufgeräumtes inne. Das streng nach hinten gekämmte, grau emaillierte Haar betonte sein hohlwangiges Gesicht. In den Augen lauerte etwas Feindseliges, als wolle er Abi vor einem Blickkontakt warnen. Ohne groß Beifall zu verschenken hörte er *Decgalôr* zu und erwiderte: „Um zu verhindern, dass keine Schwertfischer mehr die Ägäis unsicher machen, müssten in jeder größeren Seestadt Stützpunkte entstehen. So etwas wie eine Hafenwacht. Der Turm an der Meerenge ist zu abgelegen, um rechtzeitig reagieren zu können."

„Ach ja", sagte *Decgalôr* verärgert. „Also du müsstest her, um in der Ägäis für Ordnung zu sorgen?"

„Bleib gelassen", riet ihm *Qado*. „Und denke gründlich darüber nach."

„Ich denke, ich werde darüber noch Schlaf finden. Nein, es kommt darauf an, die geheime Durchfahrt im Auge zu behalten und nacheinander ihre Umschlagplätze auszunehmen: Ich meine Nawbis vor der Hethiterküste oder den Schwarzmarkt in der Felsfestung Pitussu. Danach werden sich die Banden in der Sudischen See andere Raubgründe suchen ... oder im Nebelmeer."

14.

Nach ihrem Aufenthalt in der Metropole orientierte sich Abi an der Zeitrechnung der Atlanter, und auch während der Rückfahrt nutzten sie die Zugkraft der warmen Meeresströmung. Diese Passage währte achtunddreißig Tage. Gemäß der Chronik von Atlantis schrieb man das Jahr 816 nach der Stadtgründung, den 3. Tag im Monat Ekor, als sie sich von der Golfströmung entfernten und Tartessos ansteuerten. Vor den Dachterrassen der miteinander verschachtelten Gebäude schimmerte blaues Wasser und deutete eine verborgene Meeresbucht an. Rechts davon stiegen die genutzten und bebauten Hügel an. Links der Felskerbe erstreckten sich flache Äcker, Felder und Baumgruppen, und *Decgalôr* stieß Abi sacht mit dem Ellbogen an, um ihn auf die monumentale Bronzestatue des *Atlas* aufmerksam zu machen, die sich über der Hafeneinfahrt von Tartessos erhob, die Erdkugel geschultert und in gebeugter Haltung,. „Der Bursche ermahnt mich, mir der Verantwortung bewusst zu sein, welche den Herrschern des Westens aufgebürdet ist. So oft die Küste naht, fällt mir der Sperrturm ein – unser westlichstes Bollwerk und unsere Basis."

Das Standbild, das breitbeinig die Hafeneinfahrt bewachte, beflügelte *Decgalôrs* Geist, das merkte man ihm an. „Wir haben zwei Großreiche rund um das östliche Mittelmeer, Ägypten und Hatti", erklärte *Decgalôr*. „Und wir werden vom Turm aus mit unseren Flottenverbänden über sie kommen, sollte sie nach Krieg gelüsten. Sie werden vor uns zittern, als wären wir ihre vom Himmel gestiegenen Götter."

„Du hast so viel vor", bemerkte Semiris lächelnd. „Einen Schritt nach dem anderen."

Er ließ sich von ihr etwas sagen, denn an Abi und Semiris hatte er etwas gefunden, das er für die Unbeschwertheit seines Auftretens brauchte wie die Luft zum Atmen. Die beiden machten ihn auf unerklärliche Weise kraftvoll, stärkten seine Seele, weil sie tiefere Gedanken und viel gemeinsame Vergangenheit verband, an die kein Erlebnis sonst heranreichte. Abi nahm es ihm nicht einmal übel, als er anordnete: „Wir werden Unmengen an Wasserfässern im Laderaum zu verstauen haben, aber bitte, sieh von langen Spaziergängen ins Hafenviertel ab. Ich will zum Turm ... *Dëialis* wird die Spucke wegbleiben."

Abi fühlte sich in seinem Bärenfell großartig, während sie unter dem Mastbaum standen und in den Schatten des Kolosses eintauchten. Wo der Vorsteven in den Himmel deutete, erschienen in einer eckigen Mauerkluft zwei Männer mit Ziegenbärtchen und dem traditionellen Eisenhut der Flotte. „Oha *Decgalôr*", bemerkte oben jemand.

Aber der winkte schon ab. „Ich melde mich an", rief er kurz angebunden zum Windenstand. „Wir ankern am zweiten Anleger."

Während eines kleinen Umwegs über den Hafensockel kam Abi der Turm noch gewaltiger vor als bei ihrer ersten Passage. Doch oben, in der Säulenhalle mit der gemütlichen Saufecke und den gewohnten Stapeln Baumwolle und Fässern, gingen ihm andere Dinge durch den Kopf und angenehme Kühle umfing sie. Der Herr aller Flotten war für Abi ein alter Fuchs, dem man sich anvertrauen konnte, niemand, der ihm Angst einflößte. Nicht das erste Mal erschienen sie vor dem Pult, an dem das Heulen des Windes so lautstark wurde, dass es andauernd schwelte im Ohr, wo *Dëialis* einen Großteil seines Lebens zubrachte. Das strenge Gesicht mit den klugen Augen nickte zur Begrüßung.

„Das sind meine Partner", stellte ihr Freund sie vor. „Abi war mein einziger Verbündeter in der Zeit bei den Schwertfischern. Er und sie sind die Menschen, die mir halfen, der Bande eine Nase zu drehen."

Abi sah gut aus dabei, auch wenn seine Haare jetzt länger waren und er ein wenig wüst wirkte. Seine Augen spiegelten den Mut wider, sich einer Sache im Notfall zu stellen, das erkannte der Herr aller Flotten. „Da du so direkt zu mir kommst", warf er *Decgalôr* zu. „Und nicht erst *Feïgistos* und *Fyfatrus* an der heimlichen Durchfahrt aufgesucht hast, will ich dich informieren über den Erfolg des von dir Begonnenen. Drei weitere Schiffe haben sie abgegriffen. Sephnes, den wir in der Ägäis lange umsonst hätten suchen können, fing sich im Netz, und einer schimpfte sich Bedun der Kaukasier. Er berief sich darauf, dass ein Atlanter in ihrer Bruderschaft mitgewirkt hätte. Wir haben ihn an der Klippe an die Haie verfüttert."

Decgalôr biss sich auf die Lippe und händigte ihm stolz die Rolle aus, die ihm der Phöbos mitgegeben hatte. Der Machthaber des Sperrturms entrollte sie knisternd und senkte sie wieder. „Gut, aber es war meine Absicht, dich für den Turm aufzubauen. Den ersten Flottenverband befehligt *Farmagus*, den zweiten ich. Dein Vater *Antares* kommandierte den dritten Verband. Er ist schon ein volles Jahr überfällig. Darum ist der dritte Verband ab heute dir unterstellt. Willkommen im Turm, das ist dein Eintritt."

Abi bemerkte eine Weinkaraffe neben dem silbernen Becher für Schreibfedern und den fünf Pokalen. Jetzt stießen sie an – auf die Gemeinschaft vom Turm und den Neuen im Kleeblatt der Spitze.

„Ich bin von dir eingenommen, *Decgalôr*", gestand *Dëialis*. „Jetzt sehe ich deine Stunde kommen. Aber übertreibe es nicht."

„Übertreiben? Wie könnte ich übertreiben?"

„Nicht dass du auf die Idee verfällst, deine 120 Schiffe in Reihe gestaffelt übers Mittelmeer zu schicken, um die Stützpunkte der Schwertfischer aufzustöbern."

Decgalôr strich sich überrascht um den Mund, weil er genau das schon in Erwägung gezogen hatte. „Dafür gibt es zum Glück Seekarten", räumte er ein. „Ich bin überzeugt, auf den Karten fehlt keine einzige Insel."

Ungeduldig trat Semiris von einem Fuß auf den anderen, und *Decgalôr* schielte nach ihr, wie um sich zu vergewissern, ob sie noch anwesend wäre, lachte dann herausfordernd den Herr aller Flotten an und wies mit dem Kinn auf sie.

„Lass ihr mal das Wort. Du hast ja keine Ahnung, wie es in der Mittelmeerwelt zugeht."

Der Herr aller Flotten lachte abfällig auf. „Du musst mich wohl für einen Stoffel halten. Was meinst du, in wie vielen Häfen ich mich schon herumtrieb und nicht allein von Amts wegen. Ich bin aus Fleisch und Blut und liebe es, mit Einheimischen die Becher zu kreuzen."

„Dann lass dir mal von Semiris erzählen, wie es sich für einen Sklaven lebt in dieser Ökumene, die du zu kennen meinst."

Allmählich dämmerte Semiris, was sie ihm für einen Floh ins Ohr gesetzt hatte, aber sie war intelligent genug, die Gelegenheit zu nutzen und sich für ein Dasein in Ketten Genugtuung zu verschaffen. Unter *Dëialis* einverstandener Miene schmunzelte sie. „Ich wurde unter meinem ersten Herrn zu Lindos in jungen Jahren im Vorlesen und Vortragen ausgebildet, aber anfangs half ich meiner Mutter, die an der Schwindsucht litt, und die wurde wie die Feldsklaven mit Stöckchen und Peitsche zum Fleiß angehalten. Dreimal landete ich auf einem Sklavenmarkt, zweimal auf dem drehbaren Podest von Knossos. Jedesmal war das, gelinde ausgedrückt, erniedrigend. Ich fühlte mich wie ein zum Markt getriebenes Stück Vieh."

„Zu Knossos?", entfuhr *Dëialis* erschüttert.

Semiris nickte, und *Decgalôr* bestätigte es. „Da unterscheiden sich die Minoer nicht von den anderen Griechen. Vermutlich finanzieren sie unter der Hand obendrein die Sklavenmärkte von Delos und Salamis mit und gaukeln uns dabei frech vor, dass sie die Annäherung an den Westen suchen. Und dann lies mal ihre Philosophen und hör mal eine ehemalige Sklavin aus Delphi, dem frommen Delphi."

Semiris fühlte sich angesprochen und lächelte gefasst. „In der Welt, aus der ich stamme lebt eine kleine Oberschicht in Saus und Braus. Sklaven pflegt jeder zu behandeln wie Rinder und Schafe. Ein Herr hat das Recht, sein Eigentum nach Belieben zu züchtigen. Wenn er befindet, sein Sklave verdient die Todesstrafe, nimmt er einfach die Dienste des städtischen Scharfrichters in Anspruch und kommt allein für Pech und Schwefel auf, den Unglücklichen zu verbrennen. Auf Verlangen eines Gerichts ist erlaubt, einen Sklaven auf die Folter zu spannen, damit er die Verbrechen seines Herrn gesteht, da die freien Bürger, ob in Hellas, in Troja, oder in Damaskus, nicht von dieser Tortur bedroht sind."

Es verschlug *Dëialis* den Atem, doch bezähmte er sich, ihren Redefluss zu bremsen.

„In meiner Welt", klagte sie, „wird kein Mensch die Notwendigkeit der Sklaverei jemals infrage stellen."

Und sie fing an ihren Fußmarsch durch die sengende Glut einer Wüste zu schildern und von den erbärmlichen Verhältnissen, unter denen diese Sklavenmühle aufrechterhalten wurde. So verfiel sie darauf, Charikles Schicksal einzuflechten in ihren Bericht. „Als das siebentorige Theben fiel wurde er versklavt und stand in Knossos zur Auktion, so wie hundert andere, alle aus mehr oder weniger geordneten Verhältnissen. Marodierende Truppen steckten seinen Landsitz in Brand, und erst ein strenger Befehl des maßgeblichen Feldherrn gebot dem barbarischen Treiben, das weder Freund noch Feind schonte, Einhalt. Die Überlebenden wurden zusammengescheucht, ihr Wert geschätzt und, da der Kriegszug kostspielig war, hielt man sich schadenfrei, indem man sie in Massen an die bereitstehenden Händler verhökerte. Alles, was sich ein Sklave wünscht oder jedenfalls die meisten von ihnen: durch einen Zufall dem lebenslangen Los zu entrinnen und freigelassen zu werden. Mancher, der sich für einen wahren Menschenfreund hält, werkelt sich ein Testament, mit dem alle seine Sklaven nach seinem Hinscheiden frei werden. Vonseiten der Obrigkeit ist es ein heimliches Locken mit der Sehnsucht nach Freiheit, um den Eifer zu fördern."

„Eine kluge Frau hast du", schnitt ihr der Herr der Flotten an diesem Punkt die Rede ab. Aber ihr Auftritt im Turm löste eine Welle von Überlegungen in ihm aus, und Semiris eignete sich zur Galionsfigur eines Feldzuges gegen die Sklaverei im östlichen Mittelmeer.

Sein Oheim rieb sich zerstreut die Stirn, als hätte er fast eine Kleinigkeit vergessen. „Ein Schiff war unter denen, die wir im letzten Vierteljahr gekapert haben", teilte er *Decgalôr* mit, „auf dem trugen alle knielange Schuppenhemden im gleichen Schnitt.

Daraus schließe ich: Das waren keine Schwertfischer. Pitussu steckt dahinter. Der Name fiel, als die Leute zu den Haien sollten, und die Art und Weise, wie vorgegangen wird, verrät, an dem Ort muss ein kluger Kopf sitzen. Womöglich haben die Mitanni die Hand im Spiel oder sogar die Hatti. Selbst dein Vater könnte der Drahtzieher sein, da der sich ja seit über einem Jahr in Arzawa oder Kizwatna herumtreibt."

Keiner dieser Gedanken erschien *Decgalôr* wirklich neu. „Es wäre Arnuwandas Sache, sich darum zu kümmern", folgerte er. Und der Herr vom Turm nickte ihm erheitert zu. „So ist es. Die Hatti machen keinen Finger krumm, obgleich es sie jeden Mond drei bis fünf Frachtschiffe kostet."

„Wir sollten dem Tabarna von Hattuscha einen Besuch abstatten und wäre es lediglich, um abzuklären, wie viel Handlungsfreiheit sie uns in ihrem Hoheitsgebiet zubilligen."

„Ein Wort von dir genügt, und ich übertrage es dir", schlug ihm der Herr vom Turm vor.

Aber *Decgalôr* nagte sich unschlüssig an der Unterlippe, und *Dëialis* konnte das nachvollziehen. „Du kannst das auch anders regeln. Ab heute untersteht dir ein Kampfverband: Neunzig Kampftrieren und dreißig Pentekonteren. Es gibt versteckte Buchten an der Ostküste der Kupferinsel. Lass doch eine Staffel dort in Stellung gehen. Du hättest ein Auge auf alle von Pitussu ausgehenden Aktivitäten. Nur eines musst du mir versprechen: Kalkuliere jedes Unternehmen genau. Einen Krieg im Mittelmeer können wir uns einfach nicht leisten."

Das Gespräch hätte für *Decgalôr* nicht erfreulicher verlaufen können. Es drängte ihn, seine Freunde *Feïgistos* und *Fyfatrus* an der heimlichen Durchfahrt aufzusuchen, doch zuvor wollte er den ihm heute unterstellten Verband inspizieren. Allerdings erreichte den noch keinerlei Befehl, dass man demnächst auslaufen würde, und seine frohe Miene fiel in sich zusammen, weil drei Staffeln samt dem Flaggschiff fehlten und man in seinem Rücken tuschelte, wer auch immer in Zukunft verantwortlich wäre, der wahre Admiral bliebe für jeden dieses Verbandes stets *Fäpaguis* und die anderen aus dem Clan des

Sarpagos. Es bedeutete ferner, so lange der maßgebliche Mann ihm nicht offiziell das Kommando übergeben hatte, verfügte er nicht wirklich über einen Verband. Das kratze an seinem Stolz. Er würde sich in Geduld üben müssen. Umso mehr zog es ihn zu seinen Freunden, und bald schon wünschte er sich, er hätte noch eine Staffel im Gefolge. Leider gab es Schwertfischer, die mit mehr als einem Schiff die See unsicher machten. Es stürzte den armen *Feïgistos* in Verlegenheit, als gegen Abend eine sidonische Pentere, zwei Biremen und eine Feluke im Schatten der Kliffwand anrückten. Die Pentere bildete die Speerspitze, und so wie die das Meer aufwühlte, war klar: Unter dem Wasserspiegel verbarg sich ein gepanzerter Rammsporn. Hätte der kernige, rotbärtige Mann im grünen Mantel selber die Ruderpinne geführt wäre es glimpflich ausgegangen. Doch sein Schiff wurde auf den Grund der Meerenge geschickt. Er konnte sich wohl durch seinen kraftvollen Schwimmstil zu den Klippen retten, fiel aber bei dem, was folgte, gänzlich aus.

Auf der Kampftriere von *Fyfatrus* bot sich ein eindrucksvolles Bild letzter Entschlossenheit, während die Leute in Eisenhüten in langer Reihe auf dem Brettsteg ihrer Salve entgegensahen. Ihre Gesichter schienen unbewegt, auch noch, als die Klappe fiel und Wehgeschrei von drüben herüber brandete. Zum Vorteil gereichte, dass die Centauren bis auf drei auf dem unversehrten Schiff beisammensaßen und nicht auf dem, das es schon nicht mehr gab. Sie lachten einander abenteuerfroh zu in dieser Bedrängnis. Dann tauchte die Kampftriere von *Decgalôr* am Brennpunkt auf. Innerhalb weniger Sekunden waren die Bordschützen an ihrem Platz und mussten unverzüglich abdrücken. Irgendwo zirpten Zikaden, nahm Abi wahr, aber tatsächlich waren es die in Schwärmen abzischenden Armbrustbolzen. Sie fuhren in einem Kreis und schickten jedes Mal im Vorbeikommen eine Salve auf die Kähne der Schwertfischer ab, die sich vor einer Kluft ballten.

In einer Nische der zerrissenen Felsküste hatte sich eine Kampftriere verschanzt. Wrackteile trieben davor in der Brandung, hinter der Bordschale deutete ein Menschengewimmel auf ein tobendes Handgemenge hin. Man konnte es hören, aber nicht sehen, während *Decgalôrs* Bordschützen mit ihren Salven verheerenden Schaden auf einer ägyptischen Feluke anrichteten und sich dann auf das Nachbardeck konzentrierten. Das Entern zögerte *Decgalôr* hinaus, um sich nicht zu früh in einen Nahkampf zu verstricken. Die Bolzensalven erwiesen sich als effektvoll, wenige Gegner verblieben. Die allerdings noch kämpfen konnten, waren schlagkräftige Burschen von blauschwarzer Hautfarbe, größtenteils nackt bis auf die lumpige Schürze aus Antilopenleder. Andere in blinkenden lila Schuppen schwangen Keulen aus Wurzelstrünken, aufgesplittet, um Feldsteine daran zu befestigen.

Abi schwappte mit der zweiten Welle auf das Deck einer Pentere, auf der die meisten Bärte trugen: Seeleute aus den verschiedensten Städten im Mittelmeerraum, vor allem aus Sidon, Ugarit und Karkemisch, auch einige Schwarze waren darunter. Für Sekunden ging es für Abi um alles oder nichts. Geschicklichkeit und Geistesgegenwart war alles, was zählte, während man nach Kräften mit Enterbeil oder Bronzeschwert um sich hackte.

Plötzlich fühlte er sich von hinten umklammert und stieß im Reflex mit der Dolchhand hinter sich. Als ihm aufging, er hatte damit einen jungen Hebräer erstochen, zog sich ihm das Herz zusammen. Angewidert von sich selbst und dem Geschehen schloss er die Augen, während sich *Feïgistos* und der Prinz gegenseitig in die Arme fielen und *Feïgistos* ein berstendes Gelächter herausplatzte. Es hatte schlecht um ihn gestanden und war für ihn unfassbar, nicht mausetot zu sein. Wer wie er Glück hatte, wurde in warme Leinendecken und Felle gehüllt und flüchtete, um eine Lungenentzündung zu vermeiden, unter Deck.

Abi geriet völlig außer Atem, und nachdem der Prinz befahl, die Waffen zu senken, pochte ihm das Herz noch bis in den Hals. Allein das Stöhnen einiger Halbtoter, die sich noch weigerten, zu sterben, trübte die eingetretene Stille.

„Das war knapp", bemerkte *Fyfatrus*. „Wenn ich gewusst hätte, dass mehrere Schiffe kommen können, hätten wir die Wache weniger locker gehandhabt. Zum Glück wart ihr zur Stelle."

„Zum Glück", wiederholte *Decgalôr*, und ihm war nicht nach tadeln. „Dank euch beiden und den anderen der Garde. Ihr habt das getan, was ich mir nun auf die Fahne schreiben darf. Aber ihr müsst zugeben, kaum wurde es brenzlig, war ich da und habe euch herausgehauen."

Später, als sie eben an ihren Anlegeplatz am Turmsockel heran drifteten und *Decgalôr* wieder bei ihnen vorbei schaute, wechselten Abi und Semiris einen kurzen Blick, weil sie sich abgesprochen hatten. Abi fragte leise: „Und wann kommen wir nach Aschkelon?"

Es überraschte *Decgalôr* nicht, aber er zog tief Atem ein, bevor er mit einem netten Blick um Verständnis warb. „Selbstverständlich bringt euch *Fimago* auf dem schnellsten Weg nach Aschkelon. Ich habe nur eine Bedingung. Versprich mir, wenn ich euch in einem halben Jahr einmal besuche, und das werde ich, dann sei der, den ich heute gehen lasse. Du hättest einen Namen für Kenner verdient. Sagen wir, der 31. Mann der Garde."

Abi wusste nicht, wie ernst er das meinte, aber es sorgte in einer schweren Stunde für das freundschaftliche Lachen, das sonst gefehlt hätte und machte den Abschied leichter.

15.

An der Ecke, wo die zweite Gasse von der staubigen Hauptstraße Aschkelons abzweigte, besaßen die Nowa ein stattliches, zweigeschossiges Kaufmannshaus. Wärmte die Sonne die Hausfassade aus Terrakotta, wirkte die Verschalung rötlicher als Sandstein und man wähnte sich vor einem Gebäude aus mächtigen Quadern. Der schattige Eingangsbereich des Portikus war zur Aufhellung schreiend gelb getüncht, und in Semiris bäumte sich der in Griechenland geschulte Sinn für Ästhetik auf. Sie schnitt ein mitleidiges Gesicht, verlor jedoch kein Wort darüber, weil die Säule, an die sich der Türrahmen lehnte, einen imposanten Eindruck bot. Wie ein Sonnenstrahl überflog Abi dazu eine glückliche Erinnerung. Schmunzelnd wies er Semiris den sich um den Eingangspfosten spannenden ägyptischen Stirnreif aus Silber. Er strich liebevoll mit der Hand über den bunten Zierrat auf Höhe des kupfernen Klopfrings. „Ich war noch ein kleiner Junge, da geriet ein Händler mit seinem überladenen Karren ins Trudeln und beschädigte den Pfosten. Aus einer Laune meines Vaters durften meine Schwestern und ich es mit einem Brett voll Ton ausbessern und nach unserem Ermessen ein wenig schmücken."

Semiris staunte, so fantasievoll hatten die Kinder um eine hellenische Sonnenbrosche Muscheln in den Putz gedrückt und schufen aus bunt angeordnetem Fliesenbruch und etlichen Splittern eines Spiegels einen wahren Blickfang. Abi zog tief Atem ein und betätigte mit dem Handballen den vertrauten Klopfring. Die alte Eichentür schlug auf, und Tarik Nowa stierte wie betäubt seinen heimgekehrten Sohn an. Die angekündigte Frau an dessen Seite, die ihn scheu aus dunklen Augen anblinzelte, schien ohne Belang.

„Vater", brach Abi die bedrückende Stille. Und es war plötzlich egal, ob er den Reichtum zurückbrachte, über den das alte

Kaufmannshaus früher verfügte. Sein Vater drückte ihn für lange an sich. Abis Geschichte rührte ihn. Nur ein einziges Mal unterbrach er ihn. „Du hast getötet?"

Finster nickte Abi. „Der Kerl hatte mich im Schwitzkasten. Ich stach blind hinter mich, sonst hätte der mir von hinten die Kehle aufgeschlitzt. Genau das widerfuhr nämlich Lukas."

Der Alte verstand ihn durchaus, er sah sich ebenso in jungen Jahren die Welt an, war durch den Scheuersack des Lebens gegangen, aber als er Semiris verstümmeltes Ohrläppchen bemerkte fielen seine Mundwinkel schlaff herab. Gequält lächelnd tippte er Semiris den Finger unter das Kinn und hob ihr den Kopf an. Sein Blick ermutigte sie nicht unbedingt, Vertrauen zu fassen. „Wer bist du? Mal frei von der Leber weg, wo kommst du her?"

Er hat ein Recht auf die ungeschminkte Wahrheit, dachte sie, und ihre Augen brannten vor ungeweinten Tränen.

„Meine Mutter war eine Sklavin", entrang sich ihr, erst langsam und stockend, dann, als würde ein aus dem Schoß der Vergangenheit aufsteigendes Gesicht im Geiste auftauchen. „Todkrank war sie, und ich sehe noch die dunklen Ränder unter ihren Augen und war keine Zehn als ich sie verlor. Irgendwann verfärbten sich die Blätter der Rebstöcke braun und vertrockneten durch Mehltau, sodass mein Herr gezwungen war, seinen Weinberg aufzugeben und wir in Delos verkauft werden sollten. Dort starb sie mir unter den Händen, als man uns zu den Sklavenpferchen trieb. Ich weiß nicht, wo ihre Gebeine ruhen."

Kaum war es heraus, schluchzte sie bewegt, und Abi beobachtete das skeptische Antlitz seines Vaters und strahlte, da der alte Patriarch sich einen Ruck gab und ihr die knochige Hand auf die Schulter legte. „Alle leben vom Schweiß ihrer Sklaven. Ich weiß wohl", gab er zu. „Ausgerechnet die, die sich für unseren Wohlstand aufreiben und zeitlebens für uns schuften und abmühen, kommen für die Zeche auf, wenn der Herr des Hauses ruiniert ist, weshalb auch immer."

Du hast ja keinen blassen Schimmer, dachte Semiris, wie sich das tatsächlich anfühlt. „Nur ein Sklave weiß, wie Sklaven leiden", fügte sie bekräftigend bei. „Häufig klagte Mutter über

Mattigkeit, und mussten wir zur Weinlese bei brütender Hitze auf den Berg, tat sie sich schwer, die Kiepe zu füllen, obgleich ich emsig half."

Sein Vater hatte Abi im Grunde längst abgeschrieben. Ein Stoßseufzer deutete an, dem musste über das Wiedersehen eine unerhörte Last vom Herzen gesackt sein. Vielleicht bezähmte er sich deshalb, was Semiris Herkunft betraf, doch seine alten Augen blickten gleich wieder ernst. „Ich sah mich gezwungen, drei unserer Sklaven abzustoßen", unterrichtete er Abi. „Nur Gnipho und Halef verbleiben uns, aber es wären allzu viel Mäuler zu stopfen gewesen."

Abi und Semiris wechselten einen betroffenen Blick, da rückte der alte Mann mit seinen Sorgen heraus. „Bei den Gewürzen fehlt es an Nachschub. Immer seltener fragen unsere Lokale und Kunden vom Basar nach Safran oder Pfeffer. Dein Bruder Berel brachte uns leider um unser bestes Schiff, und den alten Lastkahn für alle Fälle überließ ich dir. Ein halbes Säcklein Goldstaub bleibt uns, von denen, die du mir mit Laban sandtest, unseren Lebensunterhalt zu bestreiten."

„Laban", wiederholte Abi, als sei das Stichwort gefallen. „Könntest du ihn rufen?"

Betrübt schüttelte der Alte den Kopf. „Ich opferte einen Sack Goldstaub für fünf Dromedare. Laban mag schon in Petra rasten, wenn er nicht schon am Euphrat ist. Kein Grund zur Sorge, der wird die Sache bereinigen."

Soll er doch, sagte sich Abi und genoss das Erstaunen in des Vaters Gesicht, als er ihm eröffnete, in einer Lagerhalle etliche Säcke voll roter Pfefferschoten verstaut zu haben. Pfeifend vor Lebenslust führte er Semiris durch das ganze Herrenhaus und ahnte nicht, wie sie es aufnahm. Der Hof im Rahmen der Kolonnade verfügte wenigstens über eine gemütliche Steinbank und ein Beet mit Immergrün, doch fiel ein abgewrackter Wagen vor den blau und rot umringten Säulen auf. Mit den Hühnern, die vor dem Hinterrad im Lehm scharten, glich er eher einem Hof im herkömmlichen Sinn und entbehrte des Charmes, der dem Atrium eines griechischen Schöngeistes innewohnte. Stattdessen wies das Haus mehrere Gästezimmer auf und überall Wandmalerei in quietschenden Farben. Immerhin schmückte die verflieste Kolonnade eine Zeile gelb und braun gehaltene Mosaike mit Tieren und einem Füllhorn, inmitten von Blumen, Früchten und Blattwerk. Das nobel verflieste Bad mit dem breiten Fischmotiv über dem Tauchbecken gefiel ihr sogar. Kohlebecken auf Dreifüßen in den Ecken lockerten das Bild auf. Obendrein gab es das Triclinium zu entdecken, eine großzügige Essnische. Von dort ging es ins Tablinum, dem großen Empfangsraum, und in die Küche, wo seine beleibte Mutter Maga den Blick auf den Herd blockierte und Schinken für das Abendbrot schnitt. Oben befanden sich die Schlafzimmer des Hausherren und seiner noch im Haus lebenden jüngsten Tochter Melis, und die zog Abi bald nach seiner Ankunft in ihre Kammer. „Tut mir leid", bekannte sie ganz betreten. „Bo, dein Hamster ist vor knapp einem Mond gestorben."

Abi stöhnte auf. „Er war damals schon alt", ging er darüber hinweg.

„Ein Dickfell bist du, so lange wegzubleiben", schalt sie ihn. Und als er sie um Worte ringend betrachtete, vertraute sie ihm verschämt an: „Ich wollte heiraten, Abi. Du weißt doch, Saadi und ich spielten oft zusammen mit den Murmeln, und er soll sich ein Weib nehmen, fordert sein Vater. Er möchte wohl mich, doch hapert es an Mitgift. Wir haben ja nichts mehr, und du, du Schelm versuchst dich im Seeraub und lässt hier alles überkopf gehen."

Unbeschwert lächelnd erwiderte Abi: „Du bangst, ob Laban es schafft? Vergiss das getrost, in dieser Zeit, die du so ganz unter ihren Scheffel stellst, habe ich einen Freund gefunden. Ich weiß nicht, wie lange er braucht, aber ehe die Schwalben zurückkehren, wird der uns ins Haus schneien, und er wird dir helfen, wenn ich ihn darum bitte."

Sicherlich war es kühn, auf die Mittel eines Bekannten zu bauen, aber Melis erleichterte es, und nach einer kurzweiligen Stunde, in der sie verflossene Kindheitserlebnisse belächelten, entließ sie ihn mit einem schwesterlichen Kuss auf die Wange vergnügt aus ihrer Kammer.

Hinsichtlich der Heimkehr des verlorenen Sohnes ließ sich sein sonst knauseriger Vater nicht lumpen, im Triclinium ein Festmahl auszurichten. Halef brach gleich auf, um mit einer Amphore den Keller des Weinhändlers aufzusuchen. Es trügte Abi nicht darüber hinweg, wie schwer dem Vater Semiris Herkunft im Magen lag. Schon während Gnipho Platten mit geschnittenem Schinken, Käse, Trauben und Artischocken auftrug, blühte wieder der gefürchtete verbiesterte Zug in seinem Gesicht auf und kündete an, dass er sich die wahre Auseinandersetzung lediglich aufsparte. Während er das Brot brach, füllte Halef beflissen die Pokale für besondere Anlässe mit Rotwein, und Abi berichtete offenherzig vom rauen Alltag bei der Bruderschaft und schwelgte in Erinnerungen an die unendliche Westsee. Doch sein Vater sorgte mit gänzlich unbewegter Miene für eine unterkühlte Atmosphäre.

Als Abi sich eine Scheibe Schinken von der Platte angelte, brach der Alte sein Schweigen. „Du hast Nerven", backte er ihm an den Kopf. „Mir eine Sklavin als Schwiegertochter anzuschleppen."

Sein Mund stand augenblicks still. Semiris traf es wie ein Schlag in den Magen. Geschockt stellte sie den Weinkelch auf den Tisch und es wurde peinlich. Angespannt atmete Abi durch und hob abwehrend die Hände. „Unseren Kindern wird man das kaum ansehen."

Tarik Nowas Wangen liefen feuerrot an, doch nicht vor Scham. Er nippte am Wein und sah seinen Sohn über den geneigten Kelch verdutzt an. „Ich rechne ihr ja an, wie ehrlich sie war", räumte er ein. „Aber ich vermisse die Mitgift."

Ohne Hast kaute Abi aus und konterte mit einem unbekümmerten Lächeln. „Sehr direkt warst du ja schon immer", befand er und rülpste sich in die hohle Hand. „Wenn du so willst, hatte sie sogar eine Mitgift. Vielleicht sollte ich dir die Erzbarren zeigen, die wir bei dem Kaperzug erbeuteten. Aber wozu schwafeln? Sie war eben eine Sklavin als wir uns kennenlernten."

Die Ader auf Tarik Nowas Stirn schwoll an wie ein Hahnenkamm. Er murmelte in seinen Weinbecher hinein: „Das ist ja wohl unverfroren."

Wein pulschte über seine Hand, als er den Becher absetzte. Seine Stimme bebte. „Hast du Kora vergessen, die deinem Bruder zugedacht war, seit die beiden laufen können?", fragte er und hieb krachend die Faust auf den Tisch. „Mit seinem Scheitern fällt sie an dich. Das hast du durchaus gewusst, und wir haben einen Ruf zu verlieren. Behalte deine Semiris, aber sie nimmst du zum Weib. Damit das klar ist. Das ist eine Frage der Vernunft."

„Ich nehme an, unter Vernunft verstehst du das, was du für Vernunft hältst", entgegnete Abi und warf sich eine Weintraube in den Mund. „Wie sollte ich?" fügte er unbeeindruckt bei und streifte Semiris mit warmen Augen. „Sie ist mit priesterlichem Segen die meine ... Ich kann dir sogar einen Trauzeugen bringen. Wir wurden im Isis-Tempel von Abydos vermählt."

„Und das völlig eigenmächtig", wollte ihn sein aufbrausender Vater unterbrechen, doch Abi lehnte sich zurück und grinste stur. „Ich spiele mit dem Gedanken, ein eigenes Unternehmen an der Küste der großen Westsee zu gründen", eröffnete er ihm. „Der Handel mit Übersee verspricht Erträge, von denen du höchstens träumen kannst. Und der Frieden zwischen Ägypten und Hatti dürfte kaum von Dauer sein. Absehbar, dass es früher oder später erneut auf dem Sinai-Streifen ungemütlich wird. Wie es weitergeht liegt bei dir."

„Du bist ein harter Hund", gab sein Vater zu. Die Augen zu Schlitzen verengt, steckte er es weg und bedachte seine Frau mit einem seltsamen Lächeln, das Abi nicht recht einzustufen wusste. Ob es eine wirkliche Annäherung an sein unnahbares Wesen bedeutete, würde sich zeigen.

So erniedrigend diese Begrüßung auch für Semiris war, wenigstens tolerierte man sie. Was nichts an der Tatsache änderte, dass der Hausherr mühsam seinen Ton mäßigte und es den Schatten eines Missklangs auf ihr neues Leben warf. Sie schwor sich, ihr bisheriges Sklavendasein nie wieder zu erwähnen, doch machte ihnen dieselbe Stunde noch Abis älteste Schwester ihre Aufwartung, in einem fast durchscheinenden Gewand aus feinstem Linnen. Ihr leicht lockiges Haar war schwarz wie die Nacht, und durch ihren von Geburt an dunkleren Teint glich sie Abi so wenig wie der jüngeren Schwester. In mütterlichem Stolz drückte sie ein weißes Bündel in Leinen an sich und sorgte für helle Aufregung, da sich von dem in aller Kürze der Duft voller Windeln im Raum ausbreitete. Heftigem Strampeln und schrillem Geschrei zum Trotz wurde der Kleine besänftigt und auf dem Küchentisch trockengelegt. Die junge Mutter fing an, ihn mit einem nassen Lappen behutsam zu waschen. Bei dieser Gelegenheit lernte Semiris die Hausherrin von ihrer garstigen Seite kennen, da die aus dem Armstuhl am Herd nicht mit Ratschlägen sparte. „Strammer wickeln", befahl sie. Und die überforderte Tochter zügelte mühsam ihren Unmut und fügte sich. „Damit beginnt die Erziehung. Das Ziel aller Erziehung ist, den Charakter zu festigen. Die Säuglinge werden schließlich in Windeln gewickelt, damit ihr noch unfertiger Leib nicht schief und krumm wird, sondern gerade wächst."

Semiris hegte ehrliche Zweifel daran, doch Marissa riss sich leicht gekränkt zusammen. Worauf die Herrin des Hauses mit mahnendem Finger aus dem Nähkästchen plauderte. „Die kleinen Würmchen können gar nicht früh genug lernen, was Disziplin bedeutet. Darauf fußt alle Erziehung, auf dass sich der Erwachsene später resistent erweise gegen den Bazillus des Luxus der Liederlichkeit."

„Auf einem noblen Gut in Agia Phothia", entfuhr es Semiris ungefragt, „bin ich angehalten worden, nicht zu fest wickeln. Und wurde ich zum Markt geschickt, begegneten mir nicht mehr schief gewachsene Menschen als anderswo."

In ihrer freien Art trat sie vorlaut in ein Fettnäpfchen, und Abis viel gepriesene Mutter entpuppte sich als übel verbohrt in ihren Ansichten und erschreckend rechthaberisch. „Und brüllt der kleine Wicht", musste sich Semiris zerknirscht belehren lassen, „nur weil ihn die Sonne sticht, überschlagen sich drei Milchmädchen, ihn zu trösten. Aus denen werden bekanntlich jene schmalbrüstigen Kerle, die bei erstem Ungemach Rotz und Tränen heulen."

Kaum flüchtete Marissa mitsamt Kind aus dem Raum, traf Semiris ein sengender Blick. „Bei uns halten sie den Brauch hoch, dem Herren des Hauses, kehrt er von einer Reise heim, die Füße zu waschen."

Semiris bezog es nicht auf sich, doch während der Abend fortschritt, suchte sie mit Abi die Steinbank im Garten auf, und schon gesellte sich zu ihrer Verblüffung seine Mutter hinzu, schob eine volle Schale Wasser vor seine grauen Füße und erwies ihm demonstrativ selbst diesen Dienst. Während sie unter aller Augen mit einem Tuch seine Füße abtrocknete, fragte sie verächtlich: „Was bist du für eine Art Sklavin gewesen? Nicht einmal dazu taugst du?"

„Ich bin ausgebildet im Vortragen der Philosophen. Nestor von Menesse, Palamedes von Athen, oder Diokles, der sagt, mit dem Sterben ist längst nicht alles vorbei und in Betracht zieht, selbst der ärmste Sklave hat eine unsterbliche Seele", gab sie ihr treuherzig Auskunft, konnte sich jedoch nicht bezähmen, leise vorzubringen: „Die Menschlichkeit erfordert in manchen Fällen das Herkömmliche infrage zu stellen."

„Du eingebildete Gans", musste sie sich schelten lassen. „Ja haben wir denn keine richtigen Sorgen? Na so eine können wir gebrauchen, jetzt und ohne eine einzige Haussklavin. Mein Mann ist ein Kamel, ausgerechnet die Weiber zu verscherbeln. Den nichtsnutzigen Gnipho hätte er abschieben sollen."

Begütigend die Hand auf Semiris Knie gestützt wie zu einem Friedensangebot, fragte sie verstohlen: „Kannst wenigstens spinnen? Hast schon einmal einen Webstuhl bedient? Gewöhnlich haben die beiden fleißigen Helferlein viel gesponnen, auf die mein Gatte so voreilig verzichten konnte, und der Schneider hat uns den Zwirn gern abgenommen."

Ein nach zwei Monaten Ruhe verstaubtes Spinnrad verbarg sich in der leer stehenden Kammer, die bislang zwei Sklavinnen bewohnt hatten, und die nächsten Nachmittage machte sich Semiris damit vertraut. Eine Drehung des Schwungrades rief fünf Umdrehungen des Spinnrades hervor. Den Fußantrieb dirigierte sie bald mechanisch, und lief die Spindelspuhle um Haaresbreite über, zwirnte sie das Garn noch. Sie hing der bunten Zeit auf See und im Nildelta nach und fühlte sich täglich unzufriedener mit ihrem Los, aber Abi spürte schnell, was sie bedrückte und schaffte Abhilfe. Unterstützt von Gnipho karrte er eigenmächtig den Webstuhl zum Hafenmarkt, und es war dann, als hätte der sich in Luft aufgelöst. Abis Mutter grollte ihnen, als wisse sie Bescheid und sorgte für dicke Luft im Haus, aber Melis bewunderte Semiris für diesen Sieg.

Während der Patriarch zum Abendmahl an der Stirnseite des für Semiris befremdend niedrigen Esstisches das Brot brach und auf die hingestreckten Hände verteilte, stieß Melis sie unter der Tischplatte mit dem Fuß an. „Hast du einen Kosmetikkoffer?", wisperte sie, und Semiris verneinte schmunzelnd. Sogleich keimte die Hoffnung, in ihr vielleicht einen Bundesgenossen zu gewinnen, und ein Bummel durch das Hafenviertel wurde daraus. Melis plapperte ohne Pause, erst über eine dem Pferch entsprungene Ziege, die Abi einem Händler auf dem Viehmarkt eher mit Gewalt als mit guten Worten wieder entwand, dann über ihren geliebten Saadi. Vergeblich hoffte sie, Melis könnte etwas über ihre bislang von keinem erwähnte Schwester preisgeben, und sie spürte, dass sie ein sorgsam gehütetes Geheimnis umgab.

Melis stelzte zielstrebig in eine Ecke, wo Statuen aus Alabaster und Porphyr um einen ägyptischen Rattansessel gruppiert waren. Sie machte Semiris auf ein hübsches lila lackiertes Kosmetikköfferchen mit ziseliertem Silberschanier aufmerksam. Die klappte es neugierig auf und überflog Ophalen mit Ocker, Antimon und anderen Färbern zum Auftragen des Lidschattens, hergestellt in den hiesigen Tempelwerkstätten. Ansonsten enthielt der Inhalt sauber aufgefächert ein Sortiment feinster Pinselchen, einen Kamm aus Holz, eine Frisiernadel aus Alabaster und ein Schminktüchlein. Glücklich über diese Anschaffung, trug Semiris das Kästchen heim, mit dem erhebenden Gefühl, künftig selber am Luxus der Oberschicht teilzuhaben. Redselig gestimmt, fragte sie spontan: „Hast du noch eine Schwester außer Marissa?"

„Oh", stöhnte Melis. „Du meinst Mira", überlegte sie. „Sie hat einen Dickschädel wie der Alte. Und sie brachte Schande über unser Haus. Aber unter uns, ich weiß nicht, ob ich mich anders verhalten hätte. Vater gab sie unserem früh gealterten Schneider, der großkotzig auf die Mitgift gepfiffen hat – dem, für den du Zwirn gesponnen hast. Ist ein eitler Gockel, der sie an Freunde verleiht, mit dem schnöden Vorwand, es sei ein Gebot der Gastfreundschaft."

Semirs sackten erschüttert die Schultern ein. „Und dafür ächtet ihr sie?"

„Mutter will nichts mehr von ihr wissen, es zähle zu des Weibes Pflichten. Sie ist ihm durchgebrannt, suchte Zuflucht bei uns, und Vater hätte ihr verziehen, doch Mutter wird zur Megäre, ist man bei ihr untendurch."

Kaum kehrten sie heim, entfernte sich Melis treppauf. Semiris wollte sich bei den Weinstöcken auf die Steinbank im Immergrün sinken lassen, da wackelte behäbig ihre Schwiegermutter aus dem Schatten hervor, wies ihr welkes Laub auf den schönen Fliesen im Säulengang und hielt sie an, sich auf die eigenen Hände zu besinnen, wenn die Kolonnade danach schreit, gefegt zu werden.

Hinter dem im Hof abgestellten Karren schlief Gnipho wie ein Dattelsack, und Semiris übertrug es dem, durfte dann aber ihrer Schwiegermutter beim Gemüse zerhacken helfen, und das in verhaltener Stille. Es bedrückte Semiris bis ins Bett hinein, und bei dem Gedanken, Abi damit zu behelligen, fühlte sie sich elendig kleinlich, drehte sich einfach um und versuchte, es für sich zu bewältigen. Sie wusste bloß noch nicht wie.

16.

Ehe die Schwalben wieder einkehrten, stattete ihnen *Decgalôr* in Aschkelon den angekündigten Freundschaftsbesuch ab. Abi kam wie jeden Vormittag mit Semiris vom Karawanenrastplatz zurück, da saß auf der Steinbank im Schatten des Ölbaums der Atlanter, in seinem schwarzen Lederharnisch und dem Leopardenfell am verwaschenen blauen Hüftrock. „Du?", fragte er überrascht. „So bald? Freut mich."

„Eigentlich", erklärte *Decgalôr*, während seine Finger nervös auf den Stein der Bank klopften, „wollte ich, sobald ich meinen eigenen Flottenverband befehlige, Nawbis von der Erde tilgen. Auch ein Ort, an dem das Verbrechen eine Heimstatt fand. Auf keiner verfügbaren Seekarte ist es eingezeichnet. Ich ahne, wo die Insel vor der Hethiterküste ungefähr zu finden wäre, doch ich habe es verschoben. Danach überlegte ich, wie es von der Welt aufgenommen würde, wenn ich mich stattdessen dem Problem Anhebar widme. Anhebar ist nur bedauerlicherweise für ein Strafgericht nicht verrufen genug, eher ein gelegentlicher Umschlagsplatz mit seinen Absteigen und Hafenkaschemmen."

Irgendwie fühlte sich Abi verhohlen auf etwas eingestimmt und nickte angespannt.

„Die daraus entstehende Untätigkeit hätte mich krank gemacht", stellte der Atlanter fest. „Aber dann fiel mir meine Cousine *Aqphis* ein. Sie stand kurz davor, das Gelübde zur Tempelweihe zu leisten und riet mir, das Orakel von Delphi zu meinen Plänen anzurufen."

Bei dem Gedanken, ihn zu begleiten, zwinkerte Semiris Abi schelmisch zu. Aber dessen Freude an diesem Besuch änderte rein gar nichts daran, dass demnächst mit Labans Rückkunft zu rechnen war und sein Vater hier auf ihn baute.

„Es ist wie bei einem Arztbesuch", bekannte *Decgalôr* mit gesenkter Stimme. „Man fürchtet, der könne schmerzhaft werden, und geht zu so etwas ungern allein. Und weil mich mit *Feïgistos* oder *Fyfatrus* nicht die Art Freundschaft verbindet wie uns, Abi, wende ich mich an dich. Bitte begleite mich."

Abi war nicht wohl bei der Vorstellung, seinen Vater so bald wieder im Stich zu lassen, doch der Atlanter gehörte zu den Freunden, die auch zu fordern verstehen. „Die Sitzung bei der Pythia soll lang und anstrengend sein, und du bist der einzige Freund, der dafür taugt", beteuerte er.

„Ich rate dir ab", sagte Abi nach erneutem Überlegen.

„Warum?"

„Der Orakelspruch hat es an sich, dass der Versuch, ihn zu umgehen, oft dazu führt, dem Schicksal die Tore zu öffnen."

„Das ist nicht neu."

Nicht nur Abi, auch Semiris lauschte, und gleich war ihr eine unterdrückte Erregung anzumerken. „Kennst du die Geschichte um Ödipus und den Fall des siebentorigen Theben?", fragte sie leise. „Sein Vater Laios fragte das Orakel von Delphi, als seine Gemahlin ihm nach acht Jahren noch kein Kind gebar. Und die Pythia prophezeite ihm, er solle sehr wohl noch einmal Vater werden, doch würde ihn sein Kind ermorden und seine eigene Mutter heiraten. Dieses Kind wurde tatsächlich geboren und hieß Ödipus, weil man dem Säugling die Füße durchstach und ihn der Wildnis übergab. Das weiche Herz eines Hirten war schuld, dass sein Sohn dennoch heranwuchs und später als Räuber Händlern auflauerte. Irgendwann plünderte er irgendwo in Arzawa einen vornehmen Reisewagen, und damit erfüllte er das Orakel. Unter den Opfern des Raubes befand sich der König von Theben."

„Dir fällt jawohl zu allem eine passende Geschichte ein", schmeichelte ihr der Atlanter, aber Semiris fuhr unbeirrt fort. „Iokaste, die Gemahlin des Königs entwickelte sich zu einer grausamen Despotin und quälte bald die bei ihr anstehenden Freier mit einem Rätsel, auf das keiner eine Antwort wusste, bis ein Jüngling aus Apasa es löste. So ehelichte sie in Ödipus den leiblichen Sohn."

Jetzt besann sich auch der Atlanter auf die Geschichte. „Seine Söhne Eteokles und Polyneïkes entfesselten in Ahhijawa, dem ehemaligen Arzawa, die ersten Unruhen an der Hethiterküste.

In jungen Jahren wurde mir eingetrichtert, die wahre Hauptstadt Ahhijawas sei das siebentorige Theben, wichtiger als Argos oder Mykene. Aber vierzehn Jahre nach Polyneïkes Tod zogen abermals sämtliche Fürsten von Hellas gegen Theben. Nach langem Bruderkrieg wurde es zerstört bis auf die Grundmauern. Und das alles sah die Pythia vorher?"

Es schien Abi nicht sonderlich zu faszinieren. Das Gesicht düster in die Hände vergraben, starrte er stumm vor sich hin. Durchaus nickte er knapp, doch es wirkte, als ob seine Ohren das Gehörte mechanisch registrierten oder als trachte er danach, die auf seine Frau überpringende Unternehmungslust aufreizend desinteressiert abzuwürgen. „Das schleifende Geschäft schreit danach, hier die Zügel in die Hand zu nehmen", wandte er missmutig ein. „Das Wirtschaftsgebäude ist heruntergekommen. Werkzeug, Gerät und Fuhrpark verrotten, wenn ich mich nicht darum kümmere, und wir erwarten eine wichtige Karawane, von der alles abhängt für uns."

Mit eisiger Ruhe betrachtete der Atlanter ihn, denn in ihm war der Wille zu Überzeugen erwacht, und er kam nicht mit leeren Händen. „Was sagst du, wenn ich dir nun eröffne, damals in Tartessos sind nicht fünf sondern alle acht Stoßzähne im Bauch der ‚Zerberus' aufgetaucht?"

„Sollte das eine Frage sein?"

Der Atlanter hob amüsiert die Brauen. „Drei sind zunächst an einem falschen Ort gelandet. Ein Versehen, wie es leicht einmal vorkommt. Und ich habe mir erlaubt, den Wert für dich einzusetzen, mein Freund. Deshalb bin ich auch nicht mit einer Kampftriere hier, sondern mit der ‚Zerberus'. Du wirst dich wundern, wenn ich dir den Laderaum zeige."

Abi fühlte sich überrumpelt. Aber seine Neugierde war geweckt, und dem Atlanter gefiel es, ihm das mitteilen zu können. „Fünfzig große Amphoren besten Gadaira-Weins brachte das Elfenbein ein."

„Du hast einiges herausgekitzelt, für drei Stoßzähne."

„Das will ich meinen", sagte der Atlanter mit einem süffisanten Schmunzeln, was nie fehlte, wenn er das kundtat.

„Du gibst dich wortkarg", stellte sein Freund fest. „Und du wirkst bei deinem Pflichtbewusstsein sehr unzufrieden. Ich meine, ist ja ganz nett hier, bei all den Weinreben, wenn es so sonnig ist wie heute. Aber genügt dir das auf die Dauer?"

„Heimzukehren war ein vernünftiger Schritt, um mein Leben wieder in den Griff zu kriegen", widersprach ihm Abi. „Und ich werde gehen lernen. Ich habe noch einiges mehr vor."

„Nun, so tue mehr. Ich wollte dich abholen zu einer Fahrt in die Ägäis. Du warst an meiner Seite, als ich meinem Großvater Rede und Antwort stehen musste, und ich werde anschließend mit dir zusammen bis ans Ende der Welt segeln, wenn dir das irgendwie hilft. Ich hörte von einer Stadt im fernsten Orient, noch ferner als Babylon oder Ninive, dort halten sie dir Safran, Kurkuma, oder Kardamom an jeder Hausecke unter die Nase."

Der Atlanter war ursprünglich von Abis Vater empfangen worden. Der hatte sich geduldig die Beine vertreten, damit sie sich austauschen konnten und tauchte jetzt wie zufällig aus dem Schatten der Kolonnade auf, um sich in seiner Freiheit als Ältester zu recken und Abi anerkennend die Schulter zu klopfen. „Es ist gut, dich wieder an meiner Seite zu wissen. Und da ich den letzten Teil eurer Unterhaltung mitbekommen habe, will ich nicht länger bemänteln, dass die Verbindung nach Babylon genau genommen bloß über Egibi abgewickelt wird. Unsere Gewürze gedeihen in einem Land fernöstlich von dort, am Indus ... In Hastinapura lebt unser wahrer Handelspartner, ein gewisser Parosch, von dem wir über Jahrzehnte verlässlich die seltensten Gewürze des Ostens bezogen. Du erinnerst dich an die verschollene Karawane? Als wir nach zwei Mondläufen immer noch nichts von dir hörten, heuerte ich deinen Vetter Mazad an, und der machte sich mit einem im Orient bewanderten Freund auf, unseren Geschäftspartner in Hastinapura aufzuspüren. Niemand weiß, was daraus wurde, aber langsam gerate ich bei den ersten kleinlichen Kunden in Bedrängnis, weil Zweifel an meiner Verlässlichkeit unseren Ruf ruinieren. Hinzu kommen zwei Kunden, denen ich Wolle zusicherte. Es geht um die Wolle, die an Sträuchern wächst, und die wächst allein dort. Daraus lässt sich ein äußerst feiner, luftiger Stoff anfertigen, mit dessen Vorzügen Schurwolle nicht mithalten kann."

Deutlich genug klang heraus, was er von Abi erwartete, doch der zog ein unerfreutes Gesicht. Der Atlanter sagte leise: „Sieh es wie einen Fingerzeig deines Baal und nimm es in die Hand, Abi. So habe ich es jedenfalls gehalten und bin dank dir heute einer der drei wichtigsten Männer vom Turm. Lass uns sehen, ob wir eure Sache ebenso ins Lot bekommen."

Abi brannte darauf, sich vor seinem Vater zu beweisen und Semiris zwinkerte ihm freudig zu, da es an dem Verhältnis zu ihrer unzugänglichen Schwiegermutter einiges zu verbessern gäbe. Sie sehnte diesen Tag herbei, und Abi erzählte während der Fahrt schier endlos aus seiner Kindheit. Außer Semiris schien es niemand zur Kenntnis zu nehmen, aber dass sie gar nicht allein waren, störte nicht. *Decgalôr* führte das Ruder der ‚Zerberus', wie in den Tagen bei den Schwertfischern. *Feïgistos* hätte es ebenso verrichten können oder *Fyfatrus*, aber ihm war die vom Osten heraufziehende Wetterwand nicht entgangen. *Decgalôr* liebte es, selber das Ruder zu drücken, wenn der Wind jault und am Haar zerrt und die Luft nach Sturm schmeckt. Er brachte sie sicher durch den Sturm, in die tiefblauen Gewässer der Ägäis, wo die See wieder still und beschaulich wirkte, weil es überall kleine Inseln und Nistplätze für die Möwen gab.

„Wie viele dieser Inseln", bemerkte *Fyfatrus*, „sind auf keiner unserer Seekarten verzeichnet."

„Die kleinen vermutlich nicht. Aber wir sind schon nahe dem Golf von Korinth."

„Es war leichtsinnig", stellte *Feïgistos* fest, „ohne Geleitschutz in die Ägäis zu segeln. Wir sind genau vier Mann stark, wenn man uns entern will."

So, wie der Mann mit dem rötlichen Vollbart manchmal überstreng mit sich und anderen sein konnte, verfügte sein anderer Freund über Umsicht und Besonnenheit. „Für den Fall", erwiderte *Fyfatrus*, „habe ich dreißig Gastrepen mitgenommen. Auch Rudermannschaften können die bedienen."

Der Mann mit der grünen Sturmhaube verzog die Stirn. „Es gibt eine Verordnung ..."

„Sie brauchten es nicht", schränkte *Decgalôr* ein. „Und doch, keiner von denen wird die Armbrust ablehnen, sollte es wirklich ernst werden, gleichgültig ob sie für Lohn rudern und laut einer Verordnung nicht kämpfen müssen."

Man schrieb den 6. Tag im Monat Ovid, und Abi und Semiris schauten sich nach einem Nachmittagsschläfchen blinzelnd in der Sonne um, da wies ihnen *Decgalôr* an der Küste eine schroffe Felshöhe.

„Dahinter, über Wiesenhängen thront der Apollo-Tempel", sagte er, und es klang Respekt heraus, vor der Institution, der er sich unterwerfen wollte. „Ich bin gespannt, ob wir die Pythia zu sehen bekommen."

Sie legten in Kastri an, einem verträumten Fischerdorf aus Feldsteinen und im Umland verstreuten Landgütern mit Weinbergen, und der Atlanter hatte die Wahl zwischen einem freien Platz am Schweinepferch des Marktes oder dem Außenbereich der Hafenanleger, wo sich triste Fischerhütten reihten, überall Netze trockneten und ein strenger Fischgeruch vorherrschte. Sie entschieden sich für den Steg der Fischer. Während Semiris an Deck mit *Feïgistos* und *Fyfatrus* Wein trank, machte sich Abi mit *Decgalôr* auf den Weg zur heiligen Stätte.

Längs der Kaimauer begannen die Stände der Marktschreier. Ballenweise gefärbte Stoffe und fertige Tuniken mit aufgesticktem Mäander gab es und kunstvoll geschnitzte Satyren aus dem Holz alter Ölbäume, mit monströsen Geschlechtsorganen. Die danebenstehenden Erdmütter wiesen grotesk große Becken auf, und Abi fand diese Art Kunst geschmacklos. Anderswo reihten sich rot, ocker und gelb bemalte Tonamphoren, mit Darstellungen aus dem Leben des Herakles, und er überlegte, ob er auf dem Rückweg eine Amphore für seinen Vater einschachern könnte. Als die Ortschaft endete, tat sich das grüne Land Phokis auf, mit seinen Pinien und alten Ölbäumen und seinen Schafherden.

An einem Wegweiser im Schatten einer Pinie, wo man die Zikaden hörte, stießen sie auf eine alte Frau in Schwarz. Abi übernahm es, sich nach dem Tempelbezirk zu erkundigen, und weil sie einen Esel hinter sich her zerrte und mit dessen Last ebenfalls zum Apollo-Tempel wollte, begleitete sie die Gute dann. Sie erzählte, sie würde den Priestern das Räucherwerk aus dem Hafen hochbringen. Abi wollte nicht zu verschwiegen tun und verriet ihr, sie wären in Phokis, um das Orakel zu befragen. Dabei wanderten sie in ein Hochtal hinab, an einer stufig abfallenden Ziegelmauer entlang.

Die Alte brachte sie bis zum Eingang des Tempelbezirks und teilte ihnen unterwegs mit, bei dem kleinen Mädchen, das sich hinter der Pythia verberge, handelte es sich um eine Enkelin des Ödipus. Nach dem Fall des siebentorigen Theben und der Versklavung seiner Bürger sei sie zur Wiedergutmachung dem Tempel von Delphi geschenkt worden.

„Süße Dämpfe steigen dort oben aus einer Bodenkluft", flüsterte sie Abi verstohlen zu. „Sie rauben dem Besucher den Verstand und öffnen der Pythia die Augen. Zwar kriegt man das Mädchen nicht zu Gesicht, denn ein Vorhang schwebt davor, doch wer die Pythia belauscht, verfällt den Dämonen und vergisst, was er gerade tut. Es sind schon welche schreiend aus der Sitzung gelaufen. Unten an der Klippe fand man sie wieder."

Als die Alte gegangen war, sagte der Atlanter verdrossen: „Es klingt nach reichlich Firlefanz."

Eine grünblaue Eidechse huschte von ihrem Sonnenplatz auf der Ziegelmauer, und Abis Augen überflogen hochgeschreckt die Heilige Straße mit ihren Schatzhäusern und Freilichtaltären. Höher und höher führten die kleinen Treppen, die alles verbanden. Abi stieg von Säulengang zu Säulengang und brauchte nicht nach dem Weg zu fragen.

Hoch über dem ihn umgebenden Bezirk wartete der Apollo-Tempel zu Delphi. Er zählte nie zu den Weltwundern, aber viele große Männer, die über diese Erde gegangen waren, hatten schon das Orakel bemüht. In der Halle des Heiligtums herrschte eine wohltuende Frische – wie in einem Kellergewölbe -, obwohl es hoch über der Welt lag und sich ein erhebender Ausblick auf das Bergland Phokis bot. Sie brauchten nicht lange auf die Apollo-Priester zu warten. Ihre Schritte hallten in der leeren Halle, und sie trugen Chitons aus gebleichtem Linnen und verfügten über das wissende Lächeln, das die Geweihten auszeichnet. Ein Mann mit Haaren wie Spinngewebe sprach die beiden an. „Was führt euch an die Pforte des Apollon? Das Orakel?"

Seine ernsten, klugen Augen schweiften von Abi zum Atlanter, und er entschied sich, den anzuschauen. „Was ist dir das Orakel wert? Gebt der Erdmutter, was ihr gebührt."

Wie auf dem Markt, dachte Abi und schielte auf das kleine Ledersäckchen, das sein Freund schon zückte und dem Priester mit zwei Fingern einen Rubin hinhielt, groß wie ein Taubenei. Das feine Lächeln auf des Priesters Lippen verflog, und der Atlanter legte gleich noch zwei Steine außerdem in die hingestreckte Hand.

„Die Pythia muss sich erst vorbereiten. Sie muss eine Nacht in Lorbeerblättern schlafen, bevor sie für euch auf den Dreifuß steigt. Morgen, sobald Helios seinen Weg über den Himmel beginnt und es Tag wird auf Erden, erscheint wieder hier bei mir. Zuvor aber sucht die kastalische Quelle auf und wascht euch. Ihr werdet heiligen Boden betreten."

„So abgefertigt zu werden ist normal", enthüllte der Atlanter Abi und beklagte sich tatsächlich den ganzen Abend nicht darüber. Nach einer kurzen Nacht auf der ‚Zerberus' brach er erneut mit Abi zum Apollo-Tempel auf.

Bei dem Brunnen im Kastalischen Hof strömte im Schatten einiger Pinien das Wasser unter Wurzelwerk, Moos und Grassoden hervor. Sie wuschen sich beide, da sprach sie eine hübsche Frau in blendendweißem Linnen an: „Ihr seid nicht von hier. Sucht ihr die Spuren des Herakles'?"

„Warum die?", fragte der Atlanter umgehend.

„Weil er auch hier war."

Während Abi einen Blick aufsetzte, als wolle man ihn veralbern, flüsterte *Decgalôr* ihm zu: „Den Mann hat es gegeben. Er ist ein Seefahrer gewesen und ein Schwertfischer dazu."

Die junge Frau merkte schnell, sie hatte es mit einem Mann von Format zu tun. Wie er war sie geschult, logisch zu kombinieren. „Du siehst einerseits wie ein Atlanter vom Turm aus", sagte sie zu *Decgalôr*, „andererseits wie ein Schwertfischer."

„Große Güte", seufzte der Atlanter, „gibt es hier nur Seher?" Da lächelte sie. „Ich sehe, ihr seid Vornehme. Alle vornehmen Fremden, die es zur Kastalischen Quelle treibt, waschen sich hier, weil sie zur Pythia möchten. Warum ihr?"

Eigentlich erschien der Atlanter Abi nie vertrauensselig, aber an jedem finden sich Schwächen. Des Atlanters Schwäche war ein Hang zur Verwegenheit, den er allerdings besser im Zaum hielt als sein Zwillingsbruder, und es waren die Frauen. Unter ihrem Lächeln streifte er sogar mit ein paar Worten den Lebensweg seiner Cousine, die sich mit Leib und Seele den keuschen Tempelschwestern verschrieb. Die Griechin mit den Rehaugen gab ihnen auf den Weg, „lasst euch warnen, die Sprüche der Pythia sind doppeldeutig."

Der Wortführer der beiden Priester nannte sich Timon. Er stellte sich vor, als sie zum zweiten Mal erschienen, und er tat das, um den Bann der Förmlichkeiten zu brechen, denn der Atlanter wirkte verkrampft. Schließlich wusste er, dass ihm auch Schlimmes prophezeit werden könnte, und Abi wurde klar, wie wichtig es war, den starken Freund heute zu begleiten.

Man empfahl ihm, einen Opferkuchen für Apollon zu erstehen, und *Decgalôr* opferte eine Perle für einen Opferkuchen. Dann hatten sie die Wahl zwischen einer Ziege und einem Lamm. Der Atlanter entschied sich für das Lamm. Hätte es sich völlig still verhalten, wäre es zu dem gewünschten Orakel nicht gekommen. Aber obwohl die Hand nur über seinem Stirnfell schwebte, zuckte das Lamm zurück.

„Das ist gut", erklärte Timon, „andernfalls hätten wir den Schluss gezogen, die Götter sind dem Fragesteller nicht geneigt."

Als der Apollo-Priester Abi aufforderte, den Freund allein zu lassen, protestierte *Decgalôr* und kam damit durch. Vermutlich entsprachen drei Rubine einer königlichen Spende. Der Kuchen wurde verbrannt, und an dem Altar, auf dem das Feuer brannte, schnitt der Priester dem Lamm die Kehle auf. Einen Teil des Opfers verbrannten sie, der Rest würde mit ihrer Erlaubnis die Tische der Priesterschaft bereichern. Danach brachte man den Fragesteller und seinen Freund an einen Winkel im hinteren Teil des Apollo-Heiligtums, wo der Sage nach der Nabel der Welt lagerte. Der Omphalos, wie man ihn nannte, glich einem überdimensionalen Ei aus Marmor, und die ihn abschirmende Kapelle mit Rundkuppel gab es schon lange vor dem darum erbauten, großen Tempel. Auf einem Rost loderte Holzkohle, und der dunkle Samtvorhang, über den man munkelte, es sei nicht klug, dahinter zu sehen, war nicht restlos zugezogen. Abi musste im Hintergrund Platz nehmen und konnte mitverfolgen, wie ein etwa fünfzehnjähriges, schlankes Mädchen in einem ärmlichen Kleid und nackten Füßen auf den steilen Dreifuß kletterte. Sie saß da, ohne sich zu regen. Unter einem roten Schleier, der ihr lose auf den Schoß fiel, lauerten ein paar dunkle Augen mit schweren Lidern. Alles was das Mädchen tat, war, sich Lorbeerblätter in den Mund zu werfen und darauf herumzukauen.

„Na was ist?", fragte sie, „was wollt ihr wissen?"

Der Atlanter hatte sich zurechtgelegt, was er sagen wollte. „Der Phöbos zu Atlantis hat Söhne und Töchter und ich bin sein Enkel."

„Du bist *Decgalôr*", sagte die Pythia, und der Atlanter schluckte.

„Ich will wissen, ob es gut ist, im östlichen Mittelmeerraum einen Inloh-Tempel zu errichten."

„Mit einer Schiedsstelle, um die Streitigkeiten von Städten und Reichen zu schlichten?", folgerte die Pythia nuschelnd. Sie schien in Trance, redete außerordentlich schnell und haspelnd. Sie war das Sprachrohr der Erdmutter, während sie aus glasigen Augen in die Wasserschale starrte, die sie auf dem Schoß hielt und dazu heftig kauend in sich hinein horchte. Es war wieder still, abgesehen vom arbeitenden Mundwerk des Mädchens auf dem Dreifuß.

Eine nie verspürte Schwere breitete sich kribbelnd in Abis Hinterkopf aus. Er schüttelte es ab und nahm den süßlichen Dunst wahr, der hinter dem Vorhang aus einer Kluft im Felsboden quoll. Dann ein Hüsteln, wie es klingt, wenn sich jemand verschluckt. „Ich sehe die reichen Städte mit ihren goldenen Dächern", stammelte die Pythia mit bleierner Zunge. „Und ich sehe einen blonden Mann wie dich, der viel ändern will." Sie warf sich frische Blätter in den Mund, kaute wieder und nickte.

„Und eine geflügelte Frau in Weiß sehe ich. Ihr Wort wird zu Frieden, und der Handel blüht. Für alle ist es wie eine große Schicksalswende, aber es ist schon spät. Ich sehe blutiges Abendrot. Oh weh dir, der du zu mir kamst und Rat begehrtest. Brennende Städte sehe ich ... Sie erleuchten den Himmel zum Abendrot eines Goldenen Zeitalters."

Die Pythia sackte in sich zusammen und hing von da ab auf ihrem Dreifuß, ohne mehr hinzuzufügen. Ähnlich schlapp fühlte sich auch Abi. Sein Gehirn kam ihm vor wie taub. Nicht einmal ägyptischer Wein steigt so zu Kopf, dachte er, nahm den Freund am Arm und zerrte ihn nach draußen. In der großen Tempelhalle empfing sie Timon. Sie mussten eine weitere Nacht im Hafen von Kastri ausharren. Erst am nächsten Morgen wurde ihnen der Spruch des Orakels verlesen.

„Zwei werden dem Haus der Seefahrer geboren,
die sind zu Großem erkoren.
Eine Tochter wird den Frieden bringen,
und einer muss einen Drachen bezwingen.
Auf alle Beute sollte der Weise verzichten,
denn sein Trachten könnte die Schwester richten."

So stand es auf dem gelblichen Papyrus, den man ihm überreichte, und der Atlanter erblasste. Das Orakel konnte nur *Aqphis* mit der Tochter aus dem Haus der Seefahrer meinen, und er fragte sich, was der Drache bedeutete. Abi machte sich ebenso Gedanken, und als sie wieder auf dem Schiff waren und Semiris berichteten, raunte er *Decgalôr* zu: „Der Drachen könnte sich auf eine Bruderschaft Schwertfischer beziehen. Das ergäbe einen Sinn."

Feïgistos schüttelte belustigt den Kopf. „Eine Bande Halsabschneider sind für mich noch kein Drachen. Aber was für ein

Mensch mag sich hinter der Felsfestung von Pitussu verbergen? Kizwatna grenzt an das Land der Hatti, und die Hatti unternehmen nichts gegen diese Hochburg der Schwertfischer."

Um keinen Krieg mit Hattuscha zu riskieren und die Hethiter auf den Plan zu rufen, schreckte *Decgalôr* davor zurück, sich das Felsennest Pitussu vorzunehmen. Aber sollte wirklich ein genialer Geist hinter den Kaperzügen der kilikischen Schwertfischer stecken, warum hörte man von dem nichts? Selbst über Marach wurden Geschichten verbreitet oder über Suteman. Sein Blick auf *Fyfatrus* glich einer stummen Frage, denn er war es gewohnt, dass dieser meistens interessante Aspekte aufdeckte.

„Von den Schiffen, die wir abfingen, war eines ausnahmslos mit hochgewachsenen Schwarzen bemannt. Natürlich könnte Ophir dahinterstecken. Doch einer von denen, die *Fäpaguis* nach dem Kampf zu den Haien schickte, gab vor, aus Llanka zu sein."

Es weckte Erinnerungen an Dinge, die ihm Semiris einmal von Kirsa erzählte, aber sich jetzt über einen Hexenmeister den Kopf zu zerbrechen, weil er Zusammenhänge witterte, dazu fühlte *Decgalôr* sich zu müde. „Ich werde eine Nacht darüber schlafen."

Ruhe fand er jedoch nicht. Auf alle Beute würde er verzichten, was immer gemeint war, aber es klang nach einer schweren Schicksalsprüfung. Auch wenn er den Spruch so weit deuten konnte, gab ihm das Orakel Rätsel auf. Es klang nach drohendem Verhängnis; das war genau das, vor dem er sich schon vor dem Orakel heimlich gefürchtet hatte.

Wenigstens wusste er jetzt, es war gut, auf Thera einen Inloh-Tempel zu gründen und an seinem Vorhaben festzuhalten. Die Schiedsstelle würde die Welt verändern. Sah die Pythia nicht ein Goldenes Zeitalter voraus?

17.

Keine Frage, der Atlanter freute sich darauf, im Sperrturm von dem Orakel zu berichten, aber ihm schwebte vor, anschließend mit der ‚Zerberus' nach Ägypten zu segeln und durch den Usermaatre-Kanal ins Rote Meer. Er war ganz erpicht darauf, hinabzutauchen in die Tropen des sudischen Golfs, wo Euphrat und Tigris münden, hatte das Fernziel Indus vor Augen. Ihn lockte der Ferne Osten. Nach Hastinapura zog es ihn, dem letzten der alten Zentren des Hinteren Orients, von deren Märkten Safran und Pfeffer ihren Siegeszug antraten. Gleich im Hafen von Kastri widmete sich *Decgalôr* dem Ruder, seinem liebsten Platz an Bord. Irgendwann mochte Abi ihm von Lukas erzählt haben, dem bei dem Zusammenstoß mit den Schwertfischern weniger Glück beschieden war. Automatisch kam er darüber auf Ruth zu sprechen, und als sie sich Afrika und der Küste Kanaans näherten, lachten die stahlblauen Augen des Freundes. „Soll ich Aschkelon ansteuern?"

Es stand nie zur Debatte, aber den Atlanter leiteten erhabene menschliche Werte. Abi wusste, er wollte endlich wissen, ob er wie versprochen seiner Jugendliebe reinen Wein eingeschenkt hatte, denn sonst wäre jetzt die allerletzte Gelegenheit, das nachzuholen. „Ich war da, oh ja", gab er knurrig zurück. „Aber ich fühlte mich mies. Ich kam ja als Todesbote und hab so getan, als sei mir egal, dass sie sich damals für Lukas entschieden hatte. Aber die hat geweint. Immerzu. Und ich hatte ein zu Tränen aufgelöstes Mädchen zu trösten und musste daran denken, wie oft ich mit ihr und Mazad durch Felder, Wälder und Gärten am Richtberg von Aschkelon gestreunt bin. Kennst du das Gefühl, einen trockenen Hals zu kriegen, weil man etwas sagen müsste und es dann doch lieber verschweigt?"

Der Atlanter nickte lächelnd. „Hast du Semiris also gar nicht erwähnt?"

„Mit keinem Wort. Ich war eisern."

„Ihr habt lange genug in Aschkelon gewohnt", überlegte der Atlanter. „Eure Nachbarn werden Ruth im Nachhinein über dich und Semiris unterrichten, und sie wird dich dann verstehen. Warst du auch bei Lukas Eltern?"

Matt lächelnd besann sich Abi: „Sein Vater betreute bis ins hohe Alter unsere Dromedare, und seine Mutter starb uns früh weg."

Der Atlanter schmunzelte und war zufrieden mit Abi. „Sollte mir einmal ein Unglück widerfahren, möchte ich, dass du die Botschaft dem Phöbos überbringst", sagte er leise.

Bestürzt hob Abi das Kinn und fuhr sich durchs Haar. Die ganze Zeit über, die sie in Aschkelon weilten war ihm keinen Augenblick in den Sinn gekommen, sich nach Mira, dem schwarzen Schaf in der Familie, zu erkundigen. Dabei zog er sie immer den anderen Schwestern vor, weil sie nie ein Blatt vor den Mund nahm. Und er schwankte auf einmal in seinem Vorsatz, die Heimat links liegen zu lassen. „Schade", nörgelte er, „mein Vater bat mich wiederholt, das Pesach-Fest abzuwarten und wirkte sichtlich geknickt. Lamm wird es geben."

Decgalôr stieg nicht im Geringsten darauf ein, und er fügte befangen hinzu, „ich habe noch eine Schwester, die heißt Mira, und die ganze Familie wäre dann ..."

Mitten im Satz traf ihn Semiris entnervter Blick. Offensichtlich sah sie einem weiteren Besuch des Hauses seiner Väter eher reserviert entgegen und war froh, nicht länger die gefällige Schwiegertochter spielen zu müssen. „Mira?", wiederholte sie.

Verblüfft blickte Abi sie an. „Ja, ich weiß von ihr", erklärte sie ein wenig befangen. „Weißt du, ich stamme aus Hellas und bin gewiss kein Mensch ohne Werte. Einfach den Stab über sie zu brechen, finde ich schnöde. Ich wüsste keinen Gott im ganzen Pantheon, der frei ist von moralischen Schwächen oder sich durch vorbildliches Handeln auszeichnet. Sogar Aphrodite schmiedet Ränke. Und es stört mich, wenn deine Schwester Mira wie Mist behandelt wird."

„Nur weil Mutter in solchen Dingen bei uns das letzte Wort hat", bemerkte Abi finster. „Und woher weißt du davon?"

„Melis war offener als du", speiste sie ihn ab.

Abi schluckte es mit einem Lächeln und gab sich zufrieden, sie im Arm zu haben. Allmählich fand er wieder Geschmack am Leben an der Seite des Atlanters und nickte dem gutgelaunt zu. „Du hast es so weit gebracht, dass ich wirklich mein Bestes für die Sache unserer Familie geben werde."

Es stimmte ohne Abstriche. Der Atlanter gehörte zu den unverzichtbaren Menschen, die auf Anhieb Wichtiges von Unwichtigem zu unterscheiden vermögen und stets wissen, was getan werden muss, um es dann auch sporstreichs anzupacken. Wenn er sich zudem manchmal in die Angelegenheiten von Freunden einschaltete, fühlte sich Abi davon nicht auf den Fuß getreten. Im Gegenteil, es war wie ein Kompliment, als der Atlanter ihm den Arm um die Schulter legte.

„Du bist eine von grundauf ehrliche Haut und zuverlässig, und du wirst bald auch über die dritte Tugend eines idealen Kaufmanns verfügen. Dort, wohin wir segeln, wirst du lernen, in den Gesichtern der Menschen zu lesen."

Der Atlanter stieß durch die Nase Luft aus, wie um es zu bekräftigen. Dann lächelte er andächtig. „Der Orakelspruch lässt mir keine Ruhe. Könnten nicht doch Hirams Schwertfischer gemeint sein mit dem Drachen? In dem Fall habe ich mindestens einen Teil der Beute behalten – und zwar das Leopardenfell."

Abi beruhigte ihn. „Die Sache hat einen Pferdefuß: Wer bei einem Orakel erwähnt wird muss ein mächtiger Mann sein. Unter einem Drachen stelle ich mir keinen Sonderling wie Hiram vor."

„Das will ich meinen", sagte der Atlanter erleichtert. Es gab eben Fragen, die zu erläutern, hieße, sich der Lächerlichkeit preiszugeben, es sei denn, man bekakelte es mit Abi.

Abi war auch zugegen, als sie sich wieder im Sperrturm einfanden und *Decgalôr* dem Machthaber des Turms den Besuch in Delphi schilderte.

„Die Schwertfischer sind wie eine Krankheit des Handels", formulierte es der Herr aller Flotten. „Ich fange an, mich mit deinem Gedankengut anzufreunden, werter Neffe."

Für *Decgalôr* war es nicht so leicht, wie es vor Abi den Anschein hatte, die Belange des Sperrturms auf die lange Bank zu schieben, um sich im Dienste eines Freundes den fernen Ufern des Indus zuzuwenden. Das Problem der Inselfestung Pitussu wartete auf ihn. „Ich denke, ich werde zunächst ein wenig die milden Brisen des Nildeltas genießen", erklärte er gemach. „Es wäre sinnvoll, eine Wachstation am Usermaatre-Kanal zu errichten. Der ist auch ein Schlupfloch für die Schwertfischer. Was meinst du, genügt dafür eine Staffel?"

Er wunderte sich, wie glatt ihm die Notlüge über die Zunge glitt, aber dem Herrn aller Flotten genügte das. „Eines solltest du wissen", riet er seinem Neffen. „In Ägypten nimmt man zur Feuerung getrockneten Tiermist. Die Holzarmut zwingt dazu. Bäume dürfen am Nil nur auf ausdrücklichen Befehl des Wesirs gefällt werden. Deckt euch also vorher mit Holz ein."

Von dem Pult, an dem der Herr aller Flotten auf die Sperrkette hinabspähen konnte, verzog sich Abi mit *Decgalôr* und dessen Freunden zu den Eichentischen und Sitzecken, an denen sich abends die Centauren vergnügten. Momentan waren nur zwei anwesend, der muskulöse Krieger in Leder und *Häphater*, der heitere Graubart, dessen langer Rock aus einer Bahn grüner Seide bestand und aus einer in blutrot. Dementsprechend leuchtete der doppelte Rosshaarkiel des Helms, den er vor sich auf den Tisch stellte, einerseits dunkelgrün, andererseits rot. Sein breites Lächeln war herzlich, galt aber dem Prinzen. Abi grüßte er mit einem höflichen Zunicken.

Nach einer Karaffe ägyptischen Wein bestanden die beiden Veteranen darauf, sie zu unterstützen. Und *Decgalôr* flüsterte Abi zu: „Wir wären zu sechst, aber die Sieben ist eine besondere Zahl, und ich muss mit *Fäpaguis* reden. Vorher können wir nicht auslaufen. Selbst auf die Gefahr hin, es hinterher zu bereuen, wir bleiben bis morgen im Turm."

Soviel Besonnenheit zahlte sich aus. Schon am nächsten Morgen kehrte tatsächlich das Flaggschiff des dritten Verbandes ein. In Scharlach und Blutrot auf die Knie reichenden Brokatmänteln erschienen *Fäpaguis* und *Fanfaguis*, der eine ein schwarz gerahmtes Fuchsgesicht, der andere wirkte durch seinen Kinnbart und den auffällig breiten Kiefer ein wenig wie ein Frosch. Kaum verkündete *Dëialis*, man habe das zehnte Schiff mit Schwertfischern aufgebracht, zogen sie mitsamt Gefolge lachend in die Halle der Centauren und hoben den Prinzen begeistert auf ihre Schultern. In letzter Zeit gerieten sie sich schier in die Haare, um die Wache an der Klippenküste der Symplegaden.

So brachen sie auf, im Geleit neun Kampftrieren samt Bordschützen und Entertruppen. Gemäß *Dëialis'* Auftrag machten sie zunächst einen Abstecher zur waldreichen Küste Libyens, und die Entermannschaften fällten dort massig Zedern.

Die kleine Flottille fuhr tagelang den Nil stromauf, wie Abi und Semiris das früher schon erlebt hatten, um dann an einer Stelle anzulegen, wo sich in sattem Grün ein Wiesenstreifen am Kanalufer erstreckte, ein Schiff neben dem anderen, die Heckflossen dem offenen Kanal zugewandt.

Vier Laderäume gaben ihr Zedernholz frei, und was jetzt kam, regelte *Häphater*. Er wies den Leuten einen nahen Palmenhain und die sich davor erstreckende Einöde mit pulverigem Sand und ordnete an, welche Gebäude wo zu bauen wären. Direkt am Wasser zimmerten bald die Ersten an einem Pfahlbau. Andere schabten die Rinde ab und wuchteten die Stämme zu den Leuten hinüber, die schon Palisaden aufpflanzten.

Für Abi bahnte sich ein Geschäft an, denn *Decgalôr* stellte ihm großzügig die frei gewordenen Laderäume seiner Schiffe zur Verfügung. Unter der Vorstellung, hundertfünfzig Schekel in Silber aus dem Weingeschäft zur Verfügung zu haben, regte sich das Herz des Händlers. Wer zu den Nowa gehörte, lernte früh, was welches Land zu bieten hat. Er wusste von Haus aus, dass der Boden im Industal sogar für den Hirse- und Gersteanbau zu karg war. Und bei der Aussicht, sich bei einem Silo in Memphis mit Weizen einzudecken, war ihm danach, die Hände zu kneten.

Von Memphis segelten sie erneut den Nil hoch, da begegneten ihnen bunt geschmückte Barken. Es war nämlich der 15. Tag des zweiten Monats der Überschwemmung. Zu diesem Zeitpunkt erreichte die Nilflut ihren Höchststand. Auch wenn sie in der Höhe wieder geringer ausfiel als üblich, bedeckte sie die Felder erneut mit fruchtbarem Schlamm.

Das damit beginnende Opet-Fest war das größte Volksfest der Ägypter. Ein pompöser Umzug auf dem Nil läutete eine Periode der Heiterkeit ein. Unter Thutmosis II. gab es das schon, mit dem kleinen Unterschied, dass die Neujahrsfeierlichkeiten damals elf Tage dauerten, unter Ramses hingegen einen kompletten Monat. Der Atlanter klatschte sich ernüchtert an die Stirn.

„Ich fürchte, mir ist entgangen, im Niltal feiern sie das Kommen von Amun. Sie holen die Kultstatuen von Amun Rê, dem König der Götter und seiner Familie, der Göttin Mut und dem göttlichen Sohn Chons aus dem Tempel von Karnak. Mit Blumen geschmückte Barken warten und die Götter werden zugedeckt zum Kanal getragen. Niemals wird das Tuch gehoben, so lange sie noch unterwegs sind. Das ist bei ihnen eine gigantische Zeremonie."

Sie konnten viele Hundert Habiru am Ufer beobachten, die die Barken mit dicken Trossen zogen. Eine regelrechte Volksfeststimmung begleitete den Zug, und der Atlanter, in den Gebräuchen der Ägypter bewandert, bemerkte ernst: „Zahlreiche Rituale müssen wieder und wieder vollzogen werden, ehe die Götter bereit sind, ihr Haus zu verlassen und über Land zu reisen."

Es sollte dem Volk die Präsenz ihrer Götter auf Erden vor Augen führen, und am Ufer marschierten Einheiten des Militärs auf. Eine Musikkapelle mit Trommeln, Harfen, Zithern, Trompeten und Kastagnetten sorgte für Unterhaltung und kultische Tänze. Es begann an der Uferwiese des Tempelhauses von Karnak und ging auf dem Nil weiter, stromauf zum Heiligtum von Luxsor. Die meisten Leute hatten sich mit Kränzen und Blumengebinden geschmückt. Zelte flankierten das Ufer, an denen Wein ausgeschenkt wurde. Die Volksmasse wogte jubelnd und tanzend mit und geleitete die Prozession auf dem Nil, an der

Spitze Ramses persönlich in einer Barke, denn allein er durfte die heiligsten Statuen berühren.

Das alles bedeutete für Abi und den Atlanter, in einem Fischerdorf an Land zu gehen, weil der Nil reserviert war für die Prozession des Pharaos.

Dadurch streifte Abi diesen Abend mit Semiris und dem Atlanter durch Mikere, ein kleines Dorf flussauf von Luxor. Überall duftete es nach geschmortem Knoblauch und Kümmel, und ein verwehter Geruch von brutzelndem Rindfleisch machte Semiris den Mund wässerig und erinnerte an den noch leeren Magen. Auch die Menschen, die nicht dem Umzug beiwohnten, schienen bester Laune. Die Alten saßen bei lauer Luft und Fackelschein auf ihren Klappstühlen und plauderten. Auf Tontellern gab es haufenweise Kapern, Minzeblätter, Rosmarin, Koriander, Knoblauch, Unmengen von Zwiebeln und viel Fleisch. Hunderte von Ochsen waren geopfert worden und das Volk durfte sich mit Essen vollstopfen in den 26 Tagen des Opet-Festes.

Abi rollte über die Unterbrechung ihrer Fahrt mit den Augen, und *Decgalôr* entbot ihm nur ein müdes Lächeln und nippte überlegend an seiner Unterlippe. „Wie stellst du dir den Tod vor?"

Verdattert starrte Abi ihn an. „Habe nie drüber nachgedacht. Sagen wir, mein Leichnam wird zerfallen, wie alles, was einmal Fleisch war, und das war es."

„Diese Menschen hier, lass sie verschrumpelt aussehen, als wären sie alle schon einmal Mumien gewesen, legen von jung an Vermögen zurück, um einmal mit Stroh gefüllt die Ewigkeit zu überdauern. Die glauben an ein Danach."

„Mummenschanz, Fantasterei", schnaubte Abi. „Nichts bleibt, so traurig das ist."

Für Semiris entsprach es einem verlockenden Thema. „Das gewiss nicht, mein Lieber. Diokles sagt, was einmal ist in dieser Welt, wird niemals wieder spurlos aus ihr verschwinden. Selbst der bedauernstwerteste Sklave deiner verehrten Heimatstadt ist mit einer Seele ausgestattet. Es ist das in dir lebende Gefühl, das überlebt. Und mag es auch über den finsteren Styx gehen, so verheißt schon der Vers des Orpheus', dass es neben dieser Welt noch ein Gestade der gescheiterten Seelen gibt."

Abi belustigte der Gedanke eher. „Unser Schneider oder der Seiler würden trocken sagen, die Götter haben es an sich, leicht eifersüchtig zu werden, und es gilt für klug, nicht ihren Neid zu wecken. Doch was in aller Welt könnten die mit meiner Seele anfangen?"

„Das ist eine Frage der Vorstellungskraft", entschied der Atlanter, und Abi ließ verunsichert den Kopf hängen, weil es nach den Thesen einer weltfremden Sekte klang und ihm als Nächstes dazu die entsetzlichen Anhänger des Dionysos' einfielen, die zu dieser Einstellung zügellos dem Wein huldigten und bisweilen am Marktbrunnen zu öffentlichen Orgien aufriefen.

Es dauerte, aber drei Laderäume waren mit goldenem Weizen gefüllt, als sie sie wieder die Mündung des Usermaatre-Kanals passierten, wo die Leute von *Häphater* ihnen prompt zujubelten. Aus der Nähe ließ sich ein Holzturm erkennen und eine Hütte. Einige Leute mit Eisenhüten bauten am Schilfufer an der letzten Lücke des Palisadenzaunes, der schon den kleinen Stützpunkt am Nil umspannte. Sie wollten nach einem kurzen Aufenthalt in der Blockhütte des neuen Quartiers gerade wieder über den Brettsteg zur ‚Zerberus', da trieb auf der Strömung des Nils eine Feluke vorbei, die brannte wie eine Fackel.

„Schwertfischer", kombinierte *Fyfatrus*, und *Feïgistos* und *Decgalôr* nickten.

Sie segelten darauf nicht in den Kanal hinein, sondern der Strömung entgegen, bis hinter einem festungsartigen Sandsteinblock, auf dem Geier nisteten, eine Strandbucht auftauchte, an der bunt gekleidete Nubier um ein Lagerfeuer hockten. „Das sind sie", sagte der Prinz und griff nach dem Stag, das zum Mastbaum führte. Die andere Hand winkte dem Mann am Takthammer. Sie fuhren in voller Fahrt auf eine Strandbucht unter Bambusrispen zu. Zwar verfügten sie lediglich über eine hinfällige Bireme, aber an Bordschützen litten sie keinen Mangel, und die konnten durchaus auch auf dem langen Brett antreten, das über den Ruderdecks schwebte. Sie schickten eine Salve auf die Lagerstelle ab, und bloß vier der Überraschten konnten aufspringen und sich in den Dschungel retten.

Abi hetzte ihnen mit *Decgalôr* und anderen durch das Dickicht nach und folgte einem Knacken, wie von fliehendem Wild, ohne das Geringste von den Verfolgten zu sehen. Bei einem Felsen, an dem sich ein abgeschälter Baum erhob, stellten sich dann vier vor Kraft strotzende schwarze Krieger. Drei trugen Schurze aus Antilopenleder und Pantherfelle, einer einen hyazinthblauen Byssusmantel. Und der war ein Riese von Mann. Wie ein in die Enge getriebener Löwe riss er das Zweihandschwert in die Höhe, röhrte einen markerschütternden Kampfschrei zum Himmel und zerhieb einem Echsenmann den Nacken. Sein nächster Schlag hätte Abi gegolten, doch *Decgalôr* rettete ihm das Leben. Geschwinder als der Riese mit seinem Drachenkamm herumfahren konnte, trennte er dem Schwarzen den Arm von der Schulter. Und sein Fall entschied letztendlich den Kampf am Strand.

Nach einem Streifzug durch üppigen Urwald stießen sie auch auf das versteckte Schiff dieser Bruderschaft. Ein schwarzhäutiger Junge hielt in der Bucht Wache, bewaffnet mit einem schlichten Sichelschwert, wie im Heer der Ägypter üblich. Für *Decgalôr* war es leicht, ihn zu entwaffnen, und so überlebte einer aus der Mannschaft, der gegen die anderen harmlos wirkte. Der Prinz hielt ihm die Stahlspitze unter das Kinn, da machte er einen steifen Hals und beschloss, nicht zu reden. Unterdessen kniete Abi bei dem erschlagenen Mann im hyazinthblauen Mantel und zog dem eine Goldbrosche mit Nadel von der Brust. Er stieß einen beifälligen Piff durch die Zähne, um *Decgalôr* den feingearbeiteten Drachen darauf zu zeigen.

Verwundert nahm dieser ihm die Brosche aus der Hand und hielt sie dem Jungen unter die Nase. „Ist das ein Wappen?"

Der Junge schielte beängstigt auf die an seine Kehle tippende Schwertspitze. „Ist Drachen von Llanka", stieß er stockend hervor.

Abi bemerkte einen Ausdruck von Verblüffung in des Prinzen Augen, und der schluckte bestürzt. „Hast du deinem Herrn gern gedient?"

Halsstarrig schüttelte der Junge den Kopf. Da endlich senkte *Decgalôr* den Stahl und ließ ihn aufatmen. „Erzähle", forderte er. „Warum bist du auf diesem Schiff, das andere Schiffe kapert?"

Vermutlich witterte der Junge, dass sich eine Chance bot, zu überleben. Er rang sich zu einem verschämten Lächeln durch. „Bei uns gehört der Drittgeborene der Schatzkammer. Deshalb wurde ich, kaum vierzehn, als Sklave mit dem Blumenschiff nach Llanka gesandt."

„Ein Sklave ohne Spuren von Schelle und Ketten", überlegte *Decgalôr*, und der Junge nickte hastig. „Und doch ein Sklave."

„Da du mich verstehst, sprichst du somit zwei Sprachen. Sprichst du auch die Sprache von Llanka?"

„Na sicher. Mein Vater ist ein ehrenhafter Töpfer in Llanka, und Phönizisch verstehe ich, weil meine Mutter aus Beïruta stammte. Braucht ihr einen Übersetzer?"

„Das will ich meinen. Wie heißt du?"

„Melek."

Der Prinz blickte dem Jungen stechend in die Augen. „Schwörst du bei deinen Göttern, mich niemals zu verraten?"

Melek legte die Hand aufs Herz und zwinkerte hitzig. „Bei Varuna, dem endlosen lichterfüllten Himmel, der alles umfängt, mein Herr, ich schwöre."

„Das gilt", sagte *Decgalôr*. „Ist das euer höchster Gott?"

In Meleks Augen glomm ein inneres Feuer, und er lächelte vergnügt. „Wir haben so viele Götter, aber Varuna schuf die Welt. Die Sonne ist sein Auge, der Himmel sein Gewand, der Sturm sein Atem. Er ist der Ewige, die unerschütterliche Grundlage für Himmel und Erde, die er trennte. Er weiß alles und sieht, was ist und sein wird, straft die Schuldigen und übt Barmherzigkeit an dem Manne, der bereut."

Der Atlanter bestaunte seinen Enthusiasmus, ein Ausdruck heimlicher Bestätigung formte sich um seinen Mundwinkel. „Du meinst das Ewige, die Weltordnung an sich. Aber wozu braucht ihr noch großartig andere Götter?"

„Sie sind da, und wir nehmen teil an einem zauberhaften Spiel. Auch Agni, das Licht, ist unentbehrlich und braucht seine Opfer um über die Winde Maratas gebieten zu können. Ohne Opfer kein göttlicher Zauber und machtlose Götter, versteht Ihr? Dann schickt er die Kali, die schreckliche Göttin der Wüste, und die verhängt das Mahamari, das große Sterben."

Unbeabsichtigt kam der Junge vom Hundertsten ins Tausendste, beteuerte eifrig gestikulierend den hohen Sinn für Treue und Wahrheit, der ihm wie jedem Hindu innewohne, und gewährte auf seine unbeschwerte Art einen tiefen Einblick in die Volksseele an Indus und Ganges. So genommen bot er ein Beispiel für das lebendige Naturgefühl und die tiefe Innerlichkeit, die diesem Menschenschlag eigen ist, denn die Religion in Hindustan war eine Naturreligion. Man huldigte Steine, Bäume, vor allem die Eiche, Quellen und Flüsse als Sitz heiliger Lebenskräfte. Die heilige Ursubstanz des Feuers nahm eine Sonderstellung ein, als geheimnisvolles Abbild der Sonne, das immer neu am Jahresbeginn, im Frühling oder an der Sommersonnenwende entzündet wurde und deren Lauf im Hüpfen, Schaukeln und Tanzen oder im Rollen von Rädern magisch nachgeahmt wurde.

Als der Junge auf die Veden einging, die Heiligsten Schriften der Hindus, ermüdete der Atlanter in seiner Rolle als geduldiger Zuhörer und schnitt ihm das Wort ab. „Wir segeln von hier zum Usermaatre-Kanal und von dort in das Rote Meer, das du wohl besser kennst als wir. Du wirst ein halbes Jahr unser Junge für alles sein, und es wird dir bei uns gut ergehen."

Decgalôr hatte sich schon überlegt, wie es weitergehen würde. Die Mannschaften der Trieren, die sie seit dem Besuch im Sperrturm begleiteten, würden ab heute kontrollieren, wer den Usermaatre-Kanal nutzte. Aber ihre Reise begann gerade erst. Es folgten Tage unter der drückenden Äquatorsonne. Immer wieder kamen Flauten, in denen gerudert werden musste. Wieder ging es einem fliehenden Horizont entgegen, anfangs gen Süden, später gen Osten, auf die Morgensonne zu. Die Stadt, die *Decgalôr* so reizte, hieß Hastinapura. Aber irgendwo dort musste es außerdem eine weniger bedeutende Stadt mit Namen Batawe geben, und es wollte ihm nicht mehr aus dem Kopf, dass in Kirsas Fall Leute aus dem eigenen Volk in die Sklaverei verschoben wurden. Melek hatte es bestätigt. Ihm sträubten sich nahezu die Haare, vollzog er nach, mit welcher Menschenverachtung der dahinter steckende Machthaber mit Kindern seines Landes umsprang. Die Brosche, die Abi bei dem Anführer der Schwarzen entdeckt hatte, schien ihm ein Wegweiser des Schicksals. Er nahm gar nicht wahr, wie allmählich ein Gestade mit einer breiten Flussmündung am Horizont auftauchte.

Es dunkelte bereits. Drüben unter der dunklen Palmenmasse des Eingeborenenviertels glänzen rötliche Lichter. Bodenlampen streuten grellen Schein auf den Landungsdamm. Schwärme von Krähen und Aasgeiern flogen über den Strom. Gelblich waberten die Wogen, und Möwen gaukelten im graziösen Schwebeflug über dem Heck.

Semiris freute sich, dass die langweilige Seefahrt endlich ausklang, während in beschaulicher Ruhe der dunkle Leib eines toten Büffels vorüber trieb, die Beine steif nach oben gereckt, auf seinem Bauch ein blinzelnder Aasgeier, um dessen Hals bläuliche Eingeweide baumelten.

Nahe dem Ufer erhob sich eine quadratisch wirkende, klotzige Stadt im tönernen Rot gebrannter Ziegel, umrahmt von großen, rechteckigen Wasserflächen, die in der Abendsonne gleißten gleich Silber. Auf dem seewärts weisenden Winkel schlang mit ausgespreizter Schwinge ein Pelikan einen zappelnden Fisch herunter, und Semiris schien es, als würde die Stadt auf dem Wasser schwimmen. Selbst Melek hatte seine Heimat vermutlich noch nie von seewärts gesichtet, saß mit untergeklemmten Beinen wie ein Affe auf der Reling und schien nasse Augen zu bekommen. Abi stieß ihn ergriffen an. „Könnte das Hastinapura sein?"

Der schmalbrüstige Junge mit den weichen Zügen zeigte ihnen auf den Lagerhallen und Werkstätten die reihenweise im Hafen herumlungernden Geier, für diesen Hafen so typisch wie die glühende Hitze. „Ist Hastinapura."

„Weißt du", fragte Abi sofort, „warum es um Städte wie Harappa und Dholavira so still wurde?"

„Weil der Ghaggar-Hakra versiechte und der Indus nicht mehr fließt, wo er früher floss. Es sind Geisterstädte, verlassen, ehe die große Dürre folgte. Nur Hastinapura überlebte, weil es nicht auf einen Strom angewiesen ist. Zur Regenzeit sammeln sie dort das Wasser in großen Steinbecken, und wenn wir eines sind, dann ein sauberes Volk. Aber Hastinapura wird von einem Ungeheuer beherrscht. Wir zahlen Tribut. Jeder Drittgeborene muss nach Llanka, als Sklave."

Was Melek zum Besten gab war nichts, an dem sich ein Herz freuen könnte, und es zauberte doch ein feines Lächeln auf *Decgalôrs* Mundwinkel. „Das klingt nach einem heißen Pflaster."

Nachdenklich strich sich Abi über die Nase und fühlte sich von seiner unerschütterlichen Neugier angesteckt. „Mein Vater legte mir ans Herz, das öffentliche Bad aufzusuchen", fiel ihm ein. „Wer etwas auf seinen Umgang gibt, ist gern gesehen, man kaut die Politik der Stadt durch, beredet Geschäfte und wird gepflegt sowie von in Massage geschulten Bediensteten umsorgt. Wir sollten uns nach jemandem namens Parosch erkundigen ... oder wer sonst maßgeblich ist im Bereich Gewürzhandel."

18.

Die Stadt am Strom wirkte wie auf dem Reißbrett entworfen. Schnurgerade, neun Schritt breite Hauptstraßen in exakter Nord-Süd-Richtung durchschnitten das Häusermeer. Alle Gebäude erhoben sich auf hohen Plattformen, um Überschwemmungen vorzubeugen, und die komplette Stadt bestand aus gebrannten Ziegeln in einem rötlichen Gelb. Alles entsprach einer monotonen Einheitsarchitektur – Wohnkasernen, aneinandergereiht wie in einem Gitternetz.

Die Wache am Hafentor verwies sie für die Nacht höhnisch aufs Meer, und frühmorgens erkundeten sie dann den Zauber dieser fremden Welt. Semiris suchte vergeblich einen Ölbaum in dieser Wüste aus gebrannten Ziegeln und trostloser Gleichheit. Auch das Singen der Vögel vermisste sie. Dafür saßen auf Dächern und Geländern reihenweise Beos, die sprachbegabten Stare der Tropen. Dennoch pulsierte auf den Straßen das Leben, sie gerieten in das bunte Treiben des duftenden Blumenmarktes. Hindufrauen mit baumelnden Ohrringen, gescheiteltem Haar, kleinen Goldknöpfchen im Nasenflügel und an der Stirn boten in bemalten Tonvasen leuchtende Blumen an, die Handgelenke verdeckt von einem Dutzend klirrender Reife. An einem Straßenstand häuften sich Stauden fingerlanger Bananen. Mangos und andere Früchte hatte man zu bunten Rädern angeordnet.

Ein zerlumptes, junges Mädchen führte einen blinden, ausgemergelten Mann an der Hand und wimmerte: „Oh gebt eine Handvoll Reis für uns beide. Alter Mann blind, hat Hunger! Oh ihr, die ihr euch am Wohlstand labt, kein Vater, keine Mutter mehr, allein mit blindem Mann."

In einem kühlen Anbau schlugen ihnen furchtbare Gerüche und ein gellendes Kreischen entgegen. Da saßen in Käfigen und verkettet mit Stangen bunte Papageien aller Arten. Schneeweiße und rosenfarben gesprenkelte Kakadus wiegten sich, pfeifend und schreiend nach Herzenslust. Affen, zu Rudeln in lange Kisten gesperrt, schmatzten und fletschten die Zähne, langten mit haarigen Armen durch die Gitterstäbe. In einem Eckkäfig dösten zwei junge Tiger in prächtigen Pelzen, gelangweilt gähnend. Überall handelte man, und nicht unter vorgehaltener Hand, ein Fisch gegen einen Kasten, ein Kuchen gegen einen Hasen, ein Halsband für einen Windhund gegen einen Lederbeutel. Ein Blatt Papyrus gegen einen Fächer, Gemüse gegen ein Paar Sandalen, oder ein Angelhaken gegen eine Schreibtafel. Wie kleine Schluchten muteten die schmalen Abwassergräben an, die hohe Wohnkultur ausdrückten und ein ausgeklügeltes Kanalnetz andeuteten. Überall klotzige Häuser, alle gleichgroß, trist und eintönig. Fliegen störten selten das Bild. Melek bewies, was in ihm steckte und brachte sie auf dem kürzesten Weg zur Hafenmeisterei. Abi erhielt für den Weizen drei blanke Barren Silber von beträchtlichem Gewicht.

Semiris wartete mit Melek draußen, während die Männer das klärten. Nebenbei nahm sie zur Kenntnis, Männer und Frauen tummelten sich außerhalb der Hafenbefestigungen in der Brandung des Indus. Bis an die Hüften ins Wasser gewatet, machten sie eine Verbeugung, tauchten das Gesicht ein, schlürften ein wenig Wasser und putzten die Zähne. Dann verweilten sie lange in Gebet vertieft, ehe sie das nasse Gewand abstreiften und ans Ufer zurückkehrten. „Der Hindu hat ein stark entwickeltes Schamgefühl", wusste Melek. „Deshalb wird er sich nie ganz entblößt zeigen. Stück für Stück wickelt er sich das nasse Gewand ab und bedeckt die entblößte Stelle mit dem bereitgehaltenen trockenen."

Die Leute hatten Übung darin, selbst Frauen zogen sich ruhig an den Ufern um, ohne dass jemand mehr als die nackte Schulter zu sehen bekam, und Melek verriet ihr: „Viele kommen von weither, um in diesem Wasser zu baden."

Auf Abis Bitte, sie jetzt zum Haus der Paroschs zu führen, sperrte Melek ratlos Mund und Augen auf, doch auf das Stichwort Badehaus zog er sie mit einem verschmitzten Grinsen sogleich mit. Er wies ihnen die Stätte, wo die Leichen der Stadt den Flammen übergeben wurden. Atemberaubender, grünlicher Qualm waberte über dem Ort, und sie sahen, dass der Tod nicht alles gleichmacht. Wenigstens äußerlich nicht. Die Reichen bekamen mächtige Scheiterhaufen und wurden mit wohlriechendem Öl und Blumen überschüttet, so verbrannten sie zu Asche und einem Häuflein Knochen. Ärmere erhielten schon weniger Holz. Die armen Teufel, für die die Zeremonie ausfiel, bekamen bloß ein paar Knüppel, die sie dreiviertel anbrieten und in eine schwarze Mumie verwandelten.

Das Badehaus war schwach besucht, obgleich jeder Bürger Hastinapuras bekundet hätte, stolz auf das gemeinschaftliche Bad zu sein. Im Grundwasser zu baden entsprach einem ausschweifenden heiligen Ritual, doch Frauen blieb der Zutritt verwehrt, und Semiris musste sich draußen die Zeit vertreiben.

Abi teilte sich mit *Decgalôr* eine der verfliesten Nischen und ein Brett mit gebratenen Fleischstückchen, das zwischen ihnen auf dem Wasser schaukelte. Kaum kniete sich Abi nieder und tauchte bis an den Hals ein in das anfangs kühle Wasser, schleppten zwei Badeknechte eine tragbare Stellwand herzu, sie damit abzuschirmen. Kurz darauf schlüpften durch einen türlosen Zugang zwei Weiber in dünnen Kleidern herein. Der Atlanter winkte eines der beiden zu sich. „Kennt ihr einige Kunden persönlich?"

Scheu nickte sie. „Mir ist verwehrt, über unsere Gäste Auskunft zu geben. Täte ich es, würde man mich mit Ruten streichen."

Der Atlanter rieb sich nachdenklich das Kinn. „Mir genügt, wenn du auf meine Frage nickst oder den Kopf schüttelst. Zählt ein Haupt des Hauses Parosch zum Kreis eurer Gäste?"

„Sagen wir, ein knauseriger Kauz, von dem die Stadt spricht", bestätigte sie. Ihre Brüste wogten unter dem dünnen Kittel, während sie sich über den Beckenrand neigte, und da ihr der Kittel auch an anderen Rundungen auf der Haut klebte, fand Abi den Übermut seines Freundes peinlich.

„Der Parosch?", raunte in fragendem Ton ein Mensch mit bulliger Stirn, dessen Masse von Leib nur verwackelt durch das glasklare Wasser kenntlich war. „Der, der sich als Töpfer versuchte und am Bettelstab endete?"

„Eben der", beeilte sich Abi zu erwidern.

„Das ist Sherill. Bei der Schweinebrücke steht sein Bau. Er soll ihn zum Lokal umgebaut haben. Tief gesunken, der Alte, wenn ihr mich fragt."

Abi nickte dem Atlanter bedeutungsvoll zu. Da Handtücher genug ausgehängt waren längs der verfliesten Wand, trockneten sie sich zufrieden ab, um dem Badehaus den Rücken zu kehren und dem Hinweis nachzugehen.

Bei der beschriebenen Brücke arbeiteten Elefanten an einem Straßendurchbruch, das hohle Klopfen zahlreicher Äxte hallte aus dem Inneren der übersonnten Bresche. Verwundert sahen Abi und Semiris ihre ersten Elefanten. Teakholzstämme lagen verstreut herum und fünf mächtige Dickhäuter rollten sie weiter, wälzten mit Rüssel und Vorderfüßen die Stämme heran, um die leichteren Hölzer über die Stößer zu legen und sie zum großen Stapel zu balancieren, während andere beim Ausrupfen der Wurzelballen halfen. Kein Mahut saß im Nacken der Tiere und sie bewegten sich für ihre Masse mit wundervoller Biegsamkeit. Ein alter, gewaltiger Bulle mit abgebrochenem Stoßzahn übernahm selbst den Aufseher, ein gewichtiges Stück rostiger Ankerkette im Rüssel schwenkend. Er trompetete ärgerlich und schlug mit der Kette kräftig nach dem Rücken eines saumseligen Artgenossen, und Abi schaute den klugen Zyklopen bewegt schmunzelnd zu.

Dann näherten sie sich einem Brückenkopf, vor dem hütete ein Fakir seinen angestammten Platz, entsetzlich mager und trotz der ihn umflutenden Sonne unnatürlich bleich. Bis auf das schmale Schamtuch war er nackt, sein Haar lang, die Fingernägel glichen Krallen. Den ganzen Tag hockte er, ohne sich zu regen, auf seinem Brett, das von rostroten Stahlspitzen starrte. Wohl weil er das um diese Stunde immer tat, erhob er sich. Semiris bestaunte seine Unversehrtheit, egal ob sein Sitzfleisch Narben aufwies.

Der Himmel färbte sich allmählich rötlich, da hielt Melek grinsend inne vor einem Haus, unscheinbar wie alle, doch mit geräumigem Dachgarten, das sich direkt an einer Grabenschlucht erhob, wo leise die Abwässer plätscherten. Vor einem Portal, wie es in seiner kantigen Form zum Charakter der Stadt passte, führte eine schmale Furt über die Spalte, an der einige halb nackte Kinder eifrig mit Tonkrügen hantierten und Frösche fingen. Auf Abis Schlag mit dem Klopfring öffnete sich langsam die Tür und eine junge Frau mit Zöpfen musterte sie misstrauisch. Nachdem Abi sich vorgestellt hatte, zeigte sie sich zugänglicher. „Der Herr ist außer Haus", flüsterte sie und senkte schüchtern vor ihm die Lider. Aber sie bat sie herein, schon da sie eine gern besuchte Taverne unterhielt. „Ihr könnt nirgendwo in Hastinapura bequemer auf Sherill warten als in seinem eigenen Hause."

Es ging eine Treppe hoch, und Abi und Semiris schauten sich auf einer Dachterrasse um. Auf sechs Tische verstreut saßen über zehn Leute bei ihrem Krug Wein. Es herrschte ein ruhiger Plauderton unter freiem Himmel. An den Ecken des Bambusgeländers hatte man großblättrige Pflanzen in fratzenverzierten Tonkübeln aufgestellt und am Nachbartisch schmauste lachend eine Gruppe Hindus. Mit den bloßen Fingern beförderten sie geschickt den Reis in die Münder, schlürften lange, wurmartige Nudeln und tranken Tee. Am Nachbartisch grapschte ein Mädchen in einen dampfenden Reisberg und formte sich mundgerechte Kugeln.

Semiris konnte von oben auf ein Gassenkreuz schauen, das an die Abwasserspalte grenzte und an eine Steinbrücke. Zwei kleine Mädchen in bleichen Hemden betrieben mit Kugeln aus rosarotem Karneol ein Murmelspiel, und Semiris wurde bewusst, die Welt hatte sie um ihre Kindheit betrogen. Immerzu hatte es irgendwelche Herren zu bedienen gegeben, und es wunderte sie, dass sie es eigentlich ihr ganzes Leben ohne zu murren ertragen hatte. Sie besann sich auf Charikles, den unglücklichen Griechen, den sie seinerzeit vollmundig belehrt hatte, die absolute Freiheit sei undenkbar. Heute stimmte sie nachdenklich, als freie Frau von nahezu allen kulturellen Vergnügungen ausgeschlossen zu sein, überall in der Welt, sogar hier. So musste sich ein Fisch fühlen, den man aus der Reuse in einen Kübel mit Artgenossen kippt. Nach Aschkelon sehnte sie sich nicht zurück, doch schien sich eine unverhoffte Zukunft an der Seite von Abi anzubahnen. Nur plagten sie stille Zweifel, ob sie das wirklich wollte ... Plötzlich flatterten Fledermäuse von unten herauf und über die umliegenden Dächer davon, sie zuckte aus ihren Gedanken hoch.

Melek stimmte der Wein offensichtlich redselig: „Meine große Schwester hat mir einmal in die Suppe gespuckt, damit sie meine Schale mitessen konnte. Und ich sammelte alle Frösche, derer ich habhaft werden konnte in einen Kübel, sie ihr ins Bett zu setzen. Aber dann kam ein Mann in der Tracht der Wache breitbeinig über die Grabenspalte gestapft, der hieb wie entfesselt mit dem Säbel auf das Wasser ein. Er hinterließ eine Blutsuppe und zerhackte alle Frösche im Graben."

Betreten blickte Semiris ihn an. Es erinnerte an das Grauen, das sie beim ersten Schlachtfest befiel. Wie sie hatte Melek einige Maß getrunken, und als der Atlanter die Selbstbeherrschung des Fakirs lobte, warf er sich in die schmale Brust. „Über die Köpfe einer Menge hinweg den roten Betelsaft gegen den blütenweißen Turban eines Marktordners zu spucken, ist auch eine Kunst", belehrte er sie. „Oder wie man das markdurchdringende Zischen der Kobra mit dem Mund nachahmt und damit die vornehmen Damen so erschreckt, dass sie vor Schreck das Goldsäckchen fallenlassen."

Der Atlanter wechselte einen belustigten Blick mit Abi, und als *Decgalôr* dann Melek eröffnete, seiner Wege ziehen zu dürfen, jauchzte der wie ein Kind. „Und wenn ein Vornehmer mir ein Kupferstück spendet, schlage ich zu seiner Belustigung Räder und Purzelbäume von einer Ecke der Straße bis zur nächsten. Ich bettle, jammere, lache und schneide Grimassen wie ein Affe, wenn ich damit etwas verdienen kann."

Semiris genoss es, endlich einmal mit Abi und dem Atlanter nach der langen Seereise zu feiern, aber Abi versackte sichtlich und pustete schwer nach jedem weiteren Becher Wein. Und bei ihr wuchs der Unmut darüber, im Grunde wenig für das Wiedererstarken der eingeschlafenen Handelsbeziehung erreicht zu haben. Irgendwann gab die junge Frau, die sie einließ, den letzten Gästen zu verstehen, die Stunde der Nachtruhe sei angebrochen, und Abi schnaubte verdrießlich: „Du meinst, wir haben somit umsonst auf deinen Vater gewartet?"

„Habt Verständnis", bat sie. „Mein Vater hat Kummer. Er sitzt die Abende bei Freunden und bringt mit Wein durch, was er bisher aufgebaut hat."

„Warum?", fragte Abi verunsichert.

„Nicht, weil er bei jeder Karawane nach Babylon ein Vermögen riskierte und dann wirklich einmal Pech hatte. Nein, das Schiff, auf dessen Schultern alles lastete, wurde aufgebracht von Piraten oder wer weiß wem. Zäh wie er ist, besann er sich, ursprünglich ein Töpfer gewesen zu sein und wäre beinahe wieder auf die Beine gekommen. Er tauschte seine Kamele gegen eine Unmenge Ton, und weil er ein sehr ansprechendes Motiv gefunden hatte, nämlich ein Füllhorn mit Roggenähre, weckte das den Neid der auf ihren Waren sitzen bleibenden Töpfer. Jemand kriegte spitz, wie gefährlich dicht am Zaun sich Teller und Schalen stapelten. Es hagelte Steine von der Straße. Alles ging in einer Nacht mit viel Geschepper in Scherben, und außer dem Haus selbst und dem, was ich hier bestreite, gehört ihm rein gar nichts mehr."

Beklommen nickte Abi. „Ich verstehe. Dabei könnte alles wie früher werden. Doch dafür möchte ich deinen Vater selbst sprechen. Richte ihm das aus und gib uns für die Nacht zwei Kammern, damit wir nicht mehr zum Hafen müssen, denn mir sind die Glieder schwer wie Blei von eurem Wein."

Daraufhin setzte sich die junge Frau im Batikkleid zu ihnen an den Tisch. Sie klatschte in die Hände, ein junger Hindu mit weibischen Zügen huschte heran. „Möchtet ihr unser Essen kosten?", fragte sie ungeachtet der späten Stunde den Atlanter.

„Reis und Ingwer mit Curry und in Butter gebratene Bananen."

„Und dazu süße Milch?", ergänzte sie. „Als Nachtisch Erdnüsse mit Kürbiskernen und ein kühles Maß Wasser?"

„Für alle", gab sie es weiter, stützte das Kinn mit der Faust ab und zog ein betrübtes Gesicht. „Er ist so stur, mein Vater", machte sie sich Luft. „Ein Sprichwort bei uns sagt, wem das Wasser bis zum Hals steht, der sollte nicht den Kopf hängen lassen, und er begreift nicht, um wie viel schlimmer alles wird, gibt man sich auf."

Abi nahm sich die Lederschnur mit dem Siegelzylinder ab, um ihn vor ihr aufklackernd auf den Tisch zu legen. „Kennst du den Stier mit den drei Halbmonden? Das ist das Siegel meiner Familie."

„Mein Vater vielleicht …"

„Vor rund einem halben Jahr", besann sich Abi, „müsstet ihr Besuch aus Aschkelon erhalten haben. Was fällt dir zu dem Namen Laban ein?"

Sie schien angestrengt nachzudenken und verneinte. „Rein gar nichts. Aber einer aus Aschkelon kreuzte hier tatsächlich vor einiger Zeit auf," Dann lächelte sie wie auf einen Gruß, doch dachte sie dabei an einen anderen. „Mazad", bestätigte sie mit einem traurig werdenden Ausdruck im Gesicht. „Ein junger Mann mit verwegenen Augen, der äußerst von sich überzeugt wirkte. Er versprach, er könne alles ins Lot bringen, aber wir hörten nie wieder von ihm."

„Oh", sagte Abi, da Laban seine Nachforschungen somit wohl auf Babylon beschränkt hatte, weshalb blieb bedeutungslos, und er warf Semiris einen alarmierten Blick zu.

Die junge Frau stellte sich zunächst vor. „Nennt mich Thanissara. Ich bin Sherills jüngste Tochter." Sie faltete die Hände, suchte nach Worten. „Mir geht oft die Nacht durch den Kopf, in der er spät noch mit seinem Freund bei uns klopfte. Das war sein zweiter Besuch bei uns, und ihm gelang, im Hafen ein Schiff ausfindig zu machen, welches in jeder Einzelheit dem glich, das die Piraten versenkt haben sollen, denn es hatte eine fremdländisch wirkende Reling … geschwungen irgendwie. Dass es uns verloren ging, geschah nämlich zu der Zeit, als die beiden mehrmals bei uns anklopften. Offenbar befand sich das wiedererkannte Schiff bei den Anlegern der städtischen Flotte. Mazad und sein leicht humpelnder Freund Wahdet verließen fluchtartig unser Haus und haben sich nie wieder gemeldet."

Auch der Atlanter hatte zugehört. Jetzt mischte er sich ein. „Das bedeutet, der Herrscher eurer Stadt steckt mit den Schwertfischern dieses Meeres unter einer Decke. Was ist das für ein Mensch?"

„Und was für ein Mensch muss das sein, der in Llanka sitzt", warf ihm Melek zu. „Es sind die Tribute Llankas, die unsere Stadtfürsten zu unlauteren Geschäften zwingen."

Der Atlanter nickte begreifend. „Wie alt bist du, dass du so etwas weißt?"

„Jeder weiß das", klärte ihn der Halbwüchsige auf.

Der Atlanter stieß einen Pfiff aus. „Langsam habe ich den Eindruck, wir stochern da in einem Wespennest. Wir sollten unsere Vorgehensweise genau überlegen. Stadtfürsten hassen es, wenn man ihre unsauberen Umtriebe offen anspricht."

„Bitte nicht", rief Thanissara erschrocken. „Ihr bringt mich und meinen Vater in Gefahr."

„Wir bringen euch nicht in Gefahr, wir werden euch zu eurem Recht verhelfen. Und ohne, dass der Name Parosch über meine Lippen kommt."

In dem Moment schleppte sich hörbar ein gebeugter Mann mit traurigen Augen die Treppe zur Dachterrasse hoch und stellte sich schwankend vor ihren Tisch.

Abi brauchte nicht viele Worte, um den Alten einzuweihen in den Grund ihres Besuches, und Sherill wischte sich mit der Hand über Nase und Gesicht und sah sie danach an, dass jedem klar wurde, er war noch lange nicht zu betrunken, um sich mit Abi über die Gewürze zu unterhalten, die er begehrte. Auch den feinen Stoff, der sich aus Baumwolle weben ließ, würde er beschaffen können, und Abi kam durch ihn zu zwei Fässern Safran und ebenso zu Peffer, Kardamom, Basilikum, Zimt, Ingwer und sogar Kurkumawurzeln. Zwanzig Ballen vom besten Linnen versprach er zu besorgen, und der geschäftliche Teil war auf diese Weise am zweiten Tag ihres Aufenthalts in Hastinapura geregelt. Als die Freunde das Haus der Paroschs verließen, sagte der Atlanter, „so genommen könnten wir also die Heimfahrt antreten. Aber ich würde doch gern noch einmal mit euch im

Hafen spazieren gehen. Wir könnten Ausschau halten nach einem Kahn mit einer auffälligen Reling."

Die bloße Möglichkeit beschwingte Abi. Er lachte ihm zu und folgte ihm mit breiten Schritten, wie einst auf ihrer Wanderschaft. Längs der Kaimauer, die das exakt quadratische Hafenbecken von der Stadt abschirmte, fand der tägliche Basar statt. Es gab viel Töpferarbeit mit rötlichem Schuppenmuster, und alles wirkte geschmackvoll. Abi erstand für ein ägyptisches Schutz-Amulett eine hübsche Halskette aus Karneol, mit der Besonderheit, dass das dem Stein innewohnende Muster einer darin schwebenden Trompete durch die Bearbeitung noch betont wurde, und dazu gehörte viel Kunstverstand. Er hängte sie Semiris um, und sie gingen Hand in Hand, während der Atlanter mit Melek vorauseilte und sich erst an der Steinmauer nach ihnen umdrehte, die am Beginn des königlichen Bezirks in den Hafen hineinragte. Rechts und links, um eines Menschen Schulter höher gelegen, konnte Abi auf das riesige quadratische Becken schauen, eine Stadie weit, an den Rand gefüllt mit glasklarem Wasser aus der letzten Regenzeit. Doch der Atlanter wollte ihm eigentlich das Schiff zeigen, das direkt an der Sperrmauer des königlichen Bezirks vor Anker lag, denn es wies eine mit Blattgold bemalte Reling auf, die Stützpfeiler gewunden wie erstarrte Schlangen. „Das ist es", stellte Abi aufgeregt fest.

„Das will ich meinen. Ich möchte es darauf ankommen lassen", bemerkte der Atlanter. „Den Kahn kriegen wir durchaus zu dritt auf Fahrt. Aber das wäre gefährlich für Thanissara und Sherill."

„Ich verfüge noch über einen Silberbarren", fiel Abi ein. „Wir könnten den Kahn vielleicht der Hafenmeisterei abschachern."

„Na, du hast Mut." Der Atlanter hatte seine Freude an Abis Unternehmungsdrang. Er fühlte sich von der Seele her so stark wie noch nie in seinem Leben. Sagte nicht das Orakel, er würde einen Drachen besiegen? Es war, als würde alles, was sie hier in Hastinapura erlebten, unter einem günstigen Stern stehen, und wenn man an eine Seele glaubt und an ein Schicksal für jeden, der danach strebt, so wie *Decgalôr*, dann führte das zu einer Stimmung, die zur Tollkühnheit neigt.

In der Hafenmeisterei empfing sie ein schwarzer Mann mit breiter Stirn, der sich in roten Samt kleidete und vor allem durch seine polierte Glatze auffiel. Die mächtige Nase passte zu seinen wölfischen Zügen, und seine Augen funkelten herrisch bei ihrem Eintreten. Da er Abi vor einem Tag die Weizenladung abgekauft hatte, begrüßte er sie allerdings mit der angebrachten Höflichkeit.

„Ich will mehr Ladung mitnehmen als mein Schiffsbauch fasst", bekannte Abi. „Ich brauche ein zweites Schiff. Und es heißt, beschlagnahmte Kähne sind billig."

„Wir haben zwei Kähne, die eigentlich nicht zur Flotte zählen", überlegte der Hafenmeister und strich sich über die Glatze.

„Ist einer mit einer vergoldeten Reling darunter?", fragte Abi ganz konkret. „Dann biete ich dafür den halben Barren Silber, den du hier siehst." Er legte ihn vor dem Mann auf das Pult.

„Ihr habt den Barren von mir", erinnerte ihn der Hafenmeister. „Aber ich will den ganzen dafür. Die Reling ist mit Blattgold gestrichen."

Es hätte nicht besser klappen können, dachte Abi. Doch als sie dieses Schiff betraten, um es seeklar zu machen, erhoben sich plötzlich über ein Dutzend Schwarze in stahlblauen Schuppenhemden, wo es zum Kai ging, und sie konnten nicht mehr vom Anlegersockel, es sei denn durch die Hafeneinfahrt. Aber dort drohten zwei mächtige Wehrtürme mit zackigen Zinnen.

Während Abi schon die Leine vom Anlegerpfahl löste und der Atlanter sich um das Stellen des Segels kümmerte, nahte vom Hintergrund der anderen Anleger die ‚Zerberus'. *Feïgistos* und *Fyfatrus* standen vorn über dem Schiffsschnabel. Es hagelte Bolzen auf die Schwarzen, und sie kamen nahe der königlichen Mauer vor den dort ankernden Kähnen zum Stehen.

Decgalôr wartete geduldig ab und nahm sich nach den Salven die beiden letzten Gegner selbst vor. Abi musste sich zwangsläufig anschließen und hielt wenigstens in jeder Hand ein Stahlschwert, als er sich einem richtig starken Schwarzen stellen musste. Doch er hatte seine Fertigkeit im Waffenhandwerk weiterentwickelt. Niemand munkelte, sein Gegner hätte einen schlechten Tag gehabt. Wieder fand sich Abi nicht zu gut, die Erschossenen nach Wertgegenständen abzutasten und hielt dem Freund vergnügt eine Brosche mit einem eingravierten Drachen unter das Kinn, die sich keinen Deut von der unterschied, die er im Nildelta bei Memphis einem Schwarzen Schiffsführer abgenommen hatte.

Ein leichter Ostwind erhob sich, doch der Atlanter verschob das Segel setzen und beschloss: „Lass uns noch einmal zur Hafenmeisterei gehen, damit die, denen das Schiff einmal gehörte, es auch benutzen können. Oder was willst du mit diesem Kahn anfangen?"

Abi suchte zuversichtlich mit ihm die Hafenmeisterei auf und prallte zurück, wie gegen eine Wand gelaufen, angesichts des kahl geschorenen Schwarzen mit Goldbordüren am Samtmantel, der sich vorkam wie ein Stadtfürst. Trotzdem schilderte er ungehemmt alles genauso, wie es vorgefallen war. Ohne einmal mit der Wimper zu zucken, hörte der Mann ihn in Ruhe an, aber es bewegte ihn nicht sonderlich.

„Mancher hätte nicht anders gehandelt", räumte er ein. „Aber es waren die zwölf Männer, die für Llanka bei uns über den Hafen wachen. Mein Fürst wird Ärger bekommen durch euch. Ich erkläre den Kahn für beschlagnahmt."

„Das sehe ich nicht ein", brauste Abi auf. „Die Leute haben uns nach dem Leben getrachtet. Wir mussten uns wehren, sonst hätten die Möwenfutter aus uns gemacht."

„Ihr hättet euch ergeben können", belehrte sie der Hafenmeister. „Und wenn ich euch nun eröffne, ihr seid ab jetzt meine Gefangenen, ich hoffe, dann verhaltet ihr euch klüger."

„Rühr mich nur an", warf ihm der Atlanter entgegen. Die Hand lag schon auf dem mit Leder umwickelten Griff seines Schwertes. „Und hüte deine Zunge, denn du wärest meine Geisel, sollte dir einfallen, eure Wache zu rufen. Also rede bitte vernünftig mit uns."

Es war, als hätte er ihm die Gelegenheit gegeben, sich gütlich zu einigen, und der Hafenmeister nickte dem Atlanter verständig zu. „Gut, vergessen wir den Zwischenfall. Es war eine Horde verwahrloster Schwertfischer, was die Wache ausgelöscht hat."

„Das will ich meinen. Und damit du siehst, dass ich auch einsichtig bin und keiner einen Vorteil aus der Sache zieht, soll der Kahn, um den es hier geht, in die Hände derer zurückgegeben werden, denen er gehört hatte, bevor der Kahn dem Staat zufiel, warum geschehen, will ich gar nicht wissen."

Den letzten Satz fügte der Atlanter bewusst bei, um für die Freunde aus dem Haus der Parosch jeden Verdacht auf Beteiligung zu beseitigen, denn der Hafenmeister wäre nie auf den Gedanken verfallen, dass sie genau das bezweckten. Der Mann ließ sich nicht großartig nötigen und bereitete aus eigenem Antrieb einen Papyrus vor, tropfte Wachs unter einige vermögensrechtliche Worte und besiegelte es.

Als sie sich wieder auf dem Deck der ‚Zerberus' befanden und Semiris aufatmen konnte, steckte der Atlanter sich seine Brosche an den Lederpanzer, und Abi tat es ihm nach. „Ich vermute", überlegte er, „da wo wir waren tragen es die, die das Vertrauen des Hexenmeisters genießen."

„Sie können uns noch hilfreich sein", erklärte der Atlanter, „wenn wir an Wachen vorbei müssen."

Auch so genommen war es klug, dachte Abi, und der Atlanter sagte leise: „Du hast, was du wolltest, Abi. Zwei Fässer Safran, ein Fass Pfeffer, und sogar Basilikum. Nun ist es an der Zeit, zuwege zu bringen, dass bei Akrotiri auf Thera ein Inloh-Tempel errichtet wird. Und in einem Jahr, Freunde, werden wir dieses Ungeheuer auf dem Thron Llankas öffentlich beschuldigen, dem eigenen Volk ganze Jahrgänge abzuwacken für das Auffüllen seiner Sklavenpferche."

Aus ruhigen Augen sah ihn Semiris nachdenklich an. „Wenn diese Menschen frei sind, weshalb wehren sie sich nicht?"

„Diese Menschen", erwiderte der Atlanter ehrfürchtig, „leben nach sehr hohen moralischen Grundsätzen. Wer arg an Mensch oder selbst der Kreatur handelt, handelt sich damit ein böses Schicksal ein, das er über den Tod hinaus wieder gutmachen muss. Es gibt keine Sklaven, aber ein kompliziertes Kastensysthem, und jeder hier bekennt, die Geburt bestimmt unsere Kaste und unser Schicksal."

„Das ist ja fast schon zu viel des Guten", entfuhr Semiris mit bebender Stimme.

„Sie pilgern zum Indus, um durch eine Waschung im heiligen Wasser ihr Karma zu besänftigen. Hast du das Treiben in der Bucht neben dem Hafen wahrgenommen?"

Bewegt nickte Semiris, und der Atlanter erinnerte sich, „ich sah einen spindeldürren Heiligen, der ganz sachten Schrittes in das Wasser gegangen ist und dabei gesungen hat, dass mir die Eingeweide schmolzen. Er ist singend in den Indus spaziert, sage ich euch, bis das Wasser über seinem Kopf zusammenschlug."

„Ein Irrer", murmelte Abi tonlos.

„Nein, ein Heiliger", sagte *Decgalôr*. „Er hat sich den Göttern geopfert. Das ist die reine selbstlose Hingabe an den Weltgeist, die Soldaten so gut steht."

Semiris fragte sich, ob sie sich etwas einbildete, doch in des Atlanters Augen war ein feuchtes Blitzen, und er zog einen festen Mund, als sei dem nichts hinzuzufügen.

19.

Seit Hastinapura führte Abi die Ruderpinne und ließ sich von dem Atlanter einweisen in die Kunst der Steuermänner. Er brachte ihm bei, sich bei Nacht an den Sternen zu orientieren und wie er sich das Körpergewicht beim Halten der Pinne zunutze machen konnte, um die Hände zu entlasten. Wurde es brisant, unterstützte er ihn mit Rat und Tat und bewies ein hohes Maß an Geduld.

Nach der Zeitrechnung der Atlanter schrieb man den zweiten Tag des Monats Muluc, im Jahre 816 nach *Attalas* Stadtgründung, da näherte sich die ‚Zerberus' den Holztürmen der jüngst errichteten Wachstation am Ende des Usermaatre-Kanals. Ein Pfahlanleger reckte sich neuerdings ins Schilffeld hinaus, und nachdem die Leinen festgezurrt waren und das Segel eingeholt, beschritt Abi mit Semiris den Trampelpfad zum Quartier. *Häphater* trat eben mit frisch gesalbtem Bart aus der Tür, sich in Richtung Kanalmündung die Beine zu vertreten. Er empfing sie mit sauertöpfischer Miene. „Es gab Ärger. Vorgestern kehrten vom Nil her drei lange Schiffe der ägyptischen Flotte ein. Der Wesir wartete uns auf, und ich muss dich darauf vorbereiten, er hält es für einen Akt des Kriegsrechts, was wir uns am Usermaatre Kanal erlaubten."

Es traf *Decgalôr* wie ein Blitz aus heiterem Himmel. Er biss sich auf die Lippe, jedoch nicht, weil er die Möglichkeit außer Acht ließ. Kaum ein Jahr war verflossen, seit er bei Ramses vorgesprochen hatte. Derzeit ging es um das Problem Menê, die ungeliebte Enklave des Bösen im Pharaonenreich. Darum, dass immer mehr Banden von Schwertfischern sich auf den Nil als Jagdrevier verlegten. Durch eine Wachstation am Angelpunkt könnte sich das ändern, hatte er es ausgedrückt, und der Pharao gelobte Unterstützung. Doch das schien dem Vergessen anheimgefallen. „Wir werden an einem kurzen Aufenthalt in Pi-

Ramesse nicht vorbei kommen", beschloss *Decgalôr*. „Das gehört geregelt, bevor der Fisch stinkt."

Abi rieb sich andächtig die Nase. Er malte sich schon heimlich das frohe Gesicht seines Vaters aus, denn er war stolz auf das Erreichte. Und was der Atlanter ihm eröffnete lief darauf hinaus, dass sich das Wiedersehen um einige Tage verschieben dürfte. Störrisch blickte ihn Abi an, aber er wollte nicht undankbar sein. „Halte dem Pharao den Schaden vor Augen, der dem Handel blüht, wenn man gar nichts unternimmt."

Den Gang in den großen Hypostylensaal des Pharaos, den niemand betreten durfte, ehe nicht die Audienz gewährt ist und der Türvorsteher dreimal mit dem Schlangenstock geklopft hat, tätigte der Prinz allein. Abi und Semiris schauten sich in der blauen Stadt um, die sich eines mächtigen Hochofens rühmte, in dem sogar Bronzetore gegossen wurden, sowie über Veredelungsanlagen für die Metallverarbeitung verfügte und über Räumlichkeiten zur Glasverarbeitung. Sie begegneten den Früchten dieser Kunst im Säulengang bei den Anlegern. Vorhänge aus saphirblauen Glasperlen bot man feil, Glasschmuck, blaue Fläschchen und Phiolen, aber auch eiförmige Klappdosen aus Alabaster, in denen sich Anis befand, zum Putzen der Zähne, oder Antimonpaste und Zubehör für die Gesichtspflege. Abi handelte zwei Vorhänge aus blauen Glasperlen ein und ein Windspiel. Kaum machte ihn Semiris auf das aufgeklappte Alabaster-Ei aufmerksam, nickte er bereitwillig und legte in die sich rasch wieder öffnende Hand der Händlerin noch einen Ring. Vergnügt verstaute Semiris es in ihrem Kosmetikköfferchen.

Lachenden Mundes bemerkte er: „Für meine Mutter wird es peinlich, solltest du beabsichtigen, demnächst Lidschatten aufzutragen. Sie werden dich in Aschkelon für eine der schrillen Schönheiten aus dem Bezirk der Neureichen halten."

„Na und? Schließlich bin ich keine Sklavin mehr und stolze Besitzerin eines Kosmetikkoffers."

„Auf Kreta", besann sich die junge Händlerin, „ist das Recht, sich zu schminken nicht nur ein Vorrecht derer, die einem Haushalt vorstehen. Es schickt sich, der Mode zu folgen."

Da sie Abi geschäftstüchtig einen Krug vor den Bauch schob, fing der Bummel an, Semiris Spaß zu bereiten. „Nehmt einen Mund voll und gurgelt", empfahl die Frau.

In Abi stieg wieder das unbestimmte Gefühl auf, Semiris könne ihm etwas voraushaben. Sie deutete mit dem Zeigefinger in ihren Mund, ohne dass es jemand außer ihm wahrnahm. Also goss er sich einen Schluck des Suds in den Mund, spuckte aus und polierte sich, wie den Habirus aus Abydos abgeguckt, die Zähne.

„Das sorgt für wunderbar frischen Atem", bemerkte Semiris.

An einem anderen Stand erschacherte Abi ein flottes Trägerkleid aus grünem Byssus, ehe sie dem Markt den Rücken zukehrten und ziellos durch die Stadt schlenderten. Der Isis-Tempel zu Pi-Ramesse erinnerte Semiris an den Tag an dem sie Mann und Frau wurden, damals in Abydos. Es gab eine Halle der Götter und den Tempel für Seth, für Anubis und für Amun, dazu unendlich viele Brunnen, Grünanlagen und Dattelpalmen längs der Hauptstraße, nur keine stinkenden Gossen, wie in der Altstadt von Abydos. Nach dem Aufenthalt in Hastinapura tat es Semiris gut, eine Stadt mit vielschichtigem Vogelgezwitscher zu besichtigen, egal ob die Rauchschwalben längst wieder gemäßigtere Zonen aufsuchten.

Leider drückte unerträgliche Schwüle auf ihr Wohlbefinden, und durch das verzögerte Nilhochwasser waren etliche Pfützen noch nicht versiegt, in denen nach wie vor Heere stechwütiger Insekten schlüpften und zur Landplage ausarteten. Zum Sonnenuntergang fielen Wolken von Mücken über die geselligen Runden vor den Tavernen her. Abi und Semiris flüchteten in die frische Kabine im Laderaum des Schiffes, wo nichts mehr summte. Semiris war schon länger anzumerken, wie ihr der Gedanke an Abis Elternhaus im Magen lag. „Wollen wir uns in Aschkelon niederlassen?", fragte sie befangen.

Er ahnte, das ständige Leben auf einem Schiff sagte ihr auf Dauer wenig zu. „Na ja", schob er vor, „das möchte ich wohl, doch wann wissen die Götter. Ich bestärkte *Decgalôr*, als er zu seinem Vater musste, und wir haben uns kurz vor dem Pesach-Fest voreilig wieder dünne gemacht. Aber er ist mit uns bis Hastinapura gesegelt! Glaube mir, er hätte Wichtigeres zu erledigen! Ich hätte nie für möglich gehalten, einmal so einen Freund zu finden. Er formte mich zu einem Menschen mit Prinzipien, der ich eigentlich nie gewesen bin. Ja, das hat er, Semiris. Durch ihn habe ich mich selbst schätzen gelernt und bemühe mich, jeden Vorsatz stets in die Tat umzusetzen."

„Ich mag ihn ja auch", pflichtete sie bei. „Aber ich bin ein Weib, möchte Kinder mit dir haben. Sagen wir zwei ... einen Jungen und ein Mädchen. Was deine Mutter betrifft, gehe ich mal davon aus, dass du mir den Rücken stärkst. Und ich möchte nicht an ein Schiff gebunden sein, merke ich, dass ich schwanger bin. "

Was verblieb ihm, außer zu schlucken? „Trotzdem stehe ich in seiner Schuld", stellte Abi richtig. „Eine Fahrt noch. Ich möchte nicht fehlen, wenn *Decgalôr* und seine Cousine den Inloh-Tempel weihen."

„Wer oder was hindert dich dann, hinzusegeln? Aber für das, was er jetzt aufzieht, um das in die Wege zu leiten, braucht er dich so wenig wie für das Gespräch beim Pharao."

„Ich fühle mich elend dabei", wandte Abi ein. Er spürte, wie er sich zwischen Freundschaft und Frau in einen Konflikt verheddertte. Was es beträchtlich erschwerte, klug zu handeln, denn das wollte er. Er wollte ein Mann werden, für den jeder vorbehaltlos die Hand ins Feuer streckt.

„Du sagst, du bist gereift, seit du den Atlanter kennst", rief sie ihm ins Gedächtnis. „Aber Größe zeigst du, sagst du ihm offen, du musst dich deiner Familie widmen."

Die Worte erweichten Abis Starrsinn. Er ging hin zu *Decgalôr*, der an der Ruderpinne lehnte, und sagte leise, „es ist an der Zeit", da wusste der bereits Bescheid und lächelte breit. „Es war doch ein Erlebnis, das Opet-Fest und Hastinapura. Gibst du mir recht?"

So trennten sich am Sperrturm ihre Wege. Aber Abi war noch dabei, als *Decgalôr* vor das Pult von *Dëialis* trat und meldete, „da sind wir wieder. Der Außenposten am Usermaatre-Kanal steht – mit dem Segen von Ramses."

„Und jetzt?", erkundigte sich der Herr aller Flotten neugierig.

Es entsprach keinesfalls der Reaktion, die sich *Decgalôr* erhoffte. „Wenn wir einen Tempel bauen und den zur Schiedsstelle einer höheren Macht erklären, können wir die Macht des Sperrturms richtig einsetzen. Der Kolossos wird unsere Basis. Anders wären alle Einsätze der Flotte vor der Welt nur dieselbe Art Willkür, die von der Inselfestung Pitussu oder von Llanka ausgeht."

„Dass du etwas ändern möchtest", unterbrach ihn der Herr aller Flotten, „ist in meinem Sinn. Doch können wir nicht plötzlich die Macht herauskehren, die sich berufen sieht, Ordnung zu schaffen."

Sein Neffe zeigte sich unnachgiebig. „Durch einen Inloh-Tempel auf Thera werden wir genau dazu legitimiert", gab er stur zu bedenken.

„Das ist Hegemonialpolitik, wie sie früher Knossos ausübte, ehe wir den Turm errichteten."

„Die Menschen brauchen nicht vor dem Turm zu zittern", beruhigte *Decgalôr* ihn. „Sie sollen die Friedenspriesterin des Inloh-Tempels achten wie die Orakel Delphis. Es wird zu einem Goldenen Zeitalter führen, glaube mir. Du hast die Pythia nicht erlebt. Ihre Worte kamen gestammelt, und doch hallen sie bis heute durch mein Denken."

Meistens erweist es sich als Fehler, vorlaut zu sein, doch der Moment spitzte sich zu, und Abi fühlte, alles stand oder fiel mit seiner Ansicht dazu.

„Es gibt stumpfe Menschen, die einfach nicht die sittlichen Qualitäten mitbringen zu herrschen und das mit Brutalität vertuschen", warf er ein. „Ich hörte von Stadtfürsten, die ihr eigenes Volk versklaven. Mich packte die Wut, dass ich die Fäuste ballte, um nicht aus der Haut zu fahren. In solchen Fällen könnte es wohl nicht schaden, die Welt ein wenig zu verbessern."

„Wer bist du, dass du dich angesprochen fühlst?", fragte ihn *Dëialis* verwundert.

„Na Ihr erinnert euch doch an drei vorherige Besuche", erwiderte Abi ohne Scheu.

„Sicher kenne ich Abi Nowa, den einunddreißigsten Mann der Garde", stellte der Herr aller Flotten klar. „Ich frage nur, weil du die Gabe hast, Menschen für eine Sache zu gewinnen."

Was er noch sagte, galt seinem Neffen. „Du solltest ihn mitnehmen. Du wirst den Phöbos von dem Tempel überzeugen müssen und sämtliche Herrscher des Westens. Das ist eine Sache, die beim Königstreffen zur Sprache gebracht gehört."

Decgalôr nickte gelassen. „Ich werde mich ohne ihn durchzusetzen wissen."

Es vermochte bei allem Biss nicht, Abi umzustimmen. Sie umarmten einander, und der Atlanter schenkte dem Freund eine Seekarte, gezeichnet auf Papyrus allererster Güte, die dem Archiv des Sperrturmes entstammte. Zwar fehlte die Südspitze des schwarzen Kontinents und der gesamte Norden, doch dafür enthielt sie das Rote Meer und die Küste unter Asien.

„Einer meiner Vorfahren erntete zu Lebzeiten dafür viel Spott", erklärte ihm der Atlanter. „Heute gilt sie als Mutter aller Karten, die es über diesen Teil der Welt gibt."

Während *Decgalôr* vom Sperrturm in den Westen segelte, trat Abi mit Semiris auf der ‚Zerberus' die Fahrt nach Aschkelon an. Fast vier Monate war Abi unterwegs, aber er brachte zwei Fass Safran mit. In Aschkelon wog man Saftran in Gold auf! Es war von da ab wie ein heimlicher Schatz des Hauses. Abi verstand es, immer gerade die Nachfrage zu decken und hütete sich, mehr unter die Leute zu bringen. Das Haus der Nowa entwickelte sich zu einer heimlichen Quelle, von der wieder begehrte Gewürze wie Pfeffer, Kardamom, Basilikum und Kurkumawurzeln auf den Markt von Aschkelon geschwemmt wurden. Genau genommen bescherte die Fahrt in die Sudische See ihrem Haus eine neue Ära und verwandelte Abi in einen angesehenen Mann.

Von Laban hörten sie nie wieder. Ob ihm in Babylon nächtliche Meuchler den Schneid abkauften oder ob er der Versuchung erlag, sich sang- und klanglos aus dem Staub zu machen, blieb ewig ungeklärt und rüttelte nachhaltig an Abis Vertrauen in des Vaters Menschenkenntnis.

„Ein Vermögen habt ihr verschenkt", hielt Semiris ihm unter vier Augen vor, bezähmte sich hingegen, ihn zu Nachforschungen in Babylon zu drängen.

Sie blühte vom Wesen her zusehends auf. Wo einst Sklavenschellen wie ein vertrautes Übel ihre Handgelenke aufscheuerten, war sie inzwischen nahtlos braun und kleidete sich in Baumwolle. Nach einem Monat stellte sie sich auf das neue Umfeld ein und kannte sich aus in Aschkelon. Wenn der Hausherr manchmal einen Blick auf sie warf, als habe sich an seinen Vorbehalten wenig geändert, so lernte sie, es zu verwinden, ebenso wie es eine unabänderliche Tatsache war, dass sie vor seiner Mutter nie wirklich Gnade finden würde. Aber es weckte Betroffenheit und schmeckte bitter wie Wermut, irgendwann nebenbei zu vernehmen, Abis Schwester Mira hatte sich in der Werkstatt des Schneiders vor geraumer Zeit erhängt.

Am besten verstand sich Semiris mit Melis, die Abi vom Gesicht her frappierend ähnelte. Sie hatte auch den manchmal wehmütig erscheinenden Ausdruck um die vollen Lippen und die gern lachenden Bernsteinaugen. Sogar, wie sie sich dann und wann das brünette volle Haar aus der Stirn streifte, gehörte zu dem, was Semiris an Abi liebte. Im Grunde war Abis jüngste Schwester älter als sie, aber Semiris schien ihr in vielem eine Nasenlänge voraus zu sein. Die hatte bei Halifer gelernt, sich aus Papyrus Tampons zu drehen, die sie während des Mondflusses verwenden konnte. Begeistert ließ sich Melis einweisen, wie man sich in Ägypten mit Antimon die Augenlider färbte. Semiris benutzte einen zierlichen Pinsel und strich sich dazu die Lippen nach, und auch auf das Zupfen ihrer Brauen verstand sie sich. Das machte ihr klares Gesicht aus. Bei vielen, die blind einer Mode folgen, mochte es aufdringlich erscheinen, bei ihr nie. Eine Sklavin fürs Haus war ausgebildet in der Kunst, sich sparsam zu schminken, und ein gesunder Sinn für Ästhetik leitete sie.

Wie aus der Laune eines neidischen Gottes heraus folgte der Abend, an dem sie sich darin vertiefte, Melis am gemeinschaftlichen Tisch die Nägel zu schneiden.

„Das ist meine Aufgabe", ranzte ihre Schwiegermutter sie an, die abseits bei den Körben auf ihrem Armstuhl hockte. Semiris begriff anfangs nicht, wie ernst sie es meinte und ließ sich ungerührt von Melis die andere Hand reichen.

„Du bist ein nettes Mädchen, aber du bist nicht der Hausvorstand", wies Abis Mutter Semiris zurecht. „Das bin immer noch ich."

Bis auf weiteres gab sie nach, sammelte ihre Schminksachen ohne Widerrede wieder in ihr Köfferchen und warf den Deckel wütend zu. Als sie sich später mit Abi im Bett ausstreckte, seufzte sie gedehnt und fragte leise: „Bist du der Hausherr? Oder dein Vater?"

Eigentlich erledigte er mittlerweile alles, was getan werden musste, um die Kunden zu halten. „Wenn ich das wüsste", gestand Abi ernst. „Aber mein Vater will sich nicht ins Greisenalter schicken. Er hat es in der Hand, ob und wann er mich vor der ganzen Familie zum Oberhaupt unseres Hauses bestimmt, aber er weigert sich, in den Hintergrund zu treten. Sonst ist er immer ein Vorbild an Vernunft gewesen."

„Es ist einfach albern, wie deine Mutter auf Traditionen pocht", erwiderte Semiris beharrlich. „Sie unterlässt es ja von sich aus. Oder schneidet sie euch nach dem Abendmahl allen die Nägel, wie es nach ihrem Reden Pflicht der Hausherrin wäre?"

„Das war bei uns noch nie so", wandte Abi leise ein.

„Sag ich doch. Sie saugt sich das somit aus den Fingern, um mich zu schikanieren. Aber bei den Ägyptern ist das in der Tat üblich und sogar in Agia Photia, einem winzigen Kaff auf Kreta. Das ist eine Frage der Kultur."

Das war das dritte Mal, das sie offenbar von Dingen sprach, über die er wenig beisteuern konnte. Er putzte sich von Haus aus nie die Zähne und hatte auch keine Mutter, die ihm die Fingernägel pflegte, aber er hatte all das nie vermisst.

Der abendliche Zwischenfall vergällte Semiris gründlich die Freude an der neuen Umgebung. Und es folgten weitere Vorfälle mit Abis Mutter. Am nächsten Morgen hielt sie Semiris barsch an: „Du vergeudest wohl keinen Gedanken daran, ob in diesen Kammern nicht wer mal kehren müsste. Oder behauptet irgendein Philosoph, das ist Männersache?"

Sie fügte sich und fegte mit säuerlicher Miene den Raum mit der Herdstelle aus, um sich prompt anzuhören: „Du bist eigentlich ein brauchbares Mädchen. Nur solltest du auf Abi einwirken, dass er sich die Haare stutzt. Sie sehen so zottelig aus. Er kann sich ja geben wie Vater, aber damit wirkt er wie ein Habenichts, dem es genügt, die leeren Hände vor sich herzutragen."

Mit verkniffenen Lippen ertrug es Semiris und dachte sich ihren Teil.

Abis Mutter Maga hatte schlohweißes, in den Nacken geknüpftes Haar und ein strenges, obgleich pausbackiges Gesicht, anders als Abi. Der glich mit seinem ausgeprägten Hinterkopf und von den Augen her eher dem Großvater. „Du hast doch so viel Kultur", höhnte Maga, um das zuletzt Gesagte noch einmal in Erinnerung zu rufen, denn sie fand meistens kein Ende mit ihren Sticheleien. Und Semiris fragte sich, wie sie sich aus der beengenden Situation in dieser Familie befreien könnte, ohne all das, was sie mit Abi verband, zu zerstören.

Für Abi war es vor allem eine gesellige Zeit und eine laute, in der er mehr trank als sonst. Es vergingen zwei Monde, in denen er sich bei vergessen gewesenen Freunden neu einführte und mit denen die verflossene Kindheit begoss. Doch dann stellte sich über all die geleerten Weinamphoren ein schlechtes Gewissen ein. Als sie eines Abends spät im Garten verweilten und die Sterne über ihnen funkelten, merkte Semiris ihm an, dass ihm etwas zu schaffen machte.

„Verstehe mich richtig, Semiris, aber es genügt nicht, von den Gewürzen zu leben, die wir früher einmal mitgebracht haben", eröffnete er ihr und rang um Atem, als suche er nach Worten. „In einem Vierteljahr haben wir nur noch Safran. Ob Sherill sein Versprechen hält und uns künftig neuen Pfeffer und neue Kurkumawurzeln liefert, scheint mir immer zweifelhafter. Das vergebliche Warten zehrt, und ich werde kribbelig darüber. Es ist meine Pflicht, für Nachschub bei den Gewürzen zu sorgen. Ich wollte ja warten, bis der Atlanter uns wieder besucht, aber der hat genug eigene Dinge im Kopf, fürchte ich."

Sie sah traurig an ihm hoch und legte ahnungsvoll die Hand auf ihren Bauch. „Meine letzten Blutungen machten sich bemerkbar, da waren wir auf See und der Sperrturm noch in Sicht. Zwei Monde bin ich über."

Abi hörte es mit offenem Mund, drückte sie an sich und wirbelte sie im Kreis, dass ihr Kleid hochflog. Dann hielt er sie an den Schultern. „Wenn ich in zwei Tagen die Segel setzen kann, bin ich, ehe vier Monde über den Himmel gewandert sind, wieder bei dir", schlug er vor.

„Sicher. Aber nur, wenn dich die Götter lieben wie ich. Und wenn nicht?"

„Ich werde zum Markt gehen und ein Lamm besorgen."

„Ein Opfer und sie sind gewogen, meinst du?" Sie barg die Hände im Gesicht und fing an zu weinen.

„Semiris", entrang sich aufbegehrend Abis Brust. „Nun mach uns den Abschied nicht unnötig dramatisch. Du bist eine Ehe mit einem Kaufmann eingegangen."

„Das höre ich das erste Mal", scherzte sie und stutzte, weil es ihm keinerlei Schmunzeln entlockte.

„Du kennst doch meinen Vater", entfuhr ihm ernst. „Ich tue, was ich tun muss. Oder meinst du, mir wäre es nicht lieber, an unserer Herdstelle einen guten Wein aus dem Delta mit dir zu trinken und an etwas anderes zu denken?"

Das stieß wiederum auf taube Ohren, und so schlug er vor: „Dann komme mit mir. Du wirst dir in Hastinapura die schönste Kette aus Karneol aussuchen, die sich finden lässt."

Sie blieb hart und dem Standpunkt treu: Das Kind solle auf gar keinen Fall auf See geboren werden. Es war nicht wegen des Aberglaubens, ein Seemann würde aus diesem Kind werden, sondern aufgrund der Belastung, die ein Neugeborenes der Mutter aufbürdet, nicht allein ausgeliefert zu sein. Melis würde ihr bestimmt zur Hand gehen, und Abi hätte den Kopf frei.

Es wäre besser gewesen, er hätte diese Reise niemals angetreten, denn ihm stand einiges bevor. Er führte eigenhändig die Ruderpinne und blieb gewöhnlich hinten, auf dem Kasten, unter dem die Stiege zum Ruderdeck lag. Die Mannschaft, die bei Bedarf den Fahrtwind ersetzte, bestand aus zweiundzwanzig beruflich ausgebildeten Ruderern, die er im Hafen zusammenstellte, und zum ersten Mal fühlte er sich als Steuermann auf dem eigenen Schiff.

Nach zwei Tagen etwa näherte sich die ‚Zerberus' bei frischer Brise gegen Nachmittag dem Nildelta. Rechts vom Schiff reckten sich kleine Felsinseln aus dem glitzernden Wasser und dahinter nahm eine waldige Küste Form an. Dann schob sich deutlich ein galliggrünes Segel hinter den umschäumten Klippen vor und Abi schnürte der Anblick die Kehle zu. Das dreieckige Mattensegel wirkte schnittig, und es nahm Kurs auf die ‚Zerberus'.

„Warum trifft es immer mich?", fluchte Abi. Ihm musste keiner sagen, dass man sie gleich entern würde.

Trotz seiner einschlägigen Erfahrungen mit einer Bruderschaft der Schwertfischer hatte er versäumt, eine Wachmannschaft anzuheuern. Der Atlanter empfahl das, aber während die Ladung verstaut worden war, hatte er es vergessen. Jetzt hieß es, einen kühlen Kopf zu bewahren. Wenigstens wusste er Semiris gut untergebracht. Es galt, eine vernünftige Entscheidung zu fällen, die möglichst wenig Matrosen das Leben kostete.

„Sobald die Ersten auf unser Deck springen, ergeben wir uns gemeinsam", ordnete er an und sah gebannt auf die anrudernde Galeere mit dem galligen Dreiecksegel, schemenhaft bemalt mit einem gewundenen Drachenbild und obskurer Symbolik.

Sie wurden angerempelt, die Bordschalen krachten aneinander. Kriegsknechte in knielangen, bronzenen Schuppenhemden sprangen auf das Heck.

„Halt!", rief ihnen Abi mit hochgestreckten Händen zu. „Ich war selbst schon ein Schwertfischer!"

„Tatsächlich?", raunte einer derer in Bronzeschuppen, die sich mit gezückten Schwertern um sie scharten.

Abi wunderte sich über sich selbst, wie gelassen er sich gab. „Ja", sagte er mit Nachdruck. „Irgendwann schien es mir einfach klüger, mir mit meiner Beute etwas aufzubauen."

„Das kannst du deinen Göttern erzählen", höhnte einer der Leute in Bronze, und berstendes Gelächter brach aus.

„Wir sind hier für Beute", bellte ein anderer.

Ein breitschultriger Mann, der in seinem Brokatmantel sehr auffällig war, hatte eine Stimme, bei deren Losdonnern schlagartig Ruhe einkehrte. „Ihr wollt euch nicht wehren?", fragte er, „so bringt mir alles, was an Bord ist und Wert hat. Aber rasch! Ich könnte es mir noch anders überlegen."

Abi dachte nicht daran, sich einschüchtern zu lassen. Fürs Erste vermied er immerhin ein Gemetzel, und was er verlor, machte ihn nicht arm. Er wies ihm unter dem Baldachin eine kleine Truhe und die darin befindlichen Silberbarren. „Damit wollte ich in Hastinapura Gewürze kaufen."

Eine behaarte Hand schob ihn grob beiseite und hob die Truhe auf. „Euer Leben lasse ich euch", schnaufte der bartlose Mann im bräunlichen Brokatmantel, der sich aufführte wie der Obmann. „Ihr werdet ab heute ohne Lohn rudern. Ihr seid jetzt Sklaven von Pitussu."

Abi sah ihn entrüstet an. „Was sind wir?"

„Sklaven", erklärte der Mann kurzum. Anfangs hielt Abi ihn für einen Hethiter, aber er war ein Kiliker. Sein knochiges Gesicht mit der breiten Stirn, den buschigen Brauen und der Hakennase war geprägt von Ehrgeiz und skrupelloser Härte. Das Leben machte ihn zu einem kalten Rechner, der Widersprüche hasste. Seine Ungeduld zu verbergen, schien ihm wenig erstrebenswert. „Du hältst dich wohl für etwas Besseres, weil dir das Schiff gehörte? Ich frage mich, ob du die Ehre zu schätzen weißt, mir persönlich zu begegnen. Merke dir meinen Namen gut. Ich bin Madduwata, der Herr der Festung."

Dann bemerkte er mit hochzuckenden Brauen die Brosche auf Abis verwaschener Tunika. „Halt, du bist kein Schwertfischer, du gehörst Ravana. Ich bin nicht blind. Wir wollen sehen, was du dem wert bist."

„Ich bin bereit, bei euch mitzumachen", erbot sich Abi. „Und beim Baal, ich kann mit meinen Klingen umgehen. Wie wäre es mit einer Probe?"

„Du bist mein Gefangener, sonst nichts. Wenn du dich beweisen willst, wirst du gegen mich antreten."

„Und was ist, wenn ich siege?"

„Dann hacken dir meine Leute das Fleisch von den Knochen. Das verspreche ich dir. Du magst für dich hoffen, aber hoffe besser auf Llanka. Llanka hat Gefangene von uns, und wir haben welche von Llanka. Wir haben uns schon getroffen, um demnächst auszutauschen."

Allmählich begriff Abi, dass es neben den Schwertfischern auch ihn gab – den Fürsten unter den kilikischen Piraten, von denen schon öfter die Rede war, und es gab die Nubier aus Llanka.

Offenbar hatte sich ein Bandenkrieg entwickelt, und Abi wurde mulmig im Magen, bei der Vorstellung, in die Sudische See verschleppt zu werden. Es war, als hätte er die Gelegenheit zum Kampf verpasst. Jemand rupfte ihm von hinten die Schwerter aus dem Waffengurt, und andere fassten seine Arme. Danach war er waffenlos und protestierte nicht, damit ihm nicht dazu die Hände gefesselt wurden. Er war ohnedies ihr Gefangener. Ein Mann mit einem dünnen schwarzen Kinnbart, vor dem die anderen kuschten, nahm mit gleichgültiger Miene den Platz an der Ruderpinne ein. Stets befanden sich einige in Schuppenmänteln in Abis Nähe, während der Fahrt zur Hethiterküste.

Sie umfuhren die waldreiche Kupferinsel, welche die Hethiter Alascha nannten und die Atlanter Cypris, und sie liefen eine unbedeutende kleine Seestadt in Arzawa an, um Lebensmittel wie Gerste, Stockfisch und Fladenbrot an Bord zu holen. Hinterher segelten sie zu einer Insel vor der kilikischen Küste, die nahezu vollständig eine Festung mit Zinnen im Zackenmäander einnahm. Eine kleine Gruppe himmelhoher Nordmanntannen überschattete den hintergründigen eckigen Turm, der hethitisch anmutete. Pitussu schien verwachsen mit dem vom Gestade abgeschnittenen Kliff.

Eine Reihe Trompeten schmetterten zur Begrüßung des heimkehrenden Herren der Festung, und Madduwata, heute in einem sehr engen Gewand aus Baumwolle, gab sich vor Abi unnahbar. Er beobachtete nachdenklich, wie die neuen Sklaven über den Brettersteg auf eine Rampe im Fels gescheucht wurden. Mit viel Peitschengeknall trieb man sie von dort in das aufgeschlagene Bronzetor der Festung.

Abi fühlte sich geschubst und musste sich den Unglücklichen anschließen. Es ging durch einen Flur, in ein großes Gewölbe, das vermutlich aus dem Fels herausgehauen wurde. Wo Abi den Fluss vermutete, klecksten Tropfen in eine Pfütze und verursachten ein nervtötendes Geplätscher. Im Halbdunkel eines Schlafgrabens kauerten Gefangene stumpfsinnig im Stroh, und einige hoben mit einem unterschwelligen Rascheln den Kopf. Andere nickten scheu oder dämmerten weiter vor sich hin. Abseits bemerkte er eine gebeugte Gestalt, die schrieb nahe einer rußenden Flammenschale mit einem Stäbchen Figuren in den Sand. Über die Lebensmitte schien der Mann deutlich hinaus und rieb sich ein geschwollenes Auge. Da außer diesem alle anderen im Stroh schliefen oder dösten, setzte sich Abi zu ihm.

„Was willst du von mir?", fuhr er Abi an.

Der blieb ruhig. „Weshalb sitzt du allein?", fragte er.

Die hintere Hälfte des Gewölbes war durch ein Gitter armdicker Bronzestangen abgeteilt. Bis in die letzten Winkel herrschte unruhiger Flackerschein von einem blakenden Holzkohlerost. Für viele Atemzüge schwiegen beide und Abi fiel die vorspringende Nase des Mitgefangenen ins Auge, die ihn von den Nubiern unterschied. Offenbar handelte es sich um einen Hindu. Um das Kinn sprießende Haare verrieten, er saß schon länger in diesem Verlies. „Das möchtest du wohl wissen", knurrte der Alte und spuckte aus. „Na Shakra kann dir was erzählen. Ich war der Übersetzer an Bord und bin wie die anderen aus Llanka. Darum blieb an mir hängen, mich in diesem kleinen Nest bei Beïruta schlauzumachen, wann die nächste Karawane nach Karkemisch geht. Vielleicht sollte ich ruhig erwähnen, wir verirrten uns an der Nilmündung des Usermaatre Kanals in einen Geschosshagel. Unter schlimmen Verlusten drehten wir ab und entkamen mit knapper Not ins Mittelmeer. Danach war unsere Entermannschaft auf acht Köpfe zusammengeschrumpft. Du musst wissen, im Gegensatz zu denen sind die Ruderer bei uns Sklaven. Wir lebten unter der Knute und entschlossen uns, zu meutern. Über Nacht warfen wir die letzten Rakshana über Bord und wähnten uns frei. Wir wollten nach Karkemisch, denn am Indus steht heute alles unter der Knute Llankas."

„Mag sein, aber wer hat dich dermaßen zugerichtet?"

„Die dort. Du denkst, ich hätte sie verraten?" Er schüttelte verzweifelt den Kopf. „Das habe ich keineswegs. Auf halbem Wege zwischen Beïruta und Byblos gibt es ein kleines Flusstal, das sich von den Bergen zur Küste hinab windet. Die Leute im Libanon nennen es den Hundsfluss. Seit Jahrtausenden ist es ein Einfallstor für feindliche Heere. Eroberer zogen durch diese Schlucht und manche hinterließen Inschriften im Fels, und dorthin verschlug es uns schließlich. Mir fiel zu, mich in dem Örtchen Hammana am Hundsfluss nach der nächsten Karawane Richtung Karkemisch zu erkundigen. Ich war wohl zu leichtsinnig und sah mich nicht aufmerksam genug um. Plötzlich waren wir umringt von einem guten Dutzend Männern und sind in Ketten zu einem versteckten Lager kilikischer Piraten getrieben worden. Bei allen Göttern, das ist die Wahrheit. Kein Wort habe ich beschönigend beigefügt."

„Und jetzt bist du der Sündenbock?", fragte Abi mitfühlend. „Das schmeckt schal."

Der Alte betastete mit verkniffenen Zügen den blauen Höcker seiner Nase. „Sie haben mich allein verhört, und als sie mich zu den anderen ins Stroh schmissen, fielen meine Landsleute über mich her."

Zufällig fiel sein Auge auf die Brosche, die Abi trug. „Oh", stöhnte er. „Du bist aus Llanka?"

Abi beruhigte ihn. „Hast du deshalb Angst vor mir? Ach, wenn du wüsstest, wie ich an diese Brosche kam."

„Ich erwähnte bewusst, wir hätten gemeutert", beteuerte Shakra. „Der aufgeblasene Hauptmann dieser Festung hat es schnöde belächelt, doch habe ich mit keinem Satz gelogen. Von Hastinapura, der Stadt meiner Väter, wurde ich mit vierzehn nach Llanka gesandt und bemühte mich über Jahre, die Flüche der gekaperten Tyrer und Sidonier einigermaßen in unsere Sprache zu übersetzen. Andere, die sie mit mir aus dem Wasser zogen, waren ihr ganzes Leben an Riemen gekettet. Die nackte Verzweiflung trieb uns zu dem, was wir taten, und ich frage mich, wo die Gerechtigkeit der Vorsehung bleibt, da wir in diesem Verlies verrotten werden. Ich muss wohl in meinem vorigen Dasein Kinder gefressen haben."

Beruhigend, dachte Abi, dass der bloße Anblick dieser Brosche den Mann mit Respekt erfüllte. Also wurden nicht nur Schwarze damit ausgezeichnet. Sonst hätte ihn der Alte kaum für einen Geweihten Llankas gehalten. Und doch – bei einem Verhör darauf zu bestehen, ein Vertrauter des Hexenmeisters zu sein, wäre unklug. Sobald man die Gefangenen austauschen würde, flöge der Schwindel auf. Madduwatas Zorn fiele auf ihn, und ein Menschenleben zählte für Männer wie den wenig.

20.

Der wichtigste Mann der Festung war guter Dinge. Auf dem jüngst geenterten Kahn eines Hethitischen Handelsfahrers stießen seine Leute auf eine Balkenwaage mit einem Satz kleiner Basaltgewichte: Eine Zierde für jeden öffentlichen Markt. Damit ließen sich die kniffeligsten Tauschgeschäfte austarieren, ohne dass einer sich hinterher betrogen wähnte. So manche Hafenmeisterei würde ein Vermögen dafür bieten.

Madduwata war nie eine Krämerseele, aber er hatte nach einem Geschenk gesucht, das von besonderer Art sein müsste. Die Gesandtschaft Llankas wartete im Vorraum, und es wurde Zeit, den Handel mit den richtigen Worten zu dokumentieren. Andere hielten sich einen Schreiber, er pflegte so etwas eigenhändig abzufassen und begab sich an sein Pult aus Zedernholz, über dem ein großer Gong hing. Auf dem Pult lagen Papyrusrollen und ein Siegelstempel aus Speckstein. In einem kleinen Fässchen aus blauem Glas befand sich ein Strauß Binsenhalme und eine angespitzte Fasanenfeder. Zum Schreiben diente eine schwarze Tusche, die sich aus Ruß, Harz und Wasser zusammensetzte. Die Männer, die seine Leute am Hundsfluss aufgegriffen hatten, wären samt dem Übersetzer von geringem Wert, aber der Mann im Bärenfell dürfte in Llanka Interesse wecken. Als zwei Wachen Abi in die fensterlose Steinkammer mit dem Pult schubsten, schickte er die Wachen mit wegwerfender Hand raus und betrachtete Abi eingehender.

Nach einer unruhigen Nacht fühlten sich dessen Hände scheußlich klamm an und der Nacken verspannt, denn im Verlies herrschte eine Frische wie zehn Fuß unter der Erde.

„Du stammst nicht vom Indus", stellte der hochgewachsene Mann mit den buschigen Brauen fest.

Öfter als einmal führte sich Abi vor dem letzten Einschlafen eine ähnliche Situation im Geiste vor Augen und erwägte, einfach darauf zu bestehen, er hätte die Brosche auf dem Markt erworben. Doch warum sollten sie ihn dann am Leben lassen? Also erzählte Abi die Wahrheit mit einigen gravierenden Abänderungen des Lebenslaufs. „Ich bin in Aschkelon geboren", schloss er, „aber ich war ein Schwertfischer."

„Und du trägst diese Brosche?"

„Weil wir mit Leuten Llankas aneinandergerieten. Ich erschlug einen starken Schwarzen, der mit einem wuchtigen Schwert hantierte wie mit einem Rohrstock, und habe ihm, wie in der Bruderschaft üblich, die Brosche und einen Beutel mit Heilpulver und Kräutern abgenommen."

Madduwatas Augen verengten sich verdrießlich. „Du hast einen Rakshana erschlagen?" Er schien es zu überdenken. „Dann bist du für einen Austausch nicht geeignet. Was mache ich mit dir?"

Er hatte die Gesandtschaft aus Llanka, die im Vorraum wartete, nicht aus dem Sinn verloren, aber er weigerte sich einzusehen, dass der Mann im Bärenfell seinen Wert verloren hatte. Immerhin wäre möglich, der hielt ihn frech zum Narren. Es war seine größte Gabe, sich zu verstellen, und Abi wunderte sich, warum der Mann hintergründig lächelte.

„Weißt du, wann das Mitanni-Reich entstand?", fragte Madduwata beiläufig, und Abi zuckte schlaksig die Achseln, weil das Gefühl wuchs, aufatmen zu dürfen. Er hütete sich, ihn zu unterbrechen.

„Hast du nie von Rama gehört und von der großen Völkerwanderung? Es war eine finstere Zeit, in der die schwarze Rasse die weiße knechtete, in Libyen und überall auf dem Teil der Erde, den schon Menschen bevölkerten. Er muss ein Mann mit Visionen gewesen sein. Er sammelte die Völker um sich, deren Merkmal die weiße Haut und blondes Haar sind und machte aus ihnen das große Volk der Arya. Mit Ochsengespannen, Wagen, und Menschen, die ihr Hab und Gut packten, suchte er eine neue Heimat im Osten. Ihr Zeichen war und bleibt der Widder. Als sie den Kaukasus überschritten, teilten sie sich. Der Teil, der zurückblieb, gründete am oberen Euphrat das Mitanni-Reich. Der größere Teil des Volkes zog weiter bis in das Indus-Tal."

Allmählich erwachte bei Abi der Eindruck, er könne sich ungezwungen mit dem gefährlichen Kopf von Pitussu unterhalten, und er taute auf. „Aschkelon ist älter als das Mitanni-Reich. Allerdings gibt es in Aschkelon einen Indra-Tempel."

Abi fragte sich, was sich hinter der hohen Stirn dieses Mannes abspielte. Er verfügte über ein beeindruckendes Wissen um die Geschichte der Völker. „Noch heute tragen die Lehnen des Thrones von Aschkelon Widderköpfe", belehrte ihn Madduwata. „Damals bestieg der erste König der heutigen Dynastie den Thron. Aber man ließ dem Volk die alten Götter des Purpurlandes. Rund zehn Menschenalter ist das her. Damals war Hatti unbedeutend und Mitanni reichte von den Abhängen des Zagross-Gebirges bis zum Meer der Mitte. Unter Sauschatar dem Großen war sein einziger ernster Gegner Ägypten, wo zu dieser Zeit ein Thutmosis regierte. Dann fing Hatti an, die Grenzen auszudehnen. Es raubte sich mit einem Schlag die syrischen Besitzungen, später die Hauptstadt Wassukkanni, Aleppo und Karkemisch."

Madduwata wusste, warum er das ausgerechnet Abi auftischte. Ein treuer Helfer von ihm war in die Hände Llankas geraten, und er wollte die Idee, Abi beim Austausch einzusetzen noch nicht verwerfen. Wer Madduwata besser kannte, wusste, dass der versiert war im Fallstrickelegen.

„Ich wurde in Kizwatna geboren", vertraute er Abi an. „Nur weil meine Mutter eine wirklich außergewöhnliche Frau war und ein einflussreicher Hatti Gefallen an ihr fand, wuchs ich in Hattuscha auf. Aber ich hasse die Hatti wie ein Bastard seine Stiefmutter, auch wenn ich dadurch eine Ausbildung genoss, wie sie den Sprösslingen ehrwürdiger Feldherrengeschlechter vorbehalten ist. Du musst wissen, Kizwatna ist ein Vasall des einstigen Mitanni-Reiches gewesen, bevor Hatti aus allen Nähten platzte und die Erde eng wurde. Ich leugnete niemals meine wahre Herkunft und erkor zum Sinn meines Lebens, die Macht Hattuschas zu brechen. Llanka verfluchen wir, weil sich hinter Llanka die Schwarze Rasse verbirgt, gegen welche die Nachfahren Ramas stritten … Und weil die Ägäis und das Niltal schon ewig unser Revier sind! Verstehst du?"

Nachdem er so den Hass alter Zeiten beschwor, fragte Abi ganz nüchtern: „Von was wollt Ihr mich überzeugen?"

Madduwata musterte ihn, als habe er sich im Ton vergriffen. Danach klang er schroffer. „Da du behauptest, einer Bruderschaft anzugehören, gibt mir Rätsel auf, wie du in den Besitz einer so vorzüglichen Seekarte kommst?"

Seine flache Hand schlug rummsend über das Pult und fingerte nach der bewussten Papyrusrolle, und das brachte Abi in arge Bedrängnis. Es verblieben Sekunden, sich eine brauchbare Geschichte einfallen zu lassen. „Wir nahmen sie vor langer Zeit einem Handelsfahrer aus Tartessos ab", flunkerte er.

„Du warst schon an der Westküste?"

„Und habe die Westsee befahren."

„Du kennst die Durchfahrt bei den Symplegaden? Erzähle mir, wie seid ihr heile hindurch?"

„Ich sah den lebenden Strudel durchs Wasser wandern, die See glich einer Waschküche. Aber bei Ebbe bleibt er in seiner Höhle."

Damit schien seine Neugierde befriedigt. „Nun zu dem, um was es mir geht. Du sprichst nicht die Wahrheit. Für mich bleibst du ein Vertrauter des Hexenmeisters. Ich werde eine Schrift aufsetzen, die bekundet, du warst an Bord eines Schiffes mit einem Schiffsschnabel wie ein Drachenkopf. Du hast mir sechs gute Leute erschlagen, und ich werde Ravana beglückwünschen zu einem solchen Krieger."

„Aber das ist erstunken und erlogen."

„Willst du mir unterstellen, ich lüge? Wiederhole das, dann klatsche ich in die Hände und man schneidet dir die Kehle auf!"

Abi würgte unsägliches Unbehagen herunter. „Lasse ich mich darauf ein, schlachten sie mich dafür in Llanka."

„Vielleicht. Vielleicht auch nicht. Das liegt bei dir. Du erhältst von mir ein hervorragendes Zeugnis. Gebrauche deinen Verstand und rücke die Umstände ins rechte Licht vor dem Hexenmeister."

Ehe Abi einen weiteren Einwand hervorkramen konnte, traf Madduwatas Faust den Gong, der von der Steindecke baumelte.

Die Wache stürzte herein. Sie nahmen Abi in die Mitte und beförderten ihn unsanft in eine kleine Kammer mit Stroh, um ihn eine Stunde später erneut zu Madduwata zu führen.

Drei hochgewachsene Schwarze in lila Schuppen und einem Pantherfell erwarteten ihn ungeduldig, damit der Gefangenenaustausch über die Bühne gebracht werden konnte. Der Wortführer trug eine Bauchschärpe aus blauer Seide mit einer Drachenbrosche und begutachtete Abi mit aufrichtigem Erstaunen, ehe er raschelnd die Papyrusrolle entrollte, las und ihm freundlich zunickte, als sei er ein Schwarzer wie sie.

Nach ihm befahl man acht Leute aus dem Verlies herauf, und er begegnete Shakra wieder. Madduwata ließ zum Abschluss des Handels eine kleine Truhe voll Geschmeide und eine Balkenwaage mit Basaltgewichten holen, und die Nubier nahmen ihn und die Geschenke mit auf ihr Schiff.

Es war ein Segler, und Abi fühlte sich unwohl unter all den Schwarzen, von denen einzig und allein der Schiffsführer das Phönizische beherrschte. Wenn er Shakra zum Verbündeten gewann, entschärfte das keinesfalls seine Lage, da er ihm in einem Anfall von Redseligkeit mehr auf die Nase gebunden hatte als notwendig. Es stand schlecht um Abi, während er mit aufgestütztem Kinn auf dem stufig erhöhten Heckteil des Schiffes saß und grübelte. Irgendwann erschien Shakra bei ihm und pulte sich verlegen am Mundwinkel.

„Du gehst mir aus dem Weg. Warum?", fragte er beleidigt.

„Weil ich nachdenken muss", gab ihm Abi zu verstehen.

„Nein", widersprach der Alte und schüttelte ernst den Kopf. „Dir ist bange, weil du mir zu viel erzählt hast."

„Was meinst du?"

„Du deutetest an, auf unübliche Art in den Besitz der Brosche gelangt zu sein."

Für Abi war es ein Schreck. Es zu bestreiten wäre zwecklos, und er fühlte sich in die Enge getrieben. „Lass mich einfach in Ruhe", verlangte er mit wegwerfender Hand.

Shakra kränkte, wie eine Fliege verscheucht zu werden. „Du musst keine Angst vor Shakra haben", beteuerte er und legte seine Hand auf Abis Schulter. „Ich habe zu oft unter Missgunst und Gehässigkeiten gelitten, um Leid weiterzugeben."

Abi schämte sich, ihn geschnitten zu haben. „Ist gut Mann", beschwichtigte er mit einem befreiten Lächeln. „Ich tat dir unrecht."

„Ich schätze, ich kann dir hilfreich sein … Sie führen keinerlei Listen, diese Kiliker", überlegte Shakra. „Und wenn du sagst, wir waren auf ein und demselben Schiff, bin ich dein Zeuge. Dir muss nur etwas einfallen, wie du zum Hauptmann unseres Schiffes wurdest … und zwar etwas Einleuchtendes. Du könntest behaupten, Aka Tinka, unseren Obmann, durch einen Sumpf getragen zu haben. Wäre nicht denkbar, dass er dich im Sterben dafür auszeichnete, indem er dir seine Drachenbrosche vermachte? Darauf hast du ein halbes Jahr unser Schiff geführt. Drei Schiffe haben wir unter dir gekapert, werde ich bezeugen."

Mit wachsendem Vergnügen hörte ihm Abi zu. Als Shakra endlich Luft holen musste, ergänzte er leise. „Das könnte im Niltal gewesen sein, sagen wir, oben am Ersten Katarakt, unweit von Abydos."

Shakra zwinkerte einverstanden und Abi fing an zu lachen und schlug sich die Schenkel wie die Schwertfischer, wenn sie übermäßig getrunken hatten. Er fühlte ein Selbstvertrauen in sich aufsteigen, als stünde ihm sein Freund der Atlanter zur Seite. Bunte Erinnerungen knüpften sich an. Hatte ihm *Decgalôr* nicht vorgespielt, in welche Rolle er heute schlüpfen musste? Sorgen bereiteten ihm nur einige Schwarze, die bei den Seilen herumlümmelten und miteinander tuschelten.

„Für wen halten die mich?", fragte er Shakra.

Der erhob sich, als sei ein Befehl an ihn ergangen. „Das frage mich morgen noch mal", erwiderte er und marschierte stracks zu den Leuten am Mastbaum hinüber. Gemurmel umbrandete ihn, und Abi belustigte, wie gestenreich er mit ihnen palaverte. Davon, ihn kürzlich grün und blau geprügelt zu haben, war keine Rede mehr. Shakra blieb der Klügste und weiterhin ihr Wortführer. Sie brauchten ihn, denn sie fühlten sich wie entflohene Sklaven, und vor dem Palast von Llanka drohten ein Dutzend angespitzter Pfähle, sollten sie nicht auf Shakra hören. Das fürchteten sie, und Shakra vermochte, ihren Mut zu schüren.

Als Abi ihn am nächsten Morgen bei der Essensausgabe wiedersah, grinste der Alte hämisch. „Jetzt mein Freund, halten dich alle für einen Schwertfischer, der ein Rakshana wurde und im Niltal drei Feluken versenkte."

Am Ende dieser zweiten Fahrt in die Sudische See wartete Llanka, die Perle des Morgenlands. Hier gab es Pagoden mit goldenen Dächern, Minaretten und reihenweise Dachgärten, und die Welt zitterte vor dem kolossalen Tempel, in dem Agni, der Gott des Feuers, verehrt wurde. Seine kahl geschorenen Priester traten in gelb gefärbten Gewändern mit Kapuzen auf. Einmal im Jahr zogen sie nachts mit Fackeln durch die Gassen, weil Kali, die furchtbare Göttin der Wüste, nach einem Menschenopfer dürstete. Man pflegte sich so derer zu entledigen, die dem Thron Llankas zu gefährlich wurden. Da auch Könige betroffen sein konnten, waren die letzten Regenten Marionetten, und Aganda der Eroberer im Alter so schwach wie seine Vorgänger. Durch ihn regierten die Geweihten von Agni, mit dem Hohepriester Ravana an der Spitze: ein Schwarzer mit gerader Nase und von hohem Wuchs, das Gesicht hart und unvergesslich – scharfgeschnitten wie das eines Satyrs. In seinen großen Augen lauerte ein zeitloses, böses Feuer, und kein Mensch in der ganzen Stadt hätte zu sagen gewusst, wie viele Lenze er wirklich schon erlebte. Er war für die Menschen hier der Erhabene, und die Macht, die von dem Palast zu Llanka ausstrahlte, reichte bis an den Tigris. Es war ein Sklavenstaat. Die Arbeit verrichteten die Kinder aus dem Volk, die das Pech hatten, an dritter Stelle geboren zu sein. Blumenschiffe, wie man sie nannte, kamen aus allen nahen und fernen Städten bis Babylonien.

Die Lehnen des Thrones bildeten kunstvoll geschnitzte Drachenköpfe, mit Blattgold überzogen. Auf der Rückenlehne saß ein kleiner roter Baldachin, für die Nachmittage, die der Thron wie eine Sänfte nach draußen getragen wurde, auf die Hochterrasse über der Stadt. Der ganze Saal bestand aus rosa durchwölktem

Marmor und bauchigen Säulen, ebenso aus Marmor, und das von der Tür einflutende Tageslicht brachte alles zum Glänzen.

Rechts vom Thron sackte der schmale Zeremonienmeister auf seinen Platz, ein kahler, von Ernst geprägter Charakterkopf in ockerfarbenem Brokat und dürr wie ein Wurm, mit einem Schlangenstock, den er behutsam an den Stuhl lehnte. Links davon gruppierte sich der Heeresstab, Imarakdulka, Maktar und Jatayu. Einer kleidete sich in ein Tigerfell, der andere in Byssus, und Jatayu panzerte sich mit schwarzem Elefantenleder. Blaue Federn von seltenen Fasanen schmückten die Stachelhaube, ein dünner Bart verlängerte das spitze Kinn. Seine Haut wirkte noch finsterer als die anderer Nubier.

Als Abi vor diesem Tribunal erschien, bekam er weiche Knie. Die Rolle, in die er die letzten Tage hineingewachsen zu sein glaubte, schien ihm auf einmal fragwürdig.

Er hielt sich an Missai, denn der Sprecher der Gesandtschaft ging an Bord mit ihm um wie mit einem Gleichrangigen, und der einleitende Bericht von dem Treffen mit Madduwata war nun einmal seine Sache. Die Perücke, mit der er sich heute herausputzte, duftete nach Rosenöl. Eine gewaltige Kette aus Türkisen schlackerte vor seinem weißen Baumwollgewand, und er trug Sandalen an den Füßen, als sie sich beide vor Aganda, dem Greis auf dem Thron, verneigten. Missai übergab schweigend den Papyrus aus Pitussu.

Der König zog ihn mit geübter Hand auseinander und legte die Stirn in Falten. „Ich kenne den Mann nicht."

Es war gerichtet an den, den die Rückenlehne halb verdeckte. Abi erschrak, denn ähnlich hatte er sich Ravana vorgestellt. „Mir gefällt er", sagte eine tiefe, eindringliche Stimme.

Alle Blicke hefteten sich auf Abi, und der stellte sich vor sie hin, griente dreist und ließ anklingen: „Ich war ein Schwertfischer, und ich habe im Namen des Drachen eine Weile mit Leuten, die für euch durchs Feuer gingen, die Schifffahrt im Niltal unsicher gemacht."

Es war dick aufgetragen. Aber ausgerechnet der Mann, vor dem er auf der Hut sein wollte, schien ihm in dieser Runde gewogen. Auch der überflog die Botschaft aus Pitussu und sagte darauf zu Abi: „Du kennst die geheime Durchfahrt, abseits vom Sperrturm, steht hier geschrieben ... und bist in der Westsee gewesen."

Abi war überrascht, wie gut es ihm gelang, Gelassenheit zu demonstrieren, und Ravana erinnerte ihn stark an dessen Gegenspieler in Kizwatna. „Du hast auch die Hesperiden gesehen, denke ich. Darum sag mir doch bitte, was sind die Äpfel der Hesperiden?"

„Gute Granatäpfel", erwiderte er ohne Umschweife.

„Könntest du mir ein paar Körbe voll besorgen? An Schiff und Mannschaft soll es nicht mangeln."

„Ich besaß eine vorzügliche Seekarte, und was ihr verlangt ist eine Reise von einem Ende dieser Karte zum anderen und zurück."

„Nanu", sagte Ravana. „Ich dachte, ich hätte einen Weltenfahrer vor mir. Wovor scheust du zurück?"

„Eine solche Reise dauert ein Jahr oder länger. Ich bin nicht freiwillig ein Schwertfischer geworden. Und zu einem deiner Leute wurde ich, weil sich das so fügte und weil ich eine Zeit lang den Durst meiner wilden Seite damit stillte. Aber das ist nicht mein Leben. Ich habe eine Frau, werde bald Vater."

Für einen ehrgeizigen Menschen wie Ravana war es frech. Er zog hörbar Atem ein. „Was denkst du dir? Ich habe einen Mann für dich laufen lassen, der mir nach dem Leben trachtete!"

Für Abi bedeutete es ein böses Erwachen. Einzuwilligen zum Schein, wie der Atlanter es gehandhabt hätte, wäre der schnellste Weg zu Semiris gewesen.

Ravana neigte zu Ungeduld und Abis Auftreten entfesselte sein anderes Gesicht. „Hör mir gut zu", raunte er mit mahnendem Zeigefinger. „Du wirst hinfort das für mich tun, was die Dümmsten können und viel schwitzen, so viel ist gewiss."

Die Wache holte Abi und brachte ihn zum Markt, wo gerade ein Käfigwagen beladen wurde und einige Stallknechte zwei Ochsen anschirrten. Er und vier kräftig gebaute junge Männer fanden sich im Käfig zusammen. Abi entlockte einem Einheimischen, dass die Landstraße, über die ihr Wagen ratterte, in die Berge führte.

An den Waldhängen der Berge lagen Erzminen, und davor erhoben sich Hochöfen, noch gewaltiger als die von Pi-Ramesse. Sengende Hitze strahlte von dem eckigen, nimmersatten Schlund aus, der wie ein riesiger Kamin anmutete. Mitunter musste über Stunden Holzkohle geschaufelt werden. Zu dritt rackerten sie Tag und Nacht für die nötige Hitze im Hochofen, das war jetzt sein Tagewerk, und in ihm wuchs der Wunsch, noch einmal das Tageslicht zu sehen.

Bald verspürte er ohne sichtlichen Grund Stiche in der Schläfe. Es verflog bei der Essensausgabe, doch meldete sich dann häufiger, und ihm war kein Ausruhen am Hochofen vergönnt, egal, ob der bald aufgerissene Chiton ihm an der Schulter klebte. Wie ein Gruß der Außenwelt kam dann und wann ein Ochsengespann vom Köhler in die große Höhle, von der die Stollen abzweigten, denn die Wagen abzuladen gehörte ebenso zu Abis Leben wie das Heizen am Hochofen. Schon auf See gab er es auf, die Tage wie die Atlanter zu zählen. Jetzt verlor er jedes Zeitgefühl. Er arbeitete und schlief wie in einem Taumel, und die Kopfschmerzen verfolgten ihn auf Schritt und Tritt. Doch selbst die, die geschunden werden, kennen die Momente von Gemütlichkeit, rückt die vertraute Runde zusammen und jeder berichtet aus seinem Leben. Auch hier gab es Männer, mit denen sich reden und scherzen ließ. Schicksalsgefährten. Zunächst Lydon, der von einem geenterten Syrer stammte. Dann war da Kunjara, der früher vom Korbflechten lebte. Und an der Wegscheide, wo sich der Stollen gabelte, begegnete ihnen eines Tages eine Gruppe Bergarbeiter und er sah Shakra wieder.

Shakra lebte in dem Gefangenenlager vor dem Höhleneingang, aber sie trafen sich danach oft in der großen Grotte, die zwischen den Hochöfen und dem Bergwerk lag, weil dort die gemeinsame Essensausgabe erfolgte. Mit diesen Dreien hielt er Kontakt und tauschte sich aus. Die anderen, soweit er sie kennenlernte, verstanden meist nur brockenweise Phönizisch, so wie Kunjara. Bald wusste Abi alles über Lydon und begriff, auch der war ein Händler und verschleppt worden. Und Lydon merkte, dass Abi über ein unbeugsames Selbstwertgefühl verfügte und über ein enormes Durchhaltevermögen. Er war zäh geworden in der Schule des Lebens. Auch wenn er dem Syrer seine wahre Geschichte nicht verheimlichte, kam er dem nie vertrauensselig vor. Letztlich fand Abi in ihm einen Freund, der ihm half, einen harten Lebensabschnitt zu meistern. Falls nötig, schaufelte der eine für den anderen mit, steckte dem eine Krankheit in den Knochen. Lydon war dunkelblond, nicht sonderlich klug, doch keinesfalls dumm, eher ein vergnügter Mensch, der in der Freiheit wahrscheinlich zu einem richtigen Spaßvogel gediehen wäre. In einem waren sie sich sofort einig: bald zu fliehen. Sie fingen an, Pläne zu schmieden.

„In der Höhle, an der die Stollen münden", stellte Lydon nachdenklich fest, „befindet sich das Hauptquartier der Wache. Freiwillig lassen die uns nicht durch. Das heißt, wir brauchen Waffen, egal wie wir es aufziehen."

„Die Picke von Shakra ist aus gutem Eisen", bemerkte Abi leise. „Und alles, was zum Zuschlagen geeignet wäre, ist eine Waffe. Das ist es nicht. Wir können uns ja sogar frei bewegen im Bereich der Hochöfen und allein zur Höhle gehen, ruft man uns aus."

Sie wussten alle drei, worum es ging. Draußen, vor der Höhle, begann das Gehege der Lagergefangenen, und den Eingang bewachten zwei rabenschwarze Männer in Pantherfellen. Hinzu kamen die Wachen auf dem Palisadenzaun, der das Lager umfriedete. Wen sie draußen auflasen, den kostete es das Leben. Zuwiderhandelnde wurden auf einem sandigen Platz am Waldrand gepfählt.

„Wer einen Harnisch trägt", sagte Lydon nachdenklich, „trägt auch ein Horn. Ich habe gesehen, als einige flohen. Jemand blies ins Horn, und sie rannten in den Berg hinein, das wurde ihnen zum Verhängnis. In einem toten Stollen fanden sich die Unglücklichen an und schrien eine Nacht lang auf dem Spieß. Wir hielten uns die Ohren zu."

„Von welchem Bezirk des Bergwerkes der Einzelne ist, sehen sie an den Bändern, die sie uns um das rechte Handgelenk gebunden haben", fiel Abi auf. „Unsere Bänder sind breit, gegen jenes, das mein Freund Shakra trägt. Das ist eher ein Ledersenkel, wie man sie zum Schnüren der Tunika verwendet."

Der Syrer sah in den ersten Tagen ohne Rasur elender aus. Er kraulte sich den juckenden Bart, der inzwischen sein Gesicht rahmte. „Wir müssten einen Riemen von unserem Band abtrennen. Auffallen würde das nicht, und es wäre möglich, bei einer Kontrolle das Band gegen den Riemen auszuwechseln."

Abi nickte. Bei dem Gedanken, es könnte den Tod durch Pfählen bedeuten, richteten sich ihm die Härchen an den Unterarmen auf, aber unter dieser Knute dahinzuvegetieren? Der Gedanke war unerträglich. „Morgen früh, wenn wir antreten, um uns unsere Grütze abzuholen, weihe ich Shakra ein. Er wird mitwollen."

Als der Morgen anbrach und die Bergarbeiter sich in langer Reihe vor dem Koch aufbauten, gesellte sich Abi einfach zu Shakra und stieß ihn sachte an. Er schob den Ärmel von seiner zerrissenen Tunika und wies ihm den Ledersenkel, den er sich ums Handgelenk geschnürt hatte. „Wir stellen uns jetzt an und gehen danach mit dir zusammen ins Lager hinaus."

„Ihr würdet nicht weit kommen", flüsterte Shakra. „Gut, die Bänder sind geschickt, aber damit seid ihr noch längst nicht an den Wachen beim Palisadentor vorbei."

So verschoben sie es und kehrten enttäuscht zum Hochofen zurück, um die anderen drei ihrer Gruppe von der Nachtarbeit abzulösen, damit die sich ihre Grütze holen konnten.

Gegen Abend war Abi wieder durchgeschwitzt bis auf die Haut und durfte die Schaufel überraschend weglegen, denn zwei Vornehme in Byssus und luftiger Baumwolle erschienen in der Steinkammer am Hochofen.

„Der Hohepriester verlangt, dich zu sprechen", teilten sie Abi mit, und der vergaß, wie kaputt er sich eben noch gefühlt hatte, weil flugs wieder Hoffnung keimte. Lydon pflegte stets die Dinge beim Namen zu nennen und raunte unheilvoll: „Ich hoffe für dich, das Volk gelüstet nicht nach einem Menschenopfer."

Die unbändige Hoffnung, die ihm eben noch ein seltsames Gefühl von Leichtigkeit vermittelte, schlug um, kaum sah er das Tageslicht. Es dauerte eine Weile, ehe sich seine Augen an die grelle Sonne gewöhnten. Er blickte sich um und sah, selbst außerhalb der Einöde, die sich vom übersonnten Sklavenpferch in Richtung Küste erstreckte, war das Erdreich hart wie Stein. Durch vertrocknete, schwarzgesengte Getreidefelder liefen kreuz und quer lange Zickzackrisse, während sie mit einem schnellen Streitwagen über die lange, hügelige Landstraße nach Llanka rumpelten.

Nicht von ungefähr zog Lydon die Möglichkeit in Betracht, ein Menschenopfer stünde an. Je weiter sie ins Umland der Metropole vorstießen, desto trostloser und entsetzlicher waren die Bilder. In den Furchen der Felder lagen verendete Rinder und verpesteten die Luft. Rehe verließen die Wildnis, taumelten ziellos auf den Feldern umher und ohne noch Scheu zu zeigen an Hütten vorbei. Deren Bewohner lehnten als schreckliche, mit Haut überspannte Skelette an den Eingängen, aus matten oder schon gebrochenen Augen nach oben blickend. Unbarmherzig und wolkenlos, wie eine unermessliche blaue Glocke wölbte sich der Himmel über das glühende Land. Kein Wölkchen deutete den Monsun an, dessen Ausbleiben oder Zögern Provinzen und Landschaften auf Llanka zum Verschmachten verdammte.

In den Ortschaften boten sich ergreifende Bilder. Abi sah Frauen, die ihren Säugling immer wieder an die schlaffen Brüste drückten, obwohl die seit Tagen keinen Tropfen Milch mehr hergaben. Er sah Kinder mit großen Köpfen auf erbärmlichen Körperchen und Beinen, dünn wie ein Wanderstecken, von denen die Knie wie runde Knoten abstehen. Mahamari, das große Sterben, das die Kali verhängte, drückte das unglückliche Land, und die Bewohner der beginnenden Stadt hockten in fatalistischer Ruhe auf Matten vor ihren Türen. Wartend darauf, dass die schreckliche Kali den Fluch von der Landschaft nehmen würde, wartend auf ein Menschenopfer. Abi spürte, dass Lydon durchaus recht behalten könnte, und wenn ihm nichts einfiele, würde er bald tot sein. Die Trostlosigkeit der Situation schob sich wie eine schwarze Gewitterwolke über seine Seele, als sie vor dem Portal eines mächtigen Tempelbaus zu stehen kamen. Weiße Tauben umschwärmten das golden gleißende Pagodendach, die Stufen des Tempels erfüllte Leben wie ein Bienenhaus.

Abi sah viele müde Pilger mit Gaben beladen aufwärtssteigen. Links der Stufen erstreckte sich ein Seearm nahe dem Rinnstein, auf dem Lotosblüten als zarte Küsse schwebten. Am Ufer saß ein Mönch mit untergeschlagenen Beinen auf dem Rasen und unterrichtete ein paar Schüler. Leise schritt er an den gelbgekleideten, mit den polierten Schädeln nickenden Gläubigen vorbei und suchte die Pagode auf.

Abi bezähmte das ungute Gefühl in seinem Magen, und sagte sich nun, wenn sie ihn als Opfer ihrer Göttin holten, warum bestellte ihn dann Ravana vorher zu sich? Ihm fehlte der Schimmer einer Ahnung, was ihm blühte, nur dass sich vermutlich seine letzte Chance anbahnte, wollte er nicht im Feuer des Hochofens sein Leben fristen. Wie weggeblasen endeten in der frischen, obgleich drückenden Luft die Kopfschmerzen, und Abi betrat mit gemischten Gefühlen die mächtige Halle, in der eine fallende Brosche ein Getöse ausgelöst hätte. Noch beeindruckender fand er das Standbild aus Gold, das exakt unter der Rundkuppel thronte und einen schmerbäuchigen Dämon mit Widdergehörn verkörperte, groß und massig wie ein Elefant. Die Pyramiden im Nildelta waren großartig, und der Sperrturm an der Meerenge von Tallah überwältigend, doch diese übergroße Verkörperung des Feuergottes Agni stand den Weltwundern nicht nach. Ein unruhiges Licht flackerte auf der rechteckigen Wanne, in der Öl brannte, und der Mann in safrangelber Kutte, der ihn mit verschränkten Armen die Treppe nehmen sah, musterte Abi voll Hochmut. „Ist das nicht der Schwertfischer, der zu seinem Weib wollte, als er mir dienlich sein sollte?", fragte er spöttisch.

„Ich bin ein ehrlicher Mensch. Stört Euch das?"

„Du bist ein Sklave der Erzschmelze, wenn ich es will", belehrte ihn Ravana. „Aber da du mir kaum noch schaden wirst, will ich dir etwas verraten. Du bist ein kleiner Mensch vor Agni. Nichts weißt du von der höheren Macht, die unser Geschick webt. Sag' mir, was ist es, vor dem jeder Mensch sich fürchtet, bis er stirbt?"

Diesmal wollte sich Abi nicht querstellen. Er hatte es sich vorgenommen, und bei der Frage des Erhabenen stutzte er.

„Vor dem Tod", beantwortete es der Erhabene selbst. „Du merkst es, sobald du die Lebensmitte erreichst. Aber es ist dem Menschen bestimmt, dass er die Unsterblichkeit erlangt. Hilf mir, und du wirst noch lange leben."

„Warum nicht?", erwiderte Abi hastig. Nur nicht störrisch wirken – sagte er sich.

„Gut, für den Anfang einige Fragen. Traust du dir zu, die Durchfahrt zu finden, die sich auf keiner Seekarte entdecken lässt?"

Abi nickte. „Seid ihr schlau, genügt eine Schiffsladung mit erlesenen Gewürzen, wie Safran, Pfeffer und Kurkumawurzeln. Damit steuert den Sperrturm an, und die Turmwache wird euch bereitwillig durchwinken. Das ist der bessere Weg in die Westsee."

„Was gilt es ferner zu beachten?"

„Ihr müsst Tartessos anlaufen, die größte Seestadt an der Küste der Westsee. Von dort fahren die Atlanter gen Westen. Man kommt dort nach etwa zwei Tagen an eine warme Meeresströmung und braucht der lediglich zu folgen. Die Passage dauert etwa 42 oder 43 Tage."

„Danke", sagte Ravana zufrieden. „Weißt du, es sind Dinge aus allen Teilen der Welt erforderlich, um die Essenz zu brauen, die das Tor zum ewigen Leben aufstößt. Die Pflanze, die in Hellas als Eisenhut bekannt ist, und das Pulver aus den Kapseln einer hübschen weißen Blume, die einer Lilie ähnelt. Mann nennt es das liebliche Gewürz des Westens. Allerdings brauchte man auf dem Markt von Sidon nicht lange danach zu fragen. Was mir an Zutaten fehlt, sind die Äpfel der Hesperiden, aber die kann mir ebenso ein anderer holen, bei dem ich weniger zu befürchten hätte, er könnte es zuletzt für wichtiger erachten, sein Weib wiederzusehen."

Offenbar war Abi allzu hilfsbereit. Der Erhabene klatschte zweimal in die Hände, da kehrten die beiden in vornehmen Gewändern zurück, und mit ihnen eilten zwei schwarze Krieger der Stadtwache herbei. Ehe Abi begriff, wie ihm geschah, banden sie ihn und beförderten ihn mit einem schnellen Streitwagen zum Gefangenenlager zurück.

Es sollte für länger als ein Jahr das letzte Mal gewesen sein, dass er das Tageslicht erblickte, und er sehnte sich nach diesem Tag oft zurück. Er wusste, wie er sich dann verhalten wollte ... Doch ein drittes Mal reizte es Ravana nicht, ihn vorzuladen. Llanka verfügte auch ohne ihn über bemerkenswerte Seefahrer. Einer in seinem Stab hatte bereits den schwarzen Kontinent umsegelt ...

21.

Auch klugen Menschen unterlaufen Fehler. Der Erhabene von Llanka ahnte nicht, dass er den falschen Mann in die Westsee sandte. Ein Krieger mit den Schultern eines Lastknechts sah einfach nicht aus wie ein Maulheld, und da sich dieser Mann angewöhnt hatte, bei jeder Gelegenheit in den Vordergrund zu rücken, er sei ein hervorragender Navigator und habe schon die Südspitze Afrikas umsegelt, fiel die Wahl auf Maktar. Seine Haut war finster wie Kohle. Der über die Mundwinkel hängende Schnurrbart, das Byssusgewand und sein hoher Hut aus Leopardenfell, mit bunten Federn gespickt, verlieh ihm etwas Ungezähmtes. Er pflegte aufzutreten mit dem Selbstbewusstsein eines Tigers. Den Rat von Abi, Gewürze zu laden und die Passage am Sperrturm zu wählen, verwarf er verächtlich und entschied sich für den gefahrvollen Weg um das von Stürmen umtoste Horn des Schwarzen Kontinents. Auch so erreichte sein Segler Tartessos und den Golfstrom, aber er setzte in jeder Hinsicht seinen Dickkopf durch. Auf dem Obstmarkt zu Atlantis sorgte der riesige Schwarze für Aufsehen, da er sich lustig machte über die Oliven aus Hellas und die Schoten vom Johannisbaum und darauf großspurig nach den Äpfeln der Hesperiden verlangte, als wären die angebotenen nicht genug.

Der Mann am Obststand, von so viel Banalität überfordert, wies beharrlich auf den Korb voll roter Granatäpfel. „Das sind Prachtexemplare. Saftig, knackig und fest im Biss und nicht zu sauer. Was hast du an meinen Äpfeln auszusetzen?"

„Das sind verdammt gewöhnliche Äpfel", widersprach der Schwarze zornig.

Der Händler enthielt sich jedes Kommentars und grinste humorvoll.

„Dafür hätte ich nicht einen halben Kontinent umsegeln und die Westsee bezwingen brauchen", beharrte Maktar trotzig. „Nein, es müssen die berühmten Äpfel der Hesperiden sein". Das reizte den Schelm im Händler. „Wenn du unbedingt besondere Äpfel möchtest, musst du dir welche im Heiligen Hain pflücken."

„Besorg du sie mir", drängte Maktar.

„Ich weiß Besseres zu tun", sagte der gute Mann freundlich, aber bestimmt. „Äpfel von einer heiligen Stätte zu klauen, das muss jeder für sich erledigen."

Damit wendete er sich anderen Kunden zu.

Ein kluger Mann hätte sich an Maktars Stelle für die einfachere Lösung entschieden und mit drei Körben stinknormaler Äpfel vorliebgenommen, doch Maktar ging nicht, ohne ihm noch zuzubellen, „alles muss man selber machen."

Ihn trieb der Ehrgeiz, er wollte außergewöhnliche Äpfel. Der Erhabene machte manchmal viel Aufhebens, wenn er Alraunen aus dem Schatten einer Esche wünschte oder Frühlingspilze von einer bestimmten Wiese, und er, als ein Mann vom grobschlächtigen Schlag, respektierte dessen Genauigkeit.

Der gutmütige Obsthändler schüttelte den Kopf über den merkwürdigen Zwischenfall, da kam zufällig eine junge Frau im Linnengewand der Tempelschwestern an seinen Karren und gönnte sich wie täglich ein paar Dattelpflaumen bei ihm, die sie gleich aß. Es war üblich, über den Handel Neuigkeiten auszutauschen und führte dazu, dass er ausgerechnet *Aqphis* aufgeregt von dem einfältigen Menschen mit abgründig glänzender dunkler Haut berichtete.

Nun hatte *Decgalôr* kürzlich von seiner Handelsfahrt in die Sudische See geschwärmt. Es war ihr schwergefallen, sich die Menschen der schwarzen Rasse vorzustellen, und die Beschreibung, die ihr der Obsthändler lieferte, hinterließ in ihrem Hinterkopf das Bild eines schnurrbärtigen Wilden mit Nasenring.

Aqphis beschloss, sich bei ihrem Cousin über diese befremdend exotischen Geschöpfe schlauzumachen. Zum Jahreswechsel pflegte der vom Sperrturm heimzukehren, und das Jahr neigte sich. Zu diesem Anlass hüllte sich jeder für fünf Tage schlicht in Leinen wie ihre Ahnen aus der Gründerzeit. An jeder Straßenecke verströmte dann ein Fischgrill appetitliche Duftfahnen. Drei Dutzend Ochsen würden für diesen Rummel geschlachtet werden. Dazu gehörte, dass die zehn Herrscher des Westens sich in der Metropole miteinander trafen, ihren Bund zu erneuern und Poseidon einen Stier der alten Herde zu opfern. *Aqphis* wusste, *Decgalôr* legte Wert darauf, bei diesem Königstreffen anwesend zu sein. Seine Idee von einem weltweiten Friedensreich faszinierte sie, und sie baute auf ihn.

Für diese Fahrt nutzte *Decgalôr* das Schwarze Schiff, das die im Sperrturm verriegelten Gesetzesbrecher in den Westen verfrachtete. Auf diese Unglücklichen warteten die Tartarossterne, eine Inselgruppe im Herzen der Westsee, von der es kein Zurück gab. Als *Decgalôr* in der Metropole von Bord ging, erfüllte ihn das Gefühl, seinem Ziel bald beträchtlich näher zu kommen. Und als er den Säulenkreis des Hafens durchquerte, bastelte er im Geiste bereits an der Rede, die er beim Treffen der Könige halten würde. Zufällig kreuzte vor dem Portal des städtischen Badehauses seine Cousine *Aqphis* seinen Weg, ein großes, sauber zusammengelegtes Badetuch unter den Arm geklemmt.

Sie umarmten einander, und *Decgalôr* schaute sie stolz an. „Ich habe mir die südlichste Kykladeninsel aus der Nähe angesehen. Du weißt schon, Thera. Wo ich mir den Tempel vorstelle, verläuft ein moosbesäumter Bach, in dessen Silber bunte Steine schimmern, sowie ein idyllischer Tümpel mit glasgrünem Wasser und uralte Bäume mit einem dichten hellen Laubdach. Im Morgengrauen singen bei einer leise sprudelnden Quelle die Vögel."

Sie bewunderte seine Ausdrucksweise und noch mehr seine Beharrlichkeit in dieser Sache. „Du meinst", erwiderte sie zögernd, „du hältst daran fest, es vor den Königen anzusprechen?"

„Ich bin kein Träumer."

„Aber es gibt keinen wirklichen Anlass, einen Tempel in der Ägäis einzurichten."

Er tat es mit einem energischen Handwink ab. „Ich weiß mehrere einleuchtende Gründe. Unter anderem beabsichtige ich über kurz oder lang die Sklaverei zu verbieten, aber mir liegt fern, unreife Äpfel vom Baum zu schütteln. Mir bleibt ja ein voller Tag, mich vorzubereiten. Sag', ist es erlaubt, eine der heiligen Rollen aus der Bibliothek zu entleihen?"

Matt lächelte sie. Er sollte schließlich selber wissen, dass ihn sein Rang zwar zur Einsicht befugte, doch zu mehr nicht. „Zu den Räumlichkeiten, in denen die Regale mit Papyrusrollen stehen, zählt eine prächtig ausgestattete Schreibstube. Du findest darin täglich eine frisch angeschnittene Gänsefeder und ein Stück Papyrus."

Decgalôr wollte weiter, doch sie fasste seinen Arm. „Warte, ich habe etwas zu erzählen", eröffnete sie ihm, denn ihr fiel der redselige Obsthändler ein. „Hast du mir nicht die schwarzen Menschen von Llanka mit dem Wort dämonisch beschrieben? Auf dem kleinen Obstmarkt sollen drei solcher Männer gewesen sein. Sie erkundigten sich nach den Äpfeln der Hesperiden und verlangten ausdrücklich, sie müssten aus dem Heiligen Hain stammen."

Gemäß dem Bericht des Händlers schilderte ihm seine Cousine den Wortführer der Fremden als wilden Krieger mit einem geschulterten Drachenzahn und fügte hinzu: „Einer von ihnen prahlte, er könne sie sich auch selbst besorgen."

Decgalor stutzte, denn hier nach den Äpfeln der Hesperiden zu fragen war unüblich. „Klingt putzig", bemerkte er leise und traute jemandem, der sich so aufführte, durchaus zu, demnächst wirklich in den Heiligen Garten einzusteigen … Getreu dem Rat seiner Cousine besuchte er zunächst die Bibliothek und notierte sich die wichtigsten Worte aus den heiligen Gründerrollen des *Attalas*.

Nie zuvor war er zugegen gewesen, entzündete man im Heiligtum des Poseidon die Lichter. Ein geheimnisvoller Bann lastete auf diesem Raum. Was taten die Könige dort am Altar? Was in der berühmtem Marmorhalle, wenn man dann die Lichter löschte und die Könige noch längst nicht gingen? Das fragte er sich schon, als er kaum laufen konnte. Er wusste lediglich, alle zehn Königshäuser würden vertreten sein: Gadaïra, Anporra, Rhotan, Persephone, Mneset und die Pleïaden, Azae, Sardes, Peleset, und natürlich das Haus der Seefahrer. Dabei sein zu dürfen, war wie eine Auszeichnung, und ihm klopfte das Herz wie lange nicht mehr, als die weißhaarige Hohepriesterin die Prozession über die Brücke in den Garten des Poseidon führte, um aus der Heiligen Herde einen Opferstier auszuwählen. In die eigentliche Halle setzte die Hohepriesterin keinen Fuß. Der greise Phöbos musste dem Stier eigenhändig am Opferstein die Kehle öffnen und hielt das Tier, während es unter feierlichem Schweigen ausblutete und das Leben entwich. Nachdem jeder König aus dem Kelch mit dem aufgefangenen Blut getrunken hatte, stellte der Phöbos den neuen Admiral vom Sperrturm vor und streifte das Problem mit den Schwertfischern. „Er hat die Bruderschaften so gut wie ausgerottet", schloss er es ab und nickte *Decgalôr* vertrauensvoll zu. Der entrollte vor den Herrschern des Westens einen Papyrus und las vor: „Es soll so sein, dass im Zweifel das letzte Wort dem Hause *Attalas* gebührt. Und es steht geschrieben, wir sollen uns mehren, ohne uns jemals untereinander zu bekriegen und werden so zum stärksten Volk im Erdenrund, um der Welt den Frieden zu bringen!"

Diese zwei Sätze trug *Decgalôr* vor und fügte hinzu. „Das heißt, es genügt nicht, dass im Westen Frieden herrscht. Wir sind nach einer höheren Vernunft auch für die übrige Welt verantwortlich, sagt uns *Attalas,* und uns, seinen Nachkommen ist damit auferlegt, sein Werk zu vollenden. Unser Sperrturm bürgt für eine Flotte, mit der es kein anderes Volk aufnehmen kann. Das macht jeden Krieg um Ländereien überflüssig."

„Warum überflüssig?", fragte der hagere Greis mit Spitzbart, der das Königshaus von Peleset vertrat.

„Die Stadtfürsten im Meer der Mitte sind großteils neidische Despoten wie ihre Götter, die dem Nachbarn das Land nicht gönnen, und meist rechnet sich einer aus, sein Heer wäre groß genug ... Jeder Machtwechsel aber wird auf den Schultern des Volkes ausgetragen. Ich meine die erhöhten Kosten für die Heeresverpflegung, den Sold der Truppen und vor allem die Zerstörung und das Leid, das es den Völkern beschert. Der Kriegsherr und Urheber des Leids hält sich schadenfrei, weil es Sitte ist, Frauen und Kinder des Besiegten zusammenzutreiben und in Massen damit die Sklavenmärkte von Delos oder Salamis zu überschwemmen. Das ist die perfide Wurzel des Sklaventums. Und natürlich der dem Tüchtigsten innewohnende Hang zu Faulheit und Bequemlichkeit. Ist das nicht wirklich überflüssig und dazu unmenschlich, dass man darüber weinen muss?"

Die Könige nickten einander tiefbewegt zu, und *Anfortis*, der Herrscher von Persephone lobte *Decgalôr*: „Du denkst weise, aber wohin führt das?"

„Es gibt einen Inloh-Tempel auf Sardes", stellte der gelassen fest. „Warum keinen in der Ägäis? Eine öffentliche Schiedsstelle wäre dort sinnvoller! Schon um auf Dauer die Sklavenmärkte schließen zu können!"

Auch das weckte Beifall im Kreis der Könige. Nur der alte Mann auf dem Thron von Peleset widersprach hartnäckig: „Wenn wir unseren Kolonialbereich auf die Ägäis ausdehnen, bleibt dennoch das Nebelmeer hinter Troja und die See unter Ägypten. Die Schwertfischer würden sich einfach hinter den Hellespont verziehen und uns weiterhin mit ihren Raubzügen ärgern."

„Ich war in Delphi", hielt *Decgalôr* ernst dagegen, „und ich hörte von der Pythia, dass eine Tochter aus dem goldenen Haus der Welt den Frieden bringen wird. Es klang aus dem Mund der Pythia nach einem bald anbrechenden Goldenen Zeitalter. Nein, was ich sage, muss in die Tat umgesetzt werden: Es ist der Wille von *Attalas* und gut für die ganze Menschheit. Es ist im Sinne von Inloh, und Inloh ist die höhere Vernunft. Wie heißt es doch so salbungsvoll in der heiligen Rolle? Friede sei auf Erden!"

Er erntete Beifall mit seinem Vorschlag, und keiner äußerte sich dagegen, Schiffe mit fertigen Bausteinen zu beladen, um unverzüglich die Grundsteinlegung des Tempels in die Wege zu leiten. Später, als kein Licht mehr im Heiligtum brannte und die Herrscher des Westens im Dunkel der Nacht einander auch Versäumnisse und Eigenmächtigkeiten vorwarfen, die nicht für die Ohren der Öffentlichkeit bestimmt waren, um anschließend den Schwur des Zusammenhalts zu erneuern – da war *Decgalôr* nicht mehr dabei und saß auf einer Bank im Schatten des Säulenkreises, der das innere Hafenbecken umspannte.

Auf dem Rundgang, wo sich in den Vormittagsstunden die Menschen um die Stände der Händler drängten, war Stille eingekehrt. Eine Stimme in seinem Unterbewussten flüsterte ihm, es könnte hier in dieser sternklaren Nacht noch bunt hergehen. Vielleicht schnitt der Obsthändler auf oder überbewertete die Dummheit des großen schwarzen Kriegers. Doch eine halbe Mannschaft in Leder wartete nur auf ein Signal und hielt sich an einer nahen Gassenmündung bereit, und er liebte es, bei lauer Witterung allein den mit Sternen übersprühten Nachthimmel zu betrachten und die Gedanken weiterzuspinnen, die ihn schon länger beschäftigten. Eine Ratte flitzte zu der Steintreppe und trippelte hinab zum Schiffsanleger. Während sich *Decgalôrs* Augen auf das nicht mehr erleuchtete Heiligtum inmitten des kreisrunden Hafenbeckens richteten, rückten bei der Steinbrücke schattenhafte Gestalten in den Blickwinkel und schlichen zur offenstehenden Tempeltür. Er holte geschwind Verstärkung, um sie am Brückenportal abzufangen.

Die drei Eindringlinge beeilten sich, jeder einen Korb mit Äpfeln aus dem Garten des Poseidon zu füllen und ließen ihr Diebesgut erschrocken fallen, als ihnen der Weg versperrt wurde. Maktar warf sich ihnen mit dem Zweihandschwert entgegen, aber die anderen beiden gaben auf. Es gelang *Decgalôr* nach einem heftigen Schlagabtausch dem Schwarzen die schwere Waffe mit einem Hieb seiner Stahlklinge an die Mauerbrüstung zu schlagen, sodass Funken stoben und die festgeklemmt war. Der Rakshana würgte betreten, als er ihm eine Dolchspitze unter das Kinn drückte.

„Was bist du für einer, im Garten des Poseidon Äpfel zu stehlen?", fragte er herrisch.

Maktar war kein Mann, der in dieser Situation etwas abstritt. Der posaunte ohne zu zögern heraus, der Erhabene von Llanka hätte ihn beauftragt. Und beiläufig erwähnte Maktar, ein Schwertfischer in einem Bärenfell habe ihm dringlichst empfohlen, nicht den Usermaatre-Kanal zu nutzen, doch sie wären Manns genug gewesen, den Weg der Stürme zu wählen.

Decgalôr horchte auf. „Wie hieß der Mann?"

„Ich kann mir Namen nicht merken", nuschelte der Schwarze, ohne richtig die Zähne auseinanderzukriegen. „Aus Aschkelon stammte er und fiel in Ungnade. Ein Gernegroß, den man nicht kennen muss."

Damit war *Decgalôr* unterrichtet, sein bester Freund hatte sich in eine üble Sache verstrickt. Verwundert senkte er den Dolch. „Sei unbesorgt, du wirst deine Heimat wiedersehen."

Es könnte sich die Möglichkeit ergeben, Abi gegen Maktar auszulösen, und er brannte darauf, sich Llanka zuzuwenden. Trotzdem nahm er sich die Zeit, anfangs den Bau des Tempels zu beaufsichtigen und legte danach zunächst in Aschkelon an, um Semiris aufzusuchen. Semiris traf es wie ein Schock, auf diese Weise von Abi zu hören. Zwei Monate zuvor hatte sie einem Sohn das Leben geschenkt und zürnte Abi noch, weil sie sich im Wochenbett von ihm alleingelassen fühlte. Semiris entfuhr erschüttert: „Ich habe ihn beschworen, wirklich nur Gewürze zu holen."

Der Atlanter zog einen bitteren Mund. „Abi wird in der Sudischen See gekapert worden sein."

Sie zu fragen, ob sie ihn begleiten wollte auf der Reise nach Llanka, war eine Geste, doch sie schlug dankbar ein, und obwohl es ein furchtbarer Schicksalsschlag war, der sie wirklich mit Wucht traf, beruhigte sie *Decgalôrs* Zuversicht, ohne dass sie sich das erklären konnte. Vielleicht weil ihm alles zu glücken schien, was er anpackte. In Aschkelon hielt sie ohnehin nichts mehr, sagte sie sich und nahm kurzentschlossen ihren Sohn mit, egal, ob der ständig gewickelt werden musste. Sicher wäre alles einfacher gewesen ohne das Kind, aber anders hätte sie keinen Schlaf mehr gefunden.

Der Atlanter ahnte, wie ihr zumute war und stand wortlos dabei, während sie von einer seltsamen Ruhe überkommen, leise summend ihr Baby in den Schlaf wiegte. Als er sich bekümmert verzog, weil er sich seiner Sache keinesfalls so sicher war wie sie glaubte, merkte sie das gar nicht. Doch dann fuhren sie aus dem Hafentor und Semiris erschien mit einem bedrückten Ausdruck im Gesicht unter der Heckflosse. „Hältst du mich für eine schlechte Mutter?", fragte sie den Atlanter kleinlaut.

Es machte dem bewusst, wie wichtig ihr seine Meinung sein musste. „Bestimmt nicht. Ich habe den Kleinen genau einmal weinen hören. Als ich kam und er plötzlich nicht mehr im Mittelpunkt stand."

„Das Schaukeln muss ihn ermüdet haben", stellte sie fest. Ihre Haare flatterten hoch, als sie ihn prüfend betrachtete. „Weißt du, warum ich wie besessen dabei bin?", fragte sie im Flüsterton. „Ich überlege allen Ernstes, ob es gut war, in das Haus von Abis Familie einzuziehen. Seine Mutter ist eine hysterische Megäre. Sie quält mich und versauert mir jeden Tag, erinnert an Pflichten, so oft sie kann und fährt mir über den Mund, wenn ich mich beim Abendmahl mit Abis Schwester unterhalte."

„Ist das so? Dann ist das schon länger so", folgerte der Atlanter. „Und was hat Abi dazu gesagt?"

„Es ist das Haus seines Vaters, und der sträubt sich, Abi die Leitung des Handels zu übertragen."

Der Atlanter dachte nach. „Ihr solltet euch in Tartessos ein Nest bauen", empfahl er. „Vielleicht würdet ihr dort freier leben. Abi muss selbstständig handeln können, sonst ist er nicht stark. Er muss seinem Vater klar machen, dass Tartessos die Drehscheibe zu den Hesperiden ist. Das wäre goldener Boden für ein Handelsunternehmen."

Sie zog den Finger über die Lippen und richtete die Augen liebevoll auf das schlafende Kind. „Noch schläft Fitz", bemerkte sie und seufzte. „Hoffentlich finden wir Abi."

Semiris verstand nicht, warum der Atlanter Vorbereitungen traf wie zu einer Weltumsegelung. Aber sie glühte vor Tatendrang, als sie endlich in See stachen, fünf Staffeln schwerer Kamptrieren im Fahrwasser. Diesmal befehligte *Decgalôr* eine kleine Flotte. An dem Außenposten, wo der Usermaatre-Kanal in den Nil mündete, kamen noch *Feïgistos*, *Fyfatrus* und *Nefnose* an Bord, und er spürte die Winde des Schicksals, von denen die Weisen manchmal sprachen. Der Orakelspruch lockte, der ihm verhieß, einen Drachen zu besiegen. Nichts würde ihn aufhalten.

In einer Stunde, die ihr Kind unten im Laderaum zufrieden schlief, stellte sich Semiris wieder zu ihm. Sie trug das lange grüne Trägerkleid, das sie an Pi-Ramesse erinnerte. „Du warst früher gesprächiger", warf sie dem Atlanter vor.

„Ich denke nach. Am besten ist, wir wenden uns zunächst Hastinapura zu. Von dort mache ich mich auf den Weg nach Llanka."

„Alleine?", fragte sie sofort.

„Ich will keinen Alarm auslösen und werde wie ein braver Seefahrer den Palast aufsuchen. Andernfalls dürfte es schwierig werden, zum Machthaber von Llanka vorzudringen, geschweige denn, dem von der Zunge zu kitzeln, wo sie Abi eingesperrt haben."

Sie hörte ihn bestürzt an, schüttelte den Kopf dazu. „Der wird behaupten, du hättest einen Händler seines Volkes für ein paar Äpfel in Ketten gelegt. Und er wird ebenso mit dir verfahren."

„Nur, falls er ein Stadtfürst ohne Ehre ist."

„Gut, und wenn dem so ist? Dann bringt dich das doch höchstens dahin, wo Abi schon ist."

„Na wenigstens ein Weg, um ihn zu finden", versetzte der Atlanter trocken, aber Semiris fand es leichtsinnig.

„Entsende einen treuen Mann, das erfüllt denselben Zweck."

„Die gefährlichen Wege gehe ich selber", widersprach er.

Jedoch gab Semiris nicht nach. „Du bist unser Kopf, vergiss das nicht. Du hast doch zuverlässige Leute. Schicke deinen besten Mann und du handelst wie ein kluger Kommandant."

„Du willst mir raten, wie ein Kommandant zu entscheiden hat?"

Sie lachte ihn an. „Ich hätte es Abi ebenso geraten."

Das traf ihn. Er nickte begreifend, und sein Gesicht hellte sich auf, bei der Vorstellung, den Ausnahmekrieger in Ledermontur damit zu betrauen, der Armmuskeln besaß wie ein geübter Ringer. *Nefnose* war ein Halbblut, von seiner rothäutigen Mutter liebevoll Burle gerufen, bevor er als Stürmer des traditionellen Spiels um den Kautschuckball mit Ehren überschüttet wurde und sein leiblicher Vater sich zu ihm bekannte. Sein geschmeidiger Gang glich dem einer Raubkatze, daher rührte sein anderer Spitzname: der Jaguar. Von Papageiendaunen umschnürte Oberarme unterstrichen grell das Image des kuriosen

Außenseiters. Selbst nach Jahren in der Garde streifte er die Gewohnheit nicht ab, sich von Kopf bis Fuß mit einem Öl der Eingeborenen die Haut einzuschmieren, betäubte dies doch jegliches Schmerzempfinden.

Die gegen Hastinapura ziehenden Kampftrieren erregten Aufsehen im Hafen, weil es nach einem Kriegsakt aussah, aber ein sich aus der Flotte lösendes Schiff durfte ohne Verteidigungsmaßnahmen einlaufen. Während es dreist in der Einfahrt stoppte und das Segel strich, kehrte flink der halbe Verband in den Hafen der Stadt ein, die anmutete, als würde sie auf dem Meer treiben. Natürlich eilte es *Decgalôr*, sich in der Hafenmeisterei vorzustellen.

Der sonst strenge Mann mit Glatze, der hier noch immer maßgeblich war, bekam es mit der Angst zu tun angesichts der Flotte, die sich in seinem Hafen eingenistet hatte. Auf des Prinzen Versicherung, es würde zu keinem Übergriff kommen, hieß er ihn schweren Herzens willkommen, aber er fürchtete sich mehr vor der Macht, die Llanka verkörperte, als er zugeben würde. Anschließend machte Semiris mit *Decgalôr* dem Haus der Parosch ihre Aufwartung. Sherill befand sich auf einer Geschäftsreise im Umland, doch sie waren willkommene Gäste in seinem Haus und verbrachten auf der Dachterrasse der Taverne den Abend bei einer Karaffe erlesenem Wein. Der Korbsessel, in dem sich Semiris niederließ, knarrte leise. Sie hatte sich das Baby vor dem Verlassen des Schiffes mit einem Falttuch an den Leib gewickelt und konnte ihm so jederzeit die Brust geben.

„Abi hat eine kluge Frau", bemerkte der Atlanter. Im Nachhinein war er froh, jetzt auf dieser Terrasse Wein zu trinken und auf sie gehört zu haben.

„Warum hast du keine" wollte sie wissen.

Er war um eine Antwort nie verlegen, doch darauf nippte er sich überrascht an der Lippe. „Ich habe keine Zeit für eine Frau. Aber wenn ich mir eine suche, muss sie sein wie du."

Semiris hätte kein solches Kompliment von ihm erwartet. Sie errötete. „Ja, wenn Abi nicht wäre", seufzte sie und verdrehte die Augen, als wolle sie etwas abschütteln. „Wenn sie ihn nur nicht quälen."

In der Hinsicht konnte sie der Atlanter beruhigen. „Die Sklaven Llankas müssen schwer arbeiten, doch eine Arbeitskraft ist mehr wert als ein Toter. Ich vermute mal, die haben ihn in eine Silbermine gesteckt. Da wir es mit einer hoch entwickelten Kultur zu tun haben, werden sie Schriftrollen führen über ihre Sklaven und ihn zu finden wissen, sobald der Weg für einen Austausch geebnet ist."

22.

Um keine schlafenden Hunde zu wecken und sich nicht den Fängen der Hafenmeisterei von Llanka auszuliefern, umfuhren sie die Hafenanlagen und näherten sich vor dem ersten Morgenrot einem schattenhaften Urwaldgestade. Vorsichtig wie in eine Schleuse schob sich der Schiffsleib zwischen zwei hochaufragende Felstürme, um sich schrittweise, die Ruder längsseits gelegt, an die Zacken und Grate heranzuwagen, die rechts und links gefährlich dicht an der Reling vorbeiglitten. Zwei Leute der Entertruppe legten eine Landungsbrücke aus zu einem flachen Felsrücken, und sie sahen den halb nackten Krieger in die Dämmerung des Waldes huschen.

Nefnose wunderte sich über den verschrumpften Dschungel, und die dürren, seltsam aussehenden Pflanzen zerfielen zu Staub, wenn er sie bloß leicht streifte. Zur Mitte eines versiechten Flusses verwesten Tiere im letzten Schlickstreifen und kündeten davon, dass die entsetzliche Göttin Kali wieder einmal das große Sterben über das unglückliche Land verhängt hatte. Und wie immer hockten seine Bewohner in unbekümmerter Ruhe vor ihren Türen.

Der weltgewandte atlantische Krieger mit der bronzenen Haut und den sich auf der Brust kreuzenden, breiten Gurten aus robustem Raulerder fiel enorm auf unter all den Schwarzen, die ihm auf den staubigen Straßen begegneten. Ihm stiegen Tränen der Wut und des Mitleids in die Augen. Was ihn auszeichnete, war seine Erfahrung, und er verkörperte so etwas wie den geborenen Einzelkämpfer, der in jeder Situation nüchtern das Mögliche erkennt. Seine Augen wanderten umher, und still für sich registrierte er: die Bevölkerung Llankas setzte sich überwiegend aus Sklaven zusammen, ansonsten aus ebenso ärmlich gekleidetem Volk und den hier eher ungern geduldeten Brahmanen. Aber auch kräftig gebaute Menschen von schwarzer Hautfarbe begegneten ihm, die sich am einfachsten mit einer recht platten Nase charakterisieren ließen. Dann war da noch die Elite der Schwarzen Rasse: die Menschen, die nicht zu arbeiten brauchten, auffällig durch stattlichen Wuchs und eine herrische Nase.

Der Sitz des falschen Maharadschas von Llanka, der in jungen Jahren die vornehme Kaste der Bharata aus Hastinapura verjagt hatte, war auch für einen Mann von jenseits der Westsee schwerlich zu verfehlen. Allein der Tempel des ewigen Feuers übertraf den Palast in seiner Wuchtigkeit, und das nur, bezog man die Hochterrasse nicht ein. Zwei große, fratzenhafte Steindrachen aus Granit erhoben sich aus dem Blütenmeer am Portal, und selbst der Rasen am Seeufer gedieh prachtvoll, von Männern in Bronzeschuppen scharf bewacht – weil der See heilig war, egal ob das gemeine Volk verdurstete. Denn Jahr für Jahr verzögerte sich dramatisch der Monsum – die Anzeichen eines schleichenden Klimawandels.

Um nicht unnötig einer Stadtwache aufzufallen, verzichtete *Nefnose* für den Landgang auf seinen Dreizack. Lediglich das Enterbeil und ein Kurzschwert schlackerten in den Laschen seiner Schultergurte. Die beiden Wachleute in Bronze, die an den Portalsäulen lehnten, verschränkten bei seinem Nahen pflichtbewusst die Lanzen. „Was willst du im Palast?", fuhr der Ältere ihn an.

Der Atlanter stemmte die Fäuste in die Hüften und lachte dröhnend. „Fehlt euch eine Ausbildung? Da wo mein Platz ist, fragen wir Besucher in einem anderen Ton nach dem Anlass ihres Erscheinens."

„Gut. Und welcher Anlass wäre in deinem Fall gegeben?", sagte die Wache ebenso harsch.

„Hast du schon von dem Volk gehört, das einen Turm erbaute, so hoch, dass man von oben die Berge vom jenseitigen Gestade erkennen kann?"

„Ich habe gehört, eine Wache kann leicht auf einen spitzen Pfahl gesetzt werden, lässt sie Unwürdige vor."

„Ich bin nicht hier, euch nach dem Weg zu fragen. Ich komme in Ausübung meines Amtes als Gesandter des Atlantischen

Seereiches zu euch und habe eurem Herrscher einen Handel vorzuschlagen, der sein Herz erquicken dürfte."

Die Wachen wechselten einen unschlüssigen Blick und stellten aufklackernd die Lanzen wieder vor ihre Füße. „Tritt ein, und mache, dass er für heute guter Laune ist", hieß es, und der starke Mann mit der bronzenen Haut und dem drahtigen Hutgestell auf den kurzgehaltenen Locken passierte in hallenden Schritten den Marmorflur. Dahinter breitete sich eine von Säulen flankierte Marmorhalle aus, ein blutroter Teppichläufer führte zum Drachenthron von Llanka.

Aganda, der lebensmüde Greis, zuckte zusammen, wie aus dem Schlaf gefahren. Plötzlich erhob sich *Nefnose*, der Exot der Garde, vor den Stufen seiner Estrade. „Bei uns wurden Äpfel aus dem Hain des Poseidon gestohlen. Der Dieb gab an, von euch beauftragt zu sein."

Der König runzelte die Stirn, sich zu erinnern fiel ihm schwer. Doch lauerte neben dem Thron wie eine safrangelbe Tarantel eine Gestalt in Kutte, die Hand auf die goldene Drachenlehne gelegt, als hätte Ravana dem alten Mann die Hand gehalten. „Das war Maktar", flüsterte der Erhabene, und der senile Alte auf dem Thron nickte gleichgültig.

„Keines geringen Vorwurfs wird er beschuldigt", raunte *Nefnose*. „Nur ein gesalbter König des Westens darf während der Heiligen Tage den Hain des Poseidon betreten. Das ist ein Sakrileg! Aber Ihr habt einen Mann in Eurer Gewalt, der uns teuer ist. Meist trägt er ein Bärenfell, und händigt ihr ihn aus, kommt auch euer Mann frei.""

Der Mann in Kutte musterte ihn misstrauisch. Das Blinken in seinen wachen Augen signalisierte, er musste Abi begegnet sein. „Ihr meint also, wenn ein Stadtfremder sich an der falschen Stelle einige Äpfel pflückt, ist es gerecht, ihn mir wie einen Kriegsgefangenen zum Austausch zu präsentieren?"

Der Atlanter bestätigte es ohne Abstriche. „Natürlich."

Für den Erhabenen klang Spott heraus. Aber er fuhr sich überlegend über die Nase und nickte einverstanden. „So kehre mit diesem Mann, den ihr beim Äpfel stehlen erwischt habt, zu mir zurück."

Für den Atlanter gab es höchstens die Alternative, sich den Austausch abzuschminken. Also brachte er innerhalb einer Stunde wie gefordert den riesigen schwarzen Krieger in goldenem Byssus an. Man gewährte dem als Gefangenem sogar, seinen mit Fasanenfedern dekorierten Hut aus Leopardenfell aufzubehalten.

Der Erhabene nickte hocherfreut bei diesem Wiedersehen. Ein hochmütiges Lächeln umspielte seine dünnen Lippen, was den Gesandten betraf. „So, nun will ich richten."

Nefnose glaubte zunächst, falsch verstanden zu haben, doch der ausgestreckte Finger von Ravana verlieh dem Schauspiel entsprechend Nachdruck. „Ich klage dich an, unbotmäßig ohne Anmeldung in meinen Thronsaal hineingeplatzt zu sein. Den Apfeldieb jedoch spreche ich frei von jeder Schuld!"

Der Feldherr im Elefantenleder, der sich links von ihm auf den Thron stützte, brauchte nur die Hand zu heben, und eine achtköpfige Eskorte in lila Schuppenhemden kam über den roten Läufer marschiert.

„Was soll das heißen?", fragte der Atlanter irritiert, und da er zu seinen Muskeln ebenso über Verstand verfügte, zuckte die Hand zurück vom Enterbeil.

„Du suchst einen Mann in einem Bärenfell?", warf ihm der Erhabene zu. „Du wirst ihn unter Umständen bei der Essensausgabe treffen."

Der Prinz legte ihm wärmstens ans Herz, sich in dem Fall zu ergeben, und er verbrachte einen Tag ohne jede Speise in einer mit Stroh gefüllten Steinkammer. Mit anbrechendem Morgen bestieg er den Karren, der in einem engen Käfig die Gefangenen zu den Bergen kutschierte. Dicht an dicht klammerten sich die Insassen an die Stäbe, um nicht gnadenlos durcheinandergewürfelt zu werden, auf der an Schlaglöchern so reichen Landstraße von Llanka zum Lager der Bergarbeiter.

Man reichte *Nefnose* weiter in eine riesige Höhle und führte ihn dort in soldatischem Schweigen an einen Hochofen heran. Hier teilten sich drei Leute die Arbeit. Die anderen beiden waren in der Umgebung von Llanka aufgewachsen und zuckten bedauernd die Schultern, egal, was er wissen wollte, da ihn niemand verstehen konnte. Genau wie Abi war er dazu verurteilt, den Hochofen zum Glühen zu bringen, und er schaufelte für den Rest des Tages Holzkohle und machte sich krumm wie alle.

***

Abi quälten unablässig Kopfschmerzen. Von der Gesichtsfarbe her war er mittlerweile bleich wie eine Leiche. Alle Hoffnung war als Wahnwitz entlarvt und verglüht wie eine abgebrannte Kerze, das war ihm anzusehen. In der Nacht, die diesem Tag folgte, träumte er von einem Aufstand im Gefangenenlager und von bösen Vorzeichen. Es war ein Traum der besonderen Art, und nur wem selbst Ähnliches widerfuhr, weiß, es gibt sie. Jeder andere wird es belächeln und ihm niemals glauben, was man ihm nicht verdenken kann. Dieser Traum kam im pompösen Gewand einer Vision über ihn. So hörte er eine allmächtige Stimme und eine Papyrusrolle wurde vor ihm entrollt. Ein phönizisches Wort für Illusion wurde ihm gezeigt, und er blickte in einen feurig erhellten Bergstollen, in dem stand ein alter Mann, die Hand nach dem erdigen Gewölbe tastend, die Augen weiß wie ein Seher. Als er das bewusste Wort las, wurde ihm im Traum gesagt: „Du wirst morgen den Tod finden, aber du sollst dir keine Sorgen machen …"

Er wachte auf, ehe er den Rest hörte. Das heißt, er fuhr mit vor Entsetzen gesträubtem Nackenhaar aus dem Stroh hoch und konnte dann nicht so recht verdauen, was ihm prophezeit worden war. Der Gedanke an den nahen Tod ließ ihn erschauern. Danach tat er kein Auge mehr zu und wimmerte immer wieder verzweifelnd: „Ich will nicht sterben. Ich will nicht … Ich kann das nicht. Ich halte das nicht aus."

Lydon und Kunjara hielten sich die Ohren zu und beschwerten sich ärgerlich, da er ihnen den kostbaren Schlaf raubte. Nachdem er sich über Stunden die Haare zerwühlt hatte und den Traum nicht vergessen konnte, brach der Morgen an. Ein Hämmern an der schweren Bronzetür rief zum Wecken, und ihm saß eine Furcht in den Knochen, wie noch nie erlebt. Was mochte bevorstehen? Das war die Frage, und er musste sein Tagewerk aufnehmen wie sonst. Er bebte innerlich, als er Lydon davon berichtete. Und der winkte ab. „Ein Traumgespinst mein Freund, vergiss es geschwind. Ändern könntest du ohnehin nichts."

Lydon war nie sehr sensibel, tröstete sich Abi und begriff darüber, mochte gleich der Tod drohen oder nicht, er würde den Tag wohl oder übel durchstehen müssen.

Doch auch der starke Centaure suchte an diesem Morgen die große kühle Grotte auf, um sich eine Schale mit Grütze zu holen. An einem der acht Bretter, an denen gegessen wurde, entdeckte er mit forschem Blick Abi. Dem wedelte das Haar gebunden im Nacken, im Gegensatz zu sonst wirkte er erschreckend ausgemergelt. Über dieses Wiedersehen vermochte er vor Bedrückung kaum zu lachen, weil er nun überhaupt nicht mehr wusste, auf was er noch hoffen sollte.

„Ich bleibe hier nicht lange", knurrte ihm der Centaure zu, und Abi nickte erheitert. Er hatte sich die Flucht ebenso leicht vorgestellt, zumindest anfangs. Doch *Nefnose* war abgebrüht wie ein Grabräuber und kaltblütig wie ein junger Gott. Während Abi trübsinnig seine Grütze löffelte, musterte der bereits den Eingang der Höhle.

„Davor liegt das Lager der Bergsklaven", klärte ihn Abi auf.

Nefnose schürzte andächtig die Lippen. „Komm mit", sagte er.

„Wer außerhalb des Geheges angetroffen wird …", warf Abi ihm zu, doch der Atlanter stapfte schon mit einer herholenden Handbewegung in Richtung Eingang. Er verzichtete auf den Rest seiner Grütze, takelte sich die Lederschnur, die er für einen solchen Fall um den Hals trug, hitzig um das Handgelenk und eilte hinterher.

Gemeinsam traten sie ins Tageslicht, und Abi kniff geblendet die Augen zu. Als er die Palisaden und Türme mit den Augen überflog, hatte sich der Atlanter schon zum Lagereingang begeben. Die Wachen schlugen klirrend die Lanzen zusammen.

„Zurück!", befahl man dem Atlanter.

Der größere der beiden Wächter glotzte ungläubig auf seinen nackten Unterarm, an dem die Lederschnur fehlte, doch er streckte ihn mit einem Faustschlag nieder. Der andere wollte ihn mit der Lanze bedrohen, doch der Atlanter zerrte ihm diese aus der Hand, als wäre er ein Tattergreis und reichte sie Abi, der gerade hinzukam. Soviel Dreistigkeit von einem Gefangenen machte den Mann rasend. Er riss sein Bronzeschwert hervor, um nach ihm zu schlagen.

Der Atlanter schnappte mit einem beherzten Griff nach seinem Handgelenk und drehte dem Überraschten den Arm in den Rücken, bis der ihm das Kurzschwert überließ. Ein Schlag mit der flachen Hand hackte in seinen Nacken, und er sackte lautlos vor dem Wachturm in den Staub.

Über der Leiter, die zum Palisadengang hinaufführte, fand sich ein Zuschauer im Pantherfell der Wächter ein. Die meisten hätten nicht gezögert, das Horn zu blasen, aber dieser war jung und rupfte sich hastig den langen Bogen von der Schulter, um mit einem Schuss für Ruhe zu sorgen. *Nefnose* bewies Umsicht und handelte mit der unerschütterlichen Überlegenheit eines kühlen Kopfes. Während Abi noch entsetzt an der Leiter hochblickte, nahm er ihm die Lanze einfach wieder ab und warf damit den Schützen vom Palisadensteg.

„Hilf mir mal", befahl er, und sie hoben zusammen den mächtigen Riegel ab, da trat der Atlanter lachend den Torflügel auf. „Hier geht es in die Freiheit, Leute!", rief er.

Aus dem Lager strömten scharenweise Gefangene herzu, die ihr Glück versuchen wollten, aber ein Hornstoß vom Wachturm rief über dreißig Bewaffnete zum Tor. Viele der Entlaufenen würden bald auf einem angespitzten Pfahl einen qualvollen Tod erleiden.

Doch mindestens einer Schar gelang es, den nahen Fluss zu überqueren. *Nefnose* bewegte sich in der offenen Natur mit dem Instinkt eines Jaguars. Neben Abi zählten Kunjara und Lydon zu seiner Gruppe und auch Shakra fehlte nicht, weil auch der sich im richtigen Augenblick an Abis Fersen heftete. Kunjara verfügte über hervorragende Ortskenntnisse und war bald weit voraus. Geraume Zeit später tauchte sein Umriss einige Hundert Schritt weiter oben am Berg an der finsteren Zerklüftung der Wand auf. Sein Schatten hob sich deutlich gegen den Streifen des dämmerigen westlichen Himmels ab.

Wägend und obachtend stapfte Abi mit dem Atlanter hinterher. Sie befanden sich schon nahe dem höchsten Punkt der Bergleite, hoch genug, um über einige kleinere Waldbuckel hinweg im Westen vereinzelte Lichter von einem Vorort Llankas zu erkennen. Eine leichte Brise, die von unten den Berg abtastete, trieb den Geruch von liegendem Schafs- und Ziegenmist herüber. Der Atlanter erlebte Abi ungewohnt still, denn dem schien die wiedergewonnene Freiheit noch unglaubwürdig. Der aus dem Stegreif geglückte Ausbruch hallte in ihm nach wie ein Spuk und passte irgendwie zu dem sonderbaren Traumgesicht. Ein Lagerfeuer durften sie nicht riskieren und froren alle fünf. Abi bibberte bis an die Füße, so kalt war ihm. Die Zähne klapperten ganz von selbst, und sie aufeinanderzubeißen, verstärkte das eher. Er wünschte sich seinen Bärenfellmantel herbei, und durch den Traum fürchtete er nach wie vor, jeder Atemzug in dieser trügerischen Freiheit könnte leicht sein Letzter sein. Als er dem starken Mann der Garde seinen Traum mitteilte, nickte der einfühlsam. „Das hätte mir auch zu schaffen gemacht. Aber es sieht nicht danach aus, als ob uns in dieser Nacht noch Arges bevorsteht."

Nefnose legte Abi ans Herz, ihn mit Burle anzusprechen und nutzte die Gelegenheit, ihn endlich darüber zu unterrichten, sein Freund *Decgalôr* hielt sich in Hastinapura auf. Und er fügte bei: „Mir sagte einmal ein Traumdeuter, der Tod kann im Traum auch einen Neuanfang meinen."

Das ließ Abi vernehmlich aufatmen. „Wirklich?"

„Wir könnten Sandalen gebrauchen", bemerkte Lydon. Und Abi überlegte: „Wie weit ist es bis nach Hastinapura?"

Meckernd lachte Schakra auf. „Llanka ist eine Insel, und selbst falls wir uns zum Festland durchschlagen können, wären wir zu Fuß noch ein Vierteljahr unterwegs!"

„Und wie lange gehen wir bis zur Küste?", schaltete sich der Atlanter ein.

„Zwei Tage etwa, aber wir müssten am Pferch und an den Wachtürmen vorbei. Machen wir doch lieber einen Umweg und gehen später die Küste an, mag das auch eine Woche dauern."

Das hörte der Atlanter gerne. „Na also", raunte *Nefnose* zwinkernd Abi zu. „Halb so schlimm."

So beschlossen sie, den westlich am Meer liegenden Gipfel zu umwandern und brachen von dem trockenen Flussbett auf in ein steiniges Hochtal, das sich allmählich krümmte und dahinter aufwärts wand, bis sich hinter dem Gipfel am sechsten Tag ein Blick auf das tintenblaue Meer bot.

***

Decgalôr hatte sich für länger im Hause Parosch einquartiert, und nicht zufällig wohnte Semiris in der Kammer neben seiner. Aus der Vorstellung, sich in naher Zukunft in Tartessos anzusiedeln, schöpfte sie unsagbare Kraft und freute sich darauf, Abi in ihre hochfliegenden Pläne einzuweihen. Ob es ihn mit Stolz erfüllte, wenn sie ihm seinen Sohn in die Arme legte?

Eines Morgens kehrte wirklich die überfällige Kampftriere in den Hafen ein – ohne *Nefnose* oder Abi an Bord. Der Atlanter bemühte sich, es vor Semiris zu verheimlichen, doch das misslang. Ravana verfügte über unzählige ehrgeizige Spione; dem wurde rasch zugetragen, wohin sich die ungewöhnlich große Galeere verzog.

Gegen Abend fuhr ein langes Schiff mit dem leicht erhöhten Deck einer Dschunke und einem Mattensegel an die klotzige Hafenfestung von Hastinapura heran, und einer seiner Leute überbrachte dem Prinzen einen Pfeil mit einer Papyrusrolle und einem darumgeschnürten Siegelzylinder. Ihm wurde auf diesem Wege mitgeteilt, der Mann, den er auslösen wollte, sei geflohen und man habe ihn dafür gepfählt. Über seinen besten Mann schrieb man, er sei frech geworden; es läge im Ermessen der Obrigkeit, die er beleidigt hatte, ihn zu bestrafen.

Es fiel ihm schwer, das an Semiris weiterzugeben, und sie schrie auf, als er es über die Lippen brachte.

„Das glaube ich nicht", hauchte sie und flüchtete vor der entsetzlichen Neuigkeit in ihre Kammer. Wo sie sich auf das Bett warf und eine gute Stunde mit rot geweintem Gesicht auf der

Bettkante kauerte, während ihr Kind schrie und sie nicht die Kraft fand, es zu beruhigen.

Der Atlanter tröstete sie und bewies ihr, was ein echter Freund ist, denn er konnte auch zuhören. „Ich kann mir das Leben ohne ihn nicht mehr vorstellen", bekannte sie. „Er war mein Leben. Und wenn er tot ist, wo ist er dann hin?"

„An was denkst du?"

„Ich war ungefähr dreizehn, da beschloss mein Herr, den alten Brauch des Vorlesens nach Tische wieder aufleben zu lassen, und das oblag dann mir. Er wählte ernstere Themen als früher, Abhandlungen, die um Tod, Jenseits, letzte Dinge kreisten. Ich bewunderte, mit welcher Wahrhaftigkeit er alles Märchen- und Mythenhafte ablehnte und bemühte mich um ein klares Bild der palamedischen Weltschau. Einen Kosmos ohne eine den Göttern übergeordnete Kraft oder Macht vermag ich mir nicht mehr vorzustellen. Darum bin ich überzeugt, unsere Seele überdauert den Tod. Dann wäre Abi nur fern, nicht aus der Welt, wenn man so will."

„Inloh", bemerkte der Atlanter gedankenvoll, „ist bei uns die Höhere Vernunft, oder besser gesagt, der Weltgeist, der in allem steckt und unser Schicksal bestimmt. Wir sprechen vom Meer der gefallenen Seelen, von wo alle irgendwann wiederkehren und erneut über diese Welt wandern. Insofern lebt er weiter, und so lange wir an ihn denken, ist er nur fern. Doch für uns, Semiris, ist Abi durchaus aus der Welt. Leider."

Er verfügte über eine seltene Gabe: Er brachte sie dazu, ihre Gefühle in Worte zu fassen. Und er sprach ihr mehrmals seine Bewunderung aus, da sie über ihr Leid eigentlich nur ein einziges Mal das Wohl ihres Kindes vergaß. Die Leichenbittermiene, die er selbst zur Schau stellte, verriet deutlich, er litt nicht minder unter Abis Tod. Umso mehr wuchs das Gefühl in ihr, in ihm lebte noch immer jemand, der bereit wäre, für sie die Sterne vom Himmel zu holen. Hatte er ihr nicht neulich angedeutet, er würde Abi um seine Frau beneiden? Während die ersten und schlimmsten Tage in trister Trauer und mit vielen Tränen langsam verstrichen, spross daraus eine neue Hoffnung, zu der sie sich noch nicht zu bekennen wagte. Sie freute sich, so oft sie einander trafen, und durch ihn lernte sie mit ihrer Trauer umzugehen. Sie hatte nie geleugnet, dass dieser Mann, der noch einiges in der Welt bewirken könnte, über eine höhere Kultur verfügte. Sie bewunderte ihn, und seine gepflegten Hände stachen ihr auf einmal ins Auge. Er hatte so lange, schlanke Finger und bewegte sich mit einer geschmeidigen Leichtigkeit, gegen die Abi immer wie ein Bär gewirkt hatte. Seine Fürsorge gab ihr die Kraft, die sie brauchte, ihrem Kind zu genügen. Sollte sie unbedingt mit einem Freund reden müssen, bot er ihr an, könne sie jederzeit während der Nachtruhe an die Ziegelwand klopfen, die ihre Zimmer schied.

Es kam die Nacht, da fand sie wieder keine Ruhe und klopfte wirklich mit einer Sandale an die Wand. Sie begegneten einander in hauchdünnen Morgenmänteln aus Baumwolle, die man hierzulande lose überzog, wenn man die Nachtruhe unterbrach. Kurz darauf saß er in seinem Weidensessel mit runder Lehne, und sie lag bei ihm auf dem Bett und blinzelte die zur Ecke hin rissige Steindecke an. „Ich kann es nicht fassen", stöhnte sie. „Mir ist so elend bei dem Gedanken, er lebt nicht mehr."

Er fasste ihre Hand, um ihr Kraft zu geben.

„Und wenn er wirklich tot wäre?", fragte er leise. „Würdest du es mir übel nehmen, wenn ich dir sage, ich könnte versuchen, ihn dir zu ersetzen? Denn das würde ich gern, Semiris. Es hat sich etwas von mir zu dir entwickelt, für das ich keine Worte finde."

„Wir beide?", sagte sie gerührt. „Mal ehrlich, du schmeichelst mir." Sie blickte ihm warmherzig in die Augen. „Ich mag dich auch sehr gern."

In dem Moment wurde es ihm unangenehm. Sie wusste genau, warum er dann das Thema wechselte. „Es muss nicht stimmen, dass er tot ist", sagte er. „Wer weiß, wen sie da gepfählt haben? Der Maharadscha, der in Llanka das Sagen hat, ist eine gehässige Seele. Sollte ein Haufen Leute die Flucht versucht haben und sie haben die meisten erwischt, wäre es auch so formuliert."

Es leuchtete ein, beruhigte sie, und *Decgalôr* war mit sich zufrieden. Er selbst schien nicht davon überzeugt. „Es wird Zeit, den nächsten Schritt in Angriff zu nehmen", schlug er vor.

Für den Moment vermochte sie nicht, ihm zu folgen. „Was meinst du?"

„Ich will Rache für Abi! Sobald es hell wird, bin ich in der Hafenmeisterei."

So geschah es, dass im Morgengrauen des 21. Tages im Mond Tauris, im Jahre 818 nach *Attalas* die Atlanter in Hastinapura das Kommando an sich rissen. *Decgalôr* setzte *Feïgistos* in die Hafenmeisterei, und der ehemalige Hafenmeister leistete keinerlei Widerstand, als einige Mannschaften sich anschickten, die Positionen der herkömmlichen Wachen zu übernehmen.

„Und jetzt", sagte er zu *Fyfatrus*, „werden wir sie ein wenig ärgern. Nimm dir eine Staffel und segle nach Llanka. Suche dir eine küstennahe Felsinsel, von wo ihr die Seefahrtsstraße zur Hauptstadt kontrollieren könnt, und lass kein Schiff mehr durch."

Als *Decgalôr* wieder seine Kammer aufsuchte, lag Semiris noch auf dem Bett, ein Knie im Schlaf angezogen und eine Hand unter das Ohr geschoben. Das Nachtgewand war nur ein Hauch auf ihren langen Beinen, und die aufsteigenden Gefühle raubten ihm den Atem, denn auch er hatte seine Schwächen. Bevor er aufbrach, für den Phöbos einen lebendigen Tiger aufzustöbern, hatte ihm der Ruf eines unverbesserlichen Verführers angehaftet. Natürlich achtete er Semiris als die Frau seines Freundes, doch war nicht der Siegelzylinder aus Speckstein ein unwiderruflicher Beweis für seinen Tod?

Sie schnarchte leise, und er hätte nie gewagt, sie zu berühren. Da warf sich Semiris auf den Rücken. Der Leinengürtel löste sich, und als ihr dämmerte, welchen Anblick sie ihm bot, zerrte sie hastig das Nachtgewand über ihren Bauch. „Sitzt du schon länger hier?", fragte sie, vom Schlaf noch benommen.

Decgalôr wich aus, um sie nicht zu beschämen. „Eigentlich ist mir Abi ja nur einige Tage zuvorgekommen. Sonst wärest du heute meine Frau."

Das ließ sich schwerlich leugnen, und sie konnte nichts dagegen tun, dass ihr Herz zu hämmern begann.

„Alles hat einen Sinn", sagte der Atlanter. „Daran glaube ich. Lebt Abi auch nicht mehr, so bleibt trotzdem das, was uns beide verbindet."

Es war seine offene, zugleich zurückhaltende Art des Werbens, die ihr Herz gewann, und sie fand nichts mehr dabei, ihm nahezu entblößt Gesellschaft zu leisten. „Du bist Abi sehr ähnlich, allerdings gefestigter und reifer."

Sie sagte es, legte den Kopf zurück und schloss die Augen. Der Atlanter war wirklich etwas ganz Besonderes und sie keinesfalls die Erste, die sich eingestand, ihn zu mögen. Nicht, dass er den Frauen nachlief. Sie liefen ihm nach.

„Ich muss so oft an ihn denken", ging ihr durch den Kopf, während der Atlanter sie aus ruhigen Augen traurig anlächelte.

„Er lebt nicht mehr", erwiderte er schwermütig. „Es ist nur etwas in uns und weigert sich, das einzusehen. Ich habe ihn ebenso geliebt, ganz gleich ob ich ein Mann bin, seine Seele meine ich, und nicht minder als du. Aber dich auch. Seit ich dich kenne, messe ich jede Frau an dir. Und nun ist alles anders. Mein Herz rast, weil ich mich zu dir hingezogen fühle."

„Es wäre unvernünftig."

Sie konnte nicht verhindern, dass er sich neben sie auf sein Bett flegelte, als sei so weit nichts dabei. „Was ist denn Vernunft? Einsicht in die Notwendigkeit!"

Auf einmal lag sie in seinen Armen. Sie spürte den Hauch aus seinem Mund, und er wusste um ihre Angst vor dem letzten Schritt. Sein Mund strich zärtlich an ihren Lippen entlang und raubte ihr die Luft zum Reden. Seine Zungenspitze beherrschte es, zu locken und zu necken, und er knabberte an ihr, bis sie schüchtern die Lippen öffnete und ihrerseits versuchte, sich zu artikulieren. Soviel Feingefühl betörte ihre Sinne, und damit, dass sie den Kuss erwiderte, vergaß sie alles, was eben noch wichtig erschien. Es gab nur noch seine Hand, die ihr besitzergreifend über den Busen fasste, und das Erstaunen darüber, wie viel Zärtlichkeit in einem Kuss liegen konnte, denn alles, was er mit ihr tat, erregte sie auf einmal. Sie fühlte sich ganz schwindelig vor aufsteigender Hitze, als seine Lippen sie für einen tiefen, zittrigen Atemzug Luft holen ließen. Und sie war nicht stark genug, seine Hand von sich zu stoßen.

„Endlich", entfuhr ihr, und ihr war ein Rätsel, weshalb sie ihn ermutigte.

„Glaube mir, er hätte nichts dagegen", beteuerte er. „Und mir ist danach, dich zu meiner Frau zu machen. Lass dich fallen. Lerne zu vergessen. Ich hab' dich so lieb. Das kann keine Sünde sein."

Sie schmunzelte, denn er nahm eine Last von ihr. Noch nie war ihr jemand zärtlicher gekommen. Er küsste ihren Hals und hinter ihr Ohr, und es kitzelte. Sie reckte das Kinn, weil es herrlich war, begehrt zu werden. Seine Hand brachte ihr Blut in Wallung, und als er über die empfindliche Region im Flaum des Schamhaars strich, zog sie erbebend die Beine auseinander. Aber er übersäte ihren straffen Bauch mit Küssen und tauchte hinab in den Bereich, wo alle körperlichen Gefühle zusammenfließen und sich vereinen. Mit einem Schluchzer ergab sie sich und wurde augenblicklich so von Leidenschaft und Sehnsucht erfüllt, dass sie mit Feuer im Hintern selbst zu ihrem Sündenfall beitrug und den süßen Taumel zügellos mit ihm genoss.

Ein selbstsüchtiger Grieche, der ihr Vater hätte sein können, hatte sie tölpelhaft entjungfert. Mit Abi erfuhr sie, wie schön der Beischlaf sein kann. Aber dieser Mann zeigte ihr die Grenzen der Ekstase, rang mit ihr, ließ sich unter sie zwingen und von ihr reiten und wusste alles über die Liebe.

Die Ernüchterung folgte, als der kleine Fitz erwachte und in der Nachbarkammer ein herzzerreißendes Gebrüll anstimmte. Leider konnten sie es hinterher nicht ungeschehen machen.

23.

Fyfatrus zeichnete sich aus durch Geduld und Weitsicht. „Hast du Mut?", hatte ihn der Prinz anfangs gefragt. Und er hatte geantwortet: „Mut heißt Mut zur Niederlage." Denn er persönlich hielt die Idee, durch Nadelstiche den Gegner zum Zuschlagen zu reizen für taktischen Wahnsinn. Und doch oder gerade darum eignete er sich für dieses Himmelfahrtskommando wie kein anderer. Würdevolle Ruhe strahlte von seinen Zügen aus, und es bereitete ihm Vergnügen, die Leute in der Hafenmeisterei von Llanka zur Verzweiflung zu treiben.

Leicht ließ sich in den vielen Klippen und Eilanden, die sich in Küstennähe reihten, ein geeignetes Versteck auskundschaften. Eine kleine Felsburg mit einigen Akazien, umringt von bizarren Klippen, schirmte die neun schweren Kampftrieren zum Meer hin lückenlos ab.

Die drei bis vier Handelsfahrer, die von der Seefahrtsstraße alltäglich Llanka ansteuerten, blieben unbehelligt, aber nach einer Woche hatten sie acht Dschunken, die für Aganda unterwegs waren, versenkt. Dann entwischte ein Schiff, und der Befehlshaber musste davon ausgehen, der Stadtfürst oder jene, die für ihn befehligten, bekamen Witterung von ihrem Versteck. Es erwies sich als segensreich, Posten auf den Ausläufern der Felsburg verteilt zu haben. Durch Spiegelsignale konnte *Fyfatrus* rasch handeln, als ein Dutzend Kriegsschiffe anrückten.

Er bemerkte zu dem Seeoffizier, der seine Anweisungen weiterleitete: „Nun stellt sich die Frage, wie viele kommen, wenn wir diese besiegen?"

Der Offizier zog ein ratloses Gesicht. „Schwer zu sagen …"

„Warum?", fragte ihn der Befehlshaber und strich sich lächelnd über den akkuraten Kinnbart. „Entweder, wir gehen gegen diese zwölf unter oder sind nach dem Kampf so geschwächt, dass wir die Stellung dennoch räumen müssen. Dumm ist nur, dann nimmt keiner Notiz, wohin wir uns verziehen. Also los, die Segel hoch! Wir locken sie nach Hastinapura."

Nun verstand der Offizier. „Immer auf Distanz und nicht zu schnell", ergänzte er begeistert die Befehlsformel. „Damit sie nicht den Anschluss verlieren. Das ist also der Sinn des Unternehmens."

„Sagen wir der Sinn des ersten Zuges in diesem Spiel, das *Decgalôr* da begonnen hat. Ich frage mich allerdings, ob es klug ist, einen Krieg anzuzetteln."

Als zum ersten Mal die Sonne links von ihnen im Meer versank bei der Verfolgungsjagd, die sich entspann, wusste der Befehlshaber mit der dreifachen Rosshaarbürste über der Stirn, wie leicht sie die Dschunken abhängen könnten. Seine Miene nahm einen beinahe verklärten Ausdruck an. „Wechsle auf unser Nachbarschiff hinüber", trug er dem Offizier auf. „Und sage *Dosqa*, er soll die Winde beschwören und voraussegeln, was die Triere hergibt. *Decgalôr* muss seine Schiffe bereithalten."

Er handelte klug, da dieses Schiff tatsächlich vor den anderen Hastinapura erreichte. In der Hafenmeisterei traf der vorgeschickte Offizier zunächst *Feïgistos* an, und das genügte, alles vorzubereiten. Als *Decgalôr* vom Haus der Parosch kommend das Hauptkontor im Hafen aufsuchte, meldete ihm der stämmige Rotblonde mit dem nach Salbei duftenden Vollbart: „Gegen Nachmittag oder früher werden zwölf Dschunken die Küste herauf kommen. *Fyfatrus* dürfte ein wenig früher eintreffen."

„Das hat er sauber eingefädelt", bemerkte *Decgalôr*, aber er verstand nicht, warum seinen treuen *Feïgistos* Ehrgeiz quälte, sobald er dessen Bruder lobte.

„Frag mich, was ich jetzt täte", schlug der Centaure vor.

„Was tätest du?"

„Ich würde schleunigst ein Schiff zum Sperrturm abkommandieren, um Nachschub anzufordern, und den Rest des Verbands nach hier dirigieren."

„Du bist genial." Der Prinz schüttelte ihm überschwänglich die Schulter. „Wir könnten unter Umständen bald darauf angewiesen sein."

Das andere Ufer des Indus lag so fern wie ein gerade in Sicht gerücktes Gestade, und in der Mitte des Stromes trotzten etliche gischtumsprühte Klippen dem bei Flut in die Mündung drückenden Meer. Hinter denen verbarg der Prinz eine Staffel, um den Dschunken den Rückweg abzuschneiden.

Eile schien geboten, und der Prinz wünschte, er hätte den obligatorischen Gang in den Hafen heute nicht derart hinausgeschoben. Der Vorsprung, den *Fyfatrus* vor den Verfolgern wahrte, genügte indessen, angelehnt an die klotzige Hafenfestung zwei Staffeln Kampftrieren in Phalanx zu bringen und Gefechtsbereitschaft einzunehmen. Die Mattensegel, die an der südlichen Küste auftauchten, waren allesamt dunkelbraun, und die Schiffsschnäbel zeigten aus der Nähe die Züge schrill bemalter Drachen.

Der Befehlshaber Llankas wäre für Abi ein alter Bekannter gewesen. Für Missai ergab sich plötzlich ein verändertes Kräfteverhältnis, doch vertraute er auf die Kampfkraft seiner Rakshana; im Laderaum jeder Dschunke verbargen sich vierzig erprobte Krieger. Er konnte es durchaus auf ein Treffen anlegen. Zu spät erkannte er den von Wasser überspülten Rammsporn. Es krachte, als würde ein Berg bersten, und er erstarrte, weil drei seiner schwer beladenen Schiffe leckgeschlagen in den Wogen versanken. Das verzweifelnde Geschrei der von Brechern überschütteten Männer im Laderaum hinterließ eine Gänsehaut. An Bord des Siegers erklang der Befehl, rückwärts zu pullen, und die Schwarzen, die auf den anderen Dschunken auf ihre Gelegenheit zum Entern harrten, erlebten die Bordfallen der Atlanter. Es klang wie das Kreischen auffliegender Möwen, als die Schiffsreihen sich ineinander falteten, und Missai erlebte das Ende selber nicht mehr mit.

Ein Teppich aus Meerschaum überzog nach dem Treffen die Dünung, und drei Dschunken ragten noch andeutungsweise mit den Hecks aus dem Weiß. Die ihres Befehlshabers beraubten Schiffe vergaßen, sich erneut zu formieren, und *Decgalôr* ließ seine schweren Dreideckruderer einen Kreis um sie bilden. Indem sich der zusammenzog, zermalmten sie den Rest der Flottille mit dem Rammsporn.

Feïgistos berichtete stolz: „Sechzehn Leute sind gefallen ... durch Speere. Aber alle Schiffe sind unbeschadet."

Es war für *Decgalôr* seine bisher größte Seeschlacht. Er ballte begeistert eine Faust und hieb sich vor Vergnügen in die flache Hand, dass es knallte. „Wunderbar", jubelte er, schon dem anderen Getreuen zugewandt, der die Dschunken mit Geschick über eine so weite Strecke in die Falle gelockt hatte. „Gönne dir und deinen Leuten vier Tage Ruhe", befahl er zufrieden. „Damit ihr nicht verlernt, wie es sich steht auf Pflaster. Fühlst du dich wieder stark, fahrt ihr erneut nach Llanka, derselbe Felsen, dasselbe Ziel."

Die Schatten der Dämmerung verdichteten sich schon in den kerzengeraden Straßenzügen von Hastinapura. Diesmal glitzerten die Sterne nur spärlich durch die dicken Dünste, die sich über der Stadt ballten. Die vom Warten auf den Monsun ermatteten Menschen lagen alle in tiefem Schlaf, da prasselte Regen auf die staubigen Straßen, und in derselben Nacht flackerte fröhlich das Leben auf. Draußen lachten laute Stimmen durch das eintönige Rauschen der herabstürzenden Wasserfluten. Den ersten Tag regnete es ununterbrochen, und weil der Lehmgrund halb versteinert war nach der langen Dürre, füllten sich im Nu die Gräben bis zum Überlaufen. Hinterher schimmerten überall schwarze Pfützen, und der Prinz begegnete auf den Straßen tanzenden Menschen, ehe er an die Kammer von Semiris klopfen konnte. Ihn unversehrt zu sehen, war ihr eine Erleichterung, aber sie hatte wieder einmal viel Zeit zum Nachdenken. „Gab es Gefangene?", fragte sie leise.

Eine andere Begrüßung hätte ihn mehr entzückt, aber eigentlich verhielt sie sich, seit sie miteinander einmal das Bett teilten, zurückhaltender denn je, und *Decgalôr* litt das Gefühl für ein Gespenst auf ihre Liebe verzichten zu müssen. Er nickte enttäuscht. „Wir haben über hundert Leute aus dem Meer gefischt."

„Hast du von ihnen etwas über Abi erfahren?", bestürmte sie ihn.

Er holte vernehmlich Luft, da er ihre Hartnäckigkeit kannte. „In Llanka spricht man eine andere Sprache."

„Hast du Melek vergessen?", fragte sie, und da er zu flüstern vergaß, drückte sie hastig den Finger über ihre Lippen und lächelte bedauernd. Noch schlief der kleine Fitz zum Glück.

Er räusperte sich und erklärte mit gedämpfter Stimme: „Melek habe ich ewig nicht mehr zu Gesicht bekommen. Ich könnte ihn suchen lassen."

Darauf bestand sie. Nun arbeitete Melek inzwischen für ein Handelsunternehmen, das eine eigene Lagerhalle unterhielt, und nachdem man ihn drei Tage suchte, verschlug ihn ein Botenweg in die Hafenmeisterei. Der Admiral Llankas hätte viel zu erzählen gewusst, doch dem war nicht vergönnt, es zu überleben. Dafür erfuhren sie von einem ehemaligen Sklaven des Hochofens, wenig älter als vierzehn Lenze und seit sechs Wochen frei, von einem spektakulären Massenausbruch aus dem Gehege der Bergarbeiter, etlichen Gefangenen sei die Flucht geglückt. Der Atlanter war eine zu ehrliche Haut, Semiris eine solche Neuigkeit zu verschweigen. Dadurch versteifte sie sich auf neue Hoffnungen und fing an, Überlegungen anzustellen, wie es für Abi weitergehen könnte, sollte er dazugehören. Den Atlanter hingegen ließ das zweifeln an dem, was sie für den Stand der Dinge ansahen. „Ich habe gewusst, weshalb ich mich für *Nefnose* entschied", besann er sich. „Der Mann ist fähig, das Unmögliche wahr zu machen. Stimmt, was der Junge behauptet und einige schafften es, ist er darunter und damit ebenso Abi."

Das ersehnte Lebenszeichen erfüllte Semiris mit tiefer Erleichterung, doch die Freude erstarb auf ihren Lippen. „Was haben wir getan?", entfuhr ihr, und bei der Aussicht auf ein Wiedersehen fühlte sie schal im Hals wie sehr sie den Fehltritt bereute. In ihren Augen rangen Glück und Enttäuschung. Anklagend starrte sie den Atlanter an.

„Ich werde es nicht ungeschehen machen können, aber ich übernehme die Verantwortung", versprach *Decgalôr*. Abscheuliches Unbehagen engte ihm die Kehle ein, aber er handelte wie ein Freund. „Lass uns *Fyfatrus* nachsegeln. Llanka ist das Zentrum einer umfangreichen Insel, und will man von einer Insel flüchten, sucht man die Küste."

„Du meinst, du willst ...?"

„Ja", sagte er. „Llanka unterhält Bergwerke und liegt bekanntlich am Meer. Das Gebiet, in dem sich Abi und *Nefnose* aufhalten könnten, ist demnach nicht außerordentlich groß."

Der Monsun war da und breitete seine Regentücher über das versengte Land, und wie durch Zauberei schnellten innerhalb kürzester Zeit Gras und Pflanzen aus dem Boden. Mitunter gab es einige Stunden, in denen Sonne auf die dampfende Erde fiel, dann regnete es weiter, goss wie aus Kübeln, bald sprühte es nadelfein, dann prasselten dicke Tropfen vom Himmel.

***

Abi und die anderen Lagerflüchtlinge schlugen sich unterdessen zur Küste durch. Wochen verstrichen, in denen sie auf alles verzichten mussten, und Kunjara brachte Abi bei, wie man aus Weiden Körbe und Reusen herstellt. Er flocht eine struppige Grundmatte mit hochstehenden Enden und feuchtete dazu immer neu die abgeschälten Weidenruten an. So ließ sich Rute auf Rute der Flechtrand erhöhen zu einem stattlichen Korb. Die ersten missglückten zwar, doch Ausdauer machte sich bezahlt. Jeder Korb wirkte ein wenig gelungener. Bald kontrollierten sie jeden Morgen über zwanzig Reusen. In einer Felsnische am Gipfelmassiv, das sich südlich vor der Stadt Llanka in den Himmel reckte, legten sie Vorräte an Dörrfisch an und verzichteten nicht länger auf ein Lagerfeuer. Die Höhe dieses umfangreichen Bergrückens trennte sie von der schlafenden Stadt. Vom windumjaulten Geröllfeld konnte man jederzeit ein Auge auf die ferne Landstraße werfen, die sich einem Band aus Staub gleich in Rosa von den Hochöfen und Bergwerken durchs flache Ödland schlängelte. *Nefnose* hielt sich viel auf der Steilwand auf, an deren Klippenfuß mit stetem Getöse das Meer brandete. Auf der Wiese am Abgrund türmte er einen gewaltigen Holzstoß auf. Shakra, Kunjara und Lydon schüttelten still für sich den Kopf über den eigenbrötlerischen Mann in Leder. Allerdings machten sie sich nichts vor. Zwar waren sie frei und die Suche nach ihnen abgeblasen, doch ab dem wieder aufgefüllten Bergfluss drohte Gefahr und sie waren in diese Wildnis am Berg verbannt. Auch Abi wusste keinen Ausweg, wie sich ihre Lage entscheidend verbessern könnte und sehnte sich nach Semiris und dem Kind, das sie inzwischen vermutlich zusammen hatten. Eines Tages, während sie wieder schweigend ihren Dörrfisch kauten, hob Lydon erstarrend das Kinn und zeigte der Runde einen ausgefallen Zahn.

„Ich habe den Verdacht, das rührt von der einseitigen Ernährung", schimpfte er und schlug vor: „Im Tal hängen die Palmen voll mit Datteln nach diesem Dauerregen. Ein winziger Abstecher genügt, sich für Wochen mit Früchten einzudecken."

Es wäre Kunjara zugefallen, nach Art der Eingeborenen mit einem um den schuppigen Leib der Palme geschlungenen Seil am Stamm hinaufzurobben. „Warum ganz nach unten gehen?", hielt er dagegen. „Am Bergfuß erstreckt sich ein nicht verzäunter Hain Zitronenbäume, der zu einem Landgut gehört, und nach all dem warmen Regen, dürften die satt Früchte tragen. Was wollen wir mehr?"

Abi wurde der Mund wässerig, doch der Atlanter gab den Ton an. Er lud Abi und die anderen ein, mit ihm auf die Bergleite zu steigen und deutete auf das dünne rosa Band, auf dem in einer Staubwolke ein Ochsengespann seines Weges zuckelte.

„Das ist der Köhler", bemerkte Abi.

Der Atlanter wies sie auf einen eckigen Holzrahmen am Waldrand hin. Abi brauchte seine Zeit, ehe er ihn unter einem Schirm grüner Zweige entdeckte.

„Das ist der Eingang vom Lager. Sie sehen uns, sobald wir uns aus dem Schutz des Waldes wagen. Es sind mir zu viele Bogenschützen hinter der Palisade."

Danach leuchtete jedem ein, weshalb der zähe Atlanter seine Wache am Meer so ernst nahm. Sein mächtiger Freund hatte auf ihn gebaut, und wenn es überhaupt einen Ausweg aus der Patsche gab, dann per Schiff. Und er behielt recht. Eines Tages lud er sie verschmitzt grienend zu seinem Platz. Das Feuer, das er über der Steilwand am Meer vorbereitet hatte, loderte hell, beständig von Käfern und aller Art Insekten berannt, die knisternd in den Flammen verglühten. Das Schiff, das er ihnen zu zeigen gedachte, war nahe genug, einen Dreideckruderer auszumachen. Auf der im Wind schlagenden Flagge blinkte das silberne Pferd mit Flügeln, und die fünf Männer rissen jubelnd die Hände in die Höhe und fielen einander in die Arme.

Die Bucht mit dem kleinen Strand, wo bald der Anker versenkt wurde, war Abi vertraut. Am Rand erhoben sich Klippen. Um die Reusen, in der davon beschatteten Brandung kümmerte er sich, gemeinsam mit Shakra. Dadurch lief Abi voran auf dem Weg über Geröll und abschüssige Wiesen und trat vor den anderen aus dem Trampelpfad am Mangrovensumpf, wo sich am Strand ein hochgewachsener Atlanter mit blonden Locken neugierig umschaute, den er am Leopardenfell augenblicklich erkannte. Was ihn stutzig machte, war die Gegenwart einer anderen, weiblichen Person in einem langen, dunkelgrün schillernden Trägerkleid.

Ihm schossen Tränen in die Augen, als er in ihr frohes Gesicht blickte. Ein vertrauter Zug um die Mundwinkel hatte sich zu Grübchen vertieft und größerer Ernst sich eingeschlichen. Sie war schöner, fraulicher geworden, trug das Haar zum hinteren Knoten mit einer unnachahmlichen Welle um die Schläfen. Ob sie schluckte wegen des Bartes in seinem Gesicht? Sie lächelte, als sei alles gut. Von dem Moment, den Abi sie an sich drückte und ihren Herzschlag an seiner Brust verspürte, hatte er so lange nur träumen dürfen.

„Unser Kind", flüstere er, „ist es ein Junge?"

Sie zog leise Atem ein und nickte. Nach der ersten Wiedersehensfreude fühlte sie sich seltsam traurig und rang sich durch, ihm den Fehltritt zu gestehen. „Ach Abi", sagte sie. Aber dann versagte ihre Stimme und sie schluchzte nur betreten an seiner Schulter. Er strich ihr sanft über das Haar und glaubte, sie würde aus reiner Freude weinen.

24.

Für Abi war es ein ganz neues, irgendwie erhebendes Gefühl, in der Kabine den Stammhalter auf dem Arm zu wiegen. „Warum hast du ihn Fitz genannt?", fragte er ein wenig vorwurfsvoll.

„Es muss in Menê gewesen sein, da erwähntest du, wir könnten einen kleinen Fitz haben, und ..."

Abi fuhr sich, um ein Gegenargument verlegen, über die Nase. „Ich wollte in dem Moment witzig sein. Du liebe Güte. Fitz hieß ein berüchtigter Junge in Aschkelon, der sich in jedem Garten zu Hause fühlte und im Hafenviertel ständig für Aufregung sorgte."

„Ach du, du hast doch keinen blassen Schimmer, wie anstrengend und zermürbend das ist, unbeweglich und hochschwanger auf dich zu warten?", rechtfertigte sie sich. „Nach dem Willen deiner Mutter, die übrigens sehr kiebig werden kann, würde der Kleine heute Tarik Nowa heißen, so wie dein Vater. Fitz klingt doch gut! Ich bin froh, dass ich das gegen sie durchdrücken konnte ... war ja herzlich allein, mal abgesehen von Melis, die mir Mut machte, in der Wahl des Namens stur zu bleiben."

Er kannte seine Mutter und konnte es nachzuvollziehen. „Fitz zu heißen macht keck. Ich könnte mir vorstellen, dass er gerade deshalb früh ein gesundes Selbstbewusstsein entwickelt."

Mit einem versöhnlichen Kuss auf die Wange war es für ihn gerichtet. Er genoss es, sich mit einem kleinen Stahlmesser rasieren zu können, und Semiris reichte ihm ein Stück Seife. „Das ist aus den Nüssen des Waschnussbaums hergestellt, in Hastinapura."

Er blickte ratlos darauf. „Wofür ist es gut?"

„Jeder wäscht sich damit in Hastinapura", sagte sie. „Die Leute hier haben ein Gefühl für Reinlichkeit, von dem sogar die Ägypter noch etwas lernen können."

Hinterher trocknete sich Abi Gesicht und Oberkörper ab und wunderte sich über den ungewohnten Geschäftssinn seiner Frau.

„Weißt du, was Henna ist?", fragte sie.

„Damit färben sich neuerdings die Frauen in Aschkelon die Haare."

„Ja, sie zahlen eine Menge Silber dafür. Und in Hastinapura bekommst du einen ganzen Sack von dem braunen Pulver für 6 Silberperlen im Gewicht von zwei Schekeln."

Abi horchte verdattert auf, und sie fand sich auf diese Weise in ihrer alten Rolle bestätigt, ihre Leichtigkeit wirkte keinen Deut gespielt. Semiris hätte es sich selbst nicht zugetraut. Um so mehr fühlte sie sich auf einmal in der Lage, mit ihrem kleinen Geheimnis leben zu können. Obwohl es sie erschreckte, wie sich Abi für den anstehenden Begrüßungsplausch mit dem Atlanter in Schale warf. Während er sich einen Ruck gab und nach kurzem Zaudern auch noch die Oberlippe glatt schabte, dann eine Lederweste umschnallte, bettete sie den kleinen Fitz in ein Falttuch aus Baumwolle und wickelte sich das Bündel auf den Leib.

Der Atlanter mochte sich ähnlich befangen fühlen und lenkte sich ab. Breitbeinig, aber sicher überquerte er das schaukelnde Schiff und suchte Halt an der Bugreling. Die andere Hand schirmte die Augen, und die Haare flatterten. Angesichts der im Abendlicht vielfarbig schimmernden Wellen schien er seine Freude daran zu haben, wie sich langsam am Mangrovenufer ein schmaler Schlickstreifen entblößte. Hunderte von Krabben steckten die Köpfe aus dem Schlamm, marschierten auf und ab, und verschwanden blitzartig, als Horden von Möwen aus allen Richtungen herbeischwirrten.

„Hinter dem Berg", raunte Abi, „liegt Llanka."

„Das will ich meinen", begrüßte ihn der Atlanter. „Und es macht mich froh, dich wieder bei mir zu haben."

Abis Bericht von der Gluthitze am Hochofen stimmte ihn nachdenklich, und auch Semiris lauschte mit betroffener Miene, was er mitgemacht hatte. „Du meinst, du hast über ein Jahr kein Tageslicht gesehen?"

Wehmütig verzog Abi den Mund und nickte wortlos, während der Atlanter ihn aufmunternd anschaute, als würde er gern das Segel setzen lassen. Und er wies auf das glitzernde blaue Wasser und die es peitschende Spur des Windes. „Die Brise weht günstig, aber bevor ich den Anker lichte, müssen wir reden."

Für Semiris klang es, als hätte er die peinlichste Stunde ihres Lebens eingeläutet, dabei bezog er die beiden lediglich in seine jüngsten Überlegungen ein. „Es juckt mir in den Fingern. Ich würde gerne mit dem halben Verband, der in Hastinapura sinnlos vor sich herumdümpelt, gegen Llanka ziehen. Doch ich muss in die Ägäis. Der Tempelbau dürfte abgeschlossen sein. Es sind vier Monate verflossen seit der Grundsteinlegung, und ich habe mich ziemlich ins Zeug gelegt für meine liebe Cousine. Wenn sie dem neuen Tempel vorsteht, wird manches einfacher. Ich muss ja rechtfertigen, was ich hier angeleiert habe. Andererseits bin ich mir darüber klar, Hastinapura ist für Llanka ein abtrünniger Vasall. Der Stadtfürst lag mir heftig in den Ohren, ein Strafgericht sei zu befürchten. Schuld daran wäre zweifellos ich, das beunruhigt mich."

„Wie viele Schiffe hast du nach Hastinapura geführt?"

„45 schwere Kampftrieren, jeweils mit dreißig Schützen und zwanzig Männern in Leder. Ich gedenke, sie zum Schutz der Stadt zurückzulassen. Doch das bedeutet, ich kann nicht selbst dabei sein, wenn es für Hastinapura brisant wird. *Feïgistos* hätte die Suppe auszulöffeln. Dennoch, das ist mein Weg. Ich muss nach Thera und das gleich zweimal. Es beginnt mit einer Einladung Ravanas, vor dem Tempel zu erscheinen."

Semiris nippte sich an der Lippe, weil sie sich an der Sache beteiligt fühlte. „Und wenn nun jemand anders zur Hohepriesterin gekürt wird? Stürzt dich das in Schwierigkeiten?"

Verwirrt runzelte der Prinz die Stirn. „Warum stellst du das infrage?"

„Deine Seelenverwandte wird in deinem Sinne entscheiden bei diesem Zwist, aber was, wenn du dich vor einer kritisch eingestellten Hohepriesterin rechtfertigen musst? Besser du machst dir vorher Gedanken und begründest es fundiert."

„Meine Cousine ist wie ich. Setzt die sich etwas in den Kopf, zieht sie das konsequent durch. Und sie fühlt sich berufen zu diesem Amt."

Semiris beschlich der Verdacht, er hatte gar nicht hingehört. „Auf der anderen Seite des Berges liegt Llanka", erinnerte sie ihn. „Wozu willst du einen Umweg bis in die Ägäis machen? Warum lädst du ihn nicht heute schon ein?"

„Ohne den Segen des Tempels?"

„Ja", riet sie ihm, ohne dabei emotional zu wirken. „Du bist der Schrift kundig und verfügst über leere Papyrusrollen. Warum setzt du nicht eine Klage auf und forderst diesen gehässigen alten Mann auf dem Thron von Llanka auf, sich vor dem neuen Tempel für seine Verbrechen zu verantworten?"

Es war anmaßend und doch ein nüchterner Ratschlag, wie der Atlanter ihn sich wünschte. „Glaube mir", erwiderte er leise, „ich bin nicht noch mal so naiv, ihm einen Mann in den Palast zu schicken. Die Botschaft wird um einen Pfeil geschnürt, genau wie sie das handhaben."

Der Atlanter fand spürbar seine Zuversicht wieder, die Augen streiften ab auf Abi.

„Es wirkt kriegerisch, eine Botschaft mit einem Bogenschuss zu überbringen", wandte der Freund ein. „Ich würde den Pfeil *Nefnose* geben und der überreicht ihn der Palastwache. Das wäre angemessener."

Des Atlanters Züge entspannten sich. Er musste lächeln, weil es einleuchtete. „Du weißt Abi, du bist der Mann, der demnächst für mich vor die Hohepriesterin treten muss, damit sie erfährt, wie es den Sklaven ergeht unter der Fuchtel Llankas."

Abi lächelte matt. „Wird mir ein Vergnügen sein. Na, ich habe was zu erzählen."

Der Atlanter strich sich gedankenvoll mit dem Finger um das Kinn. „Mein Spiel mit Llanka geht damit in die zweite Runde. Ich will hoffen, der Maharadscha legt es nicht auf eine Kraftprobe mit dem Sperrturm an."

Es bedeutete für Semiris vor allem, weiterhin auf See zu sein, und sie hasste dieses triste Lotterleben. Sicher konnte der kleine Fitz auf Deck genauso frei herumkrabbeln wie in dem Hinterhof eines Besitztums in Tartessos. Doch das Dasein auf Deck musste für ein Kind grässlich eintönig sein. Und sie schwelgte in dem Gedanken an eine Zukunft, in der sie die Hände im Schoß, auf einem Klappstuhl saß und ihren kleinen Sonnenschein im Auge behielt. Während der im tatsächlichen Leben unermüdlich versuchte, zum Mastbaum zu kriechen, weil an dessen Fuß so viele verschieden dicke Seile lagen ... und weil Abi am Mast lehnte und ihn mit ausgebreiten Armen lockte.

„Das ist ein Witz", warf sie ihm zu. „Er sollte nicht auf See geboren werden und bekommt im ersten Lebensjahr wenig mehr von der Welt mit als das öde Deck dieses Kriegsschiffes."

„Ich schulde *Decgalôr* mehr als das", belehrte sie Abi ernst.

Aber sie ärgerte, wie rückhaltlos er den Atlanter verehrte. „Meinst du wirklich, du bist ihm verpflichtet?"

„Ohne ihn würde ich noch immer Kohle schaufeln."

Semiris seufzte leise. Sie achtete den Atlanter, denn er war stark. Doch wie sollte sie ihm jemals vergessen, dass sie durch ihn schwach geworden war? Er hatte sie nach allen Regeln der Kunst verführt und tat seinem Freund gegenüber so, als sei er frei von Tadel.

In seinem Bestreben, jede Stunde sinnvoll zu gestalten, überredete der Atlanter Abi zu einem letzten Spaziergang in die Monotonie Hastinapuras. Ganz ohne Hast kehrten sie in den vertrauten Hafen ein und suchten *Feïgistos* auf, um den über Abis Befreiung zu informieren. Da sie zu diesem Zeitpunkt keinerlei Eile verspürten, drängte *Decgalôr* sie, zum Abschluss noch einmal im Hause Parosch vorzusprechen. Der Atlanter steckte ihm unter Freunden drei Rubine zu, und Abi wahrte seine Chance, sich mit Gewürzen einzudecken.

Dort verstrich eine gute Stunde. Nach ihrem ersten Besuch in der Hafenmeisterei zeichnete sich ab: die Heimkehr derer, die vor Llanka die Dschunken abfingen, war überfällig. Sie fragten sofort nach *Fyfatrus*, da schlug die Tür auf. Ein Mann im Leder der Entertruppen sprang herein und stand stramm, als er den Prinzen gewahrte. Der meldete, der Befehlshaber sei soeben mitsamt Schiffen eingetroffen. Damit überschlugen sich die Ereignisse. Sie wechselten erfreute Blicke und erstarrten, weil die Tür erneut aufflog und damit *Decgalôrs* Zeitplan empfindlich durcheinandergewirbelt wurde. Ein weiterer Wachmann stürzte mit gehetztem Gesicht herein und berichtete vom Eckturm, der das südliche Wasserbecken bewachte, ein Geschwader rücke an.

Es nahten 140 Dschunken mit den dunklen Mattensegeln, welche prägnant für die Flotte Llankas standen, alle mit Kriegsvolk beladen. Auf dem erhöhten Heck des grell bemalten Flaggschiffes hielt sich ein breitschultriger Schwarzer in Elefantenleder auf. Eine rote Schärpe mit einer Drachenbrosche schmückte den Brustpanzer und machte Jatayu zum mächtigsten unter den Kriegsherrn Llankas. Seine Grausamkeit war im Volk verschrien. Er schlug einen Aufruhr nieder und ließ in einer Kleinstadt nahe der Ostküste Llankas einen ganzen Jahrgang Kinder öffentlich köpfen, weil das Blumenschiff ausblieb. Für den Erhabenen schien im Fall Hastinapura dieselbe schonungslose Härte angebracht. Jatayu führte das Geschwader an, um in der abtrünnigen Stadt Henkersblöcke aufzustellen.

Der schwarze Admiral mit dem verrunzelten, strengen Gesicht und den kalten Augen kraulte sich in seiner Enttäuschung den Kinnbart, weil sich die zäh gejagten Schiffe durch das klotzige Hafentor seinem Zugriff entzogen. Das ferne Quietschen einer Winde untermalte die eintretende Stille auf dem Heck des Flaggschiffs, während direkt vor ihnen eine Sperrkette aus dem Wasser spritzte und sich schnarrend straffte.

Maktar sollte den Admiral beraten. Der hochgewachsene Krieger mit dem Hut aus Leopardenfell wies auf die lange blaue Flagge hin, die sich über dem Eckturm munter im Seewind drehte. „Sie haben den Atlantischen Pegasus gehisst."

„Deshalb blieb das Blumenschiff aus", raunte Jatayu. „Der Stadtfürst ist demnach abgesetzt. Der Erhabe hat recht behalten."

Die backsteinrote, klotzige Stadt wirkte exakt quadratisch. Schwärme von Geiern und aufgeschreckten Möwen stiegen auf und kreisten über den Hafenanlagen, und der oberste Befehlshaber verfolgte mit, wie sich Mannschaften in Leder hinter den übersonnten Zinnen der Küstenmauer sammelten. Er wandte sich dem anderen zu, der ihn mit Rat und Tat unterstützte.

Sein Ratgeber, hager und etwas steif, fiel durch einen knielangen Mantel aus Pythonhaut auf und war kahl wie ein Priester. Er vermutete ganz richtig, dass die Verteidiger alle Kräfte auf der fünf Stadien langen Küstenmauer konzentrierten.

„Ich würde die dem Land zugekehrte Mauer angreifen", empfahl er und verneigte sich mit hündischer Ergebenheit.

„Dann leite das ein." Ein Handwink des Admirals genügte, und der Befehl bedeutete für fünfzig schwerfällige Dschunken, ein nahe gelegenes Fischerdorf anzulaufen und 2500 Leute an Land zu werfen. Sie führten Hundert Enterhaken bei sich, und von den wenigen Turmwachen, denen sich der Blick auf ein weites Tal bot, nahm keiner Notiz von den Truppen im Dunkel des Waldes.

***

An diesem Abend gab es Streit zwischen Semiris und Abi. Der kleine Fitz schlief bemerkenswert früh ein, und Abi kränkte, dass ihn seine Frau mit tadelnder Miene aufforderte, ein wenig die Stimme zu dämpfen.

Er besann sich, sein Freund *Decgalôr* verbrachte den Abend in dem Eckturm, der das südliche Trinkwasserbecken schützte. *Nefnose* war bei ihm, und die beiden Freunde lehnten am bemoosten Mauerkamm und schauten auf den feurig glänzenden Wasserspiegel mit dem schattenhaften Mastenwald vor der schlafenden Stadt.

„Es ist jetzt fünfzig Tage her", besann sich der Prinz, „dass ich ein Schiff zum Turm schickte."

„Das war weitsichtig", sagte der muskulöse Mann in Leder.

„Was meinst du, Abi", begrüßte ihn der Prinz, „was führen sie im Schilde?"

Abi zuckte mit den Achseln.

„Stelle dir vor, du wärst der Befehlshaber der Flotte dort draußen", sagte *Decgalôr*.

Abi war schon mit einer Dschunke gesegelt und raunte: „Ich glaube, für einen Angriff von der See her sind unsere Stadtmauern ein Stück zu hoch. Ich würde es über die Landseite versuchen."

„Na dann machen wir doch einfach einen kurzen Spaziergang. Die Luft ist lau, und auf der Mauer sind keine Mücken."

So kamen sie eben zurecht. Als ihnen vom anderen Eckturm einige Gestalten entgegenliefen, deren Haut sie zu Schatten der Nacht machte, fuhr *Nefnose* unter sie und stieß mit dem Dreizack um sich. Ein Mann der Entertruppe, der es vom Eckturm mitverfolgte, blies augenblicklich ins Horn und rief Verstärkung.

Nachdem *Nefnose* die nächtlichen Kletterer von der Mauer gestoßen hatte, halfen ihm Abi und der Prinz, die sich zahlreich über die Brüstung krallenden Enterhaken zu kappen, und die erste im Laufschritt eintreffende Mannschaft schulterte hastig die Gastrepe.

Nahe dem nächsten Turm erhoben sich behände fünf Gestalten mit langen Schlachtschwertern auf dem Wallgang und wurden wie ein voreiliger Spuk von anspritzenden Bolzen wieder umgerissen. Auch auf dem Wiesenstreifen unter der Mauer kehrte Stille ein, und Abi atmete auf. Seine ältere Schwester hatte ihn einmal in einer sternklaren Nacht wie dieser auf eine Nachtigall aufmerksam gemacht. Darum vielleicht huschten seine Augen plötzlich suchend über die dunkle Wiese an der Stadtmauer. Ungläubig musterte er die Palmen und Büsche im Tal, weil es dort wie ein lockendes Zwitschern geklungen hatte. Es gibt nur einen Vogel, der so spät noch singt, besann er sich und wurde unvermittelt Zeuge, wie die nächste Angriffswelle aus dem Wald schlich. Viele Leute führten Enterhaken und Seile mit.

Nicht nur Abi bemerkte es. Die schon in Stellung gegangenen Schützen ließen keinen die Stadtmauer erreichen. Einige krochen hastig in den Schutz der Büsche, aus denen sie kamen, die anderen bedeckten hinterher, wo es sie erwischte, die Wiese.

***

Jatayu ritt unbändiger Zorn, als sich am nächsten Morgen seine Dschunke der Küstenmauer näherte. Er verfügte über vier Schiffe, die mit einer Schleuder ausgestattet waren, und diese zogen mit dem Flaggschiff gegen die Hafenmauer vor. Auf ihren Decks rauchten Kohlebecken, einige Leute in Antilopenleder füllten eifrig Glut in den Löffel der gespannten Schleuder.

„Ich spreche im Namen des Maharadschas von Llanka und ganz Hindusthans", rief er zur Küstenmauer. „Liefert uns den Mann aus, der euch davon abhielt, dem Hochkönig die ihm zustehenden Kinder zu senden!"

Decgalôr war es ein Bedürfnis, sich mit eingestemmten Armen am windigen Mauerkamm zu zeigen. „Der Stadtfürst ist mein Gefangener, und ich empfehle euch, kehrt heim! Euer Hochkönig hat auch so schon einen schweren Stand vor der Schiedsstelle!"

„Was schert mich deren Schiedsstelle", bellte Jatayu seinen Ratgebern zu. Er brauchte lediglich den Arm zu heben, da sprachen die Katapulte und es hagelte Feuerbälle auf die breite Wallstraße von Hastinapura.

Abi hatte gerade mit Semiris den Eckturm bestiegen, um ihr den bedrohlichen Mastenwald der Feinde zu weisen. Mit einmal flogen Lichter wie Sternschnuppen auf sie zu und das Holzdach fing Feuer. Semiris stockte der Atem. Sie drückte den Kleinen an sich und erreichte in zwei schnellen Schritten die Treppe, um sich überstürzt von dem Geschehen zu verabschieden.

„Pass auf dich auf", warf sie ihm mit flatternden Nerven zu, denn Abi blieb unbeirrt bei seinen Freunden.

Mit ihnen auf dem schnurgeraden Mauergang reihten sich 900 Männer, die Armbrust im Anschlag, atemlos wie er. Die erste Angriffswelle war zwanzig Schiffe stark, und auf jedem wimmelte es von finsteren Gestalten in stahlblauen Schuppenhemden.

Ein böses Erwachen brach über die Angreifer herein. Wenige Enterhaken flogen den Mauerkamm an, ein Hagel von Geschossen fegte die Bugs rabiat leer, und das Schlachtgeschrei der gefürchteten Rakshana erlosch abrupt. Aber immer mehr Brandherde sorgten auch in den Gassen der Stadt für Tumult und Wehklagen, und das ließ *Decgalôr* nicht kalt.

Er entschloss sich, zurück zu beißen, bestellte *Fyfatrus* und *Nefnose* zu sich und die rückten mit zwei Staffeln aus. Jatayu belustigte es eher, als dass es ihm Respekt einflößte. „Sie sind dumm", raunte er den Befehlshabern zu. Aber was auf ihn wie ein sinnloses Unterfangen wirkte, lief nach Plan ab.

Jatayu beobachtete mit unbewegter Miene, wie sich die Schiffsreihen ineinanderschoben und zuckte zusammen, als die Bordklappen fielen. Die abzischenden Bolzen erzeugten ein Klangbild wie Schwalbengezwitscher, das ihm Unbehagen einflößte. Die beiden zu einer Reihe formierten Kampfstaffeln zogen eine Schaumspur ins Meer vor Hastinapura und drehten ab.

Die Besatzungen Llankas dezimierte es und Hauptleute fehlten, um noch Ruhe in die Reihe zu bringen. Fast alle Dschunken, die sich stellten, wurden beim nächsten Angriff der Atlanter frontal von schweren Bronzerammen durchbohrt. Jatayu war geschockt, wie routiniert die achtzehn Schiffe des Turms in Reih und Glied rückwärts ruderten, damit die Rammen sich wieder vom Opfer lösten. Damit wurden die Laderäume geflutet. Die leckgeschlagenen Schiffe sanken, und es wirkte, als wären die Atlanter bereit für den nächsten Waffengang.

Während *Fyfatrus* für die gewagten Flottenmanöver verantwortlich war, ging das Schiff des Centauren in Leder geradewegs auf das Flaggschiff Llankas los.

Jatayu fühlte sich vorgeführt und überlegte, ob es möglich wäre, die beiden vorwitzigen Schiffsstaffeln einzukesseln. Aber die gekonnten Manöver, die diese vorführten, gingen ihm eine Spur zu schnell. Plötzlich war eine Kampftriere zu den vier größeren Dschunken vorgestoßen, auf deren Hecks Kohlebecken loderten und wo jedermann damit beschäftigt war, die monströse Schleuder zu spannen. Zwar musste *Nefnose*s Schiff geopfert werden, aber er sorgte für ein feuriges Inferno und warf eigenhändig sieben oder acht Leute ins Wasser, um sich mittels einer flink vom Mastbaum gelösten Stage auf die Nachbardschunke zu schwingen. Eine zwanzig Mann starke Entertruppe unterstützte ihn. Sie zerstörten wie ein entfesselter Wirbelwind sämtliche Schleudern und schütteten die Kohlebecken aus, woraufhin die vier bewussten Dschunken in Feuer gehüllt waren.

Jatayu konzentrierte sich verbissen auf die siebzehn Schiffe, die ihm anfangs so übel mitspielten. Blind vor Wut schickte er zwanzig Schiffe vor, und das Unbehagen schnürte ihm Herz und Atem ab, als die großen Dschunken im Zentrum seiner Flotte gerammt wurden und beide Staffeln durchbrachen zum gähnend geöffneten Hafentor, um wieder in den Schutz der Küstenmauer zu schlüpfen.

Vom Eckturm der Hafenfestung genoss *Decgalôr* eine ausgezeichnete Aussicht. „Zum Glück haben sie mit ihren Katapulten nicht den Hafen unter Beschuss genommen. Das hätte uns manches Schiff gekostet, schätze ich."

Genau ein Schiff verloren sie. Das trieb draußen in der Meeresbucht, sein Mast brannte wie eine Fackel, ebenso wie die vier Dschunken, in die es sich hinein verkeilte. Bedrückt und freudlos wohnte Abi dem Schauspiel bei. „Wo ist Burle? Das war sein Schiff."

Es schien den Atlanter wenig zu berühren. „Der Jaguar und sechzehn seiner Entertruppe haben sich als gute Schwimmer erwiesen. Ich ließ ihnen Wolldecken aushändigen. Nur die Rudermannschaft ist halbiert."

Dennoch zog er scharf Atem ein. „Sagen wir uns, es hätte schlechter ausgehen können. Wenigstens wird die Stadt nicht mehr beschossen, und eine Weile werden sie jetzt ihre Wunden lecken."

„Sie werden sich Bäume schlagen", bemerkte Abi, „und neue Schleudern bauen."

„Ja, dagegen können wir nichts tun."

25.

Der Tag, an dem das Geschwader Llankas vor den Toren auftauchte, brachte Feuer und Schwert über Hastinapura und erhitzte tagelang die Gemüter. Der Atlanter tat darum etwas, für das ihn Abi still bewunderte. Er hielt im Badehaus, wo sich am Sonntag die Köpfe der Gemeinde einfanden, eine Rede. Melek fungierte als Übersetzer, indem er jeden Satz in der Sprache der Einheimischen wiederholte. *Decgalôr* sagte den Leuten, sie wären hier, um den Tribut in Form von Blumenschiffen für immer abzuschaffen. Eine Flotte vom Turm sei bestellt ... Weil er gute Worte fand, bewegte er die Menschen. Die meisten standen danach hinter denen, die schon einmal ihre Stadt für sie verteidigten.

Obwohl dezimiert, wirkte der Mastenwald vor der Meeresbucht nach wie vor bedrohlich, ebenso das einsam vor dem Hafen lauernde Flaggschiff mit einem Baldachin unter der Kielschnecke. Mitunter erschien hinter dem kleinen Focksegel, das jede der schweren Dschunken aufwies, ein stämmiger Mann in schrumpeligem Panzer und blutroter Schärpe, aber er übte sich in Geduld. Man hatte den Eindruck, er gedachte die rebellierende Stadt auszuhungern.

Semiris ging während der Belagerung ungern zum Markt. Das Angebot an Obst und Gemüse war zusammengeschmolzen, dürftig und teuer. Der frohe Mut, den die Rede des Atlanters bei den Bürgern entfachte, wich der Tatsache, dass Entbehrungen keine glücklichen Gesichter hinterlassen. Acht Tage nach der Rede im Badehaus beschwerten sich etliche Miesmacher und warnten vor dem Strafgericht des Erzgenerals. Man fing an, den Atlantern und den Fremden, die in der Taverne Parosch wie mit Familienanschluss wohnten, böse Blicke nachzuwerfen, weil sie die Katastrophe verursachten.

Mehr und mehr zog sich Semiris in ihre Kammer zurück. Sie hasste es, überall kummervolle Leute zu sehen, aber den Alltag auf dem Dreideckruderer hasste sie noch mehr. Wollte sie mit dem Kleinen draußen spielen, blieb ihr nichts anderes übrig, als auf den Fleck steinhartem Lehm vor dem klotzigen Portal der Steinbrücke auszuweichen, wo man den Kanalschacht überquerte und die nächste geradlinige Straße einsehen konnte, mit all den Sitzmättchen vor den Eingängen. Es gab höchstens Frösche und sie hatte bis heute keinen Vogel in den sauber gefegten Straßenzügen gehört.

Auf dem Markt besorgte sie sich einige Tonfiguren und ein dazugehöriges kleines Ochsengespann aus Holz und Rädern aus Ton. Fitz vermochte sich über Stunden mit diesem Spielzeug zu beschäftigen, denn er verfügte über außergewöhnliche Fantasie. Sonst war der Alltag fast genauso eintönig wie an Bord, überall klotzige Wohnbauten im Einheitsstil, dazu jede Menge stromernde Katzen, die nachts für ein fürchterliches Gejaule sorgten.

So oft Semiris und Abi ihren abendlichen Spaziergang in den Hafen machten, nahmen sie Fitz in die Mitte und prüften anschließend, wie weit der Junge sich selbstständig auf den Beinen halten konnte. Semiris klatschte in die Hände, sobald er sich in Bewegung setzte, und Abi nahm ihn in Empfang, schleuderte ihn dann herum und drehte sich mit ihm, ehe er ihn wieder zu seiner Mutter schickte.

Er nickte beifällig. „Viel fehlt nicht, und er kann laufen."

„Ein Gefühl für die Beine zu entwickeln ist auf See schwer", überlegte sie. „Festen Boden unter den Füßen zu spüren, scheint ihn zu beflügeln."

Jedenfalls stand der Kleine hartnäckig wieder auf, sobald ihm Semiris oder Abi die Hand reichte. Das kleine Geheimnis, das Semiris mit dem Atlanter teilte, trug sie tapfer mit sich herum und gab sich vor Abi weiterhin keine Blöße. Gleich nach dem Wiedersehen schliefen sie miteinander, weil Abi sich nicht gedulden wollte, das war enttäuschend. Sie führte es darauf zurück, die lange Trennung könnte sie einander entfremdet haben, und um einen Strich unter die Sache zu ziehen, beschloss sie, sie wollte ganz von vorn von ihm erobert werden. Das ging sie mit Bedacht an und fragte Thanissara, in der sie eine echte Freundin fand, ob sie sich eine Nacht des Kleinen erbarmen könnte, damit sie wirklich ungestört wären. Den Rest übernahm Abi von allein, indem er sich ihr gegenüber von seiner nettesten Seite zeigte, denn er begriff, um was es für sie beide ging.

Sie tranken oben auf der Terrasse ägyptischen Wein aus der Faijum-Oase, und Abi ließ sich gern überzeugen, dass Tartessos ideal wäre, um sich ein eigenes Nest zu bauen, fern von Aschkelon, fern von seinen Eltern. Nach einem abendlichen Gang ins Hafenviertel sanken sie erschöpft und angeheitert in ihrer Kammer auf das Bett und wurden sich bewusst: Der Kleine schlief jetzt anderswo. Irgendwas fehlte, während sie miteinander schmusten. Hinzu kam, dass Semiris eine unvergessene Erfahrung gemacht hatte und auf einmal begriff, nicht jeder Mann konnte ihr bieten, was der Atlanter bei ihr auslöste. Als Abi voreilig auf sie kriechen wollte, schlug sie die Knie aneinander und verdrückte sich vor ihm in die Ecke der Kammer, schaute ihm befangen in die Augen und schluckte herunter, was sie so gerne losgeworden wäre.

Wie ein Tölpel fühlte sich Abi. „Es macht dir keinen Spaß mehr mit mir?", fragte er erschrocken.

„Du warst früher zärtlicher", warf sie ihm flapsig zu. Danach wäre es ihr eigentlich egal gewesen, aber da verspürte Abi keine Lust mehr. Sonst verstanden die beiden sich wieder wie früher, das tröstete Semiris, zu deren Geheimnis sich nun auch noch dieser Kummer gesellte und am Selbstwertgefühl zehrte. Es kam ihr vor, als hätten sie etwas sehr Schönes verloren. Sie fühlte, ihr Seelenfrieden hing davon ab. So nahte der Tag, an dem sie sich durchrang, Abi alles zu gestehen.

Obst oder Gemüse waren selten geworden. Natürlich verfügte Hastinapura über zahllose Silos voll gedroschener Hirse, und die Bäcker mussten in diesen Tagen ohne Lohn arbeiten, zum Wohl der übrigen Stadtbevölkerung. Eine nicht besonders wohlschmeckende Art von Fladenbrot war leicht zu haben, keiner musste bislang hungern. Abi fühlte sich pfiffig, als er neben die drei abgeholten Fladenbrote eine schwere Bananenstaude vor Semiris auf den Tisch warf. Der kleine Fitz freute sich, und sie holte vernehmlich Luft, um ihm endlich reinen Wein einzuschenken. Doch erfasste sie, sie würde ihm wehtun.

Verdutzt blickte Abi sie an. „Was wolltest du sagen?"

Sie faltete die Hände, um sich zu besinnen und fragte behutsam: „Warst du mir eigentlich treu?"

„Ja", sagte er gedehnt, und sie wusste, dass sie ihm das durchaus glauben konnte.

„Und du?", fragte er leise.

„Ich auch", log sie und merkte, wie ihre Wangen zu glühen begannen. Ob er es bemerkte?

Sie gab sich forsch. „Aber muss man so etwas nicht auch verzeihen können?"

Allmählich wurde Abi hellhörig. „Ich könnte das nie verzeihen. Frage mich nicht weshalb, aber der Gedanke alleine, du könntest mir Hörner aufsetzen, raubt mir den Verstand. Da tut sich ein Abgrund auf, verstehst du?"

Sie hörte ihm gebannt zu und verbiss sich jede weitere Bemerkung zu dem Thema, als jemand an die Tür klopfte. Es war der Atlanter. „Ich brauche deinen Rat", eröffnete er Abi, und Semiris bot ihm den Weidensessel mit der hohen runden Lehne an und rückte für sich den Klappstuhl an den Tisch.

„Erzähle", forderte Abi, und er kam zur Sache.

„Wir haben bisher genau ein Schiff eingebüßt. Warum lassen wir uns überhaupt hier aushungern? Die Dschunken sind so schwerfällig, dass ich lachen muss, sobald ich ihnen beim Kampf zuschaue. Ich fürchte nur, meine Flotte könnte sich nicht schnell genug entfalten, falls wir uns zur Seeschlacht stellen."

„Du darfst das unter keinen Umständen riskieren", riet ihm Abi. „Vergiss nicht, du bist verantwortlich für jeden Bürger dieser Stadt, wenn die Sache im Tempel verhandelt wird. Deine Cousine könnte dir helfen, sicherlich. Aber eben auf ihre Art, und nur, falls du keine Blutschuld auf dich lädst. Verliert ihr, geht danach das Schwert um in der Stadt und der Scharfrichter zieht ein."

„Das stimmt." Beeindruckt nickte der Atlanter ihm zu. „Also harren wir aus."

„Das Volk war dir gewogen und wird das wieder sein", sagte Semiris leise. Es gibt immer welche, die ein Haar in der Suppe finden, und die überzeugen schnell, ist man nur unzufrieden genug."

„Weise Worte", sagte der Atlanter. „Die Leute müssen den Gürtel enger schnallen, und es liegt auf der Hand, warum am gestrigen Tag keine einzige Katze mehr jaulte."

Semiris schauderte zusammen bei der Vorstellung. „Du meinst ...?", erwiderte sie stockend, ohne den Satz zu vollenden.

„Na klar. Wer wirklich hungert, ist nicht wählerisch."

Es folgte der Tag, an dem eine Flotte über den westlichen Horizont kroch und Panik im bedrohten Schiffslager der Flotte Llankas um sich griff. Der Mann im knielangen scharlachroten Mantel, der für *Decgalôr* die Schlacht schlug, war *Fäpaguis* vom Clan des *Sarpagos*. Er formierte alle Schiffe zu einer langen Kette, und Jatayu, von dem Wunsch erfüllt, sich nicht zum Narren halten zu lassen, verlor die Übersicht. Er durchschaute zwar, dass man ihn einkesseln wollte, hielt die Linie, die ihn damit umschließen würde, aber für zu dünn, um das wirklich befürchten zu müssen. Letztlich würden alle Decks zum Schlachtfeld werden. In seinem Kulturkreis benutzte man Flotten zum Truppentransport. Der Tiefgang seiner Dschunken bewies das, und er vertraute auf den Nahkampf. Ein Rakshana im Schwertrausch wog doch fünf dieser Leute in Leder auf, sagte er sich.

Maktar empfahl ihm, einen Blick auf Hastinapura zu werfen, und der alarmierte ihn über die Schiffe, die ihm vom Hafen her in den Rücken fielen.

Ohne diese stünden 45 Kamptrieren und dreißig lange Pentekonteren gegen 121 schwerfällige Dschunken. Aber in der Situation zauderte *Decgalôr* nicht, seinerseits obendrein zwei Staffeln auszuschicken.

Die schnellen Pentekonteren eröffneten das Treffen. Sie bildeten in Schussweite ein rautenförmiges Pult und schickten einen tödlichen Hagel auf den Mastenwald. Um den zu beenden, ging eine Gruppe von zwanzig Dschunken zum Angriff über. Einzeln waren die Pentekonteren nur Striche auf dem Meer, wirkten enorm lang gezogen und schnittig, und wenn sie nur mit einem Ruderdeck ausgestattet waren, ruderten dafür mehr in der Reihe. Darauf basierte ihre Wendigkeit, sie erwiesen sich als unfassbar schnell und umkreisten das halbe Schiffslager, ehe die Verfolger vom Außengürtel her von so vielen Salven eingedeckt wurden, dass es ihnen wohl ratsam erschien, in die Masse des Mastenwaldes zu flüchten, bevor Manövrierunfähigkeit drohte.

Inzwischen hatten die Atlanter das Geschwader komplett eingekreist, und auf *Fäpaguis* Befehl hagelte es Bolzen. Jatayu der Schreckliche ging in einem Hexenkessel mit all seinen Schiffen unter, ohne mit seinem Schlachtschwert das Geringste ausrichten zu können. Dutzende von Dschunken, bemannt mit Leichen, spukten über Jahre als Geisterschiffe durch die Sudische See. Die Armbrust erwies sich als die alles überragende Waffe bei diesem Sieg, der den Atlanter genau acht Schiffe kostete. Wobei die Rudermannschaften großteils von anderen Schiffen geborgen werden konnten.

Die alte Freundesrunde, mit Semiris und Abi, Melek und natürlich dem Atlanter, fand sich an diesem Abend ein letztes Mal auf der Dachterrasse der Taverne zusammen. Auch Shakra und Lydon und Kunjara gehörten dazu, aber es war nicht so ungezwungen wie üblich, weil *Fäpaguis* der Runde beiwohnte.

Der sonst so ernste Centaure mit dem dünnen Bartstrich im Kinngrübchen glänzte als Unterhalter, aber seine dauernde Dominanz unterdrückte die vertraute Gemütlichkeit. Er gehörte einem älteren Jahrgang an und taute erst auf, nachdem die ganze bewegende Geschichte seines Vaters erzählt war. Zwölf war er, als der einen Expeditionskorps gegen die Olmeken führte, tief in den in Dünsten verschwimmenden, tückischen Regenwald der Tropen hinein, in das unberührte Herz ihres Kontinents. Wer nicht an Fieber und Angstzuständen krepierte, fiel Zecken, Grasblutegeln oder den blutrünstigen Rothäuten zum Opfer. Ein düsteres Kapitel, aber *Decgalôr* schlug die Geschichte um die verschollene Expedition des *Sarpagos* schon als Kind in ihren Bann. Kein Wunder, dass er den früh zum Clanführer gereiften Nachfahren dieses tragischen Helden begeistert ermunterte, weiter aus dem Nähkästchen zu plaudern.

„Jeder unserer Leute", bemerkte *Fäpaguis* zufrieden, „würde dir erzählen, wie gerne jetzt alle mit dir gegen Llanka segeln möchten."

„Ich muss die angemessenen Schritte einhalten", entgegnete der Prinz und strich sich unschlüssig über das Kinn, weil sie andererseits ohnehin in dieser Gegend waren und die Frage über ein halbes Jahr länger auf See entschied.

„Du hast eigenmächtig dem Stadtfürsten untersagt, das nächste Blumenschiff zu senden und hättest das auch nicht gedurft."

„Ich war hier, und ich fühlte mich verantwortlich für all diese Kinder, die in die Sklaverei wandern sollten. Deshalb."

Abi pflichtete ihm bei. „Genau dessen klagst du ja den Maharadscha von Llanka an. So genommen ist dieser Eingriff in fremde Politik sogar notwendig gewesen. Die Hohepriesterin wird dich dafür segnen."

Dagegen fand der skeptische Centaure im scharlachroten Gewand keinen Einwand, und der Prinz nahm es dankbar auf. „So genommen dürfte es nicht schaden, die Schuldigen gebunden der Hohepriesterin vorzuführen. Wir werden ohnehin zu beweisen haben, ob eine schlagkräftige Macht hinter dem Tempel steht und über die Einhaltung der Urteile wacht. Erst wenn wir uns Respekt verschafft haben, ist der Boden beackert, und ein Goldenes Zeitalter könnte anbrechen."

Auch Semiris behielt ihre Meinung nicht für sich. „Du solltest dich auf das besinnen, was du anfangs sagtest", riet sie ihm. „Halte die Schritte ein. Die Völker, die von dieser Geschichte hören, sollen doch mit Ehrfurcht über die neue Schiedsstelle urteilen. Was du tun willst, erinnert mich an den Tag, an dem du Menê ausgelöscht hast. Das war nicht unbedingt deine beste Tat."

Sie übte ungeheure Macht auf ihn aus, und er nahm es sich zu Herzen, weil sie ihn spüren ließ, wie schnell er seine Ungeduld bereuen könnte. Und er handhabte es so, dass der ganze Verband nun in Hastinapura weilte, er selber hingegen mit seinem Schiff in Richtung Ägäis aufbrach, um den Fall in die Hände einer höheren Instanz weiterzureichen.

Abgesehen von ihrem Aufenthalt in Hastinapura hatte der kleine Fitz rund ein Jahr auf See verbracht, als sich die Kampftriere im Schritttempo an den Pfahlanleger eines verträumten Fischerdorfes an der Küste Theras schob. Hintergründig reihten sich sauber verkalkte Steinbauten und Arkaden, und auf dem Kajenmarkt herrschte Abbruchstimmung, knickten hier wie dort die ersten Stände ein. Vorwitzige Spatzen untersuchten die geräumten Flecken schon nach verschüttetem Getreide.

Für Semiris unterschied sich Akrotiri nicht sonderlich von anderen griechischen Häfen. Sie sah Abi vor allen anderen über das wippende Brett balancieren, das zum Pfahlsteg führte, da vernahm sie des Atlanters leise Stimme. „Was ist los, Semiris?"

„Ich ... weiß nicht", flüsterte sie und spürte die Mauer, die das bisher sorgsam umschiffte Geheimnis zwischen ihnen aufgebaut hatte, in sich zusammenbrechen. Ein Schluchzen stieg in ihrer Kehle hoch, und sie konnte nicht anders, als stumm und mit all ihrer Verletzlichkeit seinen Blick zu erwidern.

„Es freut mich, dass du und Abi wieder zueinandergefunden habt", flüsterte er.

Semiris ahnte, der Atlanter erwartete eine Bestätigung. Sie nickte zögernd. Zueinandergefunden – das war allerdings reichlich übertrieben, da sie ihr schlechtes Gewissen häufig um den Schlaf brachte. Sie atmete tief ein und senkte die Stirn. Abi hatte ein Recht auf die Wahrheit, dachte sie und seufzte. Als hätte der Wortwechsel nie stattgefunden, trippelte sie vor ihm mit ihrem Kind zu Abi hinüber und fand sich auf dem Steinpflaster des hiesigen Kais wieder. Sie fühlte sich nach der Seefahrt wackelig wie auf schwankendem Boden, fing sich hingegen.

Nach einer guten Stunde führte sie der Atlanter durch einen Hohlweg in einen frühlingshaften Mischwald aus Eichen, Kiefern und Zypressen. Abi trug unermüdlich den Jungen im Nacken und bemühte sich, der Familie Halt zu geben. Während der Atlanter wie ein Dichter die Erhabenheit und Unberührtheit pries, die nur die Natur selbst vermittelt, sah er Semiris lange an, mit einem Blick in den Augen, aus dem reine Aufrichtigkeit sprach.

Danach fühlte sie sich schrecklich allein, kalt und leer in ihrer unentrinnbaren Einsamkeit, die sie mit dem Atlanter verband. Sie hatte sich für eine gehalten, die die Männer kannte und fähig war, ihre Gedanken, Liste und Geheimnisse zu durchschauen. Aber der Atlanter passte in keine der Kategorien, in die sie Männer einzuordnen pflegte. Sie konnte nicht verstehen, wie leicht er die Geschichte totzuschweigen vermochte, obwohl er zweifellos zu tiefschürfenden Erkenntnissen fähig war.

Endlich öffnete sich die Laube, unter einem von Sonne durchlohten Eichenschirm leuchtete Moos zwischen den Steinen, grelles Licht überflutete Büsche mit einem Frühlingsmantel aus Gold und Scharlach. Es roch würzig nach Moder und Wald, und der Ort hatte seinen Zauber, doch der schweigende Wald und die hintergründig raunende Quelle wirkte auf Semiris beunruhigend. Ebenso der schlichte, wenn auch gewaltige, kreisrunde Tempel auf zwölf Steinsäulen, der sich auf einer Anhöhe gegen den hellblauen Frühlingsäther abzeichnete.

Den Kern des Kults bildete ein schlichter Altar aus Stein, und *Aqphis* empfing sie in einem weißen Schleiergewand, das eine Silberbrosche auf ihrer schmalen Schulter zusammenhielt, die langen Goldlocken zu Schnecken am Ohr aufgedreht. Sie verkörperte eine unschuldige Art von Anmut, dachte Semiris, die nicht zu definieren war. Freude leuchtete aus ihren Augen, als sie den Cousin erkannte, und sie drückte ihn glücklich an sich. „Du hast dich ja mächtig ins Geschirr gelegt", steckte sie ihm leise zu. Da er charmant lächelnd schwieg, küsste sie ihm die Stirn, und das bedeutete in jedem Land Hochachtung. Was *Decgalôr* anstrebte, war bald erläutert, und die Hohepriesterin, scharfsinnig wie er, sah ein, warum *Decgalôr* die Einladung ganz eigenmächtig vorwegnahm. „Ich werde dazu einen Papyrus verfassen, der das, was du getan hast, legitimiert und dich bestätigt. Bleibt abzuwarten, ob sich der Despot von Llanka zum Pesach-Fest herbequemt."

„Der altersblöde Maharadscha tut, was Ravana ihm flüstert", sagte *Decgalôr* sofort. „Und der dürfte sich nicht angesprochen fühlen und wird uns was husten."

„Und dann?", fragte die Hohepriesterin.

„Dann müssen wir Ravana zwingen, hier zu erscheinen."

„Und womit willst du ihn zwingen?"

„Oh ich weiß womit. Das will ich meinen." Erst jetzt bemerkte *Decgalôr*, wohin das Gespräch trieb, aber er blieb ehrlich. „Mit der Macht des Sperrturms. Ich werde ihn dir bringen, und sei es mit Gewalt."

„Nicht mit Gewalt", widersprach sie ihm. Ihre Augen boten seinem hochfahrenden Blick energisch Paroli.

„Dann wirst du als Priesterin ein totes Amt ausüben. Wir wollen die Tyrannei ausmerzen. Und wir haben es mit schwachen, schlechten Menschen zu tun, die sich hinter einer Kriegsmacht verkriechen. Du musst, um Respekt zu genießen, gleich am Anfang deine Macht demonstrieren. Sonst wirst du nie wirklich Güte verstrahlen können. Gütig nennt man nur die Mächtigen, so sie es sind. Zeige Härte, dann verehrt man dich für deine Milde."

Das letzte Wort oblag der Hohepriesterin, und die nickte bewegt. „Gut, aber schone das Volk!"

Ein dankbares Lächeln huschte über den Mund des Prinzen. „Gnade bei diesem Ungeheuer walten zu lassen, wäre grausam an jenen gehandelt, denen es die Kinder fraß. Mir bot sich Gelegenheit, mich mit dem Wesen dieser Menschen anzufreunden, und ich muss sagen, sie leben nach hohen Werten in Hindusthan. Die Weden – ihre Heiligen Schriften – bekunden, vormals herrschten die Bharata, die Söhne Ramas in Hastinapura, und so soll es wieder sein, dafür stehe ich ein."

Später, als die Hohepriesterin sie noch zum Steg geleitete, nahm Semiris unerwartet wieder den Fuß von der schmalen Landungsbrücke und sah sie aus verunsichert flackernden Augen an. „Du bist weise, glaube ich. Hilfst du mir?"

„Wenn du mich so fragst?", entgegnete *Aqphis* im Ton einer alten Freundin.

So brachte Semiris tatsächlich den Mut auf, ihr von einer Bekannten zu berichten, die glaubte, ihr Mann wäre tot, und dann mit einem anderen schlief.

„Und was soll ich dir nun raten?", erwiderte die Hohepriesterin ernst, die Augen begehrten eine ehrliche Antwort.

„Meine Freundin hat Angst", überlegte sie, „Angst, sich zu verplappern und zugleich Angst, ihren Mann mit der Wahrheit zu verletzen."

Die Hohepriesterin dachte darüber nach. „Angst ist ein Grundgefühl. Wir haben Angst vor Verlust, Angst zu versagen, Angst vor Vernichtung und vor dem Tod, und mit jeder Angst lernt der Mensch zu leben."

„Ich gehöre nicht zu denen, die sich überhaupt nicht selbst beobachten", erklärte Semiris, „Ich weiß, ich unterliege Stimmungen und werde von Launen geritten, aber diese Stimmung, die eine Frau empfindet, die ihren Mann betrogen hat, reißt alles in den Abgrund, sagt meine Freundin."

„Es geht nicht um deine Freundin, du sprichst für dich selbst", sagte ihr die Hohepriesterin streng ins Gesicht, und Semiris nickte traurig.

„Ist der Junge von Abi?"

Sie lächelte. „Na sieht man das nicht?"

„Das ist gut."

„Aber ich mache mir Vorwürfe. Es ist nicht nur, dass ich einmal schwach geworden bin. Im Innersten fühlte ich, dass Abi noch lebt. Es war wie eine warnende Stimme, doch ich hielt es für Wunschdenken. Das war mein Fehler."

„Ich kann dich ja verstehen", beruhigte die Hohepriesterin sie. „Aber willst du wirklich meinen Rat?"

„Ja", versetzte Semiris entschlossen.

„Die Wahrheit kommt meistens unter Schmerzen durch, darum lasse dich nicht von der Angst, die du davor hast, blenden. Sprich es aus, mit aller Liebe, die du je für ihn empfunden hast, und alles wird gut werden."

„Aber dann ..." Semiris verbiss es sich, auf *Decgalôr* zu sprechen zu kommen und nickte dankbar.

Sie wusste, als sie sich von *Aqphis* verabschiedete, dass daran mit Sicherheit die Freundschaft zwischen Abi und *Decgalôr* zerbrechen würde, und ihr wurde nicht leichter ums Herz nach diesem Ratschlag.

26.

Abi wusste, was er seinem Vater schuldig war und beschloss, den Zeitraum bis zum Pesach-Fest zu nutzen, um die Gewürze, die eine der Kampftrieren einlagerte, nach Aschkelon zu bringen. Semiris bekam weiche Knie bei dem Gedanken an Aschkelon, und der Atlanter bestand darauf, sie auf dieser Fahrt zu begleiten, schließlich war es sein Schiff.

Semiris machte sich Gedanken, ob auch ihn Gewissensbisse plagten oder ob ihn die Vorstellung beunruhigte, sie könnte Abi gegenüber schwach werden. Zweifellos hätte er es begrüßt, hätte sie sich zu einem längeren geruhsamen Aufenthalt in einem Fischerdorf wie Akrotiri entschließen können. Obendrein störte sie Abis Art, Dinge über ihren Kopf hinweg zu entscheiden, und noch mehr regte sie auf, dass er sich dann auch noch unter dem Vorwand, zu übermüdet für alles zu sein, bei hellem Tageslicht in die Kabine verzog.

An der Ruderpinne lehnte der Atlanter und sah ihm ernst nach, dazu zähneknirschend, als bereue er etwas. Und sie stellte ihn, das Kind an sich gerafft, unter vier Augen zur Rede. „Es belastet mich", gestand sie ihm, „dass ich nicht mehr ehrlich zu Abi sein kann. Aber ich schweige, weil sich sein Zorn gegen dich richten könnte. Das möchte ich vermeiden."

„Thera ist ein wunderbarer Flecken Erde", sagte er, als sei ihm ihre Situation durchaus klar. „Du solltest darüber nachdenken, ob es für den Jungen besser wäre, eine Weile hierzubleiben. Meine Cousine kennt eine Hütte oben am Berg, die steht das halbe Jahr leer. Verpflegen könntet ihr euch im Tempel, und du hättest Ruhe, mit dir selbst ins Reine zu kommen, würdest jedenfalls gewissen Abstand zu dem gewinnen, was dir das Herz schwer macht. Es ist ein hastiges Geschäft, das Abi da eingeschoben hat. Für einen Jungen im Alter von Fitz wäre die Welt hier bunter, meinst du nicht auch? Vor allem wäre es gut für deinen Seelenfrieden."

Es klang verlockend. Aber so wenig wie der Atlanter in Kauf nehmen wollte, dass Abi und sie zu lange unter sich wären, gefiel ihr, dass die beiden diese Zeit allein verbringen würden. In den drei Tagen, die der Junge diesmal an Land blieb, lernte er laufen, und Semiris musste nun beständig ein Auge auf Fitz haben. Die Ansprüche, die das Mutterglück stellte, schienen zu steigen. Ihn auf den Arm zu nehmen, wenn der Kleine sich ungebärdig zeigte, war einfach gegen die Mühen, die ein Junge von einem Jahr beansprucht, der fähig ist zu laufen. Andauernd litt sie Ängste, er könnte den Mast erklettern oder die Reling nutzen, sich aufzurichten.

Mit der Ankunft in dem alten Kaufmannshaus der Nowa war es für Semiris plötzlich, als habe sie bis gestern hier mit Melis und Abis Mutter auf Abi gewartet. Alle stürmten auf Abi ein, wollten den wiedergefundenen Sohn in die Arme schließen. Und sie stand mit dem kleinen Jungen, der gerade laufen konnte, an der Tür und fühlte sich abgesondert unter dem abweisenden Blick von Abis Mutter.

Hätte sie nicht den Jungen gehalten, der aus großen Augen zu ihr aufschaute, sie wäre weinend aus dem Haus gerannt. Umso mehr versteiften sich ihre Hoffnungen auf das reiche Tartessos. Sie besann sich gut auf die Stadt an der Küste der Westsee, die mit ihren Vororten eine ganze Meeresbucht überzog. Im Nachhinein kam ihr der erlebte Besuch bei Abis Familie vor, als habe sich ein Traum abgespielt, und sie war hinterher froh, keinen Krach im Hause ihres Mannes provoziert zu haben. Bis zum nächsten Besuch könnte leicht ein Jahr verstreichen.

***

Weder der Maharadscha, noch ein anderer Verantwortlicher Llankas betrat zum Pesach-Fest den Tempel von Inloh. Der Hohepriesterin blieb keine Wahl. Eine Papyrusrolle wurde aufgesetzt und *Decgalôr* ermächtigt, mit der Macht des Sperrturms den säumigen Herrscher für seine Verbrechen in Ketten zu legen, bis über ihn verhandelt werden würde. Für Semiris hatte nie Unklarheit bestanden, wie es nun weitergehen sollte. Nun war die Zeit gekommen, Kurs auf den Westen zu nehmen, bis die Säulen des Herakles sichtbar wurden, und sie freute sich auf ihre Zukunft in Tartessos.

Doch auch *Decgalôr* zählte auf Abi. „Dies ist das größte Unternehmen, das ich bisher in Gang gebracht habe", erklärte er. „Bitte stehe mir dabei zur Seite. Ich werde einen Drachen besiegen, hieß es in dem Orakelspruch, und dieser Tag scheint nahe."

Abi hatte diese Bitte befürchtet. „Was bleibt mir anders übrig? Ich besitze kein Schiff mehr und bin dem Ruf des Hauses Nowa verpflichtet. Neue Gewürze müssen herangeschafft werden."

Den gereizten Unterton ignorierte der Atlanter. „Wir müssen zuvor den Herrn aller Flotten aufsuchen. Er sollte über die Maßnahmen des Tempels unterrichtet sein, außerdem werden am Sperrturm täglich Kähne beschlagnahmt. Am Trockendock böte sich die Gelegenheit, günstig einen brauchbaren Kahn für dich zu finden."

Abi fielen die drei Rubine ein, die er dem Prinzen schuldete, aber er gab sich erleichtert. Still für sich hatte er auf so einen Vorschlag gehofft, denn die Fürsorge des Atlanters war manchmal schon berechenbar.

Nur Semiris gefiel die andauernde Abhängigkeit nicht, obwohl sie die Situation aus Abis Sicht nach diesem Wortwechsel besser verstand. Darum verkniff sie sich ihren Unwillen. Vom Wohlwollen *Decgalôrs* hing viel ab für Abi – und also auch für sie und die Zukunft ihres Kindes ...

Als Abi mit Semiris und dem Atlanter am Trockendock des Turmsockels tatsächlich einen infrage kommenden Kahn entdeckte, sah er gern darüber hinweg, wenn an der Bugarabeske bereits die rote Farbe abblätterte. Zum Glück begleiten ihn Shakra, Kunjara und Lydon, dadurch verfügte er über die passenden Leute, um gleich als Schiffsbesitzer in See stechen zu können. Es war ein herrliches Gefühl, der schweren Kampftriere im Kielwasser zu folgen. Endlich war er von den Einsätzen her, die das Spiel des Lebens erfordert, wieder so weit wie an dem

Tag, an dem er aufbrach, neuen Safran, Kardamom und Kurkuma zu besorgen.

Rund zwei Monate später kehrten sie in den sicheren Hafen von Hastinapura ein. Nachdem Abi bei der städtischen Werft in Arbeit gegeben hatte, dem alten Kahn die Takelage zu erneuern und der Schmuckleiste einen neuen Anstrich gönnte, schloss er einen Handel über eine Ladung Gewürze ab und willigte bester Laune ein, mit Semiris eine Kabine auf dem Flaggschiff zu beziehen.

Semiris fühlte sich übergangen, aber sie nahm es leicht. So bezog sie mit einem beengenden Gefühl die Kammer, die ihr neues Heim sein würde. Sie enthielt einen Klappstuhl und einen morschen Tabernakel. Am Bett gab es einen kleinen, dreibeinigen Hocker mit Elfenbeineinlagen. Auf dem fand sich eine Tonschale und eine Kanne voll frisches Wasser. Wer die kleine, mit Schnitzereien verzierte Wiege aus Akazienholz an das Kopfende ihres Bettes stellte, brauchte sie nicht groß zu überlegen. Es war einer der Momente, in denen sie sich über jede Aufmerksamkeit von Abi freuen konnte.

Sie brachen mit dem fast kompletten Dritten Flottenverband im Geleit auf, Llanka in die Knie zu zwingen, und kurz bevor die Perle des Ostens den Horizont einnahm, lag Semiris unter Bord in ihrer Kabine. Fitz schlief endlich leise und zufrieden, und Abi saß noch am Tisch bei einer Kerze und goss sich einen Kelch mit Wein voll. „Wollen wir nicht anstoßen, auf das, was nach dieser Fahrt kommt?"

Sie fand es behaglich zu liegen und streckte wie zur Antwort die Glieder aus. Aber eine Menge fehlte an ihrem Glück, das schon viel zu lange wie ein Schatten auf ihrem Herzen lastete, und plötzlich fielen ihr Worte ein, die er vielleicht verstehen würde.

„Du liegst da, als wärest du am Ende einer sehr langen Reise angekommen", bemerkte Abi leise.

„Ja, eine weite Reise war es", begann sie zu erzählen, die Lider geschlossen, als wolle sie sich auf ein Erlebnis besinnen. „Ich habe mir damals Sorgen gemacht. In der Tür am erhöhten Hof vor dem Südturm war ein Pfeil mit blutroter Befiederung gefunden worden, mit deinem Siegel daran und einer Botschaft, die deinen Tod bezeugte."

Sie fasste an ihren schlanken Hals und hielt ihm mit offener Hand den bewussten Specksteinzylinder hin. „Ich und auch der Atlanter, wir hätten Stein und Bein beschworen, du bist tot, und *Decgalôr* hat sich rührend um mich gekümmert und mich getröstet."

„Er hat dich getröstet?", wiederholte Abi begreifend. „Was meinst du? Habt ihr geschmust ... oder noch mehr?"

„Noch mehr", hauchte sie tonlos. „Ich wollte es behutsamer ausdrücken. Aber das ist es eigentlich schon, was ich dir beibringen wollte, seit wir uns wiedergesehen haben."

„Du hast mit dem Atlanter ... "

Es war mehr als Abi leicht wegstecken konnte. „Bitte sag' jetzt, dass das nicht wahr ist!"

Sie wagte nicht, ihm in die Augen zu schauen und kniff die Lider noch fester zu. Sie bemerkte auch so, wie er vom Bett sprang und hörte am Knarren der Bodenbretter, wie er auf und ab wanderte.

„Warum tut er mir das an?", stöhnte Abi.

„Weil wir lernen mussten, das Entsetzliche zu akzeptieren. Wir schrieben dich ab, weil es unvernünftig gewesen wäre, auf ein Wunder zu hoffen. Du hättest Thanissara fragen können, Melek oder einen der beiden Centauren. Das hat keiner anders gesehen."

„Ich glaube, ich kann nie wieder mit dir schlafen", entfuhr Abi, und er ließ den Kopf hängen. Plötzlich saß er abrupt wieder gerade. „Ich muss mit *Decgalôr* reden."

„Was willst du ihm vorwerfen? Wir hielten es für ausgeschlossen, du könntest noch leben."

„Dennoch." Abi stieß trotzig mit dem Fuß auf und verschwand nach oben. Als Semiris hinterher hetzte, stand er bereits an der Reling und gab dem Atlanter mit Handbewegungen zu verstehen, dass er zu ihm hinüber wollte.

Sie wusste, alles Reden würde nicht mehr helfen. Aus belegter Kehle beteuerte sie: „Ich habe dich geliebt, seit ich dich kenne, und daran hat sich nichts geändert, Abi. Sei vorsichtig, was du ihm sagst. Er ist ein mächtiger Freund, wie man ihn nur einmal im Leben kennenlernt. Mache ihn nicht zu deinem Feind – mit einer überstürzten Äußerung, die du morgen schon für dich behalten würdest."

„Ich weiß genau, was ich ihm zu sagen habe, und du wirst mich nicht davon abhalten."

„Aber wie stehe ich dann da?"

„Du hast dich dazu bekannt, das rechne ich dir hoch an", gab Abi ihr zu verstehen."

„Nein, das ist so nicht wahr! Ich wollte dir nie wehtun, und als auf einmal der Kleine weinte, habe ich bereits bedauert, dass es geschah."

Die mächtige Kampftriere fuhr inzwischen dicht neben ihnen her. Schon scheuerten die Bordwandungen knirschend aneinander. Abi sprang an die Reling, kletterte hinüber und näherte sich vor Aufregung bebend, dem Mastbaum und *Decgalôr*. Der hob verstohlen die Brauen, als ihm sein glühendes Gesicht auffiel. „Was treibt dich, du rast ja", empfing er ihn in gewohntem Ton.

Abi atmete tief durch und sagte ernst: „Das hätte ich nicht erwartet – mein bester Freund."

Der Atlanter wusste genau, was ihn bewegte. „Wir hielten dich für tot", beteuerte er. „Semiris war für mich tabu, bis dieser verfluchte Pfeil mit der Botschaft in die Turmtür einschlug. Aber ich sorgte mich um sie und dachte, sie würde sich etwas antun. Ich habe ihr ein echter Freund sein wollen, wollte lediglich das Richtige tun."

„Dafür bist du einen Schritt zu weit gegangen."

„Ach Abi, du kannst dir nicht vorstellen, wie erschüttert wir alle waren, und ich wollte ihr Trost geben. Sie sollte wissen, dass für sie gesorgt werden würde. Falsch von mir war höchstens, dich so voreilig aufzugeben. Das allein darfst du mir vorwerfen."

„Es gibt in jedem Volk Traditionen, die eine Trauerzeit vorsehen", warf ihm Abi vor.

Decgalôr zeigte sich schuldbewusst. Doch auf seine Art. Er klopfte ihm die Schulter, sah ihn bedauernd an und erwiderte begütigend: „Du solltest darüber lachen, Abi. Daran wird doch unsere Freundschaft nicht zerbrechen. Denke dir, es gibt Wüstenstämme, bei denen ist es fester Bestandteil des Gastrechts, dem Gast zur Übernachtung die Ehefrau anzubieten."

Auf Abis Mundwinkel zuckte Abscheu. „Ein feiner Brauch, meine Schwester zerbrach daran." Er verachtete Menschen wie den Schneider Samuel, konnte dem Prinzen schon von daher nicht über diesen Horizont folgen und ballte Fäuste, ehe er sich bezähmte. „Ich mag dir einiges schuldig bleiben, aus deiner Warte", sagte er enttäuscht, „aber die Rechnung ist damit beglichen. Ich schätze, wir werden uns nach dieser Fahrt aus den Augen verlieren."

„Nur falls du ernsthaft darauf bestehst. Du bist mir als Mensch wichtig, Abi. Ich möchte dich nicht verlieren."

„Ich kann dir nicht mehr vertrauen, *Decgalôr*. Darüber komme ich weg, aber nur, wenn ich dich nicht mehr sehen muss."

„Was immer du mir heute sagst", entgegnete der Atlanter, „ich akzeptiere das nicht als dein letztes Wort. Du bist eifersüchtig und leidest, aber du wirst morgen anders darunter leiden als heute. Du wirst es verarbeiten wie anderes Missgeschick, denn das zu verkraften macht dich nur mehr zu einem guten Mann."

„Ach deine schönen Worte", gab ihm Abi abwinkend zu verstehen und rief stur sein Schiff wieder zu sich, um auf dem gleichen Wege, über den er kam, wieder zum eigenen Kahn hinüber zu wechseln und sich erneut Semiris zuzuwenden. „Er war es", sagte er leise, „nicht du. Er versteht sich darauf, jemanden zu umgarnen. Und doch, hätte mir jemand etwas von eurem Schäferstündchen geflüstert, ich hätte ihn wohl ausgelacht. Aber es aus aus deinem Munde zu hören, das tat weh."

„Er war es?", wiederholte sie irritiert. „Nein, er und ich, aber wir haben danach beide gewünscht, es ungeschehen machen zu können. Kannst du ihm denn nicht verzeihen? Er ist ein wenig wie du. Deshalb ist es passiert."

Eigentlich war es schmeichelhaft, dass sie es so betrachtete, aber er fand es schwer, sich zu zügeln in seiner Eifersucht.

„Er hat sich bis heute in allem wie ein großer Bruder für dich eingesetzt", hielt sie ihm vor Augen. „Hast du vergessen, dass du ohne ihn noch heute an einem Hochofen schwitzen würdest? Hast du dieses neue Schiff vergessen, das er dir geschenkt hat? Oder die drei Rubine? Das alles willst du nicht zurate ziehen, wenn du über ihn urteilst?"

Ihre direkten Worte beschämten Abi. Obwohl ihm miserabel mitgespielt wurde, schluckte er seine aufgewühlten Gefühle herunter. Sie streichelte ihm liebvoll die Wange, als sie in seine Augen schaute. „Du bist wirklich der Bessere von euch beiden, aber er hat so eine Art, den Ton anzugeben, die selten ist. Er ist ein außergewöhnlicher Mensch und sonst ein guter Freund, durch und durch."

„Alles lässt sich wegstecken", sagte Abi leise, „du wirst recht behalten, schätze ich."

In Wirklichkeit war ihm zumute, als hätte er in einen Abgrund geblickt. Es tat mehr weh, als er auszudrücken vermochte, weil er sich nie so einsam in seinem Inneren fühlte. Das Wort Freundschaft war zu einem Ideal reduziert worden, das es nur in der Vorstellung gibt. Im täglichen Leben dachte letztendlich doch nur jeder an den eigenen Bauch.

So weit hatte Abi sich beruhigt, als am Horizont golden blinkende Kuppeln, Häuserballungen und hohe, schlanke Minarette auftauchten, auf denen wie in allen Hafenstädten dieses Erdkreises bei brutheißem Wetter reihenweise dösende Geier saßen. Nachdem ihm die Augen geöffnet worden waren, fiel ihm schwer, weiter seinen Mann zu stehen, und er setzte eine düstere Miene auf an diesem Morgen. Viel hatte er bisher ja nicht von dieser Stadt gesehen, die den ganzen Osten tyrannisierte, bis nach Babylonien. Tauben umkreisten wie Schwärme von Fruchtfliegen eine Rübe die hinter dem Häusermeer gleißende Kuppel vom Heiligtum des Feuergottes Agni. Gegenüber, durch einen Wasserarm des Heiligen Sees für sich, erhob sich ein mit Minaretten gespickter Palast aus rosa Marmor, zu dessen Füßen die Forumterrasse, wo sich mitunter der Maharadscha in einer Sänfte dem Volk zeigte.

Kaum eine Stunde nach jener kurzen Auseinandersetzung befahl der Oberbefehlshaber ihn förmlich zu sich, und Abi gehorchte, weil es ihm gerufen kam. *Decgalôr* schmunzelte wissend, als er mit seinen stämmigen Beinen auf ihn zu stapfte, denn in Abis Gesicht hatte sich etwas gelöst.

„Na du Grabenläufer."

„Na Paddelfuß", begrüßte er den Prinzen. Aber es klang anders als früher.

Decgalôr lachte und leitete nebenbei ein, außer Sichtweite der Turmwachen der Stadt ein Sternlager aufzuschlagen. Dann nickte er Abi freundschaftlich zu. „Ich denke, wir beide besuchen Llanka für den Anfang mit deinem Kahn und du steuerst uns."

„Was versprichst du dir davon?"

„Mich interessiert, welche Stimmung auf den Straßen herrscht. Hasst man den Greis auf dem Thron oder eher diesen zwielichtigen Erhabenen?"

Da neben dem Prinzen der Mann mit der eindrucksvollsten Muskulatur der Garde stand und sie offenbar begleiten würde, willigte Abi vergnügt ein, sich gemeinsam auf den Weg zum Palast des Maharadschas zu machen. „Er dürfte sich an mich erinnern", überlegte Abi, als sie das Hafentor von Llanka hinter sich wussten und am Fischereihafen an einen Ausläufer der hiesigen Anlegerlandschaft heranzogen.

Alle, die sie trafen, zeichnete eine ebenholzfarbene Haut aus. Es gab auch hier freundliche und besorgte Gesichter und am Markt aufgeregte Klatschweiber. Abi hörte niemanden gut reden über das Leben in diesen Straßen. Die meisten Familien mussten erfahren, wie es ist, ein Kind für die Sklaverei zu opfern, und ein Volk vergisst dergleichen nicht. Ferner war bekannt, dass auch unter dem Tisch Silber verschoben wurde, wenn der Erhabene über Handelszwiste entschied. Es gab zu viele Reiche – eine ganze elitäre Kaste, die von der Arbeit des gemeinen Mannes lebte. Wenn es im Umland Llankas brodelte und das doch nie zu einem Putsch ausuferte, dann zum einen, weil der Hinduismus Fügsamkeit und Bescheidenheit zum Fundament der Moral erhob. Vor allem aber, weil das Schreckensregime des Erzgenerals aufrührerische Elemente aufspürte, ehe sie Anhänger fanden und die Angst vor der Pfählung jeden Aufruhr im Keim erstickte.

27.

Um diese Jahreszeit lag wieder eine Bruthitze auf den Straßen Llankas. Nur die bunten Blumenrabatten des Palastgartens gediehen noch, und den reglosen Wächtern am Drachenportal perlte der Scheiß aus den spitzen Bronzehelmen. Der Ältere der beiden, dem wirre graue Strähnen auf der Stirn klebten, hob abweisend die Brauen, da *Nefnose* auf ihn zu stapfte. „Du schon wieder?"

Der starke Mann in Leder warf sich grienend in die Brust. „Du erinnerst dich? Ich gab dir einen Pfeil mit einer Botschaft."

„Ja", entgegnete der alte Wachmann zögerlich, und der Atlanter drückte ihm einen weiteren Pfeil mit einem Papyrusmantel in die Hand. „Hier ist noch einer. Bestellt im Palast, wir verzichten in diesem Fall auf Förmlichkeit, da keiner von uns Lust verspürt, noch einmal euer Gast zu sein."

Als sie die verdutzten Wachleute hinter sich ließen und in den Hafen zurückkehrten, erklärte der Prinz Abi: „Ich habe ihm ein Ultimatum gestellt. Morgen werden wir mit dem Dritten Flottenverband anrücken. Entweder der alte Mann und sein Ratgeber besteigen morgen ein Schiff ihrer Wahl und erscheinen vor Sonnenaufgang bei unserem Flaggschiff oder wir holen ihn."

„Er wird nicht kommen", sagte Abi kopfschüttelnd.

„Wahrscheinlich nicht", sagte auch *Decgalôr*, und sie erstanden daraufhin eine Unmenge schon getragener Kleider auf dem Markt, genug, um eine Entermannschaft damit auszustatten. Dem Hauptmann wurde aufgetragen, sobald ins Horn geblasen wurde, vom Stadtinnern das Tor in der Kaimauer aufzusperren. Abi bezweifelte, dass eine so billige List hilfreich sein könnte und war erst wieder froh, als sie mit seinem neuen Kahn aus dem Hafen waren und sich ungehindert zurück zum Flottenlager begeben konnten.

Im Morgengrauen formierte sich der Verband zu zwei gleichgroßen Karrees und die schnellen Pentekonteren bildeten davor eine Reihe. Abseits, auf dem Flaggschiff, wo *Decgalôr* und Abi nicht von der Bugreling wichen, wurde ein Anker ausgeworfen. Das Warten hub an, wie die Verantwortlichen von Llanka sich entschieden. Als die Sonne über den Bergen erstrahlte und die goldenen Kuppeln mit Glanz übergoss, hatte *Decgalôr* seine Frist eingehalten. „Das war Zeit genug", beschloss er.

Vierzig Kampftrieren ließen es Brandbolzen auf den Hafen der Seestadt hageln. Überall im Schutz der Mauer flackerten Brände auf. Verzweifeltes Geschrei verriet, dass sie ins Schwarze trafen und jetzt Feuersbrünste um sich griffen. „Das hätte uns genauso passieren können", bekannte *Decgalôr*. „Aber sie haben es ja vorgezogen, lieber die Bevölkerung in Angst und Schrecken zu versetzen."

Mit diesem Kriegsakt verlor der Erhabene den Rest seiner Flotte, ehe sie zum Einsatz kam. Bis in den Spätnachmittag waberten Rauchfahnen aus dem versperrten Hafen, dann wurde es *Decgalôr* zu bunt, länger mit dem entscheidenden Schritt zu zaudern. Er erteilte Anweisungen, die Hafenmauer frei zu schießen.

Neun schwere Kampftrieren genügten. Sie griffen zur Reihe gestaffelt an, schwenkten unmittelbar vor der Böschung der Hafenmauer ab und öffneten alle an derselben Stelle die Bordfallen. Von dieser Stelle aus schickte sich *Decgalôr* mit einem Stahlschwert in der Faust an, die Winde an der Einfahrt zu erobern.

Abi kämpfte mit zwei Schwertern und hielt ihm den Rücken frei. *Nefnose* bildete die Speerspitze, den Dreizack im Sturm über die Hafenmauer mit zwei Händen gefasst. Sie kalkulierten erbitterten Widerstand ein, doch bald schon rasselte die Sperrkette und gab die Einfahrt frei. Auf den verabredeten Hornstoß wurde die Entertruppe aktiv, die man in der Frühe verkleidet in die Stadt schleuste. Als man das Tor in der Kaimauer aufsperrte, war der brennende Hafen schon eingenommen.

Mit lautem Siegesgeschrei drängten drei Mannschaften durch das offene Bronzetor und brachen in das Viertel der Altstadt ein, und Abi lief an der Seite des Prinzen. Weitere Schiffe rückten ein, warfen Entertruppen ab, und auch die fluteten in die

Stadt. Vor ihnen erstreckte sich die staubige Palmenallee der Hauptstraße, die am Königspalast mündete, und erste Straßenkämpfe entbrannten.

Zu spät rückten die wenigen Truppen, die Jatayu der Stadt zum Schutz gelassen hatte, von der großen Festung aus. Mittlerweile reihten sich Mannschaften mit Armbrüsten auf dem Wehrgang, der die Stadt umrankte. An jeder nach unten führenden Treppe setzte sich eine Entermannschaft fest, während die Hauptmacht der Flotte lärmend durch die Gassen strömte und das Volk, mit Forken, Keulen und Dolchen bewaffnet, seinen Teil zum Fall von Llanka beitrug.

Die Bewachung der Tore verliert ihren Zweck, ist der Feind bereits eingedrungen. Viele Wachen entledigten sich hitzig ihrer Waffen, um besser rennen zu können, und flohen vor den aufrührerischen Volkshaufen in Richtung Königspalast oder zur Festung. Alle Plätze und Gassen waren überstreut mit Schwertern, Schilden und Helmen. Die aus dem Volk kämpften anfangs mit bloßen Händen und sprangen den Wachen in den Nacken oder an den Hals, um sie zu erdrosseln. Ein grauenhaftes Würgen war es, bis die Straßen unbegehbar waren vor Leichen, der Staub satt mit Blut getränkt, das Haus der Gelehrten in Flammen gehüllt und ein erstickender Brandgeruch in den betroffenen Bezirken das Atmen zur Qual machte.

Sechzig Schützen und rund hundert Männer der Entertruppen stürmten mit Abi und dem Prinzen den Palast aus rosa durchwölktem Marmor. In den Thronsaal verzogen sich zuvor über hundert Wachen und ein mit Narben übersäter, hünenhafter Krieger in einem gefütterten Tigerfell stellte sich an ihre Spitze, verwehrte den Eindringlingen mit einem skurril ausgezahnten Schlachtschwert den Weg.

„Wollt ihr euch wirklich mit uns schlagen?", fragte ihn herrisch *Decgalôr*.

„Wir verfügen über mehr Truppen als ihr euch träumen lasst! Es genügt, euch hier eine Weile aufzuhalten!"

„Ihr habt euren Einsatz verpasst", klärte ihn *Nefnose* kalt lächelnd auf. „Eure Kasernen sind ein Feuermeer."

Der Riese im Tigerfell schüttelte sich zu einem brüllenden Gelächter. „Ich diene Ravana dem Erhabenen. Was spuckst du große Töne! Wenn ihr klug seid, liefert ihr mir langsam eure Waffen aus."

Nun lachte auch *Decgalôr*. „Ich lasse euch – ohne mit der Wimper zu zucken – zusammenschießen, solltet ihr nicht, ehe ich bis drei gezählt habe, eine Gasse bilden und den Weg freigeben für die, die wir in unsere Mitte bitten möchten!"

Bei seinem ungestümen Vorgehen brachten sie die Tür leicht in ihre Gewalt, und der Prinz ließ mit einem kurzen Befehl zwei Mannschaften Schützen an der Hinterwand Stellung beziehen. Er zählte laut bis drei und trat zurück, da zwitscherte es wie entfesselt, und zahllose Rakshana wälzten sich auf dem blanken Marmor.

Die Schützen zückten die Kurbel und spannten in aller Eile erneut die Armbrust, sodass es schnarrte, rasselte und knackte, während die Krieger in blauen Schuppen, die sich um ihren Anführer scharten, verwirrt Blicke austauschten.

„Bildet eine Gasse!", forderte der Prinz in barschem Ton.

Da sie daraufhin alle in Kampfhaltung fielen, zwitscherten erneut Bolzen in die Masse. Wer nicht getroffen wurde, griff mit Wutgeheul an. Einige Schützen erreichten nicht schnell genug den Eingang und wurden in der Saalecke niedergemacht. Mehrere Rakshana wüteten wie gereizte Löwen unter den Entertruppen, aber *Nefnose* und *Feïgistos* nahmen sich einen nach dem anderen vor. Bald kapitulierten die ersten, andere folgten, und sie näherten sich wie Sieger über den roten Teppichläufer dem Drachenthron, der Prinz voran.

Der Mann, der sie dort empfing, erregte bei Abi bestenfalls Mitleid. Auf dem Thron kauerte ein in sich zusammengesunkener Greis, der ihnen verwirrt zunickte wie zu einer gnädig gewährten Audienz.

Der Prinz wahrte die Form und verneigte sich andeutungsweise. „Ich denke, Ihr habt meine Botschaft erhalten."

Stumm schüttelte Aganda, der Maharadscha von Llanka, das Haupt.

„Und wo hält sich Euer Ratgeber auf – der Erhabene?"

Der Greis blickte ihn giftig an, ohne zu antworten, aber Abi rief: „Im Tempel des Feuers natürlich!"

Die Straßenkämpfe waren von hier bis zur Festung verklungen. Einzig der harte Kern des Heeres leistete in der Festung noch verbissen Widerstand, als sie mit einer Entertruppe und einer Mannschaft Armbrustschützen zum großen Tempelbau aufbrachen.

Die breiten Granitstufen, die zum Heiligtum führten, hielt mit einigen Edelleuten ein alter Feldhauptmann. Sie wollten das Portal verteidigen, bis die Festung Hilfe sandte. Doch da sie Salven überschütteten, erkannten sie, ihnen blieb keine Hoffnung.

Als der Weg geräumt war, stieg ein junger Mann in Lumpen, der zu keiner der Parteien zählte, über die mit Bolzen gespickten Leichen und schnitt dem Feldhauptmann den Kopf ab, spießte ihn auf eine Lanze und trug das blutige Siegeszeichen stolz seinem Haufen voran. Johlend zogen sie davon, um in der eigenen Stadt zu plündern. Rasend im übergekochten Hass richtete sich ihr Zorn gegen alle, die so lange ungeniert auf Kosten der Masse in Saus und Braus lebten.

Der Tempel des Feuers erhob sich im Viertel der Oberschicht, und die heilige Halle des Feuergottes mutete an wie leer gefegt, aber sie barg ein Geheimnis. Jeder Schritt hallte vernehmlich. Hörte man genau hin, klang der Boden hohl. *Nefnose* entdeckte eine mit einem Bronzescharnier beschlagene Eichentür, hinter der ein Korridor im Marmorkleid zu einer tiefen, frei stehenden Treppe führte. Über diese Treppe stieg Abi mit der Gruppe um den Prinzen in ein Kellergewölbe hinunter, das sechs brennende Ölschalen auf hohen Pfeilern aus vergoldetem Holz in feurigen Lichtschein hüllten.

Es handelte sich um eine verborgene Bibliothek. *Decgalôr* musterte neugierig die Papyrusrollen, Tafeln und Zylinder in den hochgestaffelten Regalen, die sich im Halbdunkel verloren. Einen Winkel nahm ein wundervoll geschnitzter, brusthoher Schrank ein, mit einem bleichen Menschenschädel darauf und einem, der von einem Affen stammen könnte. Abi hielt bei einer Anrichte neugierig inne, auf der reihten sich seltsame Geräte aus Glas, so wundersam geformt, dass er es mit nichts hätte vergleichen können, das er in Pi-Ramesse an Glasbläserei sah. Der Schlangenkühler der Anlage gab ihm Rätsel auf, und dazwischen lag eine Papyrusrolle, die wenig zwischen Glasgeräten zu suchen hatte. Kaum blätterte Abi sie auf, erkannte er die eigene Seekarte wieder. *Decgalôr* stieß eben zu ihm und freute sich mit, als er sie ohne Kommentar wegsteckte.

Erst dann gewahrte Abi den Mann in safrangelber Kutte, der sich eben im Schatten einer Nische duckte und nun notgedrungen vortrat. „Ihr stört mich", sagte er, hochmütig wie ehedem.

Der Atlanter fand es erheiternd. „Es heißt, du bist der Hohepriester, kein Alchemist."

„Ich bin ein Gelehrter", klärte ihn der kahlköpfige Mann mit den unheimlichen dunklen Augen und der alles überragenden Nase auf.

„Ein Alchemist wollen wir mal sagen", bemerkte der Atlanter. Die Destillationsanlage schien ihn zu faszinieren. „Und an was wird hier gearbeitet, so weit unterhalb des Tageslichts?"

„Du bist jung. Du lebst für den Ruhm und hältst dich für einen großen Mann", sagte Ravana leise.

Abi wunderte sich, wie furchtlos und frei dieser Mann tat, vor denen, die ihn mit gezücktem Schwert aufstöberten.

„Du willst mich töten?", fragte er gemach. „Bitte, erlöse mich, ich lebe schon viel zu lange."

Sein Blick heftete sich bedacht auf Abi, der ihm bekannter vorkam. „Ich war freundlich zu dir", erinnerte ihn Ravana. „Ich bot dir sogar ein Schiff an. Du solltest mir die Äpfel der Hesperiden besorgen. Doch du hast dich geweigert, mir dienlich zu sein."

„Das ist so nicht gelogen", bestätigte Abi.

„Oh", sagte Ravana. „Ihr denkt, ich tue so, als hätte ich euren Papyrus nie erhalten? Ich las eure Botschaft durchaus, doch mich befremdete, zu lesen, ich sei der Ratgeber des Maharadschas gewesen. Sicher zählte ich zu seinen Vertrauten, aber ich war gewöhnlich vollauf beschäftigt mit eigenen Problemen. Was schert mich das, hält mein König sein Volk am kurzen Zügel. Außerdem gibt es wohl noch mehr Stadtfürsten, die in der Hinsicht nicht unbescholten sind."

„Du kannst dich vor dem Tempel von Inloh rechtfertigen", unterbrach in *Decgalôr* in strengem Ton. „Meine Freunde und die braven Seesoldaten, die uns heute unterstützten, werden dich gerne nach Thera fahren."

„Gewährt mir eine Bitte."

„Warum sollten wir? In meinen Augen bist du eine Natter, die ich am liebsten zertreten möchte."

Die Augen des kahlköpfigen Priesters verengten sich, so abfällig blickte er *Decgalôr* an. Es machte dem Atlanter keine Angst, aber er nickte darauf einverstanden. „Um was geht es also?"

„Gestattet mir, einige Utensilien mitzunehmen."

Ravana lehnte an dem Schrank, auf dem die bleichen Schädel standen. Nur Abi sah die knöcherige Hand nach etwas fingern und das geschwind unter dem Gewand verbergen. Hastig hielt er ihn an. „Was hast du da?"

„Habe ich als euer Gefangener kein Recht mehr auf Eigentum?"

„Doch, aber zeig mir, was du vom Schrank genommen hast."

Auf der sich entfaltenden Hand lagen zwei Nadeln, etwa so lang wie ein kleiner Finger und durch ein Haar verbunden.

„Was ist das?", wollte der Prinz wissen.

„Ein Instrument, das zum Handwerkszeug der Alchemisten zählt: Ein Pendel."

„Wofür brauchst du es?", fuhr ihn der Prinz an.

„Es ist meins."

Der Prinz runzelte die Stirn, und Ravana reckte, um Würde bemüht, das Kinn und wirkte mit keinem Deut besiegt. „Wollt ihr mich eurer Hohepriesterin lebend vorstellen, so gestattet mir, meine Tasche zu packen."

Er hatte plötzlich schon eine halbrunde Umhängetasche aus blankem Pferdeleder zur Hand und nickte wie ein alter Mann, der seine allerletzte Reise antritt. „Andernfalls stehe ich euch wahrscheinlich nicht mehr sehr lange zur Verfügung."

„Meinetwegen. Doch warum kommt es mir vor, als ob du gedenkst, morgen den Freitod zu wählen?"

Es ist eine Mittel, ohne das ich sterben muss ... Es herzustellen braucht man die Äpfel der Hesperiden, Eisenhut, den Eiter aus dem Euter einer kranken Kuh und einiges mehr. Was ich noch besitze, geht zur Neige, aber für ein Jahr stünde ich euch damit noch zur Verfügung."

„Ich glaube das nicht", bemerkte *Nefnose*.

„Ich auch nicht", pflichtete Abi bei. Aber Ravana war schon mit drei Schritten am Ende der Destillationsanlage und hob von dort eine Phiole aus tiefblauem Glas auf, als müsse die sehr kostbar sein. „Man sieht es durch das farbige Glas nicht, aber dieses Elixier hat die Farbe deiner Augen. Und ich benötige es zum Leben."

Der Prinz dachte nach und beschloss: „Pack es ein. Du sollst gerichtet werden. Dafür wirst du lebend gebraucht. Wir bringen dich nach Thera, als unseren Gast. Alles Weitere liegt nicht mehr in meiner Hand."

Der Vorfall sorgte dafür, dass Abis Augen noch einmal über die Ablage vom Schrank streiften. Hinter dem blanken Affenschädel blinkte es, da entdeckte er eine weitere Goldnadel im Flackerlicht der Fackel. Mit den Fingerspitzen klaubte Abi ein zweites Pendel auf.

Ravana räusperte sich. „Auch das gehört mir. Gib es mir."

„Oh nein", versetzte Abi und betrachtete die Nadeln näher. „Sind die aus Gold?"

„Sieht man das nicht?"

„Alles in allem habe ich den Eindruck, du unterhältst hier eine Alchemistenküche", schaltete sich der Prinz ein. „Glaub mir, das ist vertane Zeit. Blei lässt sich nicht in Gold verwandeln. Oder kannst du mir das Gegenteil beweisen?"

Der Erhabene schüttelte mit einem schmerzlichen Lächeln den Kopf. „Leider nicht. Aber ich verfüge über die Formel für die Materia Prima, ein Elixier, das den Alterungsprozess stoppt. Besorge mir die Äpfel der Hesperiden, dann mache ich dich unsterblich."

„Hör zu", flüsterte er Abi diskret an, „ich überlasse dir das Pendel, das du da hältst, und du sprichst für mich vor der Hohepriesterin."

„Es ist auch so meins", gab ihm Abi zu verstehen. „Mit dem Recht des Siegers."

Sachte stieß ihn *Decgalôr* an. „Schenkst du es mir?"

Abi dachte daran, wie sehr ihn der Freund enttäuscht hatte, aber auch, wie viel er für ihn getan hatte. Er gab es weiter an den Freund und sagte zu Ravana: „Deinen Schiedsspruch wirst du empfangen, ohne ein gutes Wort von mir. Ich musste mich über ein Jahr an einem eurer Hochöfen abquälen. Was mir Kraft spendete, durchzuhalten, war die Hoffnung auf den Tag, an dem Llanka fällt."

„Das will ich meinen. Und dieser Tag ist gekommen", fügte *Decgalôr* streng hinzu. „Du wirst dich zu verantworten haben."

Der alte Mann mit der zerfurchten Stirn und dem ungebeugten Gang schmunzelte sie heimlich an und ging erhobenen Hauptes voraus. Er bewahrte seine Würde, und Abi ahnte, er war wahrscheinlich klüger als sie alle zusammen.

28.

So lange noch um die an das Nordviertel grenzende Festung gekämpft wurde, trieben brandschatzende Horden ihr Unwesen und Mannschaften in Leder zogen durch die Stadt. Aber *Decgalôr* befand sich bereits in bester Stimmung an Deck des Flaggschiffes. Ein nächtlicher Besucher in Leder suchte ihn an der Bugreling auf und salutierte mit anschlagenden Hacken. „Wir sind unterhalb vom Tempel des Feuers auf eine verschlossene Tür aus Bronze gestoßen."

Abi und Semiris leisteten dem Atlanter Gesellschaft, als sie in einen dunklen Winkel der Bibliothek geführt wurden und die unzerstörbare Tür begutachteten.

„Der Flur ist zu eng, um sie mit einem Baumstamm einzurammen", bemerkte Abi leise. „Du wirst nie erfahren, was sich dahinter verbirgt."

„Nahebei, in den Bergwerken, werden sich Picken finden, um ein Loch in die Wand der Bibliothek zu schlagen."

„Warum so verbissen?", fragte Abi, und der Atlanter rieb sich das Kinn. „Mich interessiert, was hinter der Tür ist. Die Hexenküche, auf die wir hier stießen, war doch schon mal ein Vorgeschmack. Dass wir sterben müssen, habe ich stets als unabänderlich hingenommen und mir nie darüber das Hirn zermartert. Doch die hochfliegenden Hoffnungen, die ein Mittel weckt, das ein Leben ohne den unumstößlichen Schlussstrich des Todes eröffnet, lassen mich nicht so kalt wie dich."

„Ach, ich weiß nicht, wie ernst ich das Gerede von diesem zerknitterten Alten nehmen soll", gab ihm Abi zu verstehen. „Aber ich bereue, dir dieses Pendel ausgehändigt zu haben. Du hast den Orakelspruch vergessen. Es heißt, der Weise sollte auf alle Beute verzichten oder er könnte die eigene Schwester richten."

„Du hast es mir doch geschenkt. Ich habe es mir nicht selbst genommen."

Zwar nickte Abi, doch überzeugen konnte der Freund ihn nicht.

In der Frühe des sechsten Tages fiel die Festung, und deren Trümmer rauchten noch, da bestellte man den Prinzen erneut in die Bibliothek. Die Wand aus vier Fuß großen Quadern wies einen breiten Durchbruch auf. Abi hätte eine verborgene Folterkammer erwartet, doch nicht, was sich wirklich hinter der Bronzetür versteckte. Der Mann in Leder, der ihnen mit einer Fackel leuchtete, stieg ein und es knirschte hörbar, doch nicht vom Schutt. Er trat auf Geschmeide. In einer von mächtigen Säulen gestützten Halle häuften sich die in Menschenaltern zusammengetragenen Schätze des Tempels. Die Halden in dieser funkelnden und blinkenden Landschaft bestanden aus Geschmeide – Ringen, Diademen, Armreifen, Ketten und haufenweise Smaragde und Perlen. Bewegte der Mann in Leder die Fackel, schienen Goldfunken über den Schätzen zu tanzen.

„Das ist ja unermesslich", bemerkte Abi fassungslos.

Der Atlanter nickte. „Das dürfte einige Laderäume füllen."

Abi redete ihm nie nach dem Mund, und dafür liebte ihn der Atlanter. Doch in dieser Stunde boten sie einander die Stirn. Abi wandte entrüstet ein: „Es ist das, was die raffgierigen Machthaber aus Volk und Land herausgeschunden haben. All das gehört dem Volk."

Ernüchtert bleckte *Decgalôr* die Zähne. „Meinst du?"

„Du solltest die Finger davon lassen", empfahl ihm Abi.

Der Atlanter gab sich unbeirrbar. „Ich halte es für unklug, diese Schätze über das Volk auszuschütten. So baut man keine neue Nation auf. Aber mir fällt gerade ein, geschmolzen und in Barren gegossen, nähme das Gold wesentlich weniger Platz in Anspruch."

„Am Gewicht würde das nichts ändern."

„Ich muss mit *Feïgistos* reden. Der ist ein ausgebildeter Baumeister. Ich denke, wir lassen zwei Schritte vor der Wand eine Mauer hochziehen, aus Sandsteinblöcken wie diese. In dem Korridor ließen sich die Barren bis zur Decke stapeln, und niemand würde jemals bemerken, dass dieser Hohlraum existiert."

„Das klingt nicht, als wärest du bereit, auf deine Beute zu verzichten", bemerkte Abi trocken.

„Mein Freund, ich habe mir über die zum Leben nötigen Zahlungsmittel nie Gedanken machen müssen. Ich will nichts für mich, glaube mir. Dieses Gold soll bleiben, wo es ist, doch dass mir keiner, der Zutritt zur Schatzkammer hat, davon erfährt. Ich verlasse mich auf dich, Abi."

„Du weißt, ich bin kein Schwätzer."

„Das will ich meinen." Der Atlanter rieb sich gedankenvoll das Kinn. „Seltsam, ich überlege gerade, wem ich diese Aufgabe übertragen könnte und stelle fest: Du bist der Einzige, dem ich so weit vertrauen würde. Ich weiß wohl, du möchtest schleunigst nach Tartessos, und ich gönne es dir und Semiris, dass ihr dort euer Glück findet. Aber schlag mir das nicht ab. Du musst das übernehmen."

„Es macht nur einen Sinn, wenn du mir obendrein das Pendel aushändigst, das ich dir voreilig überließ."

Erstaunlich war, dass er das bei sich trug, und er zog eine säuerliche Miene, als er es Abi in die Hand drängelte. „Gut, damit ich wirklich auf jede Beute verzichtet habe, auch wenn ich es einmal bereue."

Er gab sich einsichtig und tat sein Bestes, geordnete Verhältnisse in dem befreiten Land zu hinterlassen. Eine Woche nahm er sich und beaufsichtigte es, als die einflussreichsten Häupter des alten Llanka zusammentraten und ein junger Mann zum Maharadscha von Hastinapura gekrönt wurde, in dem noch das Blut der Bharata weiterlebte, die einst die vornehmste Kaste Hindustans stellten. Dann erst konnte der Greis zurücktreten.

Abi ahnte nicht, auf was er sich einließ. Denn danach kehrte *Decgalôr* mit dem Flaggschiff nach Hastinapura zurück. Er fragte sich, warum der Freund nicht selbst das Einschmelzen der Schätze überwachte. In Hastinapura wartete seine Frau auf ihn, und ihn beschlich der Verdacht, es ging dem besten Freund darum, in seiner Abwesenheit Semiris zu besuchen. Von Llanka bis Hastinapura brauchte man acht bis zehn Tage mit einem guten Segler, und es wäre schlicht unmöglich, sich durch einen kurzen Abstecher zu beruhigen. Er litt an qualvoller Eifersucht. Der Atlanter und seine Frau hatten sich immer verstanden, besann er sich. Sie würden einander täglich näher kommen, während er die Angelegenheiten für den Freund erledigen musste. Es ärgerte ihn dermaßen, dass er die übernommene Aufgabe im Freundeskreis erwähnte. Shakra, Lydon und Kunjara nickten einander begeistert zu. „Wir werden dir helfen", erbot sich Lydon.

Sie begleiteten ihn und genossen dann freien Zutritt zur Kammer wie er. Lydon organisierte es, das Gold bei Nacht mit Kiepen, wie man sie im Bergbau benutzte, vom Tempel zum Hochofen zu befördern, ohne das es Aufmerksamkeit erregte.

Hätte Abi nur geschwiegen über das eingemauerte Gold, denn er sollte diesen Schritt bald bereuen. Mindestens für einen war die Versuchung zu groß. Eine Kiepe voll ausgesuchter Schmuckstücke aus dem Tempelschatz schmälerte gefährlich den schmalen Gang, der die Schiffskabinen verband. In der Nacht, die folgte, stolperte Abi über diese Kiepe und warf sie um. Das Klirren der sich ausstreuenden Juwelen war auch an Deck zu vernehmen.

Lydon hetzte nach unten und traf an der Stiege auf Abi. Der bebte vor Aufregung. „Das stammt doch alles aus der Schatzkammer. Wie könnt ihr es wagen …?"

„Warum nicht?", hielt Lydon kühn dagegen.

„Weil es euch nicht gehört."

„Vermissen tut es niemand. Bist du wirklich so dösig, dass du dir nicht selber einen Korb voll Schmuck gesichert hast, für schlechtere Zeiten?"

„Du kippst es über Bord. Darauf bestehe ich!"

„Ob du darauf bestehst oder ins Wasser pinkelst, ist mir egal. Eher schlagen wir beide uns", entgegnete Lydon furchtlos.

In dem Moment erschien Melek. Über Abis Auftritt lachte er und sagte zu Lydon: „Er nimmt alles ein wenig zu genau. Er hat sich verändert, unser guter alter Abi."

„Nun gut, ich weiß von nichts. Behaltet doch euren Plunder", sagte Abi, um Gleichgültigkeit zu demonstrieren. Wie falsch es war, in dem Punkt nachzugeben, ahnte er nicht.

„Ich habe wirklich nur die göttlich schönen Stücke herausgesucht", erklärte Lydon beschwichtigend. „Du kannst dich überzeugen. Das sind wahre Juwelen der Goldschmiedekunst." Er legte Abi einen von Schlangenlinien umlaufenen Goldreif mit winzigen Granatsplittern auf den Tisch. „Hier, für Semiris."

Es anzunehmen war ein unverzeihlicher Fehler, wie sich später herausstellte. Hinterher bereute er diese kleine Nachlässigkeit, die er sich voreilig erlaubte, spielte sogar mit dem Gedanken, den Atlanter einzuschalten. Doch Lydon war bereits zu lange sein Freund, und ebenso die anderen. Unmöglich konnte er sie verraten, selbst wenn das besser gewesen wäre für ihn und die Seinen.

Im Jahre 820 wurde vom neuen Inloh-Tempel ein Erlass herausgebracht, der es Sidon, Delos, Salamis und Knossos auferlegte, künftig keine Sklavenmärkte mehr abzuhalten. Am 28. Tag im Monat Mandiz des gleichen Jahres wurde Ravana der Hohepriesterin der Institution vorgeführt. Auch Shakra war für diesen Tag zum Tempel geladen, sowie Melek, Kunjara, Lydon und Abi.

Getreu dem Wortlaut, die weise Mutter des Ganzen zu verkörpern, musste sich *Aqphis* mit geweihtem Wasser aus der Quelle der Leto am Altar die Hände waschen.

Sie war sich durchaus bewusst, dass sie eigentlich keine objektive Richterin in dieser Sache abgab. Öfter als einmal hatte sie mit *Decgalôr* über die Zustände in Llanka diskutiert, und es hieß für sie, umdenken.

Sechs lange Bänke reihten sich, besetzt mit Vertretern einiger Städte, die zum Seebund zählten. Hellas war besonders zahlreich erschienen, aber auch Syrer aus Byblos, Sidon und Tyros, den alten Metropolen, denen die Raubzüge Llankas den Handel vermiest hatten. Troja war vertreten, der Tarbana des Hethiterreiches, und sein Gegenspieler Madduwata, der Befehlshaber von Pitussu und wichtigste Mann von Kizwatna, neben den Stadtfürsten von Adanja und Tarsus.

Die Hohepriesterin trocknete sich das Gesicht und kehrte es dann den Versammelten im Säulenrund zu, da erschien am

Eingang, von wo die Sonne einen Lichtspeer in den halbdunklen Raum einließ, Ravana, den man zu Llanka nicht mehr den Erhabenen nannte, sondern den Besessenen.

„Ich klage dich an, von Hastinapura alle als Dritte geborenen Kinder eingefordert zu haben – von anderen Städten alle Vierzehnjährigen. Von Jatayu, eurem Erzgeneral, ist bekannt, dass er öffentlich über zweitausend Kinder köpfen ließ. Andere wurden zu Zwangsarbeit in eure Silberminen verdammt und mussten am Hochofen ihr Leben fristen."

Melek wurde aufgerufen, das zu bekräftigen.

Der Junge mit den wachen Augen, den sie auf dem Nil kennenlernten, beschwor die Szene herauf, in der er von seinen Eltern Abschied nahm, um mit anderen das Blumenschiff zu besteigen ... und die Hohepriesterin blinzelte danach, weil es sie traurig stimmte.

Shakras Schicksal verlief ähnlich, nur war der ergraut, und es wurde deutlich, wie lange die Stadtfürsten schon ihre Blumenschiffe schickten. Nach ihm berichtete Arnuwanda, der Tabarna von Hattuscha, von Kaperzügen Llankas im Hoheitsgewässer vor der Hethiterküste. Von geplünderten Ortschaften war die Rede, und immer wieder von spurlos verschwundenen Schiffen.

Das genügte, dazu Ravana anzuhören. Der alte Würdenträger zog betreten das lange Gewand aus dünner Baumwolle um sich zusammen und neigte leicht den Kopf. „Es erschüttert mich wie euch", gab er zu und wehrte sich dann. „Ich kenne Jatayu zwar als strengen Befehlshaber, aber davon hatte ich keine Kenntnis."

„Wer also wart ihr in Llanka? Seid ihr Agandas Ratgeber gewesen?", fragte die Hohepriesterin mit kühlem Kopf.

„Wurde ich um Rat gefragt von meinem König, riet ich ihm. So betrachtet war ich sein Ratgeber. Doch ich drängte mich in der Hinsicht nie auf."

„Das ist dreist", warf Abi ihm zu.

„Ruhe", befahl *Aqphis*.

Da Abi verständig nickte, erklärte sie den Versammelten: „Dieser Mann, der einen guten Leumund in unserem Volk genießt, wurde auf seine Anordnung an den Hochofen verbannt. Aber er hat zu warten, bis ich ihm das Wort erteile."

Sie warf Ravana einen gebieterischen Blick zu. „Was also lag noch in deinem Verantwortungsbereich?"

Ravana schwieg und Abi trat vor den Altar. Er trug eine blutrote Tunika und eine Lederweste wie die Leute von den Entertruppen. „Es ist so. Er schickte mich an den Hochofen", bestätigte Abi. „Und während ich mein Leben verfluchte, sandte er eine Botschaft nach Hastinapura, in der er behauptete, ich sei gepfählt worden, um auch noch denen Schmerz zu bereiten, die mich lieben. Dabei habe ich diesem Manne niemals ein Leid zugefügt."

Als die Augen der Hohepriesterin zu Ravana abschweiften, erwiderte der gelassen. „Bedenkt, ich gedachte einen Rakshana aus der Gefangenschaft von Pitussu auszulösen und ließ im Gegenzug einen Spion frei. Ich bin übervorteilt worden, denn dieser Mann gab in Pitussu vor, trotz blasser Haut zur Bruderschaft der Rakshana übergelaufen zu sein, und er war nicht willens, für mich drei Körbe voll Äpfel zu besorgen."

„Äpfel von den Hesperiden?", fragte die Hohepriesterin aufhorchend.

Aber Ravana einer Tat zu bezichtigen war wie Aale fangen. „Ja ganz normale Äpfel – sei es auch von den Hesperiden."

Ravana hob erheitert die Brauen, wie um sich selber Beifall zu spenden. Was *Decgalôr* an diesem Punkt vorbringen wollte, erübrigte sich, ohne noch etwas sagen zu müssen.

Dann kam *Nefnose* mit weit ausholenden Schritten und sagte: „Ich trat als Gesandter vor den Thron zu Llanka. Dieser Mann stand wie ein Schatten an des Maharadschas Seite und unterstellte mir, ich sei ohne Meldung in den Thronsaal gepoltert. Dafür wurde ich zu lebenslänglicher Arbeit am Hochofen verdonnert. Die Strafe scheint mir hochgegriffen, selbst wenn sie gerechtfertigt wäre. Doch ich kann beschwören bei den Gebeinen meiner Mutter, ich meldete mich höflich bei eurer Palastwache an!"

Um Ravanas Mundwinkel zuckte es wieder und wieder ungläubig. Die Hand fasste in die Kutte, nach seinem Amethyst-

Amulett, eine Geste, die ihm Kraft zu geben schien. „Das war ja auch ungehörig. Wir befanden uns in einer sehr schwierigen Sitzung um die Kornpreise."

„Das ist nicht Euer Ernst", sagte der Mann in Leder leise. Dann atmete er schnaubend durch. „So bestraft ihr ungebührliches Verhalten? Es muss hart sein, in einem Land mit einem so verbiesterten Gesetzgeber."

Anschließend legte *Decgalôr* die bewusste Papyrusrolle zur Ansicht auf den Altar, die mit einem Pfeil zu ihnen gelangte, und er empfahl der Hohepriesterin, sich mit dem Inhalt vertraut zu machen.

Sie las, Abi sei geflohen und dafür gepfählt worden, und sie wurde schlagartig mit der Erkenntnis konfrontiert, dass der Mann, der Semiris verführt hatte, vor ihr stand. Für sehr lange ging sie in sich und kehrte den im Tempel versammelten Fürsten und Königen den Rücken zu, dann verkündete sie ihren Richtspruch.

„Den Tod eines Mannes zu beschwören, wenngleich der noch lebt, ist abgrundtief böse – es ist gehässig. Du magst ein Meister der Rhetorik sein, doch nur das hast du bewiesen! Ich spreche dich schuldig in allen Anklagepunkten. Du bist ein gemeiner Mann und sollst dein Dasein beschließen als einer unter vielen. Wir schenken dir dein Leben, allerdings wirst du es auf einer Insel der Tartaros-Sterne verbringen."

Decgalôr sollte den Verbannten mit seiner Kampftriere von Akrotiri zum Sperrturm überführen, von wo einmal im Monat das Schwarze Schiff die Tagediebe, Halsabschneider und anderen Taugenichtse abholte – zu den Palmenstränden, von denen es kein Zurück gab.

Im Hafen wurde Ravana in eine für ihn geräumte Kabine unter Deck gesperrt. *Decgalôr* gab vor, noch auf einen Umtrunk mitkommen zu wollen auf Abis Schiff. „Ist das Gold eingemauert, wie abgemacht?", wollte er wissen. Unwillkürlich fiel sein Blick auf den Armreif auf Abis Schreibtisch. „Ein einzigartiges Stück Goldschmiedekunst. Von wo stammt das?"

Als Abi mit der Antwort zögerte, nickte *Decgalôr* begreifend. „Aus dem Tempelschatz, ich verstehe", folgerte er. Sein Gesicht wurde ernst, dass Abi erschrak.

„Natürlich nicht", log Abi, „ich entdeckte es auf dem Kajenmarkt, als wir letztens wieder in Hastinapura weilten." Er rechtfertigte die Lüge damit, dass das Bild, das sein Freund anders von ihm bekäme, auch nicht stimmte.

Ob der Atlanter ihm glaubte? Er bezweifelte es, aber ihre Freundschaft war ja auch nicht mehr wie früher. Misstrauen hatte sie vergiftet, unbändige Eifersucht brodelte wie Eiter in Abis Seele, und er verlor sein Lachen darüber. Daraus und aus einem gewissen Trotz wuchs der Wunsch, dem Freund ein Schnippchen zu schlagen. Es bereitete ihm Vergnügen, das Gold an einen anderen Ort zu verfrachten. Sollte der Freund schwach werden und mit dem Gedanken spielen, es später nach Atlantis zu holen, würde der geheime Korridor im Gemäuer der Bibliothek leer sein.

So brachte Abi lediglich Safran nach Aschkelon und die anderen, immer knappen Gewürze, und obwohl Semiris ihn beschwor, sie sei ihm außer dem einen Mal treu geblieben, kehrte er ohne sie in die Gewässer der Sudischen See zurück, um dem Freund eine Lektion zu erteilen.

Von dieser Reise, über die er bei Semiris so gut wie nie redete, stammte ein blauer Papagei mit gelbem Brustgefieder, der ihn danach beständig begleitete. Und er hüllte sich danach wieder in einen Mantel aus Bärenfell und trug dazu jetzt einen Vollbart, was er sich eigentlich schon länger gestatten wollte. Ein halbes Jahr war gut verflossen, seit die Schiedsstelle zum ersten Mal in Erscheinung trat, und das Mittelländische Meer war für einen Handelsfahrer wieder sicher seitdem.

Es sollte eine Heimkehr verbunden mit einem Abschied werden, und es traf Abi wie ein Schlag, den Vater hinfällig und krank vorzufinden. Er spürte, dass er ihn in einem Jahr nicht mehr lebend antreffen würde, und Semiris konnte ihren Traum von einem Weinausschank in Tartessos zerknirscht begraben. Nicht genug damit, musste sie sich im Schatten der dominanten Schwiegermutter nun dem Siechtum seines Vaters widmen, das obendrein erheblich die Stimmung im Haus drückte. Sein Zustand verschlechterte sich von Monat zu Monat, und Semiris half ebenso emsig bei seiner Pflege und Versorgung wie Melis oder Marga, die Hausherrin. Dabei hätte der temperamentvolle Fitz ausgereicht, ihren Alltag auszufüllen.

An den lauen Spätsommertagen saß der greise Patriarch meist zwischen Fellen und Kissen in einem Lehnstuhl in seinem geliebten Garten mit der beschaulichen Steinbank im Efeufuß und freute sich über die Hummeln, die emsig summend das Immergrün anflogen. Unerwartet kamen, wohl weil sich der kleine Fitz wie ein letzter Sonnenschein in seinem Leben ausnahm, einige Tage der Besserung und ließen Familie und Gesinde auf echte Genesung hoffen, doch es erwies sich als das Aufbäumen vor dem Ende. Wenige Tage verblieben ihm. Eines Morgens erwachte die Hausherrin neben einem Toten.

Man bahrte ihn im Tablinum auf, nachdem der Leichnam zuvor gemäß dem Brauch mit warmem Wasser gewaschen, mit Spezereien gesalbt und in seine beste Robe gekleidet worden war. Nach altem kanaanitischen Totenglauben lag er mit den Füßen zur Eingangstür gewandt, neben sich die Ehrenkränze, die er im Leben bei Wettkämpfen erwarb, und dazwischen, in der reichen Fülle des Spätsommers, Blumen. Vor dem Ruhebett ordnete man Rauchpfannen an, deren Spezereien ihren beißenden Dunst durch alle Räume des Hauses trugen, sodass man an die Anwesenheit des Verstorbenen erinnert wurde. Im Vestibulum des Hauses brachte man zum Zeichen der Trauer Zweige der Rottanne an, deren bescheidener Duft jedoch nicht gegen den herzhaften des Weihrauchs ankam. Da der Tote an derart exponierter Stelle des Hauses ruhte, führte nichts daran vorbei, seine gleichsam herrische Anwesenheit ständig zur Kenntnis zu nehmen. Tot wie im Leben, dachte Abi und versuchte, seine vergängliche Hülle ganz nüchtern zu betrachten, ohne Emotionen, aus sachlicher Neugier heraus. Und er verfolgte von Stunde zu Stunde, wie sich die von Natur aus schon ernsten Züge immer schärfer eingruben.

Am zweiten Tag versammelte sich alle Verwandtschaft, und die feierliche Überführung zum Gräberfeld rechter Hand des Karawanen-Rastplatzes erfolgte im Familienkreis und mit dem üblichen Kondolenzschweif der Anverwandten, Partner und Freunde. Zuvor segnete ein Priester der Astarte den Leichnam und das Gefährt für den Transport in einer langen, umständlichen Zeremonie ein. Dann fuhren sie den Toten unbedeckt auf offenem Wagen zu seiner letzten Ruhe, und Abi, der neben dem Wagen ging, erfüllte es mit Grauen, wie sich die ruckenden Bewegungen und Stöße des Wagens auf Kop f und Hände des Toten übertrugen. Er fürchtete fast, er würde sich jeden Augenblick aufrichten wollen.

Nach einem Jahr dachte er nur noch manchmal daran, und mit dem Hinscheiden des Vaters trat auch seine Mutter merklich in den Hintergrund und nahm ein stilles, nachdenklicheres Wesen an. Semiris erlebte die schönsten Jahre ihres Lebens, während der Junge unter den Nachbarkindern Freunde fand. Sein Lachen entschädigte sie für alles Durchgemachte, und alles schien sich zum Guten zu wenden, bis auf die weniger schöne Tatsache, dass Abi sich rücksichtslos in das Geschäft seines Vaters hineinkniete und das auch nötig war. Jedem Händler in Aschkelon war der Name Nowa geläufig wie ein heimlicher Tipp, weil Abi die seltensten Gewürze auftreiben konnte, ob Safran, Kurkuma, oder Zitronengras und Kardamom, eben alles, was im Westen lange rahr blieb.

Semiris lebte sich ein und war froh, wenn sie dem kleinen Fitz zuschauen konnte, während der mit den Nachbarskindern Verstecken spielte. Dann kehrte nach langer Zeit wieder *Decgalôr* bei ihnen ein. „Mich zieht es nach Llanka. Man kann das Gold zweckmäßiger verwenden, als es einfach vor der Welt zu verstecken", eröffnete er ihm, und Abi hatte das befürchtet.

„Der Orakelspruch ...", erinnerte er ihn erschrocken.

Diesmal winkte der Atlanter gemächlich ab. „Ich werde das Gold in Atlantis als Alchemistengold deklarieren, als das Produkt einer Hexenküche. Dann ist es Gold, das es eigentlich nicht geben dürfte. Ich beabsichtige, die Tempelmauern für Poseidons Heiligtum zu vergolden, auch wenn ich das einmal bereuen sollte."

Es gelang Abi nicht, dem Freund das auszureden, und als der Atlanter in See stach, wusste er, er würde die alte Route fahren: Über das Nildelta auf den Usermaatre-Kanal und hinab in das Sudische Meer. „Etwa ein halbes Jahr haben wir beide noch unsere Ruhe", gestand Abi seiner Frau. „Dann wird *Decgalôr* wieder Aschkelon anlaufen, und er wird toben, weil sich der Tempelschatz zu Luft verflüchtigt hat."

„Warum hast du das getan?"

„Weil ich es nicht mehr ertrage, dich und ihn auch nur miteinander reden zu sehen."

Mitfühlend schüttelte sie den Kopf. „Du bildest dir das alles ein", versicherte sie ihm.

Davon wollte er nichts hören.

„Ich war mit *Decgalôr* in Delphi, und ich denke, ich nehme den Spruch der Pythia ernster als er", rechtfertigte er es, aber er tat es, um dem alten Freund zu beweisen, dass selbst der nicht alles haben konnte.

Bald erschien *Decgalôr* erneut in Aschkelon, und sie verbrachten einen anstrengenden Nachmittag mit ihm auf der Steinbank im Garten. Der Atlanter verlangte hartnäckig von ihm: „Sag mir, wo das Gold geblieben ist!"

„Nein."

„Du gibst zu, es fortgeschafft zu haben?"

„Sicher."

„Wohin hast du es bringen lassen? Ach, ich bekomme es eh heraus, brauche ja nur nachzuschauen, welche Mannschaften dich in den Tagen unterstützt haben. Verrate mir wenigstens eins: Ist das Pendel auch dort?"

„Das Gold ist in Form von Barren in eine Kiste verfrachtet worden, und das Pendel legte ich bei, damit es nach dem Werk eines Alchemisten aussieht."

„Wo?", schrie ihn *Decgalôr* an.

Es erweichte Abi nicht. Er konnte stur sein, und es gefiel ihm nicht, wie der Freund ihn bedrängte. „Hast du das andere Pendel vergessen? Warum segelst du nicht zu den Tartaros-Sternen? Du hast sicher die Möglichkeit, dich zu erkundigen, auf welcher Insel man Ravana an den Strand setzte. Die blaue Phiole wird allmählich alle sein. Wer weiß, vielleicht schenkt er dir ja sein Pendel."

Es verhieß dem Atlanter eine Alternative und bewirkte, dass sie noch einmal als Freunde schieden. Der Atlanter befolgte nämlich seinen Rat und kam ein halbes Jahr später erneut nach Aschkelon. Es entsprach seinem Wesen, Abi und Semiris genauestens zu schildern, was er zu dem Pendel, um das es ihm vor allem ging, in der Bibliothek zu Memphis herausfand. Er redete über Dämonen und davon, dass es diese Wesen durchaus gab – doch in einer Welt, die dem normalen Sterblichen ewig verborgen bleibt. Wollte man ihm glauben, gab es Dämonen seit dem Anbeginn der Zeit, und die beiden Goldnadeln öffneten ihrem Besitzer eine Pforte zu einer unheimlichen Welt. Abi gewann den Eindruck, der Prinz war dabei, sich in mystische Dinge zu versteigen. Man schrieb es *Decgalôr* zu, als es plötzlich Gefährte gab, die ohne Segel oder Ruder auf dem Wasser fuhren. Sie knatterten wie Höllengewitter. Jeder Mann der Garde verfügte bald über ein eigenwillig hergerichtetes Knatterboot. Manche hatten Karosserien wie Streitwagen, andere bauten sich Gondeln. Der Atlanter behauptete, ein Dämon hätte ihm verraten, wie diese primitive Technik funktionierte. Es war ein Flämmchen Feuer, gespeist mit grünem Wachs. Ein erhitztes Rohr unter dem Boot fing dadurch an, Wasser auszustoßen und diente als Antrieb. Das läutete die Zeit der großen Jagdzüge ein, denn es gab dem Waidwerk einen neuen Akzent. Sie veranstalteten Vogeljagden und verlangten jedem Jäger ab, sich Ketten mit artentypischen Federn anzufertigen. Dass *Decgalôr* regelmäßig das Mittel einnahm, welches die ewige Jugend verleiht, erfuhr Abi, als der ihn erneut bat, ihm zu verraten, auf welcher Insel er das Gold versteckt hatte. Weil er sich nicht überreden ließ, fiel des Atlanters Auge missbilligend auf den Armreif mit den Granatsplittern, der noch immer auf Abis Schreibtisch lag. Offenbar hatte er ihn nicht Semiris geschenkt. *Decgalôr* eröffnete ihm in ungewohnter Schärfe: „Ich gehe davon aus, du hast Schmuck für dich beiseitegeschafft. Ich wollte ja darüber hinwegsehen, aber du treibst es auf die Spitze. Was du dir mit dem Gold erlaubt hast, lasse ich dir nicht durchgehen, mein Freund. Dafür schicke ich dich auf die Tartaros-Sterne."

„Ich habe es getan, um zu verhindern, dass du dir untreu wirst."

„Du musst in diesem Fall mir überlassen, was ich für richtig erachte. Ich bin hier verantwortlich, nicht du. Der Preis, den du für deinen Starrsinn zahlst, ist ein verfrühter Lebensabend auf den Inseln der Verschlagenen."

Auch Semiris war zugegen. Sie musterte den Atlanter herablassend und sagte mit einem leuchtenden Blick auf Abi: „Er hat Recht, nicht du, *Decgalôr*. Wir beide sind auch befreundet, darum möchte ich dich dieses eine Mal um etwas bitten. Gewährst du es mir?"

„Das will ich meinen", sagte der Atlanter leise.

Semiris fasste ihn scharf in die Augen, um offen zu bekennen: „Ich möchte mit Abi gehen und sein Schicksal teilen, denn er, ich und der kleine Fitz, wir gehören zusammen."

Decgalôr willigte ein. Um die Wucht des Urteils zu lindern, versprach er, sie für eine Insel mit Süßwasserquelle vorzumerken. Ansonsten blieb er hart. Semiris verkniff es sich nicht, ihm zum Abschied noch mit auf den Weg zu geben: „Wer weiß, ob der Orakelspruch sich nicht auf diesen Tag bezog? Du wolltest nicht verzichten, und wenn du so willst, bin ich die Schwester, die du damit richtest."

Decgalôr war danach nicht mehr derselbe wie früher, sagten die ihm verbleibenden Freunde. Zwei Stunden gönnte er Abi und Semiris, ehe eine Eskorte von sechs Seesoldaten auf den Hof marschierte, um sie alle drei abzuholen. Sie wurden zum Sperrturm überführt, von wo einmal im Monat das Schwarze Schiff aufbrach. Abi sollte Aschkelon nie jemals wiedersehen.

29.

Abi fand es schwer, sich auf den verfrüht angebrochenen Lebensabend einzustellen und begriff erst auf dem Schiff, dass er Semiris mit ins Unglück gerissen hatte. Er begriff es, als sie den vierten Tag dem Golfstrom folgten und hoch über ihnen unter bleifarbenen Wolken ein Albatros zum Himel empor zirkelte, um im sonnigen Äther das rosige Wunder seines Leibes in den Lichtstrahlen zu baden. Auch er hatte sich in seinem Stolz wie dieser Vogel eitel über alle anderen erhoben, hatte nur an sich selber und seine Kränkung gedacht. Für Reue war es leider zu spät. Doch er konnte dem einstigen Freund zeigen, dass er sich nicht schuldig, sondern als Vollstrecker fühlte und ließ sich vom maßgeblichen Offizier des Schiffes ein leeres Blatt Papyrus geben.

Der Mann erlaubte ihm sogar, sich in die Kabine zurückzuziehen, um an dessen persönlichem Pult einige Zeilen an den Atlanter zu schreiben. Und er schrieb *Decgalôr*: „Ich tat es, weil es mir ein Bedürfnis war, doch wahre Freundschaft wirkt nach ... auch wenn sie zerbricht. Deshalb besorgte ich mir in Llanka einen Goldregen-Strauch und pflanzte den in die Bucht, an der ich das Gold vergrub. Solltest du die Insel finden, wirst du wissen, dass du richtig bist. Aber ich hoffe, dass du Jahrzehnte dafür brauchst."

Danach begab er sich in den großen Laderaum, in dem die Gefangenen untergebracht waren, froh, weil es ihn zutiefst befriedigte, in gewisser Weise noch großherzig gehandelt zu haben und es *Decgalôr* beschämen dürfte.

Tief im Herzen der Westsee und nahe dem Äquator lagen die tausend Inseln der Tartaros-Sterne. Unter den Bewohnbaren galt ihre als die Kleinste, bot dafür lauschige Buchten im Morgenlicht sowie einen feinkörnigen Sand, der sich anfühlte wie Mehl und unter den Fußsohlen glühte wie Asche. Andernorts wucherte ungezähmt der Bambus. Mangovensumpf erstreckte sich längs der Westküste und jenseits eines Bächleins schlummerte eine Wildnis, die zu erforschen sich nicht lohnte. Im Übrigen bestimmten Büsche und üppige Blattpflanzen die Landschaft, aus denen sich gruppenweise drahtige Kokospalmen in den hellblauen Äther reckten. Der Kreis des Sandstrandes ließ sich an einem halben Tag in einem Spaziergang umrunden.

Abi ging das ihm und seiner Familie aufgebürdete Leben mit einer gewissen Gelassenheit an. Wenn sich innerhalb der Palisaden, die die Siedlung umfriedeten, kein Platz mehr bot, so baute er sich einfach außerhalb von Palisaden und Schutzgraben im Palmenwald eine kastenförmige Hütte aus zusammengeschnürtem Bambusgestänge. Für das Dach rupfte er büschelweise Schilf aus dem Fleet, und sie bewarfen es zu dritt mit Lehm, den er ebenso aus diesem Graben schöpfte. Eine Aussparung genügte zum Rauchabzug, und Semiris verfügte danach wenigstens über eine gemauerte Herdstelle. Das Leben ging weiter, sei es auch in der Gluthitze dieser Insel, und zumindest Abi war gewohnt, die grelle Sonne zu ertragen. Ihn ärgerte nur, wie viele ihre Notdurft im Palmenhain verrichteten. Durch die drückende Schwüle stanken die Exkremente zum Himmel. Der strenge Geruch verfolgte einen bis an den entlegensten Strand, und Semiris ekelte sich geradezu davor, in den Wald zu gehen. Eine fragwürdige Gesellschaft hatte sich auf Tullemor gebildet; die Leute lebten zwar in einer Siedlung, doch jeder dachte an den eigenen Vorteil. Auch dem kleinen Fitz wurde einiges zugemutet. Bisher bekam Semiris kein anderes Kind zu Gesicht, und sie kramte eine Alabasterdose mit Murmeln aus ihrer Habe hervor, mit der sich Erinnerungen an Hastinapura verknüpften. Damals war Fitz dafür zu klein, aber hier spielte er oft damit. Dachte sie an damals, wurde ihr wehmütig. In Hastinapura ärgerte sie sich nie über Stechmücken, und immerzu streunte der Kleine im stinkenden Palmenhain umher.

Alles änderte sich, als nach dreißig Tagen wieder das Schwarze Schiff eintraf. Mit einem kleinen Ruderkahn brachten Leute in Leder mehrere Säcke voll Weizen, einen mit Salz sowie Körbe voll mit Linsen, frischem Salat, Orangen, Zwiebeln und

Hirseschrot. Dazu klangen die scharfen Schreie der perlgrauen Möwen durch das Murmeln und Plätschern der anschwemmenden Meeresbrandung. Gewohnheitsgemäß versammelte sich zu diesem Anlass die komplette Gemeinde von Tullemor an der Bucht, und Abi konnte dem Geschwätz der Menschenmenge entnehmen: Um einer Überbevölkerung vorzubeugen, verteilte man Jahre vor der Besiedelung körbeweise Giftschlangen, auf jede Insel ein Korb voll. Er schluckte betreten, weil ihre Insel als flächenmäßig kleinste im Atoll galt. Natürlich setzte man noch eine Gruppe Deportierter am Strand aus. Unter denen befand sich ein vom Alter gebeugter Mann, dem weißes Linnen die nackten Beine umflackerte, und er lief ausgerechnet Abi und Semiris über den Weg. „Warte mal", hielt ihn Abi an. „Ich sehe dir an, dass du kein Abschaum der Gesellschaft bist wie die meisten hier."

„Kennen wir uns?", fragte der Angesprochene.

„Du siehst nicht aus wie ein Tagedieb."

„Das spricht für deine Menschenkenntnis", befand der Alte. „Und jetzt fällt mir auch ein, woher mir dein Gesicht bekannt vorkommt. Du bist der 31. Mann der Garde – ein Freund des Mannes, der auch mein Freund war."

Abi ahnte, wen er meinte. „Du sprichst von *Decgalôr*?"

Der Alte nickte. „Ja. Und deine Geschichte ist heute so populär wie die vom Gründer der Metropole."

Um Abis Mundwinkel zuckte es. Aber er verstand einiges besser, als der Alte erzählte, warum er nach hier verdammt wurde. „Hat dir der Prinz jemals verraten, dass er ein Mittel nimmt, das ihn nicht altern lässt?"

Zögernd nickte Abi, und der Alte lächelte. „Es gab zwei Alchemisten in Atlantis, die gemeinsam nach dem Mittel forschten, das die Unsterblichkeit verleiht: *Troktan*, den sie heute einen Querkopf nennen, und *Antrasor* der Weißbart."

Er hatte *Troktan* vor sich und erfuhr nun, zwischen dem und dem Prinzen war ein heftiger Streit um Grundsätze entflammt. Dieser Mann hatte für ihn Partei ergriffen und weigerte sich danach, dem Prinzen weiterhin das Mittel zu brauen.

„Und ich stahl ihm das Pendel", erklärte *Troktan* und grinste durchtrieben. „Na, soweit ich aus dem Munde des Prinzen im Bilde bin, hast du die beiden Goldnadeln ja schon in der Hand gehalten. Sie dürften ihm fehlen."

Dabei wies er ihm vergnügt eine blaue Phiole. „Ebenso dieses Elixier. Er wird die nächsten Jahre wieder altern wie jeder andere Mensch. Nur leider werde ich dafür dein Schicksal teilen. Du wirst mir beipflichten, wenn ich behaupte, die Umstände, die uns nach hier führten, ähneln sich."

Es erfüllte Abi mit Genugtuung, aber es rief ihm auch den Tag seiner Festnahme lebhaft ins Gedächtnis, und die Freude erstarb auf den Lippen. „Ja, aber ich fürchte, die Seekarte, die mir half, mich in der Sudischen See zurechtzufinden, lag noch auf dem Schreibtisch, als man uns abholte. Sollte er sich in meinem Haus noch ein wenig umgesehen haben, und davon muss ich ausgehen, wird ihm ein rotes Kreuz Aufschluss geben, wo ich das Gold vergraben ließ."

Troktan hob verstehend die Brauen. „Schade. Aber wer weiß, vielleicht sollte es so sein."

Ihre Unterhaltung fand ein abruptes Ende, weil auch mehrere Seesoldaten mit den Deportierten zum Strand wateten, um das Aussetzen der Gefangenen zu überwachen. Ein Bordoffizier mit einer schwarzen Rosshaarbürste auf dem Helm und einem brutalen Gesichtsausdruck, unterbrach sie. „Ihr kennt euch?"

„Nein", sagten beide wie aus einem Mund.

Der Mann befahl in scharfem Tonfall: „Du gehst wieder an Bord, Alter. Du wirst der erste Bewohner der nächsten Insel sein."

Man handhabte das gern so, weil sich unter der Obhut eines Alten, dem eine gewisse Weisheit in diesem Fall nicht abzusprechen war, meistens eine funktionierende Siedlung entwickelte. Dadurch kehrte *Troktan* auf das Schiff zurück. Obwohl sie nur wenige Worte am Strand wechselten, winkte er ihm hinterher von der Reling zu wie einem Bundesgenossen.

Da in der Siedlung kein Bauplatz mehr verblieb, suchte sie diesen Abend ein junger, stämmig gebauter Mann mit verfilztem strohblonden Haar und wachen Augen auf und fragte, ob es sie störe, wenn er sich nachbarschaftlich zu ihrer Behausung seine Hütte baute. Viele begnügten sich für den Anfang mit einem Quartier unter Palmen, aber mit Asgan bekam Abi nicht nur einen Nachbarn, eher fand er einen neuen Freund. In seiner Heimat Tartessos brachte der mit seinem Talent als Taschendieb und Gaukler eine vielköpfige Familie durch. Für ihn bedurfte es keine zwei Tage, sich eine Hütte mit Schilfhut zu bauen. Abi bewunderte ihn um seine geschickten Hände, und es lockerte den Alltag ein wenig auf, dass er regelmäßig zum Abendmahl bei ihnen hereinschaute. Dank ihm haperte es selten an einer Kerze aus Bienenwachs auf dem Tisch.

Etwas in Abi hatte sich an diesem Ort unter Palmen verändert. Ein bitterer Zug schlich sich um seinen Mundwinkel ein, und er taugte nicht mehr für die Rolle des gern lachenden Aufmunterers. Die Lust am Leben war einfach verflogen auf diesem entlegenen Flecken Erde, wo wenig mehr gedieh als Dorngestrüpp und Palmen, einige Streifenhörnchen, Leguane und Schlangen. Da die Gemeinde von Tullemor ihm gleich zu Anfang unmissverständlich zu verstehen gegeben hatte, überflüssig zu sein, hielt er sich eisern mitsamt Familie abseits. Asgan weckte seinen Lebensmut noch einmal und er warf die Nase munter voran, als er dann mit Semiris und dem Kleinen doch noch verspätet die Ortschaft aus Bambus besichtigte, wo sich kastenförmige Häuschen mit Reetdach ballten, einige mit Sonnenterrasse, manche mit einem Dachgarten. Sogar eines Marktes rühmte sich Tullemor. Genau genommen konnte sich an den dortigen Ständen jeder engeltlos bedienen und es war eher eine Einrichtung, um die Leute mit Lebensmitteln zu versorgen. Obwohl man die Frauen der Gemeinde an einer Hand abzählen konnte, bestätigte der erste Eindruck in keinster Weise Semiris Befürchtung, künftig fernab jeder Zivilisation ihr Dasein fristen zu müssen.

Als er den Morgen darauf auf dem Markt Bananen für seine Familie ergatterte, wartete Semiris schon auf ihn. Zu Tränen aufgeweicht und ganz verstört hing sie eingesunken auf dem Stumpf der Palme, die der Hütte weichen musste, einen

Kübel Schaumwasser mit einem Waschbrett zwischen die Beine geklemmt und wie geistig weggetreten. Bei seinem Eintreffen zog sie aufblickend die Hände von dem eben noch gerubbelten Leinen, und ihr war anzusehen, dass etwas vorgefallen sein musste. „Ich will hier nicht bleiben", klagte sie.

Als sie nämlich vor rund einer Stunde die Hütte verlassen wollte, zischte sie eine dunkelbraune Viper an. Sie ging entsetzt rückwärts und warf die Tür gleich wieder zu. Niemand kam zu Schaden, doch es vergällte ihr vollends die Lust am Leben.

Abi wischte sich erschüttert die Haare aus der Stirn und geizte nicht mit spitzzüngigen Bemerkungen zu den Zuständen in Tullemor. „Ich fragte drei Leute nach Fleisch, weil es auf dem Markt nur Salat und säckchenweise Hirseschrot gibt", berichtete er, bemüht einen ruhigen Ton zu wahren. „Sie verulkten mich und lachten, als hätte ich einen Sonnenstich. Auf meine Frage, ob es denn Wild auf der Sumpfseite gäbe, schalten sie mich einen Toren."

„Verstehe ich nicht", entfuhr Semiris.

„Lebensuntüchtiger Auswurf der Gesellschaft sind sie", schimpfte er. „Unfähig aus Freiwilligen eine Jagdtruppe aufzustellen, dass ich nicht lache."

Abi biss sich auf den Daumennagel und nickte, als denke er angestrengt nach. „Ich habe ein Kurzschwert, und das genügt, Speere zu schnitzen. Wenn das so ist, werde ich der Jäger hier."

Als Semiris nichts erwiderte, berichtete er mit gesenkter Stimme. „Ich bat um einen Hüttenplatz an ihrem protzigen Gemeindehaus aus Bambus. Direkt daneben gibt es nämlich ein Wiesenstück, auf dem Ziegen weiden. Glaub es oder nicht, aber einige, mit denen ich diskutierte, drohten mir darauf mit Knüppeln, sollte ich noch ein einziges Mal Tullemor belästigen. Außerhalb der Grabenumgatterung wird eh keiner alt, spotten sie."

„Warum nicht?", hakte Semiris verwirrt nach.

„Vermutlich, weil man hier Pandora spielte und die ganze Insel das reinste Schlangennest ist."

Er wollte Semiris nicht verängstigen, doch traute sie sich nicht länger, den Jungen allein herumstromern zu lassen und hütete ihn danach wie ihren Augapfel. Meist hockte sie an der Hinterwand, die Hände umklammerten die Knie, und sie beobachtete Fitz, während er Leguane fing oder mit seinem kleinen Holzkarren Sand von einer Palme zur anderen beförderte. Sie spürte, dass dieses Kind der wahre Leidtragende war, konnte und wollte jedoch nicht einsehen, weshalb der Atlanter, der andererseits ein feiner Mensch sein konnte, derart konsequent blieb in ihrem Fall. Als sie sich aus Trauer um Abi in den Schlaf weinte und er dann auf sie einging wie ein großer Bruder, liebte sie ihn ... Aber das Gesicht zu wahren schien ihm wichtiger als ihr Wohlergehen, obwohl es ihm selbst das Herz schwer machte. „Die Großen müssen lernen, gegen ihr Gefühl zu handeln", hatte er ihr kleinlaut wie nie zu verstehen gegeben, als sie beim Einschiffen wenige Atemzüge unter sich waren. „Aber ein Großer", sprach sie in Gedanken eine These des Palamedes vor sich hin, „hat es nicht nur an sich, vor keinem Herrscher zu katzbuckeln, er zertritt auch keinen Wurm."

Nun war Abi alles andere als ein Wurm unter den Menschen, und ihre Augen schwammen in Tränen über ihr Scheitern. Sie rang um Luft und schlang die Arme wie Schutz suchend um ihren Bauch, als der Junge vergnügt ihr Knie schüttelte und sie hochschreckte.

Gegen Abend wurde die Luft geschwängert von den tausend Düften der Blumen und dem warmen, dampfenden Boden. Unter den Strohhüten der fernen Pfahlbauten von Tullemor flammten Lichter auf, und im aufziehenden Abendrot einer neuen Tropennacht umschwirrten Fledermäuse die windgewiegten Palmen. Plötzlich näherten sich über den Kies des Pfades knirschend Schritte und Asgan stellte sich schmunzelnd vor sie hin. Während er in der vertrauten Runde eine Bienenwachskerze auf dem Tisch antropfte, schlug Abi gleich einen ernsten Ton an und erklärte ihm, „ich beabsichtige, aus den Reihen der von Tullemor ausgegrenzten, eine Jagdgruppe aufzubauen."

„Na du wolltest wohl schon immer hoch hinaus", scherzte Asgan und belächelte seinen Drang, die Dinge selber anpacken zu wollen.

Doch Abi bewies, er war kein Maulheld. Einen nach dem anderen nahm er sich die neuerdings im Palmenhain hausenden Leute vor. Als Asgan am Abend darauf erneut hereinschaute, empfing ihn eine vierköpfige Gruppe vor dem Hütteneingang. Dublu und Bostar stellten sich vor, beide eben über zwanzig und im Saft ihrer Jugend, und dazu ein alter Sarde mit einem Gesicht wie ein Hamster, mit Wilderei auf dem Kerbholz. Bei jedem seiner Worte wehte Semiris eine Woge Fäulnis ins Gesicht, denn was die Zähne betraf, blieben Sanjo nur zwei schwärzliche Stummel.

Zur Westküste erstreckten sich Mangroven, deren Wurzeln sich zu seltsamen Bodengängen über dem Wasser wölbten, unterbrochen von giftgrünen Grasflächen, gelbgescheckter Buschwerk und undurchdringlichen Bambusdickichten. Trotz blauem Himmel war es eine beklemmende Landschaft, in der die Hitze flimmerte und schwelte. Sanjo prahlte, sich durchaus in der Wildnis zurechtzufinden. Mit gespreizten Beinen, die Fingerspitzen zu Hilfe nehmend wie ein Menschenaffe, balancierte er über die glatten Wurzelrücken der Mangroven und sie mussten folgen. Darunter schimmerte dunkles, betäubend stinkendes Wasser. Oft glitschten sie aus, fielen zwischen den Wurzeln hindurch und bis an die Schultern in schwarzen Schlamm, und immer wieder mussten sie durch Wolken von Stechmücken, die Abi heftig piesackten, ehe er sich getreu Sanjos Rat mit Fett Arme und Gesicht einrieb. Affen mit gelbgrauen, faltigen Altmännergesichtern schaukelten oben auf den Ästen und stimmten ein geckerndes Gelächter an über die unterhalb durch den Sumpf kletternden Männer mit ihren primitiven Speeren.

Zur Dämmerung stieg der Vollmond wie eine Seifenblase in den Himmel empor und eine Fülle blauen Lichtes erhellte die Nacht. Drückende, faulig riechende Treibhausluft umfing Abi, presste schwer auf Körper und Nerven und war so heiß, dass jeder Atemzug ein wenig in der Lunge brannte.

Sanjo machte sie auf ein nahendes Plätschern aufmerksam und brachte sie zu einer schmalen Lichtung, an der quirliges Wasser bemooste Steine umsprudelte. Sie schreckten einen alten Eber mit drohend gesenkten, gelbschimmernden Hauern auf und eine Bache mit Frischlingen. Sie soffen, grunzten leise, wälzten sich im flachen Wasser und trabten im Schweinsgalopp davon bei ihrem Nahen. Dann verschwand der Mond hinter den Bäumen, Schatten senkte sich über die Lichtung. Da zeigte sich im Buschwerk zögerlich ein Rehbock, schnellte wie eine losgelassene Spiralfeder heran, trank und wollte eben das Weite suchen, da traf ihn Sanjos Speer. Das Tier schlug ein paarmal mit den Läufen und lag dann reglos im Gras. Ringsum erwachte lauter, tobender Radau. Affen und Vögel schrien ärgerlich durcheinander.

„Wir haben die Herrschaften im Schlaf gestört", frohlockte Asgan und lachte triumphierend. „Kommt, wir wollen den Bock ausweiden."

Sie waren über und über mit Schlamm besudelt und der schon halb verkrustet. Während Sanjo das Tier ausbluten ließ und es dann aufbrach, nahm sich Abi ein Beispiel an Asgan und schabte sich mit einem Stück Holz den Schmutz von den Beinen. Plötzlich zog Dublu aufschreiend Atem ein und war wachsbleich, als ihn alle anstarrten.

„Die Schlange …", japste er und deutete auf ein fingerdickes, grasgrünes Reptil, das sich durch Gräser und Farn ins Dickicht schlängelte.

Dublu starrte verstört auf zwei rote Einstiche an seinem Unterarm und rieb hitzig über den Biss, die Hände krampften sich zusammen vor Todesangst. „Helft mir doch", flehte er, während er aufwimmernd die Augen verrollte.

Abi stützte seinen Kopf ab, doch fünf Minuten später war sein Blut geronnen und er steif. Sie wechselten fassungslos Blicke, ehe sich Asgan die Leiche über die Schulter warf und sie heimtrotteten. Obgleich das Unterfangen vom Sinn her mit Erfolg gekrönt war, plagte Abi am Ende befremdliches Unbehagen über den ernüchternden Ausgang. Einmal wurde die Nacht durch einen flüchtigen grünen Lichtstrom erhellt, weil ein dichter Schwarm von Glühwürmchen über den Pfad schwirrte, und als der Morgen graute, Nebel die Palmen umwallte und die Sonne alles wieder in Farben tauchte, erreichten sie die heimische Hütte.

Eine Rauchsäule entwich kerzengerade dem Rauchfang, und Semiris putzte sich eben die Zähne. Sie schlug sich angesichts des Toten, den sie vor ihrer Hütte abluden, die Hand über die Stirn und saß nur noch teilnahmslos dabei, während der Sarde den Rehbock zerlegte und aufteilte. Freude wollte sich nicht einstellen, und nachdem sie Dublu in Tullemors Kalkgrube beigesetzt hatten, trennten sie sich mit hängenden Köpfen. Abi hüllte sich in seine Decke, um noch ein wenig zu schlafen, bevor die große Hitze anbrach.

Am nächsten Tag wartete Asgan mit einer Neuigkeit auf, die Abi und seine Familie mit völlig neuen Gegebenheiten konfrontierte. „Die Siedlung ist gestern ein Jahr alt geworden", ließ er mit ungebrochenem Elan anklingen und machte es sich mit ausgestreckten Füßen am Schaft einer Kokospalme bequem. „Und wisst ihr, wer sich unter den Deportierten der ersten Stunde befand? Einer in einer auffälligen gelben Kutte, den sie Ravana nennen."

Abi schlug die Faust auf den Tisch, und Semiris, die sein Erschrecken nachvollziehen konnte, erblasste. „Nein", sagte Abi ungläubig.

„Doch. Ich begegnete ihm eben auf dem Markt. Ich sprach ihn nicht an, aber sein Name wurde laut, und ich wusste gleich, wer neben mir stand. Eine Nase wie ein Satyr, hast du ihn mir beschrieben, und solch eine Nase hatte er und trug auch eine gelbe Kutte. Sie unterhielten sich über seine Überfahrt und die damals gänzlich von Tieren bevölkerte Insel, und ich hatte den Eindruck, er ist ein einflussreicher Mann in Tullemor."

„Gerade eben?", sagte Abi fassungslos und war wildentschlossen, sich selbst zu überzeugen. „Nicht, dass ich dir nicht glaube, aber mich ziehts jetzt zum Markt."

Die Einrichtung, die man den Markt nannte, war angelegt wie ein Garten, mit Brücken und Laufstegen über und neben dem kleinen Bächlein, das Tullemor flankierte. Um die mannshohe Pyramide mit Orangen, die nach dem Eintreffen des Schwarzen Schiffes immer am höchsten war, ballte sich gewöhnliche eine Menschentraube, und es gab keinen kurzweiligeren Ort auf der

Insel, als zwischen den sechs großen Stegburgen mit Hirse und Gemüse umherzudungeln. Aber obwohl Abi aufmerksamer als sonst die auf ihn einwirkenden Gesichter musterte, fehlte die letzte Bestätigung.

Bei Abi hinterließ es eine dumpfe Ahnung, dass zwischen ihnen noch nicht das letzte Wort gesprochen war, und Asgan konnte ihn nicht davon abbringen, auch noch ein Stück dem Laufsteg zu folgen, der in die Wildnis führte und kaum noch benutzt wurde, weil dort mit Schlangen zu rechnen wäre. Denn wo der Steg in den Dschungel führte, wuchsen an sterbenden Stämmen dicht an dicht farbenprächtige Orchideen und Abi dachte an Semiris, als er sich weit über das Geländer neigte, um über den Bach hinweg eine zu pflücken. Leider war der Steg hier durch die Witterung schon ein wenig morsch, und er stürzte kopfüber in den drüben wuchernden Bärenklau. Einem kurzen Aufbrennen im Gesicht schenkte er keine große Beachtung und wähnte sich unversehrt, als ihm Asgan vom Steg her die Hand reichte und er sich aufrappelte. Aber die Sache hatte Folgen. Als sie zur Dämmerstunde wieder den Tisch hinausstellten, weil ein lauer Abendwind aufgekommen war und für eine angenehme Frische sorgte, fühlte er sich seltsam matt und schaffte es noch soeben, sich schnell genug zu setzen. Weil ihm nicht nach Reden war, konnte man hören, dass Fledermäuse im Palmenhain unterwegs waren. Dann fielen Semiris seine brennenden Augen auf.

Als sie ihn darauf ansprach, gab er offen zu: „Mit mir stimmt etwas nicht. Mein Gesicht fühlt sich an, als hätte ich in Brennesseln gelegen, und mir ist übel."

Sie legte ihm prüfend die Hand auf die Stirn und blickte ihn besorgt an. „Du hast auch einen ganz heißen Kopf", stellte sie fest. „Wir brauchen Kräuter, die das Fieber senken."

Abi atmete tief durch. „Ob es einen Heilkundigen gibt auf Tullemor?"

Asgan nickte, doch als die beiden ihn ungeduldig anschauten, zögerte er plötzlich, Informationen über diesen Heilkundigen herauszurücken. Semiris hakte beharrlich nach. „Weißt du, wo der Mann zu finden ist?"

Es war leicht erklärt. Viel Abwechslung bot die halbwegs sichere Hälfte der Insel nicht. Die einzig nennenswerte Erhöhung bildete ein mit Buschwerk bewachsener Hügel mit einem machtvollen Granitblock auf der Südseite, auf dem sich gegen Abend die Leguane sonnten. Bei dieser von Palmen umragten Anhöhe wohnte der einzige Arzt der Insel, in einem Pfahlbau aus armdickem Bambusrohr, der Sicherheit vor Schlangen gewährleistete. Bestürzt fügte Asgan bei: „Du wirst dich nicht freuen, wenn du erfährst, um wen es sich bei diesem Arzt handelt."

„Ravana?", rief Abi.

„Genau der", schnaubte Asgan und nickte bekräftigend. „Er zählt nicht bloß zu den einflussreichsten Leuten der Gemeinde, sondern ist der Leithammel schlechthin."

„Wenn das so ist, ziehe ich es vor, zu verrecken."

Semiris schüttelte den Kopf über ihren Mann. „Du bist auf ihn angewiesen, egal ob du das wahrhaben willst."

„Ich möchte nicht vergiftet werden."

Sie konnte seine Reaktion verstehen, doch die Vernunft gebot, umgehend zu handeln. „Also mache ich mich allein auf den Weg. Niemand zwingt mich, vertrauensselig zu sein. Ich sage, mein Mann hat heftiges Fieber und ist zu geschwächt, selber zu erscheinen."

So handhabten sie es, und Semiris berichtete anschließend: „Viele leiden an dieser Schwäche. So äußert sich die mangelhafte Ernährung. Du brauchst Fleisch zu essen."

Semiris strich Abi zärtlich über die Wange und löste an diesem Abend den Saum ihres Trägerkleides. In den hatte sie sich vor der Überfahrt zwölf Perlen eingenäht, und gemäß Ravanas Rat, brauchte sie sich beim Hirsespeicher nur auf den berufen, um unter der Hand für eine Perle ein Huhn zu erstehen. Damit kochte Semiris ihm eine kräftigende Suppe. Es tat Abi gut, konnte das Fieber jedoch nicht drücken. Semiris, mehr um ihn besorgt als er selbst, sagte ernst, „ich sehe mir das nicht länger mit an. Morgen gehen wir beide zu Ravana. Ich vermute, er erkennt dich gar nicht. Du trägst jetzt einen Bart."

Asgan musste ihn stützen, auf dem Weg durch den morgendlichen Palmenhain. Wo der Pfad auf eine Sandkuhle mündete, lag unter einer hohen Kokospalme ein totes Streifenhörnchen, das auf seinem Sprung zum Nachbarbaum gescheitert war. Es wirkte auf Abi wie ein böses Vorzeichen.

Der Erhabene trug hier auf Tullemor mitunter auch Leinenmäntel, doch empfing er sie in der safrangelben Kutte, in der sie ihn kennengelernt hatten. Das hämische Lächeln bei ihrem Eintreten beließ keine Zweifel, dass Ravana über ein ausgezeichnetes Personengedächtnis verfügte. „Ja so ist das. Das Spiel des Lebens geht weiter", begrüßte er Abi. „Du siehst, ich trage schon wieder Sandalen, und das ist nicht vielen in Tullemor vergönnt."

Semiris verstand nicht, warum es Abi so einschüchterte, doch es war die Erkenntnis, diesem Schurken letztendlich ausgeliefert zu sein, was ihn ein so grimmiges Gesicht ziehen ließ. Ravana untersuchte wie ein geübter Arzt seine Arme und Beine und fand ungewöhnlich viele winzige rote Pickel am Unterarm und an den Waden.

„Das ist Krätze", wurde Abi aufgeklärt. „Der Markt bietet ein recht dürftiges Angebot an Obst, aber Lavendel dürftest du bekommen. Daraus und aus gerade erblühter Kamille kocht einen Sud. Damit solltest du dich, so oft es juckt, gründlich waschen, sonst wird sich der Zustand verschlimmern."

„Ach, und das war's, ja? Hast du kein Mittel, das Fieber zu senken?", fragte Semiris betroffen.

Ravana räusperte sich und fasste Abi scharf in die Augen. „Natürlich", sagte er dann, „denn ich helfe jedem, der heilkundige Hilfe braucht."

Darauf füllte er ihm einen Bronzekelch mit Traubensaft und streute ein weißes Pulver hinein. Weil Semiris darauf bestand, schluckte Abi es herunter. Ohne ein lautes Wort stiegen sie vom Pfahlbau und traten den Heimweg an. Sie gönnte ihm das Bett und schlief auf einer Matte aus Binsen. Am nächsten Morgen, während er das Brot brach, blickte er wie versteinert in das Gesicht von Semiris, und ihre Augen waren erfüllt von Sorge um ihn. Ihre Hand tastete nach seiner Wange. „Seltsam, diese Pickel habe ich gestern gar nicht bemerkt."

Er strich sich darüber und nickte. „Es juckt, dass ich mich kaum beherrschen kann ..."

Da er sich ansonsten wohl fühlte, nahmen sie den kleinen Fitz mit und brachen auf zu einem Spaziergang über den Strand, weil sie dabei gern miteinander redeten. „Ich habe so eine Ahnung", machte er sich dann auch Luft, „dass Ravana ein sehr nachtragender Mensch ist. Ob er mich vergiftet hat?"

Sie blieb abrupt stehen und schüttelte ernst den Kopf. „Er verlor kein Wort darüber, dass du vor dem Tempel nicht gut für ihn gesprochen hast. Du steigerst dich da zu sehr hinein. Ich hatte nicht den Eindruck, er trägt es dir nach. Jedenfalls gab er sich freundlich."

Zu Anfang des Weges ging es ihm noch gut. Nach einer Weile jedoch wurde ihm schlecht und Semiris merkte, er torkelte. Wo der Pfad in den Palmenhain begann, der zu dem auf Stelzen gebauten Bambushäuschen der Anhöhe führte, fasste Semiris nach seinem Arm, damit er nicht noch länger dumpf dem Strand folgte. „Warte hier", verlangte sie. „Ich gehe allein zu Ravana und schildere ihm, wie du aussiehst."

Abi setzte sich mit wankenden Knien an den Graben, der den Palisadenzaun umfriedete. Von hier konnte er die Brücke, die über den Graben auf die Dorfstraße führte, bequem im Auge behalten und wartete eine kleine Ewigkeit auf Semiris, während die noch einmal den Bambusbau im Palmenwald aufsuchte. Wo der Graben vom Schilf zugewuchert war, summten blauschwarze Fliegen und lila Libellen, und am Fuße des Palisadengatters saß ein hellgrüner Frosch, der sich aufblies und leise knarrende Geräusche erzeugte.

Er fühlte sich schwach wie ein Sterbender. Der Schweiß brach ihm aus, und der Verdacht, vergiftet worden zu sein, ließ ihn nicht mehr los. Vielleicht fühlte er sich elend, weil er sich so sehr in den Gedanken verrannte, doch eine eigenartige Schwere drückte auf seinen Hinterkopf. Zudem juckte die Wange. Er betastete sie, da konnte er fühlen, dass eitrige Pustel darauf blühten. Mühsam unterdrückte er eine Weile das zwanghafte Verlangen, sich zu kratzen und wurde dann doch schwach.

Zufällig kam Asgan des Weges, weil der zum Markt wollte. Der setzte sich bei ihm an die Grabenböschung. Ihm fiel sofort Abis übel zugerichtetes Gesicht auf. „Was ist mit dir?", fragte der Freund erschüttert.

Abi fuhr sich über die Wange, sah den Eiter auf seiner Hand und wischte angewidert über das Gras. „Verdammt, der Juckreiz ist unerträglich."

„Das ist doch nie Krätze", befand Asgan, und Abi überlegte, „wie war das noch, gestern auf dem Markt, als mir das Geländer weggebrochen ist und ich ein Bad im Bach nahm? Ich erinnere mich vage, ein Brennen im Gesicht verspürt zu haben. Hast du eine Schlange zischen gehört in dem Moment?"

„Bedaure, ich hatte die Augen anderswo", erwiderte Asgan mit einem entschuldigenden Lächeln. „Vielleicht, weil die Leute am Orangenstand wegen uns die Köpfe zusammensteckten."

„Soweit ich weiß, stammen die Schlangen unserer Insel alle aus Saba", überlegte Abi. „Also von der Ostküste Afrikas, und an dem blinden Steg, der in die Wildnis führt, wurde kürzlich eine Speikobra gesichtet."

„Los, wir gehen noch mal zu Ravana. Der wird dir schon helfen", verlangte Asgan und machte Anstalten, ihn mit der Hand hochzuziehen.

Unwillig winkte Abi ab. „Semiris ist gerade bei ihm."

Also warteten sie, um von Semiris dann zu hören, Ravana gäbe sich nicht mit Hausbesuchen ab.

Gestützt von ihr und Asgan erschien er selbst bei Ravana, und der beruhigte ihn. „Du wärst schon so gut wie blind, wenn dich eine Speikobra angefaucht hätte. Aber warum hast du mir verschwiegen, dass du beim blinden Steg ins Wasser gefallen bist? So weit ich die Ecke kenne, blüht dort überall der Bärenklau. Du dürfest mittendrin gelegen haben Dessen Stängel enthalten Wolfsmilch, und die ist äußerst ätzend, aber das lässt sich heilen. Du solltest vorläufig die Sonne meiden, sonst wird es schlimmer, und ich bereite dir eine Salbe für die betroffenen Stellen."

Er bot Abi seinen Klappstuhl aus Bambus an und blieb selber stehen. Wenn Semiris und Asgan dabeistanden, war das für ihn ohne Belang. „Zuvor habe ich allerdings noch eine Bitte, um nicht zu sagen, Bedingung", bekannte er. „Worum es mir geht, wird dir einleuchten, wenn du mir in Ruhe zuhörst: Du warst ja zugegen, in der Nacht unten in der Bibliothek, als Llanka brannte. Ich deutete an, für rund ein Jahr von dem Mittel zu verfügen, das mich am Leben erhält. Inzwischen ist meine Phiole so gut wie leer."

Auf die Stunde, in der sie ihn aufscheuchten, besann sich Abi bestens und stammelte mit schwerer Zunge: „Das ist natürlich hart, wenn man am Ende doch sterben muss."

Aber Ravana gab sich ungetrübt, weil er meinte, Abi in der Hand zu haben. „Den Morgen, an dem die letzte Fuhre Deportierter an den Strand strömte, habe ich dich beobachtet. Du bemerktest es wohl nicht, da du dich mit einem klapperigen Greis zu angeregt unterhieltest, um für anderes noch Ohren zu haben, aber ich stand unmittelbar hinter dir und hörte, so gut wie du, was er sagte. Ich kann mich sogar an seinen scharfen Akzent erinnern, und er zeigte dir unter der Hand eine blaue Phiole, die das Elixier zum Ewigen Leben enthielt. Ebenso wie ich mich bestens auf das dreieckige Antlitz des Menschen unter der Rosshaarbürste besinnen kann, der ihm erörterte, man würde ihn für die nächste, südlich gelegene Insel aufschonen."

Abi bestätigte es und fragte sich, auf was er hinauswollte, da eröffnete er ihm: „Zu deiner Beruhigung, ich verfüge über ein Mittel, dass den Hautausschlag stoppt, und die Salbe, die ich dir anrühre, wird dich vom Juckreiz erlösen. Aber du musst mir auch gefällig sein und es dir verdienen."

Abi war nahe daran, den alten Mann in Stücke zu reißen und spie ihm vor die Füße. „Gib es mir", verlangte er.

„Hältst du mich für so dumm? Nein, zuvor besuchst du den greisen Sonderling auf unserer Nachbarinsel. Du weißt, um was es mir geht. Bringe ihn dazu, dir die Phiole zu geben, die er dir zeigte. Wie du das anstellst, ist deine Sache."

„Und wenn er das nicht will?"

„Dann stehle sie ihm. Aber ich sah, wie er dir vom Schiff aus zum Abschied zuwinkte. Er wird sie dir geben, glaub mir."

„Du hast eine verdorbene Seele", entfuhr Abi.

„Warum?", fragte Ravana herablassend. „Hast du schon einmal darüber nachgedacht, weshalb ich den Leuten hier helfe, wenn sie krank werden? Ich tue es aus Liebe zum Menschen und gehorche einer höheren Vernunft, denn ich nehme nichts dafür. Und wer, frage ich dich, Abi Nowa, wird das tun, wenn mein Elixier alle ist und ich sterben muss? Schon darum ist mir daran gelegen, dass du schleunigst zu mir zurückkehrst."

„Meine Frau und mein Sohn warten auf mich. Ich werde sie doch nicht einfach in dieser Schlangengrube zurücklassen."

Ravana stellte einen Silberkelch auf den Tisch, goss Traubensaft hinein und gab einen Tropfen aus einer bläulichen Phiole hinzu. „Trinke das, und der Hautausschlag wird für mindestens einen Monat nicht mehr ausbrechen. Dann wird es allerdings Zeit, dass du noch einmal von dem Mittelchen trinkst. Du bist nicht der Erste hier, der mit Bärenklau in Berührung kam, und ich weiß aus Erfahrung, dass du noch einen Rest des Giftes in dir hast und ein zweites Mal blühen wirst."

„Und das soll ich dir glauben?" Abi blickte ihn irritiert an.

„Löse dich mal von der Vorstellung, dass ich dein Feind bin. Wir haben alle unsere Strafe abgegolten, indem wir auf dieser Insel leben. Und wir sind hier, um uns zusammenzuraufen. Ich bin so was wie der König hier, und das, weil ich mich seit meiner Ankunft um diese armen Leute kümmere. Und ich biete dir und deiner Familie ein sorgloses Leben an der Spitze der sich hier entwickelnden Gesellschaft, an meiner Seite, als Verbündeter."

Abi musste es erst sacken lassen, hielt aber geduldig still, als Ravana die Salbe auftrug. Volle drei Tage mied er konsequent die Sonne und beugte sich dann der höheren Vernunft, schon um Semiris und dem Kleinen eine Zukunft zu geben. Kaum, dass sein Gesicht wieder ansehnlich wirkte und es ihm besser ging, machte er sich ans Werk. Mit Asgans tatkräftiger Hilfe band und zurrte er mit Seilen ein einigermaßen seetüchtiges Floß aus Bambus zusammen und stach einen Tag später damit in See. Semiris hielt den kleinen Fitz an der Hand, als sich sein Behelfssegel aus Leinen blähte und langsam in Richtung Horizont entfernte, und sie ahnte, sie würden einander niemals wiedersehen.

Leider fehlte Abi jegliche Erfahrung im Umgang mit Meeresströmungen. So trieb er an der richtigen Insel vorbei und geriet an einen anderen Palmenstrand. Er begriff bald, dass eine Nachbehandlung des Hautausschlags überhaupt nicht erforderlich war und man ihn nur unter Druck setzen wollte, denn die Pickel blühten niemals wieder auf. Aber seine Irrfahrt dauerte Jahre. Zwar fand er die gesuchte Insel am Ende, doch zu dem Zeitpunkt lebte *Troktan* längst anderswo.

Auch für Semiris verstrichen Jahre. Sie fing an, sich damit abzufinden, dass Abi bei seinem Wagnis ertrunken sein könnte. Nach ungefähr einem Jahr nahte eine Bireme, wie sie die Hellenen bauen. An Bord befand sich Troktan, zu dem Abi ja ursprünglich aufbrach, den hatten treue Freunde aus der Verbannung erlöst. Durch ihn fand Semiris mit ihrem Kind schließlich doch noch in die zivilisierte Welt zurück, aber das ist eine andere Geschichte.

Als *Decgalôr* sein einstiger Entschluss reute und ein Kriegsschiff die Insel ansteuerte, weilte sie jedenfalls nicht mehr auf Tullemor. Die Reue kam zu spät. Er musste glauben, was man ihm berichtete: Abi sei bei dem Versuch, mit einem Floß von der Insel zu fliehen, ertrunken. Es warf einen Schatten auf seine Seele, weil mit Abi Nowa seine Ideale starben und er sich Zeit seines Lebens schuldig fühlte am traurigen Ende des besten Freundes.

Der Autor

Eike Stern ist ein Pseudonym. Dahinter verbirgt sich ein 1952 geborener Mann, der etliche Storys für das Rollenspiel „Das Schwarze Auge" (DSA) schrieb. Sein Debüt „Die Ehre der Stedingerin" ist ein historischer Roman um die in Acht und Bann gefallene Bauernrepublik an der Wesermünde bei Bremen. Sein Lebenswerk aber ist die Geschichte um Atlantis. Sie wuchs während seiner beruflichen Tätigkeit bei der Bremer Tageszeitung zu einem umfangreichen Fantasy-Epos an. „Aus dem Zeitalter Atlantis" basiert auf den historischen Verhältnissen am Mittelmeer um 1200 v. Christus und hält sich eng an Platon. In seiner Freizeit widmet sich der Autor neben dem Schreiben liebend gerne der Recherche und der Aquaristik.